U0942623

Yilin Classics

H. B. STOWE

经／典／译／林

Uncle Tom's Cabin

汤姆叔叔的小屋

[美国] 斯托夫人 著

林玉鹏 译

译林出版社

图书在版编目（CIP）数据

汤姆叔叔的小屋／（美）斯托夫人（H. B. Stowe）著；林玉鹏译．—南京：译林出版社，2019.6（2022.11重印）
（经典译林）
书名原文：Uncle Tom's Cabin
ISBN 978-7-5447-7579-3

Ⅰ.①汤…　Ⅱ.①斯…②林…　Ⅲ.①长篇小说－美国－近代　Ⅳ.①I712.44

中国版本图书馆 CIP 数据核字（2018）第 258816 号

汤姆叔叔的小屋 ［美国］斯托夫人／著　林玉鹏／译

责任编辑　冯一兵
装帧设计　陈天岷
校　　对　蒋　燕
责任印制　董　虎

原文出版　Bantam Books, 1981
出版发行　译林出版社
地　　址　南京市湖南路 1 号 A 楼
邮　　箱　yilin@yilin.com
网　　址　www.yilin.com
市场热线　025-86633278
排　　版　南京展望文化发展有限公司
印　　刷　江苏凤凰盐城印刷有限公司
开　　本　880 毫米 × 1240 毫米　1/32
印　　张　14.625
插　　页　4
版　　次　2019 年 6 月第 1 版
印　　次　2022 年 11 月第 8 次印刷
书　　号　ISBN 978-7-5447-7579-3
定　　价　45.00 元

译者序

《汤姆叔叔的小屋》出版至今已有一百五十多年了。该书在1852年首次以单行本出版，立即获得巨大成功，第一周就销售一万册，当年就印行一百多次、三十五万册，这在19世纪中叶可是个天文数字了。该书在国外也大受欢迎，在英国当时有四十家出版社出版该书，销售量达到了一百五十多万册。该书受到世界各国读者的热烈欢迎，也受到著名作家如托尔斯泰、屠格涅夫、乔治·桑、海涅、狄更斯等的高度赞扬。它曾被改编成戏剧、音乐剧等在美国各地舞台上演多年，现已被译成世界上四十多种文字。其魅力经久不衰，时间充分证明了这是一本经典名著。

该书曾深刻地影响了美国的历史，许多人认为，它是导致美国南北战争爆发的因素之一。所以当作者斯托夫人1863年访问白宫，试图劝说林肯总统采取积极有效措施，帮助数以千计逃到首都的奴隶时，林肯总统称她是"写了一本引起一场伟大战争的书的小妇人"。

一

《汤姆叔叔的小屋》是一本什么样的书，为何具有如此大的影响力呢？小说以黑奴汤姆为中心，描写了一些奴隶的命运。肯塔基州庄园主谢尔比先生由于债台高筑，迫不得已把自己最喜爱的两个奴隶——汤姆和小哈利——卖掉还债。哈利是谢尔比太太贴身女仆伊莱扎的儿子。伊莱扎偷听到了谢尔比夫妇关于卖奴隶还债的谈话，便连夜带着小哈利逃离谢尔比庄园，在奴隶贩子的追捕下，不顾一切地踏着浮冰过了俄亥俄河，逃到自由州。

后来意外地遇见也从奴隶主那儿逃出来的丈夫乔治，全家人一起前往加拿大。汤姆是在谢尔比的庄园上出生长大的，童年时就侍候过当时年幼的主人，后来成了主人的奴隶总管。他做事干练、忠心耿耿，深得主人的信任。当汤姆从伊莱扎那儿得到主人要卖掉自己的消息后，却不愿逃走，认为那样做是背信弃义，辜负了主人对自己的信任；认为自己应为主人分忧，让主人卖掉自己偿还债务，于是汤姆忧伤地告别家人，跟着奴隶贩子黑利上了驶往密西西比河下游的轮船。在船上，汤姆救起了不慎落水的小女孩伊娃，出于感谢，伊娃的父亲圣克莱尔买下了汤姆，于是，汤姆来到圣克莱尔的庄园，为主人赶马车，同时陪伴小女孩伊娃。后来伊娃病死了，不久之后，圣克莱尔在还没来得及实现自己解放汤姆的诺言之前也在一次意外的事故中死去了。圣克莱尔冷酷无情的太太玛丽卖掉了汤姆，汤姆落到凶残的种植园主雷格里手中。后来，汤姆因为拒绝鞭打别的奴隶，拒绝说出两个逃跑的女奴的下落，被雷格里毒打致死。

小说震撼人心之处在于它揭露了奴隶制的罪恶。在基督教国家中被认为神圣的婚姻家庭关系在奴隶中变得毫无价值，所有的奴隶都是奴隶主的私有财产，他们的家庭可以任意被拆散，夫妻分手、母子别离是司空见惯的事。汤姆被谢尔比卖掉后，只得抛妻别子，离乡背井。此外，小说还描写了其他被拆散的家庭的悲惨故事。如在汤姆第一次被卖、乘船去密西西比河下游的途中，同船上一个被骗卖的女奴剩下的唯一一个孩子又被偷偷卖掉，这个女奴痛不欲生，半夜投河自杀。汤姆在新奥尔良遇见的老蒲露就是因为一次次被夺去孩子而伤心地借酒浇愁，最后悲惨地死去。在雷格里庄园里的凯茜曾受过良好的教育，在优裕的环境中长大，有着白皙的皮肤、美丽的外貌和高雅的举止，可就是因为有一点黑人血统，结果也被多次转卖，连子女也被一个个卖掉，最后沦为品格低劣而凶残的雷格里的性奴隶，身心受到极大的摧残。书中还有许多在拍卖场被拆散的母女、母子，如苏姗和爱默琳等等。这些妻离子散、骨肉分离的场面的描写具有撕心裂肺、催人泪下的效果和震撼人心的力量。作者就是要用道德激情打动读者，唤醒美国人民的良知，使之看到奴隶制践踏人性的罪恶。在作者看来，奴隶制的根源是人心中的邪恶，要消灭奴隶制就要依靠基督教的感化力量净化人心。

小说刻画了许多让人难以忘怀的人物，汤姆是最重要的一个。他为人正直，心地善良，笃信宗教；他有爱心，守信用，即使在最恶劣的环境下也不动摇自己的信念，宁肯牺牲自己也不出卖他人，是个殉道者、英雄般的人物。在密西西比河的船上，见小伊娃落水他奋力相救；在雷格里庄园，他主动为疲惫的女奴隶磨面，为使体弱完不成摘棉任务的奴隶免遭鞭打，他把自己摘的棉花放在她们的筐里，他宁肯忍受雷格里的毒打而不说出女奴凯茜和爱默琳的下落。这一切使汤姆这个人物十分生动感人。除了汤姆，小说还刻画了别的奴隶的形象，如混血奴隶乔治聪明好学，有勇有谋，化装逃过了奴隶贩子的追捕，最后与妻儿到达加拿大。还有危急中沉着冷静的美丽的伊莱扎；幽默风趣的汤姆的妻子克洛伊大婶；聪明活泼但野性十足、后来被调教得自尊爱人的黑奴小姑娘托普西；敢爱敢恨、敢作敢为、有勇有谋、性格刚烈的凯茜。他们都有血有肉，栩栩如生，令人难忘，成了美国家喻户晓的人物。

斯托夫人还刻画了众多的奴隶主和奴隶贩子的形象。奴隶贩子黑利唯利是图，冷酷无情；圣克莱尔的太太玛丽自私自利，冷漠无情，以自我为中心，完全漠视奴隶的利益和情感；乔治的主人自大专横，把奴隶视为自己的物品，对他们的才能百般压制；奴隶主雷格里更是人性泯灭，天良丧尽，他曾残忍地一脚把母亲踢晕，对奴隶他更是残酷无情。在收摘棉花的大忙季节，他逼着奴隶每天干十几个小时，只给一点玉米粒做口粮，完不成摘棉任务便对他们施以鞭挞。当汤姆违抗他的命令，不愿意鞭打别的奴隶时，他便让打手们把他往死里打。此外，他还挑拨黑奴的关系，让他们互相敌视憎恨。作为对照，作者还刻画了一些开明的奴隶主、工厂主等人物，如谢尔比太太和儿子心地善良，有正义感，对奴隶十分开明宽厚。丈夫被迫卖掉汤姆和小哈利后，谢尔比太太心怀愧疚，忧心忡忡，当她得知女仆伊莱扎已经带着儿子逃跑后，感到松了一口气，并让仆人有意拖延奴隶贩子黑利的追捕。汤姆被卖后，她一直惦记着要把他赎回来。谢尔比先生去世后，儿子乔治一继承家业便解放了所有的奴隶。受过良好教育的圣克莱尔也是个有同情心、有正义感的奴隶主，对奴隶宽厚仁慈，甚至放纵。汤姆在他的庄园与小伊娃相处融洽，度过了一段愉快的时光。可是尽管圣克莱尔有道德感，善思考，能认识到奴隶制的罪恶，却没有勇气和奴隶主的生活彻底决裂、解放奴隶，以致在他死后不久，冷酷无情的玛丽便拍卖了所有的奴隶，使他们重新落入苦难之中。

作者注意运用对比的手法描绘人物，如圣克莱尔夫妇之间宽厚与苛刻的对比；谢尔比太太的善良与玛丽的冷酷、自私的对比；纯洁、善良、充满宗教情感的伊娃与天性活泼、顽皮的托普西之间的对比；恶魔般的雷格里与道德高尚的汤姆形成了鲜明的对照，两人分别代表了人世间的恶与善。最后虽然汤姆死了，肉体被消灭了，但是他在精神上却战胜了雷格里，表明善战胜了恶。

引人注意的是，本书中的女性人物一般具有理想色彩，她们品德高尚，道德感强，精明强干，有主见，往往比她们的丈夫或儿子、兄弟更胜一筹，如谢尔比太太、伯德太太、圣克莱尔的母亲和伊娃；或者与儿子形成鲜明对照，如雷格里的母亲。还有的女性人物聪明能干，临危不惧，如伊莱扎和教友村中以雷切尔为首的女教友们——她们个个善良宽厚，助人为乐，义无反顾地帮助逃亡的奴隶。圣克莱尔的堂姐、从佛蒙特州来的奥菲丽亚有同情心和是非感，作风干练，能认识到奴隶制的不合理性以及堂弟的理论和实践之间的不一致性，尽管开始时她感情上无法接受黑人，但后来在事实的教育下，她的思想感情发生了变化，能从内心爱黑人了。作者似乎认为，女性天生有一种辨别善恶的感觉，由此可以产生一种所有女性固有的道德智慧，它可以变成社会变革的力量。白人妇女可以利用她们的影响让丈夫认识到奴隶制的罪恶，进而改变它。所以有人说，本书可以看做早期女权主义的代表作。斯托夫人似乎要建立一个以教友村妇女社会为典型的、以妇女为主体的社会政治体制。

由于作者受到时代、视野等方面的局限，小说不可避免地存在着缺陷。首先是小说的宗教说教气氛太浓，主要表现在作者的思想观点和人物塑造上。作者认为，之所以产生奴隶制的罪恶，是因为有人违反了基督教的有关博爱的教义，只有用基督教之爱才能战胜包括奴隶制在内的人世间一切不义之行。书中的所有正反面人物均以此为标准刻画的。主要人物汤姆就浸透了作者的宗教观点，他是个虔诚的基督徒，坚定的信仰使他爱一切人，以无比的坚忍接受一切磨难。此外，他还常向人宣讲基督教教义，他的死也具有基督式的殉道者的悲壮色彩。以雷格里为代表的奴隶主之所以残酷无情，就是因为他们不敬上帝，没有宗教信仰，以致道德沦丧。作者认为，如果人人都怀有无私的博爱，奴隶制就不会存在，汤姆也不会被打死；要废除奴隶制，首先必须用基督教博爱思想转变人们的观念。此外，在小说中作者还直接向读者说教，宣讲教义，频繁引用《圣经》语句。这样，作品的社会批判力量削弱了，也影响了人物的真实性。如小伊娃就是作者基督教博爱思想的化身：她像天使一样降临人间，其使命就是宣传教义；小小年纪的孩子有如此深厚的宗教情感，使人物变得苍白无力。其次，小说中有不少伤感的因素。诚然，由于这部小说特定的题材，哀婉的情绪往往更能打动读者（如汤姆之死），激起人们对奴隶制的义愤，但过度的伤感会影响小说的艺术性，削弱其批判力量，如伊娃去世的场景就是一例。

二

哈丽特·伊丽莎白·比彻·斯托（1811—1896）出生于美国东北康涅狄格州利奇菲尔德的牧师家庭。父亲莱曼·比彻是基督教新教牧师，是19世纪美国最著名的神职人员之一，加尔文教的主要代言人。斯托夫人的几个兄弟都是知名的牧师，其中亨利·沃德·比彻最为著名。她的姐姐致力于开创妇女教育事业，1824年创办了哈特福德女子神学院。哈丽特二十一岁时，父亲担任俄亥俄州辛辛那提市莱恩神学院院长，她随父前住。1836年她与该神学院教授卡尔文·斯托结婚,婚后生有七个子女。她在与蓄奴州肯塔基一河之隔的辛辛那提住了十八年,在这儿,人们经常可以看见逃亡来的奴隶,听见关于奴隶的故事。此外,她还去肯塔基看望朋友,因此对奴隶制有了许多了解。斯托夫人热爱写作,她的第一篇短篇小说曾获奖。婚后丈夫认识到她的才能,一直鼓励她写,当然这也有经济方面的考虑。1849年斯托先生获得缅因州不伦瑞克一所学院的教职,她随夫前往。1850年,美国联邦议会颁布了《逃奴法案》,允许奴隶主可以到自由州追回他们的"财产"——逃奴,这更激起了正义人士对奴隶制的义愤。

一次,在礼拜日圣餐仪式上,斯托夫人突然清晰地看见一个幻象:一个衣衫褴褛的老奴隶正遭受毒打,却宽恕了折磨他的人,后来这成了她写《汤姆叔叔的小屋》的灵感。她以自己的所见所闻为素材,在厨房的桌子上写出了这本世界文学名著,用她自己的话说,她是在上帝的指引下写出这本书的。她的写作榜样有《圣经》、库柏、司各特、狄更斯和笛福,同时也受到反奴隶制文学的影响。

小说于1851年6月5日起在《民族时代》上连载,1852年4月1日连载结束。1852年3月出单行本发行,立即获得极大的成功,但同时也遭到许多人的攻击和质疑。为了回答这些攻击和指责,她写了《对〈汤姆叔叔的小屋〉的解答》,以详尽的事实证明小说中的描写是客观事实。此后她的创作生涯又持续了三十五年。1856年她出版了第二部反对奴隶制的小说《德莱德,一个大荒泽的故事》,但没有引起太多的注意。后来她又出版了一些小说,如《牧师的求婚》、《奥尔岛上的明珠》、《老镇上的人们》等;此外还有其他类型的作品,如《异国愉快的回忆》、《宗教诗》、《我们著名的妇女》、《被证明无辜的拜伦夫人》等。她的作品共有十六卷之多,虽然其中不乏杰作,但都因为《汤姆叔叔的小屋》的巨大影响,而未能引起众人足够的关注。她对地方传奇和方言的关注、创造幽默人物的才能、引人入胜的讲故事才能影响了不少后来的作家。《汤姆叔叔的小屋》一书给她带来了巨大的声誉,她的七十岁生日成了全国重要事件。但她的生活中也有不幸和痛苦,她的两个儿子英年早逝，另一个儿子染上了酗酒恶习，她那著名的兄弟亨利因为通奸受审，使她烦恼不已。斯托先生先她故去，她在孤独中走完了人生最后一程。

三

《汤姆叔叔的小屋》是一篇伟大的反对奴隶制的宣言，是抨击美国奴隶制的不朽之作，没有一本书在结束奴隶制方面有如此巨大的贡献。同时，它又被称为"黑人的《伊利亚特》"、"美国抗议小说的基石"。因此，该小说的社会、历史意义和文学意义是不言而喻的。但是，许多人却认为，一部政治立场鲜明、激烈抨击奴隶制的社会小说不可能是艺术作品。还有人发出疑问，一个宗教情感强烈、不特意写艺术作品的作家会写出艺术作品来吗？我们认为，鲜明的政治观点和强烈的情感与艺术性并不互相排斥，作家的意图与作品的实际效果并不能画等号。文学史上，有宗教信仰和激情的作家写出伟大的艺术作品并不鲜见，如班扬的《天路历程》。托尔斯泰和海涅之所以高度赞扬斯托夫人的这部小说，是因为在19世纪作家做"人性解放战争的杰出战士"(阿诺德语)是值得称道的，而美国内战对奴隶、对国家都是"人性解放战争"。另一方面，作家并不刻意去写艺术作品却写出传世艺术杰作的情况在文学史上也不乏其例。尽管有上面提到的缺点，这样一部在历史上有过重大影响、打动了一代又一代读者的作品必定有其独特的艺术品格。

除了刻画了许多令人难忘的人物之外，首先，作品还显示出作者具有很强的叙事能力，具有生动地描绘场景、写景状物的能力，能让读者如见其人、如闻其声。正如爱德蒙·威尔逊所说："她能够使我们看见一个人，听见他说话，她能描写场景和景色……她具有天生的模仿能力，这不仅从她的对话中表现出来，而且也通过诗意的语言的描绘表现出来。"书中有的场景具有很强的情感冲击力，如父亲与家人被强行拆散，母亲听见被从身边拉去拍卖的孩子的哭喊声心如刀绞。她还具有戏剧家的天生才能，有些场景刻画得很有戏剧色彩，高潮迭起，如伊莱扎逃过追捕，踏着浮冰过俄亥俄河的场景就让人惊心动魄。她善于在对比中揭示生活的戏剧，书中许多对比鲜明的场景令人难忘，如奴隶制的残酷和家人之爱。其次，小说刻画了人物的复杂性格，如雷格里既凶残又迷信，疑神疑鬼，内心怯懦；圣克莱尔既思想开明、品格高尚，但又懒散无为、随波逐流；奥菲丽亚的性格有较大的变化，从不能容忍黑人碰她，到发自内心爱他们。再者，作者还运用象征主义手法深化主题。如汤姆叔叔去世后，他的小屋成了永恒的纪念：象征奴隶制的罪恶和汤姆所遭受的苦难，提醒被解放的奴隶，其自由来之不易。同时，小屋也象征汤姆博爱和忠诚的品质。伊莱扎越过漂满浮冰的俄亥俄河也具有象征意义：从南岸跨越到北岸，在戏剧性的一瞬间逃离奴隶制，奔向自由。伊莱扎和乔治一家向北、汤姆向南的经历也具有相同的象征意义：向北即走向自由解放，向南即意味着奴役、苦难和死亡。此外，小说还成功地运用形象化的语言刻画人物，如南方人的口语俚语、黑人奴隶的口语俚语等。以上这些都是作为艺术作品的小说必须具备的品质。

当然，作者可能并没有小说形式的自觉意识，小说的结构、叙事方式等确实比较传统，不甚精细。但作为一种艺术形式，小说经过了一个逐步发展成熟、渐趋复杂的过程，正如有的批评家所指出的，19 世纪的小说从总体上来说还没有变得过分专门化，还没有过多的自觉意识，因此我们不能按现代小说的标准来衡量 19 世纪的小说。再者，艺术形式离不开作品表现的内容和作者的目的，不能脱离作品所接受的历史环境和条件，《汤姆叔叔的小屋》的艺术形式与其内容、目的和历史环境是相吻合的。简·汤普金斯在批评有些人指责包括该作品在内的一些小说缺乏政治历史眼光时说："如果 19 世纪妇女写的出售几十万册的小说在 20 世纪批评家看来似乎有局限，目光短浅，那么这种局限和目光短浅并不属于这些作品，也不属于妇女作者们，而是属于评论者。"这些话也可以用来回答那些认为《汤姆叔叔的小屋》缺乏艺术性的人的指责。

在20世纪的文学语境中，汤姆这个人物形象受到不利的评价，“汤姆叔叔主义”成了对白人统治者讨好献媚、卑躬屈膝的黑人的代名词。这一方面与现代社会人们的价值取向有关，同时也与现代黑人民权运动的反抗精神有着密切的联系。但是我们应该看到，把汤姆看做胆小怕事、逆来顺受的典型是过于简单化的、片面的和误导的。汤姆的性格中固然有温和的一面，但他更有为信念、为原则、为他人牺牲自己的品德和精神。起先他不愿从谢尔比的庄园逃走，是因为他不愿辜负主人对自己的信任，不愿背信弃义，但他劝伊莱扎逃走。后来他不愿从雷格里的种植园逃走，因为他要和其他的黑奴一起受难，但他却劝说凯茜和爱默琳逃走，即使遭受毒打、面临死亡的威胁也决不出卖她们。雷格里要他鞭打别的奴隶，他宁死不从。从这里可以看出，汤姆决不是逆来顺受的奴才，而是有信念、有骨气、有高尚人格的英雄。最后他虽然被打死，但在他精神的感召下，乔治解放了所有的黑奴。撇开汤姆性格中过分浓厚的宗教色彩，这个形象具有永久的人格魅力。此外，汤姆的宽厚、仁爱更衬托了奴隶制的罪恶。连这么宽厚的人都被活活打死，奴隶主的暴行更加激起人们的义愤，这正是汤姆的形象和小说的艺术感染力之所在。如果汤姆是个嫉恶如仇的反抗者，小说的揭露力量反而会大大削弱。

四

这部作品于1901年首次由我国译界先驱林纾和魏易以《黑奴吁天录》的书名译成汉语，在我国读者中激起了强烈的反响，引起人们对美国黑奴悲惨命运的同情，也引起人们对自己民族命运的担忧。以后它又被改编成戏剧在我国上演。文革后，最先出版了黄继忠先生的译本，以后又陆续出版了多种译本，如王家湘先生的译本等等。关于文学名著的重译，许多人已进行过讨论。我们认为，文学名著是人类文化的宝贵遗产，对其研究和重译没有止境，正如鲁迅先生所说：“即使已有好译本，复译也还是必要的……取旧译的长处,再加上自己的新心得,这才会成功一种近于完全的定本。但因言语跟着时代的变化,将来还可以有新的复译本的……”除了鲁迅先生提到的两种原因之外,每个时代的人对文学作品都有自己的阅读、理解和阐释。随着语言和翻译理论研究的深入,必然有新理论指导下的新翻译实践,因此,文学名著的翻译是没有止境的,它需要许多译者共同劳动,一个译本就是一个视角、一种阐释方式,后译者站在前译者的肩上,借鉴前译的成果,进行改进提高。本译本应用翻译理论的一些新近研究成果,在借鉴前译的基础上力求译出自己的特色;此外,本译本还纠正了有些译本的一些错译、漏译。当然,效果如何,只有请读者和专家评判了。

作者序

正如书名所表明的，这个故事中所发生的一切大都在一个迄今为止一直被高雅的上流社会所忽视的种族之中。这是一个来自异域的民族，他们的祖先出生在热带的阳光下，带来并传给了他们子孙后代一种性格，它与盎格鲁—撒克逊种族的粗犷和盛气凌人的性格截然不同，因此多年来它从后者那儿得到的只有误解和蔑视。

但是，新的、更美好的一天的曙光已经出现。在我们的时代，文学、诗歌和艺术的一切影响和基督教的“仁爱为怀”的伟大主旋律越来越和谐、一致了。

诗人、画家和艺术家都在寻找和描绘生活中常见的仁慈行为，这种行为在小说的魅力下，散发着一种感化和威慑的力量，这对于宏扬基督教博爱的伟大原则十分有利。

到处都伸出了仁慈的手，调查暴虐，伸张正义，抚慰悲苦，使低贱者、被压迫者和被遗忘者的遭遇为世人所了解，并得到同情。

在这场广泛的运动中，不幸的非洲终于被世人记住了：曾在人类历史的蒙昧时期开始文明和人类进步历程的非洲，近几百年来，却在那些信奉基督教的文明人的脚下受奴役、流血汗、徒劳地乞求怜悯。

可是，作为征服者、凶狠的主人和占统治地位的民族，终于对她动了怜悯之心。人们认识到，对于国家来说，保护弱小比恃强凌弱不知要高尚多少。感谢上帝，奴隶贸易在世界上已不复存在！

本书中作者这些简略的描述的目的，就是要唤起人们对生活在我们中间的非洲种族的同情和体恤，表现在奴隶制度下他们的冤屈和痛苦，阐明这个制度必然残暴、不仁，因而使得那些对黑奴怀有深切同情的人为他们做出的一些努力都遭到破坏和废除。

作者真诚地声明，在实现上述目的的过程中，对于那些常常不是因为自身的过错而被牵连到奴隶制法律关系的种种麻烦和窘境中去的人，本人对他们并不抱有敌意。

经验告诉作者，有些情操极其高尚的人就常常被牵连其中。他们比任何人都更清楚地知道，本书所描述的奴隶制罪恶的情况远不及难以言状的全部真相的一半。

在北方各州，这些描述也许会被认为过分夸张了；在南方各州有不少见证人，他们知道这些描写是真实可靠的。作者对本书所叙述的细节的真实性有多少自己切身的了解，这一点会在恰当的时候告诉大家。

一代又一代，世界上许许多多的悲伤和冤屈都已经被洗刷、被淡忘，因此，我们可以欣慰地期望：总有一天，类似于本书的这一类描写只是作为不复存在的那段历史的记录才具有其价值。

将来有一天，当非洲海岸上一个文明、信奉基督教的社会拥有从我们这儿吸收过去的法律、语言和文学时，黑奴交易所的场景对他们来说也许就会像以色列人对埃及的回忆一样①，为此他们心中会涌起对拯救他们的上帝的感激之情。

因为，尽管政客们勾心斗角，世人被相互冲突的利益和欲望的浪潮冲得晕头转向，但是，人类解放的伟大事业却掌握在上帝手中。关于他有人说道：

他不会懈怠，也不会泄气，
直到这世上充满正义。

---

① 见《圣经·旧约·出埃及记》的有关记述：在埃及当奴隶的以色列人在摩西的率领下离开埃及，获得自由。

他会解救哭喊的穷人，
还有苦命和孤苦无助的人。
他将会从欺骗和暴力中救赎他们的灵魂，
在他的眼中，他们的血将变得珍贵无比。

第1章

向读者介绍一位仁慈的人

二月里一个寒冷的日子,傍晚时分。在肯塔基州P城的一户人家装饰考究的餐厅里,两位绅士正坐着边喝酒边谈话。没有仆人在旁边侍候。这两位绅士的椅子靠得很近,他们似乎正十分认真地讨论着什么事情。

为了方便起见,到目前为止我们一直称他们为“绅士”,但是,如果用挑剔的眼光审视的话,他们中的一位严格说来似乎不能归入“绅士”这一类人。他身材矮小,体格粗壮,相貌粗俗平常,具有那种想拼命挤入上流社会的底层人常有的妄自尊大、矫揉造作的神态。他衣着过于考究,穿着一件色彩艳丽、俗不可耐的背心;一条点缀着黄点子的花哨的蓝围巾,配一条鲜艳夺目的领带,这些与此人的总体神态倒很吻合。他的双手又粗又大,手上戴满了戒指;他佩戴着一根沉甸甸的金表链,上面挂着一大串五颜六色的特大印章。谈到兴头上时,他总是挥舞着这一串印章,发出丁丁当当的响声,明显一副志满意得的模样。他的谈话随心所欲,全然不合默里的语法规则①,其间随意点缀一些污言秽语。即使为了描写生动,我们也不愿把这些话在此一一录出。

他的同伴谢尔比先生颇有绅士风度。室内的布置、家务料理的总体状况都表明主人经济宽裕,甚至还很富裕。正如我们在前面提到的那样,这两位先生正在认真地谈话。

---

① 林德利·默里(1745—1826),美国语法学家,从事教科书编写工作,所编《英语语法》、《英语拼写课本》、《英语课本》等曾在英美广泛使用。

“我看事情就这样安排吧。”谢尔比先生说。

“我不能这样做生意——绝对不行，谢尔比先生。”另一个人说着举起一杯酒，对着亮光端详着。

“嗨，黑利，事实是，汤姆不是一般的黑奴，在哪儿他肯定都值这个价——他稳重、诚实、能干，把我的整个农庄管理得像时钟一样精确，有条不紊。”

“你说的是黑鬼的那种诚实。”黑利说着为自己倒了一杯白兰地。

“不，我说的是真的，汤姆为人善良，处事稳重，明事理，很虔诚。他是四年前在野营布道会上入的教，我相信他真的信了教。从那以后我把一切都托付给他管理——钱、房屋、马匹，还让他四处自由来往。我发现他在所有的事情上都很忠诚正直。”

“有的人不相信有虔诚的黑鬼，谢尔比，”黑利挥了一下手坦率地说，“但是我信。在上一批我运到奥尔良去的黑奴里就有一个——听那家伙祷告还真像在宗教聚会上听人布道呢，而且他性格温和安静。他还让我赚了一大笔钱，因为我从一个急于脱手的人那儿很便宜地把他买了下来，所以我在他身上赚了六百块。是的，我认为宗教在黑鬼身上是很有用的——如果他是货真价实的信徒的话。”

“嗯，如果有人真信教的话，那就是汤姆了。”谢尔比答道，“去年秋天我让他独自一人到辛辛那提去为我做生意，把五百块钱带回家。‘汤姆，’我对他说，‘我信任你，因为我认为你是个基督徒——我知道你不会欺骗的。’果然，汤姆回来了，我就知道他会回来的。听说有些品质低劣的人曾对他说：‘汤姆，为什么不逃到加拿大去？’‘啊，主人信任我，我不能这么做。’他们把这事告诉了我。把汤姆卖掉，我感到难过，真的。你应该让他抵掉我的所有债务。如果你有一点良心的话，你会这样做的，黑利。”

“哎，我的良心刚好跟别的生意人一样多——只有一点点，你知道，够我发誓用的了，可以这么说。”奴隶贩子打趣地说，“而且，我愿意做一切合乎情理的事帮助朋友。可是这事，你看，有些太让人为难——太让人为难了。”奴隶贩子若有所思地叹了一口气，又往杯子里倒了一些白兰地。

“那好吧，黑利，这桩买卖怎么做你才愿意成交呢？”一阵令人不安的沉默之后谢尔比问道。

“哎,你有没有一个男孩或女孩跟汤姆搭在一起卖?”

“嗯! 我实在没有多余的人手了。说实话,我也是万般无奈才准备出卖奴隶的。实际上,我真的一个也舍不得卖。”这时门打开了,一个约四五岁的夸德隆①小男孩走进房间。他的外表很美,很可爱,一头绣花丝线般柔软有光泽的黑色鬈发披在他带酒窝的圆脸上。当他好奇地打量着室内时,又长又密的睫毛下一双大大的黑眼睛充满着热切和温柔。他穿一件颜色鲜艳的红黄相间的格子罩衣,衣服做工精细,十分合身,更加衬托出他浅黑色华贵的美。那种带有害羞的滑稽的自信神态,表明他很熟悉主人对他的宠爱和关注。

“喂,吉姆·克罗②!”谢尔比先生说,他吹着口哨,向他扔去一把葡萄干,“喏,捡起来!”

孩子使出他小人儿的全部力气去捡这奖赏,看见他这般模样,他的主人在一旁大笑。

“到这儿来,吉姆·克罗。”他说。孩子走过来,主人拍拍他一头鬈发的脑袋,轻轻抚摸着他的下巴。

“哎,吉姆,让这位先生看看你舞跳得怎么样,歌唱得好不好。”孩子开始唱一支在黑人中流行的奇异而热情奔放的歌曲,他嗓音圆润清亮,边唱边用手、脚和身子做出许多滑稽而优美的动作,他的舞蹈与歌曲十分合拍。

“好啊!”黑利边说边扔给他几瓣橘子。

“哎,吉姆,学学库乔大伯犯风湿病走路的样子。”他的主人说。

孩子柔软的四肢马上变成扭曲变形的样子,他驼起背,手里拄着主人的手杖,一瘸一拐地在房间里走着;他稚气的脸皱成一团,一副愁眉苦脸的样子,学着老人的模样左一口右一口地吐着痰。

两位绅士纵声大笑起来。

“哎,吉姆,”主人说,“给我们学学老罗宾斯长老唱赞美诗的模样吧。”小男孩把自己胖乎乎的圆脸拉得老长,一副平静而庄严的神态,开始用鼻音唱起赞美诗来。

---

① 夸德隆(quadroon)指有四分之一黑人血统的人。

② 吉姆·克罗是对黑人的贬称。

“好哇！太棒了！真是个小人精！”黑利说，“这小家伙真滑稽，我敢担保。你听我说，”他突然拍着谢尔比先生的肩膀说，“把这小家伙搭进来，我跟你成交——一定。哦，行啦，难道这不是解决这事的最佳办法吗？”

这时，门被轻轻推开了，一个约二十五岁的年轻夸德隆女人走了进来。

只要看一眼孩子，再看看她，便可以断定她就是孩子的母亲了。她长长的睫毛下也有一双水灵灵的大大的黑眼睛，也有着如细浪般柔软的有光泽的黑色鬈发。她棕色的面颊上泛着淡淡的红晕，当她发现一个陌生男人用放肆的、毫不掩饰的钦慕眼神盯着她看时，她脸上的红晕变得更红了。她的衣服非常合身，更衬托了她婀娜的身姿；她有着纤美的手、纤细的足和踝，这些美丽的地方都没逃过奴隶贩子的敏锐目光，他只要扫一眼便能把漂亮女人的优点看得一清二楚。

“哦，伊莱扎，有事吗？”见她站在那儿犹豫不决地看着他，她的主人问。

“对不起，先生，我在找哈利。”小男孩蹦蹦跳跳地向她跑来，把他用罩衣下摆兜着的战利品给她看。

“好啦，把他带走吧。”谢尔比先生说。她抱着孩子连忙退出房间。

“天哪，”奴隶贩子赞叹地向他转过身说道，“嘿，这可是件好货！不管什么时候你把这女人弄到奥尔良去都会发财。我当年曾见过有人付一千多块钱买的女奴一点儿也不比她更漂亮。”

“我不想用她发财。”谢尔比先生冷冰冰地说。然后，为了转移话题，他又开了一瓶酒，并问同伴对这酒的评价。

“好极了！先生，一流的酒！”奴隶贩子说。然后他转过身，老熟人似的拍着谢尔比的肩膀，又加了一句：“好啦，卖这个女人你开什么价？”

“黑利先生，我不会卖她的，”谢尔比说，“你就是付给我与她身体相同重量的黄金，我妻子也不会卖她的。”

“唉，唉，女人总是说这样的话，因为她们不会算账。只要让她们明白和一个人重量相等的黄金可以买多少块手表、多少件衣服和小饰物，我想情况就会改变的。”

“我告诉你，黑利，这事不要再说了，我说不行就不行。”谢尔比先生坚决地说。

“好吧，不过你要把小男孩给我。”奴隶贩子说，“你得承认，为了他我已经做了很大的让步了。”

“你要这孩子到底有什么用?”谢尔比问。

“嗨,我有个朋友准备做这一行当里的这一方面的生意——他要大量买进长相好的男孩,养大了去卖。完全是漂亮的货色,卖给出得起价钱的富人做侍者什么的。用真正英俊的男仆开门、侍候用餐、服侍等可以为豪宅增光,他们可以卖出好价钱。这个小机灵鬼滑稽有趣,有音乐天赋,正是合适的货色。”

“我不愿卖掉他。”谢尔比先生若有所思地说,“事实是,先生,我是个仁慈的人,我不愿把小男孩从他母亲身边夺走,先生。”

“哦,是吗? 哎呀! 是的,是那种性质的事。我完全理解。有时,跟女人打交道是件让人很不愉快的事。我总是很讨厌那些大喊大叫、哭哭啼啼的场合,这些场合让人十分不快。但是我做生意时一般避开这些场合,先生。哎,你让那女人离开一天或一个星期左右又有什么关系,那样事情就悄悄地办了——在她回家前一切都解决了。你太太可以为她买一些耳环或一件新衣什么的,给她一点补偿。”

“恐怕不行。”

“上帝保佑你,能行! 这些家伙不像白人,你知道,只要处理得当,他们会慢慢忘了痛苦的。哎,有人说,”说到这儿,黑利装出一副坦率和信任的神态,“这种生意使人的心肠变硬,但我从来不这样认为。事实是,我从不按有些人做这行生意的方法行事。我见过这些人经常把孩子从女人怀里拽出来,然后把他拍卖,那些女人一直不停地发疯般地哭叫——很不明智的做法——把货给糟蹋了——有时使她们不再合适做仆役。我在奥尔良时认识一个十分漂亮的姑娘,就是这种粗暴的方法把她全毁了。那个买她的人不愿要她的婴儿,而她火气上来时是那种真有血性的人。我告诉你,她把小孩紧紧地抱在怀里,喋喋不休地说着,一直闹得很凶。现在想到这件事我还不寒而栗呢。后来他们把孩子带走了,把她关起来,她满口胡言乱语地疯了,一星期后就死了。白白扔了一千块钱。先生,就是因为处理不当——就是这么回事。最好总是采取人道的方法,先生,这是我的经验。”奴隶贩子往椅背上一靠,双臂交叉抱在胸前,一副做出了明智决策的神态,俨然把自己当成了威尔伯福斯①第二。

这位绅士似乎对这个话题很有兴趣,因为当谢尔比先生正在若有所思地剥橘子皮时,黑利又滔滔不绝地说起来。他一副感到为难的样子,似乎是受真理力量的驱使才不得不又说上几句的。

“一个人自夸总显得不好,但是因为这是事实我才说的。我相信,人们认为我送到市场上卖的都是最好的黑奴——至少别人是这么对我说的,不止一次,成百上千次——状态都很好:身体胖,模样好。而且在这一行里我损失的奴隶也最少。我把这一切都归功于我的经营之道。而仁慈,先生,可以说是我的经营之道的重要支柱。”

谢尔比先生不知说什么好,只好说:“可不是吗!”

“喏,我却因为这些观点而被人嘲笑,先生,受人责备。这些观点不受欢迎,很少见,但我坚持,我一直坚持这些观点,而且从中获益匪浅。真的,先生,可以这样说,我已经为自己开出一条路来了。”奴隶贩子为自己的妙语大笑起来。

这些有关仁慈的宏论十分风趣新颖,引得谢尔比先生也忍不住陪着奴隶贩子笑了起来。读者诸君,也许你们也笑了,但是你们知道当今仁慈会以形形色色的奇怪方式出现,仁慈的人说的和做的奇怪的事数也数不完。

谢尔比先生的笑声鼓励奴隶贩子又说了下去。

“嘿,真怪,我一直无法让别人接受这一观点。喏,比如住在南面纳齐兹的汤姆·洛克,我的老搭档。他是个聪明人,确实聪明,只是在黑奴面前就像个魔鬼。你知道,这是按原则办事,因为在与我们处得不错的人当中没有谁比他心肠更硬的了。这是他的做事方法,先生,我曾劝过汤姆。‘嘿,汤姆,’我对他说,‘你在姑娘们哭哭啼啼、大吵大闹的时候,猛击她们的头、残酷地虐待她们又有什么用呢? 这是很可笑的,’我说,‘而且一点益处也没有。嘿,我看不出她们哭有什么害处,’我说,‘这是人的本性,’我说,‘而且人的喜怒哀乐不能用这种方式发泄,就会用另一种方式发泄。再说啦,汤姆,’我说,‘如果你不让她们哭闹,这只能毁了你的姑娘们:她们会病病歪

① 威廉·威尔伯福斯(1759—1833),英国政治家、慈善家,曾任英国下院议员。他支持议会改革,在废除奴隶贸易和英国海外属地的奴隶制中起过重要作用。

歪、精神沮丧,有时会变得丑陋不堪——特别是那些黄皮肤的姑娘更是如此——要让她们恢复可要费劲了。咳,'我说,'你为什么不能哄哄她们,对她们好言相劝呢?相信我,汤姆,多一点仁慈,会比你的打骂管用得多,而且这更合算,'我说,'没错。'可是汤姆就是不明白,他糟蹋了我许多女奴,我只好和他散伙,虽然他是个好人,做生意公道。"

"你认为你的方式比汤姆的更好吗?"谢尔比先生问。

"当然啦,先生,我可以这么说。要知道,只要有可能,对像卖小孩这一类不愉快的事我总是很谨慎——把女人弄开,眼不见心不烦嘛,你知道——等事情全办完无法挽回时,她们自然就适应了。你知道,这些人不像白人,白人从小受的教养使他们指望一辈子守着老婆孩子什么的。那些调教得当的黑鬼,你知道,没有这些非分之想,所以这些事办起来要容易多了。"

"那恐怕我的黑奴调教不当。"谢尔比先生说。

"也许是吧,你们肯塔基人把黑鬼宠坏了。你们本想对他们好,但这毕竟不是真正的仁慈。喏,你知道,一个黑鬼在世上就是要被到处驱使,卖给汤姆啦,狄克啦,还有天知道什么人。让他有思想、有希望,让他生活太舒适,对他来讲都不是仁慈的,因为他以后遇到艰苦和挫折时就更受不了。嗨,我敢说,你的黑鬼要是到了艰苦的环境中,准会一个个愁眉苦脸,而一些种植园的黑鬼在同样的地方却会着魔一般地高歌欢叫。谢尔比先生,你知道,每个人自然都会认为自己的办法好,我认为在适当的范围内我对他们够好的了。"

"真是知足者常乐啊。"谢尔比先生微微耸了耸肩说,语气里带着一丝可以察觉的不快。

两人各想各的心事,半天没说话,黑利过了一会儿说:"嗯,你看怎么办?"

"我要好好考虑一下,跟我太太商量商量。"谢尔比先生说,"在此期间,黑利,如果你想按你说的那样把事情悄悄办了,最好不要把这事在这一带传出去。要是传出去,我的仆役就会知道,那样的话,要想把我手下任何人弄走就不是什么特别容易的事情了,我可以肯定地告诉你。"

"啊!当然没问题,嘘,别做声!当然。可是我告诉你,我急得很,希望你尽早给我答复。"他说着站起身来穿上大衣。

“好吧,今晚六点和七点之间来,我会给你答复的。”谢尔比先生说,然后奴隶贩子欠身告辞,走出了房间。

“我真想一脚把这家伙从台阶上踢下去,”他看见门关上后自言自语地说,“看他那厚颜无耻的样子。不过他知道自己占了我多大的便宜。要是过去有人劝我把汤姆卖到南方这样一个恶棍奴隶贩子手中,我会对他说:‘你的仆人不是条狗,能这样对待他吗?’可现在恐怕只好卖掉他了。还有伊莱扎的孩子也得卖!我知道要卖那孩子我和太太会有一番争执,卖掉汤姆更会有一番争吵。这就是负债的好处哟。嗨嗬!这家伙知道自己的优势,他想利用它逼我就范呢。”

也许在肯塔基州人们看见的是奴隶制最温和的形式。在这儿,人们普遍从事的是比较轻松的农业劳动,没有更南部地区那种因为季节周期性变化所带来的匆忙和压力,这就使黑人的劳作更为健康和合理。而主人则满足于渐进和缓的获利方式,他没有受到诱惑做出冷酷无情的事。但在通常的情况下,如果快速获利的机会突然出现,而天平的另一端只是那些不受保护的、无助的黑奴的利益时,那么这天平就会倾斜,脆弱的人性就会抵挡不住诱惑,做出冷酷的事情来。

不管是谁,只要参观过肯塔基州的一些种植园,看见过一些男女主人对奴隶的好心和宽容以及一些奴隶对主人的耿耿忠心,往往会忍不住幻想,想起宗法制度下具有神话色彩、充满诗意的传说以及诸如此类的美妙情景来。但是,在这田园诗般的场景之上却笼罩着不祥的阴影——法律的阴影。当法律把所有这些有心跳有情感的活生生的人当做属于某个主人的财物看待时,只要某个哪怕是最善良的主人破产、倒运、轻率行事或死亡,就会随时使他们从受保护和受恩宠的生活坠入无望的悲惨和苦役之中。在这种情况下,即使在管理得最好的奴隶制下,也不可能产生任何美好和令人向往的东西。

谢尔比先生是个普通的人,他本性敦厚,对人和善,对身边的人随和宽容。在他的种植园里,黑奴们物质生活舒适,什么东西都不缺。可是,他把大量金钱用于做投机生意,而且决策草率,因而深陷其中难以自拔。而且他的大量票据已经落入黑利之手,这一点点情况是理解前面谈话的关键。

话说刚才伊莱扎走到门口的时候,碰巧听见了一些谈话,她了解到奴隶贩子正向主人开价要买什么人。

她出去时很想在门口停下来听一听,可是女主人正巧在叫她,她只好匆匆地走开了。

尽管如此,她仍然觉得自己听见了奴隶贩子出价买她的儿子。难道她听错了吗?她的心怦怦直跳,越想越难以平静,于是便不由自主地把孩子紧紧地搂在怀里,弄得小家伙抬起头吃惊地看着她的脸。

"伊莱扎,姑娘,你今天怎么啦?"女主人问。因为刚才伊莱扎弄翻了水壶,撞倒了针线桌,最后女主人要她到衣柜里拿一件丝绸连衣裙,她却心不在焉地递给她一件长睡袍。

伊莱扎吃了一惊。"啊,太太!"她抬起头,然后忍不住哭了起来。她在一张椅子里坐下,开始抽泣。

"哎哟,伊莱扎,孩子,你怎么啦?"女主人问。

"啊!太太,太太,"伊莱扎说,"有个奴隶贩子在客厅和老爷谈话!我听见他的话了。"

"哟,傻孩子,就算是,那又怎么样呢。"

"啊,太太,你想主人会把我的哈利卖掉吗?"这可怜的女人一下子扑进椅子里,哭得浑身直抽搐。

"把他卖掉!不会,你这个傻姑娘!你知道老爷从不和这些南方的奴隶贩子打交道,他也从来没打算卖掉任何仆人,只要他们守规矩。哟,你这傻孩子,你认为谁会买你的哈利?你认为全世界的人都像你一样一门心思都放在他身上?你这个傻丫头!好啦,高兴起来,把我的连衣裙钩好。好了好了,把我后面的头发按你前几天学会的样式梳成好看的辫子。以后不要在门口偷听了。"

"这个,不过,太太,你绝不会同意……卖……卖……"

"别胡说了,孩子!我绝不会的。你为什么要说这种话呢?我宁肯卖掉自己的一个孩子,也不会卖你的孩子。不过说真的,伊莱扎,你现在把那小家伙也看得太重了,只要有人探头进屋看一下,你就认为人家是来买他的。"

女主人肯定的语气使伊莱扎放宽了心,她灵巧敏捷地服侍主人梳妆,一边干活一边笑自己没来由的担心。

谢尔比太太在智力和道德两方面都算得上是上等人,除了具有那种人们一般认为是肯塔基女人典型特征的天生的慷慨之心和宽宏大量之外，她还有很高的道德和宗教感情及原则性，并且以极大的精力和杰出的才能把它们付诸实施并取得成效。她丈夫虽然没有明确表白自己具体的宗教信仰，但对他太太始终如一的宗教信仰却充满敬意，也许对她的观点还怀有几分敬畏。毫无疑问，他对太太在为仆人提供舒适的环境、教育和完善他们的品性等方面所做的一切善行没有任何限制，尽管他本人在这方面从来没有起决定性的作用。事实上，即使他算不上是严格意义上的圣人多余功德有效论的信仰者，但他似乎真的存有几分幻想：妻子的虔诚和仁慈够两人用的——因此他怀有一种模糊的希望：他可以凭借太太极多的优秀品质进入天堂，而他认为自己不具有这些品质。

和奴隶贩子谈话之后，压在他心头最大的负担就是他预见到有必要把他深思熟虑的安排透露给太太——他必须面对自己肯定会遇到的苦求和反对。

谢尔比太太由于一点儿也不知道丈夫的尴尬处境——她只知道丈夫仁慈的禀性——因此当伊莱扎怀疑丈夫要卖她的孩子时，谢尔比太太根本不相信，她的态度是真诚的。事实上，不久之后她便不再考虑这件事了，因为她正忙着晚上出去访友，所以把这件事完全给忘了。

第2章
母亲

伊莱扎是从小被女主人宠爱着抚养大的。

那些到过南方的人一定经常注意到夸德隆和穆拉托[①]女人那种似乎是天生的特别的丽质、悦耳的声音和娴雅的举止。这些夸德隆女人几乎人人都有动人的外貌和优雅的风度，浑身上下充满着一种令人目眩的美丽。刚才我们对伊莱扎所作的描绘并非出自想象，而是基于我们多年前在肯塔基见到她时的记忆。在女主人的保护和关爱下，伊莱扎没有受到诱惑和干扰长大成人，而对于奴隶来说，这些诱惑往往会使美貌成为不幸的根源。她和一个聪明、有才气的穆拉托青年结了婚，他是附近一个种植园的奴隶，名叫乔治·哈里斯。

这年轻人被主人租出去在一家麻布厂干活，他因为心灵手巧而受到器重，被看成厂里最好的工人。他发明了一台净麻机，考虑到他所受的教育和生活环境，发明这台机器表明他与轧棉机的发明人惠特尼具有同等的机械方面的天赋[②]。

他外表英俊，举止得体，受到厂里人的普遍喜爱。然而，由于在法律的眼中，这个年轻人不是人，而是物，他所有的一切都掌握在一个粗俗、狭隘而又残暴的主人手中。这位先生听说了乔治的名声之后，便骑马赶到工厂，看看这个聪明的奴隶在干些什么。他受到工厂老板的热情接待，老板祝贺他

① 穆拉托(mulatto)指黑人与白人的第一代混血儿或黑白两种血统的人。

② 这种机器实际上是肯塔基的一个黑人青年发明的。

拥有这么一个宝贵的奴隶。

他由乔治陪着参观工厂,看机器。乔治情绪极佳,因而说话流利自如,腰板挺得笔直,显得英俊潇洒,很有阳刚气概,弄得主人自惭形秽,觉得很不自在。他的奴隶凭什么可以到处走动、发明机器、在绅士们中间昂首挺胸?他要马上终止这一切。他要带他回去,让他锄草掘地。“看他还敢不敢这样神气活现地四处走动!”因此,当他突然索要乔治的工钱、宣布他打算带他回去时,工厂主和有关工人都大吃一惊。

“可是,哈里斯先生,”工厂主抗议道,“这是不是太突然了?”

“太突然又怎样?这个人不是我的吗?”

“先生,我们愿意多付补偿费。”

“钱对我来说不成问题,我不需要把我的人雇出去,除非我想这样做。”

“可是,先生,他似乎特别适合干这一行。”

“也许是吧。我敢肯定,我分给他干的事他从来都不太适应。”

“可是你想想,他发明了这部机器啊。”一个工人不合时宜地插了一句嘴。

“啊,不错!一部节省劳力的机器,对吧?我相信他会发明那机器的,但任何时候都不要让黑鬼干那事,他们本身个个都是节省劳力的机器。不行,他得走!”

听见这个他无法抗拒的有权势的人物突然宣布了对他命运的判决,乔治站在那儿惊呆了。他双臂交叉放在胸前,紧紧地抿着嘴唇,但是一股怒火在他胸中燃烧,血管中热血奔涌。他呼吸急促,一双黑色的大眼睛像燃烧的煤块一样冒着火焰,要不是好心的工厂主提醒,他的怒火可能会爆发,后果将不堪设想。工厂主碰碰他的手臂,轻声对他说:“算了,乔治,暂时跟他回去吧。我们还会想办法帮助你的。”

这个暴君看见他们耳语,虽然他没听见工厂主说的话,但他猜到了这番话的含意,于是他暗暗打定主意,一定要坚持行使他拥有的权力来对付乔治。

乔治被带回去了,被迫干农场上最下贱的苦力活。他设法压下每一句不恭敬的话,但他那发亮的眼睛、忧郁和苦恼的面容却是无法压抑的,他用无声的语言明白无误地表明:人不可能成为物品的。

正是在他受雇于工厂的这段快乐的时光里，他认识并娶了伊莱扎。在此期间，由于很受工厂主的信任和宠爱，他可以随意来往。谢尔比太太十分赞成这桩婚姻，她颇有几分做媒人的得意，很乐意撮合自己宠爱的漂亮女仆和与她身份相当、十分般配的男人结合，所以他们在女主人的大客厅里举行了婚礼。女主人亲手用白色香橙花[①]装饰新娘美丽的头发，再给她罩上新娘披纱，使新娘显得娇美无比。婚宴上白手套、糕点和美酒可不少，艳羡的客人纷纷夸奖新娘的美貌和女主人的宽容慷慨。有一两年时间伊莱扎经常与丈夫见面，除了两个婴儿夭折外，两人婚后的生活一直幸福美满。对那两个孩子她十分疼爱，孩子的夭折使她十分伤心，女主人只得好言相劝。她怀着母亲般的焦虑心情，设法把伊莱扎天生的强烈情感引导到理智和宗教上来。

不过，等到小哈利出生之后，伊莱扎渐渐地平静安定下来了，每一根血管、每一根颤动的神经都再次与这个小生命紧密地联结在一起，她似乎变得正常健康了。一直到她丈夫被粗暴地从工厂主那儿带走，置于他法定主人暴虐的支配下之前，伊莱扎一直是个幸福的女人。

工厂主遵守诺言，在乔治被带走的一两个星期之后去拜访了哈里斯先生，他希望哈里斯先生火气消了之后，能同意让乔治回工厂干活。

“你不必费神再说了，”他固执地说，“我会处理自己的事务的，先生。”

“我并不想干涉你的事，先生，我只是认为你也该为你自己的利益考虑，让你的人按提出的条件到我们厂里干活。”

“哦，这件事我很清楚。我把他带出工厂的那天看见你们又眨眼又说悄悄话，但是你们骗不了我。这是自由的国家，先生，这个人是我的，我想怎么对他都行——就是这么回事！”

乔治的最后希望就这样破灭了，他未来的生活中只剩下苦役和辛劳。残暴而工于心计的主人还会想出一些小小的令人难以忍受的折磨和侮辱，使他的生活更加痛苦。

一位十分人道的法学家曾经说过，处置人的最残暴的方法莫过于把他绞死。不对，还有一种更加残暴的处置方法。

---

① 在英美婚礼上，此花常佩在新娘身上，或做成花束由新娘捧在手里。

第3章

丈夫和父亲

谢尔比太太出门看朋友去了，伊莱扎站在走廊上，无精打采地看着远去的马车，这时一只手突然搭在她的肩膀上。她转过身子，好看的眼睛里溢满快乐的笑意。

“乔治，是你呀？你把我吓了一大跳！嘿，你来了我真高兴！太太出门去了，一下午不会回来，到我的小房间里来吧，我们可以单独待在一起。”

说着她把他拉进一间通向走廊的房间，她通常在这儿做针线活，能听得见女主人叫她。

“我真高兴！你为什么不笑？看看哈利——他长得多快。”小男孩害羞地站在那儿，眼睛透过鬈发看着父亲，他的手紧紧抓着母亲衣裙的下摆。“他不是很漂亮吗？”伊莱扎说着撩起他长长的鬈发亲吻他。

“我真希望他没出生！”乔治悲愤地说，“我希望我自己也没出生！”

听了这话伊莱扎又惊又怕，她坐下来，把头倚在丈夫的肩膀上哭了起来。

“好了，伊莱扎，我不该让你难过，可怜的姑娘！”他深情地说，“真不该。啊，我真希望你没遇见我——那样也许你会一直很幸福！”

“乔治！乔治！你怎么能说这种话？发生了什么可怕的事？还是就要发生什么可怕的事？我确信，直到最近我们一直很幸福。”

“确实如此，亲爱的。”乔治说。然后他把孩子揽到膝上，一边目不转睛地看着他一双漂亮的黑眼睛，一边用手梳理着他长长的鬈发。

“长得很像你，伊莱扎，你是我见过的最漂亮的女人，也是我希望见到的最好的女人。可是，啊，我真希望从没见过你，也希望你没见过我！”

“哎呀，乔治，你怎么能说这种话！”

“是的，伊莱扎，一切都是痛苦，痛苦，痛苦！我的生活苦得像苦艾，我的生命快要熬干了。我是个贫穷、凄惨、孤苦伶仃的苦力，我只会拖累你跟着我受苦，就是这么回事。我们努力做事，努力学习，努力有所成就，可这一切又有什么用呢？活着有什么用呢？我还不如死掉的好！”

“哎呀，亲爱的乔治，你说这些话真是罪过！我知道你心里很苦：失去了厂里的工作，主人又很残忍，但是请你要忍耐，也许会有……”

“忍耐！”他打断了她的话，“难道我不是一直在忍耐吗？我在那儿人人都对我很好，他来毫无道理地把我带走时我说一句话了吗？我真的把我挣的每一分钱都给了他——他们都说我的活干得很好。”

“嗯，这确实很不像话，”伊莱扎说，“不过，他毕竟是你的主人，你知道。”

“我的主人！谁让他做我的主人？这正是我考虑的问题。他有什么权力主宰我？我跟他一样是人。我是个比他更优秀的人。我比他更懂经营，更善于管理，我读书比他强，写字比他好——这些都是自学的，不是他的功劳——尽管他阻挠，我还是学会了，现在他有什么权力把我变成一匹拉重物的马？他有什么权力不让我干我能胜任、比他干得更好的事情？他凭什么让我干那些任何牛马都能干的活？他故意要这么干，他说要把我降伏，要羞辱我。他故意让我干最艰苦、最下贱、最肮脏的活！”

“哎呀，乔治！乔治！你真让我害怕！哟，我从来没听你说过这样的话，我担心你会做出可怕的事情。我完全可以理解你的感情，但是，啊，千万要谨慎——千万，千万——为了我，为了哈利！”

“我一直很谨慎，我也一直在忍耐，但情况却越来越糟，血肉之躯再也不能忍受了——每一个侮辱、折磨我的机会他都不会放过。我原以为我可以把活干好，息事宁人，干完活以外抽些时间读书学习。可是他见我干得越多，给我加的活就越重。他说，尽管我什么也不说，但他能看见我性格中的暴烈。他想使它爆发出来，我要是没说错的话，总有一天它会以他所不喜欢的方式爆发出来！”

“啊，亲爱的！我们该怎么办呢？”伊莱扎忧伤地说。

"就在昨天,"乔治说,"我正忙着往马车上装石头,汤姆小少爷站在那儿用鞭子在马旁边抽,让马受了惊。我尽可能温和地请他不要抽,他根本不听,还是一个劲地抽。我再一次恳求他,可是他却冲着我来了,开始打我。我抓住他的手,他又叫又踢,跑到他父亲身边,告诉他父亲说我打他了。主人怒气冲冲地跑过来,说他要教训我,让我知道谁是主人。他把我捆在一棵树上,为小少爷砍了不少细树枝,对他说他可以用树枝抽我,一直到抽累了为止。小少爷真的照他的话做了!将来总有一天我会让他记住这事的!"年轻人的脸色阴沉下来,眼睛里燃烧着怒火,这使他年轻的妻子不寒而栗。"谁让这个人做我的主人?这是我想弄明白的!"他说。

"唉,"伊莱扎伤心地说,"我总是认为自己应该服从老爷和太太,否则我就不是基督徒了。"

"在你的情况下说这话还有些道理。他们从小把你养大,给你吃,给你穿,宠着你,教育你,使你受到良好的教育,因此,他们对你拥有权力还有些道理。可是我一直被人踢,被人打,被人骂,最好的待遇就是没人过问,我欠他什么?我已经一百倍地偿还了供养费。我再也无法忍受了,是的,无法忍受了!"说着他狠狠地皱了皱眉头,攥紧了拳头。

伊莱扎浑身一阵颤抖,一言不发。她过去从没见过丈夫如此激愤,她脆弱的伦理道德观就像一根芦苇,在这汹涌的激情中弯曲了。

"你知道可怜的小卡罗,是你送给我的,"乔治又说道,"这小东西一直是我全部的安慰。它晚上跟我睡,白天到处跟着我,它看我的样子就像懂我的感情。嗯,前几天,我正用从厨房门口捡来的几块食物残渣喂它,老爷走过来,说我花他的钱喂狗,要是每个黑鬼都养狗他可负担不起,命令我在它脖子上拴一块石头,把它沉到池塘里去。"

"啊,乔治,你可不能干这事啊!"

"干这事?不是我干的!是他干的!老爷和汤姆不断地向淹得奄奄一息的狗投石头。可怜的东西!它悲伤地望着我,好像不明白我为什么不救它。因为我自己不愿意朝狗身上投石块,后来挨了一顿打。但是我不在乎。老爷以后会明白,我是一个不会被皮鞭驯服的人。如果他不小心的话,我出头的日子迟早会到来的。"

"你准备干什么?哎呀,乔治,你可不要做坏事哟!只要你信仰上帝,努力做正确的事，他就会来解救你的。”

“我不像你，我不是基督徒。伊莱扎，我一肚子怨恨，无法信仰上帝。他为什么让这种情况存在呢？”

“哎呀，乔治，我们必须有信仰。太太说，我们事事都不顺的时候，要相信上帝正择其最佳而为之呢。”

“那些坐在沙发上、坐在马车里的人说这话是很容易的，但是让他们处在我的地位，我想，话就不会说得这么轻巧了。我希望我能虔诚，但我心中燃烧着怒火，怎么也无法甘心认命的。你要是处在我的地位，你也不会的——如果我把一切都告诉你，你现在就不会。你还不知道全部情况呢！”

“还能有什么事啊？”

“嗯，这个，最近老爷说啦，他说我跟农庄以外的女人结婚是办了一件傻事，说他痛恨谢尔比先生和他的家人，因为他们太高傲，瞧不起他。说我在你这儿学得骄傲自大起来。他还说今后不允许我再到你这儿来，要我娶个妻子在他的农庄安家。开始时他只是骂骂咧咧地发发牢骚，可是昨天他对我说我应该娶米娜为妻，跟她在小屋里安家，否则他就把我卖到河下游去。”

“哟——可你是由牧师主持跟我结的婚呀，就像白人一样！”伊莱扎天真地说。

“你难道不知道奴隶不能结婚？这个国家没有奴隶结婚的法律。如果他硬要把我们分开，我无法让你做我的妻子。所以我希望从没见到过你，所以我希望自己从没降生到人世，这样对我们俩都更好一些。如果这可怜的孩子没出世，对他也更好一些。将来他也可能会遇到一切不幸！”

“哦，可是老爷很仁慈！”

“是的，可是谁知道呢？他也许会死，那孩子就可能被卖给天知道什么人。他漂亮，聪明伶俐，但这有什么可高兴的呢？我告诉你，伊莱扎，你孩子的每一个优点都会变成一把刺入你灵魂的尖刀。这些优点会让他身价倍增，使你无法留住他！”

这些话重重地敲在伊莱扎的心上，她眼中出现了奴隶贩子的身影，仿佛有人给了她致命的一击，她的脸刷的一下变得苍白，胸闷气急起来。她紧张不安地看着外面的走廊，小男孩因为厌倦了他们的严肃谈话，已跑到外面的走廊上，他把谢尔比先生的手杖当马，神气活现地骑着它跑来跑去。她本想把自己的担心告诉丈夫,但是她忍住了。

“算了,算了——他的痛苦也够多的了,可怜人!”她想,“不,我不能告诉他。再说,这也不是真的,太太从没骗过我们。”

“那好,伊莱扎,我的姑娘,”丈夫伤心地说,“坚持下去。再见吧,我要走了。”

“走?乔治!上哪儿去?”

“到加拿大去!”他说着直起了身子,“我到那儿以后就把你赎出来,这是我们的全部希望了。你的主人很仁慈,他不会拒绝我赎你的。我要把你和孩子都赎出来——愿上帝帮助我,我一定会的。”

“啊,真可怕!万一你被抓住了怎么办?”

“我不会被抓住的,伊莱扎,被抓住之前我会先死的!不自由,宁愿死!”

“你不会自杀吧?”

“没有必要。他们会很快杀了我,他们绝不会让我活着到河那边去!”

“啊,乔治,为了我,一定要小心!不要做坏事,不要自杀,也不要杀人!你受到太多的诱惑——太多,但是不要……你一定要走,但一定要小心谨慎。愿上帝帮助你。”

“那好吧,伊莱扎,听听我的计划。老爷突然决定让我经过这儿,给住在一英里以外的西姆斯先生捎一个便条。我相信他估计我会到这儿来把我憋在心里的话告诉你,如果他认为这事会惹恼谢尔比家的人,这会让他很开心的。‘谢尔比家的人’是他的叫法。你知道,我回去后会很顺从,好像一切都过去了。我已经做了一些准备,有些人将会帮助我。大约一星期以后,我就会在某一天失踪。为我祈祷吧,伊莱扎,也许好心的上帝能听见你的祈祷。”

“啊,你自己祈祷吧,乔治,坚持信仰上帝,你就不会做出邪恶的事了。”

“那好,再见吧。”乔治说着握住了伊莱扎的双手,一动也不动地凝视着她的眼睛。他们默默地站在那儿,然后是临别的叮咛、呜咽和伤心的哭泣——重逢的希望像蛛网一般容易破灭——丈夫和妻子就这样分别了。

第4章

汤姆叔叔小屋中的一个夜晚

汤姆叔叔的小屋是用原木搭建的,紧挨着"大宅"——黑人最喜欢这样称呼主人的房屋。小屋前有一块整齐的园地,在精心侍弄下,每逢夏天,草莓、覆盆子、各种水果和蔬菜长得十分茂盛。小屋的整个正面被一大棵鲜红色的比格诺藤和一株本地野蔷薇所覆盖,枝叶蔓生,缠绕交错,把小屋粗糙的原木遮得严严实实。每年夏天,这里还有各种一年生的鲜艳的花草——像金盏花、矮牵牛、紫茉莉——在花园一角竞相怒放,这些都是克洛伊大婶心中的喜悦和自豪。

让我们走进屋子。大宅里的晚饭已经结束,克洛伊大婶作为厨师头把晚饭做好后,就把收拾餐桌、清洗盘碟的事交给厨房下属们去干,她自己则出了大宅,走进自己小巧舒适的领地,"为老头子做晚饭"。因此,不必怀疑,你看见的在炉边忙活的人肯定就是她。她正急切而又兴致盎然地在长柄炖锅中吱吱地煎着什么。不久,经认真考虑之后,她又揭起烤箱的盖子,里面冒出的气味明确无误地表明有"好吃的东西"。她有一张黝黑发亮的圆脸,这油亮的脸就像她自己做的茶饼干,好像外面涂了一层蛋清似的,浆洗得挺括的格子头巾下的一张圆润的脸上满是自满自足的笑容。不过,我们还得承认,这笑容里还带有与这一带公认的第一厨师身份相配的些许得意。

确实,她从骨子眼里和灵魂深处就是个厨师。谷仓旁场院里的鸡、鸭、火鸡一看见她走近,无不显得黯然神伤,显然正为自己的末日来临而忧心忡忡。的确,她总是在考虑捆扎、填料和烧烤,到了要蓄意引起所有敏感家禽恐惧的程度。她做的各种玉米饼，像锄形玉米饼、发面饼和松饼以及别的多得没法说的品种，对一切技术不熟练的糕饼配料师来说简直是超凡的技艺。她常说起她的这个或那个同行想达到她的高水平费了很大的劲，结果却徒劳无功。这时她便会怀着坦诚的自豪，开心地笑得胖腰身直颤。

每逢大宅里来了客人，要安排“有排场的”午餐或晚宴，便会激起她全身的干劲。没有什么会比看见游廊上卸下一大堆旅行箱更让她高兴的了，因为这时她预见到又可以大显身手，又可以大获成功了。

不过，眼下克洛伊大婶正往烤箱里面看，我们且让她干这件她心爱的活计，不去打搅她，先把她的小屋描绘一下。

在屋子的一角放着一张床，床上整洁地铺着雪白的床单，床边有一块颇大的地毯。这地毯是克洛伊大婶上层人士地位的明白无误的标志。地毯、旁边的床以及整个角落都受到很高的礼遇，被奉为圣地，尽可能不让小家伙们入侵亵渎。事实上，这个角落是这一家的客厅。在另一个角落有一张简陋得多的床，显然是日常用的。壁炉上方的墙上挂着几幅色彩鲜艳的《圣经》插图，还有一幅华盛顿将军的画像，这画像因为用笔和着色很糟，要是碰巧让英雄本人看见了，肯定会吓一大跳。

在角落里的一张粗糙的条凳上，坐着两个有着一头鬈发、一双亮晶晶黑眼睛和发亮的胖脸颊的小男孩，他们正忙着照顾小宝宝学步呢。就像通常的情况那样，小宝宝爬起来站住，稳住一会儿，然后又跌倒，如此反复——每一次失败都好像是绝妙的演出，博得两个小男孩的热烈喝彩。

一张桌腿患风湿病似的有些颤巍巍的桌子被拉出来放在壁炉前，桌上铺了一块桌布，上面摆放着式样很精美的杯碟以及别的东西，看样子马上就要开饭了。桌旁坐着汤姆叔叔，谢尔比先生最好的仆人，因为他是我们故事的主角，我们必须为读者诸君详细描绘一番。他身材魁梧，胸部宽阔，体格健壮，皮肤黑中透亮，有着真正非洲人相貌的脸上带着他特有的严肃、稳重和精明强干的表情，其中透着善良和仁慈。他的整个神态中有一种自尊和庄重，但又兼有坦诚、谦恭和质朴。

此刻他正聚精会神地往面前的一块石板上抄写字母呢，他写得认真，一丝不苟，乔治少爷在一旁指导。乔治十三岁，生得聪明伶俐，他能够充分体会到自己作为老师的尊严。

“不是那样，汤姆叔叔，不是那样。”汤姆叔叔正费力地把字母“g”的尾巴拐到相反方向去，这时乔治少爷急忙制止他，“那样就成‘q’字了，你看。”

“啊呀，是吗？”汤姆叔叔用恭敬和钦佩的神情看着他的小老师挥笔写了许多“q”字和“g”字启发开导他，然后用他那粗大的手指握起铅笔，耐心地重新练起来。

“白人做啥事都这么容易！”这时克洛伊大婶正用叉子叉着一块腊肉往平底锅上抹油，她停了一会儿，边说边自豪地看着乔治少爷，“你瞧他多会写！还会念！晚上还上这儿来把他学的课念给我们听——实在有趣！”

“可是，克洛伊大婶，我实在饿坏了。”乔治少爷说，“锅里的饼快煎好了吧？”

“快好了，乔治少爷。”克洛伊大婶说着掀起锅盖朝里看了一眼，“煎得焦黄，漂亮极了——焦黄得招人爱。啊！这活就得我来做。前几天太太让莎莉试着煎几块饼，让她也学学。‘别傻了，太太。’我说啦。看着好端端的吃食被那么糟蹋，让我心里特别难受！做的饼一边凸一边塌——一点样子也没有，跟我的鞋差不多——别傻了！”

对莎莉的缺乏经验表示了蔑视之后，克洛伊大婶猛地掀开锅盖，一张煎得十分匀称的重糖重油蛋饼出现在眼前，可以与城里糕饼师做的媲美。这块饼显然是克洛伊大婶招待客人的主要节目，于是她在饭桌旁认真地忙开了。

“嘿，摩西和彼得，走开，你们两个小鬼！走开，波莉，乖乖，妈妈一会儿就给宝宝吃东西。好了，乔治少爷，把那些书拿开，跟我家老头子坐在一块。我先把香肠拿来，一会儿就把第一锅饼放在你们盘子里。”

“他们要我回去吃晚饭，”乔治说，“可是该在哪儿吃饭我心里最清楚不过了，克洛伊大婶。”

“对，你最清楚——你最清楚，宝贝。”克洛伊大婶一边说一边把冒着热气的饼往他的盘子里堆，“你知道婶婶我会把最好吃的留给你。啊，让你一个人享用！别傻了！”说着，大婶用指头轻轻捅了一下乔治，意思是和他开个玩笑，然后麻利地回到煎锅旁。

“该切饼了。”乔治少爷说。这时克洛伊大婶在煎锅旁忙活得差不多了，乔治说着对着那块饼挥起了一把大刀。

“天哪,乔治少爷!”克洛伊大婶一把抓住他的手认真地说,“你不能用那把笨重的大刀切!那会把饼压扁的——把发得蓬松的饼全给糟蹋了。嘿,我有一把很薄的旧刀,我把它磨得很锋利,专为切饼用的。喏,瞧!轻轻一下就把饼切开了!好了,尽管吃吧——没什么东西比这更好了。”

“汤姆·林肯说,”乔治嘴里塞得满满地说,“他们家的吉妮厨艺比你好。”

“林肯家的人没什么了不起!”克洛伊大婶不屑一顾地说,“我是说跟我们家的人比的话,他们在一般事情方面还算体面的,但说到风度和气派,他们就差远了。再拿林肯老爷跟谢尔比老爷比一比!天哪!还有林肯太太,她进门时能像我们太太那样吗?我们太太真是风度非凡啊!你知道,啊,别傻了!不要对我说林肯家的人了!”克洛伊大婶把头往后一仰,摆出一副见过世面的派头。

“哦,不过,我听你说过,”乔治说,“吉妮是个很好的厨师。”

“我是说过。”克洛伊大婶说,“我可以这样说,吉妮是能做出很不错的家常饭菜,做很好的玉米面包,土豆也烧得很到火候,她玉米饼做得不算出色,不算出色,吉妮的玉米饼确实不怎么样,不过也说得过去,可是,天哪,说到高级的食品,她能做什么?哟,她做馅饼,不错,她会做,可那是什么样的饼皮?她会做真正松软、放在嘴里就化的面点——就像酥松的泡芙吗?玛丽小姐结婚的时候我上他们那儿去了,吉妮给我看了结婚喜饼。你知道吉妮和我是好朋友。我什么也没说,而是为她撑台,乔治少爷!嘿,要是我做出一炉那样的糕饼来,我会一个星期睡不着觉的。嘿,它们实在不怎么样。”

“我想吉妮还自认为这些糕饼很不错呢。”乔治说。

“自认为不错!可不是吗?她还无知地卖弄这些糕饼呢!你知道,问题就在这儿,吉妮不懂。天哪,那家人算什么,不能指望她懂这些!这不是她的错。啊,乔治少爷,你一点儿也不知道你的家庭和出生的优越条件!”说到这儿克洛伊大婶叹了一口气,很动情地往上转动着眼珠。

“克洛伊大婶,我确信,我知道自己能吃到最好的馅饼和布丁。”乔治说,“你去问问汤姆·林肯,我每次见到他时是不是都要对他吹嘘一通。”

听到小少爷这番妙语,克洛伊大婶坐在椅子里往后一靠,开怀大笑起来,直笑得眼泪流下了她那黝黑发亮的面颊。她一会儿笑,一会儿开玩笑地拍拍或捅捅乔治少爷，要他别犯傻，说他真滑稽，简直把她笑死了，总有一天他会把她笑死的。她一边说着这些恐怖的预言，一边爆发出一阵比一阵长、一阵比一阵响的笑声，直到乔治真的开始认为自己是个危险的说话风趣的人，认为自己今后“说俏皮话”时应该小心才是。

“你是这样对汤姆说的，是吧？啊，天哪！你们这些小孩子真会恶作剧！你对汤姆吹嘘了？啊，天哪！乔治少爷，你恐怕也会把长触须的昆虫逗笑的！”

“是的，”乔治说，“我对他说：‘汤姆，你应该看看克洛伊大婶的馅饼，那才叫馅饼呢。’”

“嘿，可惜，汤姆没机会。”克洛伊大婶说。汤姆的不知情似乎在她仁慈的心里激起很大的同情。“你什么时候应该请他到这儿来吃顿饭，乔治少爷，”她补充说，“这样会显得你通情达礼。你知道，乔治少爷，你不应该因为自己的优越条件而觉得高人一等，因为我们所有的优越条件都是上帝赐给的，我们应该总是记住这一点。”克洛伊大婶神情严肃地说。

“嗯，我是在想下星期里的哪一天请汤姆来呢。”乔治说，“你拿出你的最好手艺，克洛伊大婶，我们要让他目瞪口呆。我们要让他好好吃一顿，叫他两星期都忘不了，对吗？”

“对，对——当然，”克洛伊大婶高兴地说，“等着瞧吧。天哪！想一想我们举办过的一些宴会吧！你还记得我们宴请诺克斯将军时我做的那个鸡肉大馅饼吧？我和太太为了那馅饼皮差点吵起来了。那些太太小姐们有时想些什么，我实在摸不透，但每当一个人承担最重大的责任时，会变得有点‘严肃’，全神贯注，可她们却老在你身边转悠，干扰你！就说太太吧，她一会儿要我这样做，一会儿要我那样做。最后我有些恼火了，我对她说：‘咳，太太，请看看你那双漂亮的手吧，长长的手指上戴满了闪闪发亮的戒指，就像我那洁白的百合花上闪闪发亮的露珠；再看看我这双粗大的黑手，难道你不认为上帝是要让我做馅饼皮而让你在客厅里待着？’你瞧！我就是这么放肆，乔治少爷。”

“妈妈是怎么说的？”乔治问。

“怎么说？嘿，她眼睛里带着笑——她那美丽的大眼睛。她说：‘好吧，克洛伊大婶，我想大概你是对的。’然后走到客厅去了。我那么放肆，她该猛敲我的脑袋才是。但这是实情——太太小姐们在厨房待着,我什么事都干不成!"

"不过,那次宴会你办得很成功,我记得大家都这么说的。"乔治说。

"可不是吗? 那天我难道不是躲在餐厅门后面? 我难道没看见将军有三次递过自己的盘子要添我做的馅饼? 而且他还说:'谢尔比太太,你一定有个非同一般的厨师。'天哪! 我乐得肚皮都要炸开了。而且将军很懂烹饪,"克洛伊大婶边说边神气十足地挺直了腰板,"将军是个很好的人! 他出生于弗吉尼亚一户上等人家! 将军他很在行,跟我一样。你知道,所有的馅饼都各有特点,乔治少爷,但不是人人都懂。可是将军他懂,我是从他说的话里看出来的。是的,他知道这些特点!"

这时候乔治少爷已经到了这样的境地(在不寻常的情况下,小男孩会这样的):他真的连一口也吃不下了,因此,他才有闲暇注意到对面角落里的那几个满头鬈发的脑袋,注意到馋兮兮地盯着他们吃饭的亮晶晶的眼睛。

"喂,你们,摩西,彼得,"他说着掰开大块大块的馅饼扔给他们,"你们也想吃一些,对吧? 来,克洛伊大婶,给他们做些饼。"

于是乔治和汤姆坐在壁炉边舒适的椅子里,克洛伊大婶烤了一大堆馅饼之后,把最小的孩子放在膝上,开始一边自己吃一边喂小家伙,同时还分给摩西和彼得吃。而他俩似乎更愿意在桌子底下一边打滚一边吃,时而相互呵痒,有时又来拉拉小宝宝的脚指头。

"哎呀! 滚开点好不好?"母亲说,有时闹得实在太凶了,她便不时地漫无目标地往桌下踢一脚,"白人来看你们,你们不能规矩点吗? 你们不要闹了好不好? 当心点,不然乔治少爷走了以后我要杀杀你们的气焰!"

这可怕的威胁到底是什么含义很难说清,但可以肯定,这句话的意义太模糊,它对这些小坏蛋没有产生什么效果。

"啊呀!"汤姆叔叔说,"他们一直浑身发痒,规矩不起来。"

这时两个男孩从桌子底下钻出来,手上脸上沾满了糖浆就去使劲地亲吻小宝宝。

"你们滚开!"母亲说着把两个毛茸茸的脑袋推开,"如果你们那样亲她,就会黏在一起别想分开啦。滚到泉水边洗洗去!"说着为了加重劝诫的语气,她给了他们一巴掌。这一掌发出很大的声响,听起来十分可怕,但它似乎只是拍出小家伙更多的笑声。他们相互碰撞、跌跌绊绊地冲出门外，在屋外他们开心得大声尖叫起来。

“你们见过这恼人的小家伙吗？”克洛伊大婶颇为沾沾自喜地说。她随手拿出一条为这一类紧急情况准备的旧毛巾，然后从破裂的茶壶里往毛巾上倒了一些水，开始擦洗宝宝脸上和手上的糖浆，把她的小脸擦得闪闪发亮。然后克洛伊大婶把她放在汤姆的膝上，她自己忙着收拾饭桌。小宝宝利用这时间揪揪汤姆的鼻子，挠挠他的脸，有时又把她两只胖胖的小手埋在他毛茸茸的鬈发里，这最后的动作似乎给了她特别的满足。

“她不是个挺活泼的小东西吗？”汤姆说着把她往前举，好看见她的全貌。然后他站起来，把她放在自己宽阔的肩膀上，开始驮着她边蹦边舞。乔治少爷则向她啪啪挥动着手帕。这时摩西和彼得又回到屋内，他俩像熊一样在她身后吼叫，最后克洛伊大婶声称他们“差不多要把她的脑袋吵掉了”。因为根据她自己的说法，这种“外科手术”实际上在小屋内每天都会发生，因此她的责怪一点儿也没有减少他们的欢笑。大家都叫啊，跳啊，打滚啊，直弄得筋疲力尽他们才渐渐平静下来。

“好啦，你们疯够了吧？”克洛伊大婶说，她正忙着从大床下拉出一张像粗糙木箱一样的有脚轮的矮床，“喂，你，摩西，你，彼得，上床去。我们马上就要聚会了。”

“啊，妈妈，我们不想睡觉，我们想等着聚会，聚会真好玩，我们喜欢聚会。”

“啊呀，克洛伊大婶，把床推到大床底下去，让他们等着吧。”乔治少爷果断地说，同时推了一下这简陋的装置。

克洛伊大婶保全了面子，因此显得十分高兴，她把那玩意儿推到大床底下，一边推一边说：“好吧，也许这对他们有好处。”

屋子里的人立刻开了一次全体会议，考虑布置会场和安排座位的事。

“椅子该怎么办呢？我可真的不知道。”克洛伊大婶说。因为聚会一直每周一次地在汤姆叔叔家举行，已经有很长时间了，一直没有更多的椅子，因此目前似乎也没有希望找到解决的办法。

“老彼得叔叔上星期把那张最老的椅子的两条腿都唱掉下来了。”摩西提醒道。

“到一边去！我看准是你把椅腿扯掉的，是你玩的鬼把戏。”克洛伊大婶说。

“哎呀，把它紧靠墙站住就不会倒了！”摩西说。

“那老彼得叔叔不能坐在这把椅子上，因为他一唱诗就拉动椅子，那天晚上他差不多把椅子拉到房间的另一头去了。”彼得说。

“天哪！那就让他坐吧。”摩西说，“他一开始唱‘来吧，圣徒和罪人，听我讲’，就会一下子倒下去。”摩西惟妙惟肖地学着老人带鼻音的腔调，跌倒在地上，表演假想的灾难。

“得啦，规矩点好不好？”克洛伊大婶说，“你不难为情吗？”

可是乔治少爷却附和着捣蛋鬼一起笑起来，并明确声称摩西是个“棒小子”。这样母亲的责备似乎便失去了效果。

“好吧，老头子，”克洛伊大婶说，“你去把那几只大桶弄进来吧。”

“妈妈的桶就像乔治少爷给我们念的圣书里的寡妇的坛子——从来不会失灵的。”摩西悄悄地对彼得说。

“我确信上星期有一只桶裂了。”彼得说，“他们正唱得带劲时全都摔倒了。这一次失灵了，对不对？”

在摩西和彼得说这番悄悄话的时候，两只空桶已经被滚进了小屋，在桶的每一边支了几块石头防止滚动，然后在两桶之间架上木板。此外，他们把几个木盆和水桶倒扣过来，排好几张摇摇晃晃的椅子，准备工作终于就绪了。

“乔治少爷《圣经》读得很美，我知道他会留下来为我们朗读的。”克洛伊大婶说，“这好像更有意思。”

乔治很高兴地答应了，因为小孩子总是很乐意干那些出风头的事。

房间里很快便挤满了各种各样的会众，从头发灰白的八十长者到十五岁的少男少女。接着，大家并无恶意地聊起了各种各样的话题：像莎莉老大婶在哪儿弄来的新红头巾啦，太太的新衣服做好以后打算把那件有花点子的薄纱裙给莉齐啦，谢尔比老爷正考虑买一匹栗色马驹、这将给庄园增添光彩啦。有几位会众是附近人家的仆人，他们被允许参加这儿的聚会，带来了各种各样精彩的零星新闻，这些新闻是有关各家主人和庄园上的人说的话和做的事。它们被自由地传播着，就像上流社会散布小道消息的情形差不多。

过了一会儿，唱诗开始了，很显然，这使所有在场的人都感到高兴。即使带有浓重的鼻音，这个缺点也不妨碍他们天生的好嗓子的出色发挥，曲调既狂放又热烈。他们唱的歌有的是附近一些教堂里唱的人所共知的赞美诗，有的是在野营布道会上学来的，具有更奔放、含义更模糊的特点。

其中有一首合唱唱得热情奔放，歌词如下：

死在战场，
死在战场，
天国的荣耀装我心中。

另一首大家特别喜爱的圣歌常重复下面的词句：

啊，我就要归天国——你不与我同行？
你难道没看见天使们在召唤，召我离去？
你难道没看见那金色之城和永恒的日光？

还有别的圣诗不断提到"约旦河岸"、"迦南的土地"和"新耶路撒冷"。因为黑人生来富有激情，想象力丰富，总是乐于接受那些生动、形象的赞美和表达方式，所以他们唱诗时有的笑，有的哭，有的拍手，有的欢乐地相互握手，好像他们已经到达了约旦河彼岸。

接下来是各种讲道，讲述经验，中间夹杂着唱诗。一位白发苍苍的老妇人久已失去了劳动能力，但却被视为历史见证人而备受尊敬，她站起身来，拄着手杖，说道：

"好了，孩子们！好了。再次听你们唱诗，看见你们大家，我高兴极了，因为我不知道什么时候就要启程去天国了，不过我已经准备好了，孩子们，好像我已经整好了自己的小小行装，戴上了帽子，就等着马车来带我回家。有时在深夜我觉得听见了车轮的嚓嚓声，我一直在耐心等待。嘿，你们也要做好准备。我对你们大家说吧，孩子们，"她说着用手杖重重地敲着地，"天国是个超凡的地方！是个了不起的地方！孩子们——你们一点都不知道——它太美妙了。”老人坐了下来，激动得泪流满面，这时所有的人又开始唱道：

啊，迦南，光明的迦南，
我就要启程去迦南之地。

乔治少爷应邀朗诵了《启示录》的最后几章，他不时被赞叹声所打断："天哪！""听听多美！""简直难以想象！""这一切真会到来吗？"

乔治是个聪明的孩子，在宗教方面受到母亲良好的教育，现在见自己受到大家一致的赞美，便以值得称道的认真严肃，不时地加进一些自己的解释，为此他受到年轻人的敬佩，受到老年人的祝福。大家一致认为，就是"牧师也不可能比他讲得更好"，"真是太绝了"！

在与宗教有关的事情方面，汤姆叔叔在周围一带可以算得上德高望重。他天生具有很强的道德禀性，加上比他的同伴更宽广的胸怀和更好的教养，因此，他受到周围黑人极大的尊敬，被看做他们中的牧师；他的朴实、热情、诚挚的讲道即使对那些受过更好教育的人也可能会有启迪作用，而他在祈祷方面尤其出色。他祈祷时动人的朴实和孩童般的诚挚，以及使用《圣经》语言的丰富内涵，都是无与伦比的。《圣经》语言似乎已完全融入了他的生命，成为他的一部分，从他的嘴唇上不知不觉地流淌而出。用一位虔诚的老黑人的话来说，他"直向上帝"。他的祈祷总是能强烈地打动虔诚听众的感情，因此常常被身边到处爆发的热烈应答声所淹没。

当上述场景在奴隶的小木屋里出现时，一个完全不同的景象出现在主人家里。

奴隶贩子和谢尔比先生一起坐在前面提到的餐厅里的一张桌子旁，桌上放着契约和书写用具。

谢尔比先生正忙着清点一扎扎的钞票，点完之后，把它们推到奴隶贩子面前，奴隶贩子也像他一样点了一遍。

"一点不错，"奴隶贩子说，"在这上面签字吧。"

谢尔比先生匆匆把契约拉到面前签了字，就像一个急于打发掉一件不愉快事情的人,然后把契约和钱一起推给黑利。黑利从一只破旧的手提箱里拿出一张羊皮纸借据,他看了一会儿后把它递给谢尔比先生,谢尔比先生尽力克制着急切的心情接了过来。

“好了,事情了结了!”奴隶贩子说着站起身来。

“了结了!”谢尔比先生用并不轻松的口吻说,然后长长吸了一口气,又说了一遍,“了结了!”

“看起来你对这事不太高兴似的。”奴隶贩子说。

“黑利,”谢尔比先生说,“我希望你记住,你曾用名誉保证过:你不会在不了解买主的情况下卖掉汤姆。”

“哎呀,你刚刚可是这样做的呀,先生。”奴隶贩子说。

“我这是为情势所迫,你很清楚。”谢尔比傲然说道。

“哟,你知道,我也会为情势所迫呀,”奴隶贩子说,“不过我会尽最大可能给他找个好地方的。你一点儿也不用担心,我不会亏待他的。如果我有什么要感谢上帝的话,那就是我从来就不是个狠心人。”

尽管黑利先前阐明过他的人道原则,谢尔比先生听了他的这番表白之后并没有特别感到宽心,但因为这是在这种情况下他能得到的最好的安慰了,所以他没再说什么就让奴隶贩子走了,自己则一个人抽起雪茄来。

第5章

活财产易主时的感觉

谢尔比夫妇回到卧室准备就寝，谢尔比先生则懒洋洋地坐在一张大安乐椅中，看着下午送来的几封信。谢尔比太太站在镜子前梳理着伊莱扎为她做的复杂的发辫和鬈发。她注意到伊莱扎面颊苍白，眼神茫然，便没要她在旁侍候，而让她上床睡觉去了。这事很自然使她想起上午和那姑娘的谈话，于是她转向丈夫，很随意地说道：

"顺便问一句，亚瑟，今天你硬拉到我们家餐桌上来的那没教养的家伙是谁？"

"他叫黑利。"谢尔比说着很自在地在椅子里转了转身子，然后继续看着一封信。

"黑利！他是谁？请问他到这儿来干什么？"

"这个，上次我在纳齐兹时和他做过生意。"谢尔比先生说。

"就凭这一点他就来我们这儿吃饭，啊？"

"嗨，是我请他来的，我跟他有些账要结算。"谢尔比说。

"他是不是黑奴贩子？"谢尔比太太问，她注意到丈夫的神态有些不自然。

"嗨，亲爱的，你怎么会有这个念头？"谢尔比说着抬起了头。

"没什么，只是伊莱扎午饭后到我这儿来了。她心情焦虑，情绪激动，哭得跟什么似的，说你跟一个奴隶贩子谈话了，说她听见那人出价买她的儿子——那个可笑的小傻瓜！"

"真的吗？哦？"谢尔比先生说着又开始看信。有好一会儿他似乎看得专心致志,却没发现自己把信拿倒了。

“事情终归要透露出去的,”他在心里说,“最好还是现在让她知道。”

“我对伊莱扎说,”谢尔比太太一边继续梳理着头发一边说,“她那么担心实在有些犯傻,我说你从不和那种人打交道。当然,我知道你从来就没打算卖掉我们的奴隶,更不会把奴隶卖给这样的人。”

“这个,爱米莉,”她丈夫说,“我一直是这样想和这样说的,但是事实上我的生意已经到了维持不下去的地步了,我只能卖掉一些奴隶了。”

“卖给那家伙吗？不可能！谢尔比,你在开玩笑吧?”

“很遗憾,我说的是真的,”谢尔比先生说,“我已经同意卖掉汤姆。”

“什么！我们的汤姆？那善良、忠心耿耿的人！他从小就是你忠心的仆人！哎呀,谢尔比！你也答应过给他自由——这事我和你已经对他说过一百遍了。好了,现在什么事我都会相信了,现在我能相信你会卖掉小哈利,那可怜的伊莱扎唯一的孩子了!”谢尔比太太说,她的语气里带着悲伤和愤怒。

“好吧,既然你早晚会知道,就是这么回事。我已经同意卖掉汤姆和哈利两个人。我真不明白为什么自己会为此被人看做恶魔,可这事别人每天都在做呀。”

“可是如果你真的要卖,在庄园里所有的人当中为什么偏偏挑这两个人?”

“因为他们会卖出最高的价钱——这就是原因。如果你这样说,我也可以选另外的人。那家伙要出大价钱买伊莱扎,如果你觉得这样更合适的话。”谢尔比先生说。

“这个恶棍!”谢尔比太太激愤地说。

“可不是吗,我根本就没理睬他。出于对你的感情的尊重,我不愿听他的,所以我也有值得肯定之处吧。”

“亲爱的,”谢尔比太太使自己平静下来,“请原谅。我太急躁了。我感到十分意外,对此事一点思想准备也没有——但想必你会让我为这些可怜人求情吧。汤姆是个品格高尚、忠心耿耿的人,尽管他是个黑人,谢尔比,我确信,如果需要他时,他会为你献身的。”

“我知道——我想当然会的——但这一切又有什么用呢？我实在是无

能为力。”

“为什么不在金钱上做出牺牲呢？我愿意承担给自己带来的一部分不便。唉，谢尔比，我一直都在努力——像个基督徒应该做的那样尽责尽力地努力——对这些贫穷、淳朴、无依无靠的人尽自己的职责。多年来我一直在关心他们，教育他们，照顾他们，了解他们点点滴滴的忧愁和欢乐。如果为了一点微不足道的利益，就把像可怜的汤姆这样一个忠诚、出色、值得信赖的人卖掉，一下子从他那儿夺走我们一直教他热爱、珍视的东西，今后我还能在他们面前抬起头来吗？我教育他们要尽家庭的责任，尽父母、子女、夫妻的责任，我现在怎能公开承认：与金钱相比，我们不把亲情、责任和道德放在心上，不管它们多么神圣？我曾经与伊莱扎谈过她的儿子——作为一个基督徒母亲，她对他负起责任，照顾他，为他祈祷，按基督徒的方式把他培养成人。如果现在你把他从母亲身边夺走，把他的灵魂和肉体一起卖给那个不敬上帝、不讲道德的家伙，仅仅为了多赚一些钱，那我还能说什么呢？我对她说过，一个灵魂的价值超过世界上所有的金钱。如果她看见我们反过来卖了她的孩子，她又怎能相信我说的话呢？卖了他也许会毁了这孩子的肉体和灵魂！”

“很抱歉对这件事你这么难过，爱米莉，我真的很抱歉。”谢尔比先生说，“我也尊重你的感情，尽管我的想法跟你不完全相同。但是现在我要很严肃地告诉你，这毫无用处——我无能为力。我本不想对你说这些的，爱米莉，但坦白地说，在出卖这两个人和出卖一切财产之间毫无选择。要么卖掉他们两个，要么卖掉一切。黑利现在手上有一张抵押借据，我要是不马上偿清债务，他就要让我倾家荡产。我筹过钱，攒过钱，借过钱，除了乞讨什么都做过——还需要卖掉这两个人才能补足差额，我只能放弃他们。黑利看上了那孩子，他同意用这种方式解决这事，而不是别的方式。我的命运掌握在他手中，我不得不这样做。如果卖掉他们两个你这么伤心，那把所有奴隶都卖掉你会感觉好过一些吗？”

谢尔比太太站在那儿惊呆了，最后她转向梳妆台，双手捂着脸，发出呻吟般的声音。

“这是上帝对奴隶制的诅咒！这个令人万分痛苦、最该诅咒的东西！是对主人的诅咒，对奴隶的诅咒！我过去认为自己能够从这个特大罪恶中造就一些美好的东西,真是太愚蠢了。在我们这样的法律下拥有奴隶是一种罪过——我过去一直这样认为,我小时候就这样认为,我入了基督教以后更这样认为。但是我以为自己可以美化它,我以为通过仁慈、关心和教育,我能够使我的奴隶的条件比自由人的还好。我真是个傻瓜!"

"哟,太太,你快要成为废奴主义者了。"

"废奴主义者!如果他们对奴隶制的了解有我了解的那么多,他们才有发言权!我们不需要他们告诉我们,你知道我从来就没有认为奴隶制合理,从来就不情愿拥有奴隶。"

"好吧,在这一方面你和很多明智和虔诚的人意见不同,"谢尔比先生说,"你记得B先生在最近一个礼拜天的布道吗?"

"我不想听这些布道,我再也不希望在我们教堂听B先生讲道了。牧师们也许像我们一样无法制止罪恶,无法惩治罪恶,而是保护它!这总是与我的常识相抵触,而且我想你也认为那布道不怎么样。"

"嗯,"谢尔比说,"我必须说有时这些牧师做的比我们这些可怜的罪人胆敢做的还要过分。我们这些世俗之人必须对各种事情装做看不见,习惯于不太公正的交易。但是当妇女和牧师说话直言不讳,在谦虚或道德方面超过我们时,我们便不太喜欢,这是事实。可是现在,亲爱的,我相信你已明白这件事是不可避免的,明白在这种情况下我已经尽了最大的努力。"

"啊,是的,是的!"谢尔比太太急忙说,她心不在焉地触摸着自己的金表,"我没有值钱的首饰,"她若有所思地补充道,"不过这块表能不能起点作用?买的时候这表很贵,如果我至少能救下伊莱扎的孩子,我愿牺牲我的任何东西。"

"我很抱歉,万分抱歉,爱米莉,"谢尔比先生说,"很抱歉这事这么让你难以释怀,但这没有用处。事实上,爱米莉,事情已经定了,契约已经签过字,在黑利手中。情况没有更糟,你应该感到庆幸才是。那个人有能力毁了我们大家,现在我们已经摆脱他了。如果你像我一样了解他,你就会觉得我们逃脱他的魔爪真是侥幸。"

"他真的那么残酷吗?"

"嗨,严格地说,他不是个残酷的人,而是个冷酷的人。除了做生意和赚钱,他对什么都不在意,冷静、果断、无情,就像死神和坟墓一般。只要价钱好,他会卖掉亲生母亲而声称并不对老太太心存恶意。"

"这个恶棍现在竟然拥有了那善良忠实的汤姆和伊莱扎的孩子!"

"唉,亲爱的,事实上这事让我也很难受,我不愿多想。黑利催得急,想明天来取货。我准备一大早就骑上马出去。我不能见汤姆,这是事实。你最好安排乘车出行,把伊莱扎带着一起走,趁她不在场把事情办了。"

"不,不,"谢尔比太太说,"在这残酷的交易中,我决不做同谋或帮凶。我要去见可怜的老汤姆,他现在很悲伤,愿上帝帮助他!不管怎么说,他们会看见自己的女主人能够同情他们。至于伊莱扎,我不敢想。愿主宽恕我们!我们到底作了什么孽,使这残酷的事实降临到我们头上?"

有一个人听见了这段对话,而谢尔比夫妇却根本没有想到会有人偷听。

跟他们卧室相连的是个大壁橱,有个门与外面的走道相通。谢尔比太太打发伊莱扎去睡觉时,她在狂乱和激动中想到了这个壁橱,于是躲在里面,把耳朵紧贴在门缝上,一字不漏地听见了全部谈话。

当声音渐渐平静之后,她站起来悄悄地走开了。这时她脸色苍白,浑身颤抖,面容严肃,嘴唇紧闭,看起来与平时温柔害羞的她判若两人。她小心翼翼地沿着通道往前走,在女主人的门口停了片刻,举起双手默默地祈求上苍,然后转身悄悄走进自己的房间。这是个安静整洁的房间,跟女主人的卧室在同一层。房间里有一扇令人愉快的朝阳的窗户,她常坐在窗前唱着歌儿做针线活。房间里有一个小书橱,书旁放着各种精美的小物品,这些都是圣诞节的礼物。她简单的衣物都在壁橱和抽屉里放着——简而言之,这是她的家,这对她来说一直是个幸福的家。但是床上躺着她熟睡的儿子,他的长长的鬈发凌乱地落在他无意识的脸上,他红润的嘴半张着,胖胖的小手伸出被子外面,整个脸上洋溢着阳光般的笑容。

"可怜的儿子!可怜的小东西!"伊莱扎说,"他们把你卖了!可是你妈要救你!"

没有眼泪滴落在枕头上,在这种困境中,心灵已经没有眼泪,它只滴着血——默默无声地流着鲜血。她拿出一张纸,一枝铅笔,匆匆写道:

"啊,太太!亲爱的太太!不要认为我忘恩负义——无论如何,不要把我往坏处想——今晚你和主人说的一切我都听见了。我打算尽力救出我的儿子。你不会责怪我的!愿上帝为你所有的仁慈而赐福给你,奖赏你!"

匆匆折好信，写好信封后，她走到一个抽屉前，为儿子打点了一个装衣服的小包裹，用一条手帕把它牢牢地捆在腰上。母亲的记忆里充满温情，即使在这样恐惧的时刻，她也没有忘记在包裹里放进一两样他最喜爱的玩具。她又拿了一个色彩鲜艳的鹦鹉，在她不得不唤醒他的时候逗他。唤醒这熟睡的小家伙可真费了不少神，但经过一番努力，他坐了起来，玩起了小鸟。此时他妈妈戴起帽子，围上披肩。

"你到哪儿去，妈妈?"当她拿着他的外衣和帽子走到床前时，他问道。

妈妈走到跟前，十分严肃地看着他的眼睛，他立即意识到出了非同寻常的事情了。

"别做声，哈利，"她说，"不要大声说话，要不他们会听见的。一个坏蛋要来把小哈利从妈妈身边带走，在黑夜里把他弄到很远的地方去，可是妈妈不答应，她要给她的乖儿子戴上帽子，穿上衣服，带他逃走，这样，那个坏家伙就抓不到他了。"

说着，她已经系好了孩子简单服饰的带子，扣好了扣子，把他抱在怀里，轻声告诉他千万别出声，然后打开了通往外面游廊的房门，悄无声息地溜了出去。

这是个星光灿烂的寒冷夜晚，母亲用披肩紧紧地裹着孩子，孩子因为莫名的恐惧而变得十分安静，他紧紧搂着妈妈的脖子。

睡在门廊尽头的老布鲁诺是一条纽芬兰大狗，当她走近时，它站起身来低低地吠了一声。她轻轻地叫着它的名字，这狗——她的老宠物和玩伴——马上摇着尾巴，准备跟她出门。很显然，这狗的简单头脑弄不清这夜半轻率的出行可能意味着什么，但它模糊地意识到这行动有些冒失和不当，这似乎使它很是为难，因为伊莱扎静悄悄往前走时，它时常停下来，若有所思地看看她，又看看宅屋，然后，似乎经过考虑后才放下心来，又跟在她后面哒哒地跑起来。几分钟以后，伊莱扎和狗来到汤姆叔叔小屋的窗前，伊莱扎停下来，轻轻地敲着窗玻璃。

在汤姆叔叔家以唱赞美诗的形式举行的祈祷会一直延续到很晚，而且由于后来汤姆叔叔又纵情唱了几首很长的赞美诗，因此，虽然现在时间已经是十二点多了，他和他的贤内助还没有睡着。

"天哪！那是什么声音?"克洛伊大婶一下子惊起，匆匆拉开窗帘，"啊呀，这不是莉齐吗！老头子，穿上衣服，快！老布鲁诺也来了，在到处乱抓呢。到底怎么回事！我来开门。”

话音刚落，门一下子打开了，汤姆匆匆点燃的烛火照亮了逃亡者憔悴的脸和惊慌的黑眼睛。

“上帝保佑你！你这样真把我吓坏了。莉齐，你是病了，还是出了什么事？”

“我准备逃走——汤姆叔叔，克洛伊大婶——带着我的孩子逃。老爷把他卖了！”

“把他卖了？”两人一齐说道，吃惊地举起了手。

“是的，把他卖了！”伊莱扎沉着地说，“今晚我悄悄躲进太太房间的壁橱，听见老爷告诉太太说他把我的哈利、还有你——汤姆叔叔——两人都卖给了一个奴隶贩子，说他天亮要骑马离开庄园，那人要来取货。”

在伊莱扎讲话时汤姆一直站在那儿，举着双手，眼睛睁得很大，像是在梦中。过了很长时间，当这番话的意义渐渐被他理解后，他与其说是坐下，不如说是瘫倒在那张旧椅子上，头低垂在膝盖上。

“上帝啊，可怜可怜我们吧！”克洛伊大婶说，“啊，看起来这不是真的！他干了什么事，老爷要卖他？”

“他什么也没干——不是这个原因。老爷不想卖的，太太也是这样——她为人一直很好。我听见她为我们求情了，但是他告诉她这没用，说他欠了那人的债，那人把他攥在手心里，说如果他不还清那人的债，他就得卖掉庄园和所有的奴隶，然后搬走。是的，我听他说，要么卖掉这两个人，要么卖掉所有的人，别无选择。而且那人把他逼得很急。老爷说他很抱歉，可是，啊，太太——你应该听见她说的话才好！如果她不是基督徒和天使的话，那世界上就不会有基督徒和天使了。我这样离开她真是罪过，但是我没有办法。她自己说过，一个灵魂比整个世界还要贵重。这个孩子有个灵魂，如果我让他被人带走，谁知道他会遇到什么事？这样做应该不算错。但如果错了，愿上帝宽恕我，因为我无法让自己不这样做！”

“哎，老头子！”克洛伊大婶说，“你为什么不也逃走呢？你要等在这儿被人拖到河的下游，在那儿被他们累死饿死？我真的宁死也不愿到那儿去！你还有时间，跟莉齐一起逃走，你有随时来去的通行证。来吧，赶快准备一下,我来为你准备东西。"

汤姆慢慢地抬起头,悲伤但平静地看看四周,然后说道:

"不,不,我不准备走。让莉齐走吧——这是她的权利!我不会阻拦的——让她留下不合情理。但是你听见她说的话了,如果不卖掉我,庄园里所有的人都要被卖掉。如果一切都要被毁掉的话,嗨,那就卖我吧。我想别人能忍受,我也能忍受的。"他又补充了一句。而此时,一阵如呜咽又像悲叹之声猛烈地摇动着他那宽阔结实的胸膛,"老爷总是能指望到我的——他永远会的。我从没辜负他的信任,也没有欺骗老爷,滥用通行证,我决不会这样做的。最好让我一个人走,而不要拆散庄园,卖掉所有的人。这不能怪老爷,克洛伊,他会照顾你和可怜的……"

说到这儿,他把脸转向小床上长满鬈发的小脑袋,伤心欲绝。他倚靠在椅子背上,一双大手捂着脸,沉重、粗哑、大声地抽泣。他摇晃着椅子,大滴大滴的泪水从指缝中流出,落在地上。先生,这些眼泪是你洒在自己头生儿子睡的棺材里的眼泪;这些眼泪,太太,是你听见自己即将死去的婴儿的哭声时洒落的。因为,先生,他是人,你也是人;太太,你虽然穿着绸缎,戴着珠宝,你也是个人啊!在陷入人生的困境、遭受巨大悲恸时,你们感觉到的痛苦是相同的!

"哎,还有,"伊莱扎站在门口说道,"我今天下午才见过我丈夫,那时我根本不知道将会发生什么事。他们把他逼得无路可走,他告诉我,今天他准备逃走。如果可能的话,请一定想办法帮我传个信,告诉他我是怎样走的,为什么我要走;告诉他我要设法去加拿大。请转达我对他的爱。请告诉他,如果我今后再也见不到他的话,"她转过身子,背对着他们站了一会儿,然后用嘶哑的声音继续说,"告诉他尽可能向善,争取在天国和我见面。"

"把布鲁诺叫进去,"她补充说,"把它关在屋里,可怜的畜牲!它绝不能跟我走!"

接着是一番临别的叮咛和别离的眼泪,几句简短的告别,几声祝福,然后她紧紧抱着既惊奇又恐惧的儿子,悄悄地走远了。

第 6 章

发现

谢尔比夫妇因为前一晚谈话谈得很晚，没能很快入睡，因此次日早晨起得比平时晚了一些。

“怎么伊莱扎到现在还没来?”谢尔比太太说，她拉了几次铃都没人应。

谢尔比先生正站在穿衣镜前磨剃须刀，这时房门开了，一个黑人男仆端着洗脸水走了进来。

“安迪，”女主人说，“到伊莱扎的房门口去，告诉她我已经给她拉了三次铃了。可怜人!”她叹了一口气，又自言自语地说了一句。

安迪很快就回来了，吃惊得眼睛瞪得老大。

“天哪，太太！莉齐的抽屉都打开了，东西扔得到处都是，我猜她已经跑掉了!”

谢尔比先生和他太太立刻同时领悟了这个事实。他大声说道：

“那么是她起了疑心，跑了!”

“感谢上帝!”谢尔比太太说，“我相信是的。”

“太太，你说这话就像个傻瓜！说真的，如果她真跑了，这可实在让我为难啊。黑利看出我卖那孩子时很犹豫，他会认为我纵容她这样做的。这损害了我的名誉!”说完，谢尔比先生匆匆离开了房间。

约莫一刻钟的光景，到处都有奔跑的脚步声、惊叫声、开门关门声，肤色深浅不同的面孔在各处闪现。只有一个人可能对此事提供一些线索，但她却沉默不语，这就是厨师头克洛伊大婶。她一向快活的脸上布着厚厚的阴云，默默地像往日一样做出早餐饼，好像对周围的骚动什么也没看见，什么也没听见似的。

很快,大约有十来个小淘气鬼像一只只乌鸦似的栖息在游廊的栏杆上,人人都想第一个向那陌生的老爷报告他的倒霉事。

“他一定会气得发疯,我敢说。”安迪说。

“他可要骂人了!”小杰克说。

“是的,他确实经常骂人。”满头鬈发的曼迪说,“昨天吃饭时我听他骂人了,我当时全都听见了,因为我躲在太太放大罐子的壁橱里,每个字都听见了。”曼迪过去从没考虑过她听见过的话的含意,就像一只黑猫,现在却摆出一副比别人聪明几分的神气,神气活现地踱来踱去。不过她忘了说明,虽然她在上述时间里差不多一直蜷缩在壁橱里面,可是却一直在睡大觉呢。

当穿着带马刺马靴的黑利终于出现时,待在游廊上的小淘气鬼们争着向他报告坏消息。他们原来希望他“骂人”,他并没有使他们失望,因为他骂得十分流利、带劲。他们一边四处躲着马鞭,一边乐得心花怒放。他们呼啦一声全跑开了,大声地笑着跌倒在游廊下干枯的草地上,尽情地欢跳大叫。

“要是让我逮住你们这班小鬼,看我会把你们怎么样!”黑利咬牙切齿地咕哝着。

“可是你没逮住他们呀!”等黑利走远了听不见他说话时,安迪说。他得意扬扬地挥着手,对着那倒霉的奴隶贩子的背影做出一连串难以形容的鬼脸。

“我说啊,谢尔比,真少有啊!”黑利一头闯进客厅说道,“看起来那娘们带着她的崽子跑了。”

“黑利先生,我太太在这儿。”谢尔比先生说。

“请原谅,太太,”黑利说着欠了欠身,但仍然一脸愠色,“刚才我说过了,但我还要说,这事确实很少有。这是真的吗,先生?”

“先生,”谢尔比先生说,“如果你希望跟我说话,就必须遵守绅士的一些礼仪。安迪,接下黑利先生的帽子和马鞭。请坐,先生。是的,先生,很遗憾,那年轻女人大概偷听了或是别人告诉了她这消息,受到惊动,夜里带着孩子跑了。”

“说实话,在这件事情上我本指望你会公平交易的。”黑利说。

“哼,先生,”谢尔比先生猛地转过身对着他说,“我该怎样理解你的话呢！如果有人对我的名誉提出质疑,我对他只有一个回答。”

听了这话,奴隶贩子有些畏惧,他稍稍放低声音说道:“一个想公平交易的人被这样欺骗,他是很难忍受的。”

“黑利先生,”谢尔比先生说,“要不是我能理解你失望的心情,我就不会容忍你今天早晨闯进我客厅的这种粗鲁无礼的举止。然而,由于事关脸面,我需要解释,我决不允许对我含沙射影,好像我参与了这件不公正的事情。此外,我觉得有义务在使用马匹、仆人等方面给你一切帮助,以便找回你的财产。所以,简而言之,黑利,”他突然把威严冷漠的语调变成了像平时那样随和坦率的语气,“你最好心平气和一些,吃点早饭,然后我们看看该怎么办。”

谢尔比太太此刻站起身来,说她早晨有些事,不能吃早饭了。她派了一位很体面的混血女佣在餐具柜旁侍候两位先生喝咖啡,说完她离开了房间。

“你老婆不太喜欢鄙人。”黑利勉强装出亲热的样子说。

“我不习惯别人这么随便称呼我太太。”谢尔比先生冷冰冰地说。

“请原谅,当然这只是开玩笑,你知道的。”黑利勉强挤出一点笑容说。

“有的玩笑不那么令人愉快。”谢尔比反驳道。

“我在契据上一签字他就放肆起来了,这该死的家伙!”黑利自言自语地咕哝着,“从昨天起他就神气起来了!”

即使首相倒台在朝廷引起的轰动也不会比有关汤姆命运的消息在他庄园的同伴中引起的轰动更大了。人人都在谈论这件事。到处都在议论这件事。在宅屋内、田地里,人们别的什么都不干,只是在议论这事可能产生的后果。伊莱扎的逃走——在庄园里绝无先例——也对普遍激动的情绪起了推波助澜的作用。

黑山姆——因为他比庄园上别的黑人的子孙更黑三分而得此名——正在对这件事的方方面面进行深思。他看问题全面,对自己的利益考虑得十分周全,在这方面,即使把他与华盛顿的白人爱国者相比,也毫不逊色。

“即使是恶风也不会使人人遭殃——这是事实。”山姆卖弄地说,他把裤子往上提了提,灵巧地用一根长钉子代替背带上掉的一颗扣子,他似乎对自己这方面的才能十分得意。

“对,即使是恶风也不会使人人遭殃。”他又说了一遍,“瞧,汤姆下去了,嘿,腾出的位置当然应该让别的黑人上去。为什么不能是我?好主意。汤姆骑着马四处转悠,靴子擦得黑亮,口袋里装着通行证,神气得跟什么似的——他算什么?现在山姆为什么不行?我倒想把这事弄明白。”

“喂,山姆——哎呀,山姆!老爷要你逮住比尔和杰利。”安迪的话打断了山姆的独白。

“嘿!出了什么事啊,年轻人?”

“哟,看来你还不知道,莉齐带着儿子跑了。”

“还用得着你来告诉我,哼!”山姆十分轻蔑地说,“我比你知道得早得多,现在本人已不是那么幼稚了!”

“好吧,不多说了,老爷要你把比尔和杰利套好,我俩要跟黑利老爷去追她。”

“太好了!我大显身手的时候到了!”山姆说,“在关键时刻他们需要的还是山姆,这事非山姆不可了。看我不把她抓住才怪呢,我要让老爷知道山姆的本事。”

“啊!不过,山姆,”安迪说,“你最好三思而后行,因为太太不希望她被抓回来,她会跟你过不去的。”

“哟!”山姆睁大着睛睛说,“你怎么知道的?”

“就在今天早晨,我给老爷端洗脸水时亲耳听她说的。她让我去看看为什么莉齐没来为她梳妆,我告诉太太莉齐走了的时候,她站起来说道:‘感谢上帝。’老爷看起来气得不行,说:‘太太,你说这话就像个傻瓜。’可是天哪,他最后还得听太太的!我对此很清楚,我告诉你,最好还是站在太太一边。”

听了这话,黑山姆挠了挠他堆满鬈发的脑袋,这里面即使没有深奥的智慧,也还有许多特别的、各种肤色的政治家十分需要的、被通俗地称做“知道面包的哪一面抹了黄油”的智谋,所以,停下来认真考虑之后,他再一次往上拉了拉裤子,这是他在思考解决难题的方法时所用的习惯动作。

“这个世界上的事真是说不清——真的。”他最后说。

山姆说起话来就像个哲学家,他把“这个”二字说得很重——好像他在各种不同的世界都有着丰富的经历,因此得出了这个明智的结论。

“咳,我还以为太太会找遍天涯海角追回莉齐呢。”山姆思考了一下补充道。

“她本来会的，”安迪说，“不过你怎么连这么显而易见的事都不明白吗，你这黑皮？太太不希望黑利老爷弄走莉齐的儿子，这就是麻烦所在！”

“嗨！”山姆用一种无法描绘的腔调说，只有听过这腔调的黑人才明白其中的含意。

“我一会儿再告诉你更多的消息。”安迪说，“我想你最好快把马逮来吧——越快越好——因为我听见太太问到你，看来你在这儿闲荡已经有很长时间了。”

听了这话，山姆开始认真忙活起来，过了一会儿便看见他骑着马，神气活现地朝宅屋飞跑而去，比尔和杰利跟在后面慢跑着。这两匹马还没想到要停下来，山姆却灵巧地翻身下马，旋风一般把它们拉到拴马桩旁。黑利的马是一匹易惊的公驹，它受了惊吓，跳了起来，使劲地拉扯着缰绳。

“嗬，嗬！”山姆吆喝道，“受惊了吧？”他的黑脸上露出好奇和恶作剧的喜色。“我来收拾你！”他说。

一棵很大的山毛榉树给这地方投下了一片浓阴，落下的尖尖的三棱形小山毛榉坚果在地上厚厚地铺了一层。山姆手指缝里夹了一颗坚果走到这马驹跟前，然后又摸又拍，似乎正忙着抚慰这躁动不安的牲口，使它平静下来。假装整理马鞍时，他巧妙地把那颗尖锐的小坚果悄悄地塞在下面，这样，马鞍上的一点点重量就会触动这马的紧张不安的敏感神经，而不会留下明显的擦痕或伤口。

“好啦！”他自鸣得意地转动着眼珠，笑着说，“收拾好了！”

此刻谢尔比太太出现在阳台上，向他招手。山姆向她走去，他打定主意要像去圣詹姆斯宫①或华盛顿的求官者那样巴结逢迎太太。

“你怎么这么磨磨蹭蹭的，山姆？我不是让安迪告诉你快一点吗！”

“哎呀，我的天哪，太太！”山姆说，“马不是一下子就能逮住的，它们跑到很远的南边草场去了，天知道是怎么回事！”

“山姆，我跟你说过多少次了，不要说‘天哪，天知道’这些话，这是罪过。”

---

① 圣詹姆斯宫位于英国伦敦，1697—1837 年间王室居住于此，常用来指代英国宫廷。

“啊，老天保佑我的灵魂！我忘了，太太，我再也不说这些话了。”

“嗨，山姆，你刚才又说了。”

“是吗？啊，天哪！我是说——我并没想这样说。”

“你应该当心，山姆。”

“让我喘口气吧，太太，我会好好地从头来。我会很当心的。”

“好吧，山姆，你跟黑利先生一起去，给他带路，帮助他。当心这两匹马，山姆，你知道上星期杰利的脚有些跛，不要让它们跑得太快。”

谢尔比太太用低沉的声音、加重语气说出这最后一句话。

“交给我吧！”山姆说着十分意味深长地往上转动着眼珠子，“天知道！嗨！就算我没说！”说着他猛地吸了一口气，做了一个表示惊惶的滑稽可笑的手势，把他的女主人逗得忍不住笑了。“是，太太，我会当心马的！”

“喂，安迪，”山姆说着回到山毛榉树下的拴马桩旁，“你知道，过一会儿要是那位先生上马，他的马要是往前猛冲把他摔下来，我可一点儿也不会感到惊奇。你知道，安迪，牲口就是这禀性。”说到这儿山姆捅了捅安迪的腰，给他一个明显的暗示。

“嗨！”安迪一副心领神会的样子。

“是的，你知道，安迪，太太想拖延时间——就是一般的旁观者也看得清清楚楚。我要为她拖延一些时间。喏，你知道，把这些马放开，让它们从这儿往那边的树林一带任意奔跑，我想老爷不会很快就上路的。”

安迪咧开嘴笑了。

“你知道，”山姆说，“你知道，安迪，万一黑利老爷的马发毛，撒起野来，我俩干脆放开自己的马去帮他一把，我们可得帮助一把啊——啊，没错！”于是山姆和安迪把头往后一仰，爆发出一阵低声狂笑，同时开心地用手指叭叭地打着榧子，快活得手舞足蹈。

正在这时，黑利出现在游廊上。他喝了几杯上好的咖啡，变得心平气和了一些，情绪恢复了几分，有说有笑地走了出来。山姆和安迪正在摘一些碎棕榈树叶，他们习惯上把这树叶当做帽子，看见黑利，他们飞跑到拴马桩前准备“帮助老爷”。

山姆灵巧地把棕榈树叶弄成帽子的样子，至于帽檐，根本没有编织起来，细长的叶片向四面散开，根根竖立着，一副引人注目、桀骜不驯的样子，就像斐济酋长的帽子；而安迪帽子的整个帽檐都已脱落，他敏捷地把帽子往头上重重一扣，十分满意地往四周看了看，好像在说："谁说我没有帽子？"

"好了，孩子们，"黑利说，"打起精神吧，我们可得抓紧时间了。"

"一点儿也不错，老爷！"山姆说着把缰绳递到黑利手中，为他扶住马蹬，而安迪则解开另外两匹拴着的马。

黑利一接触马鞍，那匹烈性子的小马猛地一跃而起，离开了地面，一下子把主人摔趴在几英尺以外柔软的干草坪上。山姆狂叫一声，猛扑过去抓缰绳，不料却让刚才提到的他那引人注目的棕榈叶戳痛了那马的眼睛，这可刺激了它本已迷乱的神经，所以它猛地把山姆掀翻在地，不屑一顾地喷了两三声鼻息，扬起四蹄腾空而起，转眼便向着草坪的低处飞奔而去。比尔和杰利紧随其后，安迪根据事先的约定，放开了它们，用各种可怕的叫声促使它们往前飞奔。接下来的场面乱成一团。山姆和安迪一边跑一边叫喊，四处的狗也狂吠起来，迈克、摩西、曼迪和范妮，以及庄园上所有的男女孩童，都兴高采烈地跟着奔跑、拍手、叫喊。

黑利骑的是一匹白马，速度快、性子烈，它似乎受现场气氛感染而更加劲头十足，把一片方圆近半英里的、四周平缓下降并延伸至一望无际的树林的草地变成任它驰骋的地方。它先让后面的追兵赶上来，当他们离得只有一臂之远时，便喷着鼻息纵身一跃，飞奔而去，就像一个淘气的畜生冲进远处树林里的某条小径里；它对自己的这一伎俩颇为得意，乐此不疲。山姆思忖，在时机成熟之前，不能抓住任何一匹马，但他在追马的过程中仍然表现得十分英勇。就像狮心王①的战剑总是在前方和战斗最激烈的地方闪现那样，山姆头上的棕榈树叶总是在马快被抓住的时候伸过去——这时他会全力猛冲，高喊："快追！逮住它！逮住它！"其声势可以在片刻之内使所有的东西都闻风丧胆，纷纷溃逃。

黑利来回奔跑着，诅咒着，谩骂着，跺着脚，用各种方法发泄着怒气。谢尔比先生则站在阳台上大声喊叫着发号施令，但是毫无效果。谢尔比太太在她房间窗户前一会儿笑，一会儿觉得奇怪，她对这场混乱的原因已经猜到

① 狮心王是英格兰国王理查一世(1157—1199)的绰号，他曾带领十字军第三次东征，成为传奇中的骑士楷模。

了几分。

终于，在十二点钟左右，山姆骑着杰利凯旋而归了，黑利的马走在他身边。那马浑身流着汗，但是它发亮的眼睛和张大的鼻孔表明，它身上的野性还没有完全被降伏。

“逮住它了！”他得意扬扬地大叫，“要不是我的话，它们可能会跑得不知去向了，可我还是把它们逮住了！”

“你！”黑利恶声恶气地吼叫一声，“要不是你，就不会有这些事了。”

“老天保佑我们，老爷，”山姆用十二分关切的语气说，“我可是一直在跑啊，追啊，弄得一身大汗呀！”

“得了，得了！”黑利说，“你该死的胡闹耽误了我将近三个小时，现在我们走吧，别再胡闹了。”

“哎呦，老爷，”山姆用不以为然的语气说，“我想你是打算把我们和马都累死呀。瞧，我们差不多要累垮了，马也一身臭汗。嘿，老爷，你不会打算不吃午饭就要我们出发吧？老爷的马也要擦刷干净，你看它全身溅的都是泥。杰利也是一瘸一拐的。我想太太是不愿让我们像这样上路的，绝不会的。老天保佑你，老爷，我们歇一下就会赶上去的。莉齐走路从来就不行。”

谢尔比太太在游廊上听见了这番话，感到十分有趣，她想自己该出面了。她走上前来，很有礼貌地对黑利的意外事故表示关心，竭力劝他留下来吃午饭，说厨子马上就把饭端上桌。

于是，经过再三权衡之后，黑利带着几分勉强走进餐厅，而山姆在他背后意味深长地转动着眼珠，一脸严肃地把马牵到马厩去了。

“你看见他了吧，安迪？你看见他了吧？”山姆走到马棚另一边把马拴到桩上时说，“啊，老天，看他又跳又踢、对着我们咒骂的样子真像参加祈祷会一样有趣。我可不是亲耳听见咒骂的吗？骂吧，老家伙（我心里说），你现在就要弄到那匹马，还是等你过会儿逮住它？天哪，安迪，我现在还能想象得出他的样子。”山姆和安迪倚靠在马棚上，纵情大笑起来。

“我刚才把那匹马牵回来的时候，他气得简直要发疯。你应该看见他那副模样才好呢。天哪，要是他敢的话，他会杀了我的。我站在那儿装出一副无辜和谦卑的模样。”

“天哪，我瞧见了，”安迪说，“你不也是一匹狡猾的老马吗，山姆？”

“应该算是吧。”山姆说，“你看见太太在楼上窗口站着吗？我瞧见她一直在笑。”

“我相信，我那时只顾一个劲儿地跑，什么都没看见。”安迪说。

“咳，你知道，”山姆一边认真地洗刷黑利的小马一边说，“我已经养成了你也许会称为‘察颜观色’的习惯，安迪，这是很重要的。安迪，我建议你趁现在年轻也养成这个习惯。抬起那只后腿。你看，安迪，正是‘察颜观色’才造成黑人中很大的区别。今天早晨我不是看清风向了吗？我不是看出了太太的心思吗？尽管她没露声色。那就是‘察颜观色’，安迪，我想你也可能会把它称为‘能力’。不同的人有不同的能力，但是培养能力要花费很大的气力。”

“我想今天早晨要不是我帮你‘察颜观色’的话，你就不会那么精明地判断情况了。”安迪说。

“安迪，”山姆说，“你是个很有前途的孩子，毫无疑问，我很看重你。安迪，接受你的意见我一点儿也不觉得难为情。我们不应该忽略任何人，安迪，因为就是最聪明的人有时也会摔跟头。好吧，安迪，我们现在去大宅吧。我敢担保，这一次太太会款待我们一些特别好吃的东西了。”

第7章

母亲的奋争

当伊莱扎离开汤姆叔叔的小屋时，很难想象还有别人比她更加凄惨、更加孤苦无助的了。

对丈夫的苦难和危险的忧虑，对孩子的安危的担心，加上在她意识到离开自己有过的唯一的家、失去一个她敬重的朋友的庇护自己所冒的风险时所产生的惊慌失措的情绪，她无法平静下来。她还离开了每一件熟悉的事物——她长大成人的地方；她曾在下面玩耍过的大树；在快乐的日子里，晚上她与年轻的丈夫经常并肩散步的小树林——这清澈寒冷的星光下的一切似乎都在责备她，问她：离开这样的家还能往哪儿去呢？

但是比其他一切更强烈的情感是母爱，由于可怕的危险的逼近，这母爱炽烈地爆发了。她的孩子不算太小了，可以跟着她走路了，如果不是这么紧急的情况，她本来会牵着他走的，可现在，只要一想到把他从怀里放下来就令她不寒而栗。她快速往前走，发狂似的紧紧地把他搂在怀里。

霜冻的大地在她的脚下发出嘎吱嘎吱的声音，这声音让她害怕得颤抖；每一片树叶的颤动，每一个阴影的摇曳都让她心惊肉跳，她不由得加快了脚步。她对产生于自己体内的力量感到惊奇，因为她觉得抱在怀里的儿子似乎轻如鸿毛。而每一阵恐惧似乎都增强了那支撑她往前走的神奇力量，从她苍白的嘴唇之间经常迸发出向上天的急促而高声的祈祷："上帝啊，帮助我吧！上帝啊，救救我吧！"

如果这是你的哈利，母亲啊，或者是你的威利，在明天早晨就要被一个残暴的奴隶贩子从你身边夺走，如果你看见了他，知道契约已经签过字、交接手续已经办完，而你只有从午夜十二点到次日早晨这点时间可用来逃走，你能走多快？在这短短的几个小时里，你怀里抱着心爱的儿子——那熟睡的小脑袋靠在你的肩上，两只柔嫩的小胳膊信赖地搂着你的脖子——你能走多远？

孩子睡着了。开始时，新奇和惊恐使他一直醒着，但只要他一开口或是弄出什么声响，妈妈就急忙制止了。她要他放心，说他只要保持安静，她便一定能救他。于是他一声不响地搂着妈妈的脖子，只是在快要睡着时才问：

“妈妈，我不用醒着，是吗？”

“是的，乖孩子，想睡就睡吧。”

“可是，妈妈，要是我真的睡着了，你不会让他抓住我吧？”

“不会的！愿上帝帮助我！”他妈妈说，这时她的面颊更加苍白，大大的黑眼睛里闪烁着更亮的光芒。

“你能肯定，是吧，妈妈？”

“是的，能肯定！”母亲说，她的声音把自己都吓坏了，因为她似乎觉得这声音来自体内一个不属于自己的灵魂。于是小男孩疲倦的小脑袋靠在她的肩头，很快就睡着了。当温暖的胳膊和柔和的呼吸接触到她的脖颈时，似乎给她的行动增加了许多激情和勇气。她觉得，力量似乎通过信赖她的孩子的每一个细小的触摸和动作，如电流一般注入她的体内。精神对躯体的支配力量是惊人的，它可以在一段时间里使肉体和神经变得坚不可摧，把肌腱绷紧得如同钢铁，从而使弱者变得强大无比。

她往前走着，农庄的边界、灌木、林地从她身边快速掠过。她继续往前走，离开一个又一个熟悉的景物，不松劲，不停步，直到天空布满红色的霞光。这时她已经走了很多英里路程，在空旷的公路上已看不见任何熟悉事物的踪迹了。

她曾跟随女主人在离俄亥俄州不远的T村看望过一些亲戚，因此对这条路很熟悉。到这村庄去，逃过俄亥俄河是她在匆忙中作出的初步逃跑计划；过了河之后，她只得祈求上帝保佑了。

当公路上渐渐出现车马之后，她那种在危急情况下特有的警觉使她意识到，自己仓促的脚步和惊慌的神情可能会招致别人对她的注意和猜疑，于是她把孩子放在地上，理了理衣服和帽子，然后用她认为可以保持正常神态的最大速度继续往前走。在她的小包里,她准备了一些糕饼和苹果,用做加快孩子速度的应急手段:让苹果滚到前面几码的地方,孩子就会使出全身力气去追,这个计策重复用了许多次,使她们走了一段又一段的半英里长的路程。

不久,母子二人来到一片浓密的树林边,林中有一条清澈的小溪潺潺流过。因为孩子吵着说又饿又渴,她便和他一起爬过篱笆,在一块巨大的石头后坐了下来。这石头挡住了路上行人的目光,然后她从小包里给他拿出早餐。小男孩见妈妈吃不下东西,感到又奇怪又伤心,他双臂搂着妈妈的脖子,想把自己的饼硬塞进她的嘴里。她觉得,涌到嗓子眼的情感似乎要把她的喉咙堵住了。

“不要这样,不要这样,心肝哈利! 你不脱险妈妈是吃不下东西的! 我们必须继续走下去——走下去——一直走到河边!”于是她又急忙上路,又迫使自己以均匀的步子沉着地往前走。

她已经远离有人认识她的地方了。如果她万一遇见认识她的人,她想,谢尔比一家出了名的仁慈就可以当做免遭猜疑的挡箭牌——人们不大可能疑心她是个逃亡的奴隶。此外,她的肤色很白,如果不仔细观察是不会有人知道她有黑人血统的;她的孩子也很白,因此,不太会引起别人的疑心。

根据这个推测,中午时分她在一座整洁的农舍前停下来休息,为孩子和自己买些午饭。因为随着距离的增加危险逐渐减小,她绷紧的神经松弛了,她忽然觉得筋疲力尽、饥肠辘辘了。

那好心的女人很和气,喜欢闲聊,似乎对有人上门和她聊天感到十分高兴。伊莱扎对她说她“还要往前走一程,准备在朋友家度过一周”——她真诚希望这话会完全成为现实——那妇人毫不怀疑地相信了她的话。

在太阳下山前一小时,她走进俄亥俄河畔的 T 村,尽管疲惫不堪、双脚疼痛,但意志仍然很坚强。她首先向俄亥俄河看去,它就像约旦河,横在她和对岸自由的迦南之间。

眼下是早春时节,河水已涨,水流湍急,大块大块的浮冰在浑浊的河水中沉重地前后晃动。因为肯塔基州一侧河岸的地形独特,陆地往河中弯进去很远,大量的冰块滞积在这里,河弯狭窄处的水道堆满了冰,一块压着一块,因此形成了一道屏障,挡住了上游漂下来的冰块。冰块堆积起来,形成一个巨大的、起伏不定的浮筏，这筏塞满了整个河道，几乎延伸到对岸。

伊莱扎在河边站了一会儿，考虑着不利的一面。她马上明白，这种情况必定会妨碍正常的摆渡。然后她转身走进河岸上一家小客店，准备了解一下情况。

女主人正在炉边煎炸煮炖地忙着准备晚餐，伊莱扎悦耳忧伤的声音引起了她的注意，她手里拿着叉，停了下来。

"有什么事吗？"她问。

"现在有没有渡船或别的船送人到对岸的 B 村去？"伊莱扎问。

"没有，真的！"那女人说，"船都停运了。"

伊莱扎不安和失望的表情打动了那女人，于是她探询地问：

"也许你想过河吧？有谁病了？你看起来很焦急。"

"我有个孩子，他的处境很危险，"伊莱扎说，"我一直到昨晚才听说，所以今天走了很远的路，希望能赶上渡船。"

"唉，瞧，真不凑巧，"那女人说，伊莱扎的境况引起了她母性的同情，"我很为你担心。所罗门！"她从窗户朝后面的一间小屋喊道。一个围着皮围裙、双手脏兮兮的男人在门口出现了。

"喂，索尔，"女人说，"那个人今晚要运几个大桶到对岸去吗？"

"他说他要试试，如果不太冒险的话。"那男人说。

"离这儿不太远的地方有个人，准备今晚运些货过河，不知他敢不敢带你们过去。今晚他要到这儿来吃晚饭，你最好坐下来等他。真是个可爱的孩子。"那女人夸了哈利一句，递给他一块饼。

可是孩子已经筋疲力尽了，他疲倦得哭了起来。

"可怜的孩子！他不习惯走路，我一直在催他往前走。"伊莱扎说。

"好吧，带他到这房间里去吧。"女人说着打开了一间小卧室的门，里面有一张舒适的床。伊莱扎把疲倦的孩子放在床上，握着他的双手，直到他睡熟。可是她却无法休息，她心急如焚，害怕后面有人追过来，恨不得立刻就离开。她用渴望的眼神凝视着把她与自由隔开的那条阴沉汹涌的河流。

现在我们暂且把她搁下，来追寻一下追捕她的那些人的行踪。

虽然谢尔比太太保证马上开午饭，可是很快人们发现，就像过去经常看到的那样,要做成交易不能只是一相情愿。所以尽管当着黑利的面命令已经发出——至少有五六个小信使把它传到克洛伊大婶那儿去了——可那位大婶只是没好气地哼了几声,把头甩了几下,接着从容不迫、慢慢悠悠地去做每一件事了。

由于某种奇特的原因,仆人中似乎普遍有个印象,觉得耽误一点时间太太不会见怪的。但让人称奇的是,今天厨房里接二连三地出差错,拖延了事情的进程。一个倒霉蛋竟然打翻了肉汁,所以只得重新调制。克洛伊大婶小心翼翼、按部就班、以近乎固执的耐心一丝不苟地搅动着肉汁。有人提议她加快速度,她总是不耐烦地回答说,她"不打算为了帮人家抓人就把生肉汁端上桌"。有人提水时摔倒了,只好再到泉边取水;还有人在备餐过程中突然把黄油弄掉了,搅得一团糟;不时有人咯咯地笑着把消息传到厨房,说:"黑利老爷焦躁不安,他在椅子里简直坐不住,而是在窗前和游廊上团团转。"

"他活该!"克洛伊大婶气愤地说,"如果他不改邪归正,总有一天他会吃更大的苦头,而不是焦躁不安了。他的主人就会召他去,到那时看他是一副什么模样!"

"他会下地狱的,没错。"小杰克说。

"他罪有应得!"克洛伊大婶用令人生畏的语气说,"他让太多太多的人伤心欲绝——我对你们大家说吧!"她说着停了下来,手里拿着一把叉,"就像乔治少爷在《启示录》里读的:灵魂在圣坛下呼唤!呼唤上帝为他们复仇!上帝总有一天会听见的!他会的!"

厨房里的人对克洛伊大婶十分尊敬,大家都全神贯注地听她说话。现在午饭送去了,厨房里所有的人都有闲暇跟她聊天,听她说话。

"这样的人就该永远在地狱受火刑,没错,不是吗?"安迪说。

"要是那样我才高兴呢。"小杰克说。

"孩子们!"一个声音说道,让大家吃了一惊。原来是汤姆叔叔,他已经进来了,站在门口听大家说话。

"孩子们,"他说,"恐怕你们不知道自己在说些什么,'永远'是个可怕的字眼,孩子们,想到它是件可怕的事情。你们不应该希望任何人受'永远'之罚。"

“除了奴隶贩子,我们不会希望任何人‘永远’受惩罚的。”安迪说,“人人都禁不住盼望他们受惩罚,他们太坏了。”

“难道他们不是天理难容吗?”克洛伊大婶说,“难道他们不是把吃奶的孩子从妈妈的乳房上拽下来给卖了,尽管孩子哭喊着紧紧抓着妈妈的衣服——难道他们不是硬把他们拉开卖了吗?难道他们不是活生生拆散别人夫妻?”克洛伊大婶说着哭了起来,“这不是要了他们的命吗?自始至终他们有一点点恻隐之心吗?难道他们不是照常喝酒抽烟,对这一切满不在乎吗?天哪,如果魔鬼不把他们抓走,那他还有什么用处呢?”克洛伊大婶用花格布围裙捂住脸,十分伤心地抽泣起来。

“为那些虐待你的人祈祷,《圣经》上说的。”汤姆说。

“为他们祈祷?”克洛伊大婶说,“天哪,这太难了吧?为他们祈祷我做不到。”

“这是人的本性,克洛伊,人的本性是很强的,但上帝的仁慈之心更强。此外,你应该想一想,那些做坏事的可怜人的灵魂会处于何等可怕的境地啊——你不像他,为此你应该感谢上帝,克洛伊。我自己宁肯被卖掉一万次,也不愿像那可怜人一样有那么多的罪要赎。”

“我也是。”杰克说,“天哪,我们不会受惩罚吧,安迪?”

安迪耸了耸肩,吹了一声口哨表示默认。

“我很高兴,老爷今天上午没有像他打算的那样离开庄园,”汤姆说,“如果那样会比把我卖掉更伤我的心,真的。也许他离开庄园是很自然的,但那样会让我万分难受的,我是看着他长大的。可是我见到老爷了,他现在领会上帝的旨意了。老爷自己也是无能为力,他做得对。不过我担心我走了以后,庄园上的事会弄得一团糟。老爷不可能像这样各处照料,把事情处理得井井有条。仆人们心眼都不坏,可是他们粗心得很。这很让我放心不下。”

这时铃响了,汤姆被召到客厅去了。

“汤姆,”主人和颜悦色地说,“我希望你知道,我给这位先生立下字据,如果他要得到你时你不在的话,那他就要罚我付他一千块钱。他今天要去处理别的事,你可以自由支配一天时间。你想上哪儿就上哪儿去吧,汤姆。”

“谢谢,老爷。”汤姆说。

“小心点，”奴隶贩子说，“别耍你们黑人的花招欺骗你的主人。如果你不在场，我就要把他的每分钱都拿走。要是他听我的话，他就不会相信你们任何人——滑得像泥鳅！”

“老爷，”汤姆站得笔直地说，“当年老太太让我抱你的时候我只有八岁，而你还不到一岁。‘瞧，’她说，‘汤姆，他以后就是你的小主人，好好照顾他。’现在我只问你一句话，老爷，我有没有对你失过信或是违背过你？特别是我成为基督徒以后。”

谢尔比先生深受感动，眼里涌出了泪水。

“我的好伙计，”他说，“上帝知道你说的是实话，要是我有办法的话，就是用整个世界换你我也不会肯的。”

“我以基督徒的名义保证，”谢尔比太太说，“等我一凑够了钱就把你赎回来。先生，”她对黑利说，“多多留意你的买主的情况，告诉我一声。”

“好啊。而且，”奴隶贩子说，“一年后我可以把他送回来，不会有太大的损伤，再把他卖回给你们。”

“那时我再跟你做笔交易，会让你有利可图的。”谢尔比太太说。

“当然，”奴隶贩子说，“对我来说都一样，不管把他们卖到上游还是下游，只要我能赚钱。我只不过是要谋生，你知道，太太，我想我们大家都一样嘛。”

谢尔比夫妇听了奴隶贩子的这番厚颜无耻的放肆之辞感到很恼火，觉得自己的人格受到玷污，可是他们都知道，克制自己的感情是完全必要的。奴隶贩子越显得贪婪和冷漠，谢尔比太太对他抓住伊莱扎和她孩子的恐惧就越大，当然她要用一切女性特有的手段拖延他的愿望就越强。因此她优雅地微笑，频频赞同，亲切地交谈，尽最大的努力使时间不知不觉地流逝。

下午两点时，山姆和安迪把马牵到拴马桩前，显然上午的一番奔跑使它们生气勃勃、精神振奋。

吃过午饭，山姆精力充沛，他显得热情洋溢，十分殷勤。当黑利走近时，他炫耀地对安迪吹嘘，说这次行动已经是胜利在望了，因为他已经“准备停当”。

“我猜，你们的老爷没养狗吧。”黑利准备上马时若有所思地说。

“有很多狗，”山姆扬扬得意地说，“有布鲁诺——叫声可响呢！还有，我们差不多每个黑人都养着一只这样那样的小狗。”

“呸!”黑利说,对刚才提到的狗,他又骂了几句什么。对此山姆轻声咕哝着:

“骂它们有什么用,一点用都没有。”

“我是说你们的老爷没养追踪黑人的狗,我很清楚他没养。”

山姆清楚地知道了他的意思,但是他摆出了一副十分认真、万分愚钝的面孔。

“我们的狗的嗅觉可灵了,我猜它们就是这种狗,虽说它们从没干过这方面的事。不过这些狗都不赖,干什么事都行,只要你教它们的话。来,布鲁诺。”他唤着,对那只行动迟缓的纽芬兰狗打了一声唿哨,它立即嘶吼着弓着背向他们猛冲过来。

“你这该死的!”黑利说着骑上马,“来吧,赶快上马吧。”

山姆于是赶快上马,同时他故意地使坏,挠得安迪发痒。安迪忍不住大笑一声,这让黑利大为光火,他给了他一马鞭。

“你让我感到很吃惊,”山姆万分严肃地说,“这可不是闹着玩的事,安迪,你不能开玩笑。这样怎么能帮助老爷?”

“我要走直道往河边追,”他们走到庄园边界时,黑利果断地说,“我知道他们的做法——都往地下通道①那儿跑。”

“对,”山姆说,“没错,黑利老爷说得对极了。瞧,到河边有两条路,一条是土路,另一条是大路,老爷打算走哪条路?”

安迪抬起头茫然地看着山姆,对他说的地理新概念感到很惊讶,但是他马上一个劲地附和表示肯定。

“当然,”山姆说,“我相信莉齐会走那条土路,因为走的人很少。”

尽管黑利老谋深算,而且生性多疑,但是山姆的这个见解倒让他犯了踌躇。

“你们两个不鬼话连篇才怪呢!”他想了一会儿,阴沉地说道。

他说这番话时那心事重重的语气逗得安迪乐不可支,他往后落下两步,

① 地下通道亦称地下铁道,美国南北战争(1861—1865)前帮助奴隶逃往北部或加拿大的地下交通网。

笑得浑身打战，险些从马上掉下来。而山姆则不动声色地摆出一副最悲伤的严肃的表情。

“当然，”山姆说，“老爷想怎么办就怎么办。如果老爷认为最好走大路，那就走大路吧——对我们来说都一样。嘿，仔细想想，我觉得还是走大路最好，这是明摆着的事。”

“她自然会走一条行人稀少的路。”黑利自言自语地说，他没理会山姆说的话。

“这真说不准呢，”山姆说，“女人的性格就是怪，她们从不按常人的想法行事，而是与常人的想法相反。女人天生就反复无常，所以如果你认为她们走了这条路，那你最好走另一条路，这样你准能找到她们。听着，我个人的意见是：莉齐是从土路走的，所以我认为我们最好走这条大路。”

这番关于女性共性的深奥之言并没有对黑利产生特别的影响而促使他选择大路，他果断地宣布他要走另一条路，并问山姆他们何时能到达这条路。

“就在前面不远。”山姆说着用靠近安迪一边的那只眼睛向安迪使了个眼色，他又严肃地补充了一句，“不过我已经仔细考虑过这件事，我很清楚我们不应该走那条路。我从没走过那条路，那条路冷僻得要命，我们可能会迷路的——我们会走到哪儿去只有天知道。”

“不管怎么说，”黑利说，“我还是要走那条路。”

“现在我想起来了，我听人说过，那条路沿小溪边整个都围上了篱笆。是吧，安迪？”

安迪不太确信，他只是“听说”过这条路，但从未走过。总之，他不表态。

黑利善于权衡大谎和小谎之间的可能性，他觉得伊莱扎走以上提到的土路的可能性更大一些。他看出山姆开始是无意中提到那条路的，后来他惊慌地竭力劝阻他，他认为这是山姆悟过来之后拼命撒谎，因为他不愿抓到伊莱扎。

因此，当山姆指出那条路时，黑利马上直奔土路而去，山姆和安迪紧随其后。

这条路事实上是条老路，以前是通往俄亥俄河的一条大道，但自从新路建成后,它已被废弃多年了。开始一小时左右还畅通无阻,后来就被许多农庄和篱笆切断了。山姆对此一清二楚——更确切地说,这条路已经关闭很久了——而安迪从来没听说过。山姆一副恭顺的神情骑着马往前走,只是偶尔抱怨几句,大声嚷嚷道:"太难走了,杰利的脚可受不了。"

"喂,我可要警告你,"黑利说,"我看透你了,不管你怎么抱怨,都休想把我从这条道上拉走,所以你还是闭嘴吧!"

"老爷执意要按自己的意愿行事!"山姆装出一副可怜巴巴的样子说,同时他自鸣得意地向安迪使着眼色,把安迪乐得差不多就要笑出声来了。

山姆情绪高涨,声称要警觉地观察。他一会儿大叫说他看见远处高地上有一顶女帽,一会儿又向安迪高喊:"那低洼地里不是莉齐吗?"而且他总是在道路崎岖不平之处叫喊,在这些地方突然加速对所有的人马来说都是十分困难的,因此弄得黑利总是手忙脚乱。

这样骑了约一个小时以后,一行人马飞快地下了坡,闹哄哄地来到一家大农庄的一所谷仓的场院里。四周一个人影也见不着,所有的人都在地里干活,但是因为谷仓十分显眼地拦腰建在路中央,因此很显然,他们往这个方向的行程无疑已经走到了终点。

"我不是跟老爷说过了吗?"山姆带着一脸受了委屈的无辜的神态说,"外地的先生怎么能比土生土长的人更了解一个地方呢?"

"你这恶棍!"黑利说,"你对这一切早就知道。"

"我不是对你说过我知道吗? 可是你不相信我。我对老爷说过这条路不通,有篱笆围起来了,我想我们走不过去的。安迪听见我说的。"

他说的都是实话,无法反驳,这倒霉人只好尽量保持风度,压下自己的怒气。三个人调转马头向公路行进。

由于这种种耽搁和拖延,结果当这一行三人骑着马走到伊莱扎所在地点时,伊莱扎在乡村客栈安顿孩子睡觉已经有三刻钟了。伊莱扎正站在窗前往另一个方向看,山姆眼睛尖,一下子就看见她了,黑利和安迪在他后面离有两码远。在这危急时刻,山姆故意让帽子给风吹走,然后发出一声他特有的高声惊叫,这叫声立刻让伊莱扎一惊,她猛地后退一步,三个人飞快从窗前掠过,转到前门去了。

那一刻对伊莱扎来说真是生死攸关。她房间里有扇侧门通往河边,她一把抱起孩子，跳下台阶，向河边跑去。在她就要消失在堤岸下面时，奴隶贩子清楚地看见了她整个身影，他马上飞身下马，大声召唤着山姆和安迪，像逐鹿的猎犬，向她紧追而去。在那让人头晕目眩的时刻，她的脚似乎根本不沾地，一会儿就跑到了河边。他们在后面紧紧追赶，她鼓起上帝仅赐给那些身处绝境之人的巨大力量，狂叫一声，一个飞跃，跳过了岸边浑浊的急流，落在远处的冰块上。这是拼死的一跃，任何人——除非疯狂和绝望——要跳过去是不可能的。在她跳的时候，黑利、山姆和安迪本能地举起手尖叫起来。

在她的重压下，她脚下的那块巨大的、绿色的冰块开始摇晃，发出嘎吱嘎吱的声响，但她在上面一刻也没停留。她发出一阵狂叫，鼓起惊人的勇气，跳到另一块冰上，接着又是另一块。她踉踉跄跄，蹦蹦跳跳，不顾脚下打滑，一次又一次地往上跳起！她的鞋跑掉了，袜子划破了，每一步都留下血迹，但是她什么也看不见，什么也感觉不到，直到隐隐约约看见恍若梦境的俄亥俄州一侧的河岸。有个男人拉她上了岸。

"你是个勇敢的姑娘，嘿，不管你是谁！"那人发誓说。

伊莱扎听出了这人的声音，认出了他的面孔，知道他是离她过去的家不远的一个庄园主。

"啊，西姆斯先生，救救我吧！请把我藏起来吧！"伊莱扎说。

"哎呀，怎么回事？"那人说，"哎呀，这不是谢尔比家的人吗！"

"我的孩子——这个男孩——他把他卖了！那是他的主人。"她指着肯塔基一侧的河岸说，"啊，西姆斯先生，你也有个小男孩！"

"我是有个男孩。"他莽撞但友好地把她拉上陡峭的河堤时说，"再说，你确实是个勇敢的姑娘。不管在哪儿看见有勇气的人，我都喜欢。"

他们登上堤顶时，那人停了一下。

"我会很乐意为你做些事的，"他说，"但是我没有地方可以收留你，我只能告诉你该上哪儿去。"说着他指着前方一座远离村庄主要街道的独立的白色大屋，"到那儿去吧，他们都很友善。只要有危险，他们就会帮助你的——他们是专门做这一类事的。"

"愿上帝保佑你！"伊莱扎真诚地说。

"不必，完全不必。"那人说，"我所做的算不了什么。"

"哦,你不会告诉任何人吧!"

"决不会的,姑娘! 你把我看成什么人啦! 当然不会。"那人说,"好吧,你是个讨人喜欢的聪明的姑娘,就像这样往前走。你已经为自己赢得了自由,你应该拥有它,我也阻拦不了你。"

女人把孩子抱在怀里,坚定而匆匆地走了。男人站在那儿目送着她的背影。

"谢尔比,哎呀,他也许会认为我这事做得一点儿也不够邻居的情分,可是一个人该怎么处事呢? 如果他碰见我的女仆处于同样的困境,我认为他也应该这样。不知怎么搞的,我就是不忍心看见有人气喘吁吁地拼命奔跑着逃命,后面还有狗追扑。再说,我没有必要为别人充当追捕手。"

这位可怜的肯塔基异教徒这样自言自语地说着。他没有受过宪法有关财产关系方面的教育,因此误入了歧途,像基督徒那样行事。要是他境况更好一些,受的教育更多一些,他就不会干这种事了。

黑利站在那儿看着这一幕场景,感到十分惊异,直到伊莱扎消失在堤岸上,他才回过头来,一脸茫然地看着山姆和安迪。

"这一手干得还算漂亮。"山姆说。

"这丫头有七个魔鬼缠身,我敢说!"黑利说,"她跳起来就像只野猫!"

"哎,那好,"山姆挠着脑袋说,"我希望老爷不会让我们试着顺那条路去追。我可没有她那么敏捷,不可能!"说着山姆操着嘶哑的嗓音咯咯地笑起来。

"你还笑!"奴隶贩子咆哮着说。

"老天保佑你,老爷,我忍不住要笑啊。"山姆说着,让憋在内心很久的高兴都爆发出来了,"她看起来那么灵巧,一跳一跃,冰嘎嘎地裂开了。听听她跳的声音:扑通! 扑通! 哗啦! 跳! 天哪! 她干得真漂亮!"山姆和安迪直笑得眼泪从脸上流下来。

"我要让你们先笑后哭!"奴隶贩子说着就用马鞭狠抽他们。

两个人都躲闪开了,叫喊着往堤岸上跑,没等黑利赶上来,两人都已经上了马。

"再见,老爷!"山姆十分严肃地说,"我相信太太很担心杰利。黑利老爷不再需要我们了。太太是不愿意让我们今晚骑马过那座桥的。"说着他开玩笑地用手戳了一下安迪的肋骨，策马跑开了。安迪全速跟在他的后面，他们的阵阵笑声从风中隐约传来。

第8章

伊莱扎的逃亡之路

伊莱扎拼死逃到河对岸，此刻正是暮色苍茫时分。当她在河岸消失时，从河里缓缓升起的灰蒙蒙的暮霭吞没了她的身影，上涨的急流和相互碰撞的大块浮冰成了横在她和追捕她的人之间的不可逾越的障碍。因此，黑利悻悻地慢慢回到小客栈，考虑下一步该怎么办。老板娘为他打开了一间小休息室的门。客厅里铺着一块破旧的呢地毯，上面放着一张铺着发亮的黑油布的桌子，桌旁有几张各种款式的瘦长高背木椅；壁炉冒着淡淡的烟，壁炉台上摆放着一些色彩艳丽的石膏像；烟囱旁有一把硬木制的高背长椅，椅子太长，弄得这地方很局促。黑利在这张椅子里坐下来沉思着，感叹人生的不安、幸福的无常。

"我要那该死的小东西干什么？"他自言自语地说，"弄得我像被逼上树的浣熊一样陷入这般困境！"他用了许多不太雅的话咒骂自己，发泄自己的怨气。尽管他骂得不无道理，但由于有伤风雅，故而略去不表。

门口大声刺耳的说话声吓了他一跳，显然这人正在下马。他急忙走到窗前。

"天哪！人们常说有天意，这不是天意的话也差不多了吧，"黑利说，"我相信来人是汤姆·洛克。"

黑利三步并做两步走了出去。在房间角落的吧台旁站着一个肌肉发达、体格健壮的男人，他足有六英尺高，身板宽阔。他穿着一件翻毛的水牛皮上衣，外表显得粗野凶悍，跟他的总体外貌和神态十分吻合。他头部和脸上的每一个器官都表现出此人残暴成性，其暴力程度已经登峰造极。确实，如果读者诸君把他想象成一只长成人形、穿人衣、戴人帽的斗牛犬的话，那就十分恰当地抓住了此人的整体神态和体格特征了。他身后跟着一个旅伴，在许多方面恰恰与他形成了鲜明对照。那人身材矮小，行动像猫一般灵活敏捷，目光锐利的黑眼睛像耗子一般四处窥探；所有五官似乎都被削尖，与这双眼睛很般配；细长的鼻子向前突出，好像它急不可耐地要钻探出世上一切事物的奥秘似的；他稀疏光滑的黑头发急切地往前翘起；他的一举一动都表现出一种冷漠、谨慎和精明。那大块头男人往一只平底大玻璃杯中倒了半杯未掺水的烈性酒，一声不响地一口气喝了下去。小个子男人踮起脚尖，先把头探向一边，然后又把头探向另一边，朝着各种瓶子的方向用力地嗅着，最后尖着发颤的细嗓子十分谨慎地要了一杯薄荷朱利酒①。酒倒好之后，他端起来，用机敏而自鸣得意的神态端详着，就像一个人自认为做对了一件事、做得恰到好处似的，然后一小口一小口地慢慢喝起来。

“嘿，谁会想到我会碰到好运气？喂，洛克，你好吗？”黑利说着走上前来，向大块头男人伸出手去。

“见鬼！”那人礼貌地回答，“你怎么到这儿来了，黑利？”

那个叫玛克斯的探头探脑的人马上不喝酒了，把头探到前面，目光锐利地打量着这位新相识，就像猫有时打量一片移动的干树叶或是别的可以追逐的东西那样。

“我说啊，汤姆，运气太好了。我现在遇上倒霉事了，你可要帮帮我啊。”

“哎哟！错不了！”他的老熟人沾沾自喜地咕哝着，“可以确信，如果你很乐于见到什么人的话，那准是要人家帮忙。这回是什么难事啊？”

“这位是你的朋友吗？”黑利说着多疑地看着玛克斯，“也许是生意伙伴吧？”

“是的。喂，玛克斯，这是我在纳齐兹的合伙人。”

“很高兴认识你，”玛克斯说着伸出一只像乌鸦爪一样细长的手，“是黑利先生吧？”

“我就是，先生。”黑利说，“我说啊，先生们，大家相见都很高兴，我想在

---

① 薄荷朱利酒一般由威士忌或白兰地与砂糖调和，再加碎冰和鲜薄荷调制而成。

这厅堂里请二位小酌两杯。喂，老伙计，"他对吧台的人说，"给我们上些热水、糖、雪茄来，多来些好酒，我们要喝个痛快。"

接着，看吧，蜡烛点起来了，壁炉里的火烧得旺旺的，这三位老兄围桌而坐，桌上摆满了我们刚才提到的增进友情的小物品。

黑利开始可怜兮兮地讲述他独特的遭遇。洛克闭着嘴一言不发，态度粗鲁而傲慢地专心听他讲。玛克斯急切地捣鼓着，他正调制一杯符合自己特别口味的潘趣酒①，他偶尔停下手中的活抬起头来，把自己的尖鼻子和下巴凑过去，差不多要碰到黑利的脸上，十二分认真地听他讲述。故事的结尾似乎让他特别开心，因为他默不作声，腰肩不停地颤动着，撅起两片薄薄的嘴唇，一副憋着满肚子喜悦的样子。

"那你是身处困境了，是吗？"他说，"嘿！嘿！嘿！她真行，干净利索。"

"在这行里头，这买卖小孩的生意总有一大堆麻烦。"黑利苦恼地说。

"要是我们能弄到一种对孩子无所谓的女人就好了。"玛克斯说，"告诉你们，这将会是现代最了不起的改进。"说到这儿玛克斯自己先笑了起来，好像为自己说的笑话撑台捧场。

"就是嘛，"黑利说，"我一直弄不明白，小孩那么让她们烦神操心，嘿，能甩掉他们应该高兴才是呀，可是她们不。一般来讲，小孩越烦神，越毫无用处，她们越舍不得。"

"哎，黑利先生，"玛克斯说，"请把热水递给我。对，先生，你说的我很有同感。这不，过去我做这行生意时，有一次买了一个女人——一个身材匀称、脸蛋标致的年轻女人，而且很聪明。她有一个病病歪歪的孩子，佝偻着背，大概是这么回事。我把这小孩送给了一个人，他想试着把他养大，反正这没花他一分钱。真没想到那女人为此大哭大闹——可是，天哪，你应该看看她是怎么没完没了地闹的。嘿，真的，我确实觉得似乎正因为这孩子有病，脾气乖僻，折磨她，她才愈加把他看得金贵。她的举动也不是故意装出来的。她哭啊哭的，垂头丧气地四处走动，好像亲人都死光了似的。想起来真可笑。天哪，女人的怪念头可真不少。"

① 潘趣酒是一种用酒、果汁和牛奶调成的饮料。

“嘿,我也碰到过这种事。”黑利说,“去年夏天,在雷德河[①]上,有人卖给我一个女人,她有一个长得很可爱的孩子,眼睛跟你的眼睛一样明亮,可是仔细一看,发现他竟是个瞎子。事实是,他瞎得一点儿也看不见。嘿,你看,我原以为一句话不说把他转给别人不会有什么害处的,于是我用他换了一小桶威士忌,这笔买卖做得不赖。可是等人家来把这孩子从那女人身边带走时,她凶猛得如母老虎一般。那时我们正准备出发,我没把奴隶用铁链锁起来,可是她竟然像猫一样跳上棉花包,从一个船员手中夺过一把刀,我对你说,这一下她把所有的人吓得马上到处乱窜。最后她看看这样也没有用,就转过身子,和小孩一起一头扎进河里,扑通一声沉了下去,再也没有上来。”

“呸!”汤姆·洛克轻蔑地说,他一直以抑制不住的厌恶在听这些事,“你们两个都是无用货!我的那些娘儿们不会像这样胡闹的,我告诉你们!”

“哦,真的吗!你有什么办法?”玛克斯马上问。

“办法?嘿,我买下一个娘们,要是她有个崽子要另外卖掉的话,我就走到她跟前,把拳头放在她的脸上说:‘听着,如果你说一个字,我就砸扁你的脸。我一个字也不听——半个字也不听。’我对她们说,‘这个小孩是我的,不是你的,跟你没关系,一有机会我就要把他卖掉。听着,不许闹,否则,我就要让你为自己的出生而后悔的。’我对你们说,她们明白在我手里那一套不灵,我把她们治得像鱼一样一声不吭。要是有人胆敢叫一声,嘿——”洛克先生啪的一声把拳头重重地砸下来,对他没说完的后半截话作出了解答。

“那就是你所说的‘下马威’,”玛克斯用手捅了一下黑利的腰说道,然后又嘿嘿地笑起来,“汤姆很特别吧?嘿!嘿!嘿!我说啊,汤姆,我猜你让她们头脑开窍了,因为所有的黑鬼的头脑就是笨,他们总是不明白你的意思。汤姆,如果你不是魔鬼的话,那你也是他的孪生兄弟了,我确实是这么认为的!”

汤姆以得体的谦虚接受了这番恭维,摆出一副平易近人的神态,正与约

---

① 雷德河在美国南部,是密西西比河的支流。

翰·班扬[①]所说的那样:这也限于"他暴躁的天性之内"。

当晚一直在畅饮的黑利开始感到自己的道德水准有了明显的提高和发展,在类似的情况下,这种现象在那些生性严肃、深思熟虑的先生身上并不鲜见。

"嘿,汤姆,"他说,"你做得实在不好,我总是对你这么说。你知道,汤姆,我和你过去在纳齐兹时经常谈论这些事,我总是向你证明,善待他们,我们完全可以赚同样多的钱,在这个世界上过得同样舒服。此外,万一最坏的事情发生,我们给弄得一无所有时,也可以多一些机会进入天国啊,你知道。"

"呸!"汤姆说,"我不知道吗?不要说这些让我作呕了,我现在有点反胃了。"说着,汤姆喝下了半杯纯白兰地。

"我说啊,"黑利说着往后靠在椅子上使劲地做着手势,"我现在要说,我跟别人一样,做买卖首先要赚钱,但是,买卖不是一切,钱不是一切,因为我们都有灵魂。现在我不在乎谁听见我说这话——我经常想到这件事——所以我还是干脆直说了吧。我信教,等哪一天我把事情安排妥帖了,我打算拯救一下自己的灵魂,做一些这方面的事。所以,做出超过必要限度的恶事有什么意义呢?我觉得这样做似乎一点儿也不明智。"

"拯救你的灵魂!"汤姆不屑一顾地重复道,"睁大眼睛在你身上寻找你的灵魂吧——在这方面你不必劳神了。如果魔鬼用头发细筛把你筛一遍,他也找不到你的灵魂的。"

"哎呀,汤姆,你生气了。"黑利说,"你为什么不能心平气和地听听呢?人家可是为了你好呀。"

"得了,闭上你那张嘴吧!"汤姆粗暴地说,"我什么话都能忍受,就是不能忍受你那假虔诚的话——简直要我的命。说到底,你我之间到底有什么区别呢?你并不比我多一点善心,多一点同情心。为了保全自己,你连魔鬼都敢欺骗。这是彻头彻尾的卑鄙,难道我没看透你?你所谓的'信教',实在是无耻透顶!你一生都欠着魔鬼的账,等到要还账时却偷偷溜掉!呸!"

"得了,得了,先生们,我说,这不是在做生意。"玛克斯说,"看待事物有

---

① 约翰·班扬(1628—1688),英国小说家,著有《天路历程》等。

不同的方法,你知道。黑利先生无疑是个很好的人,他有良心。而你呢,汤姆,你有你的方法,而且是很好的方法,汤姆。但争吵,你知道,不能解决任何问题。我们来谈正事吧,哎,黑利先生,你有什么事啊?你要我们为你抓住那女人吗?"

"那女人不关我的事,她是谢尔比的人,只有那男孩是我的。我买了那个捣蛋鬼,真做了件傻事!"

"你本来就傻!"汤姆态度生硬地说。

"得了,得了,洛克,不要发火。"玛克斯舔着嘴唇说,"你看,黑利先生要我们办的事我认为是个好差事。别动,安排事情是我的长处。这女人,黑利先生,她长得怎么样?是什么样的人?"

"嘿!又白又漂亮——很有教养。我愿意付给谢尔比八百或一千块钱,然后还可以从她身上大赚一笔。"

"又白又漂亮,还很有教养!"玛克斯说,他的眼睛、鼻子、嘴巴都充满了活力,"听着,洛克,漂亮的开端。我们来为自己的利益做一笔生意。我们来抓捕她。那孩子当然归黑利先生,我们把那女人带到奥尔良去做一笔投机买卖。漂亮不漂亮?"

在这谈话的过程中,汤姆一直微张着他那张下垂的大嘴,这时他猛地闭上了嘴,就像一条大狗咬住了一块肉,似乎正不慌不忙地消化领会玛克斯的话的含意。

"你看,"玛克斯一边搅动着潘趣酒一边对黑利说,"你看,在沿岸各处都有法官为我们帮忙,花不了多少钱就把我们的小事给办了。汤姆干一些动粗之类的事,需要起誓时我就精心打扮出面了:靴子闪闪发亮,所有的行头都是一流的。你应该看看,嘿,"玛克斯洋溢着职业的自豪感说,"我是怎样根据环境变换自己身份的,今天我是新奥尔良的蒂克姆先生;明天我是来自珍珠河①边的种植园主,我拥有七百名黑奴;后天我又以亨利·克莱②或肯塔基某要人的远亲的身份出现。人的才能各不相同,你知道。要说打架斗狠,汤姆威力无比,但说谎他就不行了,汤姆不行——你知道他天生不是

① 珍珠河为美国密西西比州中南部的一条河。

② 亨利·克莱(1777—1852),美国政治家。

这块料。但是天哪,如果在这个国家有人什么誓都能发,在任何场合都摆出一副比我更一本正经的面孔,吹得天花乱坠,直到比我更出色地把事情办成,这样的人我倒想见见,就是这样!我相信我的勇气,即使法官不肯通融,我也能应付自如,曲线智取。有时我倒希望他们更挑剔一些,这样会有趣得多——更带劲,你知道的。"

汤姆·洛克,我们已经说过,是个思维迟钝、行动迟缓的人,这时他把他的重拳头一下子擂在桌子上,打断了玛克斯的话,又一次把东西震得丁当作响。"够了!"他说。

"上帝保佑你,汤姆,你不必把杯子都打碎了!"玛克斯说,"留着你的拳头,到关键时候再用吧。"

"可是,先生们,我不能参加分一份红利吗?"黑利说。

"我们为你抓回小男孩难道还不够吗?"洛克说,"你还想要什么?"

"这个,"黑利说,"如果我把事情交给你们去办,这也应该有一些回报的——比如说开销除外的利润的百分之十。"

"哼,"洛克说,他破口大骂一声,用重拳擂着桌子,"我还不知道你吗?丹·黑利,别想爬到我的头上了!你以为我和玛克斯干追捕逃奴这一行只是为了给你这样的先生提供方便,自己一分钱不赚吗?没门!那女人完全归我们,别再说了。否则,你知道,我们两个都要……谁也拦不住我们!你不是已经给我们指明目标了吗?我希望你跟我们一起去追。如果你和谢尔比先生想追我们,到去年山鹑鸡待的地方来找吧。如果你找到山鹑鸡或是找到我们,那就请便吧。"

"哎哟,嘿,当然,算了,"黑利惊慌地说,"你替我抓回那孩子吧。你一向和我都是公平交易的,汤姆,说话算数。"

"你知道就行了,"汤姆说,"我不会装出你的假慈悲那一套,但是即使跟魔鬼本人算账,我也不会赖账的。我说话算数——这你是知道的,丹·黑利。"

"不错,不错,我刚才说过了,汤姆,"黑利说,"你只要答应在一星期内把孩子在你指定的任何地点交给我,那我就满足了。"

"但是我还远远没有满足,"汤姆说,"别以为我跟你在纳齐兹白做了一回生意,黑利,我学会了抓住一条鳝鱼就不松手。你必须付五十块现钱,否则抓孩子这事我们决不会去干的。我还不了解你这个人?!”

“哎哟,你手头这桩生意能净赚一千块或者一千六百块呢,嘿,汤姆,你也太不公道了吧?”黑利说。

“不错,我们的生意已经预先安排到五个星期后了——难道不是有这么多活要干吗?假如我们放下所有的事,到丛林里为你追寻那个小孩,最后抓不到那女人的话——女人总是很难抓的——到那时该怎么办呢?你会付我们一个子儿吗?会吗?我认为你是不会的——哼!不行,不行,丢下五十块钱。如果我们把这事办了,赚了钱,我会把钱还你的;如果办不成,这算付给我们的辛苦钱——这才公平,是不是,玛克斯?”

“当然,当然,”玛克斯用调解的语气说,“这只不过是定金,你知道——嘿!嘿!嘿!我们律师就是这规矩,你知道的。好了,我们都要心平气和,大家和平相处,你知道的。汤姆会在任何你指定的地点把孩子交给你,是吧,汤姆?”

“我要是追到那孩子,就把他带到辛辛那提去,把他放在码头上贝尔切奶奶家里。”洛克说。

玛克斯从口袋里掏出一个油乎乎的钱包,从里面拿出一张长字条。他坐下来,一双锐利的黑眼睛紧盯着字条,开始咕哝着念起来:“巴恩斯——谢尔比县——男孩吉姆——三百美元弄到他,不管死活。爱德华兹——狄克露茜——夫妻,六百美元。女奴波莉和两个孩子——无论死活六百美元。”

“我正查看我们要做的几笔生意,看看我们能不能就便把这一笔捎带办了。洛克,”他停了一会儿说,“我们必须安排亚当斯和斯宾格去追捕这些人,人家已经预约很久了。”

“他们会漫天要价的。”汤姆说。

“我来处理这件事,他们才干这一行不久,应该收费低廉的。”玛克斯说着又看下去,“有三件事很容易办到,因为要做的就是开枪把他们打死,或者发誓说他们被打死了。当然这几件不能收费太高。至于别的那几件,”他说着把字条折起来,“需要往后推一段时间。那么我们现在谈谈细节吧。喂,黑利先生,那女人上岸时你看见她了?”

“当然,就像我看见你一样清楚。”

“有个人帮她上堤岸的?”洛克问。

“确实是这样，我看见的。”

“很有可能，”玛克斯说，“她被人收留在某处。但在何处，这是个问题。汤姆，你有什么高见？”

“我们必须今晚过河，没错。”汤姆说。

“但是四周没有船呀。”玛克斯说，“冰块在河中漂流冲撞，很可怕。汤姆，这太危险了吧？”

“别的我都不知道，只知道必须这么做。”汤姆斩钉截铁地说。

“哎呀，”玛克斯烦躁不安地说，“真有点——我说啊，”他说着走到窗前，“天黑得像狼口，再说，汤姆……”

“总而言之，你害怕了，玛克斯。但是我也没办法——你必须去。我猜你想休息一两天，等那女人经过地下通道被送到桑达斯基①一带才开始行动。”

“哎呀，不是，我一点儿也不害怕，”玛克斯说，“只不过……”

“只不过什么？”汤姆问。

“这，哪有船呢？你看一条船也没有啊。”

“我听旅店老板娘说，今晚有条船过来，有人要乘这条船过河。就是冒再大的危险，我们也要跟他一起过河。”汤姆说。

“我想你们有好狗吧。”黑利说。

“一流的，”玛克斯说，“但又有什么用呢？你又没有她的任何东西让它嗅。”

“不，我有。”黑利扬扬得意地说，“这是她慌忙中丢在床上的披肩，她把帽子也落下了。”

“好运气。”洛克说，“拿来吧。”

“不过，要是狗无意中撞上她的话，会把她咬坏吧？”黑利说。

“这倒需要考虑一下。”玛克斯说，“有一次在摩比尔②，还没等我们把狗拉开，它已经快把那家伙撕成碎片了。”

“可不是吗，你知道，对那些靠面孔卖钱的黑奴，这个方法行不通，你知

① 桑达斯基为美国俄亥俄州北部靠近加拿大的一个城市。

② 摩比尔是美国阿拉巴马州西南部港口城市。

道。”黑利说。

“我当然知道。”玛克斯说，“再说，如果她被人收留了，那也没有办法。狗在北方各州不起作用，因为这些人有人护送，当然你就找不到他们的踪迹了。它们只是在南方种植园里起作用，在那儿黑鬼要是逃跑的话，要靠自己的两条腿，没人帮他们。”

“好了，”洛克说，他刚才出去到吧台打听消息去了，“他们说那人和船工已经来了，那么玛克斯……”

玛克斯离开时对这舒适的地方悲哀地看了一眼，但只好顺从地慢慢站起身来。简单地商量了一下下一步的安排之后，黑利很不情愿地把五十美元交给了汤姆，然后三个人就分手了。

如果有哪位信基督教的读者对这一幕场景反感的话，我们要请求他们慢慢克服自己的偏见。我们请求他们注意，追捕黑奴这个行当已上升到一个合法、爱国的高尚的地位。如果密西西比河与太平洋之间的广袤土地成为一个买卖肉体和灵魂的大市场的话，如果人们的财产保持着 19 世纪的增长势头的话，那奴隶贩子和黑奴追捕手也许还会跻身于我们的贵族阶层之中呢。

当这一场景还在小旅店进行的时候，处于极度兴奋之中的山姆和安迪正走在回家的路上。

山姆情绪极佳，发出怪腔怪调的号叫和喊声，他扭曲着整个身体，做出各种奇怪的动作，以此表达他的兴奋之情。有时他会倒骑着马，把脸朝向马尾巴和马两侧，然后大叫一声，一个筋斗翻过身来，又端端正正坐回原位。他故意板着面孔，用矫揉造作的腔调教训安迪不该笑闹逗乐。不一会儿，他又用双臂拍着腰，爆发出阵阵大笑，笑声在他们经过的古老树林里回响。尽管他做了一番表演，他竟能让马全速前进。在十点多钟时，马蹄在阳台尽头的碎石路上嘚嘚地响起。谢尔比太太飞快地跑到栏杆旁。

“是你吗，山姆？他们在哪儿？”

“黑利老爷在小旅店里休息呢，他累坏了，太太。”

“伊莱扎呢，山姆？”

“嘿，她已经过了约旦河。可以说，到了迦南乐土了。”

“哎呀，山姆，你这是什么意思？”谢尔比太太气急败坏地问，当她理解了这些话可能的含意时差点儿晕了过去。

“嘿，太太，上帝保佑自己的子民。莉齐已经过了河，到了俄亥俄州了，神奇得就像上帝用两匹马拉的火轮车把她送过去似的。”

女主人在场时，山姆的虔诚气质总是表现得特别热烈，他大量使用《圣经》里的形象和比喻。

“上来，山姆，”谢尔比先生说，他已经跟着妻子来到阳台上，“把太太想知道的都告诉她。得啦，得啦，爱米莉，”说着他用胳膊搂住了她，“你身上很冷，全身颤抖，你太动感情了。”

“太动感情！我难道不是个女人——不是母亲吗？我们两个不都要为这可怜的姑娘对上帝负责吗？上帝啊！别把这个罪过记在我们的账上。”

“什么罪过，爱米莉？你自己明白，我们只是做了不得不做的事罢了。”

“不过我有一种可怕的负罪感，”谢尔比太太说，“我无法用理智使自己释怀。”

“嘿，安迪，你这黑鬼，打起精神来！”山姆在阳台下叫道，“把这两匹马牵到马厩去！你没听见老爷在叫我吗？”山姆很快就手拿棕榈树叶出现在客厅门口。

“喂，山姆，把事情的经过仔细讲给我们听。”谢尔比先生说，“伊莱扎在哪儿，你知道吗？”

“嘿，老爷，我亲眼看见她跳过浮冰过河了。她跳得可真是非同凡响啊，简直是个奇迹。我还看见一个人帮她上了俄亥俄一边的岸，然后她在暮色里消失了。”

“山姆，我觉得这不可信——这奇迹。踩着浮冰过河可不是件容易的事。”谢尔比先生说。

“容易！没有神助任何人也做不到。嘿，”山姆说，“是这么回事。黑利老爷，我，安迪，我们三个来到河边的小旅店，我骑着马走在头里一点（我一心要抓住莉齐，所以控制不住自己，没办法）。我经过旅店窗户时，果不其然，她就在那儿，看得清清楚楚。他们两个慢慢地走在后面。嘿，我把帽子弄掉了，大叫一声，连死人也会吵醒。当然莉齐听见了，她往后一闪，就在那时，黑利老爷从门口走过，然后，我对你说，她从侧门跑了。她下了河堤，黑利老爷看见了她，他大喊一声，他、我和安迪三个紧紧追去。她下到河边，岸边的急流有十英尺宽，在另一边，冰块颤动着来回漂浮，有些像一个巨大的冰岛。我们紧追在她身后，我想，天哪，他真的要抓住她了，突然她尖叫一声——我可从来没听过这种尖叫——一下子跳过急流，落在浮冰上，然后她继续往前，尖叫着跳跃——浮冰喀嚓一声裂开了！哗啦！噼啪！喀嚓！她像雄鹿一样跳起来！天哪，依我看，那姑娘体内的那股子力量真是非同寻常。”

山姆讲述时，谢尔比太太静静地坐着，激动得脸色苍白。

“赞美上帝，她还活着！”她说，“但那可怜的孩子现在在哪儿？”

“上帝会保佑她的。”山姆虔诚地往上转动着眼珠子说，“就像我刚才说的，这是天意，没错，太太一向这么教导我们。总会有人出现，行使上帝的旨意。这不，今天要不是我，她就会被抓住十几次了。今天早晨不是我使马惊跑，让他们一直追到快吃午饭的时候吗？今天傍晚时不是我带着黑利老爷走偏了道，绕了将近五英里吗？否则他就像狗追浣熊一样轻而易举地追上莉齐了。这些都是天意。”

“这种天意你还是少用为好，山姆大爷，在我这儿不允许用这一套对待绅士们。”谢尔比先生用在这种场合中他能摆出的最严厉的面孔说。

嘿，假装生黑人的气和假装生小孩的气一样，都是没有意义的；尽管发脾气的人竭力做出生气的样子，但大家都明白他为什么会这样。山姆一点儿也没因为受到训斥而感到沮丧，虽然他绷着脸装出垂头丧气的神情，嘴角耷拉着站在那儿，一副深深悔过的模样。

“老爷说得对，很对。我这样做真丢人——这一点毫无疑问。当然老爷和太太是决不会纵容这些行为的，对这一点我很清楚。但一个像我这样可怜的黑人，有时碰到像黑利老爷那样的人胡闹时，实在经不住考验，会做出丢人的事。他绝对算不上绅士，任何受到我这样教养的人都会一眼看出来的。”

“好吧，山姆，”谢尔比太太说，“既然你对自己的错误有所认识，你现在可以去告诉克洛伊大婶，让她给你弄一些今天午餐吃剩的冷火腿吃。你和安迪一定饿了。”

“太太对我们太好了。”山姆动作轻快地一鞠躬，走出了客厅。

正如前面已经提到的,我们将会看出"山姆大爷"有一种天生的才能,它很有可能会使他在政界声名显赫——利用发生的每件事,使他获得特殊的赞扬和荣耀。他相信刚才在客厅里自己充分表现了虔诚和谦卑,使老爷太太十分满意,于是他啪地把他的棕榈叶扣在头上,以一副无拘无束的潇洒的神态,往克洛伊大婶的领地走去,准备在厨房大肆炫耀一番。

"既然我有了机会,"山姆自言自语地说,"我就要对这些黑人天花乱坠地吹一通。天哪,我要滔滔不绝地让他们听得目瞪口呆!"

必须指出,山姆最开心的事之一就是骑马陪主人参加各种各样的政治集会。在会场,他不是蹲在栅栏上,就是高高地爬在树上,坐在那儿兴致勃勃地观看演说家们演讲,然后爬下来,走到那些为同样的差事聚集在一起的黑皮肤兄弟当中,不动声色地摆出一副认真严肃的面孔,用最滑稽可笑的方式模仿那些演说家,教训他们,让他们开心。虽然紧靠他身边的听众一般与他的肤色相同,但外面常常围着一群白种人,他们一边听,一边挤眉弄眼地笑,这让山姆十分得意。事实上,山姆把演说看成自己的职业,他从不放过任何一次炫耀自己的机会。

在山姆和克洛伊大婶之间,很久以来一直存在着宿怨,更确切地说,是一种明白无误的冷漠。但是,因为山姆正谋求在厨房弄到一些东西,作为他这番演讲的必要的基础,因此他打定主意,在目前的情况下,应采取明显的取得好感的策略。因为他清楚地知道,虽然"太太的命令"毫无疑问会不折不扣地得到执行,但是如果同时也赢得人心,就会获得更多的好处。因此,他以一副感人的、温顺的表情出现在克洛伊大婶面前,就像一个为了受迫害的同胞而遭受了巨大磨难的人。他详细说明,太太指示他来找克洛伊大婶弄一些吃的喝的,补充他身体所需——这明白无误地承认了她在厨房以及其他地方的至高无上的地位和权力。

计划果然奏效。山姆大爷用他的甜言蜜语轻而易举地赢得了克洛伊大婶的欢心,比那些参加竞选的政客们用殷勤的态度来哄骗善良无知的可怜人要容易得多;即使他是那回头的浪子,也不会得到比这更多体现母爱的东西了,这让他有些受宠若惊。很快他便满面春风、乐不可支地坐了下来,面对着一个大铁盘,里面盛放着在餐桌上已经出现了两三天的所有菜肴混合而成的一种所谓的大杂烩:美味的小块火腿、大块金黄的玉米饼、数不清的碎馅饼、鸡翅膀、鸡肫、鸡大腿，色彩鲜艳，让人赏心悦目。面对着这些美味佳肴，山姆摆出一副君主的架势坐了下来，乐滋滋地歪戴着棕榈叶帽子，然后又摆出一副施惠于人的神态让安迪坐在他的右边。

厨房里挤满了他的伙伴，他们刚从各自的小屋匆匆赶来，拥进厨房，想听听他们当天追捕行动的结局。现在山姆荣耀的时刻到了，他把发生的事详细地叙述了一遍，为加强效果，不免添枝加叶一番。因为山姆就像我们有些时髦的半瓶子醋小说家一样，绝不会让一个故事白白从他手中经过而不大肆渲染一番的。伴随着故事的叙述，爆发出阵阵哄堂大笑，在地上四周躺着或在各个角落坐着的数不清的小娃娃们也跟着笑闹起哄，没完没了。然而，在这哄笑喧嚣的高潮中，山姆却不动声色地摆出一副严肃的面孔，只是偶尔把眼睛往上一翻，向听众使几个十分滑稽的眼色，但并没改变他演讲的腔调。

"你们知道，同胞们，"山姆有力地举起一只火鸡腿说道，"你们现在知道，为了保卫你们大家——是的，你们大家——你们的后生小子我做了些什么。想要抓走我们一个人就等于要抓所有的人——这是很清楚的。任何奴隶贩子来东嗅西找，打我们的人的主意，嗨，我会挡他的道，我是他要对付的人——弟兄们，有事可以来找我，我会维护你们的权利的，为保卫你们的权利我会战斗到生命最后一刻的！"

"嘿，山姆，可就在今天早晨，你还对我说你要帮助这位老爷抓住莉齐，我觉得你的话好像前后不一致呀。"安迪说。

"我现在告诉你，安迪，"山姆用一副盛气凌人的神态说，"你不知道的事不要说。像你这种孩子心眼倒不坏，但不能指望你们领解行动的伟大准则。"

这顿训斥，特别是"领解"这个深奥的词，驳得安迪哑口无言。在场的大多数年轻人似乎都认为这个词一下子解决了这场争论，而山姆则继续说道：

"这就是悟性，安迪。当我准备追莉齐时，我真的以为老爷是这样想的。当我弄明白太太的意思与此相反时，就更要有悟性了，因为站在太太一边总能得到更多好处的，所以你看不管我怎么做，总是前后一致的：开动脑筋，恪守原则性。对，原则性。"山姆说着情绪激昂地挥动着手中的鸡脖子，"如果我们不前后一致,原则又有什么用呢?我倒想知道这一点。喂,安迪,你可以吃这块骨头——还没啃干净呢。”

山姆的听众张着嘴,全神贯注地听他说,他只好继续说下去。

“关于前后一致这个问题,黑人同胞们,”山姆摆出一副探讨深奥问题的神态说,“前后一致这个问题大多数人不太弄得明白。那么你们看,如果一个人今天支持一件事,明天又反对,人们就会说(这也很自然),为什么他前后不一致——安迪,把那块玉米饼递给我。可是,让我们来看看这个问题。我希望先生们女士们不会介意我打个通俗的比喻。听着!我想爬到那干草堆上去,好,我把梯子架在这一边,可是不行——当然我不会再试,而是把梯子搬到相反的一边,难道我前后不一致吗?我是一致的,因为不管梯子在哪边我都要爬上去。你们都明白了吗?”

“你只对这一件事前后一致,老天知道!”克洛伊大婶咕哝着,她变得十分烦躁不安,晚上这欢乐的场景对她来说有几分像《圣经》里所说的“碱上倒醋”①。

“对,一点不错!”山姆说着站起身来,他满肚子晚饭,满脸的风光,准备致结束辞。“是的,同胞们,广大的异性的女士们,我有原则——为此我感到自豪——它们是这个时代的财富,是一切时代的财富。我有原则,我坚守原则——只要我认为是原则的事,我就全力去做,我不在乎会被活活烧死,我会直接走向火刑场,我会的!而且会说,我来了,为我的原则、为国家、为社会的普遍利益而洒尽最后一滴血。”

“好了,”克洛伊大婶说,“有一个原则,就是今天晚上什么时候总得睡觉,不会让大家一直待到天亮。听着,你们所有的小孩子如果不想挨打的话最好走开,赶快。”

“黑人们!你们所有的人,”山姆挥舞着他的棕榈叶宽厚地说,“我祝福你们,去睡觉吧,做好孩子。”

在这动情的祝福之后,人们散去了。

---

① 引自《圣经旧约·箴言》第二十五章第二十节,指对伤心人唱歌或欢乐,犹如雪上加霜。

第9章

参议员也是人

熊熊的炉火映照在一间温暖舒适的客厅的地毯上，把茶杯和擦得发亮的茶壶的边缘照得闪闪发光。参议员伯德正在脱靴子，准备把脚伸进一双漂亮的新拖鞋里，这是他外出在参议院开会期间太太为他做的。伯德太太正喜气洋洋地指挥着让人摆茶点桌，还不时地对几个嬉闹的孩子告诫几句。他们正兴高采烈地闹腾着各种各样数不清的游戏和恶作剧，孩子们的淘气是一直让母亲们感到十分吃惊的。

"汤姆，不要玩门把手，乖孩子！玛丽！玛丽！不要拉猫尾巴，可怜的小猫咪！吉米，不要往那桌上爬——不，不行！你不知道，亲爱的，看见你今晚回家我们大家是多么惊喜啊！"她终于抓住机会对丈夫说上几句话。

"是的，是的，我想赶回来小住一夜，在家里舒服舒服。我简直要累死了，头又疼！"

伯德太太朝放在半开着门的壁橱里放樟脑的瓶子瞟了一眼，似乎想走过去，但被丈夫拦住了。

"不，不，玛丽，不要让我吃药！只要一杯你沏好的热茶。家庭生活的安适温馨是我所需要的。制定法律真是桩累人的差事。"

说到这儿这位参议员笑了，他认为自己是在为国家做出牺牲，对这个想法他似乎颇为欣赏。

"好了，"他太太说。这时茶桌已经安排得差不多了。"参议员们最近在干些什么呀？"

嚯，温柔娇小的伯德太太竟然关心起参议院里发生的事了，真是非同寻

常,因为她一贯认为自己的事就足够让她忙的了。因此伯德先生惊奇地睁大了眼睛,说道:

“没什么要紧的事。”

“哦,不过听说他们正要通过一项法令,禁止人们向那些逃过来的可怜的黑人提供吃喝,这是真的吗?我听说他们在谈论这样的法令,但是我没想到信奉基督教的立法机构会通过它。”

“哎哟,玛丽,你一下子快变成了政治家了。”

“不,别瞎说!一般来说,我才不关心你们的那些政治呢,但是我认为这是十分残酷的,是违反基督教精神的。亲爱的,我希望没有通过这样的法令才好。”

“最近通过了一项法令,禁止人们帮助那些从肯塔基逃来的奴隶,亲爱的。那些不顾后果的废奴主义者干了许多这样的事,弄得我们肯塔基的兄弟们十分激愤。我们州似乎有必要采取措施平息他们的情绪,这完全是符合基督教精神的善意之举啊。”

“这法令是怎么说的?它不会禁止我们收留这些可怜人,让他们住一夜,给他们一些可口的食物、几件旧衣服,然后悄悄地打发他们离开去另找出路吧?”

“嗨,对呀,亲爱的,这就算犯了怂恿包庇罪了,知道吗?”

伯德太太是个生性羞怯、容易脸红、身高约四英尺的小个头女人,她有一双温和的蓝眼睛,面色桃红,嗓音十分柔和甜润。说到胆量,据说一只中等大小的雄火鸡咯咯一叫就把她吓得落荒而逃;一只本领一般的健壮的看家狗只要对她龇龇牙就会让她缴械投降。丈夫和孩子是她的全部世界,她是通过恳求和劝说而不是命令和争论在这个世界进行统治管理的。只有一件事能够激怒她,那就是当她特别温柔、特别具有同情心的天性受到刺激时。任何残暴的行为都会让她勃然大怒,与她平时温柔的性格相比,这让人感到十分吃惊,觉得不可思议。一般来说,她对子女十分娇纵、有求必应,她在这方面超过其他母亲。可是她的几个儿子至今仍怀着敬意回忆,她曾非常严厉地责骂过他们,因为她发现他们伙同邻家的几个粗野的男孩,用石块砸一只无助的小猫。

“你听我说,”比尔少爷过去常说,“那次真把我吓坏了。妈妈向我冲过来，我还以为她疯了呢，还没等我明白发生了什么事，我就挨了一顿鞭子，没吃晚饭就被扔到床上睡觉了。后来我听见妈妈在门外哭，这让我更加难受。你听我说，”他常说，“我们男孩子后来再也没用石头砸过小猫了！”

当下，伯德太太马上站起来，两颊绯红，这使她的容貌更加动人。她毅然决然地走到丈夫跟前，以坚决的口吻说：

“喂，约翰，我想知道，你是否认为这种法律是公正和符合基督教精神的？”

“嗨，玛丽，如果我说‘是’，你不会开枪把我打死吧！”

“我从来没想过你会有这种观点，约翰。你没有投赞成票吧？”

“投了，我的女政治家。”

“你应该感到羞耻，约翰！无家可归的可怜人啊！这是个可耻、邪恶、可恨的法令，拿我来说，一有机会我就要违反它，我希望有这个机会，确实如此！如果一个女人不能给那些快要饿死的可怜人提供一顿热晚餐、一张床——仅仅因为他们是奴隶，因为他们一辈子受虐待、受压迫——那这世道也太糟糕了！可怜的人！”

“可是，玛丽，请听我说。你的感情是对的，亲爱的，而且很有意思，为此我爱你。但是，亲爱的，我们不能听凭感情左右我们的判断，你必须知道这不是个人感情的问题，它还涉及到重大的公众利益问题。现在公众激动的情绪正在增长，我们必须把个人的感情放在一边。”

“嘿，约翰，我对政治一无所知，但是我能读《圣经》，从《圣经》里我明白自己必须给饥者食物，给衣不蔽体者衣服，给孤苦者慰藉。我打算按这《圣经》上说的去做。”

“但是在有的情况下你这样做会给公众带来很大的危害——”

“服从上帝永远不会给公众带来危害，我知道这不可能。从各方面来看，按上帝的旨意去做总是最安全的。”

“喂，听我说，玛丽，我可以用一个很明显的道理来说明——”

“得了，别胡说，约翰！你可以说一夜，但你是说服不了我的。我问你，约翰，仅仅因为他是个逃奴，你就会把一个浑身颤抖、饥饿难当的可怜人从你家门口赶走吗？你会吗？说呀！”

唉，如果要说实话，我们这位参议员的不幸之处就在于他天性特别仁慈随和,把身处困境的人赶走从来就不是他的长处。更糟糕的是,在他与妻子争论的这紧要关头,他妻子洞悉他的这一弱点,当然就向他这处软肋发动了进攻。于是他使出了专为应付这种场合而常用的缓兵之计,他“嗯哼”一声,又连咳了好几次,然后掏出一块手帕,开始擦拭眼镜。伯德太太看见对方已无法捍卫自己的领地,便马上乘胜追击。

“我倒想看看你这样做,约翰——我真想看看!比方说,在暴风雪中把一个妇女赶出门;或者你会把她抓起来投进监狱,你会吗?你会成为干这种事的老手的!”

“当然,这将会是个十分令人痛苦的职责。”伯德先生用温和的语气说。

“职责,约翰!不要用这个词!你知道这不是职责——这不可能是职责!人们如果不想让自己的奴隶逃跑,就应该善待他们——这是我的信条。如果我有奴隶的话(但我希望我永远不会有),我倒要冒险试一试,看他们是不是想从我这儿或是从你这儿逃走,约翰,我可以肯定,人在快乐时是不会逃走的;如果他们真的要逃跑,可怜的人,说明他们已经受够了饥寒和恐惧的折磨,哪里还再受得了到处的敌视。不管什么法令不法令,我是决不会为难他们的。愿上帝助我!”

“玛丽,玛丽!亲爱的,让我把道理跟你说一说。”

“我讨厌说道理,约翰,尤其是在这样的事情上说道理。你们搞政治的人惯于对一个简单明了的事兜圈子,而且在执行中你们自己也不相信。我对你很了解,约翰,跟我一样,你也不相信这事是正确的,你也跟我一样不会愿意去做的。”

正在这紧要关头,黑人杂役老卡德乔把头探进门,说希望“太太到厨房来一下”,于是我们的参议员稍稍松了一口气,又好气又好笑地目送着妻子娇小的身影出了房门,然后坐在扶手椅上,开始看报纸。

过了一会儿,他听见妻子在门口急切地叫他:“约翰!约翰!我希望你来一下。”

他放下报纸,走进厨房,眼前的景象让他吃了一惊:一个身材苗条的年轻女人躺在两张椅子上,她的衣服已经撕破,而且结了冰,一只鞋不见了,一只袜子已经弄掉,脚划破了,正流着血;她已经完全昏过去了。她的脸上带有被蔑视的那个种族的印记,然而这张脸如石头一般棱角分明,具有冰冷、凝固和死一般的神情，让人感到全身发寒，看见它的人不能不为其哀婉动人的美所打动。他急促地吸了一口气，默默地站在那儿。他的妻子和家里唯一的黑人女仆黛娜大婶正忙着想要恢复她的知觉，而老卡德乔则把一个小男孩抱在膝上，忙着脱下他的鞋袜，搓着他两只冰冷的小脚。

“唉，她这样子真可怜！”老黛娜十分同情地说，“看样子是热气让她昏过去的。她进来的时候还有些精神，问她能不能在这儿暖和一下身子。我正问她是打哪儿来的，她突然昏倒在地。我猜她以前没做过多少重活，从她手上可以看出来。”

“可怜的人！”伯德太太十分同情地说。这时女人慢慢睁开了那双大大的黑眼睛，茫然地看着她。突然她脸上出现了痛苦的神情，一下子跳起来说：“啊，我的哈利！他们把他抓走了吗？”

听到这话，孩子从卡德乔的膝上跳下来，跑到她身旁举起两只胳膊。“啊，他在这儿！他在这儿！”她大声说。

“啊，太太！”她情绪激动地对伯德太太说，“求求你，保护我们吧！不要让他们抓到他！”

“在这儿没人会伤害你的，可怜的女人。”伯德太太安慰她说，“你们很安全，别害怕。”

“上帝保佑你！”女人说着用手捂着脸抽泣起来。小男孩见她哭，便使劲往她怀里钻。

经过女性温柔的劝慰和照料——在这方面没人比伯德太太更擅长了——可怜的女人渐渐地平静下来了。大家在火炉旁的高背长椅上给她搭了张临时的铺，不久之后她便沉沉地睡着了。孩子看起来也很疲倦，躺在她怀里睡熟了，因为任何人出于好心想把孩子从她身边抱开，她都紧张焦虑，执意不肯。即使在睡梦中，她的胳膊仍然紧紧地搂着他，好像此时她也不会对周围的人放松警惕。

伯德夫妇已经回到客厅，奇怪的是，两人都没有再提先前的谈话。伯德太太忙着织毛衣，伯德先生则假装看报。

“不知道她是谁，是干什么的！”伯德先生终于放下报纸说道。

“等她醒来感觉精神好一点，我们就会知道的。”伯德太太说。

“我说啊，太太！”伯德先生对着报纸默默地沉思了一会儿之后说。

“哦,亲爱的?”

“能不能把你的衣服放大一点或者改一改啦什么的,看起来她比你身材高大不少呢。”

伯德太太的脸上出现了一丝可以察觉到的平静的微笑,回答道:“我们再看吧。”

又沉默了一会儿,伯德先生突然又说:

“我说啊,太太!”

“嗳,又有什么事?”

“嘿,有一件旧邦巴辛毛葛斗篷,你特意留着给我午睡时盖的,你不如把这送给她——她需要衣服。”

这时黛娜探进头来说那女人醒了,想见太太。

伯德夫妇走进厨房,两个年龄最大的男孩跟在后面,其余更小的孩子们已经被安顿去睡觉了。

女人现在正坐在靠炉边的长椅上,她脸上带着平静而悲伤的表情,目光定定地看着炉火,与刚才的狂乱激动已迥然不同。

“你要见我吗?”伯德太太语调温柔地说,“我希望你现在感觉好些了,可怜的女人!”

女人没有回答,只有发出一声颤抖的长长的叹息,然后抬起一双黑眼睛,以凄楚哀求的神情看着她。小个子女人不禁热泪盈眶。

“你什么都不用害怕,我们这儿的人都是你的朋友,可怜的女人!告诉我你从哪里来,想要些什么。”她说。

“我从肯塔基来的。”女人说。

“什么时候?”伯德先生接着问道。

“今天晚上。”

“你是怎么过来的?”

“从冰上过来的。”

“从冰上过来的!”在场的人一齐说道。

“是的,”女人缓慢地说,“上帝保佑着我,我从冰上过来了。因为他们在后面追我——紧紧地跟在后面——没有别的路可走!”

“天哪,太太,”卡德乔说,“冰都碎成一大块一大块的,在河里漂来撞去的!”

“我知道——我知道!”她情绪激动地说,“但是我过来了! 我根本没想到我会成功——没想到我竟能过来。可是我不在乎! 如果我不过来,只有死路一条。上帝帮助了我,人不在危急中尝试,就不会知道上帝会给他多大的帮助。”女人眼睛闪亮地说。

“你是个奴隶吗?”伯德先生问。

“是的,先生,我是肯塔基一户人家的奴隶。”

“主人对你严酷吗?”

“不,先生,他是个好主人。”

“那是你的女主人对你不好吗?”

“不,先生——不! 我的女主人一直对我很好。”

“那是什么原因促使你离开这么好的人家逃出来,经受这么多危险呢?”

女人抬起头,用敏锐的目光看了伯德太太一眼,她马上发现伯德太太身着丧服。

“太太,”她突然说,“你曾经失去过孩子吗?”

这问题问得出其不意,它刺痛了一个仍未愈合的伤口,因为就在一个月前,这家人才安葬了一个心爱的孩子。

伯德先生转过身子走到窗前,伯德太太忍不住痛哭起来。但是等平静下来之后,她说:

“你为什么问这个问题? 我失去了一个孩子。”

“那你就会同情我了。我已经连续失去了两个孩子——现在我离开了,他们还葬在那儿——我只剩下这一个了。没有哪天晚上我不和他一起睡,他是我的一切。无论白天和黑夜他都是我的安慰和骄傲。可是,太太,他们要把他从我身边夺走——把他卖掉——把他卖到南方去。太太,让他孤苦伶仃一个人——一个长这么大从未离开过妈妈的孩子——去南方,我实在难以忍受,太太。我知道要是他们的计划得逞,我一定活不成了。当我得知契约签了字、他已被卖掉时,我带着他连夜逃了出来。他们在后面追我——买了他的那个人,还有老爷家的几个人——他们紧追在我的身后,我都能听见他们的声音了。我一下跳在冰块上,我是怎么过来的我自己都不知道,但是我只知道有一个人把我拉上了岸。"

女人没有呜咽,也没有哭泣,她已经流干了眼泪。她周围的每个人都用各自不同的方式表示对她的深切同情。

两个小男孩一个劲地在自己的口袋里找手帕,可是做妈妈的知道在那儿是找不到手帕的,于是他们便伤心地一头扑进妈妈衣裙的下摆里,在那儿一边尽情地哭,一边擦着眼泪鼻涕。伯德太太的脸差不多全埋在手帕里了;老黛娜的眼泪顺着诚实的黑脸往下流,她用与她在野营布道会上一样的热忱喊道:"上帝怜悯我们吧!"而老卡德乔用袖口使劲地擦着眼睛,脸上现出各种十分复杂的表情,他偶尔用同样的声调十分热忱地响应黛娜的祈祷。我们的参议员是个政治家,当然不能期望他像别的凡夫俗子一样哭泣,因而他把背对着在场的人看着窗外,似乎正一个劲地清嗓子,擦眼镜,偶尔还擤鼻涕。如果当时有人有这份心思仔细观察的话,参议员的样子很有可能要引起别人的猜疑。

"那你怎么对我说你有个好主人呢?"他使劲地咽下了哽在嗓子眼的什么东西,突然向女人转过身来大声地问。

"因为他确实是个好主人,不管怎样我都这样说——我的女主人心肠也很好,但是他们没办法。他们欠了钱,我也说不清是怎么回事,有个人把他们攥在手心里,他们只好按他的意愿办。我听了他们的谈话,听见主人告诉女主人这件事,女主人为我一个劲地求情,但他对她说他无能为力,说契约已经签了字,然后我才带孩子离家出逃。我知道如果他们办成了这事,那我是没法再活下去了,因为看起来这孩子就是我的一切。"

"你没有丈夫吗?"

"我有,但是他属于另一个主人。他的主人对他非常冷酷,不让他来见我,很少让他来。而且他对我们越来越狠了,他还威胁说要把他卖到南方去——看来我再也见不到他了!"

女人是用平静的语气说这番话的,一个粗心的旁观者可能因此会认为她感情冷漠,但是在她那乌黑的大眼睛里有一种平静的、埋藏很深的痛苦,表明情况完全不是这样。

"你打算到哪儿去呢,可怜的女人?"伯德太太问。

"到加拿大去,要是我知道它在哪儿就好了。加拿大很远吗?"说着她抬起头,用淳朴和信任的神态看着伯德太太的脸。

“可怜人!”伯德太太情不自禁地说。

“离这儿很遥远吧? 我猜。”女人急切地问。

“比你想象的还要远得多,可怜的孩子!”伯德太太说,“但是我们要想办法帮助你。喂,黛娜,在你自己的房间紧靠厨房的地方给她搭张床吧,我来想想明天早晨能为她做些什么。在此期间别害怕,可怜的女人。相信上帝吧,他会保护你的。”

伯德太太和丈夫又回到客厅。她坐进炉前自己的小摇椅里,边思索边来回摇动着椅子。伯德先生在房间里大步踱来踱去,嘴里自言自语地抱怨道:“呸! 啐! 这事可真够麻烦的了!”最后他大步走到妻子跟前,说道:

“我说,太太,她必须今晚就离开这儿。那家伙明天一大早就会追踪而至。如果只有那女人一个人,她还可以悄悄地待在这儿等风头过去,可是那小家伙就是用千军万马也很难让他静静地待着,这我敢担保,他会把脑袋从哪扇窗户或大门伸出去,把一切都暴露了。在这当口,要是在我们家把他们母子二人都搜出来的话,那可就够我受的了! 不行,他们今晚必须走。”

“今晚! 这怎么可能呢? 让他们到哪儿去?”

“嗯,我很清楚该到哪儿去。”参议员说着带着沉思的神情开始穿靴子,腿刚穿进去一半他停了下来,双手抱着膝盖,似乎深深陷入沉思之中。

“这事真是困难至极,麻烦透顶!”他说着终于又开始拽靴带,“确实是这样!”一只靴子差不多穿好之后,参议员手里拿着另一只坐在那儿,看着地毯上的图案出神,“不过我看非得这么办了——该死!”他急忙穿上另一只靴子,往窗外看去。

小巧的伯德太太是个谨慎的人——她一生中从没说过“我早就跟你说过了”这样的话,在目前的情况下,虽然她很清楚丈夫在想些什么,但是她很明智地克制着,不去干涉他的思路,只是静静地坐在椅子里——一副等待君王下达旨意的样子——准备洗耳恭听丈夫宣讲他的想法。

“你看,”他说,“我有个老客户名叫范·特隆普,他是从肯塔基过来的,已经把他所有的奴隶都解放了。他在距小溪上游七英里的那片树林后面买了一座房屋,除非有事,一般人是不会上那儿去的,而且这也不是个匆忙中能找到的地方。她在那儿是很安全的,但麻烦的是,除了我,今晚没人能驾车到那儿去。”

“怎么没有？卡德乔是个很好的驾车手呀。”

“是啊，是啊，不过情况是这样的：必须两次穿过小溪，第二次过的时候相当危险，除非有人有我这么熟悉。我已经骑马过了一百次了，知道该在哪儿拐弯，所以你看，没别的办法了。卡德乔必须在十二点钟左右悄悄套好车，我要送她过去。然后，为了遮人耳目，他必须继续往前走，把我送到前面一家小旅店去，去乘三四点钟经过那儿到哥伦布市①去的公共马车。这样看起来好像我只是为了去小旅店搭乘公共马车。明天一大早我就能办公了。但是我在想，说过做过这些事以后在那儿我会感到惭愧的。不过，见鬼吧，我也没办法！”

“从这件事情上可以看出，你的心要比脑袋更值得称道，约翰，”妻子说着把她白皙的小手放在丈夫的手上，“我对你的了解甚过你对自己的了解，否则我怎么会爱你呢？”小妇人的眼中闪烁着泪花，显得十分美丽。这使参议员觉得，他一定聪明绝顶，否则怎能赢得这么美丽的女人如此炽热的倾慕呢，所以，除了认真地出去吩咐仆人套车，他还能怎样呢。不过，走到门口时他停了一会儿，然后走回来，犹犹豫豫地说：

“玛丽，不知道你是怎么想的，不过，那个抽屉里装满了——可怜的小亨利的——东西。”说完他马上转身出去，随手带上了门。

他的妻子打开了紧靠自己房间的一间小卧室的门，把手里的蜡烛放在柜子顶上，然后从墙壁上一个小小的凹处拿出一把钥匙，边思考边把它插进抽屉的锁孔内。突然她又停了下来，两个男孩——孩子毕竟是孩子，刚才他们一直紧跟在她的身后——站在那儿用意味深长的目光默默地看着妈妈。啊，读这本书的母亲，你家里可曾有这样一个抽屉或者壁橱，打开它对你来说就像再次打开一座小小的坟茔？啊！如果没有，那你真是一位幸福的母亲。

伯德太太缓缓地打开了抽屉，里面有各种式样的小上衣、成堆的小围裙、成沓的小袜子，甚至还有脚趾处磨破的小鞋从纸包中露了出来。还有一驾玩具马车、一只陀螺、一只皮球——这些都是流了多少眼泪、度过多少肝

① 哥伦布市为美国俄亥俄州首府。

肠寸断的时刻才收集起来的纪念物啊！她在抽屉旁坐下来，头倚着支在抽屉上的胳膊，不禁悲泣起来，眼泪通过指缝落进抽屉，然后她猛然抬起头，紧张而匆忙地挑选了几件最朴素、最实用的衣服，把它们打成一个小包。

“妈妈，”一个孩子轻轻地碰了一下她的胳膊问，“你打算把这些东西都送人吗？”

“亲爱的孩子们，”她温柔但严肃地说，“如果我们亲爱的小亨利从天堂往下看的话，看见我们这样做他会很高兴的。我不会忍心把这些东西送给普通的人——送给幸福的人，但是我要把它们送给一位比我更伤心、更痛苦的母亲。愿上帝通过这些衣服给他们赐福！”

在这个世界上有这样一些好心的人，他们愿将自己的悲哀换成别人的欢乐，他们用眼泪埋葬于尘世的希望变成了种子，长成鲜花和香膏，为悲苦不幸的人医治创伤。在这些人当中有一位纤弱的女人，她坐在灯旁，流着泪收拾着自己死去的孩子的纪念品，为那无家可归的流浪儿准备衣物。

过了一会儿，伯德太太打开一个衣橱，从里面拿出一两件朴素实用的女式衣服，在缝纫台边坐下来，拿起针、剪和顶针，按照丈夫的建议，平静地做起“放长”衣服的活来，一直忙到角落里的钟敲响了十二点，这时她听见门口响起车轮喀嚓喀嚓的轻微声响。

“玛丽，”丈夫手里拿着大衣走进门来说道，“你必须马上叫醒她，我们要动身了。”

伯德太太连忙把她挑出来的几件衣服放进一只小箱子里，上了锁，要丈夫把它送到车上去，然后自己去叫醒那女人。很快，那女人披着斗篷，戴着帽子，围着披肩，抱着孩子出现在门口，她的这些穿戴都是伯德太太给的。伯德先生催着她上了马车，伯德太太紧随着她来到车的脚蹬旁。伊莱扎从车中探出身子，伸出手来——这只手与对方伸过来的手一样柔软美丽。她那双乌黑的大眼睛满含真诚地凝视着伯德太太的脸，似乎想说什么。她的嘴唇翕动着，张了一两次嘴，但是没有发出声音，然后她手指往上指了指，带着一种让人永远难忘的神情，往后倒在座位上，捂上了脸。车门关上了，马车往前驶去。

对于一位爱国的参议员来说，这该是多么令人尴尬的处境啊！就在上个星期，他还一直在敦促本州立法机构通过更加严峻的法令，惩治逃奴和他们的唆使者及窝藏包庇者呢！

说起那种为政治家们赢得不朽声誉的口才，我们这位好参议员在本州可谓数一数二，就连华盛顿的同行们也无人能与他相比！当他双手插在口袋里坐在参议员席上，嘲笑那些把少数悲惨逃奴的利益置于国家利益之上的人感情用事时，他是多么气度不凡、神采飞扬啊。

在这件事情上他真是勇猛如狮，他不仅"雄辩地说服"了自己，也说服了所有的听众。但是那时他对逃奴的概念仅仅是那几个拼出"逃奴"这个单词的几个字母而已，或者至多是从小报图画中得到的印象：一个拄着棍子、背着包袱的男人，下面写着"从本人家中出逃"一行字。但在现实生活中出现的真正的苦难——乞求的眼神，虚弱颤抖的手，在无助的痛苦中发出的绝望的呼吁——他从未亲身接触过。他从未想到过一个逃亡的奴隶可能会是一个不幸的母亲，一个无助的孩子——就像这个现在戴着他死去的儿子帽子的孩子。所以，因为我们可怜的参议员并非铁石心肠——他是个人，而且是个品格十分高尚的人，正如大家看到的——所以他的爱国心正处在左右为难的境地。你们也不必为他的窘境而兴灾乐祸，南方各州的好兄弟们，因为我们也略有所知，在相似的情况下，你们有许多人不会比他做得更高明。我们有理由相信，在肯塔基州，就像在密西西比州一样，有着品格高尚、宽宏大量的人，他们见到别人遭受苦难是不会无动于衷的。啊，好兄弟！有些事，如果处在我们的位置，连你们自己勇敢高尚的心灵都不允许你们去做，但你们却期待我们去做，这难道公平吗？

不管怎么说吧，如果我们的参议员是政治上的罪人，那这一夜他受的苦也能让他赎罪了。很长时间以来，这个地区一直阴雨连绵，正如大家所知道的，俄亥俄州松软肥沃的土质最适宜产烂泥了，而且，这条路是早年俄亥俄州的"铁路"。

"那么请问，那是什么样的路呢？"某些习惯于把"铁路"的概念与平坦和速度联系在一起的来自东部的旅行者问。

那么，不了解情况的东部朋友啊，你们应该知道，在西部地区，烂泥深不可测，道路是用粗大的圆木一根挨一根横铺而成的，然后在铺好的木头上盖一层土、草皮或者别的什么能弄到的东西，于是满心欢喜的当地人把它叫做大路，马上就试着在上面骑马赶车了。随着时间的推移，雨水冲走了上面所有的草皮和草，把圆木冲得东一根西一根，横七竖八杂乱无章，中间有很多烂泥深坑和车辙。

我们的参议员正是在这样的路上磕磕绊绊地往前走，同时进行着道德问题的思考。可以想见，在这样的情况下他的思考不得不经常被打断。马车行进的情况大致如下：砰！砰！砰！哗啦！一下子陷进烂泥里！参议员、女人和孩子冷不防被颠得完全倒换位置，东倒西歪地撞在关着的车窗上。马车深深地陷进泥里，只听见卡德乔在车外拼命吆喝那几匹马。经过了许多次徒劳无益的又拉又扯之后，正当参议员快要失去耐心的时候，马车突然一蹦，出了泥坑，可是两只前轮又陷进另一个泥坑里，参议员、女人和孩子又全跌在前排座位上乱成一团。参议员的帽子一下子扣在他的眼睛和鼻子上，弄得十分不雅，他以为自己这下子完了。孩子哭了，车厢外的卡德乔对着马大声吆喝，在皮鞭啪啪地不断抽打下，这些马使劲地又踢又挣又拉。马车又猛地往上一蹦，弹了出来，可后轮又一下子陷了进去，参议员、女人和孩子又被抛到后座上。参议员的胳膊肘碰到了女人的帽子，而她的两只脚却插进了混乱中从他头上飞落的帽子里。过了好一会儿，“泥潭”总算过去了，马匹停下来喘着粗气，参议员找到了帽子，女人把自己的帽子整好，把孩子哄安静下来，他们又振作起精神来面对路途中将会遇到的新的困难。

有一段时间只有连续不断的砰砰的撞击，还掺和着左右颠簸和震荡，他们开始庆幸自己的处境还不算太差。最后，突然一个往前猛冲，颠得所有的人都站了起来，旋即又回落到座位上，这时车停住不动了。车厢外忙乱了好一阵之后，卡德乔出现在车门口。

“先生，这地方太糟糕了，我不知道怎样才能把车弄出来，我想我们必须去弄一些横木来。”

参议员绝望地下了车，小心翼翼地寻找坚实一点的可以落脚的地方。他的一只脚一下子深深陷到泥坑里，他用劲想把脚拔出来，但失去了平衡，一下子跌在烂泥里，被卡德乔捞了出来，模样真是惨不忍睹。

出于对读者诸君身子骨的同情，我们就此打住不再多说。那些曾把午夜时光消磨在拆栅栏、以便把马车从泥坑里撬出来的西部旅行者们，定会对我们这位倒运的英雄满怀深深的敬意和深切的同情。我们恳求他们默默地为他洒一滴同情之泪，然后继续自己的行程。

当马车滴着水、溅满污泥从小溪里爬上岸，然后在一座大农舍门前停下来的时候，已是后半夜了。

费了很大劲，他们才好不容易把屋里的人叫醒，但不管怎么说，令人尊敬的主人终于出现了，打开了门。他身材高大，净高超过六英尺，就像毛发直立的奥森[①]。他身穿一件红色法兰绒短猎装，一头浓密的浅棕色头发蓬乱不堪，胡子已有好几天没刮过，这副尊容我们至少可以说算不上风度翩翩。他举着蜡烛站了好一会儿，眨着眼睛用阴沉而困惑的神情打量着我们的夜行客，他的表情煞是可笑。为了使他完全明白这件事，我们的参议员颇费了一番工夫。现在趁参议员正详细向他解释的时候，我们把他向读者诸君稍稍作个介绍。

正直的约翰·范·特隆普老先生曾在肯塔基州拥有大片的土地和众多的奴隶，他虽然外表像披了一张熊皮，但他天生具有一颗高尚、诚实和正直的心，与他魁伟的身材十分相称。多年来，他怀着难以压抑的忧虑不安的心情，亲眼目睹了一个对压迫者和被压迫者同样有害的制度的运行。终于有一天，义愤在他宽阔的胸怀中升腾，他实在难以忍受下去了，于是从桌子里拿出钱包，到俄亥俄州买下一个有小城四分之一那么大的肥沃的土地，给他所有的奴隶——不分男女老幼——一律发放了自由证书，用大篷马车拉着他们和行李到那儿安家落户。然后正直的约翰来到小溪上游，在一个舒适僻静的农场平静地安顿下来，问心无愧地享受着生活的乐趣，并一直沉浸在各种沉思和想象中。

“你就是那个庇护逃奴的人吗？你愿意收留一个遭奴隶贩子追捕的可怜的女人和孩子吗？”参议员直截了当地说。

“我愿意。”正直的约翰加重语气说。

“我料到你会这样做的。”参议员说。

“如果有人来，”这位好心人说着挺直自己高大强健的身躯，“我在这儿等着他呢。我还有七个儿子，个个都身高六英尺，他们会对付他们的。我们向他们‘致敬’，”约翰说，“告诉他们什么时候来都行——对我们来说没什

① 奥森是法国传奇故事《范伦丁和奥森》中的两个双胞胎兄弟之一，因从小被熊掳去哺乳，后长成野人，成为令人恐惧的人物。

么两样。”约翰说着用手指梳理了一下堆在头上的一堆乱蓬蓬的头发，爆发出一阵大笑。

伊莱扎拖着疲惫的身子，抱着在怀中熟睡的孩子，往门口走去，她已经心力交瘁了。这粗汉举起蜡烛照着她的脸，同情地咕哝了几声，打开了一间小卧室的门——这卧室紧挨着他们现在站在里面的大厨房——示意伊莱扎进去。他取下一枝蜡烛，点燃后把它放在桌上，然后对伊莱扎说道：

“喂，我说啊，姑娘，不管谁到这儿来，你一点儿都不用害怕。这些事我都能对付。”说着他指着壁炉台上方挂着的两三枝漂亮的来复枪，“大多数认识我的人都知道，谁要是违背我的意愿把人从我家里弄走，是没有好下场的。所以你现在就安心睡吧，就像在你妈妈摇篮里一样安稳。”说着他带上了门。

“嘿，这真是个美貌出众的女人。”他对参议员说，“唉，有时漂亮的女人更有理由要跑，如果她们重感情的话。正派的女人就该这样。这些我很清楚。”

参议员简单地说了一下伊莱扎的情况。

“啊！噢！呀！嘿，真想不到！”这位好心人同情地说，“当然！那当然！这是人的天性嘛，可怜人！就像一只被追猎的小鹿——她被追猎仅仅是因为有常人的情感，做了一个母亲出自天性都会做的事情！你听我说，这样的事特别让我忍不住要骂人。”正直的约翰一边说，一边用长着斑点的粗大的黄手背擦了擦眼睛，“你听我说，陌生人，多年来我一直没有信基督教，因为我们这一带的牧师过去在布道时总说《圣经》赞成这些拆散家庭的做法——他们会希腊文和希伯来文，我辩不过他们——所以我反对他们，连同《圣经》以及其他的一切都反对。后来我遇见一位牧师，他的希腊语什么的跟他们的不相上下，而他说的与他们说的完全相反，这时我才信了上帝，入了基督教——这是事实。”约翰说。他早已打开了一瓶鲜美的苹果酒，这时把它斟给客人喝。

“你最好就在这儿歇息，等天亮再走。”他热忱地说，“我来叫醒老婆子，马上给你把床铺好。”

“谢谢你，好朋友，”参议员说，“我必须走了，要赶去哥伦布市的夜班车。”

“啊！那好吧，如果你非得走的话，我来送你一程，给你指一条更好走的支路去等车。你来时的那条路不好走，太糟糕了。”

约翰穿戴停当，手持一盏提灯，马上引着参议员的马车向他屋后山谷里的一条路走去。他们分手时，参议员把一张十美元的钞票放在约翰的手里。

“这是给她的。”他简洁地说。

“好，好。”约翰同样简洁地说。

他们握手告别了。

第10章

黑奴上路

从汤姆叔叔小屋的窗口往外看去，二月的早晨下着毛毛细雨，天色灰蒙蒙的一片。老天俯视着人们阴沉沉的面孔，这些面孔反映了一颗颗悲伤的心。火炉前的那张小桌子显得很突出，桌上铺着一块熨衣垫布，一两件刚熨好的简朴而干净的衬衫搭在火炉旁的椅背上，克洛伊大婶在桌上又铺开一件衬衣。她小心翼翼、一丝不苟地压着每一条褶痕，熨着每一道贴边，不时地抬起手擦去顺着面颊流下的眼泪。

汤姆坐在一旁，膝上放着一本打开的《圣经·新约》，他把头倚在手上，两个人谁也不说话。天色尚早，孩子们还在那张粗糙的小矮床上睡觉。

汤姆是那种性情温和、十分爱家的人，这是他那不幸的种族所共有的特征。他站起身来，默默地走过去看着他的孩子。

"这是最后一次了。"他说。

克洛伊大婶没有答话，只是一遍又一遍地熨着那件已经十分平整的粗布衬衫。终于她猛地把熨斗重重地往桌上一放，在桌旁坐下，放声大哭起来。

"也许我们得认命了，可是，啊，天哪！我怎么能做到呢？要是我晓得他们把你卖到哪儿去，或者晓得他们会怎样对待你也好呀！太太说她要想办法在一两年内把你赎回来，可是，天哪！给卖到南方去的从来就没人能回来！他们给活活累死了！我听人说过，在种植园里他们是怎样折磨奴隶的。"

"那里也有跟这儿同样的上帝的，克洛伊。"

“哦，”克洛伊大婶说，“就算有吧，可是上帝听任可怕的事情发生。这好像也不能安慰我。”

“我在上帝的手中，”汤姆说，“事情发展到什么地步自有上帝安排。有一件事我该感谢他：被卖到南方去的是我，而不是你或者是孩子。你在这儿是安全的，不管发生什么事只会落在我身上；而上帝是会帮助我的，我知道他会的。”

啊，这个勇敢的、有男子汉气概的心灵——咽下自己的悲伤去安慰自己心爱的人们！汤姆说话时声音嘶哑，悲伤得嗓子哽咽，但是说话的语气却勇敢坚强。

“让我们想一想我们所受的恩宠吧！”他声音颤抖地补充了一句，好像他十分确定，自己真的需要十分认真地想一想这个问题。

“恩宠！”克洛伊大婶说，“我看不出这里有什么恩宠！这事不对！事情竟到了这一地步，这是不对的！老爷不应该把事情弄到要让你为他抵债的地步。你给他挣的是他给你的两倍。他欠着你的自由，多年前就该把自由还给你了。也许眼下他是无能为力，但是我觉得这事错了。让我不这么想办不到。你是一个一贯忠心耿耿的人，总是把他的事放在你自己的一切事情之上，把他看得比自己的老婆孩子还要重！那些为了自己摆脱困境不惜把别人的亲人卖掉的人，上帝会跟他们算账的！”

“克洛伊！如果你爱我，就不要说这种话，这也许是我们待在一起的最后时刻了！我要对你说，克洛伊，听人家说老爷一个‘不’字也是违背我的意愿的。他从小不是我抱大的吗？自然我会看重他，不能指望他也这么看重可怜的汤姆的。当老爷的习惯了别人为他们把一切都办好，自然他们对这些看得不是那么重。我们不可能指望他们那样，不可能的。把他跟别的老爷比一比吧——谁能得到我这样的待遇和生活条件？要是他有先见之明的话，他是决不会让我遭这个难的。我知道他是不会的。”

“好吧，不管怎么说，总有什么地方出毛病了，”克洛伊大婶说，她最大的特点就是有着很强的正义感，“我说不准哪儿出毛病了，但毛病肯定是有的，我很清楚。”

“你应该敬仰在天之父——他至高无上——连一只麻雀落下来也是出自他的旨意。”

"好像这也安慰不了我,不过这本该能安慰我的,"克洛伊大婶说,"但是说也没用,我来和面做些玉米饼,好好为你做顿早饭,因为谁也不知道什么时候你能再像这样吃一餐了。"

为了深切理解被卖到南方去的黑人的苦难,我们必须记住,这个种族的人的情感特别强烈,他们对故土的眷恋始终不渝。他们天生不具有冒险和进取精神,而是爱家庭,重感情。此外,加上对未知事物的无知而产生的恐惧,再加上黑人从小就把被卖到南方当成最严厉的惩罚,所以比皮鞭抽打或其他的折磨更让黑人恐惧的威胁就是被卖到河的下游去。我们曾亲耳听过他们表达这种情绪,亲眼目睹过他们坐着闲聊,讲述"河下游"的可怕故事时发自内心的恐惧情状,"河下游"在他们眼中就是:那去了以后不能再返回的阴曹地府似的神秘的国度。

有一位在加拿大的逃奴中传教的传教士曾对我说过,许多逃亡的奴隶承认他们是从比较宽容的主人家逃出来的,几乎在每一种情况下,都是对被卖往南方的极度恐惧促使他们冒各种危险逃出来的。卖到南方这厄运随时威胁着他们自己、妻子(丈夫)和孩子。这种厄运促使天性胆小、能忍耐、缺乏冒险精神的非洲人产生了无畏的勇气,使他能忍受饥饿、寒冷、痛苦、荒野的艰险和被抓回后受到的更可怕的惩罚。

简单的早餐现在在桌上冒着热气,因为那天早晨谢尔比太太免除了克洛伊大婶在大宅侍候早餐的职责。可怜的女人在这告别的早餐上使出全身的力气,她宰了最好的鸡,按丈夫的口味精心烙了玉米饼,从壁炉台上拿出一些神秘的罐子,这些是在十分重要的场合才拿出来的果酱。

"天哪,彼得,"摩西得意扬扬地说,"今天的早餐可妙极啦!"说着他顺手抓了一块鸡肉。

克洛伊大婶伸手给了他一记耳光。"得了!这是你可怜的爹在家里吃的最后一餐早饭,这么得意干什么!"

"啊,克洛伊!"汤姆温和地说。

"嘿,我实在忍不住了。"克洛伊说着把脸蒙在围裙里,"我心里乱得很,所以脾气暴躁得很。"

两个男孩一动不动地站在那儿,先看看爸爸,又看看妈妈,而最小的孩子则爬到她的身上,开始目中无人、蛮横无礼地大哭起来。

“好了！”克洛伊大婶说着擦擦自己的眼睛，然后抱起小宝宝，“我不说了——吃点东西吧。这是最好的鸡肉。瞧，孩子们，你们也要吃一点，可怜的孩子！妈妈刚才对你们发火了。”

两个男孩哪里需要再请，马上劲头十足地大吃起来。也亏了他们两个，否则，恐怕这顿饭很少会有人动刀叉的。

“哎，”早饭后克洛伊大婶一边忙一边说，“我得给你收拾衣服。他准会把你的衣服都拿走，我知道他们的德性——卑鄙无耻！喏，放在角落里的是你的法兰绒衣裤，犯风湿病的时候穿。要当心，因为以后没人再给你做了。这里是你的旧衬衣，这是新衬衣。昨晚我把你这几双袜子的袜头都缝结实了，把补袜子的球撑也放在里面了。可是，天哪！以后谁来给你缝缝补补呢？”说到这儿，克洛伊大婶再次悲伤得难以自制，把头靠在箱子边上抽泣起来，“想一想吧！不管生病不生病，今后都没人照顾你了！我想现在我操再多的心也不管用了！”

两个男孩把餐桌上的东西吃得一干二净，这才开始考虑起眼前的事情来，看见妈妈在哭，爸爸神情悲伤，他们也抽抽搭搭地哭起来，用手擦着眼睛。汤姆叔叔把最小的孩子放在膝上，让她尽情地抓他的脸、拽他的头发取乐。有时她忍不住开心地咯咯地笑出声来，这笑声显然发自她的内心。

“唉，乐吧，可怜的孩子！”克洛伊大婶说，“你也会经历这个场面的！你也会看着丈夫被卖，也许自己会被卖掉；还有这些男孩子，我想等他们长大以后有点用处的时候，很有可能也会被卖掉的，黑人最好什么也不要有！”

这时有个男孩大声叫道：“太太来了！”

“她也帮不了什么忙，到这儿来做什么？”克洛伊大婶说。

谢尔比太太进了门，克洛伊大婶态度生硬地给她端了一把椅子。谢尔比太太似乎没有注意到她的行动和态度，她神情焦虑，面色苍白。

“汤姆，”她说，“我是来……”她突然停住了，看着默默无言的一家人，在椅子里坐下来，用手帕捂着脸哭了起来。

“天哪，唉，太太，别——别这样！”克洛伊大婶说着也放声大哭起来，一时间大家哭成了一团。高贵的和低贱的，他们的眼泪一起流，这眼泪融化了被压迫者心中的怒火和仇恨。啊，看看这些受苦的人们啊，你们知道吗，你们那些金钱能买到的、板着冷冰冰的脸施舍的东西，还不如一滴真诚的同情之泪呢。

“我的好伙计，”谢尔比太太说，“我给你任何东西对你都不会有用的。如果我给你钱，只会被他们拿走。但是我要在上帝面前庄严地对你说，我要关注你的去向，一筹到钱就把你赎回来——在此之前，先相信上帝吧！”

这时两个孩子高叫“黑利老爷来了”，紧接着门被无礼地一脚踹开了。黑利站在那儿一副气冲冲的样子，因为他前一天晚上骑马累得够戗，猎物也没抓到，所以憋了一肚子气。

“喂，”他说，“你这黑鬼，准备好了吗？问候您了，太太！”当他看见谢尔比太太时他脱下帽子说。

克洛伊大婶关上箱子，把它用绳子捆好，然后站起身来气冲冲地看着奴隶贩子，她的眼泪似乎突然之间变成了愤怒的火星。

汤姆温顺地站起来跟他的新主人走，他肩上扛着沉重的箱子。他妻子怀抱着年幼的孩子跟他一起往大篷马车走去，孩子们哭着跟在后面。

谢尔比太太走到奴隶贩子面前，把他留了一会儿，十分认真地跟他谈着。她谈话的时候汤姆全家人走到已经套好停在门口的马车前。庄园上老少一大群黑奴围在马车四周，向他们的老伙伴告别。汤姆一直被当做仆人总管和基督教教义宣讲人而受到全庄园人的尊敬，大家对他都怀着真诚的怜悯和哀伤之情，妇女们更是如此。

“哎哟，克洛伊，你比我们更能克制啊！”一个一直在痛哭流涕的女人说，她注意到站在马车旁的克洛伊大婶沉静而忧郁的表情。

“我的泪已流干了！”她说着狠狠地盯了一眼走过来的奴隶贩子，“我可不愿在那个老坏蛋面前掉眼泪！”

“上车！”黑利对汤姆说，他大步从脸色阴沉地看着他的仆人中间走过。

汤姆上了车，黑利从马车座位底下拽出一副沉重的脚镣，把汤姆的两只脚腕牢牢地锁住。

人群中爆发出一阵强忍着的愤怒的低吼，谢尔比太太在游廊上说：

“黑利先生，我向你保证，你这种防范措施完全没有必要。”

“这很难说，太太，我在你这儿已经损失了值五百块钱的一个，我再也冒不起风险了。”

“这种人还能指望他什么呢?”克洛伊大婶气愤地说。这时两个男孩似乎一下子明白了父亲的命运，紧紧抓着她的衣裙，伤心得痛哭起来。

“我很难过，”汤姆说，“乔治少爷碰巧不在家。”

乔治到附近庄园的朋友家去了，他要在那住两三天。他是在汤姆的不幸传开之前那天一大早走的，走时他没听到这消息。

“代我向乔治少爷问候。”他诚挚地说。

黑利挥鞭催马起程，汤姆用忧伤的目光久久地凝视着这熟悉的地方，直到马车载着他疾驰而去，看不见了为止。

谢尔比先生此刻并不在家。他是在迫不得已的情况下卖掉汤姆的，希望以此摆脱那令他惧怕的人的控制。成交后，他的第一个感觉是如释重负。但是他妻子的规劝唤醒了他几乎淡忘的悔恨之情，汤姆大度无私的气概更使他感到愧疚不安。他试图说服自己：他有权这样做，大家都这么做，而且有的人连“万不得已”这样的借口都没有也这样做了。可是毫无效果，他无法使自己心安理得。为了避免目睹交货这让人不愉快的场面，他到乡下去办两天事，希望在他回来之前这一切都过去了。

汤姆和黑利沿着尘土飞扬的路飞速前行，熟悉的景物在眼前一一掠过，最后庄园的边界也被抛在了身后，他们走上了宽畅的大道。走了约一英里以后，黑利突然在一间铁匠铺门口把车停下来，从车内拿出一副手铐走到铺子里，让铁匠把它改一下。

“这东西对他来说小了点。”黑利说着给他看了手铐，又向外指指汤姆。

“天哪！嘿，这不是谢尔比家的汤姆吗。他没把他卖了吧？”铁匠说。

“不，他把他卖掉了。”黑利说。

“嘿，我不信！唉，真的，”铁匠说，“真想不到！哎呀，你不必给他戴手铐。他是最忠心、最出色的人——”

“是的，是的，”黑利说，“不过你说的出色的人是最想逃跑的家伙。那些蠢家伙到哪去都不在乎，那些醉汉懒鬼更是什么都不在乎，他们会长久地待在一个地方，八成还很乐意被人带到各地去呢。可是这些上等的家伙对这恨得要命。没办法，只好把他们铐起来。有腿他们就会用——不会错的。”

“好吧。”铁匠说着在他工具堆里摸索起来，“南方的那些种植园，听我说陌生人，不是肯塔基黑人愿意去的地方，他们在那儿死得很快，是吧？”

“这个，是的，死得很快，水土不服，还有这样那样的原因。他们死得快才能让市场兴旺呀。”黑利说。

“唉，像汤姆这样一个正派、温和、相貌端正的好黑人被弄到南方的甘蔗种植园折磨致死，这怎不让人感到惋惜啊！”

“嘿，他会有机会的。我答应过不会亏待他的。我要给他在大户人家找个做家仆的差事，只要他能熬过热病和水土不服，就会得到一个黑奴希望得到的最好的差事。”

“他的老婆孩子都留在这儿了吧？”

“是的，不过到那边他能再找一个。哎呀，女人哪儿都有的是啊。”黑利说。

当以上谈话进行的时候，汤姆正十分悲伤地坐在铁匠铺外面。突然他听见身后传来急促的马蹄声，他还没来得及从惊奇中醒悟过来，乔治少爷已经跳上马车，伸开双臂紧紧地搂住了他的脖子，由着性子边哭边骂起来。

“我要说，这真卑鄙。我才不在乎他们怎么说呢，什么人我都不在乎！这真肮脏、卑鄙、可耻！要是我是大人，他们这么干我决不答应——决不答应的！”乔治说着低声怒吼一声。

“啊，乔治少爷！你来了真让我高兴！”汤姆说，“要是走之前见不到你，我真受不了！你不知道这多让我高兴啊！”这时汤姆的脚动了一下，乔治的眼光落在脚镣上。

“真可耻！”他大声地说，同时举起了双手，“我要揍那老家伙一顿。真的！”

“别，别这样，乔治少爷，你千万别这么大声说话，把他惹火了对我一点好处也没有。”

“好吧，为了你那就算了吧。可是想想吧，难道这不可耻吗？他们根本没派人叫我回来，也没给我捎话，要不是汤姆·林肯，我到现在还不知道。我对你说，在家里我对他们发了一顿脾气，对他们所有的人。”

“这么做恐怕不对吧，乔治少爷。”

“我实在忍不住！我说这太可耻了！瞧，汤姆叔叔，”说着他把背转向铁匠铺，用神秘的口吻说：“我把我那块银元给你带来了！”

“啊！我不能要，乔治少爷，绝不能要的！”汤姆感动地说。

“可是你必须收下!”乔治说,“瞧,我把打算对克洛伊大婶说了,她叫我在上面钻个孔,穿一根绳子,这样你能把它挂在脖子上不让别人看见了,否则这卑鄙的坏蛋会把它拿走。我对你说,汤姆,我真想把他痛骂一顿!这样我会感到舒服些!”

“别,别这样,乔治少爷,因为这对我没好处。”

“好吧,为了你那就算了吧。”乔治说着忙把银元系在汤姆的脖子上,“好了,把你的衣服扣严一点,盖住它,好好保存。每次你看见它的时候都要记住,我会到南方找你,把你赎回来的。我和克洛伊大婶一直在谈这件事。我要她别害怕,我来负责这件事,要是爸爸不这么做,我就不放过他。”

“啊!乔治少爷,可不能这样说你的父亲!”

“哎呀,汤姆叔叔,我可没什么恶意呀。”

“哎,我说啊,乔治少爷,”汤姆说,“你要做个好孩子。要记住,多少人的心里想着你啊。要永远亲近你母亲。不要像一些男孩那样做出愚蠢的举动:他们自以为了不起,把母亲抛到脑后去了。你听我说,乔治少爷,上帝赐给我们的许多东西都是双倍的,但是他不会两次赐给你母亲。乔治少爷,你就是活到一百岁,也绝不会再遇见一个这么好的女人了。所以你要紧紧地依靠她,长大成人,成为她的安慰,这才是我的好孩子——你会这样吧?”

“是的,我会的,汤姆叔叔。”乔治严肃地说。

“另外,说话要注意,乔治少爷。男孩子到了你这般年龄,有时很任性,这是很自然的。但是真正的绅士——我一直期望你会成为绅士——从来不说对父母不恭敬的话。我这样说,你不会生气吧,乔治少爷?”

“不,绝不会的,汤姆叔叔,你总是给我忠告。”

“我年纪比你大,你知道。”汤姆说着用他那粗大有力的手抚摸着孩子长着细软鬈发的头,但是他说话的声音却像女人般的温柔,“我看见你身上有各种优点。啊,乔治少爷,你什么都有:学问,优越的条件,会读,会写。你会长成一个伟大的知识渊博的好人,庄园里所有的人和你的母亲父亲都会为你而感到骄傲的!像你父亲一样做个好老爷,像你母亲一样做个好基督徒。从小就要记住你的造物主,乔治少爷。”

“我要做个真正的好人,汤姆叔叔,我敢说,”乔治说,“我要做个最优秀的人。你一定不要灰心丧气,我会把你赎回来的。今天早晨我跟克洛伊大婶说了，等我长大以后，我要把你们的房子重盖一下，到时候你会有一间屋子做客厅，里面还要铺地毯呢。啊，到那时你就会享福了！”

这时黑利拿着手铐走到门口。

“喂，听着，先生，”乔治下了车，十分高傲地说，“我要告诉父母你是怎样对待汤姆的！”

“请便吧。”奴隶贩子说。

“我觉得你应该感到羞耻，一生都干着贩卖男女奴隶的勾当，把他们像牲口一样用铁链锁住！我觉得你该感到可耻！”乔治说。

“只要你们这些大人物要买这些男女奴隶，我跟他们还不是彼此彼此。”黑利说，“卖的不比买的更卑鄙！”

“我长大以后绝不买也绝不卖黑奴。”乔治说，“今天我为自己是肯塔基人感到羞耻，过去我还一直为此感到自豪呢。”乔治挺直腰板坐在马上，用自信的神态看看四周，好像期望整个州都会被他的话所打动。

“那么，再见吧！汤姆叔叔，别灰心，要坚强。”乔治说。

“再见，乔治少爷。”汤姆用深情、敬佩的目光看着他说，“愿全能的上帝保佑你！啊！肯塔基像你这样的人不多啊！”当那张率真、稚气的脸在他视线中消失之后，汤姆满怀深情地说。乔治渐渐地远去了，汤姆目送着他，直到他的马蹄嘚嘚声听不见为止。至此，那故乡的最后的声音和形象也消失了，但是他心中似乎有一个温暖的地方，一双幼小的手在那儿放置了那块珍贵的银元。汤姆抬起手，把它紧紧地贴在胸口。

“喂，你听我说，汤姆，”黑利说着向敞篷马车走来，把手铐扔进车里，“我打算一开始就对你讲公道，我一般对黑鬼都是这样的。现在首先我要告诉你，如果你对我公道，我就会对你公道，我从不虐待我的黑奴，我尽最大可能让他们好过一些。喂，你知道，你最好还是舒舒服服地待着，不要耍鬼花招，因为黑鬼的任何花招我都能对付，不要白费劲。如果黑鬼老实一些，不试图逃跑，他们在我这里就有好日子过。否则，哼，这是他们的错，怪不得我了。”

汤姆向黑利保证，他绝无逃跑的打算。事实上，对一个双脚戴着沉重镣铐的人来说，这番训诫似乎实属多余，但是黑利先生已经养成了习惯，总是用这种训诫开始与他的黑奴打交道，他认为这样可以让他们快活起来，增进信任,避免出现不愉快的场面。

现在我们暂时放下汤姆不表,来关注一下书中其他几位人物的命运。

第11章

黑奴有了非分之想

这是一个细雨蒙蒙的傍晚，一位旅客在肯塔基州N村的一家乡村小旅店的门前下了马车。在酒吧间，他看见里面聚集着形形色色的人，他们都是因为天气不好而到这儿来避一避的。展现在我们眼前的是这种聚会常见的场景。在这儿引人注目的是身材高大、瘦骨嶙峋、身穿猎装的肯塔基人，他们以本地人特有的懒洋洋的劲儿倚着躺着，随意伸开手脚，占据了大片的地方。来复枪放在屋角，子弹袋、猎物袋、猎狗和小黑奴全都堆在各个角落。壁炉两边各坐着一位长腿先生，椅子往后斜仰着，头上戴着帽子，沾满烂泥的靴子后跟很神气地架在壁炉架上——我们要告诉读者诸君，这种姿势绝对是西部旅店里的旅客在沉思时惯用的方式，他们认为，采用这种独特的方式能提高自己的领悟力。

站在吧台后面的店老板和他的大多数同乡一样，也身材高大，性情温和，大大咧咧，头上有一大堆乱蓬蓬的头发，上面戴一顶高顶礼帽。

事实上，屋子里的每个人头上都有这么一顶象征男子汉权威的帽子，不管是毡帽、棕榈叶帽、油乎乎的獭皮帽，还是精致的新礼帽，它们全都以各自的独立精神高踞在头上。的确，它还似乎是每个人独特的标记。有的人不落俗套地把帽子歪戴在一边——这些都是幽默快乐、无拘无束的人；有的人别具一格地把帽子拉下扣在鼻子上——这些是讲究实际、一丝不苟的人，他们戴帽子是因为他们想戴，而且想怎么戴就怎么戴；还有的人把帽子戴在后脑勺上——这是些十分清醒的人，他们想要视野清晰；而一些粗心大意的人却不知道或不在乎帽子该怎么戴，帽子在他们头上四面晃荡。这各种各样的帽子及其戴法还真值得莎士比亚先生去做一番研究,其中的学问还挺大的。

好几个穿着肥大的裤子、光着膀子的黑人在屋内四处奔忙,除了表示他们愿意全力为老爷和他的客人效劳外,也没忙出什么特别的名堂。这里还有这么一幅图景:一炉火势旺盛的火,火苗欢快地直往宽大的烟囱上蹿;大门和所有的窗户大开,印花布窗帘被一股强劲湿冷的风吹得噼啪作响。这样你就对肯塔基小旅店的欢乐情景有个印象了。

今天的肯塔基人是阐明本能和遗传特性学说的很好例证。他们的祖先是孔武有力的猎人,住在树林里,睡在自由辽阔的天幕下,星星给他们当蜡烛。直到今天他们的后代还总是把屋子当做帐篷,无论什么时候都戴着帽子。他们四处乱滚,把脚跷在椅子或壁炉架上,就像他们的祖先在草地上打滚,把脚架在树上或圆木上一样。无论冬夏敞开所有的门窗,这样他们巨大的肺可以呼吸到足够的空气。他们坦率而友好地对每个人都称兄道弟。总之,他们是最坦诚、最随和、最快乐的人。

我们这位旅客遇到的就是这样一群逍遥自在的人。他身材矮小,体格粗壮,衣着考究,长着一张和善的圆脸,从外表看似乎有些谨小慎微、拘泥细节。他十分留神自己的手提箱和雨伞,亲自把它们拿进来,好几个仆人主动要为他代劳,都被他执意谢绝了。他神色焦虑地环顾了一下酒吧四周,然后带着他的宝贝东西退避到一个最暖和的角落,把它们安放在自己的椅子下,坐了下来。他忧心忡忡地抬起头看着面前这位用脚为壁炉台增辉的汉子,此君正左一口右一口地吐着痰,其勇气之大力量之猛,着实让那些胆子小而且喜欢吹毛求疵的先生胆战心惊。

"喂,兄弟,你好吗?"刚才提到的那位先生说,他向着新来者的方向猛吐了一口烟汁,以示敬意。

"还好吧。"那位一边回答,一边惊慌地躲避着对方这气势凶猛的敬意。

"有什么新闻吗?"对方问道,同时从口袋里掏出一长条烟叶和一把大猎刀。

"我没听到什么新闻。"那人说。

"来点嚼嚼吗?"那位先打招呼的汉子边问边十分友好地递给这位老先生一点烟叶。

"不嚼,谢谢——我嚼不来。"矮个子男人一边说一边躲闪开了。

"不嚼吗,嗯?"那汉子随意地说着便把它塞进自己嘴里,为了周围的人的利益他可得保持烟叶的供应呀。

每次那位高个子老兄朝他的方向喷吐烟雾时,这位老先生总是吓一跳,这一点被他的这位同伴注意到了,于是他好意地把炮火转向另一地区,用足以攻克一座城池的军事天才继续向一根火钳发动猛攻。

"那是什么?"老先生说,他注意到一张大告示四周围了好几个人。

"悬赏捉拿黑奴!"有个人简单地说道。

威尔逊先生(这是那位老先生的名字),站起身来,仔细地整理了一下旅行箱和雨伞,然后不慌不忙地拿出眼镜架在鼻梁上。这些动作完成之后,他走过去看起告示来:

> 从本人家中逃走一名二分之一混血的黑奴,名叫乔治。该人身高六英尺,肤色很浅,棕色鬈发;聪颖过人,善辞令,能读写;很有可能冒充白人;背肩部有深疤;右手烙有字母 H。
>
> 凡能将其活捉,或能确凿证明已将其杀死者,一律赏四百美金。

老先生把告示从头到尾轻声念了一遍,好像在认真琢磨这事。

刚才提到的那位一直在对付火钳的长腿老将,这时从壁炉台上放下他笨重的长腿,站起来,挺直高大的身躯,走到告示前,从容不迫地对着上面吐了一大口烟汁。

"这就是我对这事的看法!"他直截了当地说,然后重新坐了下来。

"哎哟,老兄,你这是什么意思?"店老板说。

"要是写告示的人在这儿,我也会同样朝他啐一口的。"高个子说着,又冷冷地切起烟草来,"谁要是有这样的奴隶,却不知道好好地对待他,那他跑了真是活该。这种告示真给肯塔基丢脸,如果谁想知道的话,这就是我的观点!"

"嘿,这倒是实话。"老板一边记账一边说。

"我就有一群黑奴,先生,"高个子说着又向火钳发动了进攻,"我直接对他们说:'伙计们,跑吧!拼命地跑!快快地跑!什么时候想跑都行!我绝不会去追你们的!'我就是这样管束我的黑奴的。让他们知道他们想跑的话随时都可以跑,这样反而断了他们想跑的念头。而且我还给他们每个人备好了自由证书,全都备了案,这事他们都知道。我这样做是怕万一什么时候我会出意外。我对你说吧,兄弟,在我们这一带,谁也没有我从黑奴身上得到的好处多。嘿,我的黑奴曾赶着值五百块钱的马到辛辛那提去,然后把钱带回来,一分不少,这已经有许多次啦。他们这样做是符合道理的。把他们当狗待,那你就会得到狗一般卑劣行为的回报;把他们当人待,你就会得到人心的回报。"这位正直的奴隶主说得兴起,忍不住向壁炉发射了一通精彩的礼炮,以表示对自己刚才一番道德情操论说的支持。

"我认为你完全正确,朋友,"威尔逊先生说,"告示上说的这个黑奴确实是出色的家伙——这一点不会错的。他在我的麻袋厂干了大约六年的活,他是我最好的工人,先生。他还心灵手巧,发明了一台洗麻机——一件很有价值的东西,好儿家工厂都采用了。他的主人持有这项专利。"

"我敢说,"奴隶主说,"把持着专利赚钱,却反过来在那奴隶的右手上烙字,要是我有机会,我也要给他烙个印,让他也尝尝这个味道。"

"这些聪明的奴隶总是惹人生气,放肆得很。"一个长相粗鲁的人在房间另一边答腔说,"所以他们挨打,被火烙。要是他们规规矩矩就不会这样了。"

"至少,上帝把他们造就成了人,要把他们变成畜牲也是很残酷的。"奴隶主冷冷地说。

"聪明的黑奴对主人没有好处。"另外一位继续说道,由于他粗俗、愚昧、迟钝,他一点儿也没觉察到对方对他的轻蔑,"如果你自己不能从中得到好处的话,他们的本事又有什么用呢?嘿,他们只会用它来对付你。我过去有一两个这样的家伙,我干脆把他们卖到河下游去了。我知道,要是不把他们卖掉,他们迟早会跑掉的。"

"最好把订货单送到上帝那儿去,让上帝为你造一批完全没有灵魂的黑奴。"奴隶主说。

这时,一辆单马拉的轻便车来到旅店门口,打断了他们的谈话。马车外表很雅致,里面坐着一位衣冠楚楚、具有绅士风度的男人,赶车的是个黑奴。

所有的人都饶有兴致地打量着来客,下雨天一群无所事事的人通常都是这样打量每个新来的客人的。他身材高大,有西班牙人的浅黑色皮肤,一双漂亮传神的黑眼睛,短短的鬈发和眼睛一样黑得发亮。他精美的鹰钩鼻、又直又薄的嘴唇、令人赞叹的优美的四肢马上让所有的人感到来人非同寻常。他从容地进来,从人群中走过,对仆人点点头,示意该把他的旅行箱放在何处,然后他向众人欠身致意,拿着帽子不慌不忙地踱到吧台前。他自称叫亨利·巴特勒,来自谢尔比县的奥克兰兹。他转过身,以一副漫不经心的神态踱到告示前,从头到尾看了一遍。

“吉姆,”他对仆人说,“好像我们在北边的贝尔南旅店见到的那个黑人有点像他,是吧?”

“是的,老爷,”吉姆说,“不过他的手有没有烙印我倒说不准。”

“嗯,当然,我没看。”陌生人说着随意地打了个哈欠,然后他走到店主面前,要他提供一个单间,因为他要马上写点东西。

店主点头哈腰地马上照办,于是七个黑奴——男女老少、高矮胖瘦都有——像一窝山鹑,很快四处穿梭往来,乱哄哄匆匆忙忙,有的踩着了别人的脚指头,有的互相绊得人仰马翻,热情地为老爷准备房间。而老爷则悠闲地坐在屋子中间的椅子上,跟他旁边的人聊了起来。

工厂主威尔逊先生从陌生人一进门起,就以不安而好奇的神情看着他。他觉得自己似乎在什么地方见过他,并且与他相识,但是他记不清楚了。每当那人说话、微笑、举手投足时,他都会暗暗一惊,眼睛紧紧盯着他;但当那双明亮的黑眼睛坦然自若地与他的目光相遇时,他便猛地移开自己的目光。终于,记忆似乎蓦然在他脑海里闪现,因为他用十分惶惑惊恐的神色盯着陌生人,使得陌生人向他走了过去。

“我想你是威尔逊先生吧,”他用认出对方的语气说,同时伸出手来,“请原谅,我刚才没认出你。我看你记得我——谢尔比县奥克兰兹的巴特勒先生。”

“是——是的——是的,先生。”威尔逊先生梦呓般地说道。

正在此时,一个黑奴仆役走了进来,报告老爷房间准备好了。

“吉姆,看着箱子。”那位先生随意地说,然后又对威尔逊先生说,“我想跟你谈一会儿生意上的事,请到我房间来好吗?”

威尔逊先生如梦游一般跟着他来到楼上一间大房间里,这儿刚生的火噼噼啪啪地燃得正旺,好几个仆人在四处奔忙,做着最后的整理。

等一切就绪、仆人退去之后,年轻人慎重地锁好房门,把钥匙放进自己的口袋,转过身来,然后双臂抱在胸前,直视着威尔逊先生的脸。

"乔治!"威尔逊先生说。

"是的,乔治。"年轻人说。

"真没想到!"

"我想我化装得还不错吧。"年轻人笑着说,"一点核桃树皮汁使我的黄皮肤变成了雅致的棕色,再把头发染黑,所以你看我跟告示上说的一点儿也不相符了。"

"啊,乔治!你玩的可是危险的游戏呀。要是知道,我是绝不会要你这么做的。"

"做这事我完全自己负责。"乔治依然自豪地笑着说。

这里要顺便交代一下,乔治的父亲是白人的血统。他的母亲是黑人中的不幸者,因美貌出众而成为主人发泄情欲的奴隶,成为从不知道父亲是谁的一群孩子的母亲。他继承了肯塔基一家名门望族的欧洲人英俊的相貌和高雅的气质。从他母亲身上他只继承了些微的混血儿的肤色,那双相随而来的深沉的黑眼睛充分弥补了这肤色的小小缺憾。只要稍稍改变一下肤色和头发的颜色,就把他变成了眼前这副西班牙人的模样;加上天生的优雅举止和绅士风度,所以他扮演起眼下的角色来觉得毫不费力——一个带着家奴外出旅行的绅士。

威尔逊老先生本性敦厚,但过分注重细节,谨小慎微。他在房间里来回踱着,就像约翰·班扬所说的那样,"心中忐忑不安",觉得左右为难。一方面他想帮助乔治,但另一方面他又有一种糊涂的想法,认为应该维护法律和秩序,所以他一边蹒跚着四处走着,一边说出了以下一番话:

"哎,乔治,我想你在逃亡——离开你法定的主人。乔治——对这我一点儿也不奇怪——同时,我也很难过,乔治——是的,确实如此——我觉得我必须这样说——这样做是我的责任。"

"你为什么要难过,先生?"乔治平静地问。

"嘿,看见你在某种意义上与你的国家的法律对抗呀。"

"我的国家!"乔治用激烈而痛苦的语气强调说,"除了坟墓之外我有什么国家？我真希望上帝让我死了才好呢！”

“嘿，乔治，别——别——别这么说，这样说话真是罪过啊——这是违反《圣经》教义的。乔治，你的主人对你凶狠——确实如此——他的行为理所当然地应受到指责——我不想为他辩护。但是你知道天使怎样让夏甲回到她的女主人那儿去、服从于她的[①]；圣徒不是也让阿尼西母回到主人家吗[②]？”

“别这样对我引用《圣经》了，威尔逊先生，”乔治目光灼灼地说，“别这样！因为我妻子是个基督徒。要是我真能逃到我能去的地方的话，我也打算成为基督徒的。但是对一个处在我这种境地的人引用《圣经》，就等于让他完全抛弃基督教。我向全能的上帝吁求——我愿意把我的实情向他面呈，问问他我追求自由错没错。”

“你这种感情是很自然的，乔治。”这性情温和的人一边擤着鼻涕一边说，“是的，是很自然的，但是我不能助长这种情绪，这是我的责任。是的，孩子，我为你感到难过，你的处境很糟——非常糟，但是圣徒说：‘人人都该恪守其位。’我们都要顺从啊，乔治——你难道不明白吗？”

乔治昂着头站在那儿，双臂紧紧抱在宽阔的胸前，嘴角浮着一丝苦笑。

“威尔逊先生，要是印第安人万一来把你从妻儿身边掳去，要你一辈子为他们锄玉米地，不知道你会不会认为恪守其位是你的本分？我倒觉得你会把第一匹离群的马当做上天的暗示的——不是吗？”

听了他这番比喻，这位小个子老先生不禁目瞪口呆，不过，虽然他不太擅长说理，但是在这个特定的问题上他倒比有些逻辑学家高明——就是无话可说时一言不发。所以，他站在那儿一边仔细地抚摸着他的伞，把伞折好，抚平上面的皱纹，一边继续开导他：

“你看，乔治，你知道我一直是你的朋友，不管我说了什么，全是为了你好。哎，我觉得你正在冒很大的风险。你别指望会成功。如果你被抓住，那

① 见《圣经·旧约·创世记》第十六章，亚伯拉罕之妻撒拉因自己没有生育，便把自己的使女夏甲给丈夫为妾。夏甲怀孕后不把女主人放在眼里，故遭到虐待，后逃到旷野。天使见后，要她回到女主人身边，服她管束。

② 见《圣经·新约·腓利门书》，耶稣门徒保罗在狱中写信给受其影响而改信基督教的友人腓利门，让他重新收留离开他家的奴隶阿尼西母。

就更惨了,他们就会更加虐待你,把你折磨得半死,然后把你卖到下游去。”

“威尔逊先生,这些我都知道。”乔治说,“我确实冒着风险,但是——”他一下子扯开大衣,露出两把手枪和一把猎刀,“看!”他说,“我等着他们呢!南方我是决不去的。不去的!如果到了那一步,我至少可以为自己赢得六英尺自由的土地——这是我在肯塔基第一次也是最后一次拥有土地!”

“哎呀,乔治,你这种心态太可怕了,你快要铤而走险了,乔治。我真担心,你就要触犯你的国家的法律了!”

“又是我的国家!威尔逊先生,你有国家,但是我有什么国家?那些像我一样的母亲是奴隶的人有什么国家?我们又有什么法律呢?我们不制定法律——我们不赞成这些法律——我们跟这些法律毫无关系,它们只是要压制我们,镇压我们。难道我没听过你们的7月4日国庆演说吗?你们不是每年一次地对我们大家说,政府是在被管理的民众的许可下取得合法权力的吗?听见这些话的人难道不会想一想吗?难道他不会把你们所说的与你们所做的放在一起比较,看看结果怎样吗?”

打个恰当的比喻,此时威尔逊先生的心如乱麻——毛乎乎,软绵绵,混乱一团,却是一片好心。他真的打心眼里同情乔治,对他激动的情绪也有所理解,但是他认为自己有责任以无比的坚忍之心继续劝他为善。

“乔治,这不好。你知道,作为朋友我必须告诉你,你最好不要有这些想法,它们对于处在你这种情况下的年轻人是有害的,十分有害——真的。”说完威尔逊先生在一张桌边坐下来,紧张不安地咬起伞把来。

“哎,听我说吧,威尔逊先生,”乔治说着走过去毅然在他面前坐下来,“请看看我吧,我坐在你面前,从各方面来说难道我不是一个像你一样的人吗?看看我的脸,看看我的手,再看看我的身体,”年轻人傲然昂首挺胸,“为什么我不能像别人一样是个人?好吧,威尔逊先生,我来告诉你。我曾有个父亲——你们肯塔基绅士中的一个——他把我看得很轻贱,他死的时候把我同他的狗和马匹一起出卖,以清偿债务。我看见我母亲和她的七个子女一起被强制拍卖。当着她的面,他们被一个接一个地全卖给了不同的主人。我是最小的一个,她走过来跪在我的老主人面前,哀求他买我时连她一起也买下,这样她至少可以有一个孩子跟她在一起,但被他用沉重的靴子一脚踢开了。我亲眼看见他踢的。当我被拴在他的马脖子上带回庄园去的时候,最后听见的是她的呜咽声和尖叫声。"

"哦,后来呢?"

"我的主人从别人那儿买下了我的大姐,她是个虔诚的好姑娘,是浸礼会教徒,跟我可怜的母亲当年一样漂亮。她受过很好的教育,礼貌周全。开始时我很庆幸她被买下了,因为我身边有了一个亲人。可是不久我就后悔了。先生,我曾站在门口听见她遭鞭打,每一鞭子都好像抽在我裸露的心上,我一点儿也帮不了她。先生,她被鞭打是因为她想要像基督徒那样堂堂正正地生活,而你们的法律是不会给一个女奴这样的权利的。最后,我看见他们用铁链把她与一群黑奴锁在一块,送到奥尔良去拍卖了。不为别的原因,就为这一点。从此以后就再也没有音信了。好啦,经过漫长的岁月,我长大了——没有父亲,没有母亲,没有姐姐,没有人关心我,我像一条狗一般,挨打、挨骂、挨饿。啊,先生,我饿得连他们扔给狗的骨头都想捡。可是,我小时候整夜整夜睡不着觉的时候,并不是因为挨饿,并不是因为挨打我才哭。不是的,先生,我哭的是我母亲和姐姐,是因为世界上没有一个亲人爱我,是因为我从不知道什么叫安宁和舒适。在我去你的工厂干活之前,从来没有人和颜悦色地对我说过一句话。威尔逊先生,你对我很好,你鼓励我好好干,学习、读书、写字,使自己有所作为。上帝知道,为此我是多么感激你啊。后来,先生,我遇见了我妻子,你见过她——你知道她是多么美。当我发现她爱我,当我和她结婚之后,我简直不敢相信这是真的,我太幸福了;而且,先生,她既美丽又善良。可是后来怎样了呢?嗨,我的主人来了,我活儿干得好好的,他硬把我带走了,让我离开朋友和所有我喜爱的东西,要把我碾成泥尘!为什么?他说因为我忘记自己是谁了;他说,要教训我,让我明白自己只是个黑鬼!最后,他要拆散我和妻子,说要我抛弃她,跟另一个女人过。你们的法律给了他做这一切的权力,却不顾天理人情。威尔逊先生,看看吧!这桩桩件件让我母亲、姐姐、妻子和我自己肝肠寸断的事,哪一桩哪一件不是你们肯塔基的法律允许、给他们权力去做的,谁敢对他们说个不字!你把这些叫做我的国家的法律?先生,我没有国家,就像我没有父亲一样。但是我会有国家的。对你们的国家我没有任何要求,只要求它别干涉我——让我平平安安地离开。等我到了加拿大以后,那里的法律会承认我,保护我,那它就是我的国家,我就会遵守它的法律。但是如果有人要阻止我,让他小心点,因为我会拼死一搏的。我要为自由斗争到最后一息。你说你们的父辈曾这样做过,如果这是他们的权利,这也是我的权利!"

以上这番话,他一半是坐在桌旁说的,一半是在室内来回踱着步说的。他一边说一边流着眼泪,眼睛灼灼发光,打着绝望的手势,这太让听他讲话的这位心地善良的老人受不了了,于是他掏出一块黄色丝绸大手帕,使劲地擦起脸来。

"这帮该死的家伙!"他突然破口大骂,"我可不是一直这么说的吗——该死的家伙!我真不愿骂人。好吧!往前走吧,乔治,走吧。但要小心,孩子,不要开枪伤人,乔治,除非……哎,我看你最好不要开枪,至少我是不愿伤人的,你知道。你的妻子在哪儿,乔治?"他又问了一句,这时他心绪不安地站起身来,开始在房间里来回踱起来。

"跑了,先生,怀里抱着孩子,只有天知道她在哪儿——朝着北极星的方向跑的。我们什么时候能见面,在这个世界上到底能不能见面,没有人知道。"

"从这样仁慈的人家逃跑,简直不可思议!让人吃惊!"

"仁慈的人家负了债,我们国家的法律允许他们把孩子从母亲怀里拉出来卖掉,偿还主人的债。"乔治悲愤地说。

"噢,噢,"正直的老人说着在自己的口袋里摸索着,"也许,我想我这样做违背自己的理智——见鬼吧,我不想按理行事!"他突然又说了一句,"给,乔治。"说着他从钱包里拿出一卷钞票递给乔治。

"不,仁慈的先生,"乔治说,"你已经为我做了很多了,这会使你受牵连的。我想我的钱够我用到目的地了。"

"不,你一定要拿着,乔治。钱在哪儿都会很有用的——如果来得清白,就多多益善。拿着吧,一定要拿着!一定,孩子!"

"好吧,我收下,先生,但条件是我将来要把这笔钱还给你。"乔治说着接过了钱。

"那么,乔治,你还要像这样旅行多久呢?我希望时间不长、路不远吧。这事干得不错,可是太冒险。这个黑人——他是谁?"

"一个诚实可靠的人,他一年多以前去了加拿大。到那儿以后他听说他的主人对他的逃走勃然大怒，用鞭子狠抽他可怜的母亲，所以他特意赶回来安慰她，想找个机会把她弄走。”

“他弄走母亲了吗？”

“还没有，他一直在主人家附近等待，可是还没找到机会。现在，他先送我到俄亥俄州去，把我托付给曾帮助过他的朋友，然后他再回来接她。”

“危险啊，非常危险！”老人说。

乔治挺直了腰板，轻蔑地一笑。

老先生用率真而惊奇的眼光把他从头到脚打量了一番。

“乔治，某种东西让你发生了令人惊叹的变化，你昂首挺胸，说话和动作像换了一个人似的。”威尔逊先生说。

“因为我是个自由人了！”乔治自豪地说，“是的，先生，我已经不再称任何人‘老爷’了。我自由了！”

“当心！你现在还说不准，你也许会被抓住的。”

“万一到了这一地步，所有的人在坟墓里都是自由平等的，威尔逊先生。”乔治说。

“你的大胆真让我目瞪口呆！”威尔逊先生说，“竟然到这最近的旅店来！”

“威尔逊先生，正因为这举动太大胆，这旅店太近，他们反而根本不会想到的，他们会一直往前追我。就连你自己不是也差点儿没认出我来吗？吉姆的主人不住在这一带，所以在这一带他是不会被认出来的。再说，他们对追到他已经不抱希望了，没有任何人追捕他了。我想，也没人会根据告示上的描述认出我的。”

“可是你手上的烙印……”

乔治脱下手套，露出手上新愈合的疤痕。

“这是哈里斯先生给我的临别留念。”他语含讥讽地说，“半个月前他心血来潮，给我烙了这个印，因为他说他相信我总有一天会试图逃走。看起来真有趣，不是吗？”他说着又戴上了手套。

“我要说，一想到这些——你的处境和你冒的险——就让我血液冰冷、惊恐万分！”威尔逊先生说。

“多年来我一直血液冰冷，胆战心惊。威尔逊先生，现在，我的血快要沸腾了。"乔治说。

"好吧,我的好先生,"沉默了一会儿之后乔治继续说道,"我见你认出了我,我想最好还是跟你谈一谈,怕你惊诧的神色把我暴露了。我明天天亮前早早动身,希望到明天晚上能平安地在俄亥俄州过夜。我准备白天赶路,晚上在最好的旅馆下榻,与当地的权贵共进晚餐。那么,再见了,先生,如果你听说我被抓住时,你可以确信我已经死了!"

乔治如磐石一般挺立着,他气度不凡地伸出手。那友善的矮小老人热情地握着他的手,千叮咛万嘱咐,要他一路小心,然后拿起伞,摸索着走出了房间。

老人关上门之后,乔治站在那儿沉思着。他似乎突然想起了什么,便匆忙走到门口,打开门说道:

"威尔逊先生,还有一句话要跟你说。"

老先生又进了门,乔治像刚才那样锁好门,然后有好一会儿犹豫不决地站在那儿看着地面出神。最后,他突然鼓足勇气抬起头:

"威尔逊先生,你对我这么好,这表明你是个真正的基督徒,我想请你最后再为我做一件体现基督教仁慈的事。"

"哦,什么事啊,乔治?"

"哎,先生,刚才你说得对,我确实正在冒极大的危险。如果我死了,这世上没有一个人会在乎的。"他呼吸急促,说话很吃力,"我会像狗一样被一脚踢出去埋掉,第二天谁也不会再想到这件事了——除了我那可怜的妻子!可怜人!她会伤心欲绝的。威尔逊先生,请你设法把这枚小别针交给她好吗?这是她送给我的圣诞节礼物,可怜的姑娘!把这交给她,告诉她我永远爱她。好吗?好吗?"他又急切地问道。

"好的,当然好的,可怜人!"老先生说着接过别针,他眼含着泪,声音凄凉得发颤。

"告诉她一件事,"乔治说,"这是我的最后愿望,如果我能去加拿大,让她也到那儿去。不管她的女主人心肠多好,不管她多么爱她的家乡,求她千万不要回去,因为做奴隶的结果总是很悲惨的。告诉她把我们的儿子抚养长大,让他成为一个自由人,那他就不会像我这样受苦了。把这话告诉她,好吗,威尔逊先生?"

“好的,乔治,我会告诉她的,但是我相信你不会死。要有信心——你是个勇敢的人。相信上帝,乔治。我衷心祝愿你一路平安,这是我的心愿。”

“有没有一个能让人信赖的上帝啊?”乔治说,他的语调又苦涩又绝望,让老先生说不出话来,“啊,我一生已经历过许多事情,让我感到不可能存在一个上帝。你们基督徒不知道我们是怎样看这些事的。你们有一个上帝,可是我们也有吗?”

“啊,别,别,孩子!”老人几乎带着哭腔说,“别这么想!有的,有的。他身边笼罩着乌云和黑暗,但是他的宝座是建立在正义和公正的基础之上的。乔治,上帝是存在的——相信吧,依赖他吧。我确信他会帮助你。善有善报,恶有恶报;有冤必申,有仇必报。”

这淳朴的老人说话时发自内心的虔诚和仁慈使他一时具有了庄重和威严。乔治不再心神不宁地在房间里踱来踱去了,他站在那儿沉思了片刻,然后平静地说:

“谢谢你说了这番话,好朋友,我会记住你的话的。”

第12章

合法交易的范例

在拉玛传出悲切的号啕声，那是拉结在哭她的儿女；她听不进安慰的话，因为孩子们都死了。①

黑利先生和汤姆在马车里一路颠簸着往前走，有一段时间两人各自想着自己的心思。瞧，这确实是件奇妙的事情：坐在同一个座位上，有着同样的眼睛、耳朵、手和别的器官，同样的景物从他们眼前掠过，两人的心思却大不相同，真奇妙！

比如说黑利先生，他首先想到汤姆的身长、身宽和身高，如果把他养胖养好了，送到市场上去能卖多少钱。他想到自己该怎样凑够一群奴隶，想到这假想的一群奴隶中男女和儿童各自的市价，以及生意上其他有关的问题。然后他想到自己，想到自己多么仁慈，别人把黑奴戴上手铐脚镣，而他只给他们戴上脚镣；只要汤姆规规矩矩，他还让他使用双手。他想到人的本性多么容易忘恩负义，所以汤姆是否会对他的仁慈心存感激还值得怀疑。想到此他不禁叹了一口气。他曾这样被那些他偏爱的黑鬼欺骗过，可是想到自己还是这么心地善良，真让他感到惊讶不已。

至于汤姆，他考虑着在头脑中反复出现的一本不时兴的古书上的几句话："我们这里还没有一座永恒的城，但我们在寻求将要来临的那座城……因此，上帝不因为被称为我们的上帝而感到羞耻；因为他为我们准备了一座

---

① 见《圣经·旧约·耶利米书》第三十一章第十五节。

城。”这本主要由一些“不学无术”之人编纂的古书上的这些话,不知怎的,对于像汤姆这样可怜、单纯的人的心灵一直具有一种奇妙的力量,它们深深震撼了灵魂,像号角一样唤醒了过去只有绝望和黑暗的心灵,并赋于它勇气、力量和热情。

黑利先生从口袋里掏出各种报纸,兴致勃勃、全神贯注地看起上面的广告来。他读书看报不太熟练,习惯于像背书似的半出声地念,好像要让耳朵证实眼睛的判断似的。他用这种声调缓缓地念着下面这段文字:

> 遗嘱执行人拍卖黑奴!遵照法院命令,将于2月20日(星期二)在肯塔基州华盛顿市法院门前拍卖以下黑奴:海加尔,六十岁;约翰,三十岁;本,二十一岁;索尔,二十五岁;阿尔伯特,十四岁。谨代表杰西·布拉奇福德先生的债仅人和继承人举行此次拍卖会。
>
> 遗嘱执行人
> 赛缪尔·莫里斯
> 托马斯·弗林特

“这我可得去看看。”因为没别人可以交谈,他便对汤姆说,“你知道,我打算弄一批最好的货色和你一起运到南方去,汤姆,这样你就有人做伴了,日子也会过得愉快一些——只要是好伙伴就成,你知道。我们必须先赶到华盛顿去,然后我要把你投进监狱,我好去做生意。”

汤姆温顺地听取了这令人愉快的消息,他只是在心里思忖,不知有多少遭此厄运的人有妻子儿女,不知他们离别亲人时是否也跟他一样伤心。同时也应该承认,那随口说的要把他投进监狱的消息,让这个一贯以诚实正直的生活态度而自慰的可怜人很不愉快。是的,我们必须承认,汤姆对自己的诚实十分引为自豪,这个可怜人没有多少别的东西可以感到自豪了,如果他属于更高的社会阶层,他也许不会沦入这样的境地的。不过,天色渐晚。当晚黑利和汤姆两人在华盛顿舒服地安顿下来——一个住旅店,一个蹲监狱。

第二天上午十一时左右,法院门前的台阶四周聚集着一群各种各样的人:有的吸烟,有的嚼烟草,有的吐痰,有的骂人,有的聊天——都在等着拍卖会开始。被拍卖的男女奴隶坐在另外一个地方，低声地相互交谈着。在广告上被称做海加尔的女人从相貌和体形看是个地道的非洲人，她大约六十岁，但是因为劳累和病痛，看上去显得更老；她眼睛部分失明，因为患了关节炎，腿也有点瘸。在她旁边站着她仅剩下的一个儿子阿尔伯特——一个模样机灵的十四岁的少年。这男孩是一大家人中仅存的一个孩子了，其他的子女都一个接一个地离开她，被卖到南方的奴隶市场去了。母亲用颤抖的双手紧紧抓住他，十分惊恐不安地看着每一个走过来看他的人。

“别害怕，海加尔大婶，”一个年纪最大的男黑奴说，“这事我对托马斯老爷说过了，他打算尽可能把你们两个放在一起卖。”

“他们不该说我已经老得不中用了，”说着她举起一双颤抖的手，“我还能烧烧煮煮，擦擦洗洗啊！如果卖便宜点，还是值得的。帮我说说吧，你对他们说说吧。”她又恳切地说。

这时黑利从人群中挤过来，走到老黑奴跟前，扳开他的嘴往里看，摸摸他的牙齿，让他站起来伸直身子，弯腰，做各种动作展示肌肉；然后走到下一个黑奴跟前，对他进行相同的测试。最后他走到那少年跟前，摸摸他的手臂，扳直他的手，然后看看他的手指，又让他跳了几下，试试他的灵活性。

“他是要跟我一起卖的呀！”老妇人万分急切地说，“我跟他一块拍卖，我身体还结实着呢，老爷，还能干很多活——很多活，老爷。”

“在种植园里干活？”黑利轻蔑地看了她一眼说，“说得倒像真的！”然后，他好像对自己的检查很满意，走出人群，双手插在口袋里，嘴里叼着雪茄，帽子歪戴在一边，在一旁观望，等待拍卖开始。

“你觉得他们怎么样？”旁边一个人问他。刚才黑利在看黑奴时，此人一直密切地注意着他，好像要根据黑利的判断做出自己的决定似的。

“嗯，”黑利说着吐了一口痰，“我打算买几个年轻一些的和那个孩子。”

“他们要把孩子和老太婆放在一块卖。”那人说。

“我觉得这可不好办，嘿，她只剩下一把老骨头了，不值得。”

“那你不会买了？”那人说。

“要买真是傻瓜了。她眼睛差不多瞎了，关节炎弄得她弯腰驼背，而且还傻乎乎的。”

“有的人大量买下这些老家伙，说他们比一般人想象的要耐久得多呢。”那人若有所思地说。

“不，根本不可能，”黑利说，“送给我也不要。事实上我已经看过了。”

“唉，不把她跟儿子一起买下来怪可怜的，她好像一心都在他身上。也许他们会搭上她便宜卖呢。”

“那些有钱人愿意这样花钱也无妨。我要让那个男孩在种植园干活。我才不管她呢——送给我也不要。”黑利说。

“她会拼命哭闹的。”那人说。

“那自然会。”奴隶贩子冷冷地说。

这时谈话被人群中一阵闹哄哄的声音打断了，拍卖商——一个身材矮小、脚步匆匆、自命不凡的家伙从人群中挤过来。老妇人倒吸了一口气，本能地抓住了儿子。

“紧紧地靠着妈妈，阿尔伯特，靠紧一点，这样他们就会把我们放在一块卖了。”她说。

“啊，妈妈，我怕他们不肯呢。”孩子说。

“他们非得这么做，孩子，要是他们不肯的话，我也没法活了。”老人歇斯底里地说。

拍卖商用十分宏亮的声音喊叫着，要人们让出一块地方，然后宣布拍卖即将开始。很快一块空地让了出来，人们开始喊价。名单上的几个男奴很快便以高价成交——这说明市场需求很旺——其中两个落入黑利之手。

“过来，该你啦，小家伙。”拍卖商用拍卖槌碰了碰男孩，“上去让大家看看你伶俐不伶俐。”

“把我们两个放在一块卖吧，求求你，老爷。”老妇人紧紧地抓着儿子说。

“滚开，”那人粗鲁地说，一把推开了她的手，“你最后拍卖。喂，小黑鬼，跳！”说着他把孩子推向拍卖台。这时，他背后响起一声深沉凝重的悲咽，男孩犹豫了一下，往后看去，但是没有时间停留，他匆匆拭去明亮的大眼睛里的泪水，马上站到拍卖台上。

他优美的身材、灵活的四肢和有灵气的面孔马上引起竞争，五六个人同时竞价的声音传进了拍卖商的耳朵。听见四周此起彼伏的竞价声，男孩又急又怕，他不时地东瞅西看，直到拍卖槌落下。黑利买下了他。他被从拍卖台上推到新主人面前，可是他停了一会儿往后看去，他那可怜的老妈妈浑身发颤，向他伸出颤抖的双手。

“把我也买下吧，老爷，看在上帝的分上！买下我吧，要不我会死的！”

“要是买下你，你会死的。这就是麻烦的地方。”黑利说，“不行！”然后转身就走。

对那可怜的老妇人的竞拍匆匆就完成了。刚才跟黑利说话的人似乎有些同情心，他花了很少的钱把她买了下来。旁观者开始散去。

被拍卖的那些可怜的黑奴多年来一直生活在一起，他们围聚在悲伤欲绝的母亲周围，她的痛苦真让人不忍目睹。

“他们不能给我留下一个吗？老爷一直说我可以留一个的呀——他说过的。”她用伤心欲绝的语调一遍又一遍地重复着这几句话。

“相信上帝吧，海加尔大婶。”那年纪最大的男人悲哀地说。

“这有什么用呢？”她痛不欲生地抽泣着说。

“妈妈，妈妈，别这样！别这样！”孩子说，“他们说你的主人心肠好。”

“我不管，我不管！啊，阿尔伯特！啊，我的儿呀！你是我最后的孩子了。天哪，叫我怎能不伤心呢？”

“得啦，你们不能来几个人把她拉开吗？”黑利冷冰冰地说，“这样哭闹下去对她没好处。”

黑奴中几个年老的男人半劝半拉，弄开了这可怜人死死抓着儿子的手，把她带到新主人的马车跟前，竭力安慰她。

“好了！”黑利把他买的三个黑奴推到一起，拿出一串手铐，把他们的手腕铐了起来，把每人的手铐全都锁在一根长铁链上，然后驱赶着他们往监狱走去。

几天以后，黑利带着他的黑奴安全地上了俄亥俄河上的一艘船。这是他这批货的头几个，以后随着船往前航行，他和经纪人在沿岸各地存放的同样的货色还会增加进来。

“美丽河号”是航行在与它同名的河上①的一条十分华丽的轮船，现在它正欢快地顺流而下。晴空下自由美利坚的星条旗在头顶猎猎招展，护栏

---

① 指俄亥俄河。在土著印第安伊洛魁部落语言中，“俄亥俄”有“美丽”、“宽阔”之意。

边拥满了衣冠楚楚的绅士淑女们，他们在甲板上漫步，尽情享受这美好的时光。人人都生气勃勃，轻松愉快，喜气洋洋——除了黑利的这批奴隶，他们跟别的货物一起装在船的底舱里。不知怎的，他们似乎对享受的各种“优惠待遇”并不领情，坐在一起低声交谈着。

“伙计们，”黑利脚步轻快地走过来说，“我希望你们情绪高一些，高兴起来。嘿，不要生闷气，知道吧，要坚定沉着。伙计们，听我的话，我会好好待你们的。”

这帮伙计们异口同声地答道：“是，老爷。”多年以来这是可怜的非洲人的口头禅。不过应该承认，他们实在开心不起来，他们思念着永别的妻子、母亲、姐妹和子女——尽管蹂躏他们的人要他们作乐，这也不是马上就能做到的。

“我有一个妻子，”标为“约翰，三十岁”的拍卖品说道，他把戴着铁链的手放在汤姆的膝上，“可是她对这事一点儿也不知道，可怜的女人！”

“她住在哪儿？”汤姆问。

“就在离这儿不远的一家小旅店里。”约翰说。“我希望今世能再见她一面。”他接着又说。

可怜的约翰！这确实是人之常情，他说话时流着泪，他的情感和白人是一样的。汤姆从他悲痛的心底深深地叹了一口气，尽力安慰他。

他们上面的客舱里坐着父母、夫妻，欢快雀跃的孩子们就像一只只蝴蝶在他们中间穿来穿去，一切都很轻松舒适。

“啊，妈妈，”一个刚刚从底舱上来的小男孩说，“船上有个黑奴贩子，他带来的四五个奴隶放在底舱里。”

“可怜人！”母亲说，她的语气既忧伤又气愤。

“什么事啊？”另一位女士问。

“下面有几个可怜的奴隶。”母亲说。

“他们还被铁链锁着呢。”小男孩说。

“竟有这种事情出现，真是我们国家的耻辱！”另一位女士说。

“啊，对这个问题应该从两方面看。”一位高雅的女士说，她坐在自己的特等舱门口做女红，而她的一个小女孩和一个小男孩在她身边玩耍，“我去过南方，我必须说，我觉得黑奴日子过得是还不错，要是他们自由了还没这么好呢。”

“从某些方面来说，他们中有的人过得还不错，我得承认。”对方说，“依我看，奴隶制最可怕之处是粗暴地伤害人的情感，比如说拆散家庭。”

“当然，这确实是件坏事，”另一位女士说，她举起刚做好的一件宝宝衣，目不转睛地看着上面的花边，“不过我想这种事是不会经常发生的。”

“啊，是经常发生的。”第一位说话的女士急切地说，“我在肯塔基和弗吉尼亚都住了很多年，见过很多这样的事，任何人见到些事都会难过的。太太，假如你的两个孩子被人从你身边夺走卖掉，你会怎么样呢？”

“不能把我们和这种人相提并论。”另一位太太边说边整理膝上的毛线。

“哦，真的吗？太太，如果这样说，那你就可能对他们一点儿也不了解。”第一位女士气愤地说，“我在他们中间出生长大，我知道他们确实有感情，和我们的一样强烈，甚至比我们更强烈。”

那女士说了声：“是吗？”然后打了个哈欠，从舱窗往外看去，最后重复她开头说过的话作为结束语：“不管怎么说，我觉得他们的日子还不错，要是他们自由了还没这么好。”

“毫无疑问，非洲人做奴仆，地位低下，这是天意。”一位坐在客舱门口、身穿黑衣、神情严肃的牧师先生说，“‘迦南要受到诅咒，必作最下贱的奴仆。’这是《圣经》上说的。”

“喂，我说，经书上那句话是这个意思吗？”站在旁边的一个高个子男人说。

“毫无疑问是这样。由于某些不可理解的原因，很久以前上帝的意愿就是要让这个民族沦至受奴役的地位，我们不要违背天意啊！”

“那好啊，我们尽管去大量购买黑奴好了。”那人说，“如果这是天意的话，对吧，先生？”他转身对黑利说。黑利一直双手放在衣袋里站在火炉旁，全神贯注地听他们谈话。

“对，”高个子男人接着说，“我们都必须顺从天意。黑人应该被贩卖，卖到各处，被奴役，他们生来就该这样。好像这个观点还挺新鲜的，是吗，先生？”他对黑利说。

“我还从来没想过这事呢。”黑利说，“我自己可说不出这一番道理的，我没有文化，干这一行只是混碗饭吃。如果这事做错了，我打算日后悔过自新。”

“现在你就会省去麻烦了，是吗？”高个子男人说，“你现在明白熟知《圣经》多有用啊。要是你像这位先生一样钻研过《圣经》的话，你可能以前就知道这个道理了，就会省去你很多麻烦。你只要说‘该受诅咒的××’——他叫什么名字来着——然后一切都合理合法了。”这位高个子不是别人，正是我们前面在肯塔基小旅店向读者诸君介绍过的正直的奴隶主。他坐下来开始抽烟，毫无表情的脸上带着一丝古怪的笑容。

这时一个身材修长、脸上流露着激情和聪颖的年轻人插了进来，背诵道：“‘在任何事情上，你们要求别人怎样对待你们，你们也应该怎样对待别人。’我想，”他补充道，“这和‘迦南要受到诅咒’那句一样，也是《圣经》上说的。”

“嘿，兄弟，”奴隶主约翰说道，“在我们这些可怜人看来，《圣经》上的话好像挺好懂似的。”说完约翰又像火山一样喷吐起烟雾。

年轻人犹豫了一会儿，好像打算再说些什么，突然船停了下来，就像平常轮船靠岸那样，人们一拥而出，去看船靠在什么地方。

“他们两个都是牧师吗？”约翰一边往外走一边问另一个人。

那人点点头。

船停下来以后，一个黑女人发狂似的跑上跳板，冲进人群，飞跑到一群奴隶坐的地方，双臂一下子抱住先前标为“约翰，三十岁”的不幸的拍卖品，喊他为“丈夫”，涕泪横流地恸哭起来。

但是这种故事何必再讲呢，讲得太多了，每天都在讲——令人肝肠寸断的故事：为了强者的利益和舒适，弱者被奴役，受伤害！不必说了，每天都在讲这类故事，而且还在讲给耳朵不聋但却长期保持沉默的上帝听。

刚才那个维护人道和上帝的年轻人抱着双臂站在那儿，看着这一幕场景。他转过身，见黑利站在他身旁。“朋友，”他用浓重的土音说，“你怎能、你怎敢做这样的买卖呢？看看这些可怜人吧！我这儿正满心欢喜地赶回家和妻儿团聚，这铃声是把我带向妻儿的信号，可是这同样的铃声却要使这对可怜的夫妻永远分离。为此，上帝要惩罚你的！我不会说错的。”

奴隶贩子一言不发地走开了。

“我说啊，”那位正直的奴隶主碰碰他的胳膊肘说，“牧师也各不相同，不是吗？这一位好像不赞成‘迦南要受到诅咒’似的，是吗？”

黑利心神不安地低沉地抱怨了一声。

“这还不是最糟的呢，”约翰说，“也许有一天你和上帝算总账的时候，他也不会赞成这种事的。我想我们都会有这一天的。”

黑利沉思着走到船的另一头去了。

“要是下一两批黑奴赚头不错的话，”他想，“我打算洗手不干了，干这一行真的风险很大。”他掏出钱包算起账来——除了黑利以外，还有许多先生都发现，算账是治疗良心不安的特效药。

轮船神气地快速驶离码头，一切又恢复了刚才的那种欢乐气氛。男人们在闲聊、漫步、读书看报、抽烟，女人们做针线活，孩子们玩耍。轮船向前方航行。

一天，船在肯塔基州的一个小城短暂停靠，黑利上岸进城去办一些生意上的事。

汤姆虽然戴着镣铐，但还能稍稍在四处走动，他走近船舷，无精打采地站在那儿看着栏杆外面出神。过了一会儿，他看见奴隶贩子迈着轻快的步伐回来了，他身边跟着一个怀抱幼儿的黑人妇女。她的穿着相当体面，后面跟着一个黑人男子，为她提着一只小旅行箱。这女人神情愉快地走过来，边走边和为她提箱子的人说着话，然后走上跳板进了船。铃响了，轮船嘶鸣着，发动机嘎吱嘎吱，扑哧扑哧，然后船迅速离岸，往下游驶去。

那女人在底舱成堆的货箱和棉花包中间往前走，然后坐下来，嘴里啧啧地逗着孩子。

黑利在船上转了一两圈，然后走过来在靠近她的地方坐下来，用淡漠的语气低声地跟她说着什么。

汤姆马上注意到那女人的眉头爬上了一片阴云，她急促地回答着，情绪十分激愤。

“我不相信，我不相信！”他听见她说，“你在骗我。”

“你要是不信，看看这个！”黑利说着拿出一张文书来，“这是卖契，上面有你主人的名字，我花了一大笔现钱才换来的——行了吧？”

“我不相信老爷会这样骗我，这不会是真的！”女人越来越狂躁不安了。

“你可以问问这儿任何识字的人。喂!”他对一个从旁边经过的人说,“请你念念这个好吗?我告诉她这是什么,她就是不相信。”

“哟,这是一份卖契,上面有约翰·福斯狄克的签名,”那人说,“把叫露茜的女人和她的孩子卖给你了。依我看,这上面写得明明白白的。”

女人情绪激动的大喊大叫引来一群人围在她四周,奴隶贩子简单地向他们解释了事情的原委。

“他对我说我这是到路易斯维尔去,把我出租给我丈夫在里面干活的一家小旅店做厨子——老爷是亲口对我这样说的,我不相信他会骗我。”女人说。

“可是他真把你卖了呀,可怜的女人,这是毫无疑问的事。”一个看起来心地善良的男人说,他一直在仔细地看这契据,“他把你卖了,确确实实。”

“那再说也没用了。”女人说,她突然变得平静起来,然后她把孩子紧紧地搂在怀里,在她自己的箱子上坐下来,转过身蔫蔫地看着河水出神。

“她最后还是会想开的。我看这女人性格挺刚强的。”

轮船向前方驶去,女人显得很平静。一阵令人惬意的夏日的和风从她头上吹拂而过,如同具有同情心的精灵。这轻柔的风从来不问它吹拂的额头是黑色还是白色的。她看见阳光在河面上金色的涟漪中闪耀,她听见周围到处都有愉快的交谈声,声音里充满了惬意和喜悦,但她却觉得好像有巨石沉沉压在心头。她的孩子倚靠着她的身体站起来,一会儿用一双小手抚摸着她的脸,一会儿叽叽喳喳地欢叫着,好像要让她打起精神似的。她突然把孩子紧紧地搂在怀里,一滴又一滴的眼泪缓缓地落在他惊异而不谙世情的脸上。渐渐地她似乎平静了一些,开始忙着照料他,给他喂奶。

这是个十个月大的男孩,按他的年龄来说,长得又高又壮,四肢很有劲。他一刻也不老老实实地待着,而总是让妈妈不是忙着抱他,就是在他调皮时看护他。

“小家伙长得真不错!”有个双手插在衣袋里的男人突然在他对面停下来说道,“他多大啦?”

“十个半月大。”母亲说。

那男人对小男孩吹了声口哨,给了他半根棒糖,孩子急切地一把抓过来,很快把它放进了嘴巴里。

“好厉害的小家伙!”那人说,“精得很呢!”说着吹了一声口哨走开了。他走到船的一侧时遇到了黑利,他正坐在一堆货箱上抽烟。

陌生人拿出一根火柴,边点燃一枝雪茄边说道:

“你买的那个女人模样长得挺不错,老兄。”

“嘿,我觉得她确实还算得上漂亮。”黑利说着从嘴里喷出一口烟。

“把她带到南方去吗?”那人问。

黑利点点头,又抽起烟来。

“卖给种植园?”那人又问。

“哦,”黑利说,“我这是按订单给一个种植园送货,我打算把她也算进去。他们说她是个好厨子,他们可以把她当厨子用,也可以让她摘棉花。她的手指很适合摘棉花,我看过的。不管是做厨子还是摘棉花,都能卖出好价钱的。”说完黑利又抽起了雪茄。

“他们种植园不会要小孩的。”那人说。

“一有机会我就把他卖掉。”黑利说着又点燃一枝雪茄。

“我想你可能会卖得便宜些吧。”陌生人说着爬到货箱堆上舒服地坐下来。

“那可不一定,”黑利说,“这小家伙机灵得很呢——长得直挺,又胖又壮,肌肉结实得跟砖头似的。”

“不错,不过要把他养大还要费事费钱。”

“瞎说!”黑利说,“把他们养大就像养动物一样容易,不比养小狗费事。再过一个月,这个小家伙就会满地跑了。”

“我有个养孩子的好地方,我准备再进点货。”那人说,“我们的厨子上星期刚死了个孩子——她晾晒衣服时小孩掉进洗衣盆里淹死了——我想,让她抚养这孩子倒挺合适。”

黑利和陌生人默默地抽了一会儿烟,两人似乎谁都不愿提及这谈话中的敏感问题,最后那人又说道:

“不管怎么说,你对这小家伙的要价不会超过十块钱吧?既然你早晚得脱手。”

黑利摇摇头,用力地吐了一口痰。

“不行,不可能。”说完他又抽起烟来。

“好吧，老兄，你要什么价？”

“哦，是这样，”黑利说，“我可以自己抚养那个小家伙，也可以请人抚养，他长得很招人喜欢，身体健壮，再过六个月就能卖一百块；再过一两年，如果找到合适的买主，能卖到两百块——所以现在五十块钱少一分也不卖。”

“啊，老兄！太荒唐了吧！”那人说。

“这是实情！”黑利说着坚决地点了点头。

“我出三十块，”陌生人说，“但是一分钱也不能加了。”

“嘿，我来告诉你怎么办吧。”黑利说着重新下定决心似的又吐了一口痰，“双方都让一点，就四十五块吧，这是我最大的让步了。”

“好吧，就这样！”那人沉默了一会儿之后说。

“成交了！”黑利说，“你在哪儿上岸？”

“路易斯维尔。”那人说。

“路易斯维尔，”黑利说，“太好了，我们大约黄昏时到达那儿。那时小东西正在睡觉——太好了——悄悄地把他带走，不哭不闹——太巧了——任何事我都喜欢悄悄地做，我讨厌哭哭叫叫、吵吵闹闹。”于是，一沓钞票从那人的钱包转移到奴隶贩子的钱包里之后，黑利又吸起了雪茄。

轮船在路易斯维尔码头停靠的时候已是清朗宁静的傍晚时分。那女人一直抱着孩子坐着，这时孩子已经睡熟了。听见报停泊地名后，她先在货箱的低凹处小心翼翼地铺上自己的斗篷，做成一个小摇篮，匆忙把孩子放在里面，然后跑到船舷边，希望在拥挤在码头上的旅馆侍役里面看见自己的丈夫。怀着这样的希望，她朝前面的栏杆挤去，然后把身子往栏杆外探出去，睁大眼睛，全神贯注地在岸上移动的人头里搜寻。人群拥挤着，把她和孩子隔开了。

“现在你的机会来了。”黑利说着抱起熟睡的孩子，把他交给陌生人，“不要把他弄哭了，要不然那女人会闹得不可开交的。”那人小心地接过包裹着的婴儿，很快消失在上岸的人群中了。

轮船嘎吱嘎吱地响着，扑哧扑哧地冒着蒸汽离开码头，开始吃力地缓缓前行，这时女人回到她原来坐的地方。奴隶贩子坐在那儿——孩子不见了。

“哎呀，哎呀，孩子到哪儿去了？”她惊慌失措地说。

“露茜，”奴隶贩子说，“你的孩子卖掉了，你还是早点知道的好。你看，我知道你不能把他带到南方去,我遇到机会把他卖给了一户很好的人家,他们会把他抚养成人的,比你抚养他的条件更好。"

在宗教和政治方面,奴隶贩子已经具有了近来有些北方的牧师和政治家所称道的很深的造诣了,他已经完全克服了一切具有人情味的弱点和偏见,他的心肠已经完全达到了你和我的心肠需要付出一定的努力和磨炼才能达到的境界。那女人看着他时那悲痛和彻底绝望的狂乱眼神可能会让一个不如他老练的人心绪不宁,可是他对此却习以为常。这相同的眼神他已见过数百次了。朋友,你也会对这些事习以为常的。最近做出种种努力要去实现的伟大目标,就是为了美利坚的光荣,要让我们所有北方的居民适应这些事情。所以奴隶贩子把他看见的那张黑面孔上表现出的巨大的痛苦、那攥紧的双手和急促的呼吸仅仅当做这一行当难以避免的事情,他只是考虑她是否会尖声哭叫,在船上引起纷乱,因为就像我们这奇特制度的其他支持者一样,他是绝对不喜欢骚动和混乱的。

可是女人没有尖声哭叫。这颗子弹已经直穿心房,使她哭不出声、流不出泪了。

她昏昏沉沉地坐了下来。她松弛的双手无力地垂在身旁。她的眼睛直直地望着前方,但是什么也没看见。船上所有的喧嚣嘈杂之声、机器的轰鸣声恍恍惚惚地交织在她的耳中。她的心已经麻木,她没有用哭喊和眼泪来表达极度的悲伤,她很平静。

这个奴隶贩子的优点是他差不多跟我们某些政治家一样,有着一副好心肠,他似乎觉得,在这种情况下自己有必要安慰安慰她。

"我知道这事开始是有些让你难受,露茜,"他说,"不过像你这样一个精明、有头脑的女人,不会太感情用事的。你知道这是无法避免、毫无办法的事呀!"

"啊!别说了,老爷,别说了!"女人说,她的声音似乎要窒息了。

"你是个聪明的女人,露茜,"他固执地说,"我打算好好待你,在河下游给你找个好东家,不久你就会另找个丈夫的。像你这么漂亮的女人——"

"啊!老爷,请你现在别跟我说话好吗?"女人说,她声音里那撼人心魄的痛楚让奴隶贩子感到,在眼下这件事情上他的那一套办法不灵了。他站起身来,女人转过身去,把头埋进了斗篷里。

奴隶贩子来回踱了一会儿，不时地停下来看看她。

“太往心里去了，”他自言自语地说，“不过倒挺安静的。让她难受一阵子，慢慢就会好的！”

这笔交易汤姆从头至尾都看见了，他心里十分明白这件事的后果。在他看来，这件事显得极其可怕而残忍，因为这可怜无知的黑人没有学会概括推断，从大处着眼看问题。要是他受过某些基督教牧师教诲的话，他也许会对此事改变看法，把它看做一项合法贸易中十分平常的小事，而这种贸易是美国制度的重要支柱。一位美国神学家①告诉我们说，这个制度“除了一些与社会和家庭生活中其他关系无法分离的弊端外，没有别的弊端”。可是我们知道，汤姆是个无知的可怜人，他读的书仅仅限于《圣经·新约》，不会用上述这些高见安慰自己，使自己释然。看见那躺在货箱上像压扁的芦苇一般的受苦人所受的冤屈，他的灵魂在流血。这有感情、活生生、心在流血而有着不朽灵魂的“东西”却被美国国家法律冷漠地归入与她周围一包包、一捆捆、一箱箱的货物一类了。

汤姆走到她跟前，想说些什么，可是她只是呻吟着。他真诚地、泪流满面地讲到天上有一颗仁爱的心，讲到悲悯世人的耶稣和永恒的家园，可是痛苦使得她的耳朵听不见了，麻木的心灵已失去了感觉。

夜幕降临了，夜色宁静安详，天空星光灿烂，无数庄严的天使的眼睛闪烁着，美丽而寂静。从辽远的星空没有传来任何话语，没有同情的声音和援助之手。谈生意的声音和欢笑之声一个接一个地沉寂了，船上的人都已进入了梦乡，波浪拍打船头的声音清晰可闻。汤姆在一只箱子上伸展开身子躺着，他不时地听见俯卧着的女人传来低声的抽噎和哭泣。“啊！我该怎么办哪？啊，上帝！啊，仁慈的上帝，帮帮我吧！”就这样时断时续地，直到这呜咽的低语声完全消失。

半夜时分，汤姆猛地惊醒。一个黑影很快地从他身旁掠过，往船舷边而去，然后他听见河里扑通一声。没有别人看见或听见这一切。他抬起头——女人的位置空了！他站起身来，在四周寻找，可是毫无踪影。那颗流血的心终于平静了，河面上依旧泛着微波，河水闪闪发光，仿佛它并没有将

① 指费城的乔埃尔·派克博士。

她淹没似的。

忍耐啊！忍耐！对这些邪恶之事义愤填膺的人们！荣耀的上帝是不会忘记被压迫者每一次痛苦的颤动、每一滴眼泪的。在他宽宏容忍的胸怀里承受着人间的一切痛苦。你也要像他那样耐心地忍受，怀着爱心辛勤劳作，因为毫无疑问，“救赎我民之年必将来临”①。

奴隶贩子一大早就醒了，他走出客舱来查看活货物。这一次轮到他困惑不解地四处张望了。

“那女人到底到哪儿去了？”他问汤姆。

汤姆知道“三缄其口”的古训，觉得自己没有必要说出自己的所见和猜测，便说自己不知道。

“她肯定不会是夜里从哪个码头跑掉的，因为每次船停靠码头我都醒着，十分警觉。我从不把这些事托付给别人。”

黑利将这些话说给汤姆听，好像他会对这个话题特别感兴趣似的。汤姆没有答话。

奴隶贩子把船从头到尾搜查了一遍，他查看了箱包之间、机器四周和烟囱旁边，可是全都白费劲。

“喂，我说啊，汤姆，说实话吧，”他徒劳无功地搜寻了一番之后，来到汤姆站着的地方说道，“这事你多少有点数。别骗我——我很清楚你是知道的。大约十点钟的时候我看见那女人躺在这儿，在十二点钟、一两点钟的时候看了两次，她还在这儿，后来四点钟的时候她不见了，而你一直睡在那儿。嘿，你知道一些实情——你不可能不知道。”

“嗯，老爷，”汤姆说，“天快亮的时候，有什么东西飞快地从我旁边掠过，当时我似醒非醒，然后就听见扑通一声响，后来我完全醒了，发现那姑娘不见了。我就知道这么多。”

奴隶贩子并没有大惊小怪，因为正如我们在前面说过的那样，许多你不习惯的事他已经习以为常了。他已经多次与死神打过交道——在做生意的时候与他结识的——他仅仅把死神看成一个难对付的主顾，他很不公正地妨碍了他的财产交易。所以他只是咒骂那女人是荡妇，说自己倒了八辈子

① 见《圣经·旧约·以赛亚书》第六十三章第四节。

霉了，说如果事情像这样发展下去，那他这一趟生意就一个子儿也赚不到了。总而言之，他好像觉得自己真的受到了不公正对待，但是对此他毫无办法，因为那女人已经逃到一个绝不会交出逃奴的国度去了——即使整个光荣的美利坚合众国提出要求也是无济于事的。因此，奴隶贩子只得满腹牢骚地坐下来，拿出小账本，把这失去的肉体和灵魂记在"亏损"一栏下。

"他真是个可怕的家伙，不是吗？这个奴隶贩子，这么冷酷无情！真的太可怕了！"

"哟，可是没有人瞧得起这些奴隶贩子！他们到处都受到蔑视——上流社会从不接纳他们。"

可是，先生，是谁造就了这批奴隶贩子？谁最该受到指责？是那些支持这个不可避免会产生奴隶贩子的制度的开明、有教养、有知识的人士呢，还是可怜的奴隶贩子本人？正是你们这些"文明人"造成了促使这个行业产生的社会环境，使奴隶贩子道德沦丧，使他们对干这一行当不以为耻，你们在哪一方面比他们强呢？

你们受过教育他们无知？你们高贵他们低贱？你们高雅他们粗俗？你们有才干他们头脑简单？

在最后的审判日来临的那一天，正是由于这方面的因素，使他们比你们更容易得到上帝的宽恕。

在结束叙述这合法交易中的这些小故事的时候，我们必须恳请世人不要认为美国的立法者们完全没有人性，人们也许会从我们的立法机构为保护这种贸易并使之永存下去而作出的巨大努力上推断出这个结论，这是不公正的。

谁不知道我们的伟人们正在不遗余力地猛烈抨击外国的奴隶贸易呢？在这个问题上，在我们中间出现了一大批地地道道的克拉克逊[①]和威尔伯福斯[②]式的人物，听到这消息、看到这情况让人很受教益。亲爱的读者，从非洲贩来奴隶是骇人听闻的事！这种事让人难以想象。可是从肯塔基贩来奴隶——那完全是另一回事了！

---

① 托马斯·克拉克逊（1760—1846），英国废奴主义者。

② 见本书第一章注。

第13章

教友村

一个宁静的场景展现在我们面前。一间又大又宽敞的厨房油漆得洁净雅致，黄色的地板光亮平滑，一尘不染。一个乌黑的火炉，一排排闪亮的白铁罐，使人联想到难以描述的好吃的东西。几把光洁的绿色木椅，虽旧但很结实。一把灯芯草座面的小摇椅上铺着一块用各种颜色羊毛织品的碎片拼缀而成的十分精致的坐垫。还有一把大摇椅，好像是小摇椅的母亲，慈祥而年老，宽宽的扶手好像在向客人发出邀请，加上羽毛垫的诱惑——这是一把真正舒适、让人心动的老式椅子，抵得上你们家客厅里十几张丝绒或提花丝绸豪华沙发。现在正坐在这张椅子里前后轻轻摇晃着、眼睛盯着手里精细的针线活的，正是我们的老朋友伊莱扎。是的，她坐在那儿，比她在肯塔基家中时脸色显得苍白了，人也瘦了一些，无言的巨大悲哀隐藏在长长睫毛的阴影中，也在她温柔小嘴的轮廓上留下了痕迹！很明显可以看出，在沉重的苦难的磨炼下，她那颗年轻的心已经变得成熟而坚定。过了一会儿，她抬起那双乌黑的大眼睛，看着她的小哈利像热带蝴蝶一样在地板上到处蹦跳嬉戏，这时她表现出深沉而坚定的神情，这是她在过去快乐的日子里从来没有过的。

她的旁边坐着一个女人，她的膝上放着一只亮闪闪的白铁盘，正仔细地挑选着桃干放入盘中。她大约五十五至六十岁，如果说岁月在她脸上留下了痕迹的话，那只会使它更美丽、更生动。她头上那顶雪白的绉纱帽是严格按教友会①的式样做成的，一块素色白细布手帕折叠得平平整整别在胸前，还有那灰褐色的披肩和衣裙——这些让人一看便知她是教友会的信徒。她的圆脸脸色红润，健康而十分柔软，很容易使人想起一只成熟的桃子。她的因为年岁而已经花白的头发从高高的额头往后平整地分梳着，岁月在额头上留下的痕迹，除了平和和善良外，其他没有什么了。额头下闪烁着一双清澈、真诚和充满慈爱的棕色大眼睛，你只要直视这双眼睛，就会感觉到自己能看见她的心灵深处，这是一颗跳动在女人胸膛里的最善良、最诚挚的心。人们经常谈论和赞美年轻美丽的姑娘，但为什么没有人意识到老妇人的美呢？如果有人想在这方面获得灵感，我们把我们的好朋友雷切尔·哈利迪推荐给他——她正坐在小摇椅中。这椅子有个脾气，就是喜欢嘎吱嘎吱地叫——要么是早年受过风寒，要么是得了哮喘病，也许是精神错乱。这不，当她轻轻地前后摇晃时，这椅子不断发出吱吱嘎嘎的声响。要是换了别人来坐这张椅子，早就让人难以忍受了，可是老西米恩·哈利迪经常宣称，对他来说这声音如同美妙的音乐；孩子们也都坦率地承认，世界上无论什么东西也不能让他们错过听妈妈摇椅的声音。为什么呢？二十多年来，从那摇椅上发出的只有深情的话语、温和的教诲、慈母的关切——无数头疼和心痛在那儿得以治愈，各种精神和世俗的烦恼在那儿得以消除——这一切全靠了一位善良慈爱的女人。愿上帝赐福给她！

“那你还打算到加拿大去吗，伊莱扎？”她一边平静地挑着桃干一边问道。

“是的，太太，”伊莱扎坚定地说，“我必须继续往前走。我不敢停留。”

“那你到那儿以后准备干什么呢？你必须考虑这个问题，我的女儿。”

“我的女儿”很自然地从雷切尔·哈利迪的口中说出，因为她的面庞和体形使“母亲”一词用在她身上最自然不过了。

伊莱扎双手颤抖着，眼泪滴落在精致的针线活上，但是她仍坚决地回答：

“我会做任何能找到的活。我希望能找到活干。”

“你知道，你愿意在这儿待多久就待多久。”雷切尔说。

---

① 教友会又称公谊会，是基督教新教的一派。

“啊，谢谢，”伊莱扎说，“不过——”她指着哈利说，“我每天夜里睡不着觉，心神不安。昨晚我梦见那个人走进我们的院子来了。”她说着不由得打了个寒战。

“可怜的孩子！”雷切尔擦着眼泪说，“可是你不要这样想。根据上帝的旨意，我们村还从来没有逃奴被偷偷抓走过。我相信你的孩子不会破例的。”

这时门开了，门口站着一个身材矮小、长得圆圆胖胖的女人，一张喜气洋洋、容光焕发的脸就像一只熟透的苹果。她像雷切尔一样穿着暗淡的灰色衣服，一方折得很平整的白细布手帕别在她那滚圆丰满的小胸脯上。

“露丝·斯特德曼，”雷切尔说着快活地走上前去，“你好吗，露丝？”她热情地拉着她的两只手说。

“很好。”露丝说着取下她灰褐色的帽子，用手绢拂去上面的灰尘，露出了一个圆圆的小脑袋。她用那双胖胖的小手不停地摩挲、拍打、整理着那顶教友会帽子，然后将它端端正正戴在头上。偶尔有几绺鬈发从帽子里溜出来，她还得连劝带哄地把它们送回原处。这位新来者年约二十五岁，这时她从一面她一直照着整理帽子和头发的小镜子前转过身来，显得十分高兴的样子。大多数看见她的人都可能会很高兴的，因为她确实是个生气勃勃、为人真诚、叽叽喳喳的小妇人，总能讨得男人的欢心。

“露丝，这位朋友是伊莱扎·哈里斯。这是我对你说过的小男孩。”

“很高兴见到你，伊莱扎，真的。”说着露丝握着她的手，就像伊莱扎是她盼望已久的朋友似的，“这是你那可爱的孩子吧，我给他带来了一块糕。”说着，她拿出一块心形小蛋糕递给孩子。哈利走过来，眼睛从鬈发后看着蛋糕，然后羞怯地接了过去。

“你的小家伙呢，露丝？”雷切尔问。

“哦，他马上就来。这不，刚才我进来的时候给你家玛丽截住了，抱着他跑到谷仓那儿给孩子们看去了。”

这时门开了，玛丽抱着孩子走了进来。玛丽是个脸色红润、忠厚老实的姑娘，长着一双像她妈妈一样的棕色大眼睛。

“啊！嘿！”雷切尔说着走过来，把又大又白又胖的孩子抱在怀里，“他长得多好，长得真快啊！”

“可不是吗。”风风火火的小个子露丝说着接过孩子，开始给他脱去蓝色丝绸小斗篷，剥去一层层包裹着他的各种衣服，然后又这里扯一下、那里拉一下地在他身上整理一番，最后又亲切地吻了他，把他放在地板上，让他静静心。小家伙似乎对这一套程序已经习以为常，他立刻把大拇指放进嘴里，想自己的心事去了。而他妈妈则坐下来，拿出一只用蓝白两线织着的长袜，麻利地织了起来。

“玛丽，你最好把水壶灌上水，好吗？”母亲温和地提示道。

玛丽提着壶到水井边去，很快就回来了，把壶放在火炉上，不久水壶便噗噗地冒起汽来，好像是只迎客的香炉。此外，按照雷切尔的几句轻声吩咐，玛丽又把桃干放在炉子上的一只炖锅里。

这时，雷切尔取下一块雪白的擀面板，系上围裙，她先对玛丽说：“玛丽，你去让约翰准备一只鸡好吗？”玛丽按吩咐出去了，然后她一声不响地做起小圆饼来。

“阿比盖尔·彼得斯怎样了？”雷切尔一面做饼一面问。

“哦，她好点了。”露丝说，“我今天上午上她那儿去了，给她铺了床，整理了屋子。莉·希尔斯下午去了，给她烤了面包和馅饼，够她吃几天的。我答应今天晚上去扶她上床。”

“我明天去，也许帮她洗洗东西，看看有没有东西要补。”雷切尔说。

“啊！太好了，”露丝说，“我听说，”她接着说，“汉娜·斯坦伍德病了。约翰昨晚去了，明天我得去。”

“如果你需要待一整天的话，约翰可以到这儿来吃饭。”雷切尔建议道。

“谢谢，雷切尔，我们明天再看吧。哦，瞧，西米恩来了。”

西米恩·哈利迪进来了，他身材高大、腰板挺直、肌肉发达，身穿灰褐色上衣和裤子，头戴宽边帽。

“你好吗，露丝？”他一边热情地问候，一边伸出宽大的手去握她那胖胖的小手掌，“约翰好吗？”

“啊！他很好，我们家别的人都好。”露丝愉快地说。

“有什么消息吗，他爸？”雷切尔边问边把她的小圆饼放进烤炉里。

“彼得·斯特宾斯对我说他们今晚要来了，和朋友们一起。”西米恩一边在后走廊里的一个清洁的水池里洗手，一边意味深长地说。

"真的吗!"雷切尔说着朝伊莱扎看了一眼。

"你说过你姓哈里斯吗?"西米恩回到屋里时问伊莱扎。

伊莱扎颤抖地回答:"是的。"这时雷切尔迅速地向丈夫瞥了一眼。伊莱扎万分恐惧的样子使人想到也许外面出了捉拿她的告示。

"他妈!"西米恩站在后走廊上叫雷切尔出去。

"什么事,他爸?"雷切尔边擦着沾满面粉的手边走到后走廊里问道。

"这孩子的父亲就在村子里,今天晚上到这儿来。"西米恩说。

"哦,是真的吗,他爸?"雷切尔高兴得满脸放光。

"当然是真的。彼得昨天乘马车到南边的另一个站点去了,他在那儿遇见一个老太太和两个男人;其中一个男人说他叫乔治·哈里斯,从他讲的经历来看,我确切地知道他是谁了。他还是个聪明、相貌英俊的人。我们现在要不要告诉她?"西米恩说。

"我们来告诉露丝吧。"雷切尔说,"来吧,露丝,到这儿来。"

露丝放下手中织的毛线活,一会儿就来到后走廊里。

"露丝,你猜怎么回事?"雷切尔说,"他爸说伊莱扎的丈夫在这些人中间,他今天晚上到这儿来。"

这个小个子教友会女信徒高兴得叫了起来,打断了雷切尔的话。她拍着小手从地板上跳了起来,两绺鬈发从她教友会的帽子里溜了出来,醒目地落在她的白围巾上。

"轻声点,亲爱的!"雷切尔温和地说,"轻声点,露丝! 你说,我们要不要现在就告诉她?"

"现在! 当然啦,马上就去。哎哟,假如这是我的约翰,我会有什么感受? 应该马上告诉她。"

"你真是处处想着别人,露丝。"西米恩笑容满面地对露丝说。

"当然啦。我们生来不就应该这样吗? 如果我不爱约翰和孩子,就不会懂得该怎样同情她。去吧,去告诉她,快去!"她把双手放在雷切尔的手臂上,"把她领到你的卧室去,我来替你炸鸡。"

雷切尔走到厨房里,伊莱扎正在那儿缝着什么。她打开了一间小卧室的门,柔声细语地说:"女儿,跟我进来吧,我有消息要告诉你。"

血涌上了伊莱扎苍白的脸庞,她站起身来,紧张得浑身颤抖,焦急地朝儿子的方向看去。

“别，别，”小个子露丝说着冲过去抓住她的双手，“千万别害怕，是好消息。伊莱扎，进去吧，进去吧！”她轻轻地把她推进去，随手带上门，然后转过身把小哈利抱在怀里，开始吻他。

“你就要见到爸爸了，小家伙。你知道吗？你爸爸要来了。”她一遍又一遍地说，小男孩则惊讶地望着她。

与此同时，房间里是另一番情景。雷切尔·哈利迪把伊莱扎拉到身边，说道：“上帝怜悯你了，女儿，你丈夫从主人家逃出来，不再做奴隶了。”

血突然涌上伊莱扎的脸，又突然流回心脏。她坐下来，脸色苍白，浑身虚弱。

“坚强些，孩子。”雷切尔说着把手放在她的头上，“他在朋友中间，他们今晚要把他带到这儿来。”

“今晚！”伊莱扎重复着，“今晚！”这个词的意思她已不能理解了，她头脑里懵懵懂懂、迷迷糊糊，一时间周围的一切都像迷雾一般。

当她醒过来时，发现自己舒服地躺在床上，身上盖着一条毯子，小个子露丝正用樟脑油擦她的双手。她在梦幻般怡人的疲倦状态下睁开眼睛，就像一个长期挑着重担的人，现在觉得负担没有了，想休息了。从她逃亡的第一刻起就一直伴随她的精神压力松弛了，一种奇怪的安全和平静的感觉攫住了她。她睁着一双乌黑的大眼睛躺在那儿，目光追寻着周围的动静，犹如在安宁的梦境之中。

她看见通往另一个房间的门敞开着，看见晚餐桌上铺着雪白的台布，听见开水壶梦幻般地轻声唱着歌，看见露丝端着一盘盘糕饼和一碟碟果脯脚步轻快地来回走动，不时地停下来把一块糕放在哈利的手中，或者拍拍他的头，或者把他的长鬈发绕在她雪白的手指上。她看见雷切尔丰满的慈母般的身影，她不时地走到床边，把床单弄弄平整，理理被子，或是这里塞一下那里掖一下，体现出她的关心。她觉得有一束阳光正从她那双清澈的棕色的大眼睛里洒在她的身上。她看见露丝的丈夫进来了，看见她飞快地向他跑去，热切地跟他低语着，不时有力地打着手势，把她小小的手指指向自己的房间。她看见她抱着孩子坐下来吃茶点。她看见他们都围坐在桌旁，小哈利坐在一张高椅子上，依偎在雷切尔宽大的怀抱里。她听见他们低声的谈话声、茶匙柔和的丁当声、杯盘悦耳的碰撞声,这一切都交织在令人愉快的安宁的梦境中。伊莱扎睡着了,自从那可怕的午夜时分她带着孩子在寒冷的星光下逃亡以来,她从未睡得如此香甜。

她梦见了一个美丽的国度——她觉得这是个安谧的国度:绿色的海岸,怡人的岛屿,闪闪发亮的美丽的海水。在那儿,在一所房子里,她看见自己的孩子——一个自由快乐的孩子——在玩耍嬉戏,而一些和蔼的声音告诉她这房子就是她的家。她听见了丈夫的脚步声,她感觉他走近了,他的手臂抱住了她,眼泪落在她的脸上。她醒了!这不是梦。天早已黑了,孩子正安宁地睡在她的身旁,烛台上的一枝蜡烛发出昏暗的光,她丈夫在她枕畔啜泣着。

第二天早晨,那教友会人家一片欢乐的气氛。"妈妈"一大早就起来了,身边是一群忙碌的"儿女"。昨天我们没有时间把他们介绍给读者诸君,他们都在雷切尔轻言细语的"你最好"或是更柔和的"你是不是……"的吩咐下顺从地行动着,准备着早餐。因为,在印第安那州富饶的河谷地带,早餐是一件复杂的形式多样的事,如同在天堂采集玫瑰花瓣、修剪花枝一般,除了妈妈的一双巧手之外还要请其他人帮忙。因此,当约翰跑去井边打水时,小西米恩筛做玉米饼的玉米粉,玛丽研磨咖啡,雷切尔则轻快地在四处走动,做小饼、切鸡块,脸色灿烂地照应着全局。如果这些少男少女们的热情调节不当而发生摩擦和冲撞时,她便轻声细语地说句"得了"或是"别这样",这就足以平息争端了。诗人们描绘过维纳斯的那根倾倒过一代又一代人的腰带①,但就我们而言,我们倒宁可有雷切尔·哈利迪的"腰带",它可以防止人们头脑发热,让一切都和谐地进行下去,我们认为这无疑更适应我们的现代社会。

一切别的准备工作都在进行,老西米恩只穿件衬衣站在角落里的一面小镜子前,干着一件不符合家长身份的事:刮胡子。在大厨房里,一切都在友好、平静、和谐地进行。人人各司其职,大家都觉得十分愉快,到处充满了相互信任和友好的气氛,就连刀叉放到桌上时也发出友好的丁当声;鸡块和火腿在煎锅里发出愉快的嗞嗞声,好像它们很乐意被煎烤似的。当乔治、伊

① 据希腊或罗马神话描述,阿芙罗狄忒或维纳斯的腰带有引起情欲的功能。

莱扎和小哈利从房间里出来时，他们受到了十分诚挚热烈的欢迎，难怪他们觉得恍若梦中一般。

终于，他们都坐着吃早饭了。玛丽仍站在炉旁烙饼，等烤成十分完美的、正宗的焦黄色时，就立刻端上桌来。

雷切尔在餐桌首席的位置坐下来，没有什么事比这更让她显得亲切和高兴的了，甚至就连她递一盘糕、斟一杯咖啡都那么慈祥真挚，似乎她给人的食物和饮料中都注入了灵气似的。

乔治这是平生第一次与白人平等地坐在一起用餐，开始坐下时他有些拘谨和局促，后来在洋溢着淳朴亲切气氛的和煦的晨光中，这一切就像晨雾一般消散了。

这确实是个家，"家"这个词的含义乔治以前从未真正理解过。对上帝的信仰、对上帝旨意的信赖之情，开始在他心中萦绕，就好像在一片信心之云的庇护之下。厌恶世人、不信神、对黑暗和痛苦的怀疑，以及可怕的绝望都在活生生的福音光芒前消失得无影无踪了。这福音从一张张鲜活的面孔上散发出来，从千百个充满爱和友善的下意识的举动中体现出来，就像以圣徒名义施舍给人的那杯凉水，一定会得到报偿的。①

"爸爸，如果你又被人家发现了怎么办呢?"小西米恩一边往糕上抹黄油一边说。

"那我就付罚金。"西米恩平静地说。

"但是如果他们把你关进监狱怎么办呢?"

"那你和妈妈不能料理农场吗?"西米恩笑着说。

"妈妈差不多什么都能干，"儿子说，"但是制定这些法律不是太可耻了吗?"

"你不该说统治者的坏话，西米恩。"父亲严肃地说，"上帝给我们世间的资财，只是要让我们主持正义，施惠于人；如果统治者要我们为此付出代价，那我们必须付出。"

"哼，我痛恨这些该死的奴隶主!"儿子说。他给人的感觉就像任何现代改革家一样，不符合基督教精神。

---

① 见《圣经·新约·马太福音》第十章第四十二节。

“我对你说的话感到吃惊,孩子。”西米恩说,“你妈妈从来没这样教育过你。如果上帝把落难的奴隶主送到我家门口,我也会像对待受难的黑奴一样对待他的。”

小西米恩满脸通红,可是他母亲只是微笑着说:“西米恩是我的好孩子,他会渐渐长大的,那时他就会像爸爸了。”

“好心的先生,我希望你不要为了我们而招惹任何麻烦。”乔治着急地说。

“什么也不用怕,乔治,我们就是为此才被送到这个世界上来的。如果我们不愿为正义的事业冒风险,那就配不上上帝子民的名称了。”

“不过,为我冒风险,”乔治说,“我心里不安啊。”

“那你不必担心,乔治朋友,我们这样做不是为了你,而是为了上帝和人类。”西米恩说,“今天白天和晚上你必须安静地休息,晚上十点钟的时候,菲尼亚斯·弗莱彻会把你和你的同伴送到下一站去。那些人追你追得很紧,我们不能耽搁。”

“如果情况如此,为什么要等到晚上呢?”乔治说。

“白天你在这儿很安全,因为村里的人都是教友会信徒,大家都保持着警惕。我们发现夜里行路更安全。”

第14章 伊万杰琳

一颗年轻的星照耀着众生，
镜子也难照出如此娇美的容颜！
可爱的生灵，还未丰满成形，
如玫瑰含苞未吐芳馨。①

密西西比河啊！夏多布里昂②曾用散文诗的语言把它描绘成一条浩大的原始蛮荒之河，在动植物世界难以想象的奇异的景物之间奔流。从那以后，仿佛有人挥动魔杖对她施以魔法，两岸的景物有了多大的变化啊！

但是，好像在转瞬之间，这条充满梦幻和奇异的传奇之河已经出现在一个几乎与它同样虚幻而美妙的现实之中。世界上哪有别的河流像它那样把自己国家的财富和雄心勃勃的事业从它的胸膛上运送到海洋去呢？这个国家的物产包括了从热带到南北极之间的一切！浑浊的河水汹涌着向前奔流，它与一个旧世界从未见过的热情勃发、精力充沛的民族在河上推进的迅猛的商业之潮十分相似。啊！要是他们没有同时在河上运送一种更可怕的货物该有多好啊——这就是被压迫者的眼泪，孤苦无助者的叹息，贫穷的无知者对未知上帝的痛苦祈祷——尽管上帝充耳不闻，视而不见，沉默不语，但他却会"从天上下来拯救世上不幸的人"！

---

① 见英国诗人拜伦的长诗《唐璜》第十五章第四十三节。

② 夏多布里昂（1768—1848），法国作家。

夕阳的余晖在浩瀚如海的河面闪烁，那艘负载沉重的轮船往前航行着，岸上摇曳的甘蔗、树身上挂着一圈圈颜色深暗的苔藓的黑森森的高大柏树，都在金色的夕阳中闪闪发光。

船上堆着从各个种植园运来的棉花包，一直堆到甲板上船舷旁，从远处看，就像一块四四方方的灰色巨石。这艘船正吃力地驶向前方不远的一个商埠。我们得在拥挤的甲板上花费一些时间才能再次找到我们卑微的朋友汤姆。最后，在上甲板无处不有的棉花包高处一个僻静的角落里，我们找到了他。

一方面由于谢尔比先生的介绍，使黑利对汤姆放心了一些，另一方面由于汤姆的性格特别温和安静，他不知不觉地竟然赢得了像黑利这种人很大程度的信任。

开始时他白天严密监视着他，晚上睡觉从来没有不让他戴镣铐的，但是汤姆毫无怨言地忍受了，而且还显得很满足，这使黑利渐渐解除了这些限制。一段时间以来，汤姆获得了某种假释，允许他在船上随意走动。

汤姆一直性格温和，乐于助人，下面船舱里水手们有什么急事，他都积极主动地去帮忙，所以他赢得了大家的一致好评。他很多时间都在帮他们干活，像过去在肯塔基庄园里干活一样，十分主动、热忱。

当他没事可干的时候，便爬到上甲板棉花包中的角落里专心读《圣经》——现在我们就是在这儿找到他的。

在新奥尔良上游有一百多英里的地段，河床高出四周地面，宽阔的河水在二十英尺高的牢固的大堤之间奔流。旅客站在船甲板上就像站在一个漂流的城堡顶端一样，可以俯瞰四周一望无际的景色。因此，汤姆的眼前展现出一个又一个的种植园——一幅他即将开始的生活图景。

他看见远处奴隶们在劳动；他看见远处许多种植园里一排排小屋构成的村落在阳光下闪亮，这些村落远离主人的豪宅和游乐场地。景色不断往前移动，他那可怜愚蠢的心又回到肯塔基的庄园和浓阴密布的老山毛榉树林中，回到主人的宅屋和宽敞凉爽的厅堂以及附近那座长满野蔷薇和比格诺藤的小木屋中。在那儿，他似乎看见从小和他一起长大的同伴们熟悉的面孔；看见自己辛劳的妻子正忙着为他做晚饭；听见儿子们玩耍的欢笑声和年幼的女孩坐在膝上时发出的叽叽喳喳的声音。突然他一惊，一切都消失了，他又看见了甘蔗林和柏树以及往后掠去的种植园，又听见嘎哒嘎哒的机器声。这一切都明白无误地告诉他，过去的那一段生活永远地逝去了。

在这种情况下，你会给妻子写信，给儿女写信，可是汤姆不会写信，邮政对他来说根本不存在，他甚至无法用亲切的只言片语和示意去弥合这别离的鸿沟。

那么，当他把《圣经》展开在棉花包上，耐心地用手指指着一个字一个字地慢慢阅读，从中寻找着希望的时候，他的眼泪洒落在书页上又有什么可奇怪的呢？汤姆年纪很大才开始识字，所以他读得很慢，吃力地一节一节地往下念。幸运的是，他尽管读得很慢，但并没有害处，不仅如此，书上的字就像一块块金锭，似乎需要经常掂掂分量，以便领会它们无比珍贵的价值。让我们跟着他念一会儿吧，他指着每一个字，轻声地念着：

"你——们——心——里——不——要——忧——愁……在——我——父——的——家——里——有——很——多——住——处……我——去——原——是——为——你——们——预——备——地——方——去。"[1]

当年西塞罗[2]在埋葬他至爱的独生女时，也像可怜的汤姆一样，心中充满深切的悲伤——也许不会比汤姆更深切，因为他们都只是男人——但是西塞罗没有机会停下细细考虑这些充满希望的崇高话语的意义，因而也不可能盼望将来的团圆。而且即使他读了这些话语，十有八九他也不会相信的，他心中定会产生很多有关手稿的可靠性和翻译的正确性的疑问。但是对可怜的汤姆来说，《圣经》就放在他面前，这正是他所需要的，很显然，它是真实和神圣的，任何疑问不可能在他单纯的头脑中出现。它必定是真的，否则他怎么能活下去呢？

至于汤姆的那本《圣经》，边页上尽管没有学识渊博的注家写的注释和导读，但是也添加了一些汤姆自己发明的标记，这比那些最有学问的注释对他更有帮助。他一直有让主人家的孩子——特别是乔治少爷——为他读《圣经》的习惯，他们读的时候，他总是用钢笔把那些他听了特别入耳或特

---

① 见《圣经·新约·约翰福音》第十四章第一、二节。

② 西塞罗（公元前106—前43），古罗马政治家、演说家。

别让他感动的段落用醒目的粗重的记号和横线标出来。因此，他那本《圣经》从头到尾都标满了各种样式的记号，这样他能够很快找到自己最喜爱的段落，不必慢慢地费力地一段段查找。它展开在他面前，每一段都轻声诉说着老家的一个场景，使他回忆起过去的欢乐。他觉得《圣经》是他今生今世仅存的东西了，也是他来生的希望。

船上的旅客中有一位家住新奥尔良的年轻绅士，此人出身名门，家境富有，叫圣克莱尔。他带着一个五六岁的女儿，和他一起的还有一位似乎与他俩有亲戚关系的女士，她好像专门负责照料那个小女孩。

汤姆常常看见这个小姑娘，因为她是个一刻也不停顿的、脚步轻快的孩子，就像阳光和夏天的轻风一样，没法让她总待在一个地方。她也不是那种见过一次就很容易会忘掉的孩子。

她的体形达到了美的极致，没有儿童常有的圆胖、方整的轮廓。她举止优雅，轻盈飘逸，就像人们在梦中或在神话和寓言中见到的仙女。她的脸有着非凡的气质，这不仅是由于她面容十分完美，更是由于她那独特的梦幻般纯真的表情，理想主义者见了会惊叹，最愚钝刻板的人见了也会难以忘怀，尽管他们不明白究竟是什么原因。她的头、脖子和胸部生得特别高贵典雅，金棕色的长发如浮云一般飘拂在头的四周，浓密的金棕色的刘海下一双紫蓝色的眼睛流露出深沉、崇高、纯洁、庄重的神色——这一切都使她不同于别的孩子。当她在船上四处轻盈地走动时，人们禁不住要回头看她。可是，这小女孩不是那种你会称之为严肃或忧郁的孩子，恰恰相反，一种快活天真的顽皮劲就像夏天婆娑的树影，闪动在她孩子气的脸上和轻松活泼的身上。她一刻也不会静静地待着，红润的嘴唇上总挂着一丝微笑，像云朵一般四处飘动，同时轻轻地唱着歌，就像在快乐的梦境中。她父亲和女监护人总是忙着追寻她，可是抓住她之后，她像夏天的云彩一样，又从他们手里悄悄溜掉了。因为她无论做什么都从未受到过责骂，所以她在船上自由自在，四处游荡。她总是身穿白色衣服，像影子一样在各处穿行，身上却一尘不染。全船上上下下各个角落，没有什么地方她那仙女般轻盈的脚步没到过，没有什么地方她那长着深蓝色眼睛的幻影般金色的小脑袋没有闪现过。

干得汗流浃背的司炉工有时抬起头来，会发现那双眼睛惊奇地看着熊熊燃烧的炉膛深处，满心恐惧和怜悯地看着他，好像觉得他正身处可怕的险境似的。不一会儿,她那美丽的头又在后甲板舱的窗口闪现,舵手停下来对她微笑,可是一转眼,她又消失得无影无踪了。每天,当她从人们身边走过时,成百上千个粗哑的声音为她祝福,很少见的温和的微笑不知不觉浮上了一张张严峻的面孔;当她脚步轻快大胆地走过一些危险的地方时,一双双满是烟垢的粗糙的手不由自主地伸出来帮她,或为她扫清路上的障碍。

汤姆具有他那宽厚民族的易动感情的性格,他总是倾心于淳朴和天真的人,他以与日俱增的兴趣关注着这个小姑娘。在他看来,她似乎来自天上。每当她那金色的脑袋和深蓝的眼睛从某个黑黑的棉花包后面探出来打量着他,或是从货包顶上俯视着他的时候,他几乎要相信,她是从《圣经》里走出来的一个天使。

一次又一次,她忧伤地围着黑利的一批戴着铁镣坐着的男女奴隶身边转;她会偷偷地溜到他们中间,用困惑、忧伤和真诚的神情看着他们;有时她会用自己纤细的小手提起他们的铁链,然后悲伤地叹口气,然后悄悄地走开;有好几次她突然出现在他们中间,双手抓满糖果、坚果和橘子,快乐地把它们分给大家,然后又不见了。

汤姆观察小姑娘很长时间之后,才敢做出想与她结识的表示。他有许多赢得儿童好感、吸引他们接近自己的简单招数,他决定好好施展自己的本领。他能用樱桃核刻成精巧的篮子,能用山核桃雕成奇形怪状的人脸,能用接骨木芯刻出古怪的蹦蹦跳跳的小人来,而且在制作大大小小各种样式的哨子方面,他差不多就是潘神①的化身。他的口袋里装满了各种各样吸引人的玩意儿,这些是他在过去的日子里为老爷家的孩子做的,现在他用值得赞扬的谨慎和节俭,把它们一件一件地拿出来,作为想与她结识并与她发展友谊的表示。

虽然小姑娘总闲不住,对周围的一切都有兴趣,但她却很害羞,而且不容易接近她。有一段时间,当汤姆正忙着雕刻上面提到的那些小玩意时,她常常会像只金丝雀似的蹲伏在汤姆旁边的货箱上或货包上,用一种既庄重又害羞的神情接过汤姆送给她的小玩意。到了最后,他们成了颇为亲密的朋友。

---

① 潘神是希腊神话中的人身羊足、头上有角的牧神,爱好音乐,创制了排箫。

“小姐叫什么名字?”汤姆认为时机成熟、可以提这样的问题时问道。

“伊万杰琳·圣克莱尔,”小姑娘说,“不过爸爸和别人都叫我伊娃。那你叫什么名字呢?”

“我叫汤姆,过去在肯塔基老家时孩子们都叫我汤姆叔叔。”

“那我也想叫你汤姆叔叔,因为你知道,我喜欢你。”伊娃说,“那么,汤姆叔叔,你现在上哪儿去呢?”

“不知道,伊娃小姐。”

“不知道?”伊娃问。

“是不知道。我是要卖给什么人的,不知道卖给谁。”

“我爸爸可以把你买下来。”伊娃马上说,“如果他买下你,你就会有好日子过了。我打算今天就去对他说。”

“谢谢你,小姐。”汤姆说。

这时轮船在一个小码头上停下来装木材,伊娃听见父亲的声音,灵巧地蹦跳着跑开了。汤姆站起来,走上前去帮忙装木材,很快便和船工们一起忙起来。

伊娃和父亲一起站在栏杆旁看着船离开码头。机轮在水里转了两三圈,突然船猛地一动,小姑娘一下子失去平衡,从船舷一侧直落到水里。她父亲容不得多想就要跳下水去救她,但被后面的人拽住了,因为此人看见已有更有能耐的人下去救他女儿了。

伊娃落水时,汤姆正站在她下面的甲板上,他看见她掉进水中沉了下去,便马上跳下去救她。他胸脯宽阔,双臂有力,在水里浮游对他来说根本算不上一回事。过了一会儿,孩子浮上水面,他用双臂把她抱住,带着她游到船边,把湿淋淋的她托了上去。船上一下子伸出几百双手——好像它们属于同一个人似的——急切地要来接住她。又过了一会儿,她父亲把浑身湿淋淋、失去知觉的伊娃抱到女客舱,接着像通常的情况那样,女客们进行了一场善意的竞争,看谁能尽可能制造混乱,尽可能妨碍她苏醒过来。

第二天天气十分闷热,轮船驶近了新奥尔良,大家纷纷为上岸做着准备,船上出现了一片忙乱。船舱里,一个又一个的旅客正在收拾行李,准备上岸。男女服务员们正忙着打扫擦拭,整理这艘华丽的轮船,准备气派地进港。

在下层甲板上坐着我们的朋友汤姆，他双臂抱在胸前，不时焦虑地把目光转向在船另一侧的一群人身上。

那儿站着美丽的伊万杰琳，她比前一天脸色更苍白一些了，但除此之外，前一天的意外没有在她身上留下其他痕迹。一位举止优雅、体形优美的年轻人站在她身边，一只胳膊肘随意地倚靠在一个棉花包上，面前放着一个敞开的大钱包。一看便知，这位先生就是伊娃的父亲。他有着同样高贵典雅的头，同样的蓝色大眼睛，同样金棕色的头发，可是两人的表情却完全不同。虽然两人眼睛的形状和颜色完全相同，但父亲那双清澈、蓝色的大眼睛里，没有那种朦胧的梦幻般深邃的表情，只有清澈、大胆和明亮，但却闪露出完全与常人一样的光芒。他曲线优美的嘴上带着骄傲和几分嘲讽的表情，俊美的身材和一举一动无不透出超凡脱俗的潇洒风度。他正心情愉快地听黑利讲话，可他的神态却有些漫不经心，其中既有诙谐又有轻蔑的意味。黑利正滔滔不绝地详细说明两人正讨价还价的那件商品的优点。

“在这副黑皮囊里包含了一切道德和基督教的美德，一应俱全！”黑利说完后圣克莱尔说道：“好吧，伙计，用肯塔基的话来说，什么价？总之一句话，对这桩买卖我要付多少钱？你打算骗走我多少钱？直说吧！”

“好吧，我如果要价一千三百块，才刚刚够本，真的，刚刚够本。”

“可怜人！”年轻人说着用两只含有嘲弄的锐利的蓝眼睛盯着他，“我想你会对我特别关照，让我用这个价买下他。”

“瞧，你家的小姐好像很喜欢他，这是很自然的。”

“啊，当然，需要你发慈悲啦，朋友。好吧，从基督教的仁爱精神出发，为了施惠于这个特别喜欢他的小姑娘，你最便宜要多少钱才肯出手？”

“嗨，你想想，”奴隶贩子说，“看看他的四肢和宽胸脯，壮得像匹马；看看他的头，大脑门的黑人总是很精明能干的，什么活都能干。我已经注意到这一点了。嗨，像他这种身材和体重的黑鬼，就算头脑愚笨，光他的身体就很值钱的，可是还要加上他精明的头脑，我可以证明他的头脑确实出众，嗨，这样他的身价当然就更高了。哦，这家伙为他的主人管理着整个庄园呢。他办事能力可出色了。”

“不好，不好，很不好，他知道的太多了！”年轻人说，他嘴角出现了常有的嘲讽的微笑，“这是绝对不行的。聪明的家伙总是逃跑，偷走马匹，到处闹翻了天。我觉得,因为他的精明,你要减去两三百块钱。"

"嗯,要不是他人品好,你说的也许有些道理。不过我可以把主人和别人的推荐信拿给你看,证明他是个真正虔诚的人——你见过的最卑顺、最虔诚、最喜欢祈祷的黑奴。嗨,他原来地方的人把他叫牧师呢。"

"也许我会让他做家庭牧师,"年轻人冷冷地说,"这真是个好主意。在我家里宗教可是件稀罕的东西。"

"你在开玩笑。"

"你怎么知道我在开玩笑?你刚才不是保证他是个牧师吗?他经过什么教会、大会或委员会审查过吗?好吧,把你的证明文书拿过来吧。"

奴隶贩子要不是从那双蓝色大眼睛里闪现的某种善意的神色得知,对方的这种戏谑逗笑最终会带来一笔现金交易,他可能早就不耐烦了。这时他把一只油腻腻的钱包放在棉花包上,焦急地在里面找起文书来。年轻人则站在一旁,用漫不经心、轻松打趣的神态看着他。

"爸爸,买下他吧!花多少钱都没关系。"伊娃爬到货包上,用胳膊搂着爸爸的脖子轻声地说,"我知道你有很多钱。我想要他。"

"要他做什么,小猫咪?你准备把他当拨浪鼓,还是当木马,还是别的什么?"

"我想让他快乐。"

"这个理由确实有新意。"

这时奴隶贩子递过来一份谢尔比先生签字的证明信,年轻人用细长的手指接过来,漫不经心地看了一眼。

"字写得很有绅士风度,"他说,"字母拼写得也不错。嗯,不过,我对宗教这一点还是没有把握。"说着,他眼中又出现了那惯常的恶作剧的神色,"国家差不多都让虔诚的白人给毁了:竞选前这么多虔诚的政治家,教会和州各部门里这么多虔诚的行为,弄得人搞不清下一次谁会进行欺骗。我也不知道宗教现在能上市买卖了。我最近没看报,不知道它的行情。你给宗教这一项定了几百元?"

"你真喜欢开玩笑,"奴隶贩子说,"不过你说的话也有些道理。我知道在宗教方面情况各不相同。有的人很差劲;有的人做礼拜时很虔诚;有的人唱诗高喊很虔诚;这些人都没有价值,不管是黑人还是白人。但这人却是真的。我常在黑鬼身上看到虔诚，他们真的很温和安静，是忠实、可靠、虔诚的人，他们认为不对的事就是有天大的诱惑他们也不会干的。你可以看看这封信里汤姆的老主人对他的评价。”

“好吧，”年轻人说着一脸严肃地弯腰取钱包，“如果你能保证我能真正买到这种虔诚，保证上帝能把它算做我的美德记在我的账上，那我多花一些钱也不在乎。怎么样？”

“唉，这我可真办不到。”奴隶贩子说，“我想，在上帝面前各人要对自己的事负责。”

“对一个为宗教多付钱，但不能用他最希望的方式拿它做交易的人来说，这太苛刻了吧？”那年轻人一边说，一边数好一卷钞票，“给，点一下，老伙计！”他把钱递给奴隶贩子时又补充了一句。

“好的。”黑利高兴得满脸笑容地说。他掏出一只旧墨水瓶，写起卖契来，一会儿就写好了，把它交给了年轻人。

年轻人看着卖契说：“假如把我分门别类地开个清单，不知道能卖多少钱。比如说头形值这么多，高额头值这么多，手臂、手、腿值这么多，还有受的教育、知识、才能、诚实、宗教值多少！天哪！我想最后一项大概值不了多少。来吧，伊娃。”说着他拉着女儿的手走到船的另一边，漫不经心地把一只手指尖放在汤姆的下巴底下，和善地说，“抬起头来，汤姆，看看喜欢不喜欢你的新主人。”

汤姆抬起头来。谁要是见了这张快乐、年轻英俊的面孔而不感到愉快的话，那就不符合人之常情了。汤姆感觉到眼里涌出了泪水，他真诚地说：“愿上帝保佑你，老爷！”

“嗯，但愿如此。你叫什么名字？叫汤姆吗？从各方面情况来看，你替我祈祷要比我自己的祈祷灵验。你会赶马吗，汤姆？”

“我一直跟马打交道，”汤姆说，“谢尔比老爷家养了许多马。”

“那好，我想让你赶马车，条件是你一星期只能喝醉一次，除非有特殊情况，汤姆。”

汤姆显得很惊讶，也感到很受委屈，便说：“我从不喝酒，老爷。”

“这种话我以前听过，汤姆，不过我们再看吧。如果你不喝酒，对大家都很有利。”见汤姆仍然脸色阴沉，他便语气温和地补充道，“别介意，伙计，我毫不怀疑你,你是想好好干的。”

“确实是这样,老爷。”汤姆说。

“你会过好日子的。”伊娃说,“爸爸对大家都很好,只是他总是嘲笑人家。”

“爸爸非常感谢你的夸奖。”圣克莱尔边说边笑着转身走开了。

第15章

汤姆的新主人及其他

既然我们卑微的主人公的命运现在已经和高贵人物的命运交织在一起了，我们有必要把他们简要地介绍一下。

奥古斯丁·圣克莱尔是路易斯安那州一个富裕的种植园主的儿子，祖籍加拿大。这户人家的两个气质和性格相似的兄弟，一个定居在佛蒙特州一个兴旺的农庄，另一个成了路易斯安那州一个富有的种植园主。奥古斯丁的母亲是法国胡格诺教派[①]的信徒，她的祖先在路易斯安那移民的早期便移居于此。奥古斯丁的父母只有两个孩子。因为奥古斯丁从母亲那儿遗传了特别羸弱的体质，根据医生的建议，童年时期他被送到佛蒙特由伯父照料了好几年，期望干爽凛冽的气候可以增强他的体质。

童年时期，奥古斯丁特别多愁善感，性格中女性的温柔多于男性的阳刚。不过，随着年岁的增长，这种温柔逐渐被男子阳刚粗犷的外壳所覆盖，可是很少有人知道，在他内心深处，这种气质仍然十分鲜活地存在着。他天资聪颖过人，但是他一心向往理想和美好的境界，对生活中的具体事务十分反感，这是各种智能因素平衡的通常结果。大学毕业后不久，他心中炽烈地燃烧着浪漫的激情。他的时刻来临了——这种时刻一生仅有一次，他的幸运之星在天际升起了。人的幸运之星往往是白白地升起，只是如梦幻一般留在记忆中，他的幸运之星也是如此。直截了当地说吧，在北方的一个州，他遇见了一位品格高尚的美丽的女人，并且赢得了她的芳心，两人订了婚。

---

① 胡格诺教派为16至17世纪法国基督教新教派，多数人属于加尔文教。

他回到南方筹办婚事，让他万万没有想到的是，他的所有的信件都通过邮局给退了回来，还附有她的监护人写的一封短笺，告诉他：在他收到此笺之前，那位小姐已经做了他人之妇了。这一刺激简直让他疯狂，他希望像许多别的人一样，拼命把这件事彻底忘掉，但毫无效果。他生性高傲，不愿意苦苦哀求或让对方解释原因，于是马上一头扎进时髦社交圈中的纷繁忙碌的社交活动之中。在收到那封致命的信后不出半个月，他便成了当年社交界第一佳丽的心上人。一等婚事准备停当，他便做了这位面貌姣好、有一双明亮的黑眼睛和十万家财的美女的夫君。不用说，大家都认为他是个幸福的人。

当时这对新婚夫妇正在度蜜月，在庞恰特雷恩湖畔一所豪华别墅里款待一群才华横溢的朋友。一天，他收到一封信，信上的笔迹出自那难忘之人的手。信递到他手上时，他正与满屋高朋开怀畅谈，一看那笔迹，他顿时面色惨白，但仍然保持镇定，和他对面的女士继续进行唇枪舌剑、说笑逗趣。片刻之后，人群中便没有了他的身影。他独自一人在房间里打开信看了起来，可是不看更好，看了真是无可奈何。信是她写的，详细叙述了她的监护人一家对她的迫害，他们想让她嫁给他家的儿子；她讲有很长一段时间她没收到他的信了，她如何仍一次又一次地写信，最后变得焦虑不安，产生了怀疑；讲她的健康如何由于焦虑而受到损害；最后讲她如何发现了他们设计的这场骗局。

信的最后表达了企盼和感激之情，倾诉了忠贞不渝的爱情。这些话对这不幸的年轻人来说，比死更让他痛苦。他立即给她写了封回信。

“我收到了你的来信——但是太晚了。我当时相信了听到的话，我绝望了。现在我已经结婚，一切都完了。只有忘却——这是我们两人唯一能做的。”

奥古斯丁·圣克莱尔一生的全部浪漫史和理想就这样结束了，可是现实依然存在，它就像潮水带来的平坦、裸露的软乎乎的烂泥，当粼粼碧波连同水面上浮动的轻舟和张着白翼的帆船以及桨声、涛声的和鸣都退去之后，剩下的只是平坦、裸露、软乎乎的烂泥——极其现实。

当然，在小说里人们伤心、死去，故事也就随之结束了——故事里这样做很方便。可是在现实生活中，所有那些使我们的生活明媚灿烂的事物失去后，我们并不会死去，还有最繁忙、最重要的一系列的事——吃饭、喝水、穿衣、走路、访友、做买卖、读书看报以及所有一切构成通常叫做“生活”的事情要做，这一切奥古斯丁也还得做。如果他的妻子是个健全的女人，她也许会做些什么——女人都会的——来修复生命中扯断的线，重新织出亮丽的丝绸。可是玛丽·圣克莱尔连这些生命之线已经扯断都没能察觉。正如前面所说的，她有着姣好的面貌、十分漂亮的眼睛和十万家财，而这些东西没有一样是可以治疗受了创伤的心灵的。

奥古斯丁脸色惨白地躺在沙发上，问及他痛苦的原因，他推说突然患了偏头疼，她听了便劝他嗅鹿角精①。后来奥古斯丁的面色苍白和头疼一星期又一星期反复出现时，她只是说她从来没想到圣克莱尔先生这么体弱多病，看来他很容易犯偏头疼，这对她来说真是太不幸了，因为他不愿意陪她参加各种社交聚会，而他们新婚不久，她经常一人出去显得有些不合常情。奥古斯丁内心暗暗庆幸自己娶了个感觉如此迟钝的女人。然而，随着蜜月的光彩和客套礼仪逐渐消失之后，他发现一个一直受娇庞的年轻貌美的女人成家后很有可能是个很厉害的主妇。玛丽从来就不具有很丰富的情感；感觉也不太敏锐，她具有的那一点点情感和感觉也已经湮没在她那十分强烈的潜意识的自私之中。这种自私，加上她不动感情，对别人的感受反应迟钝，除了自己的利益，对他人的利益和要求一无所知，因而就更无可救药了。她从婴儿时期开始，就一直被仆人们簇拥着，仆人们生活的唯一目的就是仔细揣摩她的任性的怪念头；而她从来没想到过他们也有情感和权利——一丁点儿也没想到过。她父亲在人的能力范围内对这个独生女从来都是有求必应。她进入社交界之后，由于她美貌，社交才艺出色，又是一大笔财产的继承人，当然引得所有男士——不管她中意与否——统统拜倒在她的石榴裙下。她也毫不怀疑地认为，奥古斯丁能得到她真是太幸运了。如果有人认为，一个感情淡漠的女人在索取爱情时会随和宽容、要求不多，那就大错特错了。世界上没有人比一个自私透顶的女人在索取对方的爱情时显得更冷酷无情了。她变得越不可爱，便越妒性十足、锱铢必较。因此，当圣克莱尔不再像追求她时那样对她殷勤体贴时，他发现他这位苏丹王后根本没打算放弃她的奴隶；她没完没了地流泪、撅嘴、哭闹，她不满、痛苦、指责。圣克

---

① 鹿角精是氨水的俗称。

莱尔性情温和，对人宽容，想用送礼物和奉承的方法买得安宁。玛丽生下一个美丽的女儿，做了妈妈后，有一段时间他真的感觉到心中唤醒了一种类似温情的东西。

圣克莱尔的母亲是个品德十分高尚纯洁的女人，他把母亲的名字给了这个孩子，痴心地期望她会成为母亲形象的化身。他妻子觉察到这件事，不由得妒火中烧、大发脾气，丈夫对女儿倾心的爱引起她的猜疑和厌恶；他给予女儿多少，似乎就从她那儿剥夺了多少。从孩子的出生之日起，她的身体就日渐衰弱。她平时四体不勤，无所用心，无穷的厌倦和不满产生的摩擦，加上伴随着生产和哺乳期常有的虚弱，几年光阴，一个如花似玉、青春焕发的美女就变成了面色蜡黄、病病歪歪的憔悴女人，一年到头受到各种想象出来的疾病的折磨，她认为自己真正是世界上最受虐待、受苦最多的人。

她的病痛层出不穷，没完没了，但她的最强项似乎是偏头疼，这有时使她六天里有三天足不出户，自然使所有的家务安排全都落在仆人的手中，所以圣克莱尔觉得家庭生活毫无舒适可言。他的独生女体质极为娇弱，他担心，如果没有人关心照料她，她的健康和生命可能会成为她母亲不愿尽责的牺牲品，于是他便带着她去了一趟佛蒙特，劝说他的堂姐奥菲丽亚·圣克莱尔跟他一起回到南方家里来。现在他们正乘船在回家的途中，我们已经把他们介绍给读者诸君了。

现在，新奥尔良的圆屋顶和塔尖已经遥遥在望了，不过还有些时间介绍一下奥菲丽亚小姐。

凡是到过新英格兰地区的人都会记得那里的凉爽村庄和大农舍，打扫得很干净的院子里绿草如茵，糖枫树浓阴蔽日；会记得笼罩着整个村庄的寂静和一成不变的安谧的气氛，一切都井然有序，万无一失，篱笆桩没有一根松动，院子里的草坪和长在窗下的一丛丛丁香花上没有任何乱丢的杂物；还一定会记得农舍里宽敞整洁的房间，那里似乎从来都没有什么事发生，也没有什么事要做，所有的东西都固守着自己的位置，永远不会改变，家务活动像角落里的那座古老时钟一样准确无误地按时进行。在被称做“起居室”的房间里，有一个装着玻璃门的端庄体面的老书橱，里面稳重而整齐地摆放着罗伦[①]的《古代史》、弥尔顿[②]的《失乐园》、班扬的《天路历程》和司各特[③]的《家庭圣经》以及其他许多同样严肃体面的书籍。屋子里没有仆人，但有一位戴着眼镜和雪白帽子的女士每天下午坐在女儿们中间做针线活，好像什么事也没做，什么事也不用去做似的。她和女儿们在早已被人们忽视的大清早“处理了家务”，在其余时间——也许在你看见她们的任何时间——家务都“已收拾停当”。厨房的旧地板似乎总是干干净净、一尘不染，桌子、椅子和各种炊具似乎总是放置得整整齐齐，虽然这里一天要开三到四次饭，虽然全家人的衣服都在这儿洗和熨，虽然好多磅的黄油和奶酪在这儿悄悄地、不可思议地制作出来。

当堂弟来邀请她到南方他家去的时候，奥菲丽亚小姐已经在这样的农庄、这样一座屋子和家庭中过了大约四十五年的平静生活。作为子女众多的家庭中的长女，她仍然被父母看做“孩子们”中的一个，这次堂弟提出让她到奥尔良去，这对全家来说是件十分重大的事。头发灰白的老父亲从书橱里拿出了莫尔斯[④]的地图册，查出了奥尔良确切的经纬度，又读了弗林特[⑤]写的《西南游记》，以便对那里的情况心中有数。

她的好母亲焦急地向人打听：“奥尔良是不是一个可怕邪恶的地方?”她还说，在她看来，这就等于到三明治群岛[⑥]或是到什么未开化的国度去。

牧师家、医生家和皮博迪小姐的女帽店全都知道了奥菲丽亚·圣克莱尔正“商量着”跟堂弟到南方奥尔良去，当然全村的人在这十分重要的“商量”过程中至少应该帮上一把。牧师强烈地赞同废奴主义观点，他担心这一举动会不会多少有些鼓励南方人继续蓄奴；而医生则是个坚定不移的殖民主义者，他主张奥菲丽亚应该去，应该让奥尔良人民知道这儿的人其实对他们并无恶感。事实上，他认为南方人需要鼓励。不过，奥菲丽亚小姐去意已定的情况广为人知之后，半个月中她所有的朋友和邻居都十分郑重地邀请

---

① 罗伦(1661—1741)，法国历史学家。

② 弥尔顿(1608—1674)，英国诗人。

③ 司各特(1747—1821)，英国注释家。

④ 莫尔斯(1761—1826)，美国地理学家。

⑤ 弗林特(1780—1840)，美国牧师。

⑥ 夏威夷群岛的旧名。

她去吃茶,对她此行的前景和计划进行了充分的讨论和询问。到她家来帮忙缝制衣服的莫斯莉小姐每天都从奥菲丽亚小姐新装的进展中获得重要消息。据可靠消息说,辛克莱老爷——这一带的人通常都把他的姓圣克莱尔简化为辛克莱——数出五十块钱给奥菲丽亚小姐,让她去买几件最合意的衣服;还说她从波士顿订做了两件新丝绸衣裙和一顶帽子。至于这一大笔钱该不该花,大家意见分歧,说法不一。有的人坚持认为,从全盘考虑,一辈子就这么一次,这钱该花;另一些人则坚决地认为,这笔钱还不如捐给教会。但大家都一致认为,从纽约转寄来的阳伞在这一带从未有人见过,她还有件丝绸衣裙也可以有把握地说是很出众的——不管人们对衣服的主人看法如何。还有些很可信的传闻,说她有一条抽丝绣边的手帕,甚至还有一条四周带花边的手帕,并且还有人补充说手帕的四角都绣了花。不过这最后一点从来没有得到令人信服的证实,事实上直到今天这仍然是一桩悬案。

现在你看到站在你面前的奥菲丽亚小姐了,她身穿闪亮的棕色旅行服,身材瘦削高挑,体形方方正正。她清瘦的脸轮廓分明,双唇紧闭,就像一个习惯于对任何问题都自己拿主意的人;而那双锐利的黑眼睛具有深思熟虑、洞悉一切的目光,它审视着一切事物,好像在搜寻需要照料的东西。

她的一切动作都明快、干脆、有力。虽然她平素言语不多,但她说起话来却直截了当、一语中的。

她的生活习惯活生生地体现了秩序、条理和严谨。她十分守时,像时钟一样准确无误,像火车头一样不可动摇。她对任何与此特征相反的事物都十分蔑视,深恶痛绝。

在她眼中,万恶之首——一切罪恶的总和——可以用她词汇中的一个十分普通而重要的词来表达:"庸碌无能"。她极大的蔑视就是用十分强调的语气说出"庸碌无能"这个词语,以此表示所有那些与实现既定目标没有直接和必然联系的一切措施。无所事事之人,不知道自己该做什么的人,没有用最直接的方法完成自己着手做的事情的人,统统都是她蔑视的对象。这种蔑视她不常在说的话里表现出来,而更多地从她冷冰冰严厉的表情中表现出来,好像她不屑于对此事说些什么。

在精神修养方面,她头脑清醒,意志坚强,思维敏捷;她熟读和精通历史和英国古典作品;在某些狭窄的范围内,思想很有深度;她的神学信条都被整理归类，贴上最明确、最清楚的标签，然后束之高阁，就像她那只装碎布料箱子里的一捆捆碎布，正好这么多，绝不会再增加；她对现实生活中大多数事情的看法也是如此，如管理家务的各个方面、她家乡村庄里的各种政治关系。在所有这一切的深层，比其他一切更深、更高、更宽广的是她人生的最高原则——良心。没有别的地方的人像英格兰妇女那样把良心看得高于一切，良心在她们生活中具有如此广泛的影响，它像花岗岩结构一样根基很深，一直上升到最高的群山之巅。

奥菲丽亚小姐绝对是“责任”的奴隶，一旦让她确信她通常所说的“责任之路”在何方时，就是赴汤蹈火她也在所不辞。只要她相信是责任之所在，她会义无反顾地跳下水井，或是迎着装上炮弹的炮口而去。她的正义标准太高，太包罗万象，太细致入微，对人性的弱点太不肯迁就，结果她虽然以极大的勇气和热情为此而努力，实际上她从未达到过这个目标，因此自然就背上了沉重的思想包袱，觉得自己能力欠佳，感到很苦恼——这给她虔诚的性格蒙上了一层严峻而有几分阴郁的色彩。

但是，奥菲丽亚怎么竟能与奥古斯丁·圣克莱尔友好相处呢？他是这样一个快活而散漫、不守时、不讲实际的宗教怀疑主义者——简言之，他对所有那些她十分珍视的习惯和观点态度冷漠，不屑一顾。

那就说实话吧，奥菲丽亚小姐很疼爱他。小时候她就教他教义问答，为他补衣、梳头，按照他应该发展的方向培养他；她也有富有感情的一面，而奥古斯丁，他通常总能博得大多数人的偏爱，他在她的内心情感中占了很大一部分。因此，他很容易说服了她，使她相信她的“责任之道”在新奥尔良方向，她应该和他一起上那儿去照顾伊娃，在他妻子生病期间为他管家，使他的家免遭破败。一想到一个家没人照管，就让她伤心。此外，她很爱那可爱的小姑娘，谁能不喜爱她呢。虽然她把奥古斯丁看成十足的异教徒，可是她却喜爱他，听了他讲的笑话她会发笑，对他的弱点也能宽容迁就，以致那些了解他的人觉得简直难以置信。但是要想对奥菲丽亚小姐有更多的了解，读者诸君就得结识她本人了。

现在她正坐在特等客舱里，身边放满了各种大大小小的旅行包、箱子、篮子，每一件里面都装着不同的东西，她十分认真地忙着系扣、捆扎、包装。

“喂，伊娃，东西你都清点过了吧？当然没有——孩子们从来不会做的。

那只有花点子的旅行包和装着你最好的帽子的蓝色小纸板盒——这是两件,橡皮背包是三件;我的针线盒,四件;我的帽盒,五件;我的衣领盒,六件;那只小毛皮箱,七件。你那把阳伞在哪儿?给我,我用张报纸把它包起来,跟我的雨伞、阳伞捆在一起——喏,好了。”

“哎哟,姑姑,我们不就是回家去吗,干吗这么费事啊?”

“把东西弄整齐啊,孩子,谁要想拥有东西就得好好料理。哎,伊娃,你的顶针收好了吗?”

“真的,姑姑,我不知道。”

“好吧,没关系,我来在你的盒子里看看——顶针、石蜡、两卷线、剪刀、小刀、针线——不错,在这儿放着呢。孩子,你们来的时候只有爸爸一个人管着,你们怎么办的呢?我想你们还不把东西都丢光了。”

“嗨,姑姑,我确实丢了不少东西,可是不管丢了什么,等船靠岸时爸爸会再买的。”

“天哪,孩子,这叫什么办法呀!”

“这是很容易的办法,姑姑。”伊娃说。

“这是糟糕透顶的得过且过的办法。”姑姑说。

“哎呀,姑姑,你看怎么办呢?”伊娃说,“那只箱子装得太满,关不上了。”

“必须把它关上。”姑姑一边很有大将气派地说,一边用劲把东西往里塞,然后跳到箱盖上,但箱口上仍然有一条缝。

“站到箱子上来,伊娃!”奥菲丽亚小姐英勇地说,“做过的事就能再做一次。这箱子非得关好锁上不可,没有别的办法。”

箱子无疑被这番坚决果断的话吓住了,它屈服了。锁扣清脆地咔哒一声在锁眼里扣上了。奥菲丽亚小姐转动钥匙锁上,然后扬扬得意地把钥匙放进口袋里。

“现在我们收拾停当了。你爸爸呢?我想现在该把这些行李送出去了。你看看外面,伊娃,看看能不能找到你爸爸。”

“啊,看见了,他在男客舱那头吃橘子呢。”

“他不知道我们离家有多么近了,”姑姑说,“你最好跑过去告诉他,好吗?”

“爸爸做什么事都不慌不忙的,”伊娃说,“再说我们还没靠码头呢。姑姑,快到栏杆边上来。看! 那是我们家的房子,在那条街上!”

这时轮船像只筋疲力尽的大怪物,沉重地呻吟着向码头边云集的大批轮船靠过去。伊娃高兴地指出各个不同的塔尖、圆屋顶和路标,通过这些,她认出了自己住的城市。

“是的,是的,亲爱的,很漂亮。”奥菲丽亚小姐说,“可是天哪! 船已经靠岸了! 你爸爸在哪儿?”

接着出现了上岸时通常出现的混乱场面:仆役们脚步匆匆地同时在各处穿行;男人们用力地拖着旅行箱、旅行包、盒子;女人们焦急地呼唤着孩子。在密密麻麻的人群中,大家都往上岸的跳板挤去。

奥菲丽亚小姐毅然决然地坐在刚刚被征服的箱子上,把她所有的财物布成严整的军事阵列,似乎决心要为保卫它们而战斗到底。

“我来帮你拿箱子好吗,太太?”“我给你搬行李好吗?”“太太,我来给你搬行李吧?”“要不要我来帮你把东西送上岸,太太?”询问声像雨点般地向她飞来,可是她对此却全然不予理会。她严肃而坚决地坐在那儿,身子挺得就像一根插在硬纸板上的织补针,双手紧紧抓着捆在一起的雨伞和阳伞,回绝他们的语气之果决足以让公车马车夫吃惊。在回答别人的询问时,她不时对着伊娃心里纳闷:“她爸爸到底在想什么? 他会不会从船上掉到水里去了? 他一定出什么事了。”就在她真的开始担心的时候,他像平时那样无忧无虑地走来了,把他正在吃的橘子掰了几瓣给伊娃,说道:

“嗨,佛蒙特堂姐,我想你都准备好了吧。”

“我已收拾好,等了近一个小时了。”奥菲丽亚小姐说,“我真的开始为你担心了。”

“你真是个聪明人。”他说,“好了,马车正等着呢。拥挤的人群已经走了,这样我们可以不失风度,像个基督徒那样走出去,不会被推推搡搡的了。喂!”他对站在他身后的马车夫说道,“把这些东西搬到车上去。”

“我去照应他装车。”奥菲丽亚小姐说。

“哎呀,得了,堂姐,这有必要吗?”圣克莱尔说。

“好吧,不管怎样,这件,这件,这件,我自己来搬。”说着奥菲丽亚小姐挑出三个盒子和一只小旅行包。

"亲爱的佛蒙特小姐,你可不能像这样给我们来个青山[①]压顶啊。你至少应该遵守一条南方的原则,不能扛着这么一大堆东西走出去吧。人家会把你当成女用人的。把东西交给这个人,他会像拿鸡蛋一样小心轻放的。"

堂弟把奥菲丽亚小姐的宝贝从她手上拿走时,她显得很是绝望。等她坐到马车里看见它们完好无损地又回到她身边时,才又高兴起来。

"汤姆呢?"伊娃问。

"哦,他在外面,小猫咪。我打算把汤姆作为讲和的礼物送给妈妈,代替那个弄翻马车的醉鬼。"

"啊,汤姆会成为很好的车夫的,我知道。"伊娃说,"他绝不会喝醉酒的。"

马车在一座古老的宅子前停了下来,这房屋的建筑风格是西班牙和法国风格奇妙的结合,现在在新奥尔良的有些地方还可以看到这种建筑风格的房子。它的设计颇有摩尔风格:一座方方正正的建筑中间围着一个院子,马车穿过一道拱形门驶进院子里,很明显,院子是为了满足某种自然美和感官享受而设计的。院子四周是宽敞的回廊,那摩尔风格的拱门、细长的柱子、阿拉伯风格的装饰,使人仿佛置身于梦境之中,回到东方传奇在西班牙的盛行时代。院子中央的喷泉把它银色的水柱抛射到空中,源源不断的四溅的水花又落入大理石水池中。水池四周镶嵌着颇深的狭长花坛,里面种着香气馥郁的紫罗兰。喷水池里的水像水晶般清澈透明,水中有无数金色和银色的鱼儿闪闪发亮,它们飞快地在水中穿梭嬉戏,就像无数游动的珠宝。喷水池四周是一条用卵石镶嵌成各种奇妙图案的小路,小路又被平坦如茵的绿草所环绕。最外面是一条马车道。两棵高大的橘树此时正满树繁花、香气四溢,洒下一片十分宜人的阴凉。草地上摆放着一圈带有阿拉伯风格雕饰的大理石花盆,里面生长着最珍奇的热带花木。巨大的石榴树叶片光洁,榴花似火;深色叶子的阿拉伯素馨开放着银色的繁星;天竺葵、枝叶繁茂的玫瑰被满枝的花朵压弯了腰;还有金黄色的素馨和散发着柠檬香气的马鞭草。真是百花争艳,花香四溢。偶尔可以零星地看到一两棵龙舌兰,长着奇怪的肥厚的叶子,就像个白发苍苍的老巫婆,待在四周那些更易凋谢的

① 青山又译格林山,是美国佛蒙特州的一座大山,该州也因此得名青山州或格林山州。

花草丛中，显得既古怪又庄严。

院子四周的回廊上挂着摩尔风格的帘子，可以随意地放下来遮挡阳光。从总体上看，这里的布置显得既豪华又有浪漫情调。

马车驶进院子之后，伊娃欣喜万分，就像只小鸟急不可耐地要冲出樊笼。

“啊，太美了，真可爱！这是我心爱的家！”她对奥菲丽亚小姐说，“它不是很美吗？”

“这地方很漂亮，”奥菲丽亚小姐下车时说道，“不过我觉得这儿的建筑显得有些古旧，还有些异教色彩。”

汤姆下了马车，用平静、欣赏的神态看着四周的景物。我们该记得，黑人来自世界上最绚丽辉煌的国度，他们内心深处对一切瑰丽、华贵和奇异的事物都具有激情，这种激情由于缺乏训练有素的审美力，又被大大地放纵了，所以招致更冷静、更得体的白种人的嘲笑。

圣克莱尔从本性上来说具有诗人气质，喜好声色之乐，听了奥菲丽亚小姐对他房屋的评价，他笑了。他转向汤姆，而汤姆这时正站在那儿东张西望，欣喜的黑脸上流露出赞羡的神情。他对汤姆说：

“汤姆，伙计，这里好像很合你的意。”

“是的，老爷，这里太好了。”汤姆说。

这一切发生在片刻之间。旅行箱被匆匆搬了下来，车夫的钱也付了，一群高矮不一的男女老少从回廊的楼上楼下蜂拥跑来，迎接老爷归来。跑在最前面的是个衣着十分考究的年轻的混血男子，显然是个显赫的人物。他穿着十分时髦，手中优雅地挥动着一条洒过香水的细纺布手帕。

这位人物动作敏捷地努力把这群仆人往回廊另一头赶。

“你们都往后退！我为你们感到害臊。”他用威严的口气说，“老爷刚到家，你们就想打扰他们家人团聚吗？”

听了这番装模作样的漂亮话，所有的仆人都面有愧色，他们离开相当的一段距离，站在一起，只有两个壮实的搬运工走过来把行李搬走了。

由于阿道尔夫先生有条不紊的安排，当圣克莱尔给车夫付过钱转过身时，旁边只有阿道尔夫一个人了。他穿着十分显眼的缎子背心和白裤子，挂着金表链，用难以形容的优雅和谦和的态度对他鞠躬。

“啊，阿道尔夫，是你啊？”他的主人说着向他伸出手，“你好吗，伙计？”阿道尔夫马上滔滔不绝地说开了，这番话他已经精心准备了半个月。

“好啦，好啦，”圣克莱尔以一副惯常的漫不经心的开玩笑的神态边说边往前走，“你的话准备得很好，阿道尔夫。注意让他们把行李放好。我一会儿就来跟大家见面。”说着他把奥菲丽亚小姐领到一间门开在游廊上的大客厅里。

这时伊娃早已像一只小鸟，穿过游廊和客厅，飞到一间门同样朝向游廊的小闺房里。

一个黑眼睛、脸色灰黄的高个子女人从她倚靠着的躺椅上微微抬起了身子。

“妈妈！”伊娃狂喜地叫了一声，扑上去搂住她的脖子，一遍又一遍地拥抱她。

“好啦，小心点，孩子，别这样，你弄得我头都疼了。”母亲无力地吻了她之后说。

圣克莱尔走了进来，他以真正正统的、符合丈夫身份的方式拥抱了妻子，然后把堂姐介绍给她。玛丽抬起那双大眼睛，用几分好奇的神态看着堂姐，礼貌而倦怠地接待了她。

这时一群仆人挤到门口来了，其中有一个长相很体面的中年混血女人站在最前面，因为期待和高兴，她的身子有些颤抖。

“啊，嬷嬷！”伊娃说着飞奔过去，扑进她的怀里，反复地亲吻她。

这个女人没有说伊娃弄得她脑袋发疼，相反，她紧紧地搂着她一会儿笑，一会儿哭，弄得人怀疑她头脑是不是有点不正常。嬷嬷松开手之后，伊娃飞快地从一个仆人身边跑到另一个仆人身边，和他们握手亲吻，那亲热劲奥菲丽亚小姐事后提起来还直说让她恶心。

“嗨！”奥菲丽亚小姐说，“你们南方的孩子做的一些事我可做不到。”

“请问是什么事啊？”圣克莱尔问。

“嗯，我愿意友好地对待每个人，不愿伤害任何人的感情，不过亲吻——”

“黑人，”圣克莱尔说，“你是做不到的，是吗？”

“是的，一点不错。她怎么能这样做呢？”

圣克莱尔笑了起来,他走进过道里。“喂,过来,看看有什么赏。嗨,你们都过来——嬷嬷,吉米,波利,苏基——看见老爷回来高兴吧?”他一边说一边和大家一一握手,“当心这些小娃娃!”他被满地乱爬的一个乌黑的小淘气绊了一下,便又说了一句,“要是我踩了谁,可要说啊。”

圣克莱尔把硬币分发给大家,仆人中响起了一片欢声笑语和对老爷的祝福。

“好了,大家都乖乖地走开吧。”他说。随后这群肤色深浅不一的仆人都出了门,到大游廊里去了,伊娃拿着个大背包跟在他们后面,包里装满了她在回家的旅途中一路收集的苹果、坚果、糖果、丝带、花边和各种各样的玩具。

圣克莱尔转身正准备回屋,看见汤姆很不自在地站在那儿,将重心不住地从一只脚换到另一只脚;而阿道尔夫则漫不经心地倚靠着栏杆站在那儿,用看戏望远镜观察着汤姆,那神态比起任何公子哥儿来毫不逊色。

“呸!好你这自以为了不起的小子,”主人说着打落了他的望远镜,“你就这样对待你的同伴吗?我觉得,道尔夫[①],”他说着把手指放在阿道尔夫炫耀地穿在身上的那件精美的花缎子背心上,“我觉得这好像是我的背心。”

“哎,老爷,这件背心沾满了酒渍!当然像老爷这样有身份的人不会穿这样的背心的。我想它以后还不是给我穿吗。像我这样可怜的黑人穿穿倒挺合适。”

说着阿道尔夫扬起了头,用手指优雅地梳理着他那洒了香水的头发。

“噢,原来是这么回事,是吗?”圣克莱尔漫不经心地说,“好吧,我要带这个汤姆去见女主人,然后你把他领到厨房去。记住,不要对他摆你的臭架子。他一人抵两个你这种自负的小子。”

“老爷总喜欢开玩笑,”阿道尔夫笑着说,“看见老爷心情这么好,我真高兴。”

“喂,汤姆。”圣克莱尔向汤姆招招手。

汤姆走进屋子,他羡慕地看着法兰绒地毯,看着过去想都没想过的豪华

---

① 阿道尔夫的昵称。

的东西:镜子、油画、塑像、窗帘,就像朝觐所罗门王的示巴女王一样[①],弄得神不守舍,甚至连脚都不敢动一下。

“你看,玛丽,”圣克莱尔对妻子说,“我终于按吩咐给你带回来一个马车夫了。我对你说,他又黑又持重,完全像一辆灵车。如果你愿意,他可以把你的车驾得像出殡的车那么稳。来,睁开眼睛看看他。这下可不要说我出门在外从来不想到你了。”

玛丽没有起身,她睁开眼睛,看了汤姆一会儿。

“我知道他会喝得醉醺醺的。”她说。

“不会,卖主保证过,说他又虔诚,又不喝酒。”

“好吧,我希望他以后表现不差,”太太说,“不过我没有这么高的期望。”

“道尔夫,”圣克莱尔说,“带汤姆下楼去。哎,当心点!”他又补充了一句,“记住我刚才对你说过的话。”

阿道尔夫迈着轻快的步子优雅地走在前面,汤姆脚步笨重地跟在后面。

“他真是个庞然大物!”玛丽说。

“好啦,玛丽,”圣克莱尔说着坐在她的沙发旁的一张凳子上,“宽厚一点,对人说点好听的吧。”

“你在外面多待了半个月。”太太撅着嘴说。

“哎,你知道,我写信告诉你原因了。”

“一封这么短的冷冰冰的信!”太太说。

“哎呀!邮件马上就要走,我只好写那么短,否则一个字也寄不走了。”

“你总是这样,”太太说,“总有原因让你在外面待得时间很长,信写得很短。”

“看这个,”他一边说,一边从衣袋里掏出一只精致的丝绒盒子,把它打开,“这是我在纽约为你买的礼物。”

这是一张用达盖尔银版法拍的照片,就像版画一样清晰、光线柔和。照片上伊娃和父亲手拉手地坐在一起。

---

① 据《圣经》所述,示巴女王为测所罗门王的智慧,带着礼品去见所罗门王,被其智慧和宫殿的辉煌所折服。

玛丽用不满意的神态看着照片。

"你怎么坐的姿势这么难看?"她说。

"嘿,难看不难看各人的看法不同,不过你觉得像不像?"

"如果在这件事上不把我的看法当回事,我想你在下一件事情上也会如此的。"太太说着关上了相盒。

"这该死的女人!"圣克莱尔在心里说,可是他嘴上却说,"好啦,玛丽,你觉得像不像啊? 不要说傻话了。"

"圣克莱尔,你太不体贴人了,"太太说,"你老是要我说话,看东西。你知道,我犯偏头疼已经躺了一整天了。你回来后家里就乱哄哄的,闹翻了天,我给吵得差不多要死了。"

"你有偏头疼吗,太太?"奥菲丽亚小姐说着一下子从那张大扶手椅上站起来,她刚才正静静地坐在那儿一件件地数着家具,估算着它们的价钱。

"可不是吗,我给它折磨死了。"太太说。

"杜松果茶治偏头疼很有效,"奥菲丽亚小姐说,"至少亚伯拉罕·佩里执事的太太奥古斯塔过去常这么说。她可是个很了不起的护士。"

"等我们湖边花园里的杜松果一成熟,我就让人把它们采来给你做药。"圣克莱尔边说边严肃地拉响了铃,"堂姐,你走了这么远的路,现在一定想到自己的房里休息一下。道尔夫,"他又叫道,"让嬷嬷到这儿来一下。"刚才伊娃热烈亲吻的那个相貌漂亮的混血女人很快便走了进来,她衣着整洁,头上高高地包裹着红黄两色的头巾,这是伊娃刚送给她的礼物,并且是她亲手帮她包裹起来的。"嬷嬷,"圣克莱尔说,"我把这位女士交给你照料,她累了,想休息一下。把她带到她的房间去,一定要让她感到舒服。"奥菲丽亚小姐跟着嬷嬷出去了。

第16章

汤姆的女主人和她的见解

“我说啊，玛丽，”圣克莱尔说，“你的好日子到了。我们这位讲求实际、办事有条不紊的新英格兰堂姐会把你肩上整个一副操劳的担子卸下来，让你有时间恢复精力，变得年轻漂亮起来。交接钥匙的仪式我看最好马上就举行。”

这番话是奥菲丽亚小姐来这儿几天之后的一天早晨圣克莱尔在早餐桌上说的。

“那真是太好了，”玛丽将头懒洋洋地靠在手上说，“我想她要是接过这副担子，就会发现在我们南方这儿，我们这些女当家人才是奴隶。”

“哎呀，她会发现这一点的，而且还会发现许多对她有益的道理呢，肯定会的。”圣克莱尔说。

“说到蓄奴，好像我们是为了自己的好处才这样做似的，”玛丽说，“说真的，要是为这个原因的话，我们可以让他们马上都走。”

伊万杰琳的一双大眼睛严肃地看着妈妈的脸，带着热切而困惑的表情天真地问：“那你蓄奴干什么呢，妈妈？”

“我也不知道，除了带来烦恼。他们是我一生中的烦恼。我相信我的身体这么差，主要是他们造成的，而且我们的奴隶是人们能碰到的最坏的。”

“哎呀，得了，玛丽，今天早晨你情绪不好。”圣克莱尔说，“你知道并不是这么回事，就拿嬷嬷来说吧，她是世上最好的人。要是没有她你该怎么办呢？”

“嬷嬷是我见到的奴隶中最好的，”玛丽说，“可是嬷嬷现在自私起来了——自私得可怕。这是黑人的通病。”

“自私自利是可怕的毛病。”圣克莱尔严肃地说。

“瞧,就说嬷嬷吧,”玛丽说,“我觉得她夜里睡得那么死真是太自私了。她知道我犯病最厉害的时候,每时每刻都需要细心照料,可是她很难叫醒。今天早晨我感到十分难受,就是因为昨天夜里我为了叫醒她,费了太大的力气。”

“最近她不是为你熬了很多夜吗,妈妈?”伊娃说。

“你怎么知道的?”玛丽厉声地说,“我猜她一直在抱怨吧。”

“她没有抱怨,她只是告诉我,你夜里一直犯病犯得很厉害,连续好多天都是这样。”

“你为什么不让简或者罗莎替她一两夜,”圣克莱尔说,“让她歇一歇呢?”

“你怎么能出这么个主意?”玛丽说,“圣克莱尔,你真不体贴人。我神经这么衰弱,一点点气味就会搅得我不安宁,陌生的手在我身边会让我发疯的。要是嬷嬷真的关心我,她就应该容易叫醒的——当然她应该会的。我听说有些人有非常忠心的仆人,可是我从来没有这样的运气。”玛丽叹了口气说。

奥菲丽亚小姐一直以一副精明、留心观察的严肃神态听着他们的谈话,她仍然紧闭着嘴唇,好像是铁了心要弄清自己的处境再发表意见似的。

“唉,嬷嬷也有好的地方,”玛丽说,“她性格温和、恭敬有礼,但是本质上很自私。瞧,她总是不停地为丈夫担忧、烦恼。你知道,我结婚后到这儿来住,当然要把她带来,可是我父亲却离不了她的丈夫。她丈夫是个铁匠,我父亲当然很需要他。当时我想嬷嬷和她丈夫最好分手,因为他俩今后不可能再方便地在一起生活了。我也把这想法跟他们说了。我现在真希望当时坚持这样做了,把嬷嬷再嫁给另一个人,可那时我又愚蠢,又宽容,没想到要坚持。当时我对嬷嬷说,今后她一生中顶多指望能再见到他一两次,因为父亲庄园的空气不利于我的健康,我不能上那儿去的。我还劝她另外嫁人,可是不——她不愿意。嬷嬷有时很固执,别人不像我看得这么清。”

“她有孩子吗?”奥菲丽亚小姐问。

“有的,她有两个孩子。”

“我想与他们分别,她很难过吧?”

“唉,当然啦,我没法把他们带来。他们两个小东西脏得很——我不能让他们待在身边。再说,他们占用她太多的时间。我相信,嬷嬷对这件事一直有气,她不愿嫁给别人。我现在确实相信,尽管她知道我是多么离不开她,知道我身体多么虚弱,但如果有可能的话,她明天就会回到她丈夫那儿去的。我真的很确信。”玛丽说,“最好的仆人也都这么自私自利。”

“老想着这些事让人烦恼。”圣克莱尔冷冷地说。

奥菲丽亚小姐目光锐利地看着他,她看见他因为羞愧和强压下自己的火气而脸色通红,看见他说话时鄙夷地一撇嘴。

“瞧,嬷嬷一直都被我宠着。”玛丽说,“我希望你们北方有些仆人能看看她的衣橱,她在里面挂满了丝绸、薄纱衣,还有一件真正的亚麻布衣服。我有时要花整整一下午时间替她装饰帽子,为她参加聚会做准备。至于虐待,她根本不知道这是什么滋味。她一生中至多挨过一两次鞭打。她每天喝浓咖啡或浓茶,里面还要放白糖。真的太讨厌了。可是圣克莱尔却要让下人过上流社会的生活,让他们每个人都随心所欲地生活。事实上,我们对仆人太放纵了。我想,他们自私自利,行为举止像惯坏的孩子,我们也有部分责任。可是我跟圣克莱尔讲了多次,讲得我都厌倦了。”

“我也厌倦了。”圣克莱尔说着拿起晨报。

伊娃,美丽的伊娃一直站在一旁,用她特有的深沉、神秘、热切的表情听着妈妈说话。她轻轻地走到妈妈的椅子旁边,用手臂抱着她的脖子。

“哎,伊娃,什么事啊?”玛丽说。

“妈妈,我能不能照顾你一夜——只一夜行吗?我知道我不会让你神经紧张的,我也不会睡觉的。我经常整夜睡不着,想——”

“啊,胡说,孩子——胡说!”玛丽说,“你真是个怪孩子!”

“不过可以吗,妈妈?我想,”她怯生生地说,“嬷嬷身体不好。她告诉我近来她一直头疼。”

“哎呀,嬷嬷的大惊小怪又来了!她跟别的仆人完全一样——对每次小小的头疼、手指疼什么的都要大惊小怪。纵容他们是绝对不行的!万万不行的!对这件事我是有原则的。”说着她转向奥菲丽亚小姐,“你会发现这样做很有必要,要是你对每一点点不舒服的感觉、每一点点小病的诉苦都让步，在这方面放纵仆人，那你就会忙得不可开交。我自己就从不诉苦——没有人知道我遭受了什么样的痛苦。我觉得自己应该默默地忍受，这是我的责任，我确实这样认为。"

听了这番高论，奥菲丽亚小姐的一双圆眼睛里露出了毫不掩饰的惊讶的表情，这让圣克莱尔觉得特别滑稽有趣，于是他忍不住放声大笑起来。

"我一提到自己身体有病，圣克莱尔总是笑。"玛丽用受难的殉道者的声音说，"我只是希望他将来不要为此而懊悔！"说着玛丽用手帕擦起眼泪来。

当然，令人难堪的沉默出现了。最后，圣克莱尔站起来看了看表，说他在街上有个约会。伊娃跟着他蹦蹦跳跳地走开了，奥菲丽亚小姐和玛丽两人仍然坐在桌旁。

"瞧，圣克莱尔就是这个样！"玛丽说。当埋怨的对象、那个已被定罪的人看不见的时候，她猛地一挥手收回了手帕，"多年来，他从来没意识到我的痛苦和我的感情，他从来不会、从来不愿的。如果我是个喜欢诉苦抱怨的人，或者对自己的病大惊小怪，那他还情有可原，男人自然会厌烦喜欢抱怨的妻子。但是我独自忍受着，忍受着，最后圣克莱尔竟认为我什么都能忍受。"

奥菲丽亚真不知道该怎样回答她才好。

当她正考虑该说什么时，玛丽渐渐地擦干了眼泪，大致地抚平了自己的衣裳，就像鸽子可能会在阵雨后梳理羽毛一样。她开始像家庭主妇一样和奥菲丽亚小姐聊起碗橱、衣橱、壁橱、储藏室和别的事情来。根据通常的理解，后者将要实施管理责任——给她这么多告诫、嘱咐和职责，要是换了一个不如奥菲丽亚小姐那么有条理、做事干练的人，准会被弄得晕头转向。

"好了，"玛丽说，"我相信我已经把一切都跟你交代了。这样下次我犯病的时候，你就能完全放手处理，不必同我商量了。只是伊娃，她需要费心照料。"

"她看起来是个好孩子，很好的孩子，"奥菲丽亚小姐说，"我从未见过比她更好的孩子。"

"伊娃很特别，"她妈妈说，"非常特别。她有不少独特之处。嘿，她一点儿也不像我。"玛丽叹了一口气，好像这真是个让人感伤的事似的。

奥菲丽亚小姐心里说:“我希望伊娃不像你。”但她很谨慎,把这话压在心里没说出口。

“伊娃总是喜欢和仆人们混在一起,我觉得对有些孩子来说,这没任何问题。瞧,我小时候就总是和我父亲的小黑奴一起玩——这对我从来就没有任何害处。但是伊娃不知怎的,好像总是把自己放在与身边所有的人平等的地位上。这孩子身上的这一点真是奇怪,我一直没能让她改掉这个习惯。我相信,圣克莱尔在这方面纵容了她。事实上,除了自己的妻子之外,圣克莱尔放纵这个家中所有的人。”

奥菲丽亚小姐坐在那儿又一次说不出话来。

“嗨,没有别的办法对付仆人,”玛丽说,“只有压住他们,让他们服服帖帖。从童年起,我就觉得这样做很自然。像伊娃那样把家里所有的仆人都宠坏了,等她自己管家时她该怎么办呢?我真的不知道。我一贯主张对仆人宽厚——我一直是这样做的,但是你必须让他们明白自己的地位。伊娃从来不这样做,真没办法让这孩子明白什么是仆人地位的一些初步道理!你刚才听见她主动要在夜里照顾我、好让嬷嬷睡觉了吧!这只是一个事例,要是放任她,这孩子不知道该会怎样任性。”

“哟,”奥菲丽亚小姐直率地说,“我想你会认为你的仆人也是人,他们累了也应该休息吧。”

“那当然。我特别注意让他们得到一切容易得到的东西——只要不让我受累就行。你知道,嬷嬷总有时间可以把她欠的觉补上的,这样做毫无困难。她是我见过的最能睡的人,做针线、站着、坐着,她都会睡着,在什么地方都能睡。她不可能睡不够的。但是像这样把仆人们当做奇花异草或细瓷花瓶对待,真是荒唐可笑。”玛丽说着,懒洋洋地一头倒在宽大柔软的躺椅深处,凑近一只精致的雕花玻璃香料瓶嗅起来。

“你知道,”她继续说道,声音微弱,一副贵妇模样,就像阿拉伯素馨凋谢前的最后一息,或像别的同样缥缈的东西,“你知道,奥菲丽亚堂姐,我很少谈自己。这不是我的习惯,我不喜欢这样。事实上,我没有力气这样做。但是我和圣克莱尔在有些事情上意见不一。圣克莱尔从不理解我,从不欣赏我。我想这是我体弱多病的根本原因。圣克莱尔是好意,这我应该相信但是男人天生就自私自利,对女人不体谅。至少这是我的印象。”

奥菲丽亚小姐具有相当的真正新英格兰人的谨慎，特别害怕卷入别人家庭的矛盾之中。此时她预见这种情况随时可能发生，于是她摆出一副坚守中立的面孔，从衣袋里掏出一只一又四分之一码的长袜，十分有力地织起来。瓦茨[①]博士声称：人们一旦无所事事，便会出现魔鬼撒旦的坏习惯。奥菲丽亚将织袜子当做了医治这毛病的良药。她嘴唇紧闭，这等于明白无误地说："你不要想让我开口说话。我不想跟你们的事发生任何瓜葛。"事实上，她就像一尊石狮，脸上毫无表情。但是玛丽对此毫不介意，现在有人听她说话，她觉得说话是她的责任，这就够了。于是她又在香料瓶上嗅了一下，提了提神，继续说下去：

"你知道，我和圣克莱尔结婚后，把我自己的财产和仆人带过来了，从法律上来说，我有权用我自己的方法管理他们。圣克莱尔有自己的财产和仆人，他用自己的方法管理他们我不反对，可是圣克莱尔却要干涉别人。他对事情的看法不合常理，十分出格，特别是在对待仆人方面。他的行为举止的的确确让人感到他把仆人看得比我重，也比他自己重，因为他听任他们给他惹下种种麻烦，从来不管管他们。嘿，在有些事情上，圣克莱尔真的很可怕——简直让我害怕——尽管他平时显得性情温和。瞧，他已经定下规矩，不管发生了什么事，在这家里除了他和我谁也不许打人。他那么固执己见，我真的不敢违背他。唉，你也许能看出这会产生什么结果，因为即使所有的人都不把圣克莱尔放在眼里，他也不会动他们一个手指头的。而我——你知道，需要我劳神费力，这该是多么残酷的事啊。瞧，你知道，这些仆人不过是些大小孩。"

"对此事我一无所知，为此我要感谢上帝！"奥菲丽亚小姐直截了当地说。

"嗯，不过如果你待在这儿，你必定会知道一些的，而且是要付出代价才会知道的。你不知道这帮家伙有多么愚蠢，他们漫不经心，毫无理智，幼稚可笑，忘恩负义。多么让人来气！"

每当谈到这个话题时，玛丽似乎总是浑身是劲。现在她睁开了眼睛，好像差不多忘了自己的软弱无力。

---

① 艾萨克·瓦茨（1674—1748），英国非国教牧师，被公认为英国赞美诗之父。

“你不知道,你也不可能知道,他们日复一日、每时每刻、事事处处给管家人惹的麻烦。可是向圣克莱尔诉苦毫无用处。他说的话非常奇怪,他说他们这种情况是我们造成的,因此应该容忍他们。他说他们的毛病应该归咎于我们,我们造成这些毛病而要惩罚他们,那就太残酷了。他还说我们如果处在他们的位置的话,不会比他们更好,就像他们的地位和我们一样似的,你知道。”

“你难道不相信上帝用与造我们同样的血肉造了他们吗?”奥菲丽亚小姐用简慢的语气说。

“对,我的确不相信!说得真动听!他们是低贱的种族。”

“你难道不认为他们具有不朽的灵魂?”奥菲丽亚小姐说,她越来越感到义愤填膺了。

“哎,这个,”玛丽打着哈欠说,“这,当然——没有人对此怀疑。但是至于让他们跟我们处于平等的地位,你知道,想与我们不相上下,嘿,这是不可能的!瞧,圣克莱尔真的跟我说过嬷嬷的事,他的意思好像是让她和她丈夫分离就像让我和我的丈夫分离一样。根本不能这样比,嬷嬷不可能有我的感情。这完全是两回事——当然是两回事——可是圣克莱尔假装不明白,好像嬷嬷能像我爱伊娃那样爱她自己的脏兮兮的小东西似的!可是有一次,圣克莱尔真的很认真地劝我,说我有责任让嬷嬷回去,让别人代替她,全然不顾我体弱多病,不顾我受的痛苦。这有些太过分了,就连我也无法忍受了。我不常表露自己的感情,默默地忍受一切是我的原则,这是做妻子的严酷命运,我忍受了。可是那一次我实在忍不住,发了脾气,所以从那以后他没再提这件事。但是我从他的神态上,从他的零星话语中知道,他的观点跟过去一样,没有改变。这真让人难受,让人恼火。”

奥菲丽亚小姐的神态看起来很像她害怕自己万一会说出什么来,她用织针嚓嚓嚓地意味深长地织着袜子,可是玛丽却不明白她的意思。

“所以你看,”她继续说下去,“你得管理什么样的家哟。一个没有任何规矩的家,这儿的仆人都各行其是、为所欲为,我拖着虚弱的身子实施管理。我手边放着皮鞭,有时我真的想挥鞭打人,但是太劳神费力了,一直让我受不了。要是圣克莱尔像别人那样做就好了——”

“怎么做法?”

“嘿,把他们送去拘留,或者送到别的地方去鞭挞。这是唯一的办法。要不是我这么体弱多病,我相信自己会用两倍于圣克莱尔的精力管理这个家。”

“那圣克莱尔是怎样进行管理的呢?”奥菲丽亚小姐问,“你说他从不动手打人。”

“唉,你知道,男人们更威严,他们管起家来更容易。再说,如果你曾直视过他的眼睛,那目光很独特,他说话斩钉截铁,眼中有一种亮光,就连我也害怕这眼光。仆人们见到这目光就知道他们该小心了。我通常大发雷霆的效果还不如圣克莱尔转动一下眼睛——如果他真的较起真来的话。哎呀,圣克莱尔没有麻烦事,这就是他不体谅我的原因。不过,要是你来管家的话,你就知道,不严厉就没法对付得了——他们又坏,又懒,又会耍滑头。”

“又是老调重弹,”圣克莱尔迈着悠闲的步子走进来说道,“最终这帮坏家伙有一笔多么可怕的账要算啊,特别是懒惰这笔账!你知道,堂姐,”他说着伸直身子在玛丽对面的一张躺椅上躺下,“鉴于我和玛丽给他们树立的榜样,这懒惰实在是不可饶恕的。”

“得了,圣克莱尔,你太讨厌了!”玛丽说。

“我现在讨厌吗?嘿,我还以为自己刚才说了一番很好的话呢,对我来说这很难得。我想要强调你说的话,玛丽,我总是这样。”

“你知道你并不是这个意思,圣克莱尔。”玛丽说。

“哎呀,那你一定误解了我的意思。亲爱的,谢谢你帮我纠正了。”

“你确实想惹我生气。”玛丽说。

“哎呀,得了,玛丽,天气渐渐暖和了,我刚刚跟道尔夫吵了很长的时间,累得要命,所以请你现在和气一点好不好,让人在你微笑的阳光下休息休息。”

“道尔夫怎么啦?”玛丽说,“那家伙越来越放肆了,完全让我无法忍受了。我真希望有一段时间对他单独进行管理,我一定会把他制伏的!”

“亲爱的,你说的话表现了你的敏锐和正确的判断力。”圣克莱尔说,“说到道尔夫,情况是这样的:他长期以来一直一门心思模仿我的风度和才艺,最后弄得他误认为自己真的成了老爷。我不得不让他认识到自己的错误。”

“你是怎样做的？”玛丽问。

“嘿，我不得不明确地让他知道我想留几件衣服自己穿，我还对他挥霍古龙香水进行了劝阻，并且限制他只能用一打我的麻纱手帕。道尔夫对此特别生气，我只好像父亲一样开导他，让他思想转过弯来。”

“哎呀，圣克莱尔，什么时候你才能学会跟仆人打交道呢？你那样放纵他们，真是太可怕了！”玛丽说。

“嘿，这可怜的家伙想学他的主人，这到底有什么害处呢？再说，既然我没把他教育好，使他的心思只用在香水和麻纱手帕上，那我为什么不该把这些东西给他呢？”

“为什么你没把他教育得更好呢？”奥菲丽亚小姐率直而果断地说。

“太费事了——懒惰，堂姐，懒惰——它毁掉的人比你想象的还要多。要不是懒惰，我自己该成了完美无缺的天使了。我相信你们北方佛蒙特州博特伦博士过去常说的话：懒惰是‘道德恶行之源’。这事想起来确实可怕。”

“我觉得你们这些奴隶主该负有极大的责任，”奥菲丽亚小姐说，“无论如何我是不愿承担这个责任的。你们应该教育奴隶，把他们当做有理性的人看待，当做你必定会与之一起站在上帝面前接受审判的不朽的人。这是我的看法。”这位善良的女士说。整个上午一直在她心中不断增强的激情突然迸发出来了。

“哎呀！得了，得了。”圣克莱尔说着很快站起来，“你对我们的情况能知道多少？”然后他在钢琴前坐下来，娴熟地弹了一支欢快的乐曲。圣克莱尔对音乐确有天赋，他的指法娴熟有力，手指飞快地像鸟一般从琴键上掠过，轻盈而果断。他弹了一曲又一曲，好像一心要使自己开心起来。后来，他把乐谱推开，站起来快活地说：“嗳，堂姐，你对我们讲了一番很好的话，尽了你的职责，为此我更加敬重你。我毫不怀疑，你投给我一颗真理的钻石，它不偏不倚地击在我的脸上，尽管开始很难让我喜欢。”

“对我来说，我看不出这种话有什么用处。”玛丽说，“我敢说，如果有人对仆人照顾得比我们还好的话，我倒想认识他。可是这样做对他们没有一点好处——一丝好处也没有——他们变得越来越坏。至于规劝他们，我敢说我已经说得够多的了，我说得筋疲力尽、嗓子嘶哑，告诉他们自己的职责以及所有这些事。我起誓,如果他们愿意的话,可以去做礼拜,尽管布道词他们连一个字也听不懂,就跟猪差不多。所以依我看,他们做礼拜也没多大用处。可是他们确实上教堂去了,可见他们什么机会都有。但是就像我刚才所说的那样,他们是低等人种,而且永远是这样,也没法补救了,你就是想教育他们,也无可造就了。你知道,奥菲丽亚堂姐,我已经试过,你还没有试过。我在他们中间出生长大,我知道。"

奥菲丽亚小姐觉得自己说得已经够多了,因此坐在那儿一言不发。圣克莱尔则吹起了口哨。

"圣克莱尔,我希望你不要吹。"玛丽说,"你让我头疼得更厉害了。"

"我不吹了。"圣克莱尔说,"还有什么事你希望我不要做?"

"我希望你对我遭的罪有一些同情,你从来也不为我考虑。"

"我亲爱的爱责备人的天使!"圣克莱尔说。

"你这样对我说话,真气人。"

"那我该怎样对你说话呢?我会按你的吩咐说话——你讲怎样就怎样——只想让你满意。"

一阵欢快的笑声穿过门廊里的丝绸帘子,从院子里传来。圣克莱尔走出去撩起帘子,也笑了起来。

"笑什么?"奥菲丽亚小姐说着走到栏杆前。

汤姆坐在院子里的一张长满苔藓的小凳子上,他衣服的每一个扣眼里都插满了栀子花,伊娃快活地笑着把一个玫瑰花环戴在他的脖子上,然后她坐在他的膝上,就像一只小麻雀一样不停地欢笑着。

"啊,汤姆,你的样子真好笑!"

汤姆庄重而和蔼地笑了,似乎用他那平静的方式跟他的小主人享受着同样多的乐趣。当他看见主人时,他抬起了头,露出几分自责和抱歉的神情。

"你怎么能让她这样!"奥菲丽亚小姐说。

"为什么不能?"圣克莱尔说。

"哟,我不知道,好像太不像话了。"

"如果一个孩子爱抚一只大狗,哪怕是只黑狗,你不会认为有什么害处的。可是和一个会思考、有理智、有感情、灵魂不朽的人在一起,你却感到害怕。坦白地说吧,堂姐,我对有些北方人的感情很了解。我们没有这种感情,并不是因为我们有一点点美德,而是因为我们的习惯是按照基督教精神行事——排除个人偏见的感情。在北方旅行时,我经常注意到,你们的这种感情比我们的要强烈许多。你们就像讨厌蛇和癞蛤蟆一样讨厌他们,可是你们对他们所受的冤屈却感到义愤填膺。你们不愿让他们受虐待,可是你们自己却不愿与他们发生任何联系。你们愿意把他们送到非洲去,这样你们就会眼不见为净,然后再派一两位传教士去作出牺牲,简单明了地教育他们。是这样吗?"

"哎,堂弟,"奥菲丽亚小姐若有所思地说,"也许你说的有些道理。"

"那些可怜低贱的人没有孩子该怎么办呢?"圣克莱尔说,他倚靠在栏杆上,看着伊娃轻快地蹦蹦跳跳地领着汤姆走开了,"孩子是唯一的真正的民主主义者。瞧,汤姆是伊娃心目中的英雄,在她眼中,他的故事就是奇迹,他的歌曲和卫理公会赞美诗比歌剧更动听,他的小伎俩和口袋里不值钱的小玩意是宝藏,他本人是有着一张黑皮肤的最奇妙的人。孩子是伊甸园里的玫瑰,是上帝专门抛下来送给那些可怜卑贱之人的礼物,他们从别人那儿得到的东西实在太少了。"

"这真奇怪,堂弟,"奥菲丽亚小姐说,"听你说话,人们差不多会认为你是个普洛弗瑟①。"

"教授?"圣克莱尔问。

"不,公开表示宗教信仰的人。"

"根本不是,不是你们城里人所说的公开表示信仰的人。更糟糕的是,恐怕也不是个实践者。"

"那你为什么说这些话呢?"

"光说比什么都容易。"圣克莱尔说,"我相信莎士比亚剧中有个人物说过这样的话:'我宁愿教二十个人怎样行善,而不愿做这二十人中的一个,去实践我自己说的话。'②最好让我们来分分工。我的长处在于说,而你的长处,堂姐,在于做。"

---

① 即英语 professor,该词有"大学教授"及"公开表示信仰的人"等意思。

② 见莎士比亚《威尼斯商人》第一幕第二场,这是鲍西娅对女仆说的话。

眼下，汤姆的外部环境，用世人的话来说，是无可抱怨的了。小伊娃很喜欢他——出于本能的感激之情和高尚可爱的天性——所以她请求父亲，在她需要仆人护送、散步或乘车时，由汤姆专门照顾她。汤姆得到命令，在伊娃小姐需要他时，他必须放下一切事情去伺候她——读者会想到，这个命令正是他求之不得的呢。他穿着考究，因为圣克莱尔对这一点特别挑剔。他管马厩的差事只是个闲职，只需日常照料和检查一下，指挥一下手下的仆役干活就行了。因为玛丽·圣克莱尔声称，他接近她时，她不能忍受他身上有一点儿马的气味，他绝对不能干那些会让他沾上让她觉得难闻气味的活计，因为她的神经系统完全经不起那种折磨。按她的说法，只要一嗅到难闻的气味，就足以让她一命呜呼，她在世间的一切苦难也就立刻结束。因此，汤姆穿着刷得干干净净的绒面呢衣服，头戴光滑的海狸皮帽，脚登锃亮的靴子。一尘不染的袖口和衣领，再加上他庄重和蔼的黑脸，看起来体面得就像古代非洲迦太基的大主教。

此外，他所处的环境也很美，对此他那敏锐的感觉绝不会无动于衷的。他确实以平静喜悦的心情享受着小鸟、鲜花、喷泉、芬芳、院子里的阳光和美景、丝绸帷帘、油画、枝形吊灯、小雕像和金碧辉煌的色彩，这一切使得这些厅堂在他眼里简直就是阿拉丁①的宫殿。

如果非洲将来会以一个高尚文明的种族出现于世——将来的某一天，一定会轮到她在人类历史的进程中扮演重要的角色——生命会在那里苏醒，呈现出壮丽和辉煌。而对此，我们冷漠的西方各部落只是隐约想到过。在那片有着黄金、宝石、香料、摇曳的棕榈树和奇花异草的十分肥沃、遥远和神秘的土地上，将会复苏崭新的艺术和瑰丽的风格，黑人种族将不再被蔑视、被践踏，他们也许会对人类生命给出某些最新、最壮丽的启示。他们一定会的。在他们的温和、谦卑和温顺方面，在他们信服超凡的智慧和力量的天性方面，在他们孩童般淳朴的情感和宽以待人方面，在所有这些方面，他们将会显示最高形式的独特的基督教精神，而且，因为上帝磨炼他所爱的人，也许他已经选中可怜的非洲进入苦难的熔炉，在他将要建立的天国（他曾尝试过在别的国度建立这个天国，但都失败了）中，他会使她获得至高无

---

① 阿拉丁是神话《一千零一夜》中的人物，他的神灯具有满足人的一切欲望的魔力。

上、高贵无比的地位。因为有许多在前的将要在后,在后的将要在前①。

星期天早晨,当身穿盛装的玛丽·圣克莱尔站在游廊上,正往纤细的手腕上戴钻石手镯时,她想的是这些吗?很有可能,也许不是,也许她想的是别的事,因为玛丽喜欢好的东西。她穿戴得十分整齐——钻石、丝绸、花边、珠宝,应有尽有——正准备上一座很时髦的教堂去表达自己十分虔诚的情感。玛丽觉得在星期天表现虔诚很重要。她站在那儿,显得那么苗条,那么优雅,那么轻盈,她的一举一动都宛若仙子,一条花边纱巾像轻雾一般笼罩着她,她显得优雅,自己也感觉真的十分优美高雅。奥菲丽亚小姐站在她身旁,与她形成鲜明的对照。这并不是因为她的丝绸衣裙和披肩没有玛丽的漂亮,也不是因为她的手帕不如玛丽的精美,而是因为她的僵硬、方正和笔直使她的外表具有一种不甚明确但却可以察觉的生硬和呆板,这给她优雅的同伴增色不少,然而这却不是上帝的恩泽——那完全是另一码事!

"伊娃在哪儿?"玛丽问。

"这孩子在楼梯上停下来,跟嬷嬷说话呢。"

那伊娃在楼梯上跟嬷嬷说了些什么?听一听,读者诸君,你们会听见的,尽管玛丽听不见。

"亲爱的嬷嬷,我知道你头疼得很厉害。"

"愿上帝保佑你,伊娃小姐!我的头最近总是疼。你不必担心。"

"啊,我很高兴你出来了,嘿!"小姑娘用双臂搂住她,"嬷嬷,你把我的香料瓶带着吧。"

"什么!你那漂亮的金瓶子,上面还镶着钻石呢!天哪,小姐,这可不合适呀,不行。"

"为什么不行?你需要它,我不需要。妈妈总是用它治头疼,它会让你感觉好一点的。不行,你得拿着,好让我高兴。给。"

"听听这可爱的人儿说的话吧!"当伊娃把瓶子塞在她的怀里,吻了她,然后跑下楼梯到她母亲那儿去之后,嬷嬷说道。

"你停下来做什么了?"

"把我的香料瓶给嬷嬷,让她带到教堂去。"

---

① 见《圣经·新约·马太福音》第十九章第三十节。

“伊娃！”玛丽不耐烦地跺着脚说，“把你的金瓶给嬷嬷！你什么时候能学会懂规矩？快去把它拿回来，马上就去！”

伊娃一副垂头丧气、受了委屈的样子，慢慢地转过身去。

“我说啊，玛丽，随孩子去吧！她喜欢怎么做就让她怎么做吧！”圣克莱尔说。

“圣克莱尔，她今后该怎样处世呢？”玛丽说。

“上帝知道。”圣克莱尔说，“不过她在天堂里会过得比你我都好。”

“啊，爸爸，别这么说，”伊娃轻轻地碰着他的胳膊肘说，“这会让妈妈不高兴的。”

“哎，堂弟，你准备好去做礼拜了吗？”奥菲丽亚小姐转过身对着圣克莱尔说。

“我不准备去，谢谢。”

“我真希望圣克莱尔能去做礼拜，”玛丽说，“可是他连一点点宗教感情也没有。这真的有失体统。”

“我知道。”圣克莱尔说，“我想你们女士上教堂去是学着怎样处世，你们的虔诚也让我们沾光。我真要去的话，我会到嬷嬷去的那座教堂，至少那儿可以让人保持清醒。”

“什么！到那些大喊大叫的卫理公会信徒那儿去？太可怕了！”玛丽说。

“到哪儿都行，就是不到你们可敬的死海一般的教堂去。玛丽，毫无疑问，这对一个男人来说，要求太高了。伊娃，你想去吗？得了，待在家里和我玩吧。”

“谢谢，爸爸，不过我宁可上教堂去。”

“这不是很乏味吗？”圣克莱尔说。

“我觉得是有些乏味，”伊娃说，“而且我也想睡觉，不过我要尽量不睡觉。”

“那你上那儿做什么？”

“嘿，你知道，爸爸，”她轻声说，“姑姑告诉我说上帝想要我们去，他给我们一切，你知道，如果他要我们去的话，这做起来不费事的。再说，做礼拜还不算太乏味。”

“你这可爱的体贴人的小宝贝！”圣克莱尔说着吻了她，“去吧，好孩子，为我祈祷哟。”

“当然，我一直是这样做的。”说着小姑娘跟在母亲后面跳上了马车。

马车离开时，圣克莱尔站在台阶上给了她一个飞吻，他眼里噙着大滴的泪珠。

“啊，伊万杰琳！真是名副其实啊，难道你不是上帝赐给我的福音吗①？”

于是他感叹了一会儿，然后抽了一枝烟，读起《五分日报》来，把他的小福音给忘了。他跟别人有什么区别吗？

“你知道，伊万杰琳，”她母亲说，“和善地对待仆人总是对的、得体的，但是把他们当做亲人或跟我们同等地位的人，就不合适了。瞧，假如嬷嬷生病了，你不会让她睡在你自己的床上吧。”

“我就是想让她睡在我的床上呢，妈妈，”伊娃说，“因为这样照顾她就更方便一些。你知道，我的床比她的床好。”

这个回答表现出的道德观念的缺乏让玛丽十分绝望。

“我该用什么办法让这孩子明白我的意思呢？”她说。

“毫无办法。”奥菲丽亚小姐意味深长地说。

伊娃有一会儿显得有些难过不安，可是幸运的是孩子们不会长时间总想着一件事，过了一会儿，当马车喀嚓喀嚓往前驶去，看着车窗外各种景物时，她又快活地笑起来了。

“哎，女士们，”当他们舒适地坐在餐桌旁时，圣克莱尔说道，“今天教堂里有什么节目啊？”

“啊，今天G博士的布道很精彩，”玛丽说，“这正是你应该听的，那完全表达了我的观点。”

“那它一定很有教益，”圣克莱尔说，“话题涉及面一定很广吧。”

“哎，我是指他表达了我所有关于社会的观点以及这一类的事。”玛丽

① 伊万杰琳的名字是“福音”的意思。

说，“经文是‘神造万物，各按其时成为美好’[①]。他解释说，社会上的一切等级和差别都是上帝的旨意；说有的应该高贵，有的应该低贱——你知道，这非常合宜完美；说有的人生来就是统治别人，有的人生来就是伺候别人，以及这一类的话。你知道，他还用这个观点很好地说明了所有对奴隶制的大惊小怪都是可笑的，清楚地证明了《圣经》是支持我们的观点的，十分令人信服地维护了我们的制度。我真希望你能听听他的布道。”

“哎呀，我不需要听，”圣克莱尔说，“我随时可以从《五分日报》上学到对我有同样好处的东西，还可以抽烟。你知道，在教堂里我可不能这么做。”

“哎呀，”奥菲丽亚小姐说，“难道你不相信这些观点吗？”

“谁——我？你知道我是个很不知礼的家伙，这些问题的宗教解释对我没有多少教育作用。我要是对这奴隶制问题发表看法的话，我会坦率地实话实说：‘我们已经骑虎难下了，我们已经拥有了奴隶，并打算保持下去，这给我们带来了方便和实惠。’因为情况就是这样——所有这些神圣的东西说到底就是这么回事。我想这一点在任何地方谁都明白的。”

“我真的认为，奥古斯丁，你太不虔诚了！”玛丽说，“听你说这些话真让人震惊。”

“震惊！这是事实。对这些问题的宗教说法，他们为什么不更进一步解释每个人各按其时的美好：贪杯、彻夜赌牌，以及所有这些顺乎天意的事。这在我们年轻人中间是常见的——我倒很想听人家说这些也是正确和神圣的。”

“哎，”奥菲丽亚说，“你认为奴隶制是对还是错？”

“我不想学你们新英格兰人可怕的率直，堂姐。”圣克莱尔快活地说，“要是我回答了这个问题，我知道你会再问我五六个别的问题的，而且一个比一个难以回答。我不想说明我的观点。我是靠向别人家的玻璃房子扔石头过活、可是自己从来不打算建一所玻璃屋让别人砸的那种人。”

“他总是像这样说话，”玛丽说，“从他那儿你别想得到满意的答复。我相信正是因为他不喜欢宗教，他才总是像这样往外跑。”

“宗教！”圣克莱尔说，他的语调让两位女士不由自主地看着他，“宗教！

---

① 见《圣经·旧约·传道书》第三章第十一节。

你们在教堂听的是宗教吗？那种能任意歪曲翻转、能上能下、以便迎合这自私自利世俗社会的一切欺诈的东西是宗教吗？我是个不敬神明、世俗、缺乏判断力的人，可是如果在道德原则、慷慨大度、主持正义、关心他人方面还不如我的话，这也能算做宗教吗？不！我要是寻求宗教，那我必定寻求比我更高尚的，而不是比我低下的。”

“那你不相信《圣经》认为奴隶制合理的论说了？”奥菲丽亚小姐说。

“《圣经》是我母亲的书，”圣克莱尔说，“她一生一世按它的准则生活，要让我相信《圣经》上对于奴隶制合理的说法，我会很难过的。我倒宁肯希望它能证明我母亲能喝白兰地、嚼烟叶、出口骂人，这样可以让我满意，觉得我做同样的事也是对的。可是这根本不会让我对我身上的这些缺点心安理得，反而会剥夺我因尊敬她而感受到的慰藉。简而言之，你知道，”他突然又用平常那样快活的语调说，“我想的只是要把不同的东西放在不同的箱子里。社会的整个体制——不管在欧洲还是美洲——是由各种经不起用理想的道德标准严格检验的事物所构成的。众所周知，人们并不追求绝对正确的东西，他们只求跟其余的人做得差不多。如果有人拿出男子汉气概公开说出奴隶制对我们很有必要，没有它我们无法生活，如果我们放弃它就会受穷，当然我们打算牢牢抓住它不放这样的话时，我倒会认为他说得有力、清楚、明白、实实在在、可敬可佩。可是当某些人摆出一副一本正经的面孔，用鼻音说出《圣经》里的话时，我倒觉得此人的品德不怎么样。”

“你太不厚道了。”玛丽说。

“嘿，”圣克莱尔说，“假如发生了什么事，让市场上棉花的价格永远降下来，使奴隶在市场上全面滞销，你难道不认为我们很快会有另一种版本的《圣经》教义吗？一片强光马上就会倾泻在教堂里，马上人们就会发现《圣经》里说的一切道理和原由统统都颠倒过来了！”

“好吧，不管怎么说，”玛丽说着斜靠在躺椅上，“谢天谢地，我出生于奴隶制存在的地方，我认为这是对的，而且我觉得它就该如此。不管怎么说，说实在的，没有它我就无法生活。”

“我说啊，你怎么看，小姑娘？”父亲对伊娃说。她这时刚刚进来，手里拿着一朵花。

“什么事啊，爸爸？”

“呃,你最喜欢哪种生活:像在北方佛蒙特你爷爷家的,还是像我们一样有一屋子仆人的?”

“啊,当然,我们的生活是最愉快的。”伊娃说。

“为什么呢?”圣克莱尔抚摸着她的头问。

“嗨,这样你身边有许多人让你爱呀,你知道。”伊娃说着真诚地抬起了头。

“瞧,伊娃就是这个样子,”玛丽说,“她又说奇怪的话了。”

“这话奇怪吗,爸爸?”伊娃爬上他的膝盖轻声问。

“按照一般人的标准来看,是很奇怪,小丫头。”圣克莱尔说,“可是吃饭的时候,我的小伊娃上哪儿去了?”

“哦,我到那边汤姆的房间听他唱歌去了。黛娜大婶给我吃过饭了。”

“听汤姆唱歌,哦?”

“啊,是的! 他唱了不少好听的歌,唱的是新耶路撒冷、光明的天使和迦南圣地。”

“大概唱得比歌剧还要好,是吧?”

“是的,他还准备教我唱呢。”

“学唱歌,哦? 你真有长进了。”

“是的,他为我唱歌,我为他读《圣经》,他解释《圣经》的意思,你知道。”

“我敢保证,”玛丽笑着说,“这是这一段时间最新的笑话了。”

“汤姆解释《圣经》可不差呀,我敢担保。”圣克莱尔说,“他天生有这种才能。今天一早,我出去要用马,便悄悄地走到马厩那边汤姆的小屋旁,我听见他在独自做祷告呢。事实上,我好久没听到像汤姆做的那么够味儿的祷告了。他还为我祷告了,虔诚得就像圣徒一般。”

“也许他猜到你在偷听。我过去听说过这套把戏。”

“他要是猜到我在偷听,那他就不太聪明了,因为他十分坦率地对上帝讲了他对我的看法。汤姆似乎认为,我身上大有需要改进的地方,似乎热切地希望我皈依上帝。”

“我希望你把这些话记在心上。”奥菲丽亚小姐说。

“我觉得你跟他的看法很相似啊。”圣克莱尔说,“好吧,我们再看吧。对不对啊,伊娃?”

第17章

自由人的抗争

傍晚时分，那位教友会信徒家中有一阵轻微的忙乱。雷切尔·哈利迪轻轻地走来走去，从她家的储藏物中挑选出那些可以用最小空间放下的出门的必需品，为那几个准备晚上出发的旅人做准备。午后，阴影逐渐往东边拉长，鲜红浑圆的太阳沉思般地悬在地平线上，把它金黄的光辉宁静地洒在乔治和他妻子待着的小房间里。他坐在那儿，孩子坐在他的膝上，他握着妻子的手。他们俩都神情严肃，心事重重，脸上带着泪痕。

"是的，伊莱扎，"乔治说，"我知道你说的都对。你是个好姑娘——比我好得多，我要尽力按你说的去做。我要按与自由人身份相配的原则行事，我要努力像基督徒那样有同情心。全能的上帝知道我已经打算为善——勉力为善——即使在极不利的情况下也是如此。现在我要忘记过去的一切，抛弃所有的怨恨情绪，读《圣经》，学做好人。"

"我们到了加拿大以后，"伊莱扎说，"我能帮助你的。我衣服做得很好，我还会精洗、熨烫。我们俩能有办法养活自己的。"

"说得对，伊莱扎，只要我们俩在一起，和孩子在一起就行。如果一个男人能觉得他的妻子和孩子属于他，该是多么幸福啊！要是这些人知道这一点就好了。看见那些能够拥有妻子儿女的男人却还为别的事操心，我常常感到奇怪。嗨，虽然我们除了光光的两只手之外一无所有，我却感到富有和强大。我感觉到好像自己不能向上帝祈求更多的东西了。是的，虽然我一直在日复一日地拼命干活，一直干到二十五岁仍然不名一文，上无片瓦，下无一寸自己的土地，可是如果他们现在不来找我的麻烦，我就满足了，就感激不尽了。我会好好干活，把给你和孩子赎身的钱寄回来。至于我原来的主人，他为我花的所有的钱，我已经五倍地偿还了。我什么也不欠他的了。”

“可是我们现在还没脱险，”伊莱扎说，“我们还没到达加拿大呢。”

“说得对，”乔治说，“但是我好像已经闻到自由的气息了，这让我感到坚强有力。”

正在这时，外面屋子里传来谈话的声音，很快便听见有人敲门。伊莱扎不由得吃了一惊，马上打开了房门。

西米恩·哈利迪站在门口，和他在一起的是教友会兄弟，他介绍说此人叫菲尼亚斯·弗莱彻。菲尼亚斯是个瘦高个，一头红发，一副精明敏锐之相。他没有西米恩·哈利迪的温和、安静和脱俗的神态，恰恰相反，他有一种特别机警、练达的外表，就像一个对自己做事胸有成竹、颇为自负、对前途保持乐观的人，这些特点与他的宽檐帽和拘谨的谈吐很不协调。

“我们的朋友菲尼亚斯发现了一个重要的情况，对你和你的同伴有切身利害关系，乔治。”西米恩说，“你最好听一听。”

“确实是这样，”菲尼亚斯说，“这事说明在有些地方人们总是竖着一只耳朵睡觉是有好处的，正像我常说的那样。昨晚我在路边一家孤零零的小旅店投宿。你记得那地方，西米恩，是去年我们卖苹果给那戴大耳环的胖女人的地方。嘿，我赶了一天的车，累了，晚饭后我伸展着身子躺在角落里的一堆货袋上，拉过一张水牛皮盖在身上，等人家把我的床准备好，可是我竟睡着了。”

“一只耳朵竖着吗，菲尼亚斯？”西米恩轻声说。

“不是，我睡着了，连耳朵什么的一起，睡了一两个小时，因为我太累了。但是等我稍微清醒一点以后，我发现屋里有几个人围坐在桌子四周，正在一边喝酒一边说话。我心想，先别动，我来看看他们在打什么鬼主意，特别是我听见他们说到教友会。‘那么，’其中一个人说，‘他们毫无疑问就在教友村里了。’他说。然后我竖起两只耳朵仔细听，我发现他们谈的正是你们这几个人，于是我躺在那儿听他们说出了全盘计划。这个年轻人，他们说要把他送回肯塔基他主人那儿去，要拿他杀一儆百，要让所有的黑奴今后不敢逃跑。他的妻子将由他们其中两个人带到新奥尔良去卖掉，卖的钱他们得。他们估算她可以卖到一千六到一千八百块钱。那孩子，他们说，将交给一个已经把他买下的奴隶贩子。再就是那小伙子吉姆和他母亲,他们要交还给在肯塔基的他们各自的主人。他们说,在前面不远的小镇里有两个警察,他们会协同他们去抓这些人。那年轻的女人要给带到法庭上去,其中有一个身材矮小、巧舌如簧的家伙将要作证,发誓说这女人是他的财产,让法庭把她判给他,再带她到南方去。他们知道了我们今晚要走的路线,会有多达六到八个人来追我们。我们该怎么办呢?"

听了这消息之后,这些以各种不同姿势站着的人的神态真值得让画家描绘下来。雷切尔·哈利迪刚才放下手中正在做的小圆饼过来听消息,这时她举着一双沾满面粉的手站在那儿,脸上带着深深的关切。西米恩似乎陷入了沉思。伊莱扎用双臂抱住了丈夫,正抬起头看着他。乔治紧握双拳站在那儿,两眼放射出光芒,就像其他任何遭遇同样命运的人的神态一样:妻子将被拍卖,儿子将被送到奴隶贩子手中,这一切都是在基督教国家法律的庇护下进行的。

"我们该怎么办呢,乔治?"伊莱扎虚弱无力地问。

"我知道我该怎么办。"乔治说着走进小房间,开始仔细检查他的几枝手枪。

"唉,唉,"菲尼亚斯对西米恩点着头说,"你看,西米恩,事情会弄到什么地步。"

"我明白,"西米恩叹了口气说,"我希望事情不要弄到那个地步。"

"我不希望任何人为我受牵连,"乔治说,"如果你们愿意借给我一辆马车,给我引个路,我会一个人驾车到下一站去。吉姆力大无穷,勇猛无比,我也是这样。"

"啊,那好吧,朋友。"菲尼亚斯说,"不过尽管如此,你还是需要一个赶车的。尽管你能全力拼打搏斗,但是我熟悉这条路,你不熟悉。"

"可是我不想连累你。"乔治说。

"连累?"菲尼亚斯说,他脸上出现了好奇和热切的表情,"你什么时候连累我了,还烦你告诉我一声。"

"菲尼亚斯是个精明强干的人,"西米恩说,"乔治,你最好听他的话。"他温和地把手放在乔治的肩上,指着手枪说,"不要鲁莽开枪,年轻人容易冲动。"

“我不会先向人开枪的。”乔治说，“对这个国家我只有一个要求：不要来找我的麻烦，我会和平地离开它的。但是，”他停了一下，脸色阴沉下来，面部的肌肉抽搐着，“我有个姐姐是在那个新奥尔良的市场被卖掉的，我知道她们被卖去做什么。上帝给了我一双能保护妻子的强有力的臂膀，难道我还准备站在一旁看着他们把她带去卖掉吗？不，愿上帝保佑！我就是拼到最后一口气，也不让他们把妻儿抢走。你能责怪我吗？”

“任何人都不能责怪你，乔治。有血有肉的人都会这么做的。”西米恩说，“愿这个世界因为罪孽而遭殃，愿那些造孽的人遭殃。”

“先生，你如果处在我的位置，不也会这样做吗？”

“我祈求上帝不要让我受磨难，”西米恩说，“血肉之躯很脆弱。”

“我想，如果在这种情况下，我的血肉之躯会相当坚强的。”菲尼亚斯说着伸出两只风车翼板似的手臂，“乔治朋友，要是你要跟谁算账，我不帮你把他抓住才怪呢。”

“如果人们应该抵制邪恶的话，”西米恩说，“那么乔治现在完全有这种自由。但是我们的领袖们教给了我们一个更好的方法，因为人的愤怒并不能为上帝行使正义，而正义和人的邪念完全是背道而驰的。除非得到上帝的恩准，否则谁也不能滥用上帝的旨意。让我们祈求上帝，不要让我们受到诱惑吧。”

“但愿如此。”菲尼亚斯说，“但是如果我们受到的诱惑太大——嘿，让他们当心点。我要说的就这些。”

“很明显，你不是个天生的教友会信徒，”西米恩笑着说，“你的本性还很根深蒂固啊。”

说实话，菲尼亚斯原来是个身体健壮、双拳有力的山林中人，他是个精力充沛的猎人——猎杀雄鹿的神枪手，可是后来因为追求一位漂亮的教友会女信徒，为她的魅力所倾倒，于是加入了附近的教友会。虽然他为人诚实，处事稳重，做事干练，没有什么可指责之处，但是教友会中更追求精神修养的人却不能不看到，他对自身的完善非常缺乏兴趣。

“菲尼亚斯教友总是按自己的方式行事，”雷切尔·哈利迪笑着说，“可是大家都认为，不管怎么说，他心地善良。”

“好了，”乔治说，“我们最好还是赶快逃跑吧。”

“我四点钟就起床了，然后全速赶来了。要是他们按计划的时间出发的话，我比他们足足早了两三个钟头。不管怎么说，不等到天黑动身不安全，因为在前面那些村庄里有坏人，要是他们看见我们的马车，很可能会坏我们的事，那样反而会比在这儿等一会儿更耽误时间。但是两小时以后，我想我们可以大胆上路了。我要到迈克尔·克洛斯那儿去一下，让他骑上他那匹快马跟上来，在路上给我们望风，要是看见有一伙人过来，就给我们报个警。迈克尔有一匹马，它能很快超过大多数马，要是有危险的话，他可以飞奔到前面来通知我们。我现在去让吉姆和老太太做好准备，再去备马。我们出发得比他们早，很有可能会在他们追上我们之前赶到驿站。所以，乔治朋友，不要怕，我这不是第一次与黑人一起共赴险境了。”说着他带上门出去了。

“菲尼亚斯很精明，”西米恩说，“他会尽最大力量帮助你的，乔治。”

“我感到不安的是，”乔治说，“要让你们担风险。”

“乔治朋友，千万别再这么说了。我们这样做完全是出于良心，我们只能这么做。哎，他妈，”西米恩转身对雷切尔说，“快点为这些朋友做准备吧，我们总不能让他们饿着肚子上路吧。”

雷切尔和孩子们忙着做起玉米饼、烧火腿和鸡来，她们赶着做晚餐吃的所有东西。而乔治和妻子则坐在他们的小房间里，互相拥抱着，就像那些知道几小时后就会永别的夫妻那样，在倾诉衷肠。

“伊莱扎，”乔治说，“那些有朋友、房屋、土地、金钱以及所有一切的人不可能爱得有我们这么深，尽管我们除了彼此之外一无所有。伊莱扎，在我认识你之前，除了我那可怜伤心的妈妈和姐姐之外，从来没有人爱过我。奴隶贩子把可怜的爱米莉带走的那天早晨，我看见她了。她来到我睡觉的角落，对我说：‘可怜的乔治，你最后一个朋友要走了。将来还不知你会有什么遭遇呢，可怜的孩子？’我站起来，伸开双臂抱住了她，哭得跟什么似的，她也哭了。这是我听见的最后几句亲切的话语。后来的十年当中我再也没听见过这样的话了，我的心枯死了，如死灰一般，直到我遇见了你。你对我的爱——啊，好像具有让人起死回生的神效！从那以后，我完全变成了另外一个人！现在，伊莱扎，我就是流尽最后一滴血，也决不让他们把你从我身边夺走。谁要想抓走你，必须从我的尸体上走过去。”

“啊，上帝，发发慈悲吧！”伊莱扎抽泣着说，“只求他让我们一起离开这个国家，这是我们唯一的请求。”

“上帝站在他们一边吗？”乔治说。他与其说在对妻子说话，还不如说是倾诉自己的满腔悲愤，“他看见了他们的一切所作所为了吗？为什么他让这样的事发生？他们对我们说，《圣经》在为他们说话，当然所有的权力在他们一边。他们富有、健康、快乐，他们是教会成员，指望着进天国。他们在世上过得逍遥自在，随心所欲。可是那些可怜、诚实、信仰上帝的基督徒——跟他们不相上下或者比他们更好的基督徒——却被他们踩在脚下。他们把他们买来卖去，拿他们的生命、呻吟和眼泪做交易，而上帝却允许他们这样做。”

“乔治朋友，”西米恩从厨房叫道，“来听听这段《诗篇》[①]吧，这对你有好处。”

乔治把他的椅子挪到门边，伊莱扎擦干了眼泪，也到前面来听。这时西米恩念道：

“但是我几乎失闪，我的脚险些滑跌。因为我嫉妒狂傲的人兴盛，我憎恨邪恶的人发达。他们不像别人那样受苦，也不像别人那样忧患缠身。因此，傲慢如铁链缠在他们的脖子上，强暴如衣裳遮住他们的身体。他们的眼睛因为肥胖而突出，所得超过他们所想要的。他们腐败，满怀恶意，欺压他人，说话傲慢。因此，上帝的子民归到这里，喝尽了满杯的苦水。他们说：‘上帝怎会知晓至高者是否真有知识！’”

“乔治，你难道不是也有这种感觉吗？”

“确实是这样。”乔治说，“这简直像我自己写的一样。”

“那么，接着听下去吧。”西米恩继续念道，“我竭力想弄明白这事，可是它太难捉摸……直到进入上帝的圣殿，我才明白他们的结局。想必你把他们放在滑地，让他们倒下灭亡，就像人们从梦中醒来。所以，啊，上帝，当你醒来时，你会蔑视他们的形象。然而我仍然与你在一起。你搀扶着我的右手，你将会用忠告引导我，然后接纳我进入天国。亲近上帝对我有益，我已经把自己托付给了至高的主。”

---

① 《诗篇》是《圣经·旧约》中的一卷。

从这位友善老人的口中说出的神圣诗篇中的这些话，就像圣乐轻轻地抚慰着乔治疲惫焦躁的心灵。他读完后，乔治坐在那里，英俊的脸上出现了温和、顺从的表情。

“乔治，如果这个世界就是一切，”西米恩说，“你确实会问，上帝在哪儿？但是往往是那些在现世最贫苦的人会被上帝选中进入天国。信赖他吧，不管今生遭遇什么事，来世他会让你得到补偿的。”

这些话如果出自一个生活优裕、自我放纵的说教者之口，仅仅是以宗教名义卖弄华丽的词藻，专门用来安慰那些落难的人，那就不会有多少效果；但是，这番话是出自一个每天都冒着罚款、坐牢的风险，为上帝和人的事业努力工作的人之口，那就不能不让人感到它的分量了。两个可怜的逃亡人听了这番话后，恢复了平静和力量。

这时，雷切尔亲切地拉着伊莱扎的手，领着他们来到晚餐桌旁。大家都坐下之后，传来了轻轻的敲门声，露丝走了进来。

“我是来给孩子送几双小袜子的，”她说，“三双漂亮又暖和的羊毛袜。你知道，在加拿大是很冷的。你鼓起勇气了吗，伊莱扎？”说着，她轻快地走到伊莱扎的身旁，热情地同她握手，并把一块香籽饼塞在哈利的手里，“我给他带来了一小包这种饼。”说着，她从口袋里掏出小包来，“你知道，小孩子总是要吃东西的。”

“啊，谢谢，你太客气了。”伊莱扎说。

“来吧，露丝，坐下来吃晚饭。”雷切尔说。

“不成啊。我把孩子交给了约翰，烤炉里还烤着饼呢，所以我一刻也不能待，不然的话约翰要把饼都给烤焦了，把碗里的糖全给孩子吃了。他总是这样。”小个子教友会女信徒笑着说，“那就再见了，伊莱扎。再见了，乔治。愿上帝保佑你们一路平安。”然后，露丝脚步轻快地几步便跨出了房间。

晚饭后过了一会儿，一辆大篷车停在了门口。这时夜幕降临，星光璀璨，菲尼亚斯轻快地从座位上跳下来，为乘客们安排座位。乔治一手抱着孩子、一手挽着妻子从屋内走出来。他的脚步坚实，表情平静坚定。雷切尔和西米恩跟着他们走了出来。

“你们先出来一下，”菲尼亚斯对车厢内的人说，“让我来把马车后部调整一下，好让女士们和孩子坐。”

“这是两张野牛皮，”雷切尔说，“尽量把座位弄舒适一点，有一整夜难走的路呢。”

吉姆第一个从车里出来，然后小心翼翼地把他的老母亲扶下车。老太太紧紧抓着他的手臂，担心地看着四周，好像害怕追捕者会随时出现似的。

“吉姆，你的手枪都准备好了吗？”乔治用坚决的语气低声地问。

“没问题。”吉姆说。

“要是他们来了，你该知道怎么办吧？”

“我想没任何问题。”吉姆说着猛地拉开上衣，露出宽阔的胸脯，然后深深地吸了一口气，“你想我还会再让他们抓住我母亲吗？”

在这简短的谈话间，伊莱扎已经跟她善良的朋友雷切尔告过别，由西米恩扶着上了马车，抱着孩子爬到车后部，在野牛皮中间坐了下来。接着老太太被扶上了车坐好，乔治和吉姆坐在她们前面的粗糙的木板座位上，菲尼亚斯坐在最前面。

“再见吧，朋友们。”西米恩在马车外面说。

“愿上帝保佑你们！”车内的人齐声回答。

马车离开了，沿着上冻的路咯嚓咯嚓颠簸着往前驶去。

因为道路崎岖不平，加上车轮的声音，因而在车内没有办法说话。马车辘辘地往前驶去，穿过绵延不绝的黑暗的树林，走过宽广阴郁的平原，上山坡下山谷，向前，向前。一个又一个小时，他们颠簸着向前行进。孩子很快便沉沉地躺在母亲怀里睡着了，那受了惊吓的可怜的老太太最后也忘记了恐惧。随着夜越来越深，就连伊莱扎也发现，尽管她忧心忡忡，两只眼睛也渐渐睁不开了。从总体上看，菲尼亚斯是他们中最有精神的人，他一边赶着车往前走，一边吹着一些很不符合教友会信徒身份的曲子，以消磨漫长的旅程。

可是在大约三点钟的光景，乔治的耳朵捕捉到从他们身后不远处传来的急促、明白无误的嘚嘚的马蹄声，于是便碰碰菲尼亚斯的胳膊肘。菲尼亚斯把马车停下来，侧耳细听。

“准是迈克尔，”他说，“我想我听得出他的马飞跑的声音。”说着他站起身来，伸长脖子回头焦急地往路上望去。

在远处的一个山头上，隐约可见一个人正急驰而来。

“就是他，没错！”菲尼亚斯说。乔治和吉姆两个人不由自主地一下子从车上跳下来。三个人都一声不响地紧张地站在那儿，目光一齐朝向他们所期待的送信人。他往前驰来。此刻他下到了谷底，他们看不见他了，但是能听见清晰、急促而沉重的马蹄声正在往上行，离得越来越近了；终于他们看见他出现在不远处的一块高地的顶端。

“不错，是迈克尔！”菲尼亚斯说，然后他提高嗓门喊道，“喂，迈克尔！”

“菲尼亚斯！是你吗？”

“是我，有什么情况？他们来了吗？”

“就在后面，有八九十来个，一个个喝白兰地喝得情绪激动，骂骂咧咧，唾沫四溅，就像一群狼。”

正当他说话的时候，微风中隐约传来一阵急驰而来的马蹄声。

“快上车！赶快！伙计们！”菲尼亚斯跳上车说，“如果你们一定要拼，那就等我把车往前赶一程再说。”两个人跳上马车，菲尼亚斯挥鞭策马快跑，迈克尔骑着马紧跟在后面。马车跳跃着沿着冰冻的道路嚓嚓向前，差不多在飞驰了，可是后面骑马追击的声音却越来越清晰可闻。两个女人听见了声音，担心地往外看去，只见在后面远处的山顶上，在黎明时分布满道道红霞的天空的映衬下，一群人的身影时隐时现。又过了一座山，追他们的人显然已经看见了他们的马车，因为车顶蒙的白布在远处看起来十分显眼，风中传来了一声粗野而得意的叫喊。伊莱扎心里觉得很难受，她把孩子紧紧搂在怀里；老太太一边祈祷，一边呻吟；乔治和吉姆绝望地紧紧握住手中的枪。追捕者迅速逼近，马车猛地转了个弯，来到一处陡峭的悬崖下。这座突兀而起的孤峰实际上是一大堆层叠的岩石，四周平坦光秃。它耸立在越来越亮的天空下，显得黑森森、阴沉沉的，似乎是个藏身的好地方。这个地方菲尼亚斯很熟悉，过去他打猎的时候对这一带了如指掌，他快马加鞭就是为了赶到这个地方。

“就这一次机会了！”他说着突然勒住马，从车座上跳到地上，喊道，“出来吧，都出来，赶快！跟我上去，到岩石堆里去。迈克尔，把你的马拴在马车上，把车赶到前面阿马利亚家去，让他带一班人来跟这帮家伙理论理论。”

一眨眼工夫，他们全都下了车。

“来，”菲尼亚斯说着接过哈利，“你们一人照顾一个女的，快跑，拼命跑!”

根本用不着多说,说时迟,那时快,一群人已经越过篱笆,飞快地往岩石堆跑去;而迈克尔则翻身下马,把缰绳拴在马车上,驾着车飞驰而去。

“来吧!”菲尼亚斯说。这时他们已经来到山下,在与星光交融的曙色中,他们看见一条崎岖不平但却清晰可辨的小路一直延伸到岩石层叠的山上。“这是我们过去打猎用过的一个山洞。上来吧!”

菲尼亚斯走在前面,他抱着孩子,像山羊一般跳上岩石。吉姆紧随其后,用一只肩膀驮着他浑身发抖的老母亲。乔治和伊莱扎断后。那伙骑马的人来到篱笆跟前,他们叫骂着下了马,准备去追他们。这会儿,一行人已爬到悬崖顶上。小路从这儿起,在一条狭窄的峡谷中穿过,这条路每次只能容一人通过。最后他们突然来到一条一码多宽的裂缝前,裂缝另一边是一堆岩石,与悬崖完全断开。裂缝足足有三十英尺深,两边是陡峭垂直的石壁,就像古堡的墙。菲尼亚斯轻而易举地跳过了裂缝,然后把孩子放在一个平坦光滑、长满白色苔藓的石台上坐下——整座石峰顶端全长满了这种苔藓。

“过来吧!”他喊道,“跳,跳一下就能活命了!”他说。接着大家一个又一个地都跳了过来。这里有一些松动的碎石块,形成了一道像胸墙似的屏障,下面的人看不见他们。

“好了,我们都过来了。”菲尼亚斯说着从矮石墙上探头向那群攻击者张望,只见他们正叫嚣着往山上爬呢。“有本事就让他们上来吧。谁想上来就得一个一个地走过两块巨石之间的隘道,完全在你们手枪的射程之内。伙计们,看见了吗?”

“没错,看见了。”乔治说,“现在这是我们的事了,让我们来承担一切风险,跟他们干。”

“你要跟他们干就跟他们干吧,乔治。”菲尼亚斯边嚼着鹿蹄草叶边说,“不过我想,我倒能在一旁看热闹。咦,你们看,那帮家伙好像正在下面争论,他们抬着头往上看,就像一群母鸡准备飞到高处的鸡窝里。我看你最好在他们上来前先给他们一句忠告,光明正大地告诉他们,要是他们上来就会被开枪打死。”

在黎明的曙光中,下面的那些人现在看得更清楚了,原来是我们的老熟人汤姆·洛克和玛克斯以及两个警察，还有一帮在前面提到过的小酒店里的无赖，几口白兰地就能把他们招来为抓几个逃奴助兴。

"哎，汤姆，你的浣熊差不多要追到啦。"其中一个人说。

"是的，我看见他们就是从这儿上去的，"汤姆说，"这儿有一条路。我赞成从这儿直接上去。他们不可能很快跳下去的，我们会很快把他们搜出来。"

"不过，汤姆，他们可能会从岩石后面向我们开火的，"玛克斯说，"那可就麻烦了，你知道的。"

"哼！"汤姆冷笑一声说，"你总是想着保命，玛克斯！没有任何危险！黑鬼都是怕死鬼！"

"我不知道为什么我不该保命，"玛克斯说，"生命是我最宝贵的东西。有时黑人打起来厉害得很呢。"

这时，乔治出现在他们上面的一块岩石顶上，用平静、清晰的声音说：

"先生们，站在下面的你们是谁？你们想干什么？"

"我们想抓住一伙逃奴，"汤姆·洛克说，"一个叫乔治·哈里斯，一个叫伊莱扎·哈里斯和他们的儿子；还有吉姆·塞尔登和一个老太婆。我们这里有警官，并且有拘捕令，我们也一定会抓住他们的。你听见了吗？你不就是乔治·哈里斯，肯塔基州谢尔比县哈里斯家的奴隶吗？"

"我就是乔治·哈里斯，肯塔基一位叫哈里斯的先生的确把我当做他的财产，但是现在我是个站在上帝自由土地上的自由人了，我的妻子和孩子应该属于我。吉姆和他母亲也在这儿。我们有武器保卫自己，我们决心这样做。如果你们愿意的话，可以上来，不过最先进入我们子弹射程的人必死无疑；然后是下一个，再下一个，直到最后一个全都完蛋。"

"哎，得了！得了！"一个矮胖子走上前来擤着鼻子说，"年轻人，这根本不是你该说的话。你知道，我们是执法的警官，法律、权力等等都在我们一边，所以你们最好还是老老实实投降为好。你知道，因为你们最终一定会投降的。"

"我很清楚法律在你们一边，还有权力。"乔治悲愤地说，"你们想把我的妻子带到新奥尔良卖掉，把我的孩子像牛犊一样放到奴隶贩子的牲口圈里，把吉姆的老母亲送到那个鞭打虐待她的残暴的家伙那儿去，因为他没法虐待她的儿子。你们想把我和吉姆送回去鞭打折磨，让那些被你们叫做主人的人踩在脚下蹂躏；而你们的法律会证明你们做得正确——这更让你们和你们的法律蒙受耻辱！但是你们没有抓住我们。我们不承认你们的法律，我们不承认你们的国家，我们站在上帝的天空下，跟你们一样，是自由的。让创造我们的上帝作证，我们要为自由战斗到底。”

乔治发表他这篇独立宣言时正站在岩石顶端，身影清晰突出，黎明的霞光把他黝黑的脸庞照得通红，满腔的悲愤和绝望使他的眼睛放射出火一样的光芒。他说话时向上天举起手，就像在呼吁上帝伸张正义。

如果这是一位匈牙利青年，现在正站在某个高山要塞上勇敢地掩护一群从奥地利逃到美国去的亡命者，这会被当做崇高的英雄气概的。但是因为这是一位有非洲血统的年轻人，正在保卫从美国往加拿大逃亡的奴隶，良好的教育和十分的爱国热情让我们不会看到这里面有任何英雄气概了——假如我们的读者中有人认为这行为有英雄气概的话，那他们必须对此自负责任。当绝望的匈牙利逃亡者无视搜捕令和合法政府的权威来到美国时，新闻界和政府内阁报以一片热烈的掌声表示欢迎；当绝望的非洲逃亡者采取同样的行动时——这——这到底是什么行为呢？

尽管如此，说话人的姿态、眼神、声音和神态，毫无疑问，一时间让下面这帮人鸦雀无声了，他的某种无畏和决心一时间让最粗野的人也肃静下来了。玛克斯是唯一一个对乔治的这番话无动于衷的人，他不慌不忙地将手指搭上手枪的扳机，做好了射击的准备。在乔治讲完话后短暂的沉默中，他向他开了一枪。

“你们知道，不管他是死是活，在肯塔基的价钱是完全相同的。”他一边用袖口擦着枪，一边冷冷地说。

乔治往后一跳，伊莱扎发出一声尖叫，子弹从他的头发上擦过，差一点擦伤他妻子的面颊，最后击入上面的一棵树里。

“没什么，伊莱扎。”乔治马上说道。

“你最好不要发表演说，以免让他们看见你。”菲尼亚斯说，“他们是一帮卑鄙的流氓。”

“喂，吉姆，”乔治说，“看看你的手枪有没有问题，然后跟我一起监视那个关口。第一个露头的人由我开枪，你打第二个，就这样轮换着来。你知道，在一个人身上浪费两颗子弹是不行的。”

“可是万一你打不中怎么办？”

“我一定会打中的。”乔治沉着地说。

“好！嘿，那小子有种。”菲尼亚斯喃喃地说。

玛克斯开了一枪后，下面的那伙人在那儿站了一会儿，拿不定主意。

“我想你一定打中了什么人，”有一个人说，“我听见一声尖叫！”

“我本人准备马上就上去。”汤姆说，“我过去从来没害怕过黑鬼，现在也不会害怕。谁跟我上？”他说着跳上了岩石。

这些话乔治听得清清楚楚，他拿起枪检查了一下，然后把它瞄准隘路口上的一点，准备射击第一个爬上来的人。

这伙人当中最勇敢的一个跟在汤姆后边，既然有人开了路，所有的人就开始往上爬，后面的人催着前面的人快走——其实他们自己在前面的话，也不会走得更快的。他们越来越近了，不一会儿汤姆魁梧的身躯出现了，他几乎站到了裂缝的边缘上。

乔治开枪了，子弹射中了汤姆的腰部，虽然他受了伤，可是仍不愿退却；相反，他像发疯的公牛一般大叫一声，一下子跳过了裂缝，落进这群人中间。

“朋友，”菲尼亚斯说着突然走到前面，用他那双长臂把他往后一推，“这儿不需要你。”

他一下子掉进了大裂缝，劈劈啪啪落过树丛、灌木、原木和乱石，一直落到三十英尺深的沟底，全身青肿地躺在那儿直哼哼。要不是他的衣服挂住了大树枝，减缓了下落的速度，他可能已经摔死了。不过他跌得也够惨的，很难让他觉得惬意和舒适。

“愿上帝保佑我们，他们完全是群魔鬼！”玛克斯说着领头往山下逃去，比刚才往上爬的时候劲头大得多。这伙人全都跟在他后面连滚带爬地、急冲冲地往下跑，特别是那个胖警察，更是跑得气喘吁吁。

“我说啊，伙计们，”玛克斯说，“你们过去把汤姆弄起来，我要骑上马赶回去搬救兵——就这么办吧。”说完玛克斯也不管同伴的叫骂和嘲笑，策马而去了。

“真没见过这种卑怯的浑蛋！”一个人说，“我们为他的事到这儿来，可他却溜之大吉，把我们给扔在这儿了！”

“唉,我们还得把那家伙弄上来。”另一个人说,“我才不在乎他妈的这小子是死是活呢。”

他们循着汤姆的呻吟声,劈劈啪啪地爬过树墩、圆木和灌木丛,来到那位英雄躺着的地方。他正在那儿一会儿大声呻吟,一会儿大声叫骂。

“你一直不停地大叫,汤姆,”一个人说,“你伤得不轻吗?”

“不知道。你们把我扶起来好不好? 那该死的教友会浑蛋! 要不是他,我就扔他们几个人到沟底来,让他们尝尝这味道。”

这位坠沟的英雄费了很大的劲,呻吟了老半天,才被人扶着站了起来,然后两人一边一个地扶着他来到拴马的地方。

“要是你们能把我弄回到一英里远的那家小旅店去就好了。给我弄条手帕什么的,把它塞在这地方,止住这该死的血。”

乔治从山上往下看去,只见他们正试图把大块头汤姆扶上马鞍,可是试了两三次都没成功,他摇晃了一下,重重地摔在地上。

“啊,但愿他没被摔死!”伊莱扎说,她跟大家一起正站在那儿看着下面的一幕。

“为什么?”菲尼亚斯说,“他摔死了活该。”

“因为死了以后要受到审判呀。”伊莱扎说。

“对。”老太太说。遭遇这伙人后,她一直时而呻吟,时而按卫理公会教徒的方式祈祷,“这可怜人的灵魂可要遭罪了。”

“我敢说他们要把他扔下不管了。没错!”菲尼亚斯说。

果然如此。因为这伙人好像犹豫不决片刻,又商量了一会儿之后,所有的人都跨上马离去了。等他们走得无影无踪以后,菲尼亚斯开始行动。

“哎,我们得下去,往前走一程了。”他说,“我让迈克尔到前面去搬救兵,再驾着马车回到这儿来,但是我想我们得顺着道往前走一程去迎他们。愿上帝保佑他快来吧! 现在天还早,眼下路上人还不会太多,我们离目的地也不过两英里多一点了。昨天夜里要不是路这么难走,我们就可以完全把他们甩掉。”

当他们走近篱笆时,远远地看见他们自己的马车沿着路驶来了,旁边还跟着一些骑马的人。

“好啦,迈克尔来了,还有斯蒂芬和阿马利亚!”菲尼亚斯高兴地大声说，“现在我们成了，就像到了目的地一样安全了。”

“哎，那就请停一下。”伊莱扎说，“帮帮那个可怜人吧，他呻吟得真可怕。”

“这是基督徒应该做的事。”乔治说，“我们把他弄上车带着走吧。”

“还要在教友会信徒家为他治伤！”菲尼亚斯说，“这很好啊！好吧，这么做我可无所谓。我们来看看他吧。”菲尼亚斯说。在多年的狩猎和山林生活中，他粗通一些外科知识，于是他跪在受伤人的身旁，开始仔细检查他的伤情。

“玛克斯，”汤姆有气无力地说，“是你吗，玛克斯？”

“不是，我想不是的，朋友。”菲尼亚斯说，“玛克斯才不管你呢，他只要自己保命就行，他早就溜掉了。”

“我想我完了。”汤姆说，“那该死的卑鄙、胆小的家伙，把我丢在这儿孤零零地死去！我可怜的老母亲早就说过我会落得这个下场的。”

“哎呀！听听这可怜人说的话吧。瞧，他还有个妈妈呀。”黑人老太太说，“我倒忍不住可怜起他来了。”

“安静一点，安静一点，不要大叫大嚷的，朋友。”菲尼亚斯说。这时汤姆痛得本能地推开他的手。“我不给你止住血，你就完了。”菲尼亚斯忙着用自己的手帕和在别人那儿收集到的东西为汤姆临时处理了一下伤口。

“是你把我推下去的。”汤姆声音微弱地说。

“嗯，我要是不把你推下去，你就会把我们推下去的。这你知道。”菲尼亚斯一边弯腰为他包扎伤口一边说，“好了，好了，我来给你把绷带包好。我们对你是好心，没有恶意。我们会把你送到一户人家去，在那儿你会得到最好的护理，就像你自己的母亲护理你一样。”

汤姆呻吟着，然后闭上了眼睛。像他这种人，活力和意志随着血液的流失，都渐渐消失了。这位彪形大汉现在身处绝境，样子实在可怜。

这时，援兵已经走到跟前了。马车里的座位统统都搬了出来。水牛皮折叠成四层铺在马车的一侧，四个男人费力地抬起沉重的汤姆放进车内。他人还没进去就完全昏了过去。黑人老太太十分同情他，便坐在马车的后部，让他的头枕在自己的膝上。伊莱扎、乔治和吉姆尽可能挤在剩下的空间里，接着大家又出发了。

“你觉得他的情况怎么样?”乔治问。他坐在车前部菲尼亚斯的旁边。

“哦,这只是很深的皮肉伤。不过后来从山上连滚带擦地摔下去,对他可没什么好处。伤口流了很多血——差不多要流干了,勇气什么的都没有了——不过他会恢复的。也许他从这件事上能吸取一点教训。”

“听你这么说我很高兴。”乔治说,“要是因为我他死掉了,我心里头永远会有个负担,即使是为了正义的事业。”

“说得对,”菲尼亚斯说,“杀生是件可怕的事,不管你杀的是谁——人还是野兽。我当年是个好猎手,我对你说吧,我看见过一头被击中快要死去的雄鹿,它用那种特别的眼神看着你,真让人觉得杀死它是罪过。杀人就更严重了,正像你妻子所说的,死了人,就要受审判,所以我并不认为教友会的人对这些事的看法过分严厉。而且考虑到我从小受的教育,我对他们的观点还十分赞同呢。”

“你准备怎样处置这个可怜的家伙呢?”乔治问。

“哦,把他送到阿马利亚家去。他家里有斯蒂芬斯老婆婆——人家叫她多加①——她是个非常好的护士。她天生就喜欢干护理活,有病人需要她照料,最合她的心意不过了。我们可以把他交给她照顾两星期左右,没问题的。”

又走了大约一小时,一行人来到一座整洁的农舍前。在这儿,这些筋疲力尽的行路人受到款待,吃了一顿丰盛的早餐。汤姆·洛克很快便被小心地安顿在一张又干净又舒适的床上,他这辈子还没睡过这么干净舒适的床呢。他的伤口被仔细地敷药包扎,他无力地躺在床上,像个疲惫的孩子,眼睛时睁时闭地看着白色的窗帘和房里轻轻走动的人影。现在我们暂且和这些人告别。

① 多加是《圣经》故事中的人物,她周济穷人,广行善事,死后由彼得使其复活。

第18章

奥菲丽亚小姐的经历及其见解

在我们的朋友汤姆淳朴的思想中，他常常把自己在圣克莱尔家做奴隶这种幸运与约瑟夫在埃及的际遇①相比较。事实上，随着时间的推移，他越来越受到主人的器重，这个比喻也就越来越恰当了。

圣克莱尔人很懒散，花钱随便。汤姆来这儿之前，一切采买主要由阿道尔夫负责。阿道尔夫在花钱随意、挥霍无度方面和他的主人如出一辙，两人共同以惊人的速度消耗着这份财产。而汤姆多年来习惯于把管理主人的财产看做自己的责任，看着家里日常开销的浪费，他很难压抑内心的不安，于是他有时以黑人常用的温和、间接的方式提出自己的建议。

圣克莱尔开始时只是偶尔让他去办些事，但是汤姆头脑清楚，办事能力强，给他留下了很深的印象，他就越来越信任汤姆了，后来逐渐把全家一切采买供应的事都交给他了。

"别，别这样，阿道尔夫，"一天，当阿道尔夫对自己权力的丧失表示不满时，圣克莱尔对他说，"不要干涉汤姆。你只知道自己想要什么，而汤姆却知道计算花销，精打细算。如果我们不让人这么做，钱迟早会被花光的。"

汤姆受到无限的信任。他的主人十分漫不经心，递给他一张钞票连面值是多少也不看，找回的零钱数也不数就放进了口袋。汤姆可以有很多的机会进行欺骗，完全是他坚定不移的淳朴天性，加上基督教信仰的力量才使

① 约瑟夫的际遇见《圣经·旧约·创世记》第三十七至第五十章。他是雅各第十一子，遭兄长嫉妒，被卖往埃及为奴，后因救灾有功，被封为丞相。

他抵制了这种诱惑。但是对于他那种天性的人来说,主人对他的无限信任本身就是对他的限制和约束,要求他认真严谨,按良心办事。

阿道尔夫过去可不像这样。他处事轻率,放纵自己,主人对他毫无约束。由于主人发现放纵他比用规矩来约束他更容易做到,因而他完全陷入了认识上的混乱之中,弄到与主人不分你我的地步,这有时也让圣克莱尔很伤脑筋。他的良知告诉他,这样训练仆人是不对的,也是危险的。因此,不管他在哪儿,长期以来他对此一直感到内疚,但这还不足以让他当机立断,改变这种情况,于是这种内疚又复归为放纵宽容。对最严重的错误,他只是轻轻放过,因为他暗暗告诫自己,要是他尽了责,他的仆人就不会犯这些错误了。

汤姆对他这位快活潇洒、年轻英俊的主人怀着一种奇妙复杂的情感:忠诚、尊敬和父亲般的关怀交织在一起。圣克莱尔从来不读《圣经》,从不上教堂做礼拜,对任何事,他都只是随意取笑一番。每个星期天晚上,他不是看歌剧就是看话剧,他参加酒会、俱乐部活动、晚宴过于频繁。这一切汤姆和别人一样看得清清楚楚,因此他确信"老爷不是个基督徒",不过他是不会轻易向别人吐露他的看法的。但是当他独自在自己的小房间里时,他经常用自己的淳朴的方式为主人祈祷。汤姆这样做并不是不想向他的主人吐露心思,他偶尔也以黑奴中常见的方式说出自己的看法,比如说,就在我们上文描绘过的那个安息日的第二天,圣克莱尔应邀参加了一个有各种名贵好酒的宴会,在深夜一两点钟的时候被人送了回来,当时他的肉体已完全战胜了精神。汤姆和阿道尔夫帮着让他平静下来睡觉。阿道尔夫兴高采烈,很明显他把这事看做一个很好的笑料,见汤姆惊恐的神态,他不禁开怀大笑,笑他是个乡巴佬;而汤姆真的十分单纯,那一夜差不多没合眼,躺在床上为年轻的主人祈祷。

"哎,汤姆,你还在等什么?"第二天早上,圣克莱尔穿着晨衣、趿着拖鞋坐在书房里问,他刚刚给了汤姆一些钱让他去办几件事。"不是都跟你说清楚了吗,汤姆?"见汤姆仍站在一旁等待着,他便又问了一句。

"还没有呢,老爷。"汤姆一脸严肃地说。

圣克莱尔放下手中的报纸和咖啡,看着汤姆。

"哟,汤姆,怎么回事?你的脸板得就像死了人似的。"

“我感觉很难受,老爷。我一直认为老爷会对所有的人都好的。”

“哎,汤姆,难道我不是这样吗?得了,你想要什么?我想,是不是你还有什么东西没得到,才来这一番开场白。”

“老爷对我一直很好,在这方面我没有任何可抱怨的。但是,有一个人老爷对他不好。”

“哎呀,汤姆,你到底怎么啦?有话直说吧,你是什么意思?”

“昨天夜里一两点钟的时候我就有这个想法。我当时仔细考虑了这个问题。老爷对自己不好。”

汤姆说这话的时候背对着主人,一只手放在门把手上。圣克莱尔感觉自己的脸刷地变红了,但是他却笑了起来。

“哦,就这事吗?”他轻松地说。

“就这事!”汤姆说着转过身跪在地上,“啊,亲爱的年轻老爷!我担心这会毁了你的一切——身体和灵魂。《圣经》上说:‘酒像蛇一样咬人,像毒蛇一样害人!’老爷!”

汤姆的嗓子哽咽了,眼泪流下了他的脸颊。

“你这可怜的傻瓜!”圣克莱尔说,他自己也热泪盈眶,“起来吧,汤姆,我不值得你为我流泪。”

可是汤姆不肯站起来,脸上带着恳求的神情。

“好吧,我以后再也不去参加这些该死无聊的聚会了,汤姆,”圣克莱尔说,“我保证不会去了。我不知道自己为什么没有早就停止这样做。我一直看不起这一套,为此也看不起自己——那好吧,汤姆,擦干眼泪,办你的事去吧。好啦,好啦,”他又说道,“不要为我祝福了,我没那么好。”他说着轻轻地把汤姆推到门口,“好啦,我向你保证,汤姆,你再也不会看见我这么做了。”他说。于是汤姆非常满意地擦干眼泪走了。

“我也要对他守信用。”圣克莱尔关上门以后说道。

圣克莱尔确实这样做了,因为任何形式的耽于酒色的肉体之乐对他并没有特别的诱惑力。

在这段时间,我们的朋友奥菲丽亚小姐已经担当起了在南方家庭中管家的职责,可是谁能详尽地讲述她的种种苦楚呢?

南方人家的仆人千差万别,这取决于教育他们的女主人的性格和能力。

南方和北方一样，有些女人具有发号施令的非同一般的才能和教育他人的策略。这些女人似乎能够很容易而且不必采用严厉的手段，便让她们小小庄园里的所有奴隶服从她们的意愿和谐相处，井然有序；她们能调整各人的独特之处，相互取长补短，以便建立一个和谐有序的体制。

我们前面已经描述过的谢尔比太太就是这样一位管家人，我们的读者也许能记得曾经见过这样的管家人。她们在南方并不多见，那是因为她们在世界上不多见；在别的地方能见到多少这样的人，在南方就能见到多少这样的人。如果这种人存在，她们会在那特定的社会环境中，找到展示自己管家才能的绝好机会。

玛丽·圣克莱尔绝不是这样一位管家人，过去她母亲也不是。她懒散、幼稚、做事无条理、缺乏远见，所以很难指望在她的调教下仆人们会跟她有什么两样。她已经十分公正地向奥菲丽亚小姐描绘了将会在家中见到的混乱状况，尽管她没有指出它的真正原因。

奥菲丽亚小姐摄政的第一天早晨，她四点钟就起了床，她先收拾整理好自己的房间——自从她来这儿以后就一直这么做——然后准备向家里所有钥匙掌管在她手里的柜子和壁橱发动猛烈的进攻，这使女仆十分惊异。

那一天，储藏室、装家庭常用织物的壁橱、瓷器柜、厨房和地窖等统统都经过了她严格的检查。藏在黑暗中的物品被一一搜出来暴露在光天化日之下，其数量之多，着实让厨房和卧室里的诸侯权贵们惊得非同小可，在仆人内阁中引起了许多对“这些北方来的太太小姐”的猜疑和议论。

厨子头老黛娜是在厨房中拥有统治权和权威的首领，她认为自己的特权受到了侵犯，因而义愤填膺。大宪章时代①的封建贵族对国王侵犯自己权利时所表现的愤怒也不会比她更为强烈。

黛娜本身也算是个人物，如果不把她向读者诸君稍作介绍，这对她来说是不太公平的。像克洛伊大婶一样，她天生就是个好厨子——烹饪是非洲人天生固有的才能。但是克洛伊训练有素，有条不紊，做事按部就班；而黛娜却是个无师自通的天才，她像通常的天才那样十分自信、固执己见、乖张

① 13世纪初，英王约翰的专制受到了社会各阶层的反对，1215年被迫签署了保障部分公民权和政治权的大宪章。

至极。

就像某派现代哲学家一样，黛娜对各种形式的逻辑和理性根本不屑一顾，她总是依靠直觉判断各种问题，在这一方面她是毫不动摇的。不管你有多大的才能、多大的权威，不论你如何解释，都无法让她相信任何别的办法比她的更好，或者让她在哪怕最小的事情上作丝毫的改变。在这方面她的老主人——玛丽的母亲——对她一直迁就；而"玛丽小姐"——黛娜一直这样称呼她的年轻主人，即使玛丽婚后也是如此——觉得顺着她比跟她较劲要省力，所以黛娜一直具有至高无上的权威。加上她外交艺术炉火纯青，擅长把最百依百顺的态度和寸步不让的措施相结合，做到上述这一点就更容易了。

黛娜还掌握了制造各种借口的整套艺术和秘诀。其实对她来说，厨师绝不会做错事，这是至理名言，南方厨房里的厨师可以把一切罪责和缺点推到无数替罪羊的头上和肩上，以此保持自己的完美无瑕。如果一顿饭某个环节出了差错，她会有五十个无可争辩的理由；不可否认，这是五十个他人的过错，对他们黛娜会毫不留情地痛斥。

不过黛娜的最后成品却很少出过问题。虽然她做每一件事都迂回曲折，对时间和地点没有任何计划考虑，虽然她的厨房看起来总像刚刚经历过飓风的袭击，每一件炊具放的地方多达三百六十五处，可是，如果你有耐心等待的话，她的饭会出人意料地秩序井然地开出来，而且厨艺相当高超，就连美食家也无可挑剔。

现在是开始做饭的时候了。黛娜做任何事都从容不迫，花很多时间考虑和休息。这时她正坐在厨房的地上抽着一枝又短又粗的烟斗。她抽烟已经成瘾，每当她做事需要灵感的时候，便会点燃烟斗当香火，以祈求家务缪斯①的帮助。

在黛娜身边围坐着一大群小黑奴——在南方的家庭中，小黑奴多得很——他们正忙着剥豌豆、削土豆皮、薅鸡毛，还做着别的准备工作。黛娜不时地中断沉思，用放在身边的布丁棍在干活的小黑奴这个头上戳一下，那个头上敲一下。事实上，黛娜在对这些鬈发的小东西实行铁腕统治，她似乎

① 缪斯是希腊神话中司文艺和科学的九位女神，据说可以给人灵感。

认为他们降生到世上来唯一的目的，用她的话来说，就是要“让她少走几步路”。她自己就是在这种制度的熏陶下长大的，现在正完全彻底地在贯彻这种精神。

奥菲丽亚小姐在家里其他地方将旨在推行改革的巡视完成之后，便来到厨房。黛娜已经通过各种渠道听说了家中正在发生的事情，她打定主意坚守自己防御和守卫的阵地，决意要反对一切新举措，或是对其不予理睬，但她并不打算采取实际的、看得出来的违抗。

厨房是一间地面铺砖的大屋子，一个老式的大炉灶占据了整整一面墙。圣克莱尔早就劝她把老式炉改成方便的新式炉，可是却白费口舌，她才不干呢。不管是蒲西派[①]还是别的保守派人士，恪守古老的不方便事物的态度都没有黛娜这么坚决。

圣克莱尔刚从北方回来时，叔父家厨房安排的秩序和制度给他留下了深刻的印象，因此他给自己家的厨房购置了一大批橱柜、抽屉和各种别的设备，想以此让厨房的管理井然有序，他乐观地幻想这会对黛娜的厨房事务有所帮助。他想错了，他还不如把这些东西送给松鼠和喜鹊呢。橱柜和抽屉越多，黛娜就越有地方藏掖破布、发梳、旧鞋、丝带、废弃的假花和别的她心爱的小玩意。

奥菲丽亚小姐走进厨房时黛娜没有站起身，而是继续镇定自若地抽烟，一边用眼角偷偷观察奥菲丽亚小姐的举动，表面上却装出正全神贯注地监督周围人干活的样子。

奥菲丽亚小姐开始打开一个个抽屉。

“这个抽屉是干什么用的，黛娜？”她问。

“它装什么都挺方便的，太太。”黛娜说。看起来的确如此，从它装的各种杂物中，奥菲丽亚小姐首先抽出来一条精致的绣花桌布，上面沾满血迹，显然它被用来包过生肉。

“这是什么，黛娜？你不会用太太最好的桌布包肉吧？”

---

① 蒲西派是对英国19世纪牛津运动参与者的贬称。该派反对英国圣公会内的新教倾向，主张恢复传统的教义和礼仪。其代表人物是牛津大学教授、圣公会神学家蒲西（1800—1882）。

"啊,天哪,太太,不是的,毛巾都找不到了,就用它包一下。我把它放在那儿准备洗的,所以就把它放在抽屉里了。"

"真会偷懒!"奥菲丽亚小姐一边自言自语地说着,一边把抽屉里的东西全都倒了出来,里面有一个肉豆蔻碾碎器、两三颗肉豆蔻、一本美以美教派的赞美诗和两三条弄脏的马德拉斯提花丝手绢,还有些纱线和正织着的纱线活、一纸包烟草和一只烟斗、几只胡桃钳、一两只镀金边的里面放了一些头油的瓷盘、一两只薄旧鞋、用别针仔细别住的里面包着几颗小白洋葱头的一个法兰绒布包、几块绣花餐巾、几条粗布毛巾、一些线和几根织针,以及几个破纸包,里面的香草撒得抽屉里到处都是。

"你把肉豆蔻放在什么地方,黛娜?"奥菲丽亚小姐问,看样子她在尽力耐着性子。

"什么地方都放,太太,那个破裂的茶杯里有一些,那边的碗橱里也有一些。"

"这碾碎器里也有。"奥菲丽亚小姐说着把这些肉豆蔻拿了起来。

"哎呀,是的,是我今天早晨放的,我喜欢把东西放在伸手拿得着的地方。"黛娜说,"你,杰克!你停下来干什么!当心挨打!喂,放老实点!"说着她把棍子向那个罪犯打去。

"这是什么?"奥菲丽亚小姐说着拿起了放头油的盘子。

"天哪,这是我的头油。我把它放在那儿,用起来方便。"

"你用太太最好的盘子放头油吗?"

"天哪!因为我时间紧,来不及,我本来打算今天换个东西放的。"

"这儿有两块绣花餐巾。"

"餐巾是我放在那儿准备哪天洗的。"

"难道你没有专门放要洗的东西的地方吗?"

"嗯,圣克莱尔老爷说他买的那个柜子是派这用场的,可是有时候我喜欢在上面和面做饼、放些东西,而且老是开门去拿东西也不太方便。"

"你怎么不在那张和面的桌子上和面做饼呢?"

"哎呀,太太,上面放满了盘碟和这样那样的东西,哪有地方啊——"

"可是你应该把它们洗干净收起来啊。"

"洗干净!"黛娜不由得提高了声调,她怒火中烧,平时恭敬的神色不见了,“太太小姐们哪知道干活的事啊！我倒想知道,要是我把时间都花在洗刷收拾盘碟上,老爷什么时候才能吃上饭？玛丽小姐从来没有要我干这些事。”

“那么这儿还有几颗洋葱头呢。”

“哎呀,是的！”黛娜说,“是我放在那儿的,我把它们给忘了。那是我专门留着炖肉用的。我忘了它们是包在法兰绒里了。”

奥菲丽亚小姐举起包香草的破纸包。

“我希望太太您不要碰它们。我喜欢把东西放在我伸手能取到的地方。”黛娜态度坚决地说。

“可是你不会要这些有破洞的纸包吧。”

“这样倒起来方便啊。”黛娜说。

“可是你看,这样撒得抽屉里到处都是啊。”

“哎呀，不错！要是太太您把东西这么乱倒的话,那当然会撒了。太太您已经撒了不少了。”黛娜说着担心地走到抽屉跟前,“太太您上楼待着去好吗？等打扫时间一到,我会把一切收拾得干干净净。可要是太太在这儿待着,碍手碍脚的,我什么也干不成了。山姆,你不要把那糖碗给娃娃！你要是不当心,看我打碎你的脑袋！”

“我来把厨房彻底检查一遍,这一次替你把东西都收拾整齐。黛娜,我希望你以后保持下去。”

“天哪！奥菲丽亚小姐！这可不是太太小姐干的事啊。我从来没见过太太小姐们干这些事。我的老太太和玛丽小姐从来没干过。再说我看也没有这个必要。”说完她气冲冲地走来走去,而奥菲丽亚小姐则把盘子分大小摞好,把分散在各处的十几个碗里的糖倒在一个容器里,把餐巾、桌布、毛巾拣出来准备洗,然后亲自动手,又洗又擦又整理,那快速麻利劲儿让黛娜十分惊奇。

“天哪！要是北方的太太小姐都这样的话,那她们可算不上太太小姐了。”当奥菲丽亚小姐离得较远、听不见她说话时,她对围着她团团转的手下人说,“等我大扫除的时候,我也会把东西都收拾得整整齐齐。可是我不想让太太小姐们待在旁边碍事,把我的东西乱放,害得我找不到。”

说句公道话,黛娜心血来潮的时候也进行过改革和整顿,她称之为“大扫除的日子”,这些日子毫无规律可言。到了这些日子,她会劲头十足地把所有的抽屉和橱柜统统掀个底朝天,东西都倒在地上或桌上,让本来就乱的厨房更乱上七倍。然后她便点燃烟斗,悠闲地整理起来。她一边察看每件东西,对它们发着议论,一边让那些小黑奴使劲地擦镀锡器皿,一连好几个小时让厨房乱成一团。别人问她这是怎么回事,她解释说她正在“大扫除”,别人听了很满意。“她不能让厨房里这样乱下去,她准备让这些小家伙保持整洁。”因为黛娜不知怎的有一种幻觉,认为她本人就是整洁和秩序的化身,认为是那些小家伙和其他人才是杂乱无章的根源。等到所有的镀锡器皿擦得发亮,桌子擦得净白,所有有碍观瞻的东西都塞到洞中角落里看不见了之后,黛娜便穿上漂亮衣服,围上干净的围裙,包上光鲜的高高的马德拉斯丝头巾,要那些强盗一般的“小东西”不要进厨房,因为她要让厨房里的东西保持整洁美观。真的,每逢这些日子,家中所有的人都感到不方便,因为黛娜对擦亮的镀锡器皿变得疼爱有加,坚持无论什么原因别人都不得再用——至少要等到“大扫除”的热情稍稍减退之后才能用。

奥菲丽亚小姐这几天在家中各处都进行了彻底的改革,把一切都整顿得井然有序。可是在所有那些需要仆人配合的地方,她的辛劳就像西绪福斯①和丹奈斯诸女②一样徒劳无益。绝望中,有一天她去向圣克莱尔求助。

“在这家中根本没办法建立起什么制度!”

“可不是吗,确实如此。”圣克莱尔说。

“这种管理的不力,这种浪费,这种混乱,我从来没见过!”

“我相信你确实没见过。”

“如果你是管家,就不会对此这么无动于衷了。”

“亲爱的堂姐,最好还是干干脆脆让你知道,我们这些主人分成两个阶级:压迫者和被压迫者。我们这些性情和善、不愿采用严厉手段的人得忍受许多不便。如果我们为了自己方便,愿意在家里养着一帮笨手笨脚、松松垮垮、没有教养的家伙,那我们就得自食其果。我也见过少数几个有特殊手段

① 西绪福斯是希腊神话中的暴君,死后入地狱,被罚推石上山,但石在近山顶时又滚下,于是重新再推,如此循环不已。

② 丹奈斯诸女是希腊神话中的五十姐妹,其中除一人外,其余四十九人皆听命于父亲,杀死丈夫,死后被罚在地狱用筛取水注入漏槽,永无终止。

的人,他们不采用严厉手段也能把家治理得井井有条。可是我不是这种人,所以很久以前我就打定主意,对一切听之任之。我不会让这些可怜的家伙挨打,把他们打得皮开肉绽,他们知道这一点——当然他们明白权杖握在他们自己手上。”

“可是没有时间概念、东西随意乱放、没有秩序——一切就这么懒懒散散,这怎么行呢!”

“亲爱的佛蒙特堂姐,你们住在靠近北极的人把时间看得太宝贵了!对于一个多出一倍时间而不知如何打发的人来说,时间到底有什么用呢?至于秩序和制度,在我们这儿,除了躺在沙发上看看书报之外便无事可做,开饭早一小时晚一小时又有何妨。就拿黛娜来说吧,她给你做的饭十分丰盛可口——汤、炖肉、烤鸡、甜食、冰激凌等等应有尽有——而这一切都是在那混乱不堪、漆黑一片的厨房里做出来的,我觉得她能做到这一点真是了不起。可是,天哪!要是我们下到厨房去,看一看那里到处烟雾腾腾,到处是蹲着干活的人,做饭时到处在奔跑忙乱,那我们就再也难以下咽了!我的好堂姐,想开点!事情老放在心上,比天主教徒的苦行还要伤身子,而且于事无补。结果你只会干着急,而且也让黛娜不知所措。随她去吧。”

“可是,奥古斯丁,你不知道我在厨房看到的情况呢。”

“我不知道?难道我不知道擀面杖在她的床底下,肉豆蔻碾碎器跟烟叶一起放在她口袋里?不知道她将六十五个糖碗塞在家中不同的角落里,今天用餐巾洗盘明天用旧衬裙布洗碟吗?可是重要的事实是,她能做出丰盛可口的饭菜,煮出绝好的咖啡,你必须用勇士和政治家的标准衡量她:看她的功绩。”

“可是这浪费,这花费……”

“啊,好吧!能锁的东西都上锁,你掌管钥匙。每次发一点,不要追问剩余的零星物品——管得太多不是最好的办法。”

“我放心不下,奥古斯丁,我总感觉好像这些仆人不太诚实。你认为他们可以信赖吗?”

看到奥菲丽亚小姐提问时一脸严肃和焦虑的样子,奥古斯丁不禁放声大笑起来。

“啊,堂姐,真是太妙了。诚实!好像你还指望他们诚实!诚实——嘿,他们当然不诚实。他们为什么非得诚实呢？到底有什么东西可以使他们诚实呢？"

"你为什么不教育他们呢？"

"教育！啊，废话！你认为我该怎样教育他们呢？我可像个教育人的人！说到玛丽，她倒是劲头十足，要让她管理，她非得把庄园上的人一个个全都整死不可，可是她还是治不好他们欺骗人的毛病。"

"就没有诚实的黑奴吗？"

"这，偶尔倒是有个把诚实的，造物主让他生来十分单纯、忠诚可靠，到了不谙世事的地步，就连最坏的习气也无法影响他。可是你看，从吃奶的时候开始，黑人孩子就感觉到，就明白，除了欺骗之外别无出路。他和自己的父母、女主人、从小在一起玩的少爷小姐们相处，只能靠欺骗。狡诈和欺骗变成了必不可少和不可避免的习惯，对他有别的指望是不公平的，他不应该为此而受到惩罚。至于诚实，黑奴一直处于依赖他人、半儿童的状况，不可能使他懂得财产和权力的概念，也不可能让他了解主人的东西不是他自己的东西，假如他能弄到的话，他就会把东西看成是自己的。对于我来说，我看不出怎样才能让黑奴诚实起来。像汤姆这样的人真是——真是道德的奇迹！"

"那这些黑奴的灵魂会有什么下场呢？"奥菲丽亚小姐问。

"据我所知，这就不是我的事了。"圣克莱尔说，"我说的只是现实生活中的事实。事实是，大家都知道，为了我们的利益，世间所有的黑人都交给魔鬼了，哪管来世怎样啊！"

"真是太可怕了！"奥菲丽亚小姐说，"你们应该为自己感到羞耻！"

"不能这么说吧。不管怎么说，和我们一样的人多着呢。"圣克莱尔说，"随大流的人一般都是如此。你看看世上的各个阶层、各色人等，情况都是这样——下等人为上等人耗干了他们的肉体、灵魂和精神。在英国是这样，到处都是这样。可是因为我们的做法与基督教徒的做法略有不同，他们便义愤填膺，感到震惊。"

"在佛蒙特可不是这样。"

"啊，不错，我承认，在新英格兰，在自由州，你们比我们强。不过铃响了，那么堂姐，让我们把地域偏见暂时放一放，出去吃饭吧。"

傍晚时分,奥菲丽亚小姐在厨房听见几个黑孩子在嚷嚷:“天哪,蒲露来了,还是那样边走边嘟嘟哝哝。”

一个个子高高的、瘦削的黑女人走进了厨房,她头上顶着一篮甜面包干和热面包卷。

“嘿,蒲露,你来啦!”黛娜说。

蒲露脸上有一种特别阴郁的表情,说话声音沉闷,好抱怨。她把篮子放下来,蹲下身子,把胳膊肘支在膝上,然后说道:

“啊,天哪! 我真想死了才好呢!”

“你为什么想死呢?”奥菲丽亚小姐问。

“那样我就不会受罪了。”女人没好气地说,她的眼睛始终看着地。

“你这样喝得醉醺醺的自寻苦恼,何苦呢,蒲露?”一个漂亮的四分之一黑人血统的女仆说,说话时她耳上悬荡着一副珊瑚耳坠。

女人恼怒地狠狠地盯了她一眼。

“也许你将来有一天也会走到这一步的,那我会很高兴看见你有这么一天。你就会像我这样,巴不得有口酒喝,好忘掉你的痛苦。”

“好吧,蒲露,”黛娜说,“我们来看看你的甜面包干吧。这位太太会付钱给你的。”

奥菲丽亚小姐拿了二三十块面包。

“架顶层那个破罐里还有几张票。”黛娜说,“杰克,爬上去把它们拿下来。”

“票——要票做什么?”奥菲丽亚小姐问。

“我们从她主人那儿买票,她给我们面包,我们给她票。”

“我回到家,他们就数我的钱和票,看看对不对。要是不对,他们就会把我打个半死。”

“活该,”那个傲慢无礼的女仆简说,“谁叫你拿他们的钱喝得醉醺醺的。她就是这样,太太。”

“而且我以后还要这样。没有酒我就没法活,喝酒可以忘掉痛苦。”

“你偷主人的钱去喝酒,喝得跟畜生差不多了。”奥菲丽亚小姐说,“你这样做很有害,也很愚蠢啊。”

“你说得也许很有道理,太太,可是我还是要这么做——是的,我要这样。啊,天哪!我真不如死了好,真的,我巴不得死掉,脱离痛苦!"然后老妇人缓缓地身子僵硬地站起来,又把篮子顶在头上。可是在出门前,她看着那仍然站在那儿摆弄着自己耳坠的有着四分之一黑人血统的女仆说。

"你别以为自己戴上那玩意摇头晃脑地摆弄着有多臭美,别人都瞧不上眼了。好吧,没关系,你也会像我一样,变成一个可怜伤心的老太婆的。我祈求上天让你也有这一天,然后看你喝不喝。喝!喝!喝得你下地狱,活该,哼!"说着女人恶狠狠地叫了一声,走出了房间。

"讨厌的老畜生!"阿道尔夫说,他正在给老爷准备刮脸用的水,"我要是她的老爷,打她打得还要狠呢。"

"怕你不能呢,"黛娜说,"她的背给打得真惨,连衣服都穿不上了。"

"我认为不能让这些下等人乱跑到体面人家来。"简小姐说,"你觉得呢,圣克莱尔先生?"说着她卖弄风情地把头朝阿道尔夫一甩。

必须说明一下,除了擅自使用主人的东西之外,阿道尔夫还习惯使用主人的姓氏和地址,他在新奥尔良黑人圈内活动时,使用的称谓就是"圣克莱尔先生"。

"我当然和你有同感,伯努瓦小姐。"阿道尔夫说。

伯努瓦是玛丽·圣克莱尔娘家的姓,简从前是她家的仆人。

"请问,伯努瓦小姐,能否允许我问一下,这副耳坠是为明天晚上舞会准备的吗?真迷人!"

"圣克莱尔先生,真不知道你们男人的无礼会到什么地步!"简说着又甩了一下她那漂亮的脑袋,弄得耳坠闪闪发亮,"你要是再问我什么问题的话,我一晚上都不跟你跳舞了。"

"啊,你不能这么狠心吧!我真想知道你明晚是不是穿那件粉红色薄纱衣服。"阿道尔夫说。

"你们在说什么呀?"罗莎问。她是个伶俐、泼辣、小个头的有四分之一黑人血统的姑娘,这时正蹦蹦跳跳地下楼来。

"嗨,圣克莱尔先生太无礼了!"

"我以名誉担保,没有的事。"阿道尔夫说,"让罗莎小姐为我评评理吧。"

"我知道他一贯就是个粗鲁无礼的家伙。"罗莎说,她用一只小脚平衡着身体，恶狠狠地看着阿道尔夫，"他总是惹得我生气。"

"啊，小姐们，小姐们，你们俩真把我的心伤透了。"阿道尔夫说，"总有一天早上会有人看见我气死在床上，你们要对此负责的。"

"听听这讨厌的家伙说的话！"两位小姐说着笑得跟什么似的。

"得了，你们都给我走开！我不能让你们在厨房里吵吵嚷嚷，"黛娜说，"无所事事地碍我的事。"

"黛娜大婶不能参加舞会，她心里有气。"罗莎说。

"我才不稀罕你们这些浅皮肤的舞会呢。"黛娜说，"招摇作态，假装自己是白人。其实你们跟我一样都是黑鬼。"

"黛娜大婶天天往鬈发上搽油呢，想把它弄直。"简说。

"可它不还是鬈发吗。"罗莎说着不怀好意地把自己缎子一般的长头发甩下来。

"这个，在上帝的眼里，鬈发不也是头发吗？"黛娜说，"我倒想让太太说说谁更值钱：是你们两个，还是我。给我滚出去，你们这两个浅薄的家伙。不要待在我这儿！"

这时，谈话被两个人打断了。圣克莱尔先生的声音从楼梯顶上传来，问阿道尔夫是否打算守着刮脸水过一夜。奥菲丽亚小姐从餐厅里走出来说道：

"简，罗莎，你们在这儿浪费时间干什么？快进去收拾你们那几件麦斯林纱衣。"

在刚才卖面包的老妇人和那几个人说话时，我们的朋友汤姆一直待在厨房里，后来他跟着老妇人来到街上。他看见她往前走去，不时地发出一声忍不住的呻吟。最后，她把篮子放在一家门口的台阶上，开始整理披在肩上的那块退了色的旧头巾。

"我来帮你提篮走一程吧。"汤姆同情地说。

"你为什么要帮我？"那女人说，"我不要帮助。"

"看起来你病了，要么是有什么难事还是怎么的。"汤姆说。

"我没病。"女人态度生硬地说。

"我希望，"汤姆说着诚恳地看着她，"我希望你能把酒戒了。你难道不知道它会把你的肉体和灵魂都给毁了？"

“我知道我要下地狱的，”老妇人火气很大地说，“这不需要你来告诉我。我又丑，又坏，死了会马上下地狱的。啊，天哪！我巴不得现在就在地狱里了！”

听见老妇人态度认真、神情阴郁地说出这番可怕的话来，汤姆感到不寒而栗。

“啊，愿上帝怜悯你！可怜人，你从来没听说过耶稣基督吗？”

“耶稣基督，他是谁？”

“哎呀，他是主啊。”汤姆说。

“我想我听说过主，听说过最后审判和地狱。我听说过这些事。”

“可是从来没人对你说过救世主耶稣，他爱我们这些可怜的罪人，为我们献出了生命吗？”

“我不知道，”老妇人说，“自从我那老头子死了以后再也没人爱过我了。”

“你是在哪儿长大的？”汤姆问。

“肯塔基。有个男人养着我，让我生孩子供应市场，一长大就马上卖掉。最后他把我卖给了一个奴隶贩子，我的主人从奴隶贩子那儿把我买下来的。”

“什么原因让你这么酗酒的呢？”

“为了摆脱痛苦啊。我到这儿以后又生了一个孩子，我以为自己可以把他留下来养大了，因为老爷不是奴隶贩子。这小东西长得漂亮极了！太太起先好像挺喜欢他。他从来不哭，长得又胖又可爱。可是太太病了，我去服侍她，后来我也发起烧来，奶水就断了。孩子瘦得皮包骨头，可是太太不愿意买牛奶喂他。我告诉她我没有奶水，可是她根本不听。她说她知道我能用别人能吃的东西喂他，那孩子就这样渐渐瘦下去，白天黑夜一个劲地哭啊，哭啊，哭啊，最后只剩下皮和骨头了。太太开始讨厌他，说他脾气坏，说巴不得他死掉。她晚上不让我带他睡，因为她说这样弄得我睡不好觉，结果白天什么活也干不成。她让我睡在她房间里，我只好把他放在一个小阁楼上，一天夜里他就在那儿活活地哭死了。真死了。后来我就喝起了酒，这样就听不见孩子的哭声了！真的，我就要喝！假如我真的要下地狱，我也要喝！老爷说我死后要下地狱，我对他说我现在已经在地狱里了！”

“啊，你这苦命人！”汤姆说，“难道从来没有人告诉过你主耶稣多么爱你，会为你而死吗？他们没有告诉过你主耶稣会帮助你，你可以最终进天堂得到安息吗？”

“我看起来像进天堂的人吗？”女人说，“天堂不是白人去的地方吗？你想他们会让我待在那儿吗？我宁肯下地狱，和老爷太太离远点。我情愿这样。”说着她又呻吟了一声，把篮子顶在头上，神情抑郁地走了。

汤姆转过身，伤心地走回家中。在院子里，他遇见了小伊娃，她头上戴着用晚香玉编织的花冠，快活得眼睛闪闪发亮。

“啊，汤姆！你回来啦。很高兴找到你了。爸爸说你可以把小马套上，带我坐着我的新小马车出去兜风。”说着她拉住了汤姆的手，“可是，怎么啦，汤姆，你怎么板着脸啊？”

“我感觉很不好受，伊娃小姐。”汤姆难过地说，“不过，我就去给你套马。”

“可是汤姆，你要告诉我是怎么回事。刚才我见你跟坏脾气的老蒲露说话来着。”

汤姆用简明、诚恳的语言把那女人的身世告诉了伊娃。她没有像别的孩子那样惊叫，也没有哭泣，她的面颊变得苍白，眼里蒙上了一层阴影。她把双手放在胸前，深深地叹了一口气。

第 19 章

奥菲丽亚小姐的经历及其见解续

“汤姆,你不必为我备马了,我不想出去了。”伊娃说。

“为什么呢,伊娃小姐?”

“这些事让我很难过,汤姆,”伊娃说,“让我很难过。”她又神情严肃地说了一句,“我不想出去了。”说完她转身离开汤姆,走进屋里去了。

几天以后,另一个女人来了,代替老蒲露送面包。奥菲丽亚小姐当时正在厨房里。

“天哪!”黛娜说,“蒲露怎么啦?”

“蒲露以后不来了。”那女人神秘兮兮地说。

“为什么?”黛娜问,“她没死吧?”

“我们不太清楚,她在地窖里。”那女人说着瞅了一眼奥菲丽亚小姐。

奥菲丽亚小姐取过面包后,黛娜跟着女人走到门口。

“蒲露到底怎么啦?”她问。

那女人似乎很想说,但又有些犹豫,于是便用神秘的语气低声答道:

“好吧,你一定不要告诉别人。蒲露又喝醉了,他们就把她关到地窖里,让她在那儿待了一整天。我听他们说她身上爬满了苍蝇——她已经死了!”

黛娜举起了两手,一转身,猛地看见身边幽灵似的站着伊万杰琳。因为恐惧,伊娃的一双难以捉摸的大眼睛睁得大大的,嘴唇和面颊没有一丝血色。

“上帝保佑我们吧!伊娃小姐就要晕倒了!我们都怎么啦,怎么能让她听这些事?她爸爸会大发脾气的。”

“我不会晕倒的，黛娜。”孩子沉着地说，“为什么我不该听呢？比起蒲露受的罪，我听听又算得了什么。”

“天哪！这种事哪是像你这样的乖乖儿娇小姐听的，听了还不把你吓死了！”

伊娃又叹了一口气，神情忧郁地慢慢走上楼去。

奥菲丽亚小姐焦虑地问起了女人的事，黛娜絮絮叨叨地把她听到的事说了一遍，汤姆又补充了一些他那天上午从她本人那儿听到的细节。

“真可恨！太可怕了！”她大声说着走进房间。圣克莱尔正躺在那儿读报纸。

“请问，又出了什么十恶不赦的事？”他问。

“什么事？咳，那些家伙把蒲露活活打死了！”奥菲丽亚小姐说。她接着便详细地把事情的经过都说了一遍，对那些骇人的细节讲得尤为详尽。

“我早就料到她迟早会有这个结果的。”圣克莱尔说完又继续看他的报纸。

“早就料到！那你为什么不对此做些什么？”奥菲丽亚小姐说，“你们难道没有市镇行政管理委员会成员或别的什么人出面干预和处理这类事情吗？”

“人们一般认为，财产权益本身足以防止此类事情的发生。如果有人偏要毁掉自己的财产，我也就毫无办法了。好像这可怜人是个贼，又是个酒鬼，所以恐怕不能指望别人对她加以同情了。”

“太让人难以容忍了！真可怕，奥古斯丁！你们一定会遭报应的。”

“亲爱的堂姐，这事不是我干的，我也无法制止；如果可能的话，我会的。那些品质低劣的残暴之人要这么做，我有什么办法呢？他们有绝对的支配权，他们是些为所欲为的暴君。出面干预不会有效果，没有什么法律能解决这样一些实际问题。我们能采取的最好办法只能是闭上眼睛，掩住耳朵，不闻不问，置之不理。我们只有这唯一的办法了。”

“你怎么能闭上眼睛，掩住耳朵呢？你怎么能对这样的事置之不理呢？”

“亲爱的堂姐，你太天真了，你还能指望什么呢？有这么一个阶级——卑劣，无教养，懒散，令人恼火——被无条件地置于和世界上大部分人一样的人的手中，这些人既不体谅他人，又无自控能力，他们甚至对自身利益也缺乏明智的考虑——因为人类的绝大多数就是如此——因此，在这种组织结构的社会里，一个有着高尚情感和同情心的人除了尽量闭上眼睛、硬起心肠之外还能做什么呢？我无法把自己见到的所有可怜人都买下来；我无法变成一个骑士侠客，在这样一座城市里为每一个遭受冤屈的人报仇申冤。我所能做的就是不和他们同流合污。”

圣克莱尔英俊的面孔一时露出了阴郁的神色，他显得有些不快，可是他马上摆出愉快的笑脸，说道：

“得了，堂姐，别站在那儿像个命运女神①似的，你只不过透过窗帘瞥了一眼——看到了世界上以这种或那种形式发生的事情的一个样例。如果我们要探究生活中所有让人伤心之事，那我们就没有心思做任何事了，这就像把黛娜厨房里的细枝末节看得太仔细一样。”说完圣克莱尔又躺回沙发专心看起报纸来。

奥菲丽亚小姐坐下来，拿出针线织了起来，她坐在那儿气得铁着一副面孔。她织啊，织啊，想想心里直冒火，终于她忍不住爆发了：

“我告诉你，奥古斯丁，要是你能忍受这些事的话，我可做不到。你竟然为这种制度辩护，真是可恨至极——这就是我的观点！”

“怎么了？”圣克莱尔抬起头来问道，“又来了，嘿！”

“我说，你竟然为这种制度辩护，真是可恨至极！”奥菲丽亚小姐情绪更加激动地说。

“我为它辩护了吗，我的小姐？谁说我为它辩护过？”圣克莱尔说。

“你当然为它辩护了，你们都为它辩护——你们所有的南方人。如果不是这样，你们蓄奴干什么？”

“你真的天真到相信在这个世界上没有人做过他们认为不对的事情？难道你不做或者过去没做过那些你认为不太对的事情吗？”

“如果我这样做，我相信，我会对此很悔恨的。”奥菲丽亚小姐一边说一边使劲地织着。

“我也是这样，”圣克莱尔说着剥了一个橘子，“我一直都在为此而

---

① 命运女神是希腊、罗马神话中掌管人的命运的三位女神。

悔恨。”

“那你为什么还要继续这么做呢?”

“你悔悟过之后难道就没继续做错事吗?我的好堂姐!”

“嗯,只是在受到很大的诱惑时才这样。”奥菲丽亚小姐说。

“可不是吗!我就是受到很大的诱惑,”圣克莱尔说,“我的难处就在这里。”

“但是我总是决心不再重犯,我努力摆脱诱惑。”

“可不是吗,这十年以来,我一直断断续续地下决心不再重犯,”圣克莱尔说,“可是不知怎的,我没能彻底摆脱。难道你彻底摆脱了自己的罪孽吗,堂姐?”

“奥古斯丁堂弟,”奥菲丽亚小姐一边放下手中的针线活一边严肃地说,“我想你指责我的缺点是有道理的。我知道你所说的一切都很对,没有人比我的感受更深切,但是不管怎么说,我确实觉得,我和你之间有一些不同。我觉得,我宁可砍掉自己的右手,也不愿一天又一天继续做我认为不对的事情。可是话又说回来了,我的行动和我的表白很不一致,难怪你要指责我了。”

“啊,堂姐,”奥古斯丁说着坐在地板上,把头靠在她的膝上,“别这么认真!你知道我一直就是个无用又无礼的孩子。我喜欢逗你生气——就是这么回事——只是为了看你的认真劲。我真的认为你好得要命,好得让人难受,一想到这我就感到烦恼。”

“但这是个严肃的问题啊,奥古斯丁老弟。”奥菲丽亚小姐把手放在他的额头上说。

“严肃得让人难受。”他说,“而我……唉,我从来不想在炎热的天气中谈论严肃的话题,因为有蚊虫什么的,人们无法达到十分崇高的道德境界。再说,我相信,”说着圣克莱尔突然兴奋起来,“现在我找到一个理论了!我现在知道为什么北方民族比南方民族更高尚一些——这个问题我看得很透彻了。”

“啊,奥古斯丁,你是个嘻嘻哈哈饶舌的家伙,真是不可救药!”

“是吗?好吧,我想是吧。但是现在我来严肃一次,不过你得把那篮橘子递给我。你看,如果我要做这番努力的话,你得‘给我酒壶让我振奋,给我苹果快慰我心'[1]。好了,"奥古斯丁说着把篮子拿到身边,"我开始了:在人类历史的进程中,当一个人有必要把二三十个可怜虫同类置于奴役之下时,为了对社会舆论表示应有的尊重,他就必须……"[2]

"我看不出你比刚才严肃多少。"奥菲丽亚小姐说。

"等一等——我就要严肃了——你会听见的。简而言之,堂姐,"说着,他那英俊的面孔突然变得认真严肃起来,"在奴隶制这个抽象的问题上,我看只有一种观点。种植园主靠它赚钱,牧师要以此取悦于种植园主,政治家要以此进行统治。他们都要任意扭曲语言和伦理道德,他们这方面的才智已到了让世人震惊的地步。他们可以迫使事理常情和《圣经》还有天知道什么东西为自己效劳,可是说到底,无论是他们自己还是世界上其他人对这一套一点儿都不信。奴隶制来自魔鬼,这是事情的实质。依我看,这是个相当不错的例子,说明魔鬼的本领有多大。"

奥菲丽亚小姐停下针线活,显得十分惊讶;圣克莱尔显然对此很是得意,他接着说下去:

"你好像很惊奇,但是如果你一定要我说,我就把话都说出来吧。这个受上帝和人诅咒的该死的制度究竟是什么玩意呢?剥去它的漂亮装饰,刨根究底,看它到底是什么东西。瞧,因为我的兄弟奎西[3]无知又软弱,而我聪明又强壮,因为我知道该怎么做、有能力做,因此,我可以把他的东西都偷走,占为己有,想给他什么就给他什么,想给他多少就给他多少。所有那些对我来说太苦、太脏、太让人讨厌的活我都让奎西去干。因为我不喜欢干活,奎西就得干。因为太阳晒得我难受,奎西就得待在太阳底下。奎西得挣钱,我要花钱。奎西得躺在泥水坑里,免得我走路时打湿鞋。奎西在他的一生里都要按我的意志而不是他自己的意志行事。他有没有机会进天堂,要看我乐不乐意。我认为这就是所谓的奴隶制。我敢说,世界上没有任何人可以对我们法律中的奴隶制作出别的解释,还谈什么奴隶制的弊端!完全是一派胡言!奴隶制本身就是一切弊端的根源!这个国家之所以没有像所

---

① 见《圣经·旧约·雅歌》第二章第五节。

② 这段话是对美国《独立宣言》开头的一段名言的滑稽模仿。

③ 奎西是黑人的别称。

多玛和蛾摩拉[1]这两个城那样毁灭，唯一的原因就是奴隶制在这个国家实行的情况要比奴隶制度本身好得多。由于同情，由于羞耻心，由于我们都是父母所生，不是野蛮禽兽，我们许多人没有、不敢或者不屑行使法律赋予我们的全部权力。连那些最极端、最残忍之人的所作所为也没有超出法律给予他们的权力范围。”

圣克莱尔一下子站了起来，急促地在室内来回走着，这是他情绪激动时的习惯动作。他那张如古希腊雕塑般英俊而典雅的脸似乎燃烧着炽热的情感，他的一双蓝色的大眼睛闪闪发亮，他情不自禁地、热切地做着手势。奥菲丽亚小姐从来没见过他这么激动过，所以她一言不发地坐在那儿。

“我告诉你，”说着他突然在堂姐面前停住了脚，“谈论这个问题或者为它动感情是没有用处的，可是我告诉你，有时我在想，如果整个国家沉陷消失，使人看不见这一切不义和苦难，我情愿与它一起沉陷消失。我乘船在各地旅行或四处收账时，我思考着这样的问题：我遇到的每一个残暴、可憎、卑鄙、粗俗的家伙，只要能骗到、偷到或赌博赢到钱，买到多少男人、女人和儿童，法律就允许他们成为统治这些人的暴君。当我看见这些家伙掌握着孤苦无助的儿童、年轻的姑娘和女人的命运时，我禁不住要诅咒自己的国家，诅咒整个人类！”

“奥古斯丁！奥古斯丁！”奥菲丽亚小姐说，“我想你确实已经说得够多的了。即使在北方，我这一生还从来没有听过这样的话。”

“在北方！”圣克莱尔说着突然改变了表情，又换成了平时漫不经心的口吻，“呸！你们北方人都是冷血动物，你们对一切事情都很冷静！我们火气上来时，会大骂一通，可是你们却做不到。”

“嗯，不过问题是……”奥菲丽亚小姐说。

“啊，没错，问题是——这是个很烦人的问题！你怎么会处于这罪孽和痛苦的境地的？好吧，我来用你过去做礼拜时教我的金玉良言来回答吧。我是通过通常的接受遗产的方式而处于目前这种境地的。我的仆人是我父亲的，也有我母亲的，现在他们以及他们的后代是我的，这是一笔可观的财产。我的父亲，你知道，最先是从新英格兰来的，他跟你的父亲一样，也是个

① 所多玛和蛾摩拉是《圣经·旧约·创世记》中的两座古城，因居民罪恶深重而遭焚毁。

正宗的天主教徒，为人正直，精力充沛，品格高尚，意志坚强。你父亲在新英格兰定居，治理着山石，向大自然索取生存的必需；而我父亲在路易斯安那州安家，治理着男女黑奴，从他们身上索取生活所需。我的母亲，”圣克莱尔说着站起身来，走到房间尽头的一幅画像前，抬起头看着它，脸上露出崇敬的神情，“她是个天神！别这么看我——你知道我的意思！她也许是凡人所生，但是据我观察，在她身上没有丝毫人性的弱点和缺陷。所有那些记得她的人——不管是奴隶还是自由人，不管是仆人、熟人还是亲戚——都众口一词这样说。嘿，堂姐，多年来我之所以没有变成一个完全不信上帝的人，完全归功于我母亲。她是《新约》的直接体现和化身——一个活生生的事实，除了用《圣经》的真理之外，没有别的办法可以解释。啊，母亲，母亲！”圣克莱尔双手十指交错，紧握在一起，充满激情地说。突然，他克制住自己的感情，走回来在一张软垫凳上坐下来，继续说道：

“我和哥哥是孪生兄弟，你知道，人们常说孪生兄弟应该很相像，可是我俩在各方面都完全相反。他有一双炯炯有神的黑眼睛、乌黑的头发、刚毅典雅的罗马式面庞和深棕色的肤色；而我却有一双蓝眼睛、金色头发、希腊式的相貌和白皙的肤色；他活泼好动、观察力敏锐，而我却好幻想、不喜欢活动；他对朋友和地位相当的人慷慨大方，可是对地位不如他的人却傲慢、专横、盛气凌人，对任何违拗他的人绝不留情；我们两人都很诚实，他是出于骄傲和勇气，我是出于一种抽象的理想主义；我俩彼此感情很好，和一般男孩的关系差不多，也好一阵坏一阵的。他是父亲的宠儿，我是母亲的宠儿。

“我对一切事情都过分敏感，对此我哥哥和父亲却不能理解，无法同情。可是母亲却理解我，同情我。所以，每当我同阿尔弗雷德争吵，而父亲又对我很严厉的时候，我便跑到母亲的房间里，坐在她身旁。我记得她的样子：脸色苍白，深陷的眼睛里目光柔和而严肃，穿一件白色衣裙——她总是身穿白衣。那时我只要读到《启示录》里那些身穿雪白洁净的细麻布衣服的圣徒时，就会想到她。她在有些方面极有天赋，尤其擅长音乐。她总爱坐在风琴前弹奏天主教动听的古老庄严的音乐，用不像凡人而像天使般的歌喉唱着歌曲。我总是把头伏在她的膝上，哭着，幻想着，强烈地体验着一切，这种感觉是无法用语言描述的。

“那时候，奴隶制问题从来没有像现在这样受到审视，谁也没有想到它有什么害处。

“我父亲是个天生的贵族。我觉得，他出生前就必定属于上等阶层，他把那套古老的宫廷气派都带到人间来了。尽管他出身贫寒，门第根本说不上高贵，可他的贵族气质都是与生俱来、深入骨髓的。我哥哥完全是从他的模子里铸出来的。

“你知道，全世界的贵族都一样，对不属于自己阶级的人，他们是没有同情心的。这就存在一条界限。在英国这条界限是在某个地方，在缅甸是在另一个地方，在美国又是在另外的地方，但上述所有这些国家的贵族都绝不会越过这条界限的。在他自己的阶级内被认为是艰苦、悲惨和不平之事，在另一个阶级里却被当做是天经地义的事了。我的父亲认为这界限就是肤色。在与同他地位相当的人相处时，他比任何人都公正慷慨；但是他却把黑人——尽管肤色深浅不同——看做是介于人类与兽类之间的一个种类。根据这种假设，他把公正和慷慨的概念分成不同的等级。我想，如果有人直言不讳地问他，黑人是否也有人的不朽灵魂，他可能会支支吾吾地说有。但是我父亲是个不会为精神问题费神的人，除了把上帝看做上层阶级确定无疑的领袖而怀有敬意外，他没有任何宗教情感。

“我父亲拥有大约五百个黑奴。他是个固执、苛刻、吹毛求疵的生意人，一切都要按制度运转、按绝对严格精确的要求执行。你考虑一下，如果这一切都要靠一帮懒惰、饶舌、无能的奴隶来执行，他们从小到大一辈子都没有学习做任何事的兴趣，只会‘躲懒’——就像你们佛蒙特人所说的那样——那么你就会明白，在他的种植园里，自然会有许多在我这样敏感的孩子看来十分可怕而令人痛苦的事情。

“此外，他有个监工，此人身材高大，腰细膀阔，双拳有力，是佛蒙特的逆子(请原谅)。他在严厉、残暴方面可以说已经完成学业，获得学位，并准备在实践中一试身手。我母亲一直不能容忍他，我也是如此，但是我父亲却被他牵着鼻子走，因此他成了庄园上的暴君。

“那时我年纪尚小，但是我跟现在一样对各种与人有关的事情都有着很强的兴趣——一种对各种形式的人性进行研究的热情。人们经常可以在奴隶的小屋里和地里干活的黑奴中间看见我的身影，当然他们都很喜欢我。我听见了他们向我诉说的各种抱怨和苦情，我把这些告诉了母亲，于是我们两人悄悄地成立了一个委员会，为他们申冤。我们防止和制止了许多残酷的行为，为自己做了许多好事而感到庆幸。谁知情况往往就这样，我的热情过了头。斯塔布斯对我父亲抱怨说，他管不住这些奴隶了，只好辞职。父亲是个宽容体贴的丈夫，但是他认为在有些事情上决不能退缩让步，所以他十分坚决果断地表示，反对我们干涉在地里干活的黑奴的事情。他用非常恭敬然而却十分明确的语言对母亲说，她具有管理宅内仆人的绝对的权力，但对于在地里干活的黑奴，他不允许任何人干涉。他对她的敬重超过了世界上任何人，但是如果圣母马利亚妨碍了他的管理体制，他也会对她说同样的话的。

“有时我听见母亲就一些事情跟他说理，想极力激起他的同情心，而他却以十分礼貌和冷漠的态度听着母亲的恳求，这实在让人心灰意冷。‘这一切都归结到这一点，’他总是说，‘我是辞掉斯塔布斯，还是留用他？斯塔布斯是守时、诚实和效率的化身，他实在是个经营好手，像一般人那样具有人性。我们不能指望完美，如果我要用他，我必须从总体上支持他的管理，即便偶然会做得不适当。任何管理都有一些必要的严厉之处。一般的规则应用在具体的事例上会变得严厉。’这最后一句格言父亲似乎认为是解决大多数所谓残暴案例的法宝。说完这句话，他通常把双脚往沙发上一放，像个处理了一件事情的人，开始小睡片刻，或读他的报纸，视情况而定。

“事实上，我父亲完全具有政治家的才能。他可以像分剥橘子一样轻而易举地瓜分波兰，也可以不动声色、有计划有步骤地踏平爱尔兰。最后，我母亲只好绝望地放弃了。像我母亲那样高尚而敏感的人，当他们被孤立无助地抛入在他们看来似乎是不义和残暴的深渊，而周围的人却没有他们这种感受时，他们的内心世界只有到最后审判日才会为人所知了。对于像她这种性格的人来说，生活在我们这个地狱般的世界上，实在是长期的痛苦。除了按照她自己的思想和感情来培养孩子之外，她还能做什么呢？嘿，关于教育孩子你说了许多，可是说到底，他们天生什么性格，长大后基本还是什么性格，如此而已。从婴孩时候起，阿尔弗雷德就是个贵族，长大以后，他的所有同情和所讲的道理都本能地向着上层阶级，母亲的教导都成了耳边风。可是对于我，母亲的教诲却深入心中。表面上她从不和父亲唱反调，或者显示出与父亲意见不合，但是她用她那深沉、诚挚的性格的全部力量，把这样一种思想印在我心上，融入我的灵魂：即使最卑贱之人的灵魂也有其尊严和价值。每当她在夜晚指着天上的星星对我说：‘你看，奥古斯丁，所有这些星星都永远消逝之后，地球上最贫困、最卑微的人的灵魂还会活着，将会和上帝一起永生！’每当这时，我就会怀着庄严和敬畏之情看着她的脸。

“她有一些精美的旧油画，其中有一幅是关于耶稣给瞎子治病的。这些画非常漂亮，曾给了我很深的印象。‘你看，奥古斯丁，’她会说，‘这瞎子是个乞丐，又穷又让人讨厌，但耶稣不是离得远远的给他治病！他把瞎子叫到跟前，还用手摸他！记住这一点，孩子。’如果我一直在她的关爱下长大成人，她会激起我多大的宗教热忱啊。我也许会成为圣徒、宗教改革家、殉道者——但是，唉！唉！我十三岁就离开了她，从此就再也没见到她了！”

圣克莱尔用双手托着头，有好几分钟没有说话。过了一会儿，他抬起头来，继续说道：

“人性的美德这一整套东西是多么可怜、微不足道、一文不值！在通常情况下，这仅仅是经度、纬度和地理位置对人的性格产生影响的问题。在大多数情况下纯属偶然！就拿你父亲来说吧，他在佛蒙特的一个城镇定居，在那儿所有的人都自由平等。他入了教，成了教堂执事，后来又加入了一个废奴协会，于是把我们都看成和野蛮人差不多了。可是，在性格和习惯上，他活脱脱就是我父亲的翻版，我可以看见，那相同的强硬、霸道、盛气凌人的气质在他身上以很多形式表现出来。你知道得很清楚，不可能让你们村里的人相信辛克莱老爷是个没有等级观念的人。事实上，虽然他降生在民主时代，相信一套民主理论，可骨子里他还是个贵族，跟统治着五六百个奴隶的我的父亲完全一样。”

奥菲丽亚小姐很想对这番描绘进行指摘，她放下手中的针线活准备开口说话，可是圣克莱尔制止了她。

“得了，我知道你打算说的每一句话。我不是说事实上他俩完全一样，他们一个落在一个与其性格相冲突的环境里，另一个落在与其性格相符合的环境里，所以一个变成了任性、强硬、傲慢的老民主派，另一个变成了任性、强硬、傲慢的老专制派。假如他们两个人都在路易斯安那州拥有种植园，他俩就会像一个模子里铸出的两颗子弹那样，一模一样。”

“你真是个不孝之子！”奥菲丽亚小姐说。

“我并不是对他们不敬，”圣克莱尔说，“你知道，对人恭敬如仪不是我的长处。还是言归正传吧。

“父亲去世后，把全部家产留给了我们兄弟俩，由我们自己分。在与和他地位相当的人打交道时，天底下没有比阿尔弗雷德更高尚、更慷慨的人了，我们十分融洽地处理了遗产问题，没有一句伤和气的话，没有一点不睦的感情。我们同意共同经营种植园。阿尔弗雷德的精力和能力比我强一倍，他成了一个热心的种植园主，而且十分成功。

“但是两年的试验使我认识到，我无法再跟他合作下去了。我们的黑奴多达七百名，对他们我既无法逐一认识，又无法个别关注。他们像牛一样被贩卖、驱使、供给吃住、强迫干活，像军队一样受到严格的管束。一个经常需要考虑的问题是，怎样用最低的生活必需让他们有力气干活。监工和工头是必不可少的，皮鞭是全部和唯一的道理，这一切让我感到十分厌恶，难以忍受。当我想到母亲对可怜人的灵魂的评价时，这一切甚至变得十分可怕！

“对我说什么奴隶们喜欢这种生活，这简直是胡说八道！直到今天，听到你们有些以恩人自居的北方人在热心地为我们的罪孽辩护时所编造出来的难以出口的废话，我仍然难以忍受。我们都不会相信的。别对我说世界上有人总是愿意在主人的监视下成年累月地从天亮到天黑重复干着沉闷、单调、毫无变化的苦工，连做出一点表达个人意愿的权力也没有，换来的只是一年两条裤子、一双鞋以及能维持他继续干活的食宿！谁要是认为人在这种情况下能像别的情况下一样感到舒适的话，我倒希望他自己来试一试。我会问心无愧地买下他，让他干活！”

“我一直以为，”奥菲丽亚小姐说，“你、你们所有的人都赞成这个制度，而且认为根据《圣经》所说的道理，这一切都是对的呢。”

“胡说八道！我们还没有堕落到这个地步。阿尔弗雷德是个最强硬的暴君，连他自己都不希望以这种说法来为奴隶制进行辩护。他趾高气扬地站在那块绝好的、十分体面的基石上：弱肉强食。他说——我认为他说得很有道理——美国的种植园主‘只不过是用另一种形式做着英国贵族和资产阶级对下层阶级所做的事情’，我认为也就是指强占他们的肉体和骨头、灵魂和精神，为自己谋取利益。他为两者都进行了辩护，我认为至少他是前后一致的。他说如果没有对大众的奴役就没有高度的文明——无论是名义上还是实际上的。他说，必须得有个限制在动物本能的层次上的专门从事体力劳动的下等阶级，这样高等阶级才能获得闲暇和财富，以谋求更多的知识和进步，成为下等阶级的指挥者。这就是他的逻辑。我说过，他是个天生的贵族，而我却不相信他的观点，因为我一生下来就是个民主派。"

"这两者怎么能比较呢？"奥菲丽亚小姐说，"英国的工人不能买卖交易，不会被迫与家人分离，也不会挨打呀。"

"他也要服从雇主的意志，就像卖身为奴一样。奴隶主可以把不服驾驭的奴隶活活打死，而资本家可以把工人活活饿死。至于家庭安全，很难说哪一种更坏：子女被卖掉，或者看着他们饿死在家中。"

"但是即使想证明奴隶制不比别的坏东西更坏，可也不能为它辩护啊。"

"我并不是为奴隶制辩护，不是的，而且我还认为我们的制度是对人权的更大胆、更明显的违反：真的像买一匹马那样去买一个人，看看他的牙齿，敲敲他的关节，叫他试走几步，然后付钱把他买下来——做人的灵与肉交易的投机商、养殖商、交易商、经纪人一应俱全——用更为具体的方式把奴隶制放在了文明世界的面前。从本质上看两者完全是一回事，就是强迫一部分人为另一部分人的利益干活，而从不考虑被奴役的人的利益。"

"我从来没有从这个角度考虑过这个问题。"奥菲丽亚小姐说

"我到过英国一些地方，详细查阅过许多有关下层阶级状况的文件，我觉得阿尔弗雷德说他的奴隶比英国很大一部分人过得好，这话确实无法否认。你知道，你不该从我说的话中来推断阿尔弗雷德是个人们常说的狠主人，因为他确实不是。他很专横，对不服从命令的奴隶毫不留情；如果谁反抗他，他会像打死一只公鹿一样毫不怜悯地开枪把他打死。但是，一般来说，他为能让奴隶们吃好、住好颇感几分自豪。

"过去和他在一起的时候，我坚持要他采取一些措施教育这些黑奴，为了让我高兴，他真的请来了牧师，礼拜天用回答问题的方式向他们传授教义。不过我相信，在他的内心中，他认为这样做等于让牧师向他的狗儿马儿传授教义差不多。实际上，自打出生之时，奴隶们的头脑就受到各方面的不良影响，他们已经变得麻木不仁，只剩下动物的本能了。一星期干六天不需要思考的苦累活，仅靠礼拜天几小时是无法改善他们的头脑的。英国工业

区居民和我国种植园黑奴中主日学校的教师也许可以证明，这两个国家的收效是相同的。但在我们这儿有一些引人注目的特例，因为黑人天生比白人更容易被宗教情感所打动。"

"那么，"奥菲丽亚小姐说，"你怎么会放弃种植园生活的呢？"

"是这样的，我们在一起挨了一段时间，后来阿尔弗雷德清楚地看出我根本不是做种植园主的料。他认为，为了迎合我的观点，他在各方面进行了改革、改观和改进，可是我还是不满意，他觉得这真是太荒唐了。事实上，归根结蒂，我痛恨的是这制度本身，是强占这些男女奴隶的劳动、使所有这些愚昧、残暴和罪恶永久化的制度，而这一切仅仅是为了赚钱！

"此外，我总是干预一些事情。因为我本人是最懒的人之一，所以对懒人过分同情。有时一些懒散的可怜家伙把石头放在棉花筐底增加重量，或者在棉花袋里装泥土，然后再在上面盖一层棉花，每当这时，我觉得，如果我是他们，我也会这么干的，我不能、也不愿为此让他们挨打。当然，这样一来，庄园的纪律就全完了，于是阿尔夫[①]和我的关系变成了多年前我同我那可敬的父亲的关系那样，他说我是个充满女人气的多愁善感之人，根本不适合搞经营，他劝我要了银行股票和新奥尔良的祖宅去写诗，让他经营庄园。所以我们分开了，我就到这儿来了。"

"可是你为什么不解放你的奴隶呢？"

"哦，我做不到。留着他们做赚钱的工具，我不能这么做；而让他们帮我花钱，你知道，我觉得倒并不让人讨厌。他们有些人是家里的老仆人，我对他们很有感情，而年轻的又是老黑奴的子女，他们对生活状况都很满意。"他停了一会儿，沉思着在房间里来回踱步。

"我一生中有一个时期，"圣克莱尔说，"立下计划怀着希望要在世上干一些事，而不是随波逐流地生活。我有一种模糊不清的渴望：做个解放者，为我的祖国洗去这个污点。我想所有的年轻人有时都会有这种狂热吧。可是后来……"

"你为什么没这么做呢？"奥菲丽亚小姐问，"你不该'手扶着犁往后

---

① 阿尔弗雷德的爱称。

看'[1]啊。"

"唉,事情不像我原先想的那么顺利,我像所罗门[2]那样,对生活感到失望。我想这必然与我们两人的智慧有关吧。但是不知怎的,我没有成为社会实践家和改革家,而是成了一个随波逐流、一事无成的人,很长时间以来就一直漫无目的地飘荡着。每次和阿尔弗雷德见面,他都要责备我。他比我强,这我承认,因为他确实干了一些事,他的生活是他的观点符合逻辑发展的结果,而我的生活则前后矛盾,实在可悲。"

"亲爱的堂弟,你以这种方式来对待生活对你的考验,对此你感到满意吗?"

"满意?我刚才不是对你说过,对此我很鄙视吗?不过,还是回到刚才的话题吧——我们刚才谈的是解放黑奴的事。我认为我对奴隶制的看法没有什么独到之处,我发现很多人内心深处跟我想的完全一样。全国在奴隶制度下呻吟,这对奴隶来说当然很坏,可是对奴隶主来说其实更糟。不必戴眼镜就能看得很清楚,在我们中间生活着一大批心怀不满、目光短浅、品行堕落的人,这不但对他们是坏事,对我们也是坏事。英国的资本家和贵族不会有我们这种感受,因为他们不像我们这样与受其贬斥的阶级生活在一起。黑奴住在我们家中,是我们孩子的玩伴,他们对孩子思想的影响比对我们的影响更迅速,因为孩子们喜欢跟黑人亲近交往。瞧,如果伊娃不是像天使一般非同寻常,她早就给毁了。任由他们不受教育、品德败坏而认为我们的孩子不受影响,这就等于任天花在黑人中传播蔓延而认为我们的孩子不会染上一样。可是我们的法律却明确地绝对禁止在奴隶中实行有效的普及教育,他们这样做也是明智的,因为只要一开始彻底地教育一代黑奴,整个的奴隶制就会土崩瓦解。如果我们不给他们自由,他们就会夺取自由。"

"那你认为这件事的结果会怎样呢?"奥菲丽亚小姐问。

"我不知道。但有一件事是肯定的,全世界的人民大众都在集聚力量,末日审判迟早会到来。同样的情况正在欧洲大陆、英国和我们国家发生。

---

① 见《圣经·新约·路加福音》第九章第六十二节,意为"犹豫不决"。

② 以色列王,以智慧著称。

我母亲过去对我说过，一个千禧年[①]即将到来，那时基督将要统治世界，所有的人都会自由幸福。那时我是个孩子，她教我祈祷‘愿你的天国降临’[②]。有时候我觉得，这些骨瘦如柴之人的叹息、呻吟和骚动预示着母亲对我说的千禧年就要到来。可是谁能等到基督降临的那一天呢？”

“奥古斯丁，有时我觉得你离天国不远了。”奥菲丽亚小姐放下针线活，关切地看着堂弟说。

“谢谢你的夸奖，可是我就是时高时低的，理论上高达天堂之门，实践上低至尘壤。不过，午时茶铃响了，我们去吧，不要说我一辈子没谈过一次正经严肃的话了。”

在茶桌上，玛丽提到了蒲露的事：“我想，堂姐，你会认为我们都是野蛮人吧。”

“我认为这件事很野蛮，”奥菲丽亚小姐说，“但是我不认为你们都是野蛮人。”

“唉，”玛丽说，“我知道有些黑人根本无法相处，他们太坏了，根本不该活着。对这些人，我一点儿也不同情。要是他们品行检点一些，这种事就不会发生了。”

“可是，妈妈，”伊娃说，“那可怜人心里很苦，所以她才喝酒的。”

“啊，胡说！这也能算理由吗？我也经常心里很苦。”她沉思着说，“我想，我受的罪比她要大得多。就是因为他们太坏了，有些人无论你多么严厉，也无法使他们驯服。我记得父亲曾有个奴隶懒得要命，常常为了不干活而逃跑，藏在沼泽地里，偷东西，干各种可怕的事情。他一次又一次地被抓回来鞭打，可是对他毫无效果。最后他又偷偷地跑了，不过他也实在忍不住，结果死在沼泽地里。他根本没有理由要跑，因为父亲对奴隶一直很好。”

“有一次我倒把一个奴隶驯服了，”圣克莱尔说，“而别的监工和主人都没能把他驯服。”

“你！”玛丽说，“好吧，我倒很想知道你什么时候做过这样的事的。”

---

① 据《圣经·新约·启示录》所载，世界末日前，基督将复活并亲自为王，治理世界一千年，即千禧年。

② 见《圣经·新约·马太福音》第六章第十节。

“是这样的，他身材十分高大，力大无比，是个土生土长的非洲人，他身上渴望自由的原始本能好像极其强烈，是一头真正的非洲狮。他们叫他西皮奥，谁也拿他没办法，于是他被多次倒卖，从一个监工转给另一个监工，最后阿尔弗雷德买下了他，因为他自以为可以降服他。有一天他把监工打翻在地，然后逃离现场，躲进沼泽地里。当时我正好去种植园看望阿尔夫，因为我俩已经散了伙。阿尔弗雷德勃然大怒，但是我对他说这是他自己的错，并和他打赌说我能驯服他。最后我俩协议，如果我抓住他的话，就用他来做试验。于是他们召集了六七个人，带着枪和我去追捕。你知道，如果风气如此的话，人们追起逃奴来就会像追猎一只鹿一样劲头十足。事实上，我自己也有点儿兴奋起来，尽管我只是充当调停人的角色——如果他被抓住的话。

“群狗狺狺狂吠着，我们骑马急奔，最后终于发现了他。他像公鹿一样连蹦带跳地往前奔逃，把我们甩下不小的距离，但最后他跑进了一片密密匝匝的甘蔗林，无路可逃，于是他只好转身拼死一搏。说真的，他跟那些猎狗搏斗时真够英勇。他左右开弓，赤手空拳打死了三只，突然一颗子弹击中了他，他受了伤，倒在地上，鲜血直流，他几乎倒在我的脚边。这可怜人抬头看着我，眼神中既流露出勇气，也流露出了绝望。猎狗和追捕人向他逼过来，我挡住了他们，宣布他是我的俘虏。我只能用这种方式防止他们在胜利的冲动中开枪把他打死。我坚持按商定的条件办，阿尔弗雷德就把他卖给了我。于是我着手降服他，只用两星期时间就把他调教得十分驯服温顺了。”

“你到底是怎么驯服他的？”玛丽问。

“嘿，方法很简单。我把他带到我自己的房间，给他铺了一张很舒适的床，为他包扎伤口，亲自照料他，直到他康复。后来，我签署了一张自由证书给他，告诉他，他想去哪儿就可以去哪儿。”

“他走了吗？”奥菲丽亚小姐问。

“没有。这愚蠢的家伙把证书撕成两半，说什么也不愿离开我。我从没有过比他更好更勇敢的仆人了，那么坚定忠诚。后来他信了基督教，变得像孩童一般温良。他曾替我照管湖边的那处产业，而且管理得十分出色。在第一次霍乱流行的时候，他被夺去了生命，实际上他是为我而死的。当时我病得几乎快要死了，因为恐惧，家里的人都逃走了，只有西皮奥无所畏惧地服侍我，居然把我从死亡线上拉回来了。可是，可怜人！他接着就染上了病,没法救治了。谁死了也没有让我这么伤心过。"

奥古斯丁讲述这件事的时候,伊娃慢慢地越来越近地凑到父亲身边,她张着小嘴、睁大眼睛全神贯注地听着,眼睛里露出急切的神情。

他讲完以后,伊娃突然用双臂抱住他的脖子放声哭了起来,哭得浑身直打颤。

"伊娃,亲爱的孩子!你怎么啦?"见女儿激动得小小的身子剧烈地颤抖,圣克莱尔问道。"这孩子,"他又说道,"不该听这些事,她有些神经过敏。"

"不,爸爸,我不是神经过敏,"伊娃突然克制住自己的情绪说道,她的自控能力是这么大孩子身上罕见的,"我不是神经过敏,只是这些事深深地渗到我的心里去了。"

"你这是什么意思,伊娃?"

"我也说不清楚,爸爸。我想到很多很多,也许有一天我会告诉你的。"

"好吧,那你就想吧,亲爱的,只是别哭,别让爸爸担心。"圣克莱尔说,"瞧,看我给你挑的这只桃子多漂亮!"

伊娃接过桃子笑了,尽管她的嘴角还有些抽动。

"来,看金鱼去!"圣克莱尔说着拉着她的手走到游廊上。过了一会儿,丝绸窗帘后面传来了阵阵欢快的笑声,伊娃和圣克莱尔正在院子里的小径上相互追逐着,用玫瑰花往对方身上投。

在叙述出身高贵之人的经历时,我们卑微的朋友汤姆就有被忽略的危险。可是,如果读者诸君愿意和我们一起到马厩上那小阁楼上去看看的话,也许可以了解一些他的情况。这是个挺像样的房间,里面有一张床、一把椅子、一张粗糙的小桌,桌上放着汤姆的《圣经》和赞美诗。他现在坐在桌旁,面前放着一块石板,正专心致志地考虑一件似乎让他很烦神的事。

事情是这样的,汤姆思家心切,他请伊娃给了他一张信纸,搜肠刮肚地把从乔治少爷那儿学来的一点文墨用上,大胆地想给家里写封信。现在他忙着在石板上打草稿呢。汤姆遇到了很多困难,因为有些字母的形状他已经全忘了,有些他还记得的字母又不能确切地知道该用哪一个。他正喘着粗气认真地写着,伊娃像小鸟一样轻轻站在他身后那把椅子的横档上,从他的肩上方往前探看。

“啊,汤姆叔叔！你写的东西真好玩!”

“我想给我那可怜的老太婆和孩子们写封信,伊娃小姐,”汤姆说着用手背揉了揉眼睛,“可是不知怎的,恐怕我写不出来。”

“要是我能帮你该多好啊,汤姆！我学写过一些字。去年我所有的字母都会写,可是恐怕我已经忘掉了。”

于是伊娃把她的金发小脑袋与汤姆的头紧靠在一起,两个人开始严肃而急切地讨论起来。两人同样认真,知识又同样贫乏。经过对每一个字的反复斟酌商量,他们写的东西看起来像信了,因此他们两人都有了信心。

“不错,汤姆叔叔,现在看起来真的很漂亮。”伊娃说着开心地看着信说,“你妻子收到信该会多高兴啊,还有可怜的孩子！啊,他们逼你离开他们,太不像话了！我打算以后请求爸爸让你回去。”

“太太说过,等钱一筹够,她就会汇来把我赎回去。”汤姆说,“我想她会的。乔治少爷说他要来接我,他还送给我这块银元作纪念。”汤姆从他衣服里层掏出这块珍贵的银元。

“啊,那他一定会来的!”伊娃说,“我真高兴!”

“所以我才想寄一封信,你知道,让他们知道我在哪儿,告诉可怜的克洛伊我很好——因为她很伤心,可怜人!”

“喂,汤姆!”这时圣克莱尔的声音传进门来。

汤姆和伊娃都吃了一惊。

“这是什么?”圣克莱尔走过来看着石板说。

“噢,这是汤姆写的信。我正在帮他写呢。”伊娃说,“漂亮吧?”

“我不想扫你们两人的兴。”圣克莱尔说,“不过,汤姆,我想最好还是让我为你写这封信吧。我骑马回来就给你写。”

“这封信很重要,”伊娃说,“因为他的女主人打算寄钱来赎他。你知道,爸爸,他告诉我他们对他这样说过。”

圣克莱尔心想,这也许只是好心肠的主人常对他们仆人说的话,为的是减轻他们被卖时的恐惧心理,并不真的打算满足黑奴的心愿。但是他嘴上什么也没说,只是吩咐汤姆去备马让他出门。

那天晚上,圣克莱尔按恰当的格式把信写好,又把它稳妥地送到邮局。

奥菲丽亚小姐操持家务仍然不松劲。从黛娜到小鬼头,全家上下一致公认,奥菲丽亚小姐确实有点"古怪"——南方的仆人用这个词来暗示他们的东家不太对他们的胃口。

家中的上层人士——阿道尔夫、简和罗莎——都认为奥菲丽亚根本算不上贵妇淑女,贵妇淑女们从来不像她那样总是到处忙活。她一点儿派头也没有,他们对她竟然有圣克莱尔这样的亲戚感到十分惊奇。就连玛丽也说,看见奥菲丽亚小姐总是这么忙,实在让人感到累。奥菲丽亚小姐总是这么勤快,也难怪招来了不少抱怨。她缝啊补啊,从天亮干到天黑,那劲头就像给什么急事催逼着一样。天黑以后,她收拾起针线活,出去一会儿透透气,马上拿起了常备的织针,又劲头十足地干开了。看见她真让人感到累得慌。

第20章

托普西

一天早晨，奥菲丽亚小姐正忙着料理家务，只听见圣克莱尔在楼梯下叫她。

“下来吧，堂姐，我给你看一样东西。”

“什么东西?”奥菲丽亚小姐手里拿着针线活，边下楼边问。

“我给你管理的部门买了一件东西。看!”圣克莱尔说着，拉过来一个大约八九岁的黑人小姑娘。

她算是黑人里最黑的了，一双圆圆的明亮的眼睛像玻璃珠子一样闪闪发光，这时正快速地、不安分地打量着房间里所有的东西；新老爷家客厅里的新奇东西让她惊奇得半张着嘴，露出了一口洁白明亮的牙齿；她的一头鬈发编成了许多小辫子，向四面八方直直地翘着；脸上的表情是精明和狡黠的奇妙混合，在这表情之上，面纱似的又奇怪地蒙上了一层最忧郁的严肃和庄严的神情；她只穿了一件用麻袋片缝制的又脏又破的衣服，站在那儿，双手故作庄重地握在胸前。总的来看，她的外貌有点怪，像个小妖精似的，正如奥菲丽亚小姐后来说的“非常粗野”，因而让这位好心的女士惊得非同小可。她转过身问圣克莱尔：

“奥古斯丁，你到底把这小东西带来做什么?”

“当然是让你来按你的要求教育她、训练她了。我倒觉得她是黑人里的一个很有趣的样品。来，托普西，”他说着就像唤狗一样吹了声口哨，“给我们唱支歌，让我们看看你跳的舞好不好。”

那双玻璃珠似的黑眼睛闪烁着顽皮和滑稽的光芒，于是那小东西用清亮的尖嗓子唱起了一支古怪的黑人歌曲。她一边唱一边用手和脚打着拍子,用近似疯狂的节奏旋转着,拍着手,敲着膝盖,嗓子里发出具有非洲音乐特征的各种古怪的喉音。最后她翻了一两个筋斗,拉长声音,唱出了像汽笛一般怪诞的结尾音符,突然落在地毯上,双手十指交叉地握着,脸上摆出一副温顺和庄重的极正经的表情,只是她眼角射出来的狡黠的目光破坏了这种表情。

奥菲丽亚小姐惊奇得发呆,站在那儿说不出话来。

圣克莱尔就像个喜欢恶作剧的人,奥菲丽亚小姐吃惊的样子让他很开心。于是他又对孩子说:

"托普西,这是你的新主人。我准备把你交给她,你可得放规矩点啊。"

"是,老爷。"托普西装出很严肃的样子说,她的眼睛里闪烁着顽皮的神色。

"你要学好,托普西,明白吗?"圣克莱尔说。

"啊,是的,老爷。"托普西说着,眼睛里又闪烁着顽皮的光芒,她的双手仍然虔诚地交叉放着。

"哎,奥古斯丁,这到底是为什么?"奥菲丽亚小姐问道,"你家里到处都是这些小讨厌鬼,一下脚准会踩着几个。我早晨一起床就看见门后面睡一个,桌子底下探出个黑脑袋,门垫上躺着一个。他们钻进栏杆空隙里扮怪相、做鬼脸、龇牙咧嘴,在厨房地上打滚!你把这个小家伙带来到底是为了什么?"

"让你来教育她——我不是对你说过了吗?你总是大谈教育问题。我想我要送给你一个新抓来的标本,让你在她身上做试验,按你的要求教育她。"

"我可不想要她,现在的这些人我都忙不过来了。"

"你们基督徒就是这个样!你们会组织个团体,找个穷传教士常年和这些野蛮人待在一起,可是让你们带一个回家,亲自担当起教化他们的责任,就没门儿了。一说到这事,他们太脏、太讨厌、太费神费力,种种问题就来了。"

"奥古斯丁,你知道我不是这么看问题的。"奥菲丽亚小姐说,语气明显缓和多了,"你别说,这也许真是传教士的工作呢。"说着她看那小姑娘的目光稍稍温和了一些。

圣克莱尔触动了她的痛处。奥菲丽亚小姐很有良知。“不过,”她又说道,“我真看不出买她有什么必要,你家里现有的就足够让我花费全部时间和本领了。”

“那么,堂姐,”圣克莱尔说着把她拉到一旁,“我说了一大堆废话,应该向你道歉才是。你其实是个好人,我说的那些话毫无意义。其实,这个小家伙的主人是一对酒鬼夫妇,开着一家低档饭馆,我每天都要从那儿经过,她的哭叫声和主人打骂她的声音我都听厌了。再说她看起来聪明有趣,好像还能有点出息,所以我买下了她,要把她送给你。试试对她进行正统的新英格兰教育,看看她今后会怎么样。你知道,在这方面我没有才能,但是我希望你试试。”

“好吧,我尽力而为吧。”奥菲丽亚小姐说。然后她向她的新臣民走去,那样子就像一个心怀善意的人走向一只黑蜘蛛似的。

“她真脏得可怕,而且半裸着身子。”她说。

“那就带她下楼去,叫几个人给她洗一洗,穿上衣服。”

奥菲丽亚小姐把她带到厨房里去了。

“真不懂圣克莱尔老爷干吗又买个黑鬼来!”黛娜说着用友善的神态打量着这新来的小家伙,“我可不想要她在我脚跟前团团转!”

“哼!”罗莎和简极端厌恶地说,“让她别碍我们的事!老爷到底为什么又买来一个下贱的黑鬼,我真不明白!”

“去你的吧!她是黑鬼,你也好不到哪儿去,罗莎小姐。”黛娜说,她觉得罗莎最后一句话是含沙射影地在骂她,“你好像以为自己是白人,其实你什么也不是,不是黑人,也不是白人。我倒情愿要么是白人,要么是黑人。”

奥菲丽亚小姐见这伙人没有一个愿意帮新来的小姑娘洗澡穿衣,只好自己动手。简态度冷淡,很勉强地给她帮一下忙。

一个无人照料、受尽虐待的孩子第一次洗澡的细节详情对于高雅之士来说是不堪入耳的。事实上,在这个世界上许多人活得艰难,死得凄惨,其境况连他们的同类听了也会感到惊骇。奥菲丽亚小姐决心大,意志强,能实干,她英勇而严谨地做完了给小姑娘洗澡的所有令人作呕的琐事。但必须承认,她的态度不够亲切,因为她已经忍耐到极限了。当她看见孩子背上和肩上道道鞭痕和结痂的伤疤——这是她生活在其中的奴隶制留下的不可磨灭的印记——奥菲丽亚小姐对她产生了同情。

“看那儿！”简指着伤疤说，“这不证明她是个顽皮鬼吗？我想我们跟她可有神烦了。我恨这些小黑鬼！讨厌死了！真不知道老爷怎么愿意买她！”

她所指的这个“小黑鬼”用她那似乎惯常的逆来顺受的愁苦神态听着这些议论，只是用她那闪亮眼睛的敏锐目光偷偷地扫视了一下简耳朵上戴的耳环。

最后她穿上了一套体面完整的衣服，头发剪得短短的。奥菲丽亚小姐颇有几分满意，说她看起来有点像基督徒了，于是对她实施教育的一些计划在她心里成熟起来。

奥菲丽亚小姐在她面前坐下来，开始问她：

“你多大啦，托普西？”

“不知道，太太。”小机灵鬼说着咧开嘴笑了，露出了满嘴的牙齿。

“你不知道自己多大？从来没有人告诉过你吗？你妈妈是谁？”

“从来没有！”孩子说着又咧嘴笑了。

“从来没有妈妈？你这是什么意思？你在哪儿出生的？”

“从来没有出生过！”托普西固执地说，又咧开嘴笑了一下，那样子真像个小妖怪。要是奥菲丽亚小姐有一点神经过敏的话，她可能会以为自己从妖怪国度里抓来了一个小黑妖怪呢。不过奥菲丽亚小姐并不神经过敏，而是个讲究实际的普通人，所以她带着几分严厉说：

“你不能这样回答我的问题，孩子，我不是在跟你闹着玩。告诉我，你在哪儿出生的？你的爸爸妈妈是谁？”

“从来没有出生过，”小家伙语气更坚决地重复说，“从来没有爸爸妈妈，什么也没有。我是投机商养大的，跟许多别的孩子在一起。苏大婶照料我们。”

这孩子显然说的是真话，简扑哧一声笑了出来，说：

“天哪，太太，这种孩子可多啦。投机商在他们很小的时候用便宜的价格把他们成批地买下，把他们养大后再供应市场。”

“你跟你的老爷太太生活多久了？”

“不知道，太太。”

“是一年，一年多，还是不到一年？”

“不知道，太太。”

“天哪，太太，这些下等黑人，他们说不清楚，他们没有时间的概念，”简说，“他们不知道什么是一年，不知道自己多大。”

“你听说过上帝吗，托普西？”

孩子显得很迷惑，但还是咧着嘴笑了笑。

“你知道是谁造了你吗？”

“我知道没有人造我。”孩子说着短促地笑了一声。

这个念头似乎让她觉得十分有趣，因为她忽闪着眼睛，然后说道：

“我猜我是自己长的。我不相信是什么人把我造出来的。”

“你会做针线活吗？”奥菲丽亚小姐问，她觉得自己应该问一些具体的问题。

“不会，太太。”

“你会做什么呢？你给你的老爷太太做什么？”

“提水，洗盘子，擦刀子，侍候人。”

“他们对你好吗？”

“大概是吧。”孩子说着狡黠地看了奥菲丽亚小姐一眼。

这段令人鼓舞的谈话结束后，奥菲丽亚小姐站起身来，这时，圣克莱尔正倚靠在她坐的那张椅子的椅背上。

“她是你的一片处女地，堂姐，种下你的思想吧，要拔掉的东西不多。”

奥菲丽亚小姐的教育观点和她别的观点一样，都是一成不变的，是那种一个世纪前在新英格兰流行的观点。在那些不通铁路的偏远欠发达地区，这些观点仍然存在。这些观点可以大致用几句话概括：教孩子在别人对他们说话时留神听，教他们《教义问答》、缝纫和识字，要是他们说谎就用鞭子抽。当然，现在人们对教育的认识空前提高，这些观点是大大落后了，但是我们许多人还记得并能证明，我们的祖母们就是在这种制度下培养了一些还算优秀的男男女女，这是不容争辩的事实。不管怎么说，奥菲丽亚小姐对别的办法一无所知，因此，她打算以十二分的勤奋来教育这个野孩子。

家里已正式宣布这小女孩是奥菲丽亚小姐的人，在大家的心目中也是如此。因为在厨房里没有人给她好脸色看，所以奥菲丽亚小姐决定把她的活动范围主要限制在自己的卧室内。她以令我们一些读者敬佩的自我牺牲精神,决定自己不再轻松自如地铺床、打扫房间——这些活她一直都是自己做,决不要家里女仆帮忙——而是忍受教托普西做这些事的种种磨难。啊,这个日子真该诅咒!如果读者诸君中谁曾有过相同的经历,他们就会了解奥菲丽亚小姐做出多大的牺牲了。

奥菲丽亚小姐第一天早晨就把托普西带进自己的房间,庄重地开始教她铺床的艺术和秘诀,她对托普西的教育就这样开始了。

看看托普西吧,她洗得干干净净,把那些心爱的辫子都剪掉了,穿着一身干净的衣服,系着浆得笔挺的围裙,毕恭毕敬地站在奥菲丽亚小姐面前,那一脸的严肃表情,就像给人送葬似的。

"现在,托普西,我来教你怎样理床。我对这是很讲究的,你一定要一丝不苟地学。"

"是,太太。"托普西说着深深地叹了一口气,一脸愁苦和认真的表情。

"喏,托普西,看好,这是床单的边,这是正面,这是反面。记得吗?"

"记得,太太。"托普西说着又叹了一口气。

"那好,瞧,下面的床单要盖住长枕头,像这样把它整整齐齐地掖在床垫下面,像这样,看见了吗?"

"看见了,太太。"托普西神情十分专注地说。

"可是上面的床单,"奥菲丽亚小姐说,"必须像这样铺。在床的脚头平整地掖严实,像这样,床单的窄边在脚头。"

"是,太太。"托普西像刚才那样说道。但是我们要补充一件奥菲丽亚小姐没有看见的事:在这位好心的女士转过身劲头十足地操作时,她的小门徒竟然抓了一双手套和一根丝带,灵巧地塞进袖子里,然后像刚才那样两手交叉着恭顺地站在那儿。

"来,托普西,你再试试看。"奥菲丽亚小姐说着把床单扯下,自己坐了下来。

托普西十分认真而灵巧地把全部操作练习了一遍,奥菲丽亚小姐感到十分满意。她扯平床单,抚平每一道褶痕,在整个过程中表现出的严肃认真使她的老师也受到很大的启迪。可是就在她快要完成时,一不小心,一截丝带从她一只衣袖里飘落出来,引起了奥菲丽亚小姐的注意,她猛扑过去抓住它。"这是什么？你这淘气的坏孩子，你偷丝带了？"

丝带从托普西的衣袖里被拽了出来，可是她一点儿也不惊慌，只是用十分惊奇和莫名其妙的神情看着它。

"天哪！哎呀，这不是菲丽[①]小姐的丝带吗？它怎么弄到我的袖子里来的？"

"托普西，你这淘气的孩子！不许你对我说谎！是你偷了丝带！"

"太太，我发誓我没偷，我刚刚才看见它，以前从来没见过。"

"托普西，"奥菲丽亚小姐说，"你难道不知道说谎是坏品行吗？"

"我从来不说谎，菲丽小姐。"托普西一副善良、认真的样子，"我刚才说的都是实话，没有说谎。"

"托普西，如果你像这样说谎，我可要拿鞭子抽你了。"

"天哪，太太，就是你抽我一整天，我也是这么说。"托普西说着开始哭了，"我从来没见过这丝带，准是给我的袖子挂住了。菲丽小姐准是把它掉在床上，裹在床单里，然后钻进我的袖子里的。"

奥菲丽亚小姐对这种厚颜无耻的说谎感到十分气愤，于是她一把抓住这孩子使劲地摇晃起来。

"不许你再对我说这种话！"

这一摇晃使手套从另一只衣袖里掉到了地上。

"你看！"奥菲丽亚小姐说，"你现在还想对我说你没偷丝带吗？"

托普西现在承认偷了手套，但是仍然坚持说自己没偷丝带。

"我说啊，托普西，"奥菲丽亚小姐说，"如果你都承认了，我这一次就不打你了。"得到这样的承诺之后，托普西承认偷了丝带和手套，然后哭丧着脸一再表示要痛改前非。

"好吧，告诉我，我知道你自从进了这个家以后一定还拿过别的东西，因为昨天我让你四处乱跑了一整天。好吧，告诉我你还拿了别的什么东西，我不会打你的。"

"天哪，太太！我拿了伊娃小姐戴在脖子上的那红色的东西。"

"是吗，你这个顽皮的孩子！那……还有什么？"

---

① 即奥菲丽亚小姐。

“我拿了罗莎的耳环——红色的。”

“马上去把两样东西都拿来给我！”

“天哪，太太！我拿不来了，都烧掉了！”

“烧掉了？真会胡说！快去拿来，要不我就要抽你了。”

托普西哭哭啼啼地大声申辩着，说她拿不出来：“烧掉了，都烧掉了。”

“你把它们烧掉干吗？”奥菲丽亚小姐问。

“因为我坏，我很坏啊。我忍不住要这样做。”

正在这时，伊娃毫不知情地走进房间，脖子上戴的正是那串珊瑚项链。

“哎呀，伊娃，你的项链是在哪儿找到的？”奥菲丽亚小姐问。

“找到？哟，我一整天都戴着啊。”伊娃说。

“你昨天戴了吗？”

“戴啦，真有趣，姑姑，我一夜都戴着它。上床睡觉时我忘了把它取下来了。”

奥菲丽亚小姐满脸迷惑不解的表情。这时罗莎也进来了，她头上顶着一篮刚熨好的衣服，那对珊瑚耳环在她耳朵上直摇晃，这更把奥菲丽亚小姐弄糊涂了！

“我真不知道该拿这小东西怎么办才好！”她一筹莫展地说，“你为什么要说你拿了这两样东西呢，托普西？”

“嘿，太太让我非得承认，我想不出别的东西可以承认呀。”托普西擦着眼睛说。

“可是，我不是要你承认你没干过的事呀，”奥菲丽亚小姐说，“这跟刚才一样也同样是说谎呀。”

“天哪，是吗？”托普西一脸天真又惊讶的神情。

“哼，这个调皮鬼根本没有一句实话。”罗莎气愤地看着托普西说，“我要是圣克莱尔老爷，非抽得她浑身流血不可。我要——我要让她吃吃苦头！”

“不，不，罗莎，”伊娃用命令的口气说，这孩子有时也会用这种语气说话，“你不许这样说话，罗莎。我不能忍受这种话。”

“天哪！伊娃小姐，你太好了，一点儿也不知道怎样跟这些黑鬼打交道。我对你说吧，除了狠狠地揍他们，没有别的办法。”

“罗莎!”伊娃说,“住嘴! 这种话一个字也不许再说了!”孩子的眼睛发亮,脸涨得通红。

罗莎一下子给镇住了。

“伊娃小姐身上流的是圣克莱尔的血,这是很明显的。她说起话来就跟她爸爸一个样。”罗莎走出房间时自言自语道。

伊娃站在那儿看着托普西。

两个孩子站在那儿,分别代表着社会的两极。一个孩子出身高贵,白皮肤,金头发,眼睛深陷,额头典雅,富有灵气,举止十分优雅;她身边的这一个则是黑皮肤,狡黠、形容猥琐,然而却很机敏。她们代表各自的种族。一个是撒克逊种族,世世代代生活在文明、支配他人、享受教育和优越的物质、精神生活的环境里;另一个是非洲种族,世世代代生活在受压迫、卑顺、愚昧、劳苦和罪恶的环境之中!

也许这些想法会在伊娃的脑中闪现,但是孩子的思想往往是一些模糊不清的直觉。在伊娃高尚的天性中,涌动着许多这样的情感,可是她无法用语言表达出来。奥菲丽亚小姐数落着托普西顽皮、不良的行径时,伊娃显得迷惘而忧伤,但是她温和地说:

“可怜的托普西,你为什么要偷呢? 你会受到很好的照顾的。我肯定情愿把自己的任何东西都送给你,而不愿让你去偷。”

这是小姑娘长这么大第一次听到的一句亲切的话,伊娃温柔的语气和态度似乎打动了托普西那粗野的心,那敏锐、明亮的圆眼睛里似乎闪动着泪花,可是接着她短促地笑了一声,像平常那样咧开了嘴。不可能! 长期以来听惯了辱骂的耳朵对这么亲切的话语是很难相信的,托普西只觉得伊娃说的话有些滑稽,难以理解——她不相信。

可是该拿托普西怎么办呢? 奥菲丽亚小姐觉得这事实在难办,她的那些教育章法似乎行不通。她觉得自己要花一些时间考虑这个问题,为了赢得时间,同时也对黑屋子具有的某种不确定的功效抱有希望,奥菲丽亚小姐把托普西关进了一间黑屋子,想让自己把这件事的思绪理一理。

“我真不知道,”奥菲丽亚小姐对圣克莱尔说,“不打怎么能管住这孩子。”

“那你就痛快地打吧,你想怎么做都行,我给你充分的权力。”

“孩子就是要打,”奥菲丽小姐说,“我从来没听说过不打能把孩子教育好。”

“啊,当然啦,”圣克莱尔说,“你认为怎么办好就怎么办吧。只不过我要给你提个建议:我见过人家有时用拨火棍打她,有时用铁铲和火钳把她打翻在地,什么顺手就用什么打;既然她已经习惯了这种管教方式,我想你必须打得很有劲,否则不会有很大的效果的。”

“那该怎样对待她呢?”奥菲丽亚小姐问。

“你提了一个严肃的问题,”圣克莱尔说,“我希望你来回答,怎样对待一个只能用皮鞭管束的人,而皮鞭对她已经失效了。这种情况在这儿很普遍!”

“我真的不知道,我从来没见过这样的孩子。”

“这样的孩子在我们这儿多得很,这样的男人和女人也很多。他们该怎样管束?”圣克莱尔说。

“真的,这个问题我无法回答。”奥菲丽亚小姐说。

“我也是如此,”圣克莱尔说,“报纸上偶尔披露的那些令人发指的暴行——比如像蒲露这样的事——是怎样产生的呢?在很多情况下是双方逐渐变得越来越强硬的结果:奴隶主越来越残暴,仆人越来越麻木不仁。鞭打和辱骂就像鸦片酊一样,敏感性下降后,剂量就得翻番。我做了奴隶主以后很快就看出了这一点,于是我打定主意决不开这个头,因为我知道一旦开了头以后就很难收场,我决心至少要保持自己的德性。结果,我的奴仆们的所作所为就像被惯坏了的孩子,但是我觉得这比我们双方都变得残忍要好一些。关于我们在教育方面的责任,你已经谈了许多,堂姐,我真的希望你试着教育一个孩子,她是我们这里成千上万个孩子的一个样例。”

“是你们的制度造成了这样的孩子。”奥菲丽亚小姐说。

“这我知道,但是他们已经造成了,他们存在着,那该拿他们怎么办?”

“好吧,我无法说感谢你让我做这个试验,不过既然看起来这是个责任,我就要坚持试下去,尽一切努力去做。”奥菲丽亚小姐说。从此以后,奥菲丽亚小姐以值得称道的极大的热情和精力努力教育她的新臣民。她为托普西每天安排了训练的时间和任务,并着手教她识字和缝纫。

在识字技能方面,托普西学得很快,像玩魔术一般很快学会了字母,不久就能看懂浅易的读物了；可是对她来说缝纫就不那么容易了。这小家伙像猫一样灵活，像猴一样好动，针线活的约束让她十分厌恶，所以她常把针弄断，狡猾地扔到窗外，或者把它们塞进墙缝里。她也常把线弄得乱成一团、弄断弄脏，或者把整轴的线偷偷地扔掉。其动作之快可与任何训练有素的魔术师媲美，她对面部表情的控制能力也不亚于魔术师。尽管奥菲丽亚小姐总觉得不大可能连续发生这么多意外，可要是让她成天看住托普西，那她自己就什么也干不成了，所以她无法找出任何破绽来。

托普西很快便成了家里出名的人物了。她在各种搞笑、逗趣、做鬼脸和模仿方面的才能，在跳舞、翻筋斗、攀爬、唱歌、吹口哨、模仿各种她想象出来的声音等方面的才能，似乎是无穷无尽的。在游戏的时候，她总是引得家里所有的孩子跟在她身后团团转，佩服地张着嘴。就连伊娃小姐也不例外，她似乎被托普西怪异的魔法迷住了，就像鸽子有时会被闪闪发亮的大蛇迷住一样。伊娃这么喜欢跟托普西待在一起，这让奥菲丽亚小姐感到不安，她请求圣克莱尔禁止她这样做。

“嗨，随她去吧，”圣克莱尔说，“和托普西在一起会对她有好处的。”

“可是这么一个品行不端的孩子，你就不怕她会把伊娃带坏吗？”

“她不会带坏她的。她也许会带坏别的孩子，但是邪恶落在伊娃的心灵上就像露水落在白菜叶子上一样，一下子就滚落掉了——一滴也渗不进去。”

“不要太自信了，”奥菲丽亚小姐说，“要是我有孩子，我是不会让他跟托普西玩的。”

“好吧，你的孩子可以不跟她玩，”圣克莱尔说，“但是我的孩子可以。要是伊娃能带坏的话，她早就给带坏了。”

一开始，上等仆人都蔑视托普西，对她十分反感，但很快他们便都认为有理由改变看法。他们发现，谁要是伤了她的自尊心，不久之后准会碰到麻烦，不是一副耳环或别的什么心爱的首饰不见了，就是一件衣服突然给毁得不成样子，再就是此人会意外地撞翻一桶热水，或者在一身盛装时一盆污水会莫名其妙地从天而降，浇得全身湿透。对这些事件进行调查的时候，就是找不到干坏事的主谋。托普西的名字一再被提到，她被传讯，接受家庭审判，可是每次她都摆着一副令人信服的无辜而严肃的面孔顶住了审问。谁干了这些事，大家心里都十分明白，但是又都找不到丝毫直接的证据去证实这种推测，而奥菲丽亚小姐做事十分公正，没有真凭实据她是不会任意处置的。

而且这些恶作剧发生的时间总是恰到好处，因而进一步掩护了挑衅者。比如，对罗莎和简这两个女仆报复的时间都选在她们失宠于太太之时（这种情况并不鲜见），这时她们的诉苦当然不会得到同情。总之，托普西很快便让家里的奴仆都明白，最好还是别惹她，所以就没有人敢惹她了。

托普西干起各种体力活来手脚麻利、劲头十足，不管教她什么马上就能学会，速度快得惊人。教过几次以后，她就学会了怎样把奥菲丽亚小姐的卧室收拾得妥妥帖帖，就连十分挑剔的奥菲丽亚小姐也挑不出毛病来。只要托普西愿意，没有谁能将床罩铺得像她铺的那么平整，枕头高低调整得那么合适，扫地、抹灰、整理房间做得那么到家。可是她乐意的时候并不多。假如奥菲丽亚小姐经过三四天仔细耐心的监督之后，乐观地认为托普西终于走上正轨，不需要监督也行了，于是便走开忙别的事情去了，那托普西就会疯闹一两个小时，把家里弄得乱七八糟。她不去铺床，而是为了取乐把枕头套扯下来，把自己毛茸茸的脑袋往枕头上撞，直弄得脑袋上沾满了羽毛，向四面八方翘着，样子煞是古怪。有时她会爬到床柱顶端，然后来个倒挂金钩；有时她把床单、床罩挥舞得满屋都是；有时她会给长枕头穿上奥菲丽亚小姐的睡衣，用它来进行各种表演。她还唱歌，吹口哨，对着镜子做各种鬼脸。总之，用奥菲丽亚小姐的话来说，就是“闹翻天”了。

有一次，奥菲丽亚小姐看见托普西把她最好的那条大红的印度绉纱披肩缠在头上做头巾，正对着镜子气派非凡地排练呢——奥菲丽亚小姐这次把钥匙忘在抽屉里了，这种粗心大意对她来说实在是很少有的。

“托普西！”奥菲丽亚小姐实在忍不住了会说道，“你为什么要这样呢？”

“不知道，太太，恐怕因为我太坏了吧！”

“我真不知道该拿你怎么办，托普西。”

“啊呀，太太，你得打我呀，我以前的太太就总打我，不打我就不干活。”

“哎哟，托普西，我不想打你。如果你愿意干，你能干得很好的。你为什么不愿干呢？”

“啊呀，太太，我挨打挨惯了。我想这对我有好处。”

奥菲丽亚小姐试过这方法，托普西总是哭得呼天抢地，尖叫着求饶，可是半小时以后她却坐在阳台的突出部位，对围在身边的一群对她佩服得五体投地的小家伙说，她对刚才这件事完全不屑一顾。

“天哪，菲丽小姐还打人呢！她连只蚊子都打不死。她应该看看，我原来的主人打得人皮开肉绽，他才真会打人呢！”

托普西总是炫耀自己的罪孽和恶劣的行径，显然她认为这些事特别让她脸上有光。

“天哪，你们这些黑鬼，”她会对一些听众说，“你们知道自己都是罪人吗？嗯，你们是的。人人都是罪人，白人也是罪人，菲丽小姐是这样说的，不过我想黑鬼是最大的罪人。可是，天哪！你们谁也比不上我，我真是坏透了，谁也拿我没办法。我从前惹得原来的太太成天骂我，我想我是世界上最坏的人了。”说完托普西就会翻一个筋斗，敏捷地坐到一个更高的位置，满面春风，显然对自己的出众之处颇为得意。

每逢礼拜天，奥菲丽亚小姐总是十分认真地教托普西教义问答。托普西的语言记忆能力特别强，能流畅地复述所学的内容，这使老师深受鼓舞。

“你认为这对她会有什么用呢？”圣克莱尔问。

“嘿，这一直对孩子们是有用的。你知道，这是他们必须学的。”奥菲丽亚小姐说。

“不管他们懂不懂？”圣克莱尔说。

“啊，当时他们都不懂，但是长大以后他们就会领悟的。”

“我到现在还没领悟呢。”圣克莱尔说，“尽管我要证明，小时候你对我讲得相当透彻。”

“啊，你小时候学得真好，奥古斯丁，那时我对你抱有很大的希望呢。”奥菲丽亚小姐说。

“哦，那你现在对我不抱希望了？”圣克莱尔说。

“你要是像小时候那样就好了，奥古斯丁。”

“我也是这样想的，真的，堂姐。”圣克莱尔说，“好吧，接着教托普西教义问答吧，也许你会有所收获呢。”

在他们谈话的时候，托普西一直双手规矩地交叉放着，像一尊黑色雕塑一样站在那儿。这时，看见奥菲丽亚小姐做了个手势，托普西便继续背道：

“因为上帝给了我们第一代祖先运用自己意志的自由，他们便从原初被创造出来的‘州’①中堕落下来了。”

托普西的眼睛忽闪着，脸上露出疑问的神色。

“怎么回事，托普西？”奥菲丽亚小姐问。

“请问，太太，这是肯塔基州吗？”

“什么‘州’不‘州’的，托普西？”

“他们从中间堕落的‘州’呀。我过去总听老爷说我们是从肯塔基州过来的。”

圣克莱尔笑了起来。

“你要把意思告诉她，要不她自己会猜出个意思来的。”他说，“这里好像还包含着移民理论呢。”

“啊，奥古斯丁，别闹了。”奥菲丽亚小姐说，“如果你老是要笑，我还能做什么事啊？”

“好吧，我不会再打扰你们的练习了，我以我的名誉担保。”圣克莱尔说着便拿起报纸，走进客厅坐下来看报，直到托普西做完了功课。托普西背得不错，只是偶尔很奇怪地把几个重要的词调换了位置，尽管她竭力想纠正，可她总是犯错误。圣克莱尔虽然已经保证过要守规矩，可他对托普西的这些错误还是忍不住感到幸灾乐祸。有时为了取乐，他就把托普西叫过来，不顾奥菲丽亚小姐的一再抗议，让她重复那些让人听了很不舒服的段落。

“如果你老是这样，你让我怎样教育她呢，奥古斯丁？”她总是这样说。

“唉，这实在不应该，我再也不这样了。可是我真的很想听那个滑稽的小东西结结巴巴地说那些词呀！”

“可是这样一来，你就让她加深错误印象了。”

“那又有什么关系呢？什么词对她来说还不是一样。”

“你想要我好好地教育她，那你就该记住她是个有理性的人，要注意你对她的影响啊。”

“啊，真没劲！我是应该注意。不过，就像托普西自己说的：‘我品行

① 英语 state 一词既有“州”之意，又有“状态”之意，托普西只知道一种意思，所以引起误解。

真坏!'"

托普西的教育就是在这种情况下进行了一两年,这就像一种慢性病,每天都使奥菲丽亚小姐很烦恼。不过随着时间的推移,奥菲丽亚小姐渐渐适应了这种折磨,就像人们适应了神经痛和偏头痛一样。

圣克莱尔对这孩子的兴趣就像人们可能会对鹦鹉或猎犬的小把戏感兴趣一样。每当托普西犯了过失在别处受到冷遇时,她总是躲在圣克莱尔的椅子后面,圣克莱尔总是想方设法替她讲情。她常从圣克莱尔那儿得到一些零星的五分硬币,全都用来买了坚果和糖,慷慨大方地分给家里所有的孩子。说句公道话,托普西心地不坏,为人大方,只是在自卫时才心怀恶意。我们已经把她介绍到我们的"芭蕾舞团"来了,以后轮到她的时候,她还会时常和别的演员一起登场的。

第21章

肯塔基

读者诸君也许不会不乐意稍稍花一点时间回头看一看肯塔基那个庄园里汤姆叔叔的小木屋，看看汤姆走了以后他家里发生的事吧。

这是夏天的一个傍晚，大客厅的门窗都敞开着，恭候着些许微风的欣然光临。谢尔比先生坐在通向客厅的大厅里。大厅横贯整个屋子，两头各有阳台。他悠闲地斜躺在椅子上，两只脚放在另一张椅子上，正在享受饭后的雪茄。谢尔比太太坐在门口刺绣，她好像心里有事，正等待机会开口。

"你知道吗，"她说，"克洛伊收到汤姆的信了。"

"啊！是吗？看样子汤姆在那边遇到好人了。老伙计好吗？"

"我想他给一户好人家买去了。"谢尔比太太说，"人家待他不错，活儿也不多。"

"啊！好，我听了很高兴。真高兴！"谢尔比先生真诚地说，"我想，汤姆会安心地在南方生活，不会再想回到这儿来了。"

"恰恰相反，他急切地询问，"谢尔比太太说，"赎他回来的钱什么时候能筹齐呢。"

"我真的说不准，"谢尔比先生说，"生意一不顺，好像永远没有转运的时候，就像进了沼泽地，跳出一个泥塘又掉进另一个泥塘。借了张三还李四，拆了东墙补西墙，还没来得及抽枝烟转个身，那些倒霉的借据就到期了。讨债的信件、电报纷纷而来。"

"亲爱的，我倒是觉得我们也许能想想办法解决这个问题。我们把马都卖掉，卖掉一个农场，把账都还清，行不行呢？"

“啊,真荒唐,爱米莉!你是肯塔基州最优秀的女人,可是你却不明白自己不懂做生意——女人永远不懂,永远不可能懂。”

“可是,至少,”谢尔比太太说,“你能不能让我了解一下你的生意情况呢?至少给我一张你欠别人债、别人欠你钱的清单呀,让我试试看能不能帮你节省点开支。”

“啊,真烦人!别来烦我,爱米莉!我也说不清楚,我只知道事情的大概。生意上的事我可没法像克洛伊大婶切馅饼那样弄得整齐划一。你一点儿也不懂生意,我对你说。”

因为谢尔比先生没有别的办法说服太太,只好提高了嗓门——绅士们在和太太们讨论生意场上事情时,常采用这种既方便又有说服力的争论方法。

谢尔比太太叹了一口气,不吭声了。说真的,尽管她丈夫说她是个女人,但她头脑清楚,精力充沛,讲求实际,具有比她丈夫强得多的人格力量。因此,承认她具有管理生意的才干并不像谢尔比先生所认为的那样,是荒唐可笑的。她一心要实现她对汤姆和克洛伊大婶许下的诺言,因为情况越来越让人灰心丧气,她不由得叹了口气。

“难道你认为我们不能想办法筹到这笔钱吗?可怜的克洛伊大婶!她一门心思指望着呢!”

“如果这样,那我很遗憾。我觉得当时对她许诺得太早了,我也说不准,不过最好还是告诉克洛伊,让她拿定主意。汤姆再过一两年会另娶一个妻子的,她最好也再找一个。”

“谢尔比先生,我一直教育我的仆人,他们的婚姻跟我们的婚姻同样神圣。我决不会给她这样的劝告的。”

“真遗憾,太太,你的道德观念超越了他们的条件和可能的前景,成了他们沉重的负担。我一直是这样认为的。”

“这不过是《圣经》上的道德观,谢尔比。”

“好了,好了,爱米莉,我不想干涉你的宗教自由,只不过这些观念对于处在那种地位的人来说似乎是很不合适的。”

“我觉得很合适,”谢尔比太太说,“所以我从内心深处痛恨这个制度。亲爱的,说实话,我不能对那些可怜无助的人食言。如果我没有别的办法筹到钱，我就招学生教音乐，我知道自己能招到足够的学生，筹足这笔钱的。”

“你不会做这种降低身份的事吧，爱米莉？我是决不会同意的。”

“降低身份！这难道比对那些可怜人不讲信用更降低身份吗？绝对不是！”

“嗯，你总是无比英勇，超凡脱俗。”谢尔比先生说，“不过我觉得你最好慎重考虑一下，不要做出堂吉诃德[1]那样不切合实际的事情来。”

这时，克洛伊大婶在游廊尽头出现了，打断了他们的谈话。

“对不起，太太。”她说。

“哎，克洛伊，什么事啊？”女主人站起身来，向游廊的另一头走去。

“太太来看看这群鸡谣吧。”

克洛伊总喜欢把鸡鸭叫做“鸡谣”，不管孩子们怎样纠正她，她都不改。

“天哪！”她总是说，“我真不明白这两个字有什么不同，反正‘鸡谣’很好。”所以克洛伊还是把鸡鸭叫做“鸡谣”。

谢尔比太太看见地上躺着一群鸡鸭，克洛伊大婶一脸严肃地站在那儿看着它们。看见这情景，谢尔比太太不由得笑了。

“我在想，要不要用这里的鸡给太太做鸡肉馅饼呢。”

“克洛伊大婶，我真的无所谓，随你怎么做都行。”

克洛伊站在那儿心不在焉地抚弄着那些鸡，很明显，她心里想的不是它们。最后她干笑两声——黑人在提出自己拿不准的建议时常常这样——然后说道：

“天哪，太太！老爷太太哪里用得着为钱烦心，手头现成的东西干吗不用呢？”克洛伊又笑了一下。

“我不明白你的意思，克洛伊。”谢尔比太太说。从克洛伊的态度来看，她毫不怀疑克洛伊已经一字不漏地听见了她和丈夫之间的谈话。

“哎呀，天哪，太太！”克洛伊说着又笑了起来，“别人把黑奴租出去赚钱！别养着这么一帮人在家里坐吃山空。”

“那好，克洛伊，你建议我们该把谁租出去呢？”

“天哪！我不是提什么建议，只是山姆说在路易斯维尔有家什么甜甜

---

① 西班牙作家塞万提斯（1547—1616）的小说《堂吉诃德》中的主人公。

铺，想找个做糕饼的好手，还说一个星期给四块钱呢，真的。”

“哦，克洛伊。”

“天哪，太太，我在想该是让莎莉做些事情的时候了。她在我手下已经干了一些时候了，从各方面看，她的手艺跟我差不多了。要是太太愿意让我去，我可以帮着凑齐这笔钱。我做的糕饼就是跟甜甜铺做的放在一起比，我也不怕。”

“是甜点铺，克洛伊。”

“天哪，太太！这没关系。这些词真怪，我总是说不对。”

“可是，克洛伊，你想丢下孩子吗?”

“天哪，太太！男孩都大了，能干点活了，他们活儿还干得不错呢。莎莉可以给我带娃娃——她乖得很，不怎么需要照看的。”

“路易斯维尔离这儿很远呢。”

“天哪！谁怕呀！它在河的下游，说不定离我家老头子很近了吧?”克洛伊用询问的语气看着谢尔比太太，说了这最后一句话。

“不，克洛伊，还有好几百英里远呢。”谢尔比太太说。

克洛伊的脸色阴沉下来。

“别难过，你到那儿去，离他更近一些了，克洛伊。好，你可以去，我会把你的工钱一分不少地存起来去赎你的丈夫。”

就像一束明亮的阳光把一朵乌云照得银白透亮一样，克洛伊布满愁云的脸顿时开朗了——真的是容光焕发了。

“天哪！太太真是太好了！我刚才就是在想这件事呢。因为我不需要添衣服、鞋子，什么也不需要，可以把每分钱都节省下来。一年有多少星期，太太?”

“五十二个。”谢尔比太太说。

“天哪！真的吗？每星期四块钱，哎哟，一年有多少钱?”

“两百零八块钱。”谢尔比太太说。

“哎呀!”克洛伊又惊又喜地说，“要多久我才能凑够这笔钱，太太?”

“大概四五年吧，克洛伊。不过，不用你一个人筹，我也会贴补点呢。”

“我可不愿意太太教课什么的。老爷说得对，这不行，不行。只要我有两只手，我绝不希望我们家的人落到这个地步。”

“别担心,克洛伊,我会注意全家荣誉的。”谢尔比太太笑着说,“可是你打算什么时候走呢?”

“噢,我也没什么打算,只是山姆要赶几匹马驹到河边去,说我可以跟他一起去,所以我就把东西收拾了一下。要是太太同意的话,我就明天早晨和山姆一起走。还要请太太给我开个通行证,写封推荐信。”

“好吧,克洛伊,如果谢尔比先生不反对的话,我就来给你办。这事我得跟他商量一下。”

谢尔比太太上楼去了,克洛伊满心欢喜地回家做准备。

“天哪,乔治少爷!你还不知道我明天要到路易斯维尔去呢!”她对乔治说道。这时乔治刚刚进门,见她正忙着收拾小孩的衣服。“我想看一下小妹的东西,把它们理理好。哎,我要走了,乔治少爷,一个星期要挣四块钱呢,太太要为我全存起来,把我的老头子赎回来!”

“哟!”乔治说,“这可是一桩好买卖!你怎么去呢?”

“明天和山姆一起去。哎,乔治少爷,我知道你会坐下来给我家老头子写封信,把事情都告诉他。是吗?”

“没问题!”乔治说,“收到我们的信,汤姆叔叔一定会很高兴的。我马上回家去拿信纸和墨水,然后,你知道,克洛伊大婶,我还可以把买马驹的事都告诉他。”

“对,对,乔治少爷。你去吧,我来为你烧点鸡呀什么的,以后你就吃不上你可怜的老大婶做的饭了。”

第22章

草必枯干　花必凋谢[①]

对于我们每个人来说，日子是一天一天逝去的，对于我们的朋友汤姆也是如此，两年就这样过去了。虽然与亲人分离，虽然怀念远方的故土，但是他从来没有真正感觉到痛苦，因为人的感情就像一架调得很好的竖琴，除非所有的琴弦都砰然断绝，否则是不可能完全破坏它的和谐的。当我们回顾过去那些似乎是贫困和艰辛的日子时，那些逝去的时光在我们的记忆中唤起了愉悦和慰藉，所以我们尽管并不十分快乐，但也不十分痛苦。

汤姆在他唯一的宝典中读到，有一位圣徒[②]学会了"无论在什么境况都可以知足"[③]。对他来说，这似乎是很有益处、很有道理的教义，而且很符合他通过读《圣经》而养成的持重、爱思考的习惯。

我们在上一章已经交代，他的信寄回家以后不久，乔治少爷便给他回了一封信。信是用漂亮的小学生圆体字写的，汤姆说"在房间另一头都能看清楚"。信里提到家里几件令人高兴的事，读者诸君早已知晓：说克洛伊大婶已经被雇到路易斯维尔的一家甜点铺去了，她靠做糕饼的手艺在那儿赚了不少钱。汤姆从信上得知，这些钱都会被存起来，凑足他的赎金。摩西和彼得长得很快，小娃娃在莎莉和全家人的照料下已经能满院子跑了。

汤姆的小屋暂时关闭起来了，不过，乔治出色地详细描述了等汤姆回来

① 见《圣经·新约·彼得前书》第一章第二十四节。

② 指使徒保罗。

③ 见《圣经·新约·腓立比书》第四章第十一节。

以后如何对屋子进行扩大、装饰的计划。

信的其余部分列举了乔治在学校的学习科目，每一项的开头都是一个花体的大写字母。乔治把汤姆走了以后家里新添的四匹小马驹的名字也告诉了他，还说爸爸妈妈的身体都好。信写得十分简明扼要，可是汤姆却觉得这是现代文章最好的典范，对此他是百读不厌。他甚至还和伊娃商量，是否要配个镜框把它挂在房间里，只是因为无法同时看到信纸的正反两面，才使这件事作罢。

随着伊娃的长大，汤姆和她的友谊也不断加深。很难说清楚她在这忠诚仆人的温柔、易动感情的心中究竟占有何种位置。他把她当做尘世中的一个纤弱的孩子来疼爱，但是却又把她当做天上的神来崇拜。他凝视着她，就像意大利水手凝视着小耶稣像一样，心中交织着崇敬和温柔的情感。迎合她优雅的爱好，满足她许许多多像彩虹一般萦绕着童年时代的小小愿望，成了汤姆的最大乐趣。早晨在市场上，他的眼睛总是盯着鲜花摊，因为他要不断变换桌上鲜花的摆放方式，不时为她配入一些奇异的花束。他还要挑上一个最好的桃子或是橘子放在口袋里，到家后送给她。最让他开心的是看见她那金黄的小脑袋从门里探出来迎接他的归来，孩子气地问他："哎，汤姆叔叔，你今天给我带什么回来啦？"

伊娃回报汤姆、为他效劳的热情也毫不逊色。虽然她还是个孩子，但她却十分善于朗读。她有一双具有乐感的耳朵，还具有敏锐的诗的想象力，对于庄严崇高的事物会本能地产生共鸣，所有这些使她读起《圣经》来十分动人，汤姆从来没有听过任何人把《圣经》读得这么好。开始时，她读《圣经》是为了让她这个身份卑贱的朋友高兴，但是不久之后，她自己的真诚天性就伸出了触须，缠绕在这本神圣的书上。伊娃爱上了这本书，因为它在她心中唤起了奇妙的渴盼和强烈而模糊的情感。这是富有激情、想象力丰富的孩子所珍爱的感情。

《圣经》中她最喜爱的是《启示录》和先知们的预言书，其中那些朦胧而奇妙的意象、感情炽热的语言更让她难忘，她想弄懂它们的意义，可是却很难做到，她和她淳朴的朋友——这一老一少两个"孩子"——都有这种感觉。他俩只知道书里讲的是即将显现的天国的荣耀，是即将到来的奇妙世界，他们的灵魂为之欢欣，可是却不知道为什么。尽管在物质世界里并非如此，但是在精神领域中，那些不能被理解的东西并不总是没有益处的。因为灵魂在两个朦胧的永恒——永恒的过去和永恒的未来——之间醒来时，会不停地颤抖。光只照在她四周的一小块地方，因此她必然会向往那未知的世界，从灵感的云柱中传来的声音和隐约走动的身影全都在她企盼的心灵中找到了回应。那些神秘的意象就像许多刻有无人能识的象形文字的护符和珍宝，她把它们珍藏在心中，希望等她过了无知境界之后再解读。

我们的故事叙述到这里时，圣克莱尔全家暂时搬到庞恰特雷恩湖畔的别墅去了。夏天的炎热把那些能够离开闷热而有害健康的城市的人都赶到湖滨，享受凉爽的海风去了。

圣克莱尔的别墅是一幢东印度风格的建筑，周围环绕着精致的竹回廊，四面都通向花园和游乐场所。共用的客厅通往一座大花园，花园里有各种热带的奇花异草，香气馥郁。这里有条条曲径一直通向湖边，银色的湖水在阳光下起伏着。这美丽的景色不断地变化着，越变越美丽。

此刻又是黄昏时分，落日的余晖将天际烧得绚丽辉煌，湖面变成了另一个天空。这时的湖面上闪动着玫瑰色和金黄色的道道波纹，船只漂浮之处，但见白帆点点，犹如幽灵一般。金色的小星星透过霞光闪烁着，俯视着水中自己颤抖的身影。

汤姆和伊娃坐在花园里藤萝架下一个长满青苔的椅子上。这是礼拜天的傍晚，伊娃把《圣经》翻开放在膝上。她读道："我看见仿佛有玻璃海，其中有火掺杂。"①

"汤姆，"伊娃突然停止了朗读，指着湖面说道，"就在那儿。"

"什么呀，伊娃小姐？"

"你没看见吗？就在那儿！"孩子说着，指着那一片映着天上金色晚霞、起伏波动的玻璃般的湖水，"那就是'玻璃海，其中有火掺杂'。"

"真的，伊娃小姐。"汤姆说，然后他唱了起来：

啊，假如我有黎明的翅膀，
我愿飞往迦南岸旁；

① 《圣经·新约·启示录》第十五章第二节。

光明的天使会送我回家，
回到新耶路撒冷故乡。

“你知道新耶路撒冷在什么地方吗，汤姆叔叔？”伊娃问。

“啊，在天上的云朵里，伊娃小姐。”

“那么，我想我看见它了。”伊娃说，“看那些云朵里面，多像珍珠做的一个个大门！你能看见门那边很远很远的地方，一片金黄。汤姆，唱那首《光明天使》的歌吧。”

汤姆唱起了一首有名的美以美教会的赞美诗：

我看见一群光明天使，
享受着天国的幸福；
他们都穿着无瑕的白袍，
手拿象征胜利的棕榈枝。

“汤姆叔叔，我见过他们。”伊娃说。

汤姆对此毫不怀疑，他一点儿也不觉得惊奇。如果伊娃对他说她去过天堂，他也会觉得这完全是可能的。

“这些天使有时在梦中跟我相见。”说着她的眼睛里出现了梦幻般的神情，低声哼唱道：

他们都穿着无瑕的白袍，
手拿象征胜利的棕榈枝。

“汤姆叔叔，”伊娃说，“我就要到那儿去了。”

“到哪儿去，伊娃小姐？”

孩子站起身来，用小手指着天空。晚霞的光芒照亮了她金色的头发和绯红的面颊，她的眼睛热切地凝视着天空。

“我就要到那儿去了，”她说，“到光明天使那儿去。汤姆，我很快就要走了。”

忠诚的老仆人突然感到心中刀戳般的难过。汤姆这才想起，最近半年以来，他经常注意到伊娃的小手越来越瘦，皮肤更加透明，呼吸更加急促；过去在花园里能奔跑玩耍好几个小时，现在一会儿便疲倦乏力了。他常听奥菲丽亚小姐说起伊娃咳嗽，所有的药都治不好，现在她滚烫的脸颊和小手还烧得通红呢。可是他这才领悟伊娃所说的话的含意。

世界上曾有过伊娃这样的孩子吗？是的，有过，但是他们的名字总是刻在墓碑上；他们甜甜的微笑、可爱的眼睛、独特的言行，都珍藏在怀念的心底。在多少个家庭，你都能听到这样的故事：活着的人的所有美德和优点与去世亲人的独特魅力相比，简直是微不足道。好像天堂里有一群特殊的天使，他们的职责就是到人间来作短暂的停留，亲近那些不听教悔之人的心，以便飞回天堂时带上他们。当你看见孩子眼中深邃的、圣灵般的目光时，当那些比普通孩子所说的更温柔、更有智慧的话语揭示出他自己小小的灵魂时，不要希望再能留住这孩子了，因为他身上已经盖上了天国的印记，永恒之光从他的眼中放射出来。

亲爱的伊娃！家中美丽的星星！你就是这样的孩子啊！你就要离去了，可是那些最亲最爱你的人对此却一无所知。

汤姆和伊娃的谈话被奥菲丽亚小姐急促的呼唤声打断了。

“伊娃！伊娃！哎呀，孩子，下露水了，不能待在外面了！”

伊娃和汤姆急忙走进屋里。

奥菲丽亚小姐在护理技术方面十分老练，她出生于新英格兰，十分熟悉那发病缓慢的隐疾的狡诈的初始脚步，它夺走了许许多多最美丽、最可爱的生命；在人们还没有发现有一根生命之线断开时，他们的身上已经无可挽救地盖上了死亡的印记。

她早已注意到伊娃的轻微干咳和日益发亮的面颊，伊娃眼睛里的光泽、由于发烧而产生的虚旺的兴奋劲都骗不过她的眼睛。

她试图把自己的担忧告诉圣克莱尔，可是他却生硬地把她的话顶了回去，一点儿也不像他平时那样态度随意温和。

“不要说不吉利的话了，堂姐，我不爱听！”他总是说，“难道你不知道这孩子不过是在长身体吗？孩子长得很快的时候总是没有力气的。”

“可是她还那样咳嗽呢！”

"啊！那咳嗽有什么要紧！根本没关系。她也许是受了点风寒。"

"唉，伊莱扎·简就是这样死的，还有艾伦和玛丽·桑德斯都是这样。"

"啊，别再讲这些婆婆妈妈的事了。你们这些人太大惊小怪了，孩子咳个嗽打个喷嚏就觉得大难临头了。你只要照顾好孩子，不要让她晚上在外面受凉，不要让她玩得太累，她就会好好的。"

圣克莱尔话是这么说，可是实际上他却紧张不安起来。他每天焦虑不安地留神着伊娃，老是说"这孩子身体没病"，说有点咳嗽没任何关系，只是肠胃有点毛病，小孩子经常会这样。从这一点可以看出，他对伊娃的身体忧心忡忡。他和她待在一起的时间比以前更多了，更经常带她驾车出去兜风，每隔几天就会带个药方或补剂回来，还说："并不是孩子需要这些药，而是这对她没什么害处。"

说实话，最让他痛苦的是孩子的思想和感情日益成熟起来。尽管伊娃仍然保持了儿童的喜欢幻想的特性，可是她常常在无意中说出的话中的思想深度和超凡智慧听起来就像是神的启示。每逢这种时候，圣克莱尔总是突然感到毛骨悚然，把她紧紧地抱在怀里，好像这种深情的拥抱能挽救她的生命。他心潮难平，决心要留住她，决不让她离去。

孩子的全部心灵似乎都倾注在爱心善举上。她一向慷慨大方，可是现在她身上有了一种感人至深的女性的体贴，大家都注意到了这一点。她仍然喜爱跟托普西和其他的黑孩子一起玩，但是现在她似乎更像个旁观者，而不参加到游戏中去。她常常会一连坐上半个小时，看着托普西滑稽的把戏，便禁不住笑起来，可是过了一会儿，她的脸上似乎会笼罩上一层阴影，目光变得蒙胧，思绪飘到了远方。

"妈妈，"一天她突然对母亲说，"我们为什么不教仆人识字呢？"

"孩子，你怎么会问这样的问题呢！从来没有人这么做。"

"为什么不做呢？"伊娃问。

"因为他们识字没有用，识字也不会让他们活儿干得更好，他们天生就不是识字的料。"

"可是他们应该读《圣经》啊，妈妈，好明白上帝的旨意呀。"

"啊！他们可以让别人念给他们听呀。"

"妈妈，我觉得《圣经》应该是让人自己读的。当他们需要的时候，身边却没有人给他们读。"

"伊娃,你真是个怪孩子。"她母亲说。

"奥菲丽亚小姐已经教托普西识字了。"伊娃接着说。

"是啊,可是你看那又有多少好处呢?托普西是我见过的最坏的孩子!"

"还有可怜的嬷嬷!"伊娃说,"她真的很喜爱《圣经》,多么希望她自己能读啊!要是我不能给她读,她该怎么办呢?"

玛丽一边忙着翻抽屉里面的东西一边答道:

"哦,当然啦,伊娃,以后除了给仆人们读《圣经》,你慢慢会有别的事要考虑了。不是说你给他们读《圣经》不对,我过去身体好的时候也给他们读过,可是等你以后需要打扮出去社交应酬时,就没有时间了。你看,"她又说道,"等你长大参加社交时,我要把这些首饰送给你。我第一次参加舞会时戴的就是这些首饰。我告诉你,伊娃,那一次我可引起了轰动啊。"

伊娃接过首饰盒,从里面拿出一串钻石项链。她那双沉思的大眼睛看着这项链,可是很显然,她的思绪却在别处。

"孩子,你怎么闷闷不乐啊?"玛丽说。

"这项链值很多钱吗,妈妈?"

"当然啦。爸爸写信到法国定购的,这可是一笔财富呢。"

"我要是能随意处置它就好了!"伊娃说。

"你要用它做什么?"

"我要把它卖掉,然后在自由州买一处房产,把我们家所有的黑人都带到那儿去,再雇一些教师教他们读书写字。"

伊娃被她母亲的笑声打断了。

"建一所寄宿学校!你不想教他们弹钢琴、在丝绒上面画画吗?"

"我要教他们自己读《圣经》,自己写信,自己读别人写给他们的信。"伊娃坚定地说,"妈妈,我知道他们不会做这些事,心里一定很难过。汤姆就是这样,嬷嬷也是,他们许多人都是这样。我觉得这是不对的。"

"好了,好了,伊娃,你只是个孩子!对这些你一点儿也不懂。"玛丽说,"再说,你的话让我头疼。"

玛丽对那些不太对自己胃口的谈话,总是很方便地用头疼打发掉。

伊娃悄悄地走开了,可她从此就坚持不懈地教嬷嬷识起字来。

第23章

亨利克

就在这个时候,圣克莱尔的孪生兄弟阿尔弗雷德和他十二岁的大儿子来到湖滨,与他们一家人一起住了一两天。

这对孪生兄弟间的关系真是奇妙无比。造物主不但没有赋予他们任何相似之处,反而让他们在每一方面都恰恰相反。可是尽管如此,似乎有一根神秘的纽带把他们联系在一起,使他们具有不同于一般人的更亲密的友情。

他们常常手挽着手在花园里的小径上散步。奥古斯丁金发碧眼,身材灵活,俊逸洒脱,五官很有生气;而阿尔弗雷德则长着一双黑眼睛,一副高傲的罗马人相貌,他有着结实的四肢和果决的气度。他们总是相互指摘彼此的观点和行为,可是却丝毫不减相互的情谊。事实上,似乎正是这种对立才把他们结合在一起,就像磁石的两极相互吸引一样。

阿尔弗雷德的大儿子亨利克长着一双黑眼睛,他风度高雅,仪表堂堂,活泼开朗,精力充沛,一见面似乎就被堂妹伊万杰琳的优雅风姿完全吸引住了。

伊娃有一匹心爱的小马,浑身雪白,骑起来像坐在摇篮里一样平稳,像它的小主人一样温和。这时,小马被汤姆牵到后面游廊下。一个大约十三岁的混血小男孩牵来了一匹阿拉伯种小黑马,这是花高价专门为亨利克从国外买进的。

亨利克得到这匹马之后,心中充满了男孩子常有的自豪。他走上前来,从小马夫手里接过缰绳,仔细地看一下马,不由得沉下脸来。

"这是什么,多多,你这个小懒狗!今天早上你没有给我把马刷干净。"

“我刷了,少爷。”多多恭顺地说,“它身上的尘土是它自己弄上去的。”

“你这坏蛋,闭嘴!”亨利克说着狠狠地挥起鞭子,“你还敢回嘴?”

小马夫是个面貌清秀、眼睛明亮的混血儿,个子和亨利克差不多,高而突出的额头上覆盖着拳曲的头发,看样子他有白人的血统,这从他急切地想辩白时面颊很快泛红、眼睛闪闪发亮的特征上可以看出来。

“亨利克少爷……”他开口说道。

亨利克一鞭子抽在他的脸上,同时抓住了他的一只胳膊,迫使他跪在地上让他狠揍。亨利克直打得自己都喘不过气来。

“哼,你这无耻的狗东西!现在你记住了吧,我说话看你再敢回嘴?把马牵回去洗刷干净。我要教训你,让你知道自己的地位!”

“少爷,”汤姆说,“我猜他是想告诉你,他把马从马厩里牵出来的时候,马硬要在地上打滚,这匹马性子烈,它身上就这样沾上了灰土。刚才我看见他刷马了。”

“没问你就不要多嘴!”亨利克说着转身走上台阶跟伊娃说话,伊娃正穿着骑装站在那儿。

“亲爱的堂妹,很抱歉,这个傻瓜害得你久等了。”他说,“我们在这凳子上坐会儿等他们吧。怎么啦,堂妹,你怎么不高兴啊。”

“你怎么能对可怜的多多这么狠毒啊?”伊娃说。

“狠毒?”少年由衷地感到惊讶,“你这是什么意思,亲爱的伊娃?”

“你这样做,我不要你叫我亲爱的伊娃。”伊娃说。

“亲爱的堂妹,你不了解多多。只有这样才能制服他。他满嘴谎言,唯一的办法就是一下子杀住他的气焰,不让他开口说话。爸爸就是这样做的。”

“可是汤姆叔叔说这是意外情况,他从来不会说假话的。”

“那他就算得上非同一般的老黑奴了!”亨利克说,“多多说起谎来不用思索,跟说话一样快。”

“你如果这样对待他,就是要吓得他只好说谎了。”

“哎哟,伊娃,你真的喜欢上多多了。我可要忌妒了。”

“可是你打他了,他不该受这惩罚呀。”

“唉,好吧,下次他该打时不打他就是啰。对多多来说,打几下绝不会委屈了他，告诉你，他是个地地道道的精怪。不过你要是见了心烦，以后我不当你的面打他就是了。”

伊娃并不感到满意，可是她发现要想让英俊的堂兄理解她的感情，简直是白费劲。

多多不久就牵着马来了。

“好，多多，你这次干得不错。”小主人说道，他的态度和善一些了，“过来，牵着伊娃小姐的马，我来扶她上去。”

多多走过来站在伊娃的小马旁，他苦着脸，眼睛看起来好像刚刚哭过似的。

亨利克一向夸耀自己具有绅士风度，对女性殷勤有礼，他很快就把漂亮的堂妹扶上马鞍，收拾起缰绳，交到堂妹手中。

可是伊娃却向多多站的那边弯下身子，当多多把缰绳交给她时，她说：

“多多是个好孩子，谢谢你！”

多多抬起头惊奇地看着那张可爱的小脸，热血涌上了他的脸颊，他的眼里涌出了泪水。

“过来，多多。”小主人傲慢地说。

多多马上过去抓住缰绳，小主人上了马。

“给你五分钱买糖吃，多多。”亨利克说，“去买吧。”

亨利克跟在伊娃的后面，沿着小道慢慢地往前走去。多多站在那儿目送着两个孩子。他们一个给了他钱，另一个给了他更想要的东西——一句亲切的话语。多多离开母亲才几个月的时间，主人因为看他长相英俊，便从奴隶货栈里把他买下来，配这匹英俊的小马的。现在他正在小主人的手中接受调教。

圣克莱尔家的两兄弟在花园的另一处也目睹了多多挨打的一幕。

奥古斯丁的脸红了，但他只是像平时那样，用漫不经心的嘲弄的口吻说道：

“我想这就是所谓的共和主义的教育了，阿尔弗雷德？”

“亨利克性子上来时脾气坏得很。”阿尔弗雷德漫不经心地说。

“我想你是把这看做一种对他有教益的实践啰。”奥古斯丁冷冰冰地说。

"如果是这样,我也没办法。亨利克是十足的火爆脾气,我和他母亲早就不指望他能改好了。可是话又说回来了,那个多多也是个十足的精怪,随你怎么打都伤不了他。"

"看来你就是这样教会亨利克共和主义教义中的第一句话'人人都生来自由平等'的了!"

"呸!"阿尔弗雷德说,"又是汤姆·杰弗逊[①]的法国情调的胡说八道,直到今天还在我们中间流传,真是太可笑了。"

"我想是的。"圣克莱尔意味深长地说。

"因为,"阿尔弗雷德说,"我们可以十分清楚地看到,并不是人人生来自由,也不是人人生来平等,根本不是这样。对我来说,我认为这些共和主义的话大半是一派胡言。该享受平等权利的是受过教育、聪明、富有和有教养的人,而不是那些下等人。"

"可惜你不能让这些下等人接受这种观点,"奥古斯丁说,"他们在法国也得过势呢。"

"当然,我们必须始终如一、毫不动摇地把他们压在下面,就像我这样。"阿尔弗雷德说着,用力地把脚踏在地上,好像他正站在某个人身上似的。

"要是他们站起来的话,你可就会摔得够戗哟。"奥古斯丁说,"就像在圣多明各[②]那样。"

"呸!"阿尔弗雷德说,"在这个国家,我们是不会让此类事情发生的。我们必须坚决抵制眼下十分流行的那些教育黑奴、提高他们素质的言论。下层阶级决不能受教育。"

"这已经是无法挽回的事了,"奥古斯丁说,"他们一定会受到教育,现在只是如何教育的问题。我们的制度正在用野蛮和残酷的方式教育他们,我们正在切断一切人性的纽带,把他们变成毫无理性的野兽。如果他们占了上风,他们就会用同样的方式对待我们的。"

"他们绝不会占上风的!"阿尔弗雷德说。

---

① 即托马斯·杰弗逊(1743—1826),美国第三任总统,《独立宣言》的主要起草人。

② 位于加勒比海海岸,原为西班牙属地,1844 年该地人民独立斗争胜利后,建立了多米尼加共和国。

“说得对，”圣克莱尔说，“开足蒸汽，关紧安全阀，然后坐在上面，看看你们会有什么结果。”

“好吧，”阿尔弗雷德说，“我们等着瞧吧。只要锅炉牢固，机器运转正常，坐在安全阀上我也不怕。”

“路易十六①时代的贵族就是这样想的，现在奥地利和庇护九世②也这样想。总有一天早晨锅炉爆炸，你们都会在空中相会的。”

“让时间来证明吧。”阿尔弗雷德笑着说。

“我告诉你，”奥古斯丁说，“在我们时代，如果有什么显示了神圣的力量的话，那就是人民大众必定会站起来，下层阶级会变成上层阶级。”

“这是你们这些红色共和主义者的胡言，奥古斯丁！你怎么从来没做过巡回政治演讲啊？你会成为著名的政治演说家的！我希望在你们那些浑身油污的大众的千禧年到来时，我已经不在人世了。”

“不管是不是浑身油污，时机一到，他们会统治你们的，”奥古斯丁说，“而且他们会成为你们造就的那种统治者。法国的贵族要让人民‘不穿裤子’，于是他们尝够了‘不穿裤子’的统治者的滋味。海地人民——”

“啊，得了，奥古斯丁！这些可恶可鄙的海地人难道还没谈够吗！海地人不是盎格鲁—撒克逊人。如果他们是的话，情况就会完全两样了。盎格鲁—撒克逊是世界上的优等民族，将来仍然如此。”

“哎，现在我们的黑奴身上可注入不少盎格鲁—撒克逊血液了。”奥古斯丁说，“他们中许多人身上仅存的非洲血统只表现出一点热带的热情，他们和我们一样精明、坚定、有远见。一旦圣多明各那样的时刻到来，他们身上的盎格鲁—撒克逊血液就会率先奔涌向前。那些父亲是白人的奴隶们的血管里燃烧着与我们一样高傲的激情，他们不会永远任人买卖交易，他们将会站起来，并将同时提升自己母系种族的地位。”

“废话！胡说八道！”

“哎，”奥古斯丁说，“有一句古话大意如下：‘正像诺亚时代一样，将来

① 路易十六(1754—1793)，法国国王，法国大革命中被送上断头台。

② 庇护九世(1792—1878)，罗马教皇，曾发通谕宣布无原罪始教义，通过教皇一贯正确论的提案。

也是如此，他们吃、喝、种植、建造，不知灾难将近，直到洪水到来毁了他们。’[①]”

“总的来说，奥古斯丁，我认为你有巡回牧师的才能。”阿尔弗雷德笑着说，“完全不必为我们担心，现实占有，败一胜九。[②] 我们掌握权力。这个受支配的种族，”说着他用力地跺了一下脚，“在底层，要永远处于底层。我们有力量管好自己的弹药。”

“受过你家亨利克那样训练的子孙将会是你们弹药库的杰出守卫者，”奥古斯丁说，“他们是那么冷静沉着！谚语说得好，‘不能自制者不能治人’。”

“问题就在这儿。”阿尔弗雷德沉思着说，“毫无疑问，在我们的制度下很难训练好孩子。它放任人的脾气——在我们这种气候下人的脾气本来就够火爆的了。我真拿亨利克没办法。这孩子慷慨热情，可是性子上来时却是个十足的火炮。我想把他送到北方去受教育，那儿的风气更崇尚服从，而且在北方他会更多地和地位相当的人打交道，更少和仆人打交道。”

“教育孩子是人类最主要的工作，”奥古斯丁说，“可我们的制度在这方面却效果不佳，我认为这个问题值得考虑。”

“在某些方面效果不佳，”阿尔弗雷德说，“可是在其他方面却效果显著。它使男孩们果断英勇，而奴性十足的种族的后代恰恰与此截然相反。我想，由于看到说谎和欺骗是奴隶们普遍的标识，亨利克现在对真诚之美好有了更深切的感受。”

“这无疑是符合基督教精神对这个问题的看法的！”奥古斯丁说。

“不管符合不符合基督教精神，这是事实；而且这也和世界上大多数事情差不多，是符合基督教精神的。”阿尔弗雷德说。

“也许是吧。”圣克莱尔说。

“哎，光说毫无用处，奥古斯丁，我想我们在这个老问题上已经兜了大约五百个圈子了。我们来下一盘巴加门[③]怎么样？”

---

① 见《圣经·新约·路加福音》第十七章。

② 法律用语，意为占有者在诉讼中总占上风。

③ 一种双方各有十五枚棋子、投骰子决定行棋格数的游戏。

兄弟俩跑上游廊的台阶，一会儿便在一张轻巧的竹儿两旁坐下来，竹儿上放着一个巴加门棋盘。在他们摆棋子的时候，阿尔弗雷德说道：

“我对你说，奥古斯丁，要是我有你的想法，我就会做一些事的。”

“我想你也许会的，你是个实干家，可是你会做什么呢？”

“嘿，提高你的奴仆的素质，做个样品呀。”阿尔弗雷德略带讥讽地笑着说。

“他们处于这样的重压下，你要我提高他们的素质，还不如把埃特纳火山[①]整个压在他们身上，而叫他们在下面站起来呢。一个人想要对抗社会的一致行为是不可能的。教育要取得任何成效的话，必须是整个国家的行为，或者能汇集足够的对此有共识的人。”

“你先投骰子。”阿尔弗雷德说。兄弟俩很快便沉浸在对弈之中，没人再说话，直到游廊下响起嘚嘚的马蹄声。

“孩子们回来了。”奥古斯丁说着站起身来，“看，阿尔夫！你看见过这么美丽的景象吗？”真的，真是美丽的景象。两个孩子骑着马走来，亨利克的前额宽阔，头发乌黑发亮，面颊泛着红光，他把身子倾向美丽的堂妹，快乐地笑着。伊娃身穿蓝色的骑装，戴一顶蓝色的帽子。运动使她容光焕发，使她那独特的透明般的皮肤和金色的头发更加引人注目。

“天哪！真是太美了！”阿尔弗雷德说，“我对你说，奥古斯丁，总有一天她会让一些人心痛的，难道不是这样吗？”

“是的，一点不错，上帝知道，这正是我担心的事！”圣克莱尔的语气突然变得悲凉起来，他赶紧走下台阶，把她从马背上抱下来。

“伊娃，亲爱的！你不太累吧？”他把她紧紧地抱在怀里问道。

“不累，爸爸。”孩子说，但是她急促而费力的呼吸让父亲大吃一惊。

“你怎么能骑得这么快呢，亲爱的？你知道这对你的身体不好啊。”

“爸爸，刚才我感觉很好，骑得很开心，所以就忘了。”

圣克莱尔把她抱进客厅里，放在沙发上。

“亨利克，你要多多关心伊娃，”他说，“不能让她骑得太快。”

“我会照顾她的。”亨利克说着坐在沙发旁，握住伊娃的一只手。

---

① 意大利西西里岛上的火山。

伊娃很快就感觉好多了。她父亲和伯父继续下棋,客厅里只剩下两个孩子。

“你知道吗,伊娃,我很遗憾,爸爸打算在这儿再待两天,以后我又有很长时间见不到你了!要是我和你在一起,我会努力学好,不对多多发火啦什么的。我并不是想对多多不好,可是你知道,我的脾气太急躁。不过我并不是真的对他不好,我经常给他五分钱,而且你也看见了,他穿得挺好。我想,总的来说,多多的日子过得还不错。”

“如果世上没有一个人在你身边爱你,你还会认为日子过得不错吗?”

“我……哎,当然不会了。”

“那你把多多从他所有的亲人身边带走,现在身边没有一个人爱他,在这种情况下,任何人都不会好过的。”

“唉,我也没办法。我没法把他母亲弄来,我自己也没法爱他,我看别人也没法爱他。”

“你为什么不能爱他呢?”伊娃问。

“爱多多?嘿!伊娃,你不会要我这么做吧!我可以喜欢他,可是你不会爱你的仆人吧?”

“我真的爱他们。”

“真怪啊!”

“《圣经》上不是说要爱每个人吗?”

“啊,《圣经》!不错,《圣经》上这样的话是有不少,可是,谁也没想按这些话去做。你知道,伊娃,谁也不会的。”

伊娃没再说什么,她凝神沉思了片刻。

“不管怎么说,”她说,“亲爱的堂兄,为了我,你一定要爱多多,对他好一些!”

“为了你,我可以爱任何人,亲爱的堂妹,因为我真的认为你是我见过的最可爱的人!”亨利克这话说得非常真诚,他英俊的面孔涨得通红。伊娃十分纯真地听着这些话,脸上的表情没有丝毫改变,只是说:“很高兴你这么想,亲爱的亨利克!我希望你能记住。”

开饭的铃声响了,他们的谈话就此结束。

第24章

预兆

两天以后,阿尔弗雷德·圣克莱尔和奥古斯丁分别了。而伊娃这几天由小堂兄相伴,玩得过度疲劳,以致体力不支,身体很快虚弱下来。圣克莱尔终于同意请医生诊治——这是他一直不愿意做的,因为这等于承认一个令人不愉快的事实。

可是,有一两天伊娃的身体很不好,只得卧病在家,这时只好赶紧去请医生。

玛丽·圣克莱尔一直没注意到孩子的身体和精力正在日益衰弱,因为她相信自己又得了两三种新的毛病,正聚精会神地研究这些病呢。玛丽的第一信条就是谁也不可能像她那样饱受病痛之苦,因此,只要有人提到她身边有谁病了,她便会气愤地予以驳斥。在这种情况下,她总是确信别人根本不是有病,而是懒,或是没有力气而已。她还说,要是他们受过她受的罪,就会知道两者的区别了。

奥菲丽亚小姐有好几次想唤起她作为母亲对伊娃的担忧,可是毫无效果。

"我看不出这孩子有什么病,"她总是说,"她到处奔跑、玩耍。"

"可是她在咳嗽啊。"

"咳嗽!你不用跟我提咳嗽了,我一辈子都在咳嗽。我像伊娃这么大的时候,他们都以为我得了肺病,天天夜里嬷嬷守着我。嘿!伊娃的咳嗽没有什么了不得。"

"可是她身体虚弱了,老是气短。"

“天哪！我多少年都是这样，这不过是神经衰弱罢了。”

“可是她天天夜里出汗呢。”

“哦，这十年来我也是这样。通常，我的衣服每夜湿得能拧出水来，睡衣上没有一丝干的地方，床单也是湿的，嬷嬷只好把它们晾出去！伊娃出汗可没我那么厉害吧！”

此后的一段时间，奥菲丽亚小姐便闭口不提此事。可是现在伊娃显然已经病倒，医生也请来了，玛丽突然改变了态度。

“我早就知道，”她说，“我一直觉得自己命中注定就是个最苦命的母亲。我自己的身体这么差，现在还要眼看着自己唯一的宝贝孩子逐渐走向坟墓。”玛丽以这一新的借口，每天夜里把嬷嬷叫醒，成天劲头十足地吵吵闹闹，骂个不休。

“亲爱的玛丽，别这么说！”圣克莱尔说，“你不该这么快就对她的病这么绝望了。”

“你没有做母亲的感情，圣克莱尔！你从来就不理解我！你现在也不理解我！”

“千万别这么说了，好像她的病没救了似的！”

“像你那样无所谓的态度我做不到，圣克莱尔，你唯一的孩子病到这么可怕的程度，如果你无动于衷，我可十分痛心。我过去受的苦已经够多的了，再加上这个打击，我实在受不了啦。”

“不错，”圣克莱尔说，“伊娃的体质是很弱，这我一直知道。她长得太快了，消耗了过多的体力，病情来得急。可是眼下她只是因为天气热，加上堂兄来访，过于兴奋、玩得太累才病倒的。医生说还有恢复的希望。”

“好吧，当然啰，如果你能往乐观的一面看，就请便吧。在这个世界上，要是有人感觉迟钝，可真是幸事。我真的希望自己不这么敏感，这只会让我痛苦万分！要是我能像你们别的人那样泰然处之就好了！”

那些“别的人”也很有理由做出同样的祈求，因为玛丽拿她刚遭受的不幸，作为理由和借口，对她身边的每一个人都进行了各种各样的折磨。别人在任何场合说的每句话、做的或没做的每件事都只是提供了新的证据，证明她身边的都是些铁石心肠、冷漠无情的人，对她特别的痛苦漠不关心。可怜的伊娃也听见了一些这样的话，她哭得跟什么似的，因为她同情妈妈，为自己给妈妈造成了这么大的痛苦而感到难过。

一两个星期以后,伊娃的病情大有起色,这是疾病中短暂的平息期,很有欺骗性,她那无情的病症即使把她推向了坟墓的边缘,但还在蒙蔽着焦虑的心灵。伊娃的身影又出现在花园里、阳台上,她又开始玩耍欢笑。她父亲喜出望外,说伊娃不久就会像别人一样健康了。只有奥菲丽亚小姐和医生两人没有被这假象所迷惑,他们不像别人那样感到欢欣鼓舞。还有另外一颗心也同样明白,那就是伊娃那颗幼小的心。有时候灵魂中什么声音会如此平静、如此清晰地告诉人们,他们在人世的日子已经不长了?这是日渐衰弱的生命的神秘直觉,还是永恒来临时灵魂本能的悸动?不管是什么吧,伊娃的心里有一种平静、美好的预示:天国临近了。这种感觉像落日的余晖那么安谧,如明朗的秋日那么美好。她幼小的心灵十分恬静,只是那些深爱她的人流露出的悲伤才扰乱了她心中的宁静。

因为这孩子尽管在宠爱和呵护中长大,尽管生活正向她展示家人的爱和财产能给予她的全部美好前景,但她对自己就要死去却毫无遗憾。

在她和淳朴的老朋友经常一起读的那本圣书里,她见过并且在她幼小的心灵中记住了那爱孩子的基督的形象。当她凝视着他时,他不再是遥远的一个形象或是一幅图画,而已经成了活生生、无所不在的现实。他的爱更甚于人世间的柔情,抚慰着她幼稚的心灵。她说,她正是要到他那里去,到他的家里去。

但是她的心中充满了对即将离别的一切的眷恋之情,她最舍不得的是她的父亲。因为伊娃虽然从未明确地这样想过,但她却本能地感觉到,她在父亲心中的分量比谁都重。她也爱母亲,因为她天生具有爱心;但在母亲身上看到的所有自私的表现只会使她伤心和困惑,因为她具有一般孩子常有的对母亲的绝对信任,认为母亲从来不会错。母亲身上有些东西伊娃从来都无法理解,可她总想,她毕竟是妈妈呀,她真的很爱妈妈,所以常常以此开导自己。

她也舍不得那些喜爱她的、忠心的仆人,她是他们的白昼和阳光。儿童通常不会概括推论,可是伊娃却是个非同一般的成熟的孩子,她亲眼目睹了奴隶制的桩桩罪行,并将它们牢记在她惯于思索的内心深处。她有着朦胧的热望,要为仆人们做些什么,不仅仅为他们祈祷祝福,拯救他们,还要为所有那些与他们处于同样境地的人祈祷祝福，把他们都拯救出来。这种热望与她虚弱的小小的躯体形成了可悲的对照。

“汤姆叔叔，”有一天她给她的朋友读《圣经》的时候说道，“我能理解为什么耶稣愿意为我们去死了。”

“为什么，伊娃小姐？”

“因为我也有这种感觉。”

“什么感觉，伊娃小姐？我不明白。”

“我说不清楚。当我在那艘船上看见那些可怜人有的失去了母亲，有的失去了丈夫，有的母亲为孩子而痛苦时，当我听说可怜的蒲露的事时，啊，我感到简直太可怕了！还有许多许多次，我都感觉到自己很乐意去死——如果我的死能够结束这一切苦难的话。汤姆，如果可能的话，我愿意为他们而死。”孩子诚挚地说着，把她一只瘦弱的小手放在汤姆的手上。

汤姆怀着敬畏之情看着这孩子。在她听见父亲叫她的声音悄悄走开时，汤姆目送着她的背影，不断地擦着眼睛。

“要想把伊娃小姐留住是不可能了，”不久之后他遇见嬷嬷时对她说，“她的额上已经有了上帝的印记了。”

“啊，是的，是的。”嬷嬷说着举起了双手，“我一直都这么说的。她从来就不像个长命的孩子，她的眼睛里总有些深不可测的东西。我对太太说过许多次了，现在这就要成为现实了，我们都看出来了。亲爱的有福的小羔羊！”

伊娃蹦蹦跳跳地上了阳台台阶，来到父亲身边。这是傍晚时分，她穿着一身白衣、披着一头金色头发向前走来。她面颊绯红，由于低烧，两眼异乎寻常地明亮。此时夕阳的光辉在她身后形成一个光轮。

圣克莱尔叫她来是为了让她看他给她买的一个小雕像，可是当她走过来时，她的模样却突然让他感到痛苦万分。世上有一种美，极其强烈但又极其脆弱，使我们不忍目睹。父亲一下子把她抱在怀里，几乎忘了他准备告诉她的事了。

“伊娃，亲爱的，你近来好些了，是吗？”

“爸爸，”伊娃突然坚决地说，“有些事我早就想对你说了，趁我现在身体还不太弱，现在就对你说了吧。”

伊娃在他膝上坐下来,圣克莱尔不禁浑身一颤。她把头靠在他的胸口,然后说道:

"爸爸,我再瞒下去也没有用了。我离开你们的时刻就要到了,我要走了,永远不会回来了!"说着伊娃呜咽起来。

"啊,嗨,亲爱的小伊娃!"说话时圣克莱尔浑身颤抖,可是他却用愉快的语气说道,"你精神紧张,情绪不好,你不该总有这些阴郁的念头啊。你看,我给你买了一尊小雕像!"

"别这样,爸爸,"伊娃说着轻轻地把雕像放在一边,"不要欺骗你自己了! 我的病一点儿也没好,我心里很清楚,我很快就要走了。我并不是精神紧张,也不是情绪不好。爸爸,要不是因为你,还有我的朋友,我会觉得很快活的。我很想走,我盼望走!"

"哎呀,亲爱的孩子,是什么让你幼小的心灵如此悲伤啊? 让你高兴的东西能给的都给了你呀。"

"我情愿住在天堂里,不过,只是为了我的亲人们的缘故,我愿意活在世上。世上有许许多多的事我觉得很可怕,让我悲伤。我宁肯待在天堂里,可是我不想离开你,这几乎让我的心碎了!"

"什么事让你悲伤,让你觉得很可怕,伊娃?"

"啊,人们所做的事,而且是一直在做的事。我为家里的那些可怜人伤心,他们很爱我,都对我很好。爸爸,我多么希望他们能获得自由啊。"

"哎呀,伊娃,孩子,难道你认为他们现在的生活还不够好吗?"

"啊,可是爸爸,万一你要是出了什么事,那他们会怎么样呢? 像你这样的人太少了,爸爸。阿尔弗雷德伯父不像你,妈妈不像你,还有,想想可怜的蒲露的那些主人吧! 人们都干了些什么可怕的事啊,他们还能干出什么可怕的事啊!"伊娃说着不禁打了个寒战。

"亲爱的孩子,你太敏感了,我真不该让你听见这些事情。"

"啊,这正是让我不安的事。爸爸,你希望我生活得快乐,从没有任何痛苦,不遭受任何不幸,甚至连悲伤的事也不让听。可是别的可怜人一生中除了痛苦和悲伤之外一无所有,这似乎很自私。我应该知道这些事,我应该同情他们! 这些事总是深深地印在我的心中,深深地渗入我的心底,我总是想着这些事。爸爸,难道就没有办法让所有的奴隶都获得自由吗?"

“这是个很难解决的问题,亲爱的。毫无疑问,这种情况很糟糕,许多人都这么看,我也这么看。我衷心希望我们国家没有一个奴隶。不过,话又说回来了,我不知道用什么办法才能做到这一点!”

“爸爸,你真是个好人,又高尚,又仁慈,而且说起话来总让人感到愉快。你能不能到各处走走,设法劝说人们在这件事情上采取正义的行动?我死了以后,爸爸,那时你会想念我,会为了我这样做的。要是我能做,我会这么做的。”

“你死了以后?伊娃,”圣克莱尔动情地说,“啊,孩子,别对我说这种话!你是我在这个世上的一切啊。”

“可怜的蒲露的孩子是她的一切,可是她却无奈地听着他哭,毫无办法!爸爸,这些可怜人爱他们的孩子,就像你爱我一样,爱得那么深。啊!为他们做些什么吧!还有可怜的嬷嬷也爱她的孩子,我看见她说起他们来就哭。汤姆也爱他的孩子。爸爸,这些事每时每刻都在发生,真是太可怕了!”

“好了,好了,宝贝,”圣克莱尔安慰她说,“只要你别让自己难受,别说死,你要我做什么,我就做什么。”

“答应我,亲爱的爸爸,等我——”她停住了,然后吞吞吐吐地说,“等我一走,就给汤姆自由!”

“好的,亲爱的,世界上的任何事我都会做的——你要我做的任何事。”

“亲爱的爸爸,”孩子说着把她滚烫的面颊贴在父亲的脸上,“我真希望我们能一起走!”

“到哪儿去,亲爱的?”圣克莱尔问。

“到我们的主的家里去,那儿多么美好,多么宁静。在那儿,大家都相亲相爱!”伊娃下意识地说出这些话,就像说起一个她常去的地方。“你难道不想去吗,爸爸?”她问。

圣克莱尔把她搂得更紧了,可他没有说话。

“你会到我那儿去的。”孩子用平静而肯定的口气说,她经常不知不觉地用这种语气说话。

“我会随你而去的,我不会忘记你的。”

越来越浓的肃穆的夜色把他们包围了,圣克莱尔默默地坐在那儿,把那虚弱的、小小的躯体抱在怀里。他已经看不见伊娃那深邃的眼睛,只听见她那幽灵般的声音传来,就像在末日审判的幻景之中。他过去的全部生活一下子出现在他眼前:他母亲做的祈祷、唱的赞美诗;他自己早年向善的热切和抱负;从那以后直至此刻,多年来他的时光在世俗、怀疑宗教以及人们称之为体面的生活中度过。人们在片刻之中可以想到很多很多。圣克莱尔看见了许多事,感受了许多事,可是他什么也没说。天越来越黑,于是他把孩子抱进她的卧室里。仆人们把她的床铺好之后,圣克莱尔把他们都打发走了,自己把伊娃抱在怀里摇着,对她唱着歌,直到她睡着。

第25章

小福音使者

一个星期天的下午，圣克莱尔躺在游廊上的一张竹躺椅上，抽着雪茄烟解闷。玛丽斜躺在一张沙发上，这沙发放在游廊敞开的窗户对面，被一顶透明的薄纱帐严严地罩住，挡住了蚊子。她手里懒洋洋地捧着一本装帧精美的祈祷书，她捧着它是因为这天是礼拜天。她好像正在读，可是事实上她不过是捧着书连续打了好几个盹而已。

奥菲丽亚小姐经过一番搜寻，终于在马车可及的范围内找到了一家美以美会的聚会所，此时汤姆已驾车送她做礼拜去了。伊娃也跟他们一起去了。

“我说，奥古斯丁，”玛丽打了一会儿盹之后说，“我必须派人去城里把我的老医生波塞请来，我确信自己得了心脏病。”

“哎，为什么非得请他呢？给伊娃看病的医生看起来医术不错嘛。”

“重病我可不放心让他看，”玛丽说，“我想我的病越来越重了！最近两三夜我一直在想着这事。我有时痛得真难熬，而且还有些奇怪的感觉。”

“啊，玛丽，你情绪不好，我不相信这是心脏病。”

“当然你是不会相信的，”玛丽说，“我早就料到了。要是伊娃咳嗽，或者有一点点小病小痛，你就会大惊小怪，可是你从来就不会想到我。”

“要是心脏病特别合你的心意，哎，那我就尽量认为你有心脏病好了。”圣克莱尔说，“我还不知道这很合你的心意呢。”

“好吧，我只希望你到时候别来不及后悔！”玛丽说，“可是，信不信由你，对伊娃的担忧，为那宝贝孩子劳神费力，才让我患上了这病，我早就猜到了。”

玛丽所说的劳神费力到底指的是什么，恐怕谁也说不清。圣克莱尔心里这么想着，像个狠心的丈夫一般，又接着抽起烟来，直到一辆马车驶到游廊前停了下来，伊娃和奥菲丽亚小姐下了车。

奥菲丽亚小姐径直走到自己的房间，放好帽子和披肩，这是她的老习惯，在此之前她什么话也不说。伊娃听见圣克莱尔喊她，便走过去坐在他的膝上，把做礼拜的情形讲给他听。

不久，他们就听见奥菲丽亚小姐房间里传来叫嚷声和严厉的训斥声。奥菲丽亚小姐的房间与他俩现在待的这间一样，门都开在游廊上。

“托普西又玩什么新花招了？”圣克莱尔问，“这乱子准是她惹的！”

过了一会儿，奥菲丽亚小姐怒不可遏地揪着那罪犯过来了。

“到这儿来！”她说，“我非得告诉你的主人不可！”

“又是怎么回事？”奥古斯丁问。

“是这么回事，我再也受不了这孩子带给我的折磨了！这实在，嘿，让人难以忍受，任何血肉之躯都无法忍受！刚才我把她锁在房中，给她一首赞美诗让她学，可是你猜她干了什么？她找到我放钥匙的地方，打开我的柜子，拿出滚帽檐的花边，把它剪成碎块，要给洋娃娃做衣服！我一辈子都没见过这种事！”

“我早就对你说过，堂姐，”玛丽说，“对这些人不严厉就没法教养。要是依着我，”说着她责备地看了圣克莱尔一眼，“我就会把她送出去痛打一顿，打得她站不住为止！”

“对此我毫不怀疑，”圣克莱尔说，“用不着你来告诉我女人可爱的脾性了！要是由着她们的性子，她们肯定会把马或者奴隶打个半死。这样的女人我见过一打多！男人就更不在她们话下了。”

“你这种优柔寡断的作风毫无用处，圣克莱尔！”玛丽说，“堂姐是个有头脑的人，她现在对这件事看得跟我一样清楚。”

奥菲丽亚小姐像个训练有素的管家，她也只有那么多的怒气，尽管那孩子的诡计和对东西的糟蹋惹得她发了一通火——事实上，我们许多女读者想必也会承认，要是她们处在她的境地，她们也会如此的——可是玛丽的话有些过头，她的火气反而消了一些。

“我决不会让孩子受到这种处罚的。”她说，“可是，说真的，奥古斯丁，我真不知道该怎么办。我教了又教，说得自己精疲力竭；我打过她，用能想出来的各种方法惩罚过她，可是她依然故我。”

“过来，托普西，你这淘气猴！”圣克莱尔把小家伙叫到他跟前。

托普西走了过来，她那双目光敏锐的圆眼睛亮晶晶地忽闪着，眼神里混合着恐惧、古怪和滑稽。

“你为什么这么淘气？”圣克莱尔说，他被她的样子逗乐了。

“大概是我的心不好，”托普西一本正经地说，“菲丽小姐是这么说的。”

“你难道不明白奥菲丽亚小姐为你付出了多少辛劳吗？她说她能想到的都做了。”

“天哪，是的，老爷！原来的太太也常这么说。她打我打得狠多了，常揪我的头发，把我的头往门上撞，可是对我一点用处也没有！我想，就是他们把我的头发一绺一绺都揪光了也没用——我太坏了！天哪！我不过是个黑鬼，没有用的！”

“好吧，我只好放弃她了。”奥菲丽亚小姐说，“我再也不想找这个烦恼了。”

“嗯，我只想问一个问题。”圣克莱尔说。

“什么问题？”

“嗨，如果你们的福音连一个野孩子都不能够拯救，而且这孩子是在家里由你一个人教育的，那么派一两个可怜的传教士到成千上万的这种人中间去又有什么用呢？我想这孩子是你们所说的成千上万的野蛮人中的一个好标本。”

奥菲丽亚小姐没有马上回答。伊娃一直默默地站在一旁看着这一幕，这时她不出声地向托普西打了个手势，要托普西跟她走。在游廊的拐角处有一个小玻璃房，圣克莱尔把它用做书房，伊娃和托普西进了这个房间。

“伊娃要干什么？”圣克莱尔说，“我倒想看看。”

他踮着脚走上前去，掀起盖在玻璃门上的帘子往里看去。过了一会儿，他把手指放在嘴唇上，悄悄地向奥菲丽亚打了个手势，让她过来看。只见两个孩子坐在地板上，她俩的侧面对着他们。托普西还是平常那副漫不经心的滑稽神气，但是在她对面的伊娃却激动得满脸通红，大眼睛中含着泪水。

“到底是什么原因把你变得这么坏，托普西？为什么你不尽量变好呢？你难道不爱任何人吗，托普西？”

“我不懂什么是爱，我爱糖啊什么的，就这些。”托普西说。

“可是你爱你的父亲母亲吗？”

“我从来就没有父母，你知道，我对你说过了，伊娃小姐。”

“哦，我知道。”伊娃伤心地说，“可是你没有兄弟、姐妹、姨妈，或者——”

“没有，没有这些人，什么东西也没有，什么人也没有。”

“可是，托普西，只要你争取学好，你就会——”

“再好也没用，我只不过是个黑鬼。”托普西说，“要是我的皮能剥掉，变成白人，那我就会争取。”

“可是即使你是黑人，人们也能爱你呀，托普西。要是你学好了，奥菲丽亚小姐会爱你的。”

托普西短促地干笑两声，这是她通常表示不相信的方式。

“你不相信吗？”伊娃问。

“不。她讨厌我，因为我是个黑鬼！她宁肯让癞蛤蟆碰她，也不让我碰！绝不会有人爱黑鬼的。黑鬼什么办法也没有。我可不在乎！”托普西说着又吹起了口哨。

“啊，托普西，可怜的孩子，我爱你！”伊娃说，她突然感情迸发，把她那瘦削、白皙的小手放在托普西的肩上，“我爱你，因为你没有父亲母亲和别的亲人，因为你是个受虐待的可怜的孩子！我爱你，我希望你变好。我身体很不好，托普西，我想我不会活得很久了。你这么淘气，真让我难过。我希望你学好，为了我的缘故——我和你在一起的时间很少了。”

这黑孩子灵活的圆眼睛里蒙上了泪水，大颗明亮的泪珠一滴滴滚滚而下，落在那白皙的小手上。是的，在那一刻，一束真正信任的光、一束圣洁之爱的光穿透了她那尚在黑暗中的未开化的灵魂，她把头埋在两膝之间，呜呜地哭了起来。这时，那美丽的孩子向她俯下身子，就像图画中的光明天使正俯身感化一个罪人。

“可怜的托普西！”伊娃说，“难道你不知道耶稣同等地爱一切人吗？他愿意爱我，也愿意爱你。他爱你就像我爱你一样，他只会爱得更深，因为他比我更好。他会帮你变好,你最终会进入天堂,永远做一个天使,就像一个白人一样。想想看吧,托普西,你能成为汤姆叔叔唱的那些光明天使中的一个啊!"

"啊,亲爱的伊娃小姐,亲爱的伊娃小姐!"孩子说,"我要争取,我要争取!过去我对这个一点儿也不在乎。"

此刻圣克莱尔放下了门帘。"这让我想起了母亲,"他对奥菲丽亚小姐说,"她对我说的话很对:如果我们想让盲人重见光明,就必须像基督那样做,把他们叫到跟前,用我们的手抚摸他们。"

"我一直就对黑人有偏见,"奥菲丽亚小姐说,"这是事实,我从不让那孩子碰我。可是,我还以为她不知道呢。"

"任何孩子都会察觉的,"圣克莱尔说,"根本瞒不住他们的。不过我相信,只要心存厌恶之情,施惠于孩子的一切努力、你能给予他们的一切实际的好处都绝不会激起感激之情的。这是件奇怪的事,但事实确实如此。"

"我不知道该怎样克制自己,"奥菲丽亚小姐说,"他们确实让我感到不舒服,尤其是这个孩子。我怎么才能克制这种感情呢?"

"好像伊娃做到了。"

"哦,她充满了爱心!不过说到底,她还是具有基督精神。"奥菲丽亚小姐说,"但愿我能像她那样。她让我深受教益。"

"如果是这样的话,这可不是第一次让小孩教育老信徒了。"圣克莱尔说。

第26章

死亡

在生命的清晨，
有些人被坟墓的帘幔遮蔽，
我们再也看不见他们，
请不要，不要为他们哭泣。

伊娃的卧室很宽敞，就像家里其他房间一样，它的门是开向宽阔的游廊的。她的房间一边和她父母的住处相通，另一边和奥菲丽亚小姐的住处相连。圣克莱尔是按照自己的眼光和情趣布置伊娃的房间的，这里的风格和她的性格特别吻合。窗户上挂着玫瑰红和白色麦斯林纱窗帘，地板上铺着一张圣克莱尔在巴黎订做的草编地毯，图案是他自己设计的，四周镶着玫瑰蓓蕾和绿叶，中间是一簇盛开的玫瑰。床、椅和躺椅都是竹制的，式样特别雅致、新颖。床头上方有一个雪花石膏托架，架上立着一尊美丽的天使雕像，她翅膀下垂，手里拿着爱神木叶编织的花冠。从托架上垂下一顶带银色条纹的玫瑰色薄纱帐，罩在床上，用来防止蚊子侵扰。在那种气候下，这是必不可少的睡眠设施。几张式样雅致的竹躺椅上放着许多玫瑰色缎子坐垫，上面都罩着从上方几座雕像的手中垂挂下来的与床帐相似的薄纱帐。房间中央放着一张式样别致的轻巧的竹桌，上面放着一个希腊帕罗斯白色大理石花瓶，花瓶的形状像一朵含苞欲放的白百合花，里面总是插满了鲜花。竹桌上摆放着伊娃的书和小饰物，还有一个雅致的雪花石膏文具架，这是父亲见她想练字而为她买的。房间里有个壁炉，在大理石壁炉炉台上摆放着一尊耶稣接待儿童的美丽的小雕像，雕像的两边都放着大理石花瓶，每天早晨给这些花瓶插上花束是汤姆引为自豪的乐事。墙上装饰着两三幅精美的油画，上面画着各种姿态的儿童。总而言之，不管眼睛往哪个方向看，都会看到童真、美丽和安宁的形象。伊娃的眼睛在晨光中一睁开，看见的都是一些能在她心中唤起美好思绪的事物。

支撑着伊娃的虚假精力正在很快衰退，她轻轻的脚步声在游廊上越来越难得听见了，她越来越多地斜躺在靠在敞开的窗户旁的躺椅上，用深邃的大眼睛凝视着起伏的湖水。

一天下午两三点钟光景，她就是这样斜躺着，一本《圣经》半开着，她透明般的小手指无力地放在书页中间，突然她听见母亲的尖厉的声音在游廊上响起。

“怎么回事，你这个鬼丫头！你又在玩什么新花样！你在摘花吧，啊？”伊娃听见一记响亮的耳光。

“天哪，太太！花是给伊娃小姐摘的啊！”她听见一个声音说，听得出这是托普西的声音。

“伊娃小姐！真是个好借口！你以为她会要你的花！你这没用的黑鬼！滚开！”

一会儿工夫，伊娃下了躺椅，出现在游廊上。

“啊，别这样，妈妈！我要这些花，给我吧，我要的！”

“哎，伊娃，你房间里摆满了花呀。”

“越多越好！”伊娃说，“托普西，请把花拿来。”

托普西一直耷拉着脑袋垂头丧气地站在那儿，现在走上前来把花递给伊娃。她一副犹豫和害羞的表情，与她平时鬼精灵似的大胆和伶俐判若两人。

“这束花真美！”伊娃看着花说。

这束花确实不平常，一朵艳红的天竺葵，一朵白色的山茶花，再配上绿油油的叶子。采花人显然对颜色的搭配很有眼力，每片叶子的安排都经过了精心的考虑。

伊娃说：“托普西，你的花配得很漂亮。这儿有一只花瓶还没插花，我希望你每天给它插上花。”托普西听了显得很高兴。

“哎,真奇怪!”玛丽说,“你到底为什么要她给你弄花呀?”

“别操心,妈妈,你愿意让托普西这样做,是吗?”

“当然啦,只要你乐意,什么事都行,亲爱的!托普西,小主人的话你都听见了,可要记住噢。”

托普西匆匆行了个礼,低下了头。在她转身离开时,伊娃看见一滴眼泪滚下了她黝黑的面颊。

“你知道,妈妈,我知道可怜的托普西想为我做点事。”伊娃对母亲说。

“啊,瞎说!她只不过想淘气罢了。她知道自己不该采花,所以偏要去采。不过你要是喜欢让她采,那就让她采吧。”

“妈妈,我觉得托普西跟过去不一样了,她正在努力做个好孩子。”

“她要变好可得努力很长时间。”玛丽说着漫不经心地笑了笑。

“哎,你知道,妈妈,可怜的托普西!她可够苦的了。”

“我相信她到这儿后就不一样了。我们跟她讲道理,教育她,能做的事都做了,可是她还是这么坏,而且永远都改不掉。这孩子怎么教都教不好!”

“可是,妈妈,她生长的环境和我的环境很不一样,我有这么多亲人,有这么多东西让我学好,让我快乐。可是她在到这儿来之前一直在那种环境中长大!”

“很有可能吧。”玛丽打了个哈欠说,“哎呀,真热!”

“妈妈,你相信,要是托普西是个基督徒,她就能和我们一样成为天使的,是吧?”

“托普西?这想法真可笑!除了你没有别人会想得出。不过我想她可能会的。”

“可是,妈妈,上帝是我们的天父,不也是她的天父吗?难道耶稣不也一样拯救她吗?”

“哎,也许是吧。我想上帝创造了所有的人。”玛丽说,“我的嗅瓶呢?”

“真可惜,啊!真可惜!”伊娃望着远处的湖面,自言自语地说。

“什么可惜?”玛丽问。

“哎,那些能成为光明天使、和天使生活在一起的人却不断地滑下去,滑下去,可是却没人帮助他们!唉,哎呀!”

“唉,我们也无能为力,烦恼是没有用的,伊娃!我不知道该怎么办,我们应该为自己拥有的优越条件心存感激。”

“我做不到。”伊娃说，“想到那些没有这些优越条件的可怜人，我心里就难过。”

“这就奇怪了。”玛丽说，“是我的宗教信仰让我对自己的优越条件心存感激。”

“妈妈，”伊娃说，“我想把头发剪一些下来，剪许多。”

“为什么？”玛丽问。

“妈妈，我想趁我自己能送的时候，送一些头发给亲友。你叫姑姑来给我剪好吗？”

玛丽提高声音，把奥菲丽亚小姐从另一个房间叫来了。

奥菲丽亚进来时伊娃从枕头上半抬起身子，把一头金黄色鬈发抖散开来，打趣地说：“来吧，姑姑，来剪羊毛吧！”

“怎么回事？”圣克莱尔刚才出去为她买水果回来，进门时问道。

“爸爸，我想请姑姑为我剪掉一些头发。头发太多了，头上热得很。再说，我想送一些头发给别人。”

奥菲丽亚小姐拿着剪子来了。

“当心，不要把发式弄坏了！”父亲说，“在里面剪，这样看不出来。伊娃的鬈发可让我感到骄傲呢。”

“啊，爸爸！”伊娃伤心地说。

“是的，我希望你的头发保持得很漂亮，到时候我带你到伯父的庄园去看亨利克堂哥。”圣克莱尔用快活的语气说。

“我再也不能到那儿去了，爸爸，我想到一个更美好的国度去。啊，相信我吧，爸爸，你没看见我一天比一天衰弱吗？”

“为什么你坚持要我相信这么残酷的事呢，伊娃？”父亲问。

“因为这是事实，爸爸。要是你现在愿意相信，也许你就会和我有同样的感觉了。”

圣克莱尔沉默了，他神情忧郁地站在那儿，看着从伊娃头上剪下的美丽的长鬈发一绺一绺地放在她的腿上。她拿起头发，认真地看着，把它们绕在瘦削的手指上，不时忧虑地看着父亲。

“这事我早就有预感了！”玛丽说，“就是它在一天天损害我的健康，把我拉向坟墓,可是谁也没在意。我早就看到这一点了。圣克莱尔,用不了多久你就会明白,我说得没错。”

“这一定会让你感到莫大的快慰的!”圣克莱尔用讽刺的语气冷冷地说。

玛丽在一张躺椅上躺下来,用麻纱手帕盖在脸上。

伊娃明澈的蓝眼睛热切地一会儿看看父亲,一会儿看看母亲。这是一个行将脱离人世束缚的灵魂宁静而带有感悟的眼神,显然,她已看出、感觉到并理解了父母之间的不同。

她向父亲打了个手势。他走过来在她旁边坐下来。

“爸爸,我的体力一天比一天衰弱了,我知道自己肯定要去了。我有些话想说,有些事想做——应该做的——你却很不愿意让我提起这件事。可是这件事是无法避免的,是拖不过去的。请你答应让我现在说吧!”

“孩子,我答应你!”圣克莱尔说着用一只手捂着眼睛,用另一只手握住伊娃的手。

“那么,我想见见全家的人,有些话我必须对他们说。”伊娃说。

“好吧。”圣克莱尔强忍悲痛,用平淡的语气说。

奥菲丽亚小姐派人去传话,不久所有的仆人都聚集在伊娃的房间里。

伊娃又在枕头上躺下,头发散乱地披在脸上,她通红的面颊跟惨白的肤色、瘦削的四肢形成鲜明的对比,看了让人十分难过。她那双幽灵般的大眼睛热切地看着每一个人。

仆人们不由得感到一阵悲切。那张圣洁的面孔、她身旁刚剪下的一绺绺长发、她父亲背着的面孔和玛丽的一阵阵抽泣——此情此景立即深深打动了这些敏感重情的黑人。他们进来后面面相觑,摇头叹息,屋内寂然无声,就像举行葬礼一般。

伊娃抬起身子,环顾四周,热切的目光久久地看着在场的每一个人。大家的脸上都是悲伤和忧虑的神情,许多女人都用围裙掩着脸。

“我把你们都请来,亲爱的朋友们,”伊娃说,“是因为我爱你们,我爱你们所有的人。我有些话要对你们说,希望你们永远记住。我就要离开你们了,再过几个星期,你们就再也见不到我了——”

这时,爆发出一阵阵呜咽和恸哭,打断了伊娃的话,她微弱的声音完全给淹没了。她等了一会儿,然后接着说下去,她的声音止住了大家的哭泣。

“如果你们爱我,就不要打断我的话,请听我说。我想对你们说说你们灵魂的事……恐怕你们中许多人对此毫不在意,只是想着现世的事。我希望你们记住,有一个美丽的世界,耶稣就住在其中,我马上就要到那儿去了,你们也能去的。这世界有我的份,也有你们的份。但是,如果你们想到那儿去,你们就不能无所事事、漫不经心、糊里糊涂地过日子。你们要做基督徒。要记住,你们每一个人都能成为天使,永远是天使……如果你们想成为基督徒,耶稣会帮助你们的。你们要向他祈祷,必须读——”

伊娃突然停住了,用怜悯的眼光看着他们,然后悲哀地说:

“啊,天哪,你们不会读,可怜人!”说完她把脸埋在枕头里呜咽起来,那些跪在地上听她讲话的仆人压低声音的啜泣惊动了她。

“不要紧,”她抬起头,含着眼泪愉快地笑着说,“我为你们祈祷过了,我知道,即使你们不会读,耶稣也会帮助你们的。尽你们最大的努力吧,天天祈祷,祈求上帝帮助你们,只要有机会就请人把《圣经》读给你们听。我相信我会在天堂见到你们大家的。”

“阿门!”汤姆、嬷嬷和几个年长的美以美教会信徒轻声应答道。较年轻和思想单纯一些的人此刻则完全沉浸在忧伤之中,他们将头伏在膝上,呜呜地哭着。

“我知道,”伊娃说,“你们都爱我。”

“是的,啊,是的!我们真的很爱你!愿上帝保佑她吧!”大家情不自禁地说道。

“是的,我知道你们爱我!你们每一个人都一直对我很好。我想送你们一样东西,以后只要你们看到它,就会想起我。我准备给你们每个人一绺我的头发,以后你们看见它,就会想到我爱过你们,我已经到天堂去了,我希望在天堂见到你们大家。”

仆人们抽抽噎噎、泪流满面地围在小姑娘身边,从她手里接过他们心目中那爱的最后标记。此情此景是无法用笔墨形容的。他们都跪在地上,抽泣着,祈祷着,吻着她衣服的边。年纪大一些的仆人向她倾诉着夹着祈祷和祝福的亲切话语,这是易动感情的黑人民族的习惯。

每个人都得到礼物之后,奥菲丽亚小姐因为担心这激动的场面对她的小病人会产生不良影响，便示意大家退了出去。

最后大家都走了，只剩下了汤姆和嬷嬷。

“哦，汤姆叔叔，”伊娃说，“这绺美丽的头发给你。啊，汤姆叔叔，想到我将来要在天堂见到你，我真高兴啊！我相信一定会的。还有你，嬷嬷，可亲善良的好嬷嬷！”说着她亲切地搂住她的老保姆，“我知道你也会进天堂的。”

“啊，伊娃小姐，没有你，我真不知道该怎么活啊！”这忠心耿耿的女人说，“就像把家里的东西都搬空了呀！”嬷嬷忍不住悲恸地大哭起来。

奥菲丽亚小姐把她和汤姆从房里轻轻地推了出去，以为这下子他们全都走了，不料刚一转身，却看见托普西站在那儿。

“你是从什么地方钻出来的？”她马上问道。

“我一直在这儿。”托普西擦着眼泪说，“啊，伊娃小姐，我是个坏孩子，可是你也能给我一绺吗？”

“当然可以，可怜的托普西，我是要给的！给。你一看见它就会想到我爱你，希望你做个好孩子！”

“啊，伊娃小姐，我要争取！”托普西认真地说，“可是，天哪，学好真难啊！看样子我真不习惯！”

“耶稣是知道的，托普西，他为你难过，他会帮助你的。”

托普西用围裙遮住眼睛，默默地被奥菲丽亚小姐送出房间。她一边走，一边把那绺珍贵的头发藏在怀中。

所有的仆人都走了以后，奥菲丽亚小姐关上了门。在这整个过程中，这位可敬的女士自己也流了不少眼泪，可是她最关心的是这激动的场面会对她的小病人产生的后果。

圣克莱尔一直坐在那儿，用一只手遮着眼睛，自始至终没改变过姿势。仆人都走了以后，他仍然这样坐着。

“爸爸！”伊娃说着轻轻地把手放在父亲的手上。

他猛地一惊，浑身一颤，可是没有答话。

“亲爱的爸爸！”伊娃说。

“我无法，”圣克莱尔说着站起身来，“我无法接受这件事！万能的上帝对我太狠了！”圣克莱尔用辛酸的语气一字一顿地说。

“奥古斯丁！上帝难道没有权力按自己的意愿安排他自己儿女的命运吗？”奥菲丽亚小姐说。

“也许有，可是这丝毫也不能让我感到好受一些。”他背过身子，用冷漠、生硬的语气欲哭无泪地说。

“爸爸，你真让我伤心！”伊娃说着站起身来，一下子扑进父亲的怀里，“你不能这样想啊！”说完她便号啕痛哭起来，把大家都吓坏了，这一下立刻把她父亲的想法改变了。

“好啦，伊娃，好啦，乖乖！别哭啦！别哭！我错了，我太不该。你要我怎么想、怎么做都行，只要你别伤心，别这么哭。我认命了。我刚才那么说太不该了。”

不久，伊娃就像疲倦的鸽子一样躺在父亲的怀里，圣克莱尔向她俯下身子，用能想起的一切温柔的话语安慰她。

玛丽起身冲出房，一头扎进自己的房间，然后歇斯底里地发作起来。

“你没有送我一绺头发啊，伊娃。”父亲凄楚地笑着说。

“剩下的都是你们的，爸爸，”伊娃笑着说，“是你和妈妈的；亲爱的姑姑要多少你可得给她多少。我只是要亲手把头发分给那些可怜的仆人，因为你知道，爸爸，我走了以后他们可能会给忘了。还有我希望这可以让他们记住……爸爸，你是个基督徒，是吗？”伊娃疑惑地问。

“你为什么要问我这个呢？”

“我不知道。你这么好，我不明白，你怎么会不是基督徒呢。”

“怎样才算个基督徒呢，伊娃？”

“最重要的是要爱基督。”伊娃说。

“你爱基督吗，伊娃？”

“当然爱。”

“可是你从来没有见过他啊。”圣克莱尔说。

“这没关系。”伊娃说，“我信仰他，再过几天我就要见到他了。”她的小脸放光，洋溢着喜悦之情。

圣克莱尔没有再说什么。他过去在母亲身上看见过这种感情，可是那没有在他心中引起共鸣。

从那以后，伊娃的身体迅速地衰弱了，毫无疑问，不可避免的那一刻就在眼前,任何天真地抱有希望的人再也不能被蒙蔽了。伊娃美丽的卧室已被公认为病房,奥菲丽亚小姐不分昼夜地承担起护理的职责,她这种能力从来没有像现在这样受到亲友的赞赏。她训练有素,眼明手快,将一切都安排得整洁、舒适;她还懂得怎样消除人在疾病中产生的不快;她时间观念极强,头脑清楚,心绪不乱,对医生的每一个处方、每一个医嘱记得准确无误。圣克莱尔全靠她了。那些曾对她的怪僻和固执不屑一顾的人——因为这和南方人随意洒脱的风格迥然不同——现在也承认眼下她正是所需要的人。

汤姆叔叔常待在伊娃的房间里。这孩子烦躁不安,难受得很,抱着她才能使她感到舒服一些。汤姆最大的乐趣就是让她垫只枕头,抱着她羸弱的小小身躯,一会儿在房间里走来走去,一会儿走到外面的游廊上。早晨,当清风从湖面吹来,孩子感觉精神最好的时候,汤姆有时会抱着她在花园里的橘树下散步,或者坐在他们常坐的凳子上,对她唱起他们最喜爱的古老的赞美诗。

伊娃的父亲也常常这样做,可是他比汤姆的身体弱,他抱累的时候,伊娃便会对他说:

“啊,爸爸,让汤姆抱我吧。可怜人!他喜欢抱我,你知道这是他唯一能为我做的事了,他总想为我做些什么。”

“我也是,伊娃!”父亲说。

“哎,爸爸,你可以为我做任何事,你是我最爱的人。你为我读书,常常陪我熬夜,可是汤姆除了给我唱赞美诗,只能做这一件事了。而且我知道,他抱我比你抱我要轻松一点。他有力气,抱得稳!”

想为伊娃做些什么的人远不止汤姆一个,家里每一个仆人都表现出同样的愿望,他们都尽自己所能为她做些事。

可怜的嬷嬷心里惦记着她的小宝贝,可是无论白天夜晚,她都找不到机会去看她,因为玛丽说她心情很不好,根本无法休息。当然,让别人休息是违反她的原则的。每天夜里,玛丽要叫醒嬷嬷二十次:给她揉脚;用水给她浸头;给她找手绢;去看看伊娃房里有什么动静;放下帘子,因为光线太亮;拉上帘子,因为太黑。白天,嬷嬷想去照顾一下她的小宝贝时,玛丽好像特别有办法,不是让她忙得在家里团团转,就是让她忙得围着自己团团转,所以她只能抽空去看看伊娃,匆匆看她一眼。

“我觉得现在特别要保重自己的身体，这是我的责任。”玛丽常这么说，“我身体这么弱，而且照顾护理宝贝女儿的全副担子都压在我身上了。”

“哦，亲爱的，”圣克莱尔说，“我还以为堂姐都为你承担了呢。”

“你们男人都这副腔调，圣克莱尔，孩子病得这么重，好像做母亲的能放下照顾孩子的责任似的。可是你们个个都这样，没有人能体谅我的苦楚！我哪像你，什么事都丢得下。”

圣克莱尔笑了。你们要原谅他，他实在忍不住——圣克莱尔还笑得出来。因为这小人儿的灵魂的告别航程是如此愉快和宁静，把这叶小舟送往天国彼岸的和风是如此清新芬芳，人们无法意识到死神即将来临。孩子没有感到痛苦，只有平静的、几乎难以察觉的、与日俱增的虚弱。她那么美丽，那么充满爱心，那么充满信任，那么幸福，让人们无法抵御那从她身上散发出来的单纯和宁静气氛的感染。圣克莱尔感到一种奇怪的平静。这不是希望——希望是不可能的，这也不是屈从命运，这只是一种暂时的平静，它显得这么美，使他不愿想到未来。这就像我们在秋天明朗温和的树林中感到的心灵的平静一样：树上一片热烈的鲜红，溪畔留连着最后的花朵，我们为此而更觉欣喜，因为我们知道，这一切很快就要逝去了。

最了解伊娃内心想象和预感的人就是每天抱她的忠心耿耿的朋友汤姆。伊娃有些话不愿对父亲说，怕他不安，但她都对汤姆说了。她把灵魂即将永远脱离肉体、束缚开始松懈而感受到的神秘的预兆也都对他说了。

最后汤姆不愿在自己房间睡觉了，而是整夜躺在外面的游廊上，以便一叫他就马上醒来。

“汤姆大叔，你怎么像狗一样随地睡起觉来了？”奥菲丽亚小姐说，“我还以为你是个讲究整洁的人，喜欢像基督徒一样在床上睡觉呢。”

“是的，奥菲丽亚小姐，”汤姆神秘地说，“是这样，可是现在——”

“现在怎么啦？”

“我们别大声说话，圣克莱尔老爷是不愿听这种话的。可是奥菲丽亚小姐，你知道总得有人等候新郎啊。”

“你这是什么意思，汤姆？”

“你知道《圣经》上说：‘半夜有人喊着说，新郎来了，你们出来迎接他。’[①]现在我每天夜里就是在等啊！奥菲丽亚小姐，我不能睡在听不见的地方，不行啊。”

“哎，汤姆大叔，你怎么会这么想呢？”

“伊娃小姐对我说的。上帝派信徒给灵魂报信，我得待在这儿，奥菲丽亚小姐，因为那有福的孩子升入天国的时候，他们会敞开天国之门，我们都能看一眼天国的荣光了，奥菲丽亚小姐。”

“汤姆大叔，伊娃小姐说她今晚感觉不如平时吗？”

“没有，不过她今天早晨对我说，她离天国越来越近了——有人给她报信了，奥菲丽亚小姐，是天使们，‘是黎明前的号角声’。”汤姆引用了他最喜爱的赞美诗中的一句话说。

奥菲丽亚小姐和汤姆之间的这段对话是在某天晚上十点到十一点之间进行的，这时奥菲丽亚小姐已经做好了睡觉的准备，当她去闩外面的门时，她发现汤姆睡在门外的游廊上。

她不是神经质或易受感动的人，但是汤姆那庄重、真诚的态度打动了她。那天下午，伊娃的精神异乎寻常地好，特别高兴，她被扶坐在床上，一件件检点着她所有的小饰物和珍爱的东西，说明她准备把它们送给哪些人。人们发现，好几个星期以来，她都没有这么兴奋过，说话的声音都没有这么自然过。她父亲晚上去了她的房间，说伊娃自从生病以来，那天晚上最像她病前的样子。他吻过她晚安之后，对奥菲丽亚小姐说：“堂姐，也许我们还能留住她，她确实好多了。”他睡觉时的心情是几个星期以来最轻松的。

可是在半夜时分——奇妙而神秘的时刻——这时，脆弱的现在和永恒的未来之间的帷幔变薄了，此刻，信使来了！

房间里传来了声音，先是有人急促走动的声音。这是奥菲丽亚小姐，那天晚上她已打定主意一夜不睡，守护她的小病人。夜半时分，她发现了有经验的护士们常以委婉、含蓄的语气说的“变化”。外面的门很快打开了，一直在外面守候的汤姆马上惊醒了。

“快去请医生，汤姆！一刻也不能耽搁。”奥菲丽亚小姐说。然后她穿

---

① 见《圣经·新约·马太福音》第二十五章第六节，指耶稣降临。

过房间,去敲圣克莱尔的房门。

“堂弟,”她说,“请你来一下。”

这句话就像泥土落在棺材上一般落在圣克莱尔的心上。怎么会这样呢?他立刻起床来到伊娃的房里,俯身察看伊娃,见她仍然睡着。

他看见了什么情景使他的心骤然停跳?为什么姐弟二人一句话也不说?那些在自己最亲的人的脸上看见过同样表情的人会明白——那难以形容、令人绝望、明白无误的神情会告诉你,你的所爱已经不再属于你了。

可是,在孩子的脸上没有任何可怕的印记,只有一种高贵而近于崇高的表情——神灵已经降临,永恒的生命已经开始。

他俩静静地站在那儿凝视着伊娃,就连手表的嘀嗒声听起来也似乎太响。过了一会儿,汤姆把医生请来了。医生进了屋,看了一眼,便和别的人一样默默地站在一旁。

“这变化是什么时候发生的?”他轻声问奥菲丽亚小姐。

“大约在半夜。”奥菲丽亚小姐答道。

医生进门惊醒了玛丽,她从隔壁的房间匆匆地跑了进来。

“奥古斯丁!堂姐!啊!怎么啦!”她急冲冲地问。

“嘘!”圣克莱尔声音嘶哑地说,“她快不行了!”

嬷嬷听见了这话,她飞快地跑去叫醒仆人。很快所有的人都醒了,到处都亮起了灯,到处都是脚步声,游廊上聚集着一张张焦虑的面孔,他们含着眼泪从玻璃门往里看。可是圣克莱尔什么也没听见,什么也没说,他只看见熟睡的孩子脸上的那种表情。

“啊,要是她能醒来,再说几句话,该多好啊!”圣克莱尔说着向她俯下身子,在她耳边说道,“伊娃,宝贝!”

那双蓝色的大眼睛睁开了,一丝笑意浮现在她的脸上,她想抬起头,想说话。

“你认识我吗,伊娃?”

“亲爱的爸爸。”孩子说着,用尽最后一点力气,用双臂搂着父亲的脖子。一会儿她的手臂又松开了,圣克莱尔抬起头,看见她的脸上出现了临死前痛苦的痉挛。她喘不过气来,向上举着两只小手。

“啊,上帝,这太可怕了!”说着他痛苦地背过身子,下意识地紧紧地抓着汤姆的手,“啊,汤姆,伙计,这简直要我的命啊!”

汤姆用双手握住主人的两只手,黝黑的面颊上泪如雨下。他像往常一样仰起头,乞求上苍帮助。

“求上帝快些结束她的痛苦吧!”圣克莱尔说,“这简直让我心如刀绞啊。”

“啊,感谢上帝!结束了,结束了,亲爱的老爷!”汤姆说,“你看她。”

伊娃睡在枕头上精疲力竭地喘着气,那双清澈的大眼睛朝上一翻便定住了。啊,这双经常流露出天国信息的眼睛在说些什么呢?尘世远去了,尘世的痛苦也逝去了,但是那张脸上显现的光辉是如此庄严,如此神秘,它甚至止住了人们伤心的哭泣。他们屏住气,静静地拥在她身边。

“伊娃。”圣克莱尔轻声唤道。

她听不见了。

“啊,伊娃,告诉我们,你看见什么啦?看见了什么?”父亲说。

她脸上浮现出灿烂的笑容,断断续续地说道:“啊!爱……快乐……宁静……”然后叹息了一声,便从死亡进入了永生!

“永别了,亲爱的孩子!光明的永生之门已经在你身后关上了,我们再也看不见你可爱的面容了。啊,看着你进入天国的人们多么悲苦啊,他们醒来时只会看见人世间寒冷阴沉的天空,而你却永远离开了!”

第 27 章

世界末日到了

伊娃房间里的那些小雕像和画都蒙上了白布，房间里只听见压低的呼吸声和放轻的脚步声。百叶窗关闭着，把窗户遮得半明半暗，阳光从窗户中悄悄地射了进来，显得很是肃穆。

床上铺着白床单，在往下俯视的天使雕像的下方，躺着熟睡的小姑娘的躯体——她已经长眠不醒了！

她躺在那儿，穿着一件生前常穿的朴素的白衣，从窗帘中射进来的玫瑰色的阳光给冷冰冰的死亡蒙上了一层暖色。浓密的睫毛轻柔地垂在那纯洁的面颊上，头微微侧向一边，就像在自然的睡眠状态之中，但是整个面部却弥漫着那种崇高圣洁的表情，这是喜悦和宁静的交织。这些都表明，这不是世间的短暂的睡眠，而是上帝赐给他所爱之人的那永久的、神圣的安息。

亲爱的伊娃，对于像你这样的孩子来说，没有死亡，也没有黑暗和阴影，只有金色黎明时分晨星隐去光辉似的退隐。你获得的胜利无须战斗，获得的王冠无须争夺。

圣克莱尔交叉着双臂站在那儿出神，他就是这样想的。啊！谁能说得清他到底想的是什么呢？因为自从在伊娃临终的房间里听人们说“她已经走了”那一刻起，一切都如一片阴郁的迷雾，如一种沉重的“痛苦的阴暗”。他听见了周围人们说话的声音。有人问他问题，他作了回答。他们问他打算什么时候举行葬礼，把她葬在哪里，他不耐烦地回答说他不在意。

阿道尔夫和罗莎布置了伊娃的房间。虽然他们平日性情浮躁多变、幼稚可笑，但他们心肠软、重感情；虽然奥菲丽亚小姐负责整理有关的一应事务,但是他们的双手却给房间增添了柔和的、富有诗意的色彩,消除了死者房间里那种新英格兰葬礼上常有的阴森可怖的气氛。

房间的架子上仍然摆放着鲜花——一片洁白,鲜嫩芬芳,下面衬着优雅的绿叶。伊娃的小桌子上铺着白桌布,上面放着她最喜爱的花瓶,里面只插着一支含苞欲放的百叶蔷薇。帷幔的褶子、窗帘悬挂的样子都是经过阿道尔夫和罗莎以他们黑人特有的精细的眼光精心布置的。甚至就在此刻,当圣克莱尔站在那儿沉思着的时候,小个子罗莎还提着一篮白花轻轻地走进屋里。她看见圣克莱尔时,不由得倒退了一步,毕恭毕敬地停在那儿。可是当她发现圣克莱尔并没有看见她时,她便走上前来,把花摆放在死者周围。罗莎在伊娃的两只小手中各放了一支美丽的素馨花,然后把其余的花十分得体地摆放在卧榻四周。看着这一切,圣克莱尔觉得恍若在梦中一般。

这时房门又打开了,眼睛哭肿的托普西站在门口,她拿着什么东西掖在围裙下面。罗莎马上做了个禁止入内的手势,可是她还是进了房间。

"你必须出去!"罗莎用不容置疑的语气严厉地低声说,"这儿没有你的事!"

"啊,请让我进去吧!我带来了一枝花,很漂亮的花!"托普西说着举起一朵半开的茶蔷薇。

"请让我就在她身旁放上一枝花吧。"

"滚开!"罗莎更坚决地说。

"让她待在这儿!"圣克莱尔突然跺着脚说,"她应该来。"

罗莎马上退了下去。托普西走上前来,把花献在死者的脚下,然后她突然悲恸地大叫一声,扑倒在床边的地板上,放声痛哭起来。

奥菲丽亚小姐匆匆走进屋里,想把她扶起来,让她不要哭,可是毫无效果。

"啊,伊娃小姐!啊,伊娃小姐!要是我也死了该有多好啊,我真希望自己也死了!"

哭声凄厉,令人心碎。热血涌上了圣克莱尔那大理石一般的苍白的面孔,自从伊娃死后,他第一次流下了眼泪。

"起来吧,孩子,"奥菲丽亚小姐声音温和地说,"不要哭得这么伤心了。伊娃小姐到天堂去了,她已经是天使了。"

“可是我看不见她了！”托普西说，“我再也看不见她了！”说着她又哭了起来。

有片刻时间，大家都默然无声地站在那儿。

“她说过她爱我，”托普西说，“她真的爱我！啊，天哪！啊，天哪！现在再也没人爱我了，再也没有了！”

“她说的倒是真的。”圣克莱尔说，“不过你试试，看能不能安慰安慰这个可怜的孩子。”他对奥菲丽亚小姐说。

“我真希望自己没有出生，”托普西说，“我没有想要到世上来，到世上来什么好处也没有啊。”

奥菲丽亚温和却坚决地把她扶了起来，把她带出房间，可是她自己却忍不住流下了热泪。

“托普西，你这可怜的孩子。”她领着她走进自己的房间时说道，“不要灰心，我会爱你的，虽然我比不上可爱的伊娃。我希望自己已经从她身上学到了一些基督之爱。我会爱你的，真的，我要尽量帮助你成长为一个好基督徒。”

奥菲丽亚小姐的声音比她的话更让人感动，而最让人感动的却是从她脸上流下的真诚的热泪。从那一刻起，她对那孤苦伶仃的孩子就产生了永不消失的影响。

“啊，我的伊娃，你在世上这短短的一生中行了这么多善，”圣克莱尔想，“我该怎样对我这漫长的一生做个交待呢？”

这时，家里的人们一个接一个悄悄地走进来向死者告别，屋里响起轻轻的低语声和脚步声。后来小棺材抬进来了，然后是葬礼。几辆马车停在门口，许多陌生人进来坐了下来，还来了许多披着白披肩，戴着白丝带、黑纱箍以及穿着黑丧服的送葬人。接着是读《圣经》中的经文，做祈祷。圣克莱尔走着，动着，就像个流干了最后一滴眼泪的人，自始至终他只看见一样东西，就是棺材中那长着金发的脑袋。可是后来他看见一块布盖在那脑袋上，棺材盖合上了。然后他被安排在别人旁边，与大家一起走到花园尽头的一小块地前。在她和汤姆曾经经常谈天、唱赞美诗、读《圣经》的长满苔藓的石凳旁，就是伊娃的墓地。圣克莱尔站在墓旁，两眼茫然地朝下看去，他看见他们把那口小棺材放了下去，他模糊地听见有人念那庄严的话：“复活在我，生命也在我。信我的人,虽然死了,也必复活。”[①]当泥土抛进去把小小的墓穴填满时,他无法相信他们正在掩埋的是他的伊娃。

实际上也不是!不是伊娃,只不过是埋在地下的她那光辉不朽的躯体的一颗柔弱的种子,在我主耶稣降临的那天,她还会以同样的形体出现的!

后来人们都走了,送葬的人回到会把她忘却的地方去了。玛丽的房间的窗帘都放了下来,她躺在床上,无法克制的悲伤让她哭泣不止,每时每刻都要所有的仆人来伺候她。当然,他们没有时间哭泣——他们为什么要哭呢?悲伤是她的悲伤。而且她完全相信,世界上没有、不可能有、也不会有人像她那么伤心。

“圣克莱尔一滴泪也没流,”她说,“他一点儿也不同情我。他肯定知道我多么痛苦。可是想一想,他这么冷酷无情,真是太奇怪了。”

人们往往在很大程度上受自己的耳目支配,所以很多仆人真的以为玛丽是对伊娃的死最感痛苦的人,特别是在玛丽开始歇斯底里地发作,派人请来了医生,最后声称自己快要死了的时候,大家就更这样想了。后来仆人们四处奔忙,取热水袋,烘暖法兰绒内衣裤,大家的注意力倒是从伊娃之死转移到她身上去了。

然而汤姆内心的感情使他靠近了男主人,无论圣克莱尔走到哪儿,他都关切而忧伤地跟到哪儿。他看见圣克莱尔脸色苍白地默默地坐在伊娃的房间里,把她那本打开的小《圣经》捧在眼前,可是却连一个字母、一个词也没看见。这时,汤姆从他那双呆滞无泪的眼睛中看到比玛丽的痛哭流涕更深切的悲伤。

几天以后,圣克莱尔一家又回到了城里。奥古斯丁因为悲伤而心情烦躁,很想换个环境,改变一下思绪,所以他们离开了别墅、花园和园中那座小小的坟墓,回到了新奥尔良。圣克莱尔成天在街上四处走动,竭力要用繁忙、奔波以及环境的改变来填补内心的缺失。在街上或是咖啡馆里遇到他的人,只是见他帽子上缀着黑纱才知道他失去了亲人。因为他谈笑风生,读报纸,论政局,处理生意事务,谁能看得出所有这些笑容满面的外表只是个空壳,里面是一颗黑暗沉寂如坟墓的心!

---

① 见《圣经·新约·约翰福音》第十一章第二十五节。

“圣克莱尔真怪!”玛丽用抱怨的语气对奥菲丽亚小姐说,“我过去以为,如果世界上有什么真让他爱的,那就必定是我们亲爱的小伊娃了,可是他好像很容易就把她给忘了,我无法让他说说伊娃。我原来真的以为他会比谁都难过呢!”

“人常说静水藏深流。”奥菲丽亚小姐的话玄妙深奥。

“啊,我可不信这些,这都是说说而已。人如果有感情的话,就会表现出来,这是无法克制的。不过话又说回来了,有感情真是件不幸的事,我倒巴不得自己像圣克莱尔那样。我的感情把我折磨得好苦!”

“可不是吗,太太,圣克莱尔老爷瘦得不成样子了,他们说他什么也不吃。”嬷嬷说,“我知道他忘不了伊娃小姐,我知道谁也忘不了她——亲爱的小天使!”她擦着眼泪说。

“好吧,不管怎么说,他一点儿也不为我着想。”玛丽说,“他对我没说过一句同情的话,他一定知道做母亲的感受比起男人来要深切多少啊。”

“一个人的痛苦只有他自己的心能感觉到。”奥菲丽亚小姐严肃地说。

“我就是这样的,我知道自己的感受,别人好像都不知道。过去伊娃知道,可是她不在了!”玛丽说完便躺在卧榻上伤心地哭了起来。

很不幸,玛丽是这样一种人:在他们的眼里,一件东西一旦失去,就有了拥有它时所没有的价值。不管是什么东西,玛丽似乎总是会挑出些毛病来,可是一旦失去,她又会对它赞不绝口。

她俩在客厅里说这番话的时候,圣克莱尔的书房里则在进行着另一番谈话。

汤姆一直心神不安地四处跟随着主人,他看见圣克莱尔进了书房,等了几个小时不见他出来,最后决定进去看看。他轻轻地走了进去,圣克莱尔正睡在房间里端的一张躺椅上,他俯卧着,伊娃的那本《圣经》摊开在他面前。汤姆走过去,站在躺椅边犹豫着。正当他犹豫的时候,圣克莱尔突然坐了起来。汤姆那张诚实的脸上充满了悲哀,流露出的关爱、同情和恳切的表情深深地打动了主人。他把手放在汤姆的手上,低下头把前额放在上面。

“啊,汤姆,我的仆人,整个世界就像一只蛋壳,空荡荡的。”

“我知道,老爷,我知道。”汤姆说,“可是,啊,但愿老爷能往上看,往亲爱的伊娃小姐那儿看,朝亲爱的主耶稣那儿看!”

“啊,汤姆！我是往上看的呀,可是我什么也看不见啊。要是我能看见该有多好啊。”

汤姆重重地叹了一口气。

“好像只有儿童和像你这样可怜的诚实人才能看见我们看不见的东西。”圣克莱尔说,“这是怎么回事啊?”

“你将这些事,向聪明通达的人隐藏,却向婴孩揭示。”汤姆喃喃地说,“主啊,因为你的意愿本是如此。”①

“汤姆,我不相信,我无法相信,我养成了怀疑的习惯。”圣克莱尔说,“我很想相信这本《圣经》上说的话,可是我做不到。”

“亲爱的老爷,向慈悲的主祈祷吧！‘主啊,我信,求你除去我的疑虑吧。’”

“世上的事谁能说得清呢?”圣克莱尔的眼睛茫然地朝四周看着,他自言自语地说,“那些美好的爱和信仰难道只是人类情感的一种变幻莫测的表现形式?难道没有实在的东西可以依靠?难道它会随着短促的生命的消失而逝去吗?是不是再也没有伊娃,没有天堂,没有基督,什么也没有了呢?”

“啊,亲爱的老爷,有的！我知道有的,我确信有的。”汤姆说着跪了下来,“一定,一定,亲爱的老爷,请一定相信吧!”

“你怎么知道有个基督呢,汤姆?你从来没看见过主啊。”

“我的灵魂过去感觉到他的存在,老爷,现在感觉到他的存在！啊,老爷,当我被卖掉,与老婆孩子分离时,我的精神差不多崩溃了,我觉得好像一切都完了,这时仁慈的上帝站在我一边,他对我说:‘不要怕,汤姆!’他给一个可怜人的灵魂带来了光明和欢乐,给了他安宁,因此我感到十分幸福,爱所有的人,心甘情愿地献身上帝,按上帝的旨意行事,服从上帝的安排。我知道这心境不可能来自我自己,因为我是个可怜的爱抱怨的人;它来自上帝,我知道他会乐意帮助老爷的。”

汤姆说话时声音哽咽,泪如雨下。圣克莱尔把头靠在汤姆的肩膀上,紧握着他那只结实的、可信赖的黑手。

---

① 见《圣经·新约·马太福音》第十一章第二十五、二十六节。

“汤姆，你是爱我的。”他说。

“能看到老爷成为基督徒，就是要我今天死，我也愿意啊。”

“可怜的傻瓜！”圣克莱尔说着抬起了身子，“我不值得像你这样善良诚实的人爱。”

“啊，老爷，不止是我爱你，慈悲的主耶稣也爱你。”

“你怎么知道的，汤姆？”圣克莱尔说。

“是我的灵魂感觉到的。啊，老爷！‘基督的爱非常人所能知。’[①]”

“真奇怪！”圣克莱尔说着转过身子，“那个生活在一千八百年前的人的事迹还能如此感人。但是他决不是常人！”他突然又说道，“常人不会有这种经久不衰的力量！啊，要是我能相信母亲的教诲，像童年时那样祈祷，该有多好啊！”

“能不能麻烦老爷，”汤姆说，“伊娃小姐以前这一章念得真美，请老爷给我念念吧。伊娃小姐去了之后，就没人给我念《圣经》了。”

这是《约翰福音》第十一章，是关于拉撒路死而复生的感人故事。圣克莱尔朗读着，不时地停下来，克制住这哀婉的故事在他心中激起的感情。汤姆双手交叉跪在他面前，他平静的脸上流露出十分专注的爱、信任和崇敬的神情。

“汤姆，”他的主人说，“这些对你来说都是真实的吧？”

“我能清晰地看见它，老爷。”汤姆说。

“但愿我有你这一双眼睛，汤姆。”

“我也但愿如此！”

“可是，汤姆，你知道，我的知识比你丰富得多啊，要是我对你说我不信这《圣经》，你该怎么办呢？”

“啊，老爷！”汤姆说着举起了双手，做了个不赞成的手势。

“如果这样，会多少动摇一点你的信仰吗，汤姆？”

“一点儿也不会。”汤姆说。

“哎呀，汤姆，你应该知道，我知道的比你多得多吧。”

“啊，老爷，你刚才不是念过，他向聪明通达的人隐藏，却向婴孩揭示吗？

---

① 见《圣经·新约·以弗所书》第三章第十九节。

老爷说的不是当真的吧?”汤姆急切地问。

“不是,汤姆,我不是当真。我并不怀疑,我认为有理由相信,可是我还是不信。这是我的令人讨厌的坏习惯,汤姆。”

“要是老爷祈祷就好了!”

“你怎么知道我不祈祷,汤姆?”

“老爷祈祷吗?”

“要是祈祷时有人听,我是愿意做的,可是我做祈祷时总是对空说话。哎,汤姆,你来做个祈祷给我看看。”

汤姆内心充满了感情,他在祈祷中把它全部宣泄出来,就像长期被阻拦的洪水一般。有一点是显而易见的,不管有没有人在听,汤姆都相信是有的。事实上,圣克莱尔感觉自己正被汤姆的信仰和感情的潮水载托着,几乎就要到达汤姆生动地描绘出的天堂的门口,似乎使他和伊娃更近了。

“谢谢,汤姆。”汤姆站起身时圣克莱尔说,“我喜欢听你祈祷,汤姆。不过现在你走吧,让我单独待一会儿。下一次再谈吧。”

汤姆默默地离开了房间。

第28章

团圆

在圣克莱尔的家中，日子一周又一周地悄悄逝去了，在那只小船沉没之处，生活的波浪又恢复到往日的节拍。严酷、冷漠、乏味的日常生活之水完全不顾人们的感情，傲慢而冷静地往前流去！人们仍然必须吃、喝、睡眠；醒来后，仍然讨价还价、买卖、提出问题和回答问题。总而言之，我们仍然追求形形色色的虚幻之物，尽管对它们的兴趣已经消失。在生命的兴趣已经消遁之后，冷峻而机械的生活惯性依然存在。

圣克莱尔生活中的全部兴趣和希望一直不知不觉地围绕着女儿，为了伊娃，他才经营产业；为了伊娃，他计划安排自己的时间；做这件事是为了伊娃，做那件事是为了伊娃，为她买东西，为她改进、安排和布置。长期以来，这一切已经成了他的习惯。现在她去了，他似乎什么也不用想，什么也不用做了。

不错，还有另外一种生活，一旦你对它有了信念，它就会在毫无意义的时间数码前变成庄严而有意义的数字，把这些数码变成神秘而无比珍贵的秩序。圣克莱尔对此十分清楚，在精神倦怠的时刻，他常常听见那微弱稚气的童音召唤他到天上去，看见那只小手给他指出生活之路。可是一种忧伤的、沉重的倦怠压在他身上，使他无法振作起来。圣克莱尔的天性使他能够从自己的感知力和本能出发，理解宗教问题，比起许多就事论事、讲求实际的基督徒来，他的理解更深刻、更清晰。有些人一生中对精神方面的问题漠不关心，可是却似乎具有领悟和感知它们细微差别和相互关系的天赋和才能。因此,莫尔、拜伦和歌德①在描述真挚的宗教情感时所说的话,比一个一生受宗教情感所支配的人更有真知灼见。在这些人的心目中,无视宗教是更可怕的背叛,更重的罪孽。

圣克莱尔从来不假装以任何宗教责任约束自己,但敏锐的天性使他凭直觉了解了基督教的要求,所以他尽量避免做那些自己认为会受良心谴责的事,以防万一自己真的要去承担这些责任。因为人的本性充满了矛盾,特别是在理想方面,所以承担一种责任而做不到,还不如不去承担。

尽管如此,圣克莱尔在许多方面与过去相比简直判若两人。他认真严肃地读小伊娃的那本《圣经》,更清醒更实际地考虑他和仆人的关系,这使他对自己的过去和现在的做法极为不满。回到新奥尔良之后不久,他做了一件事,就是开始办理必要的法律手续,让汤姆获得自由,一等手续办完就算大功告成了。在此期间,他一天天地更加依恋汤姆了。在这茫茫人世间,似乎只有汤姆才能经常使他回忆起伊娃来,他总是坚持要汤姆时刻待在身边。尽管他小心谨慎,很少表露内心深处的情感,可是他向汤姆敞开了心扉。要是谁看见汤姆跟随年轻主人时充满深情、忠诚的表情,他对此也不会感到奇怪。

"哎,汤姆,"圣克莱尔在开始为汤姆办理恢复自由的手续后的第二天对他说,"我打算让你恢复自由,所以把你的行装收拾一下,准备动身去肯塔基吧。"

汤姆的脸上顿时闪现出快乐的光芒,他向上天举起了双手,高喊一声:"感谢上帝!"这情景让圣克莱尔心烦意乱起来,汤姆这么乐于离开他,让他颇感不快。

"你在这儿没受多大苦吧,怎么要离开这儿时这么兴高采烈啊,汤姆。"他冷冷地说。

"不,不,老爷,不是这个原因,而是因为能做个自由人!我是为这个而高兴。"

"哎呀,汤姆,就你自己来说,你不觉得你一直比自由人过得更好吗?"

---

① 托马斯·莫尔(1779—1852)和拜伦(1788—1824)为英国诗人,歌德(1749—1832)为德国作家,三人均是无神论者。

“不,不好,圣克莱尔老爷。”汤姆说着突然迸发出一股力量,“不,不好!”

“哎,汤姆,靠你干活可挣不来我给你的这么好的衣服、这么好的日子啊。”

“这些我都知道,圣克莱尔老爷,老爷对我太好了。可是老爷,我宁肯穿破衣、住破屋——虽然都是破的,但都是自己的——而不愿要最好的、但却是别人的东西。我宁肯这样,老爷。我觉得这是人之常情,老爷。”

“我想是的,汤姆,再过一个月左右你就要走了,要离开我了。”他有些不快地说,“你为什么不该走呢?谁也不知道。”他用快活一些的语气说,然后站了起来,在房间里踱起步来。

“老爷在困境中我不会走,”汤姆说,“只要老爷需要,我就会待下去,只要我对老爷有用。”

“我在困境中,你就不走吗,汤姆?”圣克莱尔说着忧伤地看着窗外,“那我的困境什么时候会结束呢?”

“在圣克莱尔老爷变成基督徒的时候。”汤姆说。

“你真的打算在我身边待到那一天吗?”圣克莱尔从窗口转过身来,把手放在汤姆的肩膀上,微微带笑地说,“啊,汤姆,你这软心肠的傻瓜!我不会把你留到那一天的。回家和老婆孩子团聚去吧,代我向他们问好!”

“我坚信那一天会到来的,”汤姆眼含热泪诚挚地说,“上帝还有使命交给老爷呢。”

“嘿,使命?”圣克莱尔说,“好吧,汤姆,谈谈你对这使命的看法,让我来听听。”

“嘿,就连像我这样的可怜人也能从上帝那儿得到使命呢。圣克莱尔老爷有学问,有财富,有朋友,能为上帝做多少事啊!”

“汤姆,你好像认为上帝需要人替他做很多事。”圣克莱尔笑着说。

“我们为上帝的子民做事就是为上帝做事!”汤姆说。

“高明的神学理论,汤姆,比 B 博士讲的还要精彩,我敢说。”圣克莱尔说。

这时仆人通报有客人来访,谈话便中断了。

玛丽·圣克莱尔对伊娃的死深感悲伤,这是她所能感受到的最大的悲伤了。因为她是个很有天赋的女人:在她自己难受时能让大家都难受,她的贴身仆人更有理由为她们小主人的死去而难过了。伊娃在世时常常用她那讨人喜欢的方式为她们婉转求情,保护她们免受她母亲专制和自私的苛责之苦。特别是可怜的嬷嬷,她被迫和自己的骨肉分离,美丽的伊娃成了她心灵的慰藉,伊娃的死使她的心都要碎了。她白天黑夜地哭,因为伤心过度,在侍候女主人的时候不像平时那么灵活敏捷了,总是惹得玛丽大发脾气,现在再也没人保护她了。

奥菲丽亚小姐感到悲伤,但是在她善良真诚的心中,这悲伤结出了永恒之果。她心更慈了,更温和了,尽管她对自己的各项职责仍然勤勉不懈,但她的神态更温和、更平静,好像经过反思有了收获。她教育托普西更勤勉了,主要通过《圣经》对她进行教育。她再也不怕托普西碰她,也不再对她表现出掩饰不住的厌恶了,因为她现在已经没有这种感觉了。她现在用伊娃第一次在她面前表露出来的那种温和的方式对待托普西了,把她看成具有灵魂的人。上帝把她交给她,要她引她到天国。托普西没有马上变成圣人,但伊娃生前的行为和死时的情景确实让她产生了显著的变化。麻木和冷漠的态度不见了,她有了感情、希望、向往和向善的努力,尽管这种努力不能持之以恒,断断续续,但总是能重新开始。

一天,奥菲丽亚小姐派人去叫托普西,托普西过来时,慌慌张张地往怀里塞着什么东西。

"你在那儿干什么,淘气鬼?我敢肯定你在偷东西吧。"专横傲慢的小个子罗莎被派去叫托普西,她狠狠地一把揪住托普西的胳膊说道。

"去你的吧,罗莎小姐!"托普西一边挣脱一边说,"这不关你的事!"

"不许没规矩!"罗莎说,"我看见你藏东西了,我知道你玩的鬼把戏。"罗莎抓住托普西的胳膊,硬要把手伸进她的怀里去,而托普西被惹恼了,又踢又打,毫不畏惧地捍卫她认为自己拥有的权利。厮打的吵闹声惊动了奥菲丽亚小姐和圣克莱尔,他们两人赶到现场。

"她偷东西了!"罗莎说。

"我没偷!"托普西大声叫道,她气得哭了起来。

"不管是什么东西,交给我!"奥菲丽亚小姐语气坚决地说。

托普西犹豫了一下,可是在奥菲丽亚小姐再次要求之后,托普西从怀里掏出一个小包，这是她用自己的一只旧袜子做的。

奥菲丽亚小姐把里面的东西都倒了出来。里面有伊娃送给她的一个小本子，每天摘有一节《圣经》经文，按全年日期的顺序排列；还有用纸包着的一绺头发，这是伊娃在那难忘的一天作最后诀别时送给她的。

那个小本子是用从丧服上扯下来的一长条黑纱卷着的，这情景让圣克莱尔深受感动。

“你用它包这个本子做什么？”圣克莱尔拿起黑纱问道。

“因为……因为……因为这是伊娃小姐的啊。啊，请不要把这些东西拿走！”她说。然后她一下子坐在地上，用围裙盖住头，痛哭起来。

真是又可怜又可笑，多么奇妙的混合：破旧的小长袜、黑纱、教科书、一绺柔软的美丽头发，还有托普西伤心欲绝的样子。

圣克莱尔笑了，可是他眼中含着泪。他说：

“好啦，好啦，别哭了，东西都留着吧！”他把东西放在一起之后扔到她的怀里，然后拉起奥菲丽亚小姐走进客厅。

“我确实相信你可以把那个小东西教育成人。”他说着用大拇指往肩后指了指，“能够真正感受到悲伤的人是能够学好的，你一定要尽力教育她。”

“这孩子进步很大，”奥菲丽亚小姐说，“我对她寄予很大的希望。可是，奥古斯丁，”说着她把手放在他的手臂上，“我想问你一件事：这孩子将来是谁的？是你的还是我的？”

“嘿，我已经把她送给你了。”奥古斯丁说。

“但是从法律上来说还没有，我希望她能合法地属于我。”奥菲丽亚小姐说。

“哟，堂姐，”奥古斯丁说，“主张废奴的人会怎么看啊？要是你成了奴隶主，他们会为这种倒退行为定一个绝食日的！”

“啊，胡说！我希望她属于我，这样我就有权带她去自由州，给她自由，我现在的一切努力就不会白费了。”

“啊，堂姐，多么可怕的‘作恶以成善’①啊！我不会赞同的。”

“我希望你不要开玩笑，而要好好思考。”奥菲丽亚小姐说，“要是我不

---

① 见《圣经·新约·罗马人书》第三章第八节。

把这孩子从奴隶制的厄运中解救出来,那我要把她变成基督徒的种种努力都会是枉然的。要是你真的愿意把她送给我,我希望你能给我写一张赠送证书,或者一张法律文书。”

“好吧,好吧,”圣克莱尔说,“我会写的。”然后他坐下来,打开报纸准备看。

“可是我希望你现在就办。”奥菲丽亚小姐说。

“你忙什么?”

“因为只有现在才是办事的最佳时间。”奥菲丽亚小姐说,“来吧,这是纸、笔、墨水,你就写吧。”

像圣克莱尔这种性格的人,一般都打心眼里讨厌这么着急地处理事情,因此奥菲丽亚小姐的说干就干的作风让他十分恼火。

“哎呀,怎么啦?”他说,“你还不相信我说的话?你这么逼我,人家还以为你跟犹太人学过徒呢!”

“我希望把这事定下来。”奥菲丽亚小姐说,“你可能会死,可能会破产,那时托普西就会被拉去拍卖,那我就什么办法也没有了。”

“啊,你真有远见。好吧,既然落在北方佬手里,那我只能让步了。”圣克莱尔很快写好一张赠送证书,因为他谙熟各种法律文书,所以写起来毫不费力。写完后他龙飞凤舞地签上自己的名,最后的字母写成了一个大大的花体。

“瞧,这是白纸黑字吧,佛蒙特小姐?”说着他把证书递给她。

“好兄弟,”奥菲丽亚小姐笑着说,“可是还得有人签名作证吧?”

“啊,真麻烦!——对,有啦!”说着他打开了通向玛丽卧室的门,“玛丽,堂姐想要你签名,把你的名字写在这儿吧。”

“这是什么?”玛丽一边匆匆浏览着证书一边问,“可笑!想不到堂姐这么虔诚的人竟然做出这么可怕的事呢。”说着她漫不经心地签了名,“不过,要是她喜欢那东西,那就尽管拿去好了。”

“瞧,现在她从肉体到灵魂都是你的了。”圣克莱尔说着把证书递给他。

“她过去不是我的,现在还不是我的,”奥菲丽亚小姐说,“除了上帝,谁也无权把她送给我。不过我现在可以保护她了。”

“哎,那么通过法律的推定,她肯定是你的了。”圣克莱尔说着转身回到客厅,然后坐下来看报。

奥菲丽亚小姐很少与玛丽在一起坐很长时间,她把证书小心地收好,然后跟着圣克莱尔走进客厅。

“奥古斯丁,”她坐着编织时突然说道,“你为仆人们做过准备没有,万一你死了呢?”

“没有。”圣克莱尔边答边继续看报。

“你现在对他们这么纵容,以后会证明这是一件十分残酷的事。”

圣克莱尔自己过去常常想到这件事,但是他仍然态度随便地答道:

“嗯,我打算不久后做一些准备。”

“什么时候?”奥菲丽亚小姐问。

“哦,就在这几天。”

“要是你先死了,怎么办呢?”

“堂姐,你怎么啦?”圣克莱尔放下报纸看着她说,“你觉得我得了黄热病还是得了霍乱?要不然怎么这么热心地为我安排起后事来了?”

“人生在世随时都在死亡之中。”①奥菲丽亚小姐说。

圣克莱尔站起身来,漫不经心地放下报纸,向朝游廊敞开的门走去,想以此结束这令他不快的谈话。他机械地重复了一遍最后一个词——“死亡”。他靠在栏杆上,看着喷泉里的水喷起又落下,闪闪发亮。他仿佛透过一层朦胧的薄雾看见了花草、树木和盆景,他又一遍重复了经常挂在人们口头却具有可怕力量的那个神秘的词——“死亡”。“真奇怪,竟然会有这个词,”圣克莱尔说,“而且还有死亡这件事,可是我们总是忘记。一个人今天还活着,温暖而美好,满怀憧憬、欲望和要求,可是明天就消失了,完全消失了,永远消失了!”

这是个温暖而晚霞灿烂的黄昏,圣克莱尔向游廊的另一头走去,他看见汤姆正专心致志地读着《圣经》,他用手指指着一个一个的字,认真地轻声念着。

“要我给你念吗,汤姆?”圣克莱尔说着随意地坐在他旁边。

“那就麻烦老爷了,”汤姆感激地说,“老爷念起来听得明白多了。”

---

① 出自英国国教《祈祷书》中葬仪祈祷文。

圣克莱尔拿起《圣经》,看了一眼汤姆念的地方,开始念一段汤姆在四周用粗笔标出的经文。内容如下:

"当人子同众天使在荣耀中降临之时,他要坐在荣耀的宝座上,万民都将聚集在他面前。他将把他们分别开来,就像牧羊人把绵羊和山羊分开一样。"[①]圣克莱尔声音激动地念下去,直到最后几节。

"接着,主对他左边的人说,离开我,你们这些被诅咒的,进入那永不熄灭的火里去,那是为魔鬼和他的使者准备的。因为我饥饿时,你们没有给我食物;我口渴时,你们没有给我水喝;我独在异乡时,你们没有留我住宿;我衣不蔽体时,你们没有给我衣服穿;我生病、坐牢时,你们没来看望我。他们回答说,主啊,我们什么时候看见你饿了、渴了、独在异乡、没衣穿、生病或坐牢时而没帮助你呢? 主会对他们说,只要你们不为我最卑微兄弟中的一个做这些事,就是不为我做这些事。"[②]圣克莱尔似乎被最后一段打动了,因为他念了两遍,第二遍念得很慢,好像他在反复思考这些话的含意。

"汤姆,"他说,"受到这么严厉惩罚的人的所作所为好像跟我做的毫无区别啊——过着优裕、舒适、体面的生活,从不费神去了解一下有多少兄弟在忍饥受渴、生病坐牢。"

汤姆没有回答。

圣克莱尔站起身来,沉思着在游廊上来回踱着步,似乎完全沉浸在自己的思绪中,把周围的一切全忘了,汤姆只好两次提醒他午时茶的铃声响了,他才回过神来。

喝午时茶时,圣克莱尔自始至终都心不在焉地想心思。喝完茶之后,他和玛丽、奥菲丽亚小姐走进客厅,三个人都默不作声。

玛丽躺在罩着丝织蚊帐的躺椅上,很快便睡熟了。奥菲丽亚小姐默默地织着毛衣。圣克莱尔在钢琴前坐下来,开始弹奏一个伊奥利安调式[③]的柔和而忧郁的乐章。他似乎沉浸在自己的思绪中,用音乐进行倾诉。过了一会儿,他打开了一只抽屉,拿出一本旧得发黄的乐谱,翻看起来。

---

① 见《圣经 · 新约 · 马太福音》第二十五章第三十一、三十二节。

② 见《圣经 · 新约 · 马太福音》第二十五章第四十一至四十五节。

③ 伊奥利安调式为中世纪教会音乐的一种调式,其风格庄严壮丽,有时舒缓。

“瞧，”他对奥菲丽亚小姐说，“这是我母亲的乐谱，这是她写的字，来看看吧，她是模仿莫扎特的安魂曲编的曲子。”奥菲丽亚小姐随即过来了。

“这是她过去常唱的曲子，”圣克莱尔说，“我觉得自己现在还能听见她在唱。”

他弹了几节庄严的和弦，开始唱那首庄严、古老的拉丁文曲子《最后审判日》。

汤姆本来站在游廊外听，后来被歌声吸引到门口来了，他站在那儿认真地听着。当然他听不懂歌词，但是音乐和歌唱者的表情似乎强烈地打动了他，尤其当圣克莱尔唱到更哀婉的地方时，要是汤姆理解那美丽的歌词意义，他会产生更热烈的共鸣的：

想一想，为什么啊耶稣，
人间的恶意和背叛你能忍受，
在可怕的日子里却不愿放弃我；
为寻找我，你疲倦的双脚匆忙，
在十字架上，你的灵魂品尝了死亡，
不要让这一切劳苦如水白白流淌。

圣克莱尔在歌词中倾注了深沉而哀婉的感情，岁月朦胧的帷幔似乎已被拉开，他似乎听见母亲的声音在给他领唱。歌声和琴声都充满了活力，生动地表现了莫扎特当年为自己而作的这首《安魂曲》的旋律。

圣克莱尔唱完之后，用手支着头坐了一会儿，然后开始在客厅里踱起步来。

“最后的审判是个多么崇高的观念啊！”他说，“千年的冤屈得以昭雪！一切道德上的问题用无可比拟的智慧得以解决！这确实是美妙的图景。”

“对我们来说是很可怕的。”奥菲丽亚小姐说。

“我想，对我来说也应该如此。”圣克莱尔说着若有所思地停住了脚步，“今天下午，我给汤姆念了《马太福音》里的一章，就是描绘末日审判的，我的感触很深。人们一般都认为进不了天堂的人是因为犯下了可怕的罪行，其实不然，他们之所以受到惩罚，是因为没有积极行善，好像不行善就包含了所有可能的恶行似的。”

“也许，”奥菲丽亚小姐说，“一个不行善的人要不作恶是不可能的。”

“那么，”圣克莱尔心不在焉但深情地说，“有这样一个人，他内心的感情、他所受的教育以及社会的需要都要求他具有高尚的目标，可是他却没有；在人类挣扎、遭受痛苦和冤屈时他本应该采取行动，但他却随波逐流，耽于幻想，袖手旁观。对这样的人该怎么看呢？”

“我倒认为，”奥菲丽亚小姐说，“他应该悔改，而且从现在开始。”

“你总是讲求实际，而且一针见血！”圣克莱尔说着脸上绽出了笑容，“你从来不给我时间进行一般性的思考，堂姐，你总是让我面对眼前的现实，你心中总是装着一个永恒的现在。”

“我只和现在打交道。”奥菲丽亚小姐说。

“亲爱的小伊娃，可怜的孩子！”圣克莱尔说，“她那天真的小灵魂曾决心要为我行善呢。”

自从伊娃去世后，这是圣克莱尔提到她时第一次说了这么多的话，他说话时很明显地克制着强烈的感情。

“我对基督教的看法是，”他接着说，“一个人如果一贯宣称自己信仰基督教，就必须全力与构成我们社会基础的这个可怕的不公正制度作斗争，如果必要，还要在斗争中献出自己的生命。我的意思是说，如果做不到这一点，我就不会做个基督徒。尽管我接触过许许多多开明的基督徒，他们却没有这样做。我必须承认，那些信教的人对这个问题抱着一种冷漠的态度，对让人惊骇的社会不公视而不见，这些都是让我对基督教持怀疑态度的主要原因。”

“既然这些你都知道，”奥菲丽亚小姐说，“为什么你不去做呢？”

“啊，因为我的那颗仁慈之心只是让我躺在沙发上诅咒教会和教士们没有殉教精神和圣徒精神。你知道，人们对别人应该怎样殉道看得很清楚。”

“那你准备改变做法了？”奥菲丽亚小姐问。

“只有上帝知道将来会发生什么。”圣克莱尔说，“我现在比过去更勇敢了，因为我已经失去了一切，一个一无所有的人能经得起任何风险。”

“那你打算怎么办呢？”

“我希望,等我一弄清自己对贫贱之人该承担的责任,我就去完成这个责任。”圣克莱尔说,“就从我的仆人开始。到现在为止,我还没有为他们做过任何事呢。也许将来某一天,我可以为整个黑奴阶级做些什么,把我们国家从目前的耻辱中拯救出来。因为在各文明国家中,我们的做法并不正确。”

“你认为一个国家有可能主动解放黑奴吗?”奥菲丽亚小姐问。

“不知道。”圣克莱尔说,“这是个建立丰功伟绩的年代,英雄主义和大公无私的精神正在世界各地兴起。匈牙利贵族以巨大的金钱损失为代价,解放了几百万农奴。也许在我们中间也会出现这样胸怀宽广的人物,他们不以金钱评价荣誉和正义。”

“我认为不太可能。”奥菲丽亚小姐说。

“但是,假如我们明天就解放了黑奴,那么谁来教育这些黑人大众,教会他们如何使用自己的自由权呢?在我们中间,他们绝不会振作起来,有所作为的。事实上,我们自己太懒惰,太不实际,从来没有让他们懂得做人所必需的勤奋和辛劳。他们将不得不到北方去,在那儿,劳动是一种风尚,是普遍的习惯。现在请告诉我,在你们北方各州,是否有充分的基督教慈善精神能够容忍教育和提高他们的漫长过程?你们把成千上万的美元送给国外的传教团,可是你们能够容忍别人把异教徒送到你们的城市和乡村,花费你们的时间、精力和金钱,把他们提高到基督徒的水准吗?这是我想知道的。如果我们解放黑奴,你们愿意教育他们吗?在你们那个城市里,有多少家庭愿意接纳一对黑人男女,教育他们,容忍他们,设法使他们成为基督徒?如果我想让阿道尔夫做个售货员,有多少商人愿意雇用他?或者假如我想要他学手艺,有多少工匠愿意收他为徒?如果我想让罗莎和简上学,北方各州有多少学校愿意接收她们?有多少家庭愿意给她们提供住宿?可是她们的肤色却与北方和南方的许多白人妇女没有多大差别啊。你看,堂姐,我希望人们对我们要公正。我们的处境很不好,我们对黑人压迫更为明显,可是北方不合基督教精神的偏见是差不多同样残酷的呀。”

“嗯,堂弟,我知道你说得不错。”奥菲丽亚小姐说,“我知道我自己原先就是这样的,后来我明白改变这种态度是我的责任。我相信自己已经改变了许多。我知道北方有许多好人,在这个问题上,只要告诉他们,他们的责任是什么,他们是会克服偏见的。接纳异教徒当然比给他们派传教士需要我们作出更大的自我牺牲,但是我想我们会去做的。"

"你会的,我知道。"圣克莱尔说,"只要你认为是你的责任,我还没见过你不愿做的呢!"

"哎,我可不像你说的那样。"奥菲丽亚小姐说,"别人如果像我一样看问题,他们也会这么做的。我回去的时候打算把托普西带走,我想家里人开始会感到奇怪,但是他们会逐渐接受我的观点的。此外,我知道北方有许多人正是像你说的那样做的。"

"是的,但是他们毕竟是少数。如果我们真的开始大规模地解放黑奴,我们很快就会受到你们批评的。"

奥菲丽亚小姐没有回答,有一会儿两人谁也没说话,圣克莱尔的脸上蒙上了一层悲戚迷惘的表情。

"我不知道今晚我怎么总是想起我的母亲,"他说,"我有一种奇怪的感觉,好像她就在我身边。我总是想起她说过的事情。真奇怪,有时候过去的一些事情怎么会如此生动地展现在我们眼前呢?"

圣克莱尔又在屋内来回踱了一会儿,然后说道:

"我想到街上去一会儿,听听今晚有什么新闻。"

他拿上帽子便走出去了。

汤姆跟着他穿过走廊,走出了院子,问圣克莱尔是否要他陪着。

"不用了,汤姆,"圣克莱尔说,"我过一个小时就回来。"

汤姆在游廊上坐下来。这是个美丽的月夜,他坐在那儿看着喷泉溅起的水花升起又落下,听着潺潺的水声。他想起了自己的家,想到自己不久之后就是自由人,想回家就可以回去了。他想到自己应该怎样努力干活,赎回老婆和孩子。想到自己一双结实的胳膊马上就属于自己,可以干很多活,以获得家人的自由时,他不禁开心地摸了摸手臂上的肌肉。然后他想起自己品格高尚的年轻主人,一想到他,汤姆就为他作祈祷,这已经成了他的老习惯了。接着他的思绪又转到了美丽的伊娃身上,现在他觉得伊娃是个天使了。这样想着,他仿佛觉得那张披着金色头发的灿烂的笑脸正从水池喷溅的水花中望着他。想着想着,他睡着了,梦见自己看见她正蹦蹦跳跳地向他走来,就像平时一样,头上戴着一顶茉莉花冠,容光焕发,两眼放射出喜悦的光芒。可是,当他细看时,她似乎是从地下升起来的,脸色变得苍白一些了,眼睛放射出深邃而圣洁的光芒,头上似乎罩着金色的光轮。突然,她从汤姆的视线里消失了。一阵响亮的敲门声把汤姆惊醒,大门外一片嘈杂的人声。

汤姆急忙打开大门,随着一阵压低的说话声和沉重的脚步声,有几个人用百叶窗抬着一个身子裹着斗篷的人走了进来。灯光照在这人的脸上,汤姆惊恐而绝望地大叫一声,叫声传遍了走廊。几个人抬着那人往前一直走到敞开的客厅门口,奥菲丽亚小姐还坐在那儿织毛衣。

圣克莱尔上街去了一家咖啡馆,想看看当天的晚报。在他读报的时候,两个喝得醉醺醺的先生打起架来,圣克莱尔和另外两个人想把他们拉开。打架的人中有一个拿了一把猎刀,圣克莱尔想把他的猎刀夺下来,不料自己的腰部却挨了致命的一刀。

屋子里哭声和尖叫声响成一片,仆人们发狂地扯着自己的头发,在地上打滚,或者六神无主地四处乱跑,号啕大哭。只有汤姆和奥菲丽亚小姐似乎还算镇定,因为玛丽小姐发了严重的歇斯底里惊厥症。按照奥菲丽亚小姐的吩咐,客厅里的一张躺椅匆忙准备妥当,把流着血的圣克莱尔抬放在上面。由于疼痛和失血,圣克莱尔昏过去了,但是经过奥菲丽亚小姐采取急救措施之后,他苏醒过来,睁开了眼睛,眼神定定地看着大家,接着又热切地环视客厅。他的目光留恋地看着室内的每件东西,最后落在他母亲的画像上。

这时医生来了,检查了伤势。从他的表情上可以明显地看出来,已经没有希望了,但是他还是认真地包扎伤口。在聚集在游廊门口和窗外的惊慌失措的仆人们的一片哭喊和哀号声中,医生与奥菲丽亚小姐和汤姆沉着、镇定地包扎着。

“现在,”医生说道,“我们得把这些人都赶走,一切都取决于能否让他保持安静了。”

圣克莱尔睁开了眼睛,目不转睛地看着那些悲伤的仆人,奥菲丽亚小姐和医生正试图催促他们离开。“可怜人!”他说,脸上掠过痛苦、自责的表情。阿道尔夫坚决不肯走,恐惧已经使他失去了自制,他扑倒在地上,无论怎么劝也劝不起来。其他的仆人听从了奥菲丽亚小姐的劝说,知道主人的安危有赖于他们保持安静和服从指挥。

圣克莱尔已经不大能说话了,他双目紧闭地躺着,但是很显然,他心中萦绕着痛苦的思绪。

过了一会儿，他把手放在跪在他身旁的汤姆的手上，说道："汤姆！可怜人！"

"什么事，老爷？"汤姆急切地问。

"我要死了，"圣克莱尔按了按汤姆的手说，"祈祷吧！"

"如果你要请牧师的话——"医生说。

圣克莱尔连忙摇摇头，更加急切地对汤姆又说了一遍："祈祷吧！"

汤姆十分专注地用全部的力量开始为那即将脱离尘世的灵魂祈祷，那灵魂似乎正从那双忧郁的蓝色大眼睛中忧伤地看着他。这确实是声泪俱下的祈祷。

汤姆祈祷完毕之后，圣克莱尔伸出手握住他的手，诚挚地看着他，可是什么也没说。他闭上了眼睛，仍然握着汤姆的手，在永生的大门之内，黑色的手和白色的手是平等地握在一起的。圣克莱尔断断续续地喃喃自语道：

> 想一想，为什么啊耶稣，
> ……
> 在可怕的日子里却不愿放弃我；
> 为寻找我，你疲倦的双脚匆忙……

很显然，那天晚上他唱的那首歌的歌词此刻正浮现在他的心头，这是他对上帝的大慈大悲发出的恳求之语。他的嘴唇不时地嚅动着，那首赞美诗的词句断断续续地从他的唇间发出来。

"他的神志恍惚了。"医生说。

"不！我终于回家了！"圣克莱尔用劲地说，"回家了！回家了！"

这几句话使他精力耗尽了。他的脸上出现了不断加重的死亡的苍白，但同时也出现了美丽而宁静的表情，好像从一个慈悲精灵的翅膀上洒落下来的光辉，像一个疲乏的孩子熟睡时的表情。

他就这样躺了一会儿。大家看到死亡这强有力的手已经触摸到他了。在灵魂即将离去之时，他睁开眼睛，眼中突然放射出犹如见到亲人的喜悦光芒，他喊了一声"母亲"，便与世长辞了。

第29章

不受保护的人们

我们经常听到，黑奴在失去一位好心的主人之后会十分悲痛，这是很有道理的，因为世界上再也没有比处在这种境况下的黑奴更得不到保护、更悲惨凄凉的了。

失去父亲的孩子还有亲友和法律的保护，他还是个值得重视的人，还可以有所作为，还享有公认的权力和地位，可是奴隶却什么也没有。从各个方面来看，法律都把他看成是没有任何权利的一包商品。作为一个灵魂不朽的人，他的任何渴望和需要只有通过主人至高无上和毫无约束的意志才有可能得到满足，而主人一死，一切便荡然无存了。

那些会人道而宽厚地使用这种完全不必承担任何责任的权力的人寥寥无几。这一点尽人皆知，奴隶对此更清楚，所以他知道自己遇到残暴施虐主人的机会会比遇到仁慈体谅主人的机会多十倍。因此，当一位善良的主人去世后，黑奴们久久地放声痛哭，这是容易理解的。

圣克莱尔咽气后，全家上下惊恐万分。他死得突然，而且正值年轻力壮时期。宅子里每个房间和每条走廊都回响着哭泣声和绝望的尖叫声。

玛丽因为长期以来一直放纵自己，神经已变得十分衰弱，无法承受这可怕的打击，丈夫咽气的时候，她接二连三地昏厥过去。神秘的婚姻纽带把她与丈夫联结在一起，现在他永远离她而去了，而她竟没能说上一句告别的话。

奥菲丽亚小姐以她特有的精力和自制力，一直守在堂弟身边，直到最后一刻。她看得明、听得清，她全神贯注，在可能的范围内尽自己的力量去做每一件事。当可怜的奴隶汤姆为即将逝去的主人的灵魂倾吐出亲切、热情的祈祷词时,奥菲丽亚小姐也真心诚意地与汤姆一起祈祷。

为安葬圣克莱尔做准备时,家人在他的胸口发现了一个朴素的装有弹簧开关的小像盒,里面有一张高贵而美丽的妇人的肖像,在背面的水晶片下有一绺黑头发。他们把这些东西放回那已经没有生命的胸口,尘土归于尘土,这些寄托着早年梦想的纪念物,曾经使那颗冰冷的心跳动得多么热烈!

汤姆的心中充满了有关永生的思绪。当他在主人的遗体旁照料的时候,他完全没有意识到这突然的变故已经使他处于绝望的永远为奴的境地。在为主人祈祷时,他感到很平静,因为当他向天父倾诉之后,他发现从自己内心涌起一种平静和镇定的感觉。由于他具有充满爱的天性,他觉得自己能够领略几分上帝之爱的完美。古代的一位先知曾这样写道:"生活在爱里的人,就是生活在上帝之中,上帝也生活在他之中。"[①]汤姆怀着希望,怀着信念,因此心情平静。

葬礼过去了,黑丧服、祈祷、庄严肃穆的面孔也过去了,冷漠、浑浊的日常生活之浪涛又涌了回来,一下子又出现了那永恒的难题:"下一步该怎么办呢?"

这难题出现在玛丽的心头。当时她穿着宽松的晨衣,坐在一张大安乐椅上,身边围着一群忧心忡忡的仆人,她正在察看一些绉纱和邦巴辛毛葛的样品。这难题出现在奥菲丽亚小姐心头,她开始考虑回到北方家中。这难题出现在仆人们的心头,使他们感到无言的惊恐,他们知道自己已落入女主人之手,深知她冷酷残暴的性格。大家都清楚地知道,过去他们所受到的宽容并非来自女主人,而是来自男主人;他们都知道,现在男主人已经死了,再也没有人庇护他们了,而女主人由于悲伤,脾气变得更坏,更会对他们进行残暴的摧残。

葬礼之后大约两星期左右,一天奥菲丽亚小姐正在房间里忙活,忽然听见轻轻的敲门声。她打开门,见罗莎站在门口——就是我们前面经常提到的四分之一黑人血统的漂亮姑娘。她头发散乱,眼睛都哭肿了。

"啊,菲丽小姐,"她说着扑通跪了下来,抓住奥菲丽亚小姐的衣服下

① 见《圣经·新约·约翰一书》第四章第十六节。

摆,“请,请你一定去玛丽小姐那儿帮我说说话!请你一定要为我求求情!她准备把我送出去鞭打,你看!”说着她递给奥菲丽亚小姐一张字条。

这是一份嘱托,是玛丽用她清秀的意大利体写给一家鞭笞站老板的,要他们将持条人打十五鞭。

“你做了什么错事啦?”奥菲丽亚小姐问。

“你知道,菲丽小姐,我脾气坏,这都是我不好。我把玛丽的衣服穿在身上试了试,她打了我一个耳光,我太放肆了,随口顶撞了她一句。她说要杀杀我的气焰,要我永远记住,再也不要那么目中无人了。接着她就写了这张条子,要我把它送过去。我真情愿她当时把我打死才好呢。”

奥菲丽亚小姐拿着字条,站在那儿考虑着。

“你知道,菲丽小姐,”罗莎说,“要是玛丽小姐和你抽我鞭子,我倒不在乎,可是送给男人打,而且是这么个可怕的男人!那多丢脸呀,菲丽小姐!”

奥菲丽亚小姐很清楚,把妇女和年轻的姑娘送到鞭笞站去是南方普遍的风俗。她们被交给最卑鄙的男人——这些人竟然无耻到以鞭笞为业——在那儿,妇女们被野蛮地当众受惩罚,遭羞辱。奥菲丽亚小姐过去就听说过这件事,可是直到她看见罗莎那纤弱的身子痛苦得颤抖时,才真正明白了这是怎么回事。女人的纯洁天性和新英格兰人强烈的热爱自由的精神使她的血液一下子涌上了面颊,令她充满义愤,但是她以一贯的谨慎和克制压下了自己的感情。她把字条紧紧攥在手中,只对罗莎说了一句:

“孩子,坐下,我去找你家太太。”

“可耻!可怕!可恶!”她穿过客厅时自言自语地说。

她看见玛丽坐在安乐椅中,嬷嬷站在旁边给她梳头,简坐在她面前的地上,忙着给她揉脚。

“你今天身体怎么样?”奥菲丽亚小姐问。

一声深深的叹息,闭了一会儿眼睛,这就是玛丽的回答。过了一会儿,她才说:“唉,我也说不清,堂姐,我想我的身体也就这个样了!”说着她用一条镶着一英寸宽黑边的麻纱手帕擦了擦眼睛。

“我来……”奥菲丽亚小姐说到这里短促地干咳一声,人们在提起一件为难事的时候常常是这样,“我来是要跟你说说可怜的罗莎的事。”

这一下玛丽的眼睛睁大了,灰黄的脸一下子涨得通红,她厉声说道:

“嗯,她怎么啦?”

“她对自己的过错感到很后悔。”

“哦,是吗?在我跟她了结前她还会更后悔的!我忍受她的无礼已经时间够长的了,现在我要杀杀她的威风,让她抬不起头来!”

“可是你能不能换一种方式惩罚她,换一种让她不太丢脸的方法?”

“我就是想让她丢脸,这正是我的目的。她一向倚仗自己的高雅、美貌和贵妇的派头,结果把自己的身份都忘了。这一次我非得教训她一顿,让她明白自己的身份!”

“可是,弟妹,请想一想,要是你毁了一个姑娘家的高雅和羞耻感,你会使她很快堕落的。”

“高雅!”玛丽冷笑一声说,“这个词用在她这种人身上真妙!别看她那么神气活现,我要让她知道,她和那些穿得最破烂、游荡街头的黑婊子没什么两样,她就再也不会跟我摆架子了!”

“你这么残酷,以后要向上帝交代的!”奥菲丽亚小姐冲劲十足地说。

“残酷——我倒想知道我残酷在哪儿!我只写了打十五鞭的嘱托条,要他打轻点。我敢说这算不上残酷!”

“还不残酷?”奥菲丽亚小姐说,“我敢说任何姑娘家受到这样的惩罚都恨不得马上死了才好呢!”

“那些有你这种感情的人也许会这么想,但是他们这些人已经习以为常了,只有这样才能让他们规规矩矩。一旦让他们觉得可以装模作样地冒充高雅什么的,他们就会爬到你的头上来,就像我的奴仆们那样。我现在已经开始治他们了,我要让他们都知道,要是他们不守规矩,我会把他们一个接一个送出去挨鞭子的!”玛丽说着,断然地向四周看了一眼。

听了这话,简低下了头,吓得缩着身子直发抖,因为她觉得这番话好像特别是对她说的。奥菲丽亚小姐坐了一会儿,好像肚子里吞下了一些炸药,马上就要爆炸了。后来想到跟这种人理论完全是白费劲,奥菲丽亚小姐便打定主意不再开口,打起精神走出了房间。

回去告诉罗莎说她帮不了她的忙,这实在让她感到为难。过了不久,有个男仆人过来说,女主人吩咐他把罗莎送到鞭笞站去,不管她怎么哭求,还是给匆匆带走了。

几天以后，汤姆正站在阳台边想心思，阿道尔夫走到他的跟前。自从主人死了以后，他一直垂头丧气、闷闷不乐。阿道尔夫知道自己一直为玛丽所厌恶，可是主人在世时他没把这事放在心上。现在主人死了，他成天战战兢兢地四处走动，不知道会有什么事落到自己头上。玛丽已经跟律师谈过好几次，又和圣克莱尔的哥哥商量之后，决定把房产和所有的奴仆都卖掉，只留下属于她自己的用人，她打算带着他们回父亲的庄园去。

"你知道吗，汤姆，我们都要给卖掉！"阿道尔夫说。

"你怎么知道的？"汤姆问。

"太太跟律师谈话的时候，我躲在帘子后面听见了。几天以后，我们都要给送去拍卖了，汤姆。"

"听从上帝的安排吧！"汤姆说着抱着双臂沉重地叹了口气。

"我们再也不会遇见这么好的主人了，"阿道尔夫忧心忡忡地说，"不过我倒宁愿给卖掉而不愿留在太太手下碰运气。"

汤姆转身走开了，他心潮起伏。对自由的渴望、对远方妻子儿女的思念一起涌上他极能忍耐的心中。他这时的心情就像即将进港却又失事的船上的水手：眼前出现了故乡教堂的尖顶和熟悉的屋顶，却只能在漆黑的波浪之上最后瞥它们一眼。汤姆把双臂紧紧地抱在胸前，强咽下苦涩的眼泪，开始祈祷。这可怜的老人对自由有着如此特别的、难以言表的渴望，因此他心中痛苦万分；他嘴里越是说"愿你的旨意行在地上"①，心里就越难受。

他找到奥菲丽亚小姐。自从伊娃去世之后，奥菲丽亚小姐对待他特别尊重，特别友好。

"奥菲丽亚小姐，"他说，"圣克莱尔老爷答应过给我自由。他对我说，他已经开始为我办手续了。现在如果你好心帮我去跟太太说一说，她也许会把它办完，因为这是圣克莱尔老爷生前的愿望啊。"

"我会尽力为你去说的，汤姆。"奥菲丽亚小姐说，"不过，这事要是取决于圣克莱尔太太的话，我不敢说有多大希望。不管怎么说，我还是会试试的。"

这是在为罗莎求情几天之后的事，当时奥菲丽亚小姐正忙着整理行装

---

① 见《圣经·新约·马太福音》第六章第十节。

准备回北方。

经过认真考虑，奥菲丽亚小姐认为自己上次跟玛丽谈话时也许太急躁、言辞太激烈了，因此，她决定这一次要努力克制自己的情绪，态度尽量要缓和。于是这位好心人鼓起勇气，拿着毛线活，走进玛丽的房间。她决心尽量和颜悦色，施展她十分娴熟的外交手腕，与玛丽商谈汤姆的事。

她看见玛丽伸展着身子躺在一张卧榻上，一只胳膊放在靠垫上支着身子。简买东西刚回来，正把几种黑色衣料的样品拿给她看。

"这块还行，"玛丽挑了一件样品说，"只是不知道居丧穿合不合适。"

"哎呀，太太，"简口若悬河地说，"去年夏天德班能将军去世后，将军夫人穿的就是这种料子，用它做衣服可漂亮呢！"

"你觉得怎样？"玛丽问奥菲丽亚小姐。

"我想这是个习俗问题，"奥菲丽亚小姐说，"你比我更有判断力。"

"事实上，"玛丽说，"我真的连一件能穿的衣服都没有。因为我准备解散这个家，下星期就要离开这里，所以有些事必须定下来。"

"你很快就要走吗？"

"是的。圣克莱尔的哥哥来信了，他和律师都认为奴仆和家具最好都送去拍卖，房产交给律师处理。"

"有件事我想跟你谈一谈。"奥菲丽亚小姐说，"奥古斯丁答应过给汤姆自由，已经开始办理必要的法律手续了，我希望你能用你的力量把这事办完。"

"哼，这种事我才不干呢！"玛丽厉声说，"汤姆是家里最值钱的奴隶之一，我可承担不起这个损失。再说，他想要自由做什么？他现在的生活比获得自由好多了。"

"可是他确实非常希望得到自由，而且他的主人答应过他。"奥菲丽亚小姐说。

"他当然想得到自由了。"玛丽说，"他们都想得到自由，因为他们是一帮贪心不足的家伙，总是想要还没到手的东西。从根本上说，我是反对解放黑奴的。如果让黑奴受主人管束，他会好好干活，人也很体面；可是如果让他们自由，他们就会懒惰起来，不去干活，开始酗酒，堕落成卑劣、不中用的家伙。这种事我见过几百次了。给他们自由，对他们没好处。"

“可是汤姆是稳重、勤劳、虔诚之人啊。”

“哎呀，你用不着对我说这些！像他这样的黑奴我见过不下一百个了。只要对他管束，他会干得很好的——就是这么回事。”

“可是你想想，”奥菲丽亚小姐说，“要是你把他送去拍卖，他很有可能会遇上坏主人的。”

“哎，这都是胡说八道！”玛丽说，“好仆遇到坏主人的机会还不到百分之一。尽管有不少传言，大多数主人还是好的。我生在南方，长在南方，我还没见过对仆人不好的主人呢。够好的了，对这一点我一点儿也不担心。”

“不过，”奥菲丽亚小姐理直气壮地说，“我知道，给汤姆自由是你丈夫的一个遗愿，也是亲爱的小伊娃临死前他对她许过的一个诺言，我想你不会随意置之不理吧。”

玛丽听了这番言辞恳切的话，马上用手帕盖住了面孔，然后便一边哭，一边使劲地闻她的嗅瓶。

“大家都跟我作对！”她说，“大家都这么不体谅人！我真没想到你竟会勾起我的伤心事，太不体谅人了！可是没有一个人替我想一想，我受的磨难真少有啊！我的命真苦哇！我只有一个女儿，可是她却死了！我很难找到合适的丈夫，好不容易找到一个十分合意的，他竟然又死了！你好像一点儿也不同情我，明明知道这些事伤我的心，却偏偏总是随便提起！我想你的本意并不坏，可是这也太不体谅人了，太不体谅了！”说完，玛丽又哭起来，接着便喘不过气来，于是叫嬷嬷开窗，拿樟脑瓶，用湿毛巾敷头，解开衣扣。在大家的一片忙乱之中，奥菲丽亚小姐逃回自己的房间去了。

她马上就明白，再说下去也毫无用处了，因为玛丽歇斯底里发作的本领大得无限，从那以后，只要一提到她丈夫或伊娃对黑奴的遗愿的事，她总是恰逢其时地发作一次。因此，为帮助汤姆，奥菲丽亚小姐只好退而求其次，她给谢尔比太太写了一封信，说明了他的困境，催他们派人来救他。

第二天，汤姆、阿道尔夫和另外五六个仆人被押到一家黑奴货栈，等奴隶贩子凑成一批货之后进行拍卖。

第30章

黑奴货栈

黑奴货栈！也许有些读者的脑海中会出现这种场所的可怕景象。他们想象这是一个肮脏、阴暗的小破屋，是一座“丑陋不堪、空旷无边、暗无天日”①的可怕地狱。可是不然，天真的朋友，当今人们已经学会了老练而彬彬有礼地犯罪的本领，以免让人看了感到触目惊心。黑奴在市场上行情很好，所以他们吃得好，洗得干干净净，受到的照料也很周到。这样，在拍卖的时候，他们个个油光发亮、身强体壮、容光焕发。新奥尔良的黑奴货栈从外表上看跟别的房屋没什么不同，收拾得很整洁。货栈外面有一个棚子，在棚子下面，你整天都可以看到几排男女黑奴站在那儿，他们是里面出售的货物的一块招牌。

然后，会有人殷勤地请你进去看货，你会看见大批的丈夫、妻子、兄弟、姐妹、父亲、母亲和年幼的儿女“可拆零，可批售，悉听买主尊便”。当年地动山崩、坟墓裂开之际，圣子耶稣用鲜血和痛苦赎救的永生的灵魂，却在这里被出卖、租借、抵押，或者为交易的方便、买主的高兴而用食品、杂货和纺织品来交换。

在玛丽和奥菲丽亚小姐谈话的一两天之后，汤姆、阿道尔夫和圣克莱尔家其他五六个黑奴被送到××街的一家黑奴货栈，在该货栈老板斯凯格斯先生的亲切照料下，等待第二天的拍卖。

汤姆和大多数黑奴一样，随身带了一只装满衣物的大箱子。他们被领

① 出自罗马诗人维吉尔（公元前70—前19）的长诗《埃涅阿斯记》。

进一间狭长的房间里过夜。房间里面已经聚集着许多各种年龄、身材各异和肤色深浅不同的黑男人，从他们中间传来阵阵笑声和单纯的寻欢作乐声。

“啊哈，这就对了。使劲乐吧，伙计们，使劲乐吧！”货栈老板斯凯格斯先生说道，“我这儿的人总是这么开心！桑宝，是你呀！”他赞许地对一个高大结实的黑人说道。刚才桑宝正在表演一些低级滑稽的把戏，汤姆听到的叫喊声，就是被他的表演逗引的。

可以想象，汤姆根本没有心思跟他们一起作乐。因此，他把箱子放得离那班闹哄哄的人远远的，然后在箱子上坐下来，把脸贴在墙上。

奴隶贩子们煞费苦心地在奴隶中制造欢乐的气氛，以阻碍他们思考，使他们对自己的处境变得麻木不仁。训练黑奴的全部目的——从他在北方的市场被卖，到他抵达南方——就是有计划、有步骤、一步步使他变得麻木不仁，不会思考，残酷无情。奴隶贩子在弗吉尼亚州或肯塔基州买进一批黑奴之后，就把他们押送到某个靠近的有益健康的地方去——通常是有温泉的地方——让他们养胖。在那儿他们每天给喂得饱饱的。因为有的人会因伤心而消瘦，所以通常有人给他们拉提琴，老板还要他们每天跳舞。有些人思念老婆孩子和家乡的心情迫切，实在高兴不起来，于是他们就被当做脾气不好的危险人物，会遭到极不负责、冷酷无情的奴隶贩子的狠毒的摧残。他们总是被迫装出一副生气勃勃、机灵快活的样子，在买主面前尤其要这样。因为一方面他们希望因此遇上好东家，另一方面也因为害怕——如果他们卖不出去，奴隶贩子会对他们进行惩罚。

“那个黑鬼在干什么呢？”桑宝说着向汤姆走来，这时斯凯格斯先生已经离开了。桑宝是个纯黑人，他身材高大，非常活跃，擅长辞令，会耍各种把戏，做各种鬼脸。

“你在这儿干什么呢？”桑宝说着走近汤姆，逗趣地用手指戳了一下他的腰，“想心事吧，嗯？”

“明天我就要给拍卖了！”汤姆轻声地说。

“要给拍卖了，哈哈！伙计们，多有趣啊！我要是给拍卖掉该有多好！我对你说，不是我把他们给逗乐了吗？不过，怎么回事，你们这一批明天都要拍卖吗？”桑宝说着很随便地把手放在阿道尔夫的肩膀上。

“请别碰我！”阿道尔夫怒气冲冲地说，同时极端厌恶地挺直了身子。

“天哪,伙计们! 这可是个白皮黑鬼呢,有点儿像奶油色,你知道,还洒了香水呢!”说着他走到阿道尔夫身边使劲嗅了嗅,“啊,天哪,他到烟草店去倒挺合适,他们可以用他来熏鼻烟! 天哪,他足够一家香烟店用的,绝对够用的!”

“听着,走开,行不行?”阿道尔夫勃然大怒地说。

“天哪,咱们的火气可不小,咱们这些白皮黑鬼! 瞧瞧咱们吧!”桑宝滑稽地模仿着阿道尔夫的神态说,“瞧咱这派头,这风度。我想,咱们是大户人家出身吧。”

“不错,”阿道尔夫说,“我的主人要是活着的话,可以把你们当做不值钱的旧货一下子都买下来!”

“天哪,想一想吧,”桑宝说,“咱们可是绅士啊!”

“我过去是圣克莱尔家的。”阿道尔夫自豪地说。

“天哪,可不是吗! 把你给甩掉,他们真的要走运了。我看他们是要把你跟一堆破壶烂罐一起卖掉!”桑宝说着咧开嘴挑衅地笑了笑。

阿道尔夫受到这番嘲弄,气得七窍生烟,他怒不可遏地扑向对手,咒骂着对他猛打一气。在场的人又笑又喊,老板听见喧闹声,来到门口。

“怎么回事,伙计们? 秩序,秩序!”他说着挥舞着一根大鞭子走了进来。

大家都四散奔逃,只有桑宝例外。他仗着是特许小丑而得到老板的宠爱,站在原地没动。每当老板的鞭子抽来时,他都嬉皮笑脸地躲了过去。

“天哪,老爷,又不是我们,我们一向都很本分,是那些新来的人,他们才惹人生气呢,老是找我们的茬!”

听了这话,老板马上冲到汤姆和阿道尔夫跟前,上来也不问话,给他两人一人几鞭子,又踢了几脚,然后吩咐大家放乖点,快去睡觉,说完就出去了。

当这一幕在男人睡觉的房间进行时,读者也许会好奇地想看一眼女人睡觉的房间。他可能会看见地上躺着数不清的睡姿各异的人,她们肤色深浅不同,从纯黑到白色;年龄不同,从儿童到老妪,全都睡着了。这儿有一个漂亮伶俐的十岁的小姑娘,她母亲昨天刚给卖掉,今晚没人看见她的时候,她哭着睡着了。那边有一个憔悴的老妇,她瘦削的胳膊和长着老茧的手指说明她一生劳苦,她在等着明天被当做没用的东西卖出去,能卖多少是多少。另外还有四五十个女人躺在她们四周,她们有的头上蒙着毯子,有的蒙着衣服。可是在一个角落里,有两个女人离开众人坐在那儿,她们的外表更引人注意。其中一个衣着体面的是第一代黑白混血女人,年纪在四五十岁之间,有一双温柔的眼睛和亲切和蔼的面孔。她的头上高高地包着一块鲜红的马德拉斯优质头巾,衣服剪裁得很合身,衣料很好,说明她的生活一直很优裕。依偎在她身旁的是一个十五岁的女孩,这是她的女儿。那是个四分之一黑人血统的姑娘,这从她白皙的肤色可以看出来,不过她看上去很像她的母亲。她有着同样温柔的黑眼睛,只是睫毛更长一些,长着一头浓艳的棕色鬈发。她的衣着也十分整洁,从她那双白嫩的双手可以看出,她没干过苦活。这对母女明天要和圣克莱尔家的黑奴放在一批里拍卖,她们的主人是纽约市的一个基督徒,拍卖她们所得的款项将会寄给他,他收到钱后会照常参加他和她俩的救主的圣餐礼拜,然后会把这事丢在脑后。

我们姑且把她俩称之为苏珊和爱默琳。她们原来是新奥尔良一位和蔼、虔诚的夫人的贴身女仆,受到这位夫人严格的教育和虔诚的宗教训练。她教会她们读书写字,还坚持不懈地教她们宗教教义,就她们所处的地位而言,她们的境况算是够好的了。但是她们的女保护人的产业是由她的独子掌管的,由于他的疏忽和挥霍,以致债台高筑,最后导致破产。他最大的债权人之一是纽约一家颇有声望的B公司。B公司写信给他们在新奥尔良的律师,律师扣押了他家的不动产(其中最值钱的是这两个女奴和一批在种植园干活的黑奴),并将情况告知了纽约方面。教友B老板——我们说过他是一位基督徒和自由州的居民——对这件事心中始终感觉不安。他不喜欢贩卖奴隶和人的灵魂,这是毋庸置疑的,不过这事关系到三万块钱呢,为了一个原则而丢掉三万块钱,未免损失太大了,所以权衡再三,经过咨询那些他知道会按他的心意提建议的人士之后,B教友写信给律师,要他用他觉得最合适的方式处理这件事,然后将变卖财产的所得寄给他。

这封信到达新奥尔良的第二天,苏姗和爱默琳就被扣押,然后被送到黑奴货栈,等待第二天早晨的大拍卖。月光从铁窗中悄悄射进来,借着月光,我们可以隐约看见她们的身影,听见她们的谈话。两个人都在悄悄地哭泣,但都不愿让对方听见。

“妈妈，把头放在我的怀里，看看能不能睡一会儿。”女儿说，她尽量使自己显得平静。

“我实在没有心思睡觉，爱默[1]，我睡不着啊，这可能是我们俩在一起的最后一夜了！”

“啊，妈妈，别这么说！也许我们会一起被人买去的——谁知道呢?”

“这事要是在别人身上，我也会这么说的，爱默，”那妇人说，“可是我太害怕失去你了，所以我只看到危险的一面。”

“哎呀，妈妈，那人说我们俩的模样都不错，会很好卖的。”

苏珊想起了那男人的模样和他说的话，她想起他如何看爱默琳的手，捧起她的鬈发，然后说她是上等货。想到这些，她感到十分恶心。苏珊受的是基督徒的教育，是在每天读《圣经》中长大的，和任何信奉基督教的母亲一样，她也深恐自己的孩子被卖后过上一种耻辱的生活。可是她不敢抱什么希望，也得不到任何保护。

“妈妈，我想要是你能给人家做厨子，我做侍女或者裁缝，我们会干得很出色的，一定会的。我们明天尽量显得快活、精神一些，告诉人家我们会做什么，也许我们会有希望的。”爱默琳说。

“你明天要把头发往后梳直了。”苏姗说。

“为什么，妈妈？那样我就没这么好看了。”

“是的，但是那样可以卖个好人家。”

“我不明白为什么。”女儿说。

“正派人家看见你朴素正经，不是一心打扮自己，他们会更愿意买你的。我比你更了解他们的习惯。”苏珊说。

“好吧，妈妈，那我就按你说的做吧。”

“还有，爱默琳，万一明天以后我们再也不能相见，如果我被卖到很远的某个种植园，而你被卖到另外的地方，永远也不要忘记你受的教养和太太对你的教导，随身带着《圣经》和赞美诗。如果你忠于上帝，上帝也会保佑你的。”

这可怜的母亲说这番话时内心十分沮丧，因为她知道，到了明天，任何

---

① 爱默琳的昵称。

人——不管他多么卑鄙残忍多么邪恶冷酷，但只要他有钱——便可以从身体到灵魂拥有她的女儿。到那时，孩子怎样能忠于上帝呢？她把孩子搂在怀里，想着这一切，真希望她没这么漂亮、这么动人。现在想到她受的严格、良好和高于一般黑奴的教养，似乎更让她痛苦。但是她除了祈祷之外，毫无办法。从那些同样整洁体面的黑奴监舍里发出的许多类似的对上帝的祈祷已经上达天庭，上帝并没有忘记这些祈祷，这一点将来有一天会被证实的，因为《圣经》上写着："如果有人使我的信徒中任何一个微不足道的人犯罪，那么最好让他挂着磨盘沉入海底。"①

柔和而宁静的月光照了进来，把铁窗上栏杆的影子投射在睡在地上的人们身上。母女两人一齐唱着一支热烈而忧郁的挽歌，这是黑奴们在葬礼上常唱的一首赞美诗：

啊，哭泣的玛丽在哪里？
啊，哭泣的玛丽在哪里？
　　已经到了丰饶乐土。
她已死去进了天国，
她已死去进了天国，
　　已经到了丰饶乐土。

母女俩用独特的忧郁和悦耳的嗓音唱着，这曲调像对人世间的绝望以及对天堂的渴慕，它和着哀婉的节奏在黑暗的监舍里飘荡。她们一段接着一段地轻声唱道：

啊，保罗和赛拉斯在哪里？
啊，保罗和赛拉斯在哪里？
　　已经到了丰饶乐土。
他们已死去进了天国，
他们已死去进了天国，

---

① 见《圣经·新约·马太福音》第十八章第六节。

已经到了丰饶乐土。

唱吧，可怜的人们！黑夜很快就会过去，天亮之后，你们将要永远别离！

可是现在天已亮了，大家都已起身，可敬的斯凯格斯先生喜气洋洋地忙开了，因为他要准备一批货送去拍卖。他忙着督促大家好好梳妆打扮，吩咐每个人都要亮出最好的面孔，显得精神抖擞。现在奴隶们都站成一圈，在送他们去交易所之前，老板要最后检查一遍。

斯凯格斯先生头戴棕榈帽，嘴里叼着雪茄，逐个巡视，对他的货物做最后一次修饰。

“这是怎么回事？”说着他走到苏珊和爱默琳面前，“你的鬈发哪儿去了，姑娘？”

姑娘怯怯地看着母亲，母亲以黑人常有的机灵回答道：

“我昨晚要她把头发梳得光洁整齐，不要蓬松地拳曲着，这样看起来更庄重些。”

“讨厌！”那人专横地说，随即他转向姑娘，“马上去，把头发漂漂亮亮地卷好！”他啪地抽了一下手中的藤条，又补充了一句，“还要给我快回来！”

“你去帮助她，”他又对母亲说，“有鬈发，她能多卖一百块钱呢！”

在富丽堂皇的穹顶下聚集着来自不同国家的人，他们在大理石地板上来回走动着。在圆形大厅的每一边都有一些小型讲坛或站台供演讲人和拍卖人使用。这时，大厅两边两个相对的讲坛正被几个才华横溢的先生占据着，他们用混着法语的英语，正一个劲地逼着那些赏识他们货物的行家不断提高投标价码。另一边的第三个讲坛现在仍然空着，四周围着一群黑奴，正等着拍卖开始。在这儿，我们可以认出圣克莱尔家的黑奴——汤姆、阿道尔夫和另外一些人。苏珊和爱默琳也在这儿，焦急而沮丧地等待拍卖她们时刻的到来。各种各样的看客——有的打算买，有的不打算买——聚集在这群黑奴四周，触摸着、查看着、评论着各个奴隶的肢体和长相，就像骑师们评论马匹的好坏那么随意。

“喂，阿尔夫！什么风把你给吹来了？”一个花花公子拍着一个衣着入时的年轻人的肩膀说，后者正用单片眼镜打量着阿道尔夫。

“噢,我想要一个贴身男仆。听说圣克莱尔家的一批奴仆要拍卖,我想来看看他的——”

“我才不会买圣克莱尔家的人呢！他们全都给惯坏了,放肆得很呢!”

“这个别担心!”第一个人说,“要是我买下他们,很快就会把他们的臭架子整掉。他们很快便会发现,新主人可不像圣克莱尔先生那么好对付了。说实话,我要买下那家伙,我喜欢他的样子。”

“那你就会发现,要养着他会花光你的家产的。他真是挥霍无度呢!”

“不错,可是这位大爷会发现在我这儿他可没法挥霍了。只要把他往监狱送上几次,狠狠地收拾收拾他就行了！我告诉你,要是这还不能让他懂规矩,那才怪呢！哼,我会让他脱胎换骨的,等着瞧吧。我买他买定了!”

汤姆一直站在那儿十分专注地观察着四周人群中的一张张面孔,想找到一个合意的主人。先生,如果你有一天不得不从二百人当中挑选一个可以绝对拥有你、任意处置你的人的时候,你也许会像汤姆一样意识到,那种能被你心甘情愿地认作主人的人实在太少了。汤姆看见了许许多多的人:有身高体壮、态度粗鲁的人;有瘦小干瘪、说话叽叽喳喳的人;有身体结实、长着一张长脸的瘦高个;还有各种各样树桩似的模样平庸的人。他们挑选起自己的同类来就像人们拾木柴一样满不在乎,放进火炉里或是放在篮子里完全随意。可是他没有看见圣克莱尔那样的人。

在拍卖即将开始的时候,一个身材粗短、肌肉结实的男人从人群中挤了过来,他上身穿一件敞着领口的格子衬衫,下身穿一条又脏又旧的马裤,看他的架势,好像急切想要做成生意似的。他走到那群被拍卖的黑奴跟前,有条不紊地看起货来。汤姆从看见他走过来的那一刻起,就立即对他产生了极大的恐惧。随着他的走近,这种恐惧就更强烈了。虽然他身材矮小,但很显然力大无比。他子弹一般的圆脑袋、浅灰色的大眼睛、沙黄色的浓眉毛以及粗硬的焦黄色头发,老实说,都很不招人喜欢。他嘴巴里塞满烟叶,不时地以极大的爆发力毅然决然地喷出烟叶汁。此人的双手硕大无比,上面长满了汗毛;被太阳晒黑的手上长满了斑点,而且脏得要命;手上的指甲很长,也脏得出奇。这汉子当即随心所欲地开始一一看货。他抓住汤姆的下巴,扳开他的嘴看他的牙齿,又让他卷起袖子让他看肌肉,然后让他转身跳几下,看看他的腿劲。

“你在哪儿长大的?”看完之后他简短地问。

“肯塔基,老爷。”汤姆说着四下张望,好像在寻求解脱似的。

“你干过什么?”

“照料主人的田庄。”汤姆说。

“说得倒挺像的!”那人简短地说了一句又往前走去,他在阿道尔夫面前停了一会儿,在他擦得黑亮的靴子上吐了一口烟汁,轻蔑地哼了一声,又往前走。在苏珊和爱默琳跟前,他又停了下来。他伸出肮脏的大手,把姑娘拉到自己跟前,从颈部摸到胸部,又摸她的胳膊,看她的牙齿,然后又把她推回到母亲身边。从母亲忍耐的面孔上可以看出,这面目可憎的陌生人的每一个动作都让她受到极大的痛苦。

姑娘给吓坏了,哭了起来。

“不许哭,小妖精!”拍卖人说,“不许在这儿嚎,拍卖马上就要开始了。”随后,拍卖果然开始了。

阿道尔夫被高价买走了,买主就是刚才说有意买他的那位年轻的绅士。圣克莱尔家别的奴隶也给不同的买主买去了。

“来,站上来,伙计!听见了吗?”拍卖人对汤姆说。

汤姆走到台上,不安地往四面看了看。四周的一切似乎都混合成一片喧嚣声:拍卖人用法语和英语介绍汤姆情况的叽里哇啦声,下面响起的连珠炮一般的投标声,几乎在一瞬间响起的“冬”的一声落槌声,拍卖人宣布成交价时最后那个“元”字的清晰响亮的余音。就这样汤姆易主了——他有了新主人!

他被推下了拍卖台。那身材粗短、长着子弹形脑袋的男人粗鲁地一把抓住他的肩膀,把他推到一边,用刺耳的声音说:“你给我站在这儿!”

汤姆脑子里一片混沌。但竞价声仍然响成一片——哇啦哇啦,一会儿法语,一会儿英语。拍卖槌又一次落下——苏珊被卖掉了!她从拍卖台上走下来,停住脚步,恋恋不舍地回头看了一眼——她的女儿向她伸出双手。她痛苦地看着那个买下她的男子的脸,这是一位相貌和善的体面的中年人。

“啊,老爷,求你也买下我的女儿吧!”

“我很想买,可是恐怕买不起啊!”这位先生说着,十分关切地看着那年轻的姑娘登上拍卖台,她惊恐而羞怯地向四周看了一眼。

因为痛苦,血涌上了她本来苍白的面颊,她的眼神里闪烁着炽热的火焰。她妈妈看见她比过去更加美丽,不由得痛苦地哼了一声。拍卖人抓住这个机会,用法语和英语夹杂着口若悬河地吹嘘了一番,标价很快升上去了。

"我会尽力而为的。"那位面目和善的先生说完便挤进人群参加竞价。过了一会儿,喊价已经超过了他腰包里的钱数,他沉默了。拍卖人越喊劲头越大,可是竞价的人却渐渐少了。现在只剩下一位仪态高贵的老先生和我们那位子弹形脑袋的老熟人竞争了。老先生又竞了几个回合,并不屑一顾地打量着他的对手,可是子弹形脑袋在持久力和钱包两方面都比他占优势。竞争只持续了片刻,拍槌落下,他从肉体到灵魂拥有了爱默琳——除非上帝助她!

她的主人是雷格里先生,他在红河边有一个棉花种植园。她被推到汤姆和另外两个男黑奴一堆里,哭哭啼啼地走了。

那位好心的先生觉得很遗憾,可是这种事每天都在发生啊! 在这种拍卖中,人们总会看见女儿和母亲哭泣的,实在是没有办法的事,于是他领着自己刚买的黑奴,朝另一个方向走去。

两天以后,纽约那家信奉基督教的B公司的律师把卖奴款项汇给了该公司。让他们在那张汇票的背面写下那位伟大的"账房先生"①说的话吧(他们总有一天要向他结账的):"当他追讨流血之罪时,他不忘困苦人的哀求!"②

---

① 指上帝。

② 见《圣经·旧约·诗篇》第九章第十二节。

第31章

途中

你的眼睛纯洁,不看邪僻,不容奸恶。为什么看着这些行诡诈的却视而不见,看着恶人吞灭比自己正直的却静默不言?

——《哈巴谷书》第一章第十三节

汤姆戴着手铐脚镣坐在一条航行在红河上的简陋小船的船底,他的心情比铁镣更加沉重。月亮和星星都从他的天空消失了,一切都从他身旁掠过,就像眼前的树木和河岸一样,一去不复返了:肯塔基的家,妻子、儿女和宽厚的主人;圣克莱尔的家,一切高雅和豪华,长着天使般眼睛、满头金发的伊娃,自尊、快乐、英俊、表面漫不经心却永远善良的圣克莱尔;悠闲、无拘无束的岁月——一切都消逝了!剩下的还有什么呢?

奴隶最痛苦的遭际之一,就是天性敏感、易受影响的黑奴在高雅人家的环境中受到熏陶、培养了高雅的情趣和情感之后,却仍有可能成为最粗野、最凶狠之人的奴隶,就像一张桌子或椅子,曾经装点过豪华的大客厅,但最后受到磨损,沦落到了肮脏的酒吧或者某个庸俗下流的场所。而两者之间最大的区别在于:桌椅没有感觉,人却有。即使法律明文规定,他"在法律上被当做、被认为、被裁定为一件动产",但他的灵魂以及其中包含着记忆、希望、爱、恐惧和欲望的个人情感却不能被抹杀掉。

汤姆的主人西蒙·雷格里先生在新奥尔良各个奴隶市场上共买了八个黑奴,然后把他们两个两个地铐在一起,押送到停泊在码头、即将起航开往红河上游的"海盗号"轮船上。

把他们在船上安顿好，轮船起航之后，雷格里以他特有的干练作风，又对他们检查了一遍。汤姆为拍卖穿上了他最好的绒面呢衣服，衬衫浆得笔挺，皮靴擦得发亮。雷格里在他面前停下来，简短地说：

“站起来。”

汤姆站了起来。

“把硬领取下来！”汤姆开始解硬领，因为他戴着镣铐，碍手碍脚，所以雷格里也来帮他解。他粗鲁地把硬领从汤姆的脖子上扯下来，把它塞进自己的口袋里。

雷格里现在转向汤姆的箱子。他刚才已经翻过汤姆的箱子了，这时他从里面拿出汤姆原先在马厩干活时穿的一条旧马裤和一件破上衣。他一边打开汤姆的手铐，一边指着货箱间的一个凹进去的地方说：

“你到那儿去，把这些衣服换上。”

汤姆照他的吩咐去做，不一会儿回来了。

“脱下皮靴。”雷格里先生说。

汤姆照办了。

“给！”雷格里说着扔给汤姆一双粗劣、结实的鞋，这是黑奴们常穿的，“把鞋穿上。”

汤姆在匆忙换衣服的时候，没有忘记把他珍爱的《圣经》掏出来放在旧衣服的口袋里。幸亏他这么做了，因为雷格里先生重新铐上他的手铐之后，特地检查起他换下的衣服口袋里的东西来。他从里面掏出一条丝绸手帕，把它放进自己的口袋里。有几件汤姆珍藏的小玩意——主要是因为伊娃对它们很喜欢——雷格里看了一眼，不屑一顾地哼了一声，把它们从肩后扔到河里去了。

汤姆在匆忙中忘了把那本美以美会的赞美诗集拿出来，现在雷格里拿在手里翻着。

“哼！还很虔诚呢。哦，你叫什么名字？你是个教徒，是吗？”

“是的，老爷。”汤姆口气坚决地说。

“哟，过不了多久我会让你丢掉它的。在我的庄园里，不许你们黑鬼大喊大叫、祷告、唱赞美诗，给我记住了。嘿，当心点！”说着他跺了一下脚，灰眼睛朝汤姆狠狠地瞪了一眼，“现在我就是你的教会！明白吗，你得照我说的去做。”

这位沉默不语的黑人心里答道:“不!”同时,好像冥冥中有个声音在背诵一本古老的经卷上的话,就像伊娃生前常给他念的:“不要害怕,因为我已经救赎了你。我已经用我的名义宣召了你。你是属于我的!”①

可是西蒙·雷格里什么声音也没听见。那声音是他永远也听不见的。他只是对着汤姆沮丧的面孔狠狠地瞪了两眼,然后便走开了。他把汤姆整整齐齐装满衣服的箱子搬到前甲板上,很快旁边便围了不少船上的水手,他们嘲笑那些黑鬼还妄想做绅士。在大家一片哄笑声中,衣服你一件我一件很快卖出去了,最后空箱子也卖掉了。当他们各自散开时,都觉得这事很好笑,尤其是看见汤姆把衣服保管得那么好。拍卖箱子比什么都有趣,引他们说了不少俏皮话。

这桩小小的交易结束后,西蒙又悠闲地走回到他的奴隶旁边来了。

“汤姆,你看,我已经给你减轻了负担,把你多余的行李都处理了。好好爱护你身上的衣服,你要过很久才能再得到衣服。我主张让黑鬼仔细点!在我的庄园,一套衣服要穿一年。”

接着西蒙又走到爱默琳坐的地方,她跟另一个女人用铁链锁在一起。

“喂,宝贝儿,”说着他在爱默琳的下巴上摸了一把,“打起精神来。”

姑娘看他时,情不自禁地流露出来的恐惧、惊慌和厌恶的眼神没有逃过他的眼睛,他恶狠狠地皱了皱眉头。

“别跟我耍鬼花样了,丫头!我跟你说话的时候,要摆出高兴的面孔来,听见了吗?还有你,你这不值钱的黄脸婆!”说着他推了一把和爱默琳锁在一起的黑白混血女人,“别摆出那副哭丧相!你可要显得精神点,我告诉你!”

“喂,你们都听好了,”他说着后退了一两步,“看着我,看着我,看着我的眼睛——朝这儿看!”他说话时,每停一下都要跺一下脚。

好像着了魔似的,这时每一双眼睛都看着西蒙的那双瞪大的绿灰色眼睛。

“喏,”说着他把他那只粗大的拳头捏得跟铁匠的铁锤一般,“你们看见

---

① 见《圣经·旧约·以赛亚书》第四十三章第一节。

这拳头了吧，掂掂它的分量吧！”说着他把拳头砸在汤姆的手上，“看看这些骨头！哎，我告诉你们，这拳头揍黑鬼练得跟铁一样硬。我还没见过哪个黑鬼我一拳揍不倒的。”说着他挥拳几乎砸到汤姆的脸上，汤姆不由得眨了一下眼，身子往后一缩，“我才不要该死的监工呢，我自己做监工。我告诉你们，什么事都在我的监管之中。你们大家都得守规矩，我告诉你们，要快，我一说话马上就得干，这样才不惹得我生气。你们别指望我会心软，别妄想。所以你们小心点，因为我决不会心慈手软的！”

女奴们不由得倒吸一口凉气，所有的黑奴都垂头丧气地坐在那儿。这时，西蒙转过身子，大步前往船上的酒吧喝酒去了。

“我就是这样给黑鬼见面礼的，”他对一个绅士模样的人说，他对黑奴讲话的时候此人一直站在他旁边，“我的做法是一开头就狠，让他们别有什么指望。”

“是吗！”陌生人说，他好奇地看着西蒙，好像一个博物学家正在研究什么珍奇动植物标本似的。

“可不是吗，我可不是绅士风度的种植园主，长着白嫩的细手，成天漫不经心，懒洋洋的，受该死的监工欺骗！摸摸我的手指关节，看看我的拳头。先生，我对你说吧，这上面的肉变得像石头一样硬了，是揍黑鬼练出来的。你摸摸看。”

陌生人用手指摸了摸那拳头，简短地说：“够硬的。我想，”他又说道，“你的心肠也练得一样硬了吧。”

“嘿，是的，可以这么说，”西蒙开怀大笑道，“我想我的心肠不比任何人软。告诉你吧，谁也骗不了我！黑鬼们从来别想蒙我，哭喊也好，奉承拍马也罢，都不灵。这是实情！”

“你这批货很不错啊。”

“一点不假。”西蒙说，“那个叫汤姆的，他们说他很不一般。我出的价钱高了点，打算让他当车夫，管点事。他过去的主人对他太好了，对黑鬼哪能那样，所以他有了一些不该有的想法，只要让他丢掉这些想法，他会干得呱呱叫的！那个黄脸婆我是上当了，我想她准是有病，不过我要让她干到实在干不动为止，把在她身上花的钱赚回来。她也许还能干一两年。我不赞成怜惜黑奴，用光了再买，我就是这么干的。这省去了你不少麻烦。而且我觉得从长远看，这更合算。”西蒙说着呷了一小口酒。

“那么黑奴一般能干几年？”陌生人问。

“嗯，说不清，这要看他们的身体。强壮的可以干六七年，蹩脚货两三年就用得差不多了。开始的时候我还关心他们的身体，总想让他们多干几年，真劳神费力。生了病让他们看医生，给他们衣服、毯子呀什么的，想让他们过得体面些、舒服些。天哪，这一点用也没有。在他们身上我赔了钱，还找了一大堆麻烦。现在呢，你看，我只管让他们干到实在干不动为止，不管他们有病没病。死了一个黑鬼，我再买一个，我发现这样做无论从哪方面看都更便宜，更方便。”

陌生人转身走开，他在一位绅士旁边坐下来。这人一直压着内心的不安在听他们说话。

“你可不能把那家伙当做南方种植园主的典型代表啊。”他说。

“我倒希望不是这样。”年轻的绅士加重语气说。

“他是个卑鄙下流又残忍的家伙！”陌生人说。

“可是你们的法律却允许他将许许多多的人置于他绝对意志的控制之下，而不受任何保护。尽管此人很低卑，但你不能说这种人很少吧。”

“不过，”陌生人又说，“庄园主里也有许多体谅人、有同情心的人啊。”

“就算是吧。”年轻人说，“可是依我之见，正是你们这些体谅人、有同情心的人应该对这些恶棍的所有暴行负责，因为要不是你们的赞许和影响，这整个制度连一个小时也存在不了。如果种植园主都像那个人一样，”说着他用手指着背朝他们站着的雷格里，“奴隶制也许早已被推翻。正是你们的威望和仁慈默许和庇护了他的残暴行为。”

“你对我的善心评价很高，”陌生人——一个种植园主——笑着说，“可是我劝你说话声音不要这么大，因为船上有些人可能不像我这样能容忍不同的观点。你最好等我到了自己的庄园，在那儿你可以从容地骂我们了。”

年轻的绅士红着脸笑了笑，接着两个人便下起十五子棋来。这时，在船的下层甲板上，爱默琳和与她锁在一起的那个混血女人也在交谈。她们很自然地在交流各自的身世。

“你原来的主人是谁？”爱默琳问。

“嗯，我的老爷是埃里斯先生，住在利维街。也许你见过那房子。”

“他对你好吗?”爱默琳问。

“他生病前对我还不错。后来他断断续续地病了六个多月,变得特别烦躁。不管白天黑夜,好像不愿让人休息似的,而且脾气变得特别怪,没有人能让他满意。他一天比一天暴躁,让我整夜整夜睡不成觉,弄得我累极了,总是打瞌睡。有一天夜里我睡着了,天哪,他对我大发脾气,说要把我卖给最凶狠的主人。他死前还答应过给我自由呢。”

“你有什么亲人吗?”爱默琳问。

“有的,我有丈夫,他是个铁匠,老爷总把他租出去干活。他们很快就把我带走了,我连见他一面都来不及。我还有四个孩子呢。啊,天哪!”那女人用双手捂着脸说。

在听别人讲述悲惨遭遇时,人们都会有一种自然的冲动,想说些什么来安慰人家。爱默琳想说什么,可是却不知说什么好。有什么可说的呢?好像她们达成了默契似的,两个人都怀着恐惧的心情,绝口不提那可怕的人:她们现在的主人。

确实,即使在最黑暗的时刻,也会有宗教信仰的。那个混血女人是美以美会的教徒,虽然愚昧,却十分虔诚。爱默琳所受的教育比她要好得多,信仰坚定、十分虔诚的女主人教会了她读书写字,还坚持不懈地教她读《圣经》。可是,即使是最坚定的基督徒,当他们发现自己显然被上帝抛弃、落入残暴无情的人的手中时,这绝对是一种对他们信仰的考验。而对于年幼无知的小信徒来说,这种考验不知还要大多少倍啊!

轮船载着沉重的忧伤航行在浑浊、湍急的红色水流中,沿着蜿蜒曲折的红河向上游驶去。单调乏味的河岸缓缓往后移过去,一双双忧伤的眼睛无精打采地看着陡峭的红土河岸出神。终于,船在一个小城停了下来,雷格里带着他的黑奴上了岸。

第32章

黑暗的地方

世上黑暗的地方，充满了强暴。[1]

汤姆和他的同伴跟在一辆简陋的马车后面，在崎岖的道路上往前行。

马车里坐着西蒙·雷格里，那两个女人仍然被铁链锁在一起，和行李一起被塞在马车后部。一行人正在往很远的雷格里的种植园而去。

这是一条荒凉的路，时而蜿蜒穿过风声悲凉、长着松树的阴郁的贫瘠之地，时而越过长着柏树的漫长的沼泽地上的堤坝，阴森森的柏树长在海绵般的黏土地上，树上挂着一长串一长串的阴郁的黑苔藓，沼泽地的各处散布着在水中腐烂的残桩断枝，不时可见到食鱼蝮可憎的身影出没其间。

对于一个口袋饱满、坐骑装备完善的外出做生意的异乡人来说，在这样荒凉的地方行路，已经够让人闷闷不乐的了；而对于一个沦为奴隶的人来说，每当他疲惫地往前走一步，就会离他所爱和所祈求的更远，这路程就更凄凉和沉闷了。

谁要是亲眼看见过那些黑人脸上万分沮丧的表情，看见过他们在伤心之途中看着周围景物的那种依恋、忍耐、疲倦和忧伤的眼神，他就一定会产生以上这种感想的。

可是，西蒙却似乎十分得意地赶着马车往前走，不时地从口袋里掏出酒瓶来喝上一口。

---

① 见《圣经·旧约·诗篇》第七十四章第二十节。

“喂，你们听着！”他转过身看见后面那些垂头丧气的面孔时说道，“唱支歌吧，伙计们，唱吧！”

男黑奴们面面相觑。他又喊了一声“唱吧”，同时啪地抽了一下手中的鞭子。于是汤姆唱起一首美以美会的赞美诗来。

耶路撒冷，我幸福的家园，
你的名字永远让我感到亲切！
什么时候我的痛苦才能结束，
你的快乐什么时候才——

“闭嘴，你这黑鬼！”雷格里咆哮道，“你以为我要听你该死的美以美会那一套吗？听着，唱点真正热闹的东西。快！”

另一个人唱起了黑奴中流行的一支无聊的歌曲。

老爷看见我捉住了一只浣熊啊，
嘿，伙计们，嘿！
他笑破了肚皮——你看见了月亮吗？
嗬！嗬！嗬！伙计们，嗬！
嗬！哟！嘿——伊！啊！

唱歌的人似乎随心所欲地编着歌词，歌词大致押韵，却不太在意有没有意义。他每唱完一段，其余的人便和着他一起唱：

嗬！嗬！嗬！伙计们，嗬！
嘿——伊——啊！嘿——伊——啊！

歌唱得很热闹，而且大家也强作欢笑，可是，即使是绝望的哭号和充满激情的祈祷，也不可能像这合唱狂放的曲调包含着如此深切的悲哀，好像那饱受威胁、被囚禁、无法倾诉的可怜的心灵在音乐这无言的圣殿中找到了避难所，在其中找到了一种可以向上帝祈祷的语言！歌声中包含着祈祷，可是西蒙却听不见,他只听见奴隶们喧闹的歌唱,觉得很开心,因为他正在使他们"精神抖擞"呢。

"哦,我的小乖乖,"说着他转向爱默琳,把一只手放在她的肩上,"我们快到家了!"

雷格里骂人发脾气的时候,爱默琳怕得要命,可是当他像现在这样把手放在她的肩膀上对她说话时,她又觉得自己宁愿挨他的打。他的眼神让她打心眼里作呕,使她全身起鸡皮疙瘩。她情不自禁地靠紧了身旁的混血女人,好像这女人是她的母亲似的。

"你从来没戴过耳环吧。"说着他用自己粗糙的手指捏住她的小耳朵。

"没有,老爷!"爱默琳浑身颤抖地说着,低下了头。

"那好,到家后要是你好好听话,我送你一副。你不用这么害怕,我不打算让你干重活的。你跟我会过好日子的,就像个阔太太,不过你要好好听话。"

雷格里酒已经喝得有几分醉意,变得亲切和蔼起来。大约就在此时,种植园的围篱出现在他们的视野之中。这个种植园原来的主人是一位富裕、高雅的绅士,他曾花费不少精力装饰环境,他死后由于无力偿还债务,这产业被雷格里低价买下。雷格里仅仅把它用来赚钱,就像他对待其他任何东西一样。种植园一片破败荒凉,很显然,原主人的精心照管被完全放弃了。

过去屋前的草坪修剪得很平整,簇簇灌木点缀其间,现在上面杂草丛生,到处竖着拴马桩。拴马桩四周的草皮已被踏光,地上到处散落着破桶、玉米棒子芯和别的零乱不堪的残留物。有时还可以看见一根过去的装饰柱,由于现在被当做拴马桩而被拉得倒向一边,上面乱蓬蓬地挂着一两朵霉烂的茉莉花或忍冬花。过去的大花园现在到处野草丛生,其间有时会有孤零零的一棵奇花异草探出它可怜的脑袋。过去的花房,现在连窗框也没有了,发霉的架子上放着一些土已干结的被遗弃的花盆,里面残留的干枝和枯叶表明它们曾经是花卉。

马车驶进一条长满野草的石子路,路旁长着两排高大的楝树,这些树姿态秀逸,枝荣叶茂,这似乎是庄园里唯一在无人问津的情况下仍然坚贞不屈的东西——就像品格高尚之人深深扎根于善之中,能够在挫折和颓败中勃然兴盛,更加坚强。

宅屋原来很大、很漂亮。它当年是按南方流行的式样修建的:屋子有两层,都有宽阔的游廊环抱,所有房间的门都开在游廊上,下层的游廊有砖柱支撑。

可是现在这房子显得冷落凄凉,令人不快:有的窗户用木板钉死了,有的窗玻璃打碎了,有的百叶窗只有一个合叶吊着。这一切都说明这屋子无人料理,住在里面不会舒服。

房子四周的地上到处都是碎木板、稻草、腐烂的旧木桶和旧木箱,三四条模样凶狠的狗听见马车声马上蹿了过来,几个衣衫褴褛的仆人也跟在后面来了,他们费了很大的劲才拦住了狗,使汤姆和他的同伴没有挨咬。

"看见你们会有什么好结果了吧!"雷格里说着冷酷而满意地抚摸着这几条狗,然后转向汤姆和他的同伴,"要是你们想逃跑,看见会有什么好结果了吧。这几条狗受过训练,专门用来追捕黑奴,它们会像吃晚餐一样把你们嚼碎吃掉。所以,给我当心点! 怎么样啊,山宝!"他对一个衣衫褴褛的黑奴说,此人戴一顶无边帽子,神情毕恭毕敬,"家里这些天怎么样啊?"

"好极了,老爷。"

"昆宝,"雷格里对另一个正在极力表现、想引起他注意的黑奴说,"我吩咐你的事做了吗?"

"可不是做了吗!"

这两个黑人是种植园里的黑奴头,雷格里就像训练自己的斗牛狗一样有计划、有步骤地训练了他们的野蛮和凶残。经过长时间的实践,他们的天性已经变得像狗一样凶狠残忍。人们常说,黑人监工总是比白人监工更暴虐、更残酷;而我认为,这种说法极大地歪曲了黑人的品格,事实上,这只能说明黑人的心灵比白人的心灵受到了更大的摧残和压抑。黑人民族的情况是如此,世界上其他所有被压迫民族的情况也是如此。如果有机会,奴隶往往会成为暴君的。

雷格里就像我们在历史书中读到的某些君主那样,通过某种权力的分解来统治他的种植园。山宝和昆宝彼此恨得要命,种植园里所有的黑奴对他们两人都恨之入骨。通过挑动三方的相互倾轧,雷格里确信,自己可以通过其中任何一方了解到庄园里发生的所有的事。

人活在世上不可能完全没有社会交往,因此雷格里鼓励他的两个黑奴爪牙跟他保持一种粗俗、亲近的关系。可是,这种亲近关系随时可能会使他们两人中的一个遇到麻烦,因为只要稍有一点点让雷格里感到不快,他只要一点头,两人中有一个就随时会对另一个施以报复。

此刻他们站在雷格里旁边,那模样似乎十分恰当地说明了这样一个事实:残忍的人甚至连动物都不如。他们粗俗、阴沉、黝黑的面貌,怀着妒忌相互盯视的大眼睛,粗野、沙哑、蛮横的声音,在风中摆动的破衣烂衫——这一切都跟种植园环境的邪恶、污秽的特点十分吻合。

"喂,你来,山宝,"雷格里说,"把这几个伙计带到住的地方去。这是我给你买的女人。"说着他把混血女人和爱默琳的锁打开,将两人分开,把女人推向山宝,"我答应过给你带个女人回来,你知道的。"

那女人突然一惊,往后退了几步,急促地说:

"啊,老爷! 我在新奥尔良有老公啊。"

"那又怎么样,你……难道你在这儿不想要一个? 别废话,走开!"说着雷格里举起了鞭子。

"来吧,小情人,"他对爱默琳说,"你跟我进屋去。"

一张阴沉、野性的面孔出现了,在屋子的窗前看了一会儿。雷格里打开了房门,一个女人的声音用急促而专横的语气说了句什么。爱默琳进屋时,汤姆一直忧虑而关注地目送着她,所以他注意到这一点。他听见雷格里怒气冲冲地回答:"你给我闭嘴! 我想怎么干就怎么干,不用你管!"

汤姆只听见这些,因为他很快便跟着山宝到住处去了。这住处在种植园的一个地方,离宅屋很远。这里有一排简陋的小屋,像条小街的模样,一片荒凉破败、环境恶劣的景象。汤姆见了这些,心不由得一沉。汤姆一直在安慰自己,设想着有一间小屋,虽然简陋,但是他可以把它收拾得很整洁,弄得很安静,里面有一个架子可以放《圣经》。这屋子在他劳作之后可以让他独处。他看了好几间屋子,它们都不过是一些粗陋的空壳,里面空空如也,没有任何家具,只有一堆又脏又臭的稻草杂乱地铺在被无数双脚踩实的泥地上。

"哪一间是我的?"他卑顺地问山宝。

"不晓得。我想你可以住这间。"山宝说,"看来这儿还得再住一个。现在每间屋子都住了很多黑鬼,我真不晓得再来人我该怎么办。"

天色很晚的时候,住在这些小屋里的人才拖着疲倦的脚步成群结队地回来。这些男男女女衣服又脏又破,个个疲惫不堪、脾气乖戾,谁也没给新来的人一个好脸色。这个小村子里到处都响起了令人生厌的声音。有人操着粗哑的嗓音在争夺几台手磨,因为他们的一点点干玉米粒要先磨成面,然后才能烤成玉米饼作为仅有的晚餐。天刚蒙蒙亮他们就下了地,在监工皮鞭的催逼下干活。因为眼下是农忙季节,庄园主想尽一切办法迫使每个人竭尽全力干活。"说真的,"散漫的悠闲之人会说,"摘棉花又不是重活。"真是这样吗?一滴水滴在你的头上也许没有什么不舒服,可是如果一滴又一滴,一刻又一刻,单调乏味、持续不断地滴在同一个地方,就会变成一种严厉的刑罚、最痛苦的折磨了。干活本身并不苦,可是如果一刻不停地被催逼,干着一成不变、一律相同的活,甚至连怎样减轻这种单调乏味的重负的意识都没有,这样,干活也就苦不堪言了。当这群人蜂拥着回到小村庄时,汤姆在他们中间寻找着友善的面孔,可是没找着。他只看见郁郁寡欢、满脸怒气、野兽般残忍的男人和虚弱、沮丧的女人,还有不像女人的女人。强者把弱者推到一边,这是人类毫无约束的恶劣的自私自利的动物本性,别指望在他们身上找到善意。他们在各方面都被当做野兽对待,他们自己也已经堕落到和野兽差不多的地步了。直到夜深时磨声才停,因为人多磨少,疲乏和体弱的人被身强力壮的赶到一边去了,最后才轮到他们磨。

"哟嗬!"山宝说着走到混血女人跟前,把一袋玉米扔在她的面前,"你叫什么该死的名字?"

"露茜。"女人说。

"好吧,露茜,你现在是我的女人了。你把这些玉米磨了,烤饼给我做晚饭,听见了吗?"

"我不是你的女人,也决不会做你的女人!"女人在绝望中突然迸发出勇气说,"走开!"

"那我就要踢你了!"山宝说着抬起脚威胁道。

"你要杀死我也行,越快越好!我真情愿死了才好呢!"她说。

"喂,山宝,你要是打坏了干活的人,我要到老爷那儿告你去。"昆宝说。他刚才恶狠狠地赶走了两三个等着磨玉米的疲倦的女人,此刻自己正忙着磨呢。

“我也要告诉老爷,你不让女人磨面,你这个老黑鬼!”山宝说,“你少管闲事!”

走了一天的路,汤姆饿得几乎要晕过去了。

“给,你的!”昆宝说着扔下一个粗口袋,里面装着一配克[1]的玉米,“喏,黑鬼,拿着,保管好,一个星期就这些了。”

汤姆一直等到很晚才用上磨,后来当他看见两个疲惫不堪的女人正在磨面,不由得动了恻隐之心,便替她们磨了面,又把刚才许多人烤饼用过的一些快要熄灭的炭火拢在一起,然后才开始弄自己的晚饭。他的行为在那地方算是件新鲜事——一件慈善之举,事虽小,却打动了她们的心,她们冷冰冰的脸上出现了女性温柔的表情。她们为他和面做饼,又为他烙烤。汤姆在火堆旁坐下,掏出《圣经》,因为他需要慰藉。

“那是什么?”其中一个女人问。

“《圣经》。”汤姆说。

“天哪,离开肯塔基以后还没见过《圣经》呢。”

“你是在肯塔基长大的吗?”汤姆很感兴趣地问。

“是的,而且受过很好的教养。没想到会落到这个地步!”女人叹着气说。

“那到底是什么书啊?”另一个女人问。

“哎,《圣经》呀。”

“天哪!《圣经》是什么书啊?”女人说。

“真没想到!你从来没听说过《圣经》吗?”另一个女人说,“在肯塔基的时候,我常听太太念。可是天哪,在这里我们只听见鞭子声和骂人声。”

“不管怎么说,念一段吧!”先说话的女人见汤姆看得专心致志,便好奇地要求道。

汤姆读道:“所有劳苦、背负重担的人都到我这儿来吧,我将使你们得到安息。”[2]

---

① 配克,英美干量单位,等于两加仑。

② 见《圣经·新约·马太福音》第十一章第二十八节。

"这些话说得好,"女人说,"这是谁说的?"

"上帝。"汤姆说。

"我真希望知道在哪儿能找到他。"女人说,"我会去找他的。看起来我是不会得到安息的,我每天遍身的肌肉酸疼,浑身颤抖。山宝还老是骂我,因为我摘得不快。每天差不多要到半夜,我才能吃上晚饭,然后,好像我还没来得及翻个身合个眼,就听见起床号吹响了,早上的活又开始了。要是我知道上帝在哪儿,我要把这些都告诉他。"

"他就在这儿,他无处不在。"汤姆说。

"天哪,你不可能让我相信的!我知道上帝不在这儿。"女人说,"不过说也没有用,我要回去尽量多睡一会儿。"

两个女人回自己的小屋去了,汤姆一个人坐在渐渐熄灭的火堆旁,闪烁的火光映红了他的脸。

皎洁、娇美的月亮在蓝色的天空升起来,平静、默默地俯视大地,就像上帝看着人间的苦难和凄惨。月亮也平静地俯视着这孤独的黑人,他双手抱臂坐在那儿,膝上放着《圣经》。

"上帝在这儿吗?"啊,一个未受过教育的人,在可怕的暴政和无人谴责的不公正面前,怎么可能坚持信仰而不动摇呢?在他那单纯的心中正进行着激烈的斗争。心灵的剧痛、苦难的预兆、希望的破灭,全在他心中凄楚地翻腾着,就像从黑沉沉的浪中浮起妻儿和亲友的尸体,在快要淹死的水手的眼前翻卷沉浮!啊,在这种情况下,要相信并恪守基督教的"信有上帝,且信上帝厚赐那些不倦地追求他的人"①的信条,真是谈何容易啊!

汤姆忧郁地站起身来,脚步踉跄地走进指定他住的小屋。地上已经睡了不少疲乏的黑奴了,屋里发臭的空气几乎让他退了出来。可是外面夜深露重,寒气逼人,他又浑身倦乏,于是他便裹着唯一的一条破毯子,躺在稻草上睡着了。

在梦中,一个温柔的声音传入他的耳中。他正坐在庞恰特雷恩湖畔花园里那长满青苔的椅子上,伊娃的眼睛低垂着,正在给他读《圣经》,他听见她读着:

---

① 见《圣经·新约·希伯来书》第十一章第六节。

"你从水中经过时,我必与你同在,河水必不会淹没你;你从火中走过时,必不会被烧,火焰不会烧着你。因为我是主你的上帝,是以色列的圣者,你的救主。"①

这些话语如仙乐一般越来越轻,渐渐地消失了。伊娃抬起她深邃的眼睛,深情地看着他,她眼中射出的光芒阳光般抚慰着他的心房。她似乎展开了闪亮的翅膀,随着音乐飘荡,片片金光闪烁的薄片如星星从她的翅膀上飘落而下,然后她就消失了。

汤姆醒了。这是梦吗?就把它当做梦吧。那可爱的小仙女生前那么渴望抚慰受苦的人,谁说死后上帝不会派她去担任这个使命呢?

这是一个美丽的信念,
认为死者的灵魂
长着天使的翅膀,
永远在我们头顶盘旋。

---

① 见《圣经·旧约·以赛亚书》第四十三章第二至三节。

第33章

凯茜

看哪，受欺压的流泪，且无人安慰；权力握在压迫者的手里，没有人安慰受压迫者。

——《传道书》第四章第一节

没过多久，汤姆就了解了他的新生活中能指望的和该提防的事了。不管干什么，他都干得又好又快，而且，出于习惯和原则，他做事不拖拉、守信用。他性格沉静、平和，并希望通过不懈的努力，至少能避免部分不幸的处境。虐待和苦难他见得够多了，那使他感到厌倦。他决心以极度的坚忍继续苦干下去，把自己交给公正的上帝，希望前面仍有一条逃生之路。

雷格里把汤姆的可用之处默默地记在心里。他把汤姆列为一等黑奴，可是内心深处却不喜欢他——这是恶与善天生的不相容。他看得很清楚，当他经常对那些无助的奴隶施暴时，汤姆都很关注。当一个人表达自己的感情时是十分微妙的，往往不说话别人也能感觉到；即使是奴隶的内心想法，也会让主人感到不快。汤姆在各种场合表现出的慈悲心肠，对与他相同的受苦人的同情，黑奴们对此感到的陌生和新鲜——这一切都被怀有戒备之心的雷格里看在眼里。他买下汤姆是打算最终让他成为监工的，这样，有时他短时间外出，就可以把种植园的事托付给他。在他看来，做监工的首要条件、第二条件和第三条件都是心肠狠毒。雷格里打定主意，因为汤姆对手下人不狠，他要把他训练得狠起来。汤姆到庄园几星期之后，雷格里决定开始进行训练。

一天早晨，黑奴们集合起来准备下地时，汤姆惊奇地注意到他们中间有个新来的人，此人的外貌引起了他的注意。这是个身材高挑的女人，手脚十分娇嫩，衣着整洁体面。从她的外貌看，年纪大约在三十五到四十岁之间，这是一张见过一次就绝不会忘记的脸，这张面孔只要看一眼，似乎便可以让我们想到她有过狂放、痛苦和浪漫的经历。她的前额很高，眉清目秀，鼻子挺直俊美，嘴巴娟秀，头和颈部轮廓优美，这一切都表明她过去一定很美。可是她的脸上却有着深深的皱纹，这是痛苦、高傲和苦涩刻下的印痕。她脸露病容，面色灰黄，双颊深陷，五官轮廓分明，身体消瘦，但是她那双眼睛又大又黑，上面覆盖着同样乌黑的睫毛，在五官中最为突出。那眼神狂野、忧伤而绝望。她脸上的每一根线条、柔软的嘴唇上的每条曲线、身体的每一个动作无不表现出强烈的自尊和对一切的蔑视，可是她的眼中流露的却是深沉、持久的黑夜般痛苦的表情，这表情是如此绝望，如此固定不变，与她整个外貌表现出来的高傲和蔑视形成了鲜明的对照。

她从哪儿来的，她是什么人，这些汤姆都不知道。他知道的第一件事就是天蒙蒙亮的时候她昂首挺胸地走在他的旁边。可是别的黑奴却认识她，因为大家都不断地回头看，她周围的这些衣衫褴褛、饿得半死的家伙都显露出按捺不住的得意之情。

"到底还是落到这一步了，真让人高兴！"一个人说。

"嘻！嘻！嘻！"另一个人笑道，"你也尝到滋味了，小姐！"

"我们看她干活吧！"

"不知道她晚上会不会像我们一样挨打！"

"要是看见她趴在地上挨一顿鞭子，我才高兴呢！"另一个人说。

这女人没有理会这些奚落，只是继续往前走，脸上还是那种愤怒和不屑的神情，好像什么也没听见似的。汤姆过去一直和高雅、有教养的人生活在一起，因而从她的神态和举止上，他凭直觉就知道她属于哪一类人，可是他却弄不明白她怎样或为什么会沦落到这种屈辱的境地。这女人既不看汤姆，也不和他说话，在下地去的路上，她一直走在他身边。

汤姆一到地里便忙着干活了，可是因为那女人离他不远，他便常常朝她瞥一眼，看看她干活的情形。汤姆一眼就看出，由于她天生灵巧，干这活计对她来说比别人要容易。她摘得又快又干净，脸上仍是那副愤怒和不屑的神情，好像既鄙视这活计，又无奈自己所处的屈辱的境地。

在那一天中，汤姆在离跟他同一批买来的混血女人不远处干活。很明显，她正忍受着很大的痛苦，汤姆常常听见她口中在祈祷，全身却在颤抖，身子摇摇晃晃，好像马上就要跌倒。和她靠近的时候，汤姆就一声不响地从自己的口袋里抓几把棉花放进她的口袋里。

“啊，别，别这样！”女人说，她显得很吃惊，“这会给你惹麻烦的。”

正在这时候山宝走了过来，他好像特别恨这个女人似的，他挥舞着鞭子，用凶狠、粗哑的声调说：“怎么回事，露茜？要滑头，啊？”说着他抬起脚上沉重的牛皮靴踢了她一脚，然后又朝汤姆的脸上抽了一鞭子。

汤姆一声没吭，又继续干活，可是那女人实在精疲力竭了，一下子昏了过去。

“我来让她醒过来！”监工狞笑着说，“我来送她一样比樟脑丸还灵的东西！”说着他从衣袖上取下一根大头针，把它一下子扎进她的肉里，直到只看见针帽。女人呻吟着抬起身来。“还不起来干活，你这畜生，要不我要让你尝尝更厉害的！”

这女人似乎受了刺激，来了一股超过身体极限的力量，拼命地干了一会儿活。

“给我像这样干下去，”监工说，“不然今晚你会感觉生不如死的！”

“我现在就巴不得死了才好呢！”汤姆听见那女人说。他听见她又说：“啊，上帝，还有多久啊！啊，上帝，为什么不来救我们呀？”

汤姆冒着吃苦头的危险，又走过去，把自己袋子里所有的棉花全都放到那女人的袋子里。

“啊，千万别这样！你不晓得他们会怎样惩罚你呢！”女人说。

“我能忍受！”汤姆说，“比你更能忍受一些。”说着他又回到原来的地方。这一切都发生在顷刻之间。

我们前面介绍过的陌生女人在干活的过程中走近了汤姆，听见了他说的最后一句话。这时她突然抬起头来，用她那双乌黑的眼睛看了一会儿汤姆，然后从自己的筐子里抓了一大把棉花放进汤姆的筐子里。

“你对这地方一无所知，”她说，“否则你就不会这么做了。你要是在这儿待上一个月，就再也不会帮助别人了。你会发现，要保全自己会有多难呢!"

"愿上帝不让这种事发生,太太!"汤姆说。他情不自禁地对这个和他一起干活的人使用了他熟悉的对于出身高贵的人的尊称。

"上帝从不到这个地方来,"女人一边愤愤地说着,一边手脚麻利地往前摘棉花,嘴唇上依然挂着蔑视一切的微笑。

可是,这女人的行动已经被棉花地另一头的监工看见了,于是他挥着鞭子向她走过来。

"怎么! 怎么!"他扬扬得意地对女人说,"你在玩花样? 去你的吧! 你现在在我手下,当心点,要不你可要吃苦头!"

突然,从那双乌黑的眼睛里射出了电光火石般的光芒,她转过身,挺直了身子,嘴唇颤抖,鼻翼张开,用愤怒和蔑视的眼神狠狠地盯了监工一眼。

"狗东西!"她说,"看你敢碰我! 我现在还有权力让你给狗撕烂、活活烧死、剁成碎片! 我只要说一句话就成!"

"那你到这儿来干什么?"监工说,很明显他已经害怕了,灰溜溜地后退了一两步,"我对你没有恶意,凯茜小姐!"

"那你给我离远点!"女人说。果然,那家伙好像一心要去管地那头的什么事,拔腿走了。

女人马上动手干起活来,她的利索劲让汤姆大为吃惊。她身上好像施了某种魔法,天还没到晚,她的筐子已经装满了,而且还高出了筐外,堆了一大堆;此外,她还好几次把大把的棉花塞进汤姆的筐子里。天黑了好久之后,这群筋疲力尽的黑奴们才头顶棉花筐,朝贮存棉花和过秤的房子鱼贯而去。雷格里正在那儿跟两个监工说话。

"汤姆那家伙以后会惹出大麻烦的,他老是往露茜的筐子里放棉花。要是老爷不提防他,总有一天,他会让所有的黑鬼都会感觉受了虐待似的!"山宝说。

"嗯哼! 这个黑混蛋!"雷格里说,"得调教调教他了,对吧,伙计们?"

两个黑监工听了这话,都龇着牙狞笑起来。

"对,对! 要说把人驯得服服帖帖,谁也比不上雷格里老爷! 就是魔鬼也要屈居老爷之下呀!"山宝说。

"好吧,伙计们,最好的办法是让他用鞭子打人,一直到他抛掉他的那些想法，让他服帖！”

“天哪，老爷要让他抛掉那套玩意儿可得费大劲呢！”

“不管怎么说，非得让他抛掉不可！”雷格里嘴里嚼着烟叶说。

“喏，还有露茜，她是我们庄园里最可恶、最讨厌的婆娘！”山宝接着说。

“当心点，山姆[①]，我可要怀疑你恨露茜的原因了。”

“哎，老爷知道她不听老爷你的话，你叫她跟我过，她就是不干。”

“我本来很想揍她一顿，让她听话，”雷格里吐了一口唾沫说，“不过眼下活太紧，现在弄得她不高兴好像不值得。她身体单薄，可是这些身体单薄的女人脾气倔得很，把她们打个半死也还是那样！”

“可不是吗，露茜真是又可恨又懒，老是绷着脸，什么也不干，可是汤姆还帮着她。”

“哦，是吗！那好，就让汤姆揍她一顿吧。这对他是个很好的锻炼，他也不会像你们两个魔鬼那样对那女人别有用心。”

“嗬！嗬！呵！呵！呵！”两个黑恶棍大笑起来。的确，这恶魔般的笑声非常恰当地表现了雷格里赋予他俩的魔鬼特征。

“还有，老爷，汤姆和凯茜小姐两人串通一气，帮露茜填满了筐子。我猜他们的棉花装在她的筐子里了，老爷！”

“我来过秤！”雷格里加重语气说道。

两个监工又一次发出魔鬼般的笑声。

“啊！”雷格里又说，“凯茜小姐也干了一天的活啦。”

“她摘起棉花来抵得上魔鬼和它所有的小喽啰干的！”

“我看魔鬼和小喽啰全都附在她身上了！”雷格里说。然后他又恶狠狠地骂了一声，到过秤房去了。

筋疲力尽、精神沮丧的黑奴们列队走进过秤间，畏畏缩缩、很不情愿地递上筐子过秤。

雷格里在一块石板上做记录，石板的一侧列有黑奴的名单和数量。

汤姆的筐子过了秤，分量合格。他焦急地观望着，希望他帮助过的女人

① 山宝的昵称。

能够顺利通过。

她浑身虚弱，步履蹒跚地走上前来，递上自己的筐子。雷格里看得很清楚，她筐子的分量十足，可是他却假装生气地说：

“什么，你这懒畜生！又不够分量了！站到旁边去，马上来收拾你！”

女人绝望地悲叹一声，坐在一块木板上。

被称作“凯茜小姐”的女人这时走上前来，她傲慢而又满不在乎地交上自己的筐子。在她递过筐子时，雷格里用嘲弄和探询的眼光直视着她的眼睛。

她的一双黑眼睛定定地看着他，双唇微微嚅动着，她用法语说了一句什么。她说的究竟是什么，谁也不知道，可是雷格里脸上的表情却变得十分凶狠，他半举着手，好像要打她，她万分鄙夷地对他看了一眼，转身走开了。

“好了，”雷格里说，“汤姆，你过来。我对你说过，我买你不是让你干一般的活的，你知道，我打算提拔你，让你做监工。今天晚上你最好就开始熟悉熟悉你的工作吧。现在你去把这女人打一顿，你已经见得不少了，知道该怎么干了。”

“请老爷原谅，”汤姆说，“希望老爷不要让我干这个，我不习惯干这个，我从来没干过，我决不可能去干的。”

“没等我把你收拾完，你就会学会许多过去不会干的事情的！”雷格里说着就操起一根牛皮鞭子朝汤姆的脸上重重地抽了一鞭，接着，鞭子如雨点般落下来。

“怎么样！”他停下来歇口气说道，“现在你还说你不会干吗？”

“是的，老爷。”汤姆说着抬起手，擦去脸上流下的血，“我愿意白天黑夜地干活，只要我活着还有一口气，就一直干下去。可是这件事我觉得不对，不能干。老爷，我永远不会干的，永远不会！”

汤姆的声音十分悦耳柔和，而且说话的态度一向恭敬，因此雷格里认为他懦弱，容易制服。当他说完最后几句话时，在场的每个人都感到一阵震颤。可怜的女人十指交错握在一起说道：“啊，上帝！”每个人都不由自主地面面相觑，倒吸了一口气，好像等待着一场即将来临的风暴。

雷格里一时呆若木鸡，不知所措，可是他终于爆发了——

“什么！你这该死的黑畜牲！我要你干的事，你竟敢说你认为不对！你们这帮该死的畜牲有什么资格认为对还是不对？我决不会让这种事再发生！哎哟，你以为你是什么人？也许你认为自己是绅士老爷吧，汤姆老爷，竟然对你的主人说起什么对和不对来了！这么说，你认为打这女人不对啰！”

“是的，老爷，”汤姆说，“这可怜人身体有病，很虚弱，打她实在太残忍了，这是我永远也不会做的事，现在也不会开这个头。老爷，你要是想杀我就杀吧，但是，要是让我举手打这里任何一个人，我是决不干的——宁死也不干！”

汤姆说话的声音温和，可是那毅然决然的语气是明白无误的。雷格里气得浑身发抖，灰绿色的眼睛闪着凶光，连胡须似乎也气得卷起来了。但是，就像一头凶猛的野兽在吞食猎物前还要对它戏弄一番那样，他克制住自己想立即施暴的强烈冲动，对汤姆刻薄地嘲弄起来。

“瞧，这儿有一个虔诚的家伙，终于下凡到我们这些罪人中间来了！他真正是个圣人、君子，来给我们这些罪人指明罪过！他一定是个力量无比的圣人！得啦，你这恶棍，你装得这么虔诚，难道你从来没有听到过《圣经》里说的‘做仆人的，凡事要服从你们的主人’[①]这句话吗？我难道不是你的主人吗？我难道没花一千二百块钱买下你这该死的黑皮囊里的一切吗？难道你现在从肉体到灵魂不是我的吗？”说着，他用自己沉重的皮靴狠狠地踢了汤姆一脚，“你说呀！”

在身体遭受重创之时，在残暴的压迫之下，这个问题在汤姆的心灵中射出一道欢乐和胜利的光芒。他突然挺直腰板，热切地望着苍天，眼泪混和着鲜血从他脸上流下来，他呼喊道：

“不！不！不！我的灵魂不属于你，老爷！你没有买下我的灵魂——你买不到它！上帝花钱把它买去了，他有能力拥有它。不要紧，不要紧，你伤害不了我！”

“伤害不了你！”雷格里冷笑道，“我们来看看，我们来看看！喂，山宝、昆宝，好好教训教训这狗东西，让他一个月也好不了！”

两个巨人般的黑人马上一把抓住汤姆，脸上露出魔鬼般的兴奋之情，他

---

① 见《圣经·新约·歌罗西书》第三章第二十二节。

们活脱脱是邪恶之魔的化身。当他们把毫不反抗的汤姆从那地方拖走时，那可怜的女人吓得失声尖叫起来,其余的人全都不由自主地站了起来。

第34章

四分之一黑人血统的姑娘的身世

看哪,受欺压的在流泪;权力握在压迫者的手里。因此我赞那已死的死人,胜过那仍活着的活人。

——《传道书》第四章第一、二节

夜深了,汤姆独自一人躺在轧棉机房一间废弃不用的破旧的屋子里呻吟着,他的伤口还在流血,周围是一些破损的机器零件、一堆堆的废棉花,以及其他逐渐积累起来的废物。

夜又湿又闷,污浊的空间挤满了蚊子,这更增加了他伤口的疼痛,使他不得安宁,加上火烧火燎的焦渴感——这是最大的煎熬——他肉体的痛苦达到了无以复加的地步。

"啊,仁慈的上帝啊!请你俯视下界吧,救救我吧,让我战胜这一切苦难吧!"可怜的汤姆在痛苦中祈祷着。

一阵脚步声从他身后进了房间,一道灯光照进他的眼中。

"谁在那儿?啊,看在上帝的分上,请给我一点水吧。"

那个叫凯茜的女人——进来的正是她——放下手中提着的灯,从一只瓶子里倒了些水,然后托起汤姆的头让他喝。汤姆急不可耐地喝了一杯又一杯。

"想喝多少就喝多少,"她说,"我知道这种滋味。这不是我第一次夜里出来,给像你这样的人送水喝。"

"谢谢你,太太。"汤姆喝够了之后说道。

"不要叫我太太,我和你一样是个苦命的奴隶,比你还要低贱得多呢!"她辛酸地一边说,一边走到门口,拖进来一床小草席,她已经在上面铺好了用冷水浸湿的亚麻布,"可怜人,尽力滚到这上面来吧。"

汤姆遍体鳞伤,身体僵硬,花了很长时间才滚到草席上,不过一躺上去,伤口贴在凉凉的亚麻布上,他感觉舒服多了。

这女人因为长期护理遭残暴毒打的受害者,学会了许多疗伤本领,她给汤姆的伤口敷了不少药,因此汤姆不久就感到好过一些了。

"好了,"女人把汤姆的头托起来放在当做枕头的废棉花上之后说道,"我只能为你做这些了。"

汤姆谢了她。女人在地上坐下来,把双腿收拢到胸前,双臂抱膝,两眼怔怔地看着前面,脸上露出辛酸、痛苦的表情。她的帽子戴在了脑后,一头黑色波浪形的长发披散在她那张气质不凡的忧郁的脸上。

"这没有用,可怜的朋友!"她终于开口说道,"你这样做是毫无用处的。你很勇敢,做得对,可是你跟他斗完全是徒劳无益,是斗不赢的。你在魔鬼的手掌之中,他强大无比,你非得屈服啊!"

屈服!人性的弱点和身体所受的痛苦以前不也曾向他轻声说过这两个字吗?汤姆暗暗吃了一惊。因为他觉得眼前这个眼神狂乱、声音忧郁、满腔怨恨的女人似乎就是他一直在与之搏斗的诱惑的化身。

"啊,上帝!啊,上帝!"他呻吟道,"我怎么能放弃呢?"

"向上帝呼吁是没有用的,他从来就听不见。"女人冷静地说,"我相信根本就没有什么上帝,就是有,他也站在与我们作对的一方。天上人间,一切都跟我们作对,一切都把我们往地狱里推。我们为什么不下地狱呢?"

汤姆闭上了眼睛,这番邪恶的不敬上帝的话让他不寒而栗。

"听我说,"女人说,"对这地方你一无所知,可是我很清楚,我已经在这儿待了五年了,从肉体到灵魂都遭受这个人的蹂躏,我对他恨之入骨!在这个孤零零的种植园里,四面都是沼泽,十英里以内没有别的种植园。这里没有其他任何一个白人,如果你被活活烧死,被开水烫死,剁成肉块,捆起来让群狗撕咬,或者吊起来给活活打死,没有白人能为你作证。这里没有对你或者对我们任何人有丝毫保障的法律——不管是上帝的法律还是人的法律!这个人!世上没有什么坏事他不会干的。要是我把这儿的所见所闻都讲出来,会让人感到毛骨悚然,吓得牙齿打战。反抗是没有用的!难道我愿意跟他一起生活吗?难道我不是个在高雅环境中长大的女人吗?而他——天哪!他过去是什么东西?现在是什么东西?可是我却和他在一起住了五年,五年来我日日夜夜诅咒我生命中的每一刻。现在他又弄来一个新的女人,一个年幼的姑娘,只有十五岁,她说她受的是虔诚的教育,她好心的女主人教她读过《圣经》,她还把《圣经》带来了——见她的鬼!"女人疯狂而凄厉地大笑一声,这奇特、怪异的笑声在那间破屋里回响。

汤姆十指交叉地将双手合在一起,四周一片黑暗和恐惧。

"啊,耶稣啊!主耶稣!你把我们这些苦命人都忘了吗?"这些话终于从汤姆口中迸发而出,"救救我吧,上帝啊,我要死了!"

女人神情冷酷地继续说道:

"和你一起干活的这些可怜、下贱的家伙是什么东西,值得你为他们受苦?他们一有机会就会翻脸不认你,他们之间的关系也非常卑鄙、残忍。你宁肯自己受苦而不愿伤害他们,是没有益处的。"

"可怜的人们!"汤姆说,"是什么使他们变得如此残酷?如果我不挺住,我就会习惯于这一切,渐渐地变得跟他们一样了!不,不,太太!我已经失去了一切——妻子、孩子、家和仁慈的主人。要是他再多活一个星期,他就会让我自由了。人世间的一切东西我都失去了,消失得无影无踪,一去不复返了,现在我不能再失去天国了。不,不管怎么说,我可不能变坏呀!"

"可是上帝不会把罪过记在我们账上的,"女人说,"我们是被迫的,他不会跟我们算账的,他要跟那些逼迫我们的人算账。"

"是的,"汤姆说,"可是这也不能阻止我们变坏呀。如果某一天我变得跟那个山宝一样狠心,一样邪恶,对我来说,我是怎样变坏的倒没有什么关系,变坏本身才是我害怕的事啊。"

女人用狂乱和吃惊的眼神紧紧盯着汤姆,好像她有了新想法,接着她沉重地呻吟着说:

"啊,上帝怜悯吧!你说的是实情呀!哎呀——哎呀——哎呀!"她呻吟着倒在地上,就像一个心灵在极大的痛苦中和重压下挣扎的人。

有一会儿屋子里一片沉默,两个人的呼吸都能听见。过了一会儿,汤姆用微弱的声音说:"啊!太太,麻烦你了!"

女人突然站了起来，脸上又恢复了严峻而忧郁的表情。

“麻烦你，太太，我看见他们把我的上衣扔在那个角落里，我的《圣经》在上衣口袋里，麻烦太太帮我拿来。”

凯茜走过去把《圣经》拿了过来，汤姆立刻把它打开，翻到着重做了记号的一段，这页纸已经被翻得很旧了。这一段讲的是救主临死前的情景，他受尽鞭笞以救赎我们的灵魂。

“请太太给我念念这一段吧，这比水还要宝贵。”

凯茜带着一副冷漠而高傲的神情拿起了《圣经》，把那一段看了一遍，然后她用柔和的声音读了这段痛苦和荣耀的感人事迹，她的语调有一种独特的美。在她读的过程中，她时常嗓音发颤，有时完全念不下去了，这时，她就会停下来，做出一副镇定的样子，直到控制住自己的感情后再往下念。当她念到“天父啊，饶恕他们吧，因为他们不知道自己在做什么”[①]这感人的词句时，她丢开《圣经》，把脸埋在自己浓密的头发里，大哭起来，哭得全身直抽搐。

汤姆也在哭，他不时地发出一声压抑的呼喊。

“要是我们能做到这一点就好了！”汤姆说，“他做起来似乎那么自然，可是我们却要经过艰难的努力才能做到！啊，主啊，帮帮我们吧！啊，神圣的救主耶稣啊，帮帮我们吧！”

“太太，”过了一会儿汤姆又说，“我总觉得你什么都比我强得多，可是有一件事太太也许还要向可怜的汤姆学呢。你刚才说上帝站在和我们对立的一方，因为他听任我们挨打受骂，可是你看他的亲儿子，我们神圣、光荣的主耶稣，他的遭遇又怎样呢？他难道不是一生受穷吗？我们中有谁落到过他那么卑微的境地呢？上帝没有忘记我们，对这一点我很确信。《圣经》上说，如果我们和他一起受苦，我们也必会和他一起为王。但是，如果我们不认他，他也必不认我们。[②] 救主和他的门徒们不是都受过苦吗？《圣经》上告诉我们，他们如何挨石头砸，被锯成两截，披着绵羊和山羊皮四处漂泊，穷

① 见《圣经·新约·路加福音》第二十三章第三十四节。

② 见《圣经·新约·提摩太后书》第二章第十二节。

困潦倒，受尽折磨。[1] 我们不能因为受苦就认为上帝不站在我们一边，只要我们坚信上帝，不向罪恶屈服，我们就会看见事物并不总是向坏的方面发展。”

“可是他为什么把我们放在这种无法避免罪恶的地方呢？”女人说。

“我认为我们可以避免。”汤姆说。

“很快你就会知道的。”凯茜说，“你该怎么办呢？明天他们又会来折磨你的。我了解他们，他们的所作所为我全都见过了。我简直不敢想象他们会让你受的那些折磨，他们最后会让你挺不住的！”

“救主耶稣啊！”汤姆说，“你会护佑我的灵魂吧？啊，主啊，求你了！不要让我挺不住啊！”

“天哪！”凯茜说，“我以前就听过这些呼号和祈祷，可是他们都被打垮，被制服了。爱默琳还在努力坚持着，你还在坚持，可是有什么用呢？你非得屈服不可，否则就会被慢慢折磨死。”

“那我宁愿死！”汤姆说，“他们想折磨我多久就折磨多久好了，可是我早晚要死，这他们总挡不住吧！我死了以后，他们就再也拿我没办法了。我已经想好了，主意已定！我知道上帝会帮助我，帮我渡过难关的。”

女人没有回答，她坐在那儿，一双黑眼睛紧盯着地上。

“也许应该采取这种方法，”她喃喃自语道，“可是那些已经屈服的人没有希望了！没有了！我们生活在污秽中，变得令人讨厌，最后连自己都讨厌自己了！我们但求一死，可是却没有自杀的勇气！没有希望！没有希望！没有希望！这姑娘现在跟我当年一样年轻啊！”

“你现在看到我，”她急促地对汤姆说，“是这么一种样子！可是，我是在富贵的环境中长大的，我小时候最早的记忆就是在富丽堂皇的客厅里玩耍。那时我常常被打扮得像个洋娃娃，客人们总是夸我。客厅的窗外有一个花园，我常在花园的橘子树下和兄弟姐妹们玩捉迷藏的游戏。后来我进了修道院，学音乐、法语和刺绣等等科目。十四岁那年，我从修道院出来参加父亲的葬礼，他死得很突然，等到清算财产时，他们发现它已经资不抵债了。债主们列出财产清单时，把我也算了进去。我母亲是个奴隶，我父亲一

---

[1] 见《圣经·新约·希伯来书》第十一章第三十七节。

直想给我自由,可是还没有办手续,所以我被列在财产清单上。我过去一直知道自己的身份,可是从来没有考虑很多。谁也没有想到一个强壮健康的人会死去。我父亲突然死去的四小时之前还是好好的,他是新奥尔良第一批霍乱病人中的一个。葬礼后的第二天,父亲的妻子带着她的孩子到她自己父亲的种植园去了。我觉得他们对我的态度有些怪,可是不知道原因。他们留下一个年轻的律师打理事务,他每天都来,总待在家里,对我说话很客气。一天,他带来一个年轻人,我觉得他是我见过的最英俊的人。我永远也不会忘记那个夜晚,我和他在花园里散步。那时我很孤独,心中充满忧伤,他对我那么亲切、温柔。他告诉我,在我进修道院之前他就见过我,说他很久以来一直爱着我,还说他愿意做我的朋友和保护人。总之,他已经花了两千块钱把我买下来了,我成了他的财产了,但他并没有告诉我。我情愿做他的财产,因为我爱他。爱他呀!"女人说着停了一下,"啊,那时我是多么爱那个人啊!现在我是多么爱他啊!只要我还活着,我就永远爱他!他那么英俊,那么优秀,那么高尚!他让我住进一所漂亮的房子里,家里有仆人、车马、家具、衣服,一切金钱可以买到的东西他都给了我。可是我对这一切都不看重,我只爱他这个人。我爱他胜过爱上帝和自己的灵魂,我对他真是百依百顺。

"我只有一个愿望,那就是想让他娶我。我想,如果他真的像他说的那样爱我,如果我在他的心目中真的那么完美,他是愿意和我结婚,给我自由的。可是他说服我,说这是不可能的。他对我说,如果我们彼此忠诚,就是在上帝面前结了婚。如果真是这样,我不就是那个男人的妻子吗?难道我对他不忠诚吗?七年当中,难道我不一直在注意观察他的每一个眼色、每一个举动,为了博得他的欢心而活着吗?他得了黄热病,二十个日日夜夜都是我一人守护着他,所有的药都是我喂他吃,一切都由我为他做。后来,他把我称做他的好守护神,说我救了他的命。我们生了两个漂亮的孩子,大的是个男孩,我们给他取名亨利——和他父亲一样的名字。他长得跟他父亲一个样,他也有着同样美丽的眼睛,同样的前额,拳曲的头发披在额头四周——他的气质和才能都像父亲。至于小爱丽丝,他说她像我。他常说我是路易斯安那州最美的女人,他为我和孩子们感到非常自豪。他常喜欢让我把他们打扮起来,然后带着他们和我乘敞篷马车出去兜风,听人们对我们的评论。他还老爱往我耳朵里灌输别人赞扬我和孩子的好听话。啊,那真是一段幸福的时光!我觉得自己是最幸福的人了!可是,不幸的日子来临了。他有个表兄到新奥尔良来,他是他的好友,对他很佩服。可是,不知道是什么原因,从看见他的第一刻起,我就怕他,因为我感觉到他一定会给我们带来不幸的。他诱使亨利跟他出去玩乐,常常到深夜两三点钟才回家。我一句话也不敢说,因为亨利性子烈,我不敢吭声。后来,他表兄带他去赌场,他是这样一种人,一旦赌上了,就再也控制不住自己了。后来表兄又给他介绍了一个女人,不久我就看出他的心已经不在我身上了。他从来没告诉过我,但是我看出来了,日复一日,我渐渐明白了,我感觉自己的心都碎了,可是我一句话都不能说!这时,那无耻之徒提出要买下我和亨利的孩子,让亨利还清赌债,否则他就无法与那女人结婚。亨利果真把我们卖了。一天,他对我说要到乡下去办事,要离家两三个星期。他说话比平时更温和,说他会回来的,但是这骗不了我。我知道这一刻到来了,我好像变成石头人似的,我说不出话来,也流不出眼泪。他多次吻了我和孩子,然后就出门了。我看着他骑上马,目送着他,直到看不见为止,后来我倒在地上昏了过去。

"后来他来了,那该死的恶棍!他是来接收财产的。他告诉我,他已经买下了我和孩子,还给我看了契约。我当着上帝的面诅咒了他,告诉他我宁死也不跟他生活。

"'随你的便,'他说,'不过,要是你不放明白点,我就把你两个孩子都卖到你再也见不到他们的地方去。'他告诉我,从他第一次看见我的时候起他就一直想得到我。说他故意引诱亨利,让他负债,是为了使他愿意卖我。他还说他让亨利爱上了另一个女人,他还告诉我,他花了那么大力气之后,就不会因为我摆摆架子,流几滴眼泪,或者弄点其他名堂就会善罢甘休的。

"我屈服了,因为我被捆住了手脚。我的孩子在他手里,只要我一违抗他的意志,他就威胁说要卖掉他们。因此他如愿以偿,把我治得服服帖帖。啊,那是什么样的日子啊!每天伤心欲绝地生活着,坚持着,坚持着,为爱而坚持着!可是明明只有苦难,灵魂和肉体都被我痛恨的人束缚着。我过去喜欢为亨利念书,为他弹琴,和他跳舞,为他唱歌;但现在我为这个人做的任何事都完全是精神负担,可我又不敢拒绝他。他非常专横,对孩子很粗暴。

爱丽丝是个胆怯的小姑娘,可是亨利胆子大,性子烈,就像他父亲,从来就没有人能驯服他。那个人总是找亨利的碴儿,跟他吵架。我每天都担惊受怕地过日子。我试图让孩子对他恭敬一点,试图把他们分开,因为我要拼命保住孩子呀。可是毫无用处,他把两个孩子都卖了。一天他带我乘车兜风,回来时孩子们不见了踪影!他对我说他把他们卖了,还把得到的钱拿给我看,这是我的骨肉啊。这时,我觉得似乎一切美好的东西都弃我而去了。我又骂又叫,大声诅咒,诅咒上帝,诅咒人。有一段时间我想他真的有些怕我了,可是他并没有就此让步。他对我说,我的孩子是卖掉了,但是我能不能再见到他们,还得由他决定;还说要是我再闹,他们就要遭殃。唉,只要你把一个女人的孩子攥在手中,随你怎么摆布她都行。他使我屈服了,他使我安静下来,他还哄骗我说,也许他还会把他们赎回来。就这样过了一两个星期。一天,我在外面散步,经过当地的鞭笞站,我看见大门口围着一群人,听见一个孩子的声音。突然,我的亨利挣脱了两三个抓着他的人,尖叫着跑到我的身边,抓住了我的衣服。他们追到他跟前,破口大骂着,其中一个人——他的面孔我永远也忘不了——对我儿子说他逃不了,他得跟他回鞭笞站去,在那儿他会得到终生难忘的教训的。我苦苦向他们求情,他们只是大笑。可怜的孩子哭叫着看着我的脸,紧紧地抓住我不放手。最后,他们把他拖走了,几乎把我的裙子都撕掉了。他们把他拖进去的时候,他还大声叫着:'妈妈!妈妈!妈妈!'站在旁边的一个人似乎很同情我。我告诉他,我愿意把所有的钱都给他,只要他肯出面干预一下。他摇摇头告诉我,那人说了,自从他买下这孩子以后,他一直很放肆,不听话,说他这次要好好治治他。我转身就跑,一路上我每跑一步都好像听见他的尖叫声。我进了屋,上气不接下气地跑进客厅,找到巴特勒。我把事情告诉了他,请求他去干涉一下。他只是笑,对我说那孩子是活该,他是该治治了,越早越好。'我不是早就料到了吗?'他说。

"这时,好像我头脑里有什么东西突然绷断了,我觉得头晕目眩,怒火中烧。我记得当时桌上放着一把锋利的猎刀,记得好像自己拿起刀向他扑过去,然后眼前一片黑暗,别的事就不知道了——一连好几天都是这样。

"当我苏醒过来时,我发现自己在一间漂亮的房间里,但不是我自己的房间。一个年老的黑人妇女在照料我,还有个医生来看我,对我照顾得很周到。过了一段时间,我发现巴特勒已经离开了那地方,把我搁在那幢房子里准备卖掉,所以他们才那么精心照顾我。

“我不想自己的身体复原,希望自己好不了,可是事与愿违,烧退了,我恢复了健康,最后能起床了。之后他们便让我每天打扮。绅士们经常来,他们站在那儿一边抽着雪茄,一边打量我,问一些问题,讨价还价。我神情非常忧伤,沉默寡言,所以没有一个人愿意要我。他们威胁说,要是我不显得快活一点,不尽力使自己讨人喜欢,就用鞭子抽我。最后有一天,来了一位叫斯图尔特的先生,他似乎对我有些同情,他看出来我一定有什么可怕的心事,于是好多次单独来看我。后来他劝我把心事告诉他,最后他把我买了下来,答应尽一切努力找到我的孩子,并且把他们赎回来。他找到我的亨利住的旅馆,他们告诉他亨利已经被卖给了珍珠河上游的一个种植园主,这是我最后一次听到亨利的消息。后来他找到了我的女儿,她在一个老太太家里,他愿意出一大笔钱赎回她,可是他们不肯卖。当巴特勒听说斯图尔特是为了我才想买下爱丽丝的,便捎话给我,说我永远也得不到她。斯图尔特船长对我很好,他有一座非常好的种植园,便把我带到种植园去住。一年后,我生了一个儿子。啊,那孩子!我是多么爱他啊!这小东西多像我可怜的亨利啊!可是我已经下定了决心——是的,决心已定——我再也不会让这孩子活下去,长大成人了!我把两星期大的小家伙抱在怀里,一边吻他一边哭,然后给他喂了鸦片酊,把他紧紧地搂在怀里,他就这样睡着死去了。我为他哭得多么伤心啊!别人都以为我是弄错了才给他吃了鸦片酊,谁会想到别的呢?可是这却是少数几件现在仍然让我感到高兴的事情之一。直到今天,我仍然不感到后悔,他至少已经脱离苦海了。除了死我还能给他什么更好的东西呢?可怜的孩子!不久以后,霍乱开始流行,斯图尔特船长死了。想活的人都死了,可是我——我——虽然我已经跨进了地狱的门槛,却活了下来!后来我被卖掉了,经过多次转手,直到人老珠黄,皱纹爬上了额头,又得了一场热病。最后这个坏蛋买下了我,把我带到这儿——我就是这样到这儿来的!”

女人停了下来。她在讲述自己的身世时讲得很快,语气急切,充满激情;有时似乎是在对汤姆说,有时又像是表述心迹的独白。她的话具有震撼人心的强大力量,汤姆听得一时竟忘了身上的伤痛,他用一只胳膊支起身子,看着她焦躁不安地来回走着,一头长长的黑发随着她的走动在身后剧烈地摆动着。

停了一会儿,她又说:"你对我说有一个上帝,这个上帝俯视下界,所有这一切他都看见了。也许是这样。修道院里的修女们过去常对我说,有一个最后审判日,到那天一切都会昭然若揭,那时候就能报仇雪恨了!

"他们认为我们受的苦算不了什么,我们的子女受的苦算不了什么!全都是小事一桩。可是,我在街上行走时,仿佛觉得我一个人心中的痛苦就足以让整个城市沉陷。我曾希望所有的房屋都倒塌,压在我身上,脚下的石头塌陷下去。是的!在最后审判日,我会在上帝面前站立起来,作为见证人控诉那些从灵魂到肉体毁了我和我的子女的人!

"童年时我觉得自己很虔诚,我爱上帝,爱做祈祷。现在我是个无救的人,日夜受到魔鬼的纠缠和追赶,他们不停地逼我,逼我!总有一天,我也会反击的!"说着,她攥紧了拳头,忧郁的黑眼睛里闪现出一道狂乱的光,"我要把他送到他该去的地方,还要抓紧时间。总有一天我会干的,即使他们把我活活烧死也不在乎!"一阵狂野的笑声在那间废弃的屋子里回响,最后变成了歇斯底里的抽泣。她扑倒在地上,全身抽搐地哭泣着、挣扎着。

过了一会儿,疯狂的发作似乎平息了,她慢慢地站起来,好像要使自己平静下来。

"我还能再帮你做些什么吗,可怜的朋友?"说着,她走到汤姆躺着的地方,"我再给你一些水好吗?"

她说话的声音和态度优雅而又温柔,充满同情,与刚才的狂野形成了奇怪的反差。

汤姆喝过水,恳切而又怜悯地看着她的脸。

"啊,太太,我希望你到他那儿去,他能给你生命之水!"

"到他那儿去!他在哪儿?他是谁?"凯茜问。

"他就是你刚才给我念到的上帝啊!"

"小时候我常在圣坛上看到他的像,"凯茜说着,她的黑眼睛定住了,出现了忧伤和沉思的神色,"可是,他不在这里啊!这里除了罪孽和漫无止境的绝望,别的什么都没有!啊!"她把手放在胸口,吸了一口气,好像要举起重负似的。

汤姆好像还想说些什么,可是凯茜用坚决的手势制止了他。

"别说话了,可怜的朋友。尽量多睡一会儿吧。"说完她把水放在汤姆够得着的地方,做了一些零星的整理,尽量使他更舒适一些,然后就离开了小屋。

第35章

纪念物

有些事情尽管微不足道，
却总能勾起沉重的记忆，
我们总想把它忘掉；
一种声响，一朵花还有清风和海洋都能使心灵受伤，
因为它们激活了电链，是它将我们神秘地捆绑。
——《恰尔德·哈洛尔德游记》[①]第四章

雷格里家的客厅是个又大又长的房间，里面有一个宽大的壁炉，墙壁上曾经贴过艳丽、昂贵的墙纸，现在这些纸却退了色，残破不全地附在潮湿的墙上发霉。房间里散发着一股特别的令人作呕的难闻气味，是由湿气、污物和腐烂的东西混合而成的，人们在不通风的老屋子里常常可以闻到这种气味。墙纸上有几处啤酒和葡萄酒的污渍，还有粉笔写的备忘录和一长串的数字，好像有人在上面演算过算术题。壁炉中放着一个装满熊熊燃烧的木炭的火盆，因为虽然天气不冷，晚上这个大房间似乎总是潮湿阴冷。此外，雷格里需要有个地方点雪茄烟，烧水调潘趣酒。炭火通红的火光照亮了房间里混乱不堪、颓败衰落的景象：马鞍、马笼头、各种挽具、马鞭、大衣和其他各种物件，这些东西都杂乱无章地扔得房间里到处都是，还有我们前面提到的那些狗，它们也都按自己的脾胃、随自己方便在这些东西中安营扎寨。

---

① 英国诗人拜伦的长诗。

雷格里正在为自己调一杯潘趣酒,他一边从一只壶嘴有缺口的大壶里往杯中倒热水,一边嘴里咕哝着:

“该死的山宝,在我和这帮新黑奴之间挑起这场冲突!这下那家伙一个星期都干不了活了,偏偏在这大忙季节!”

“可不是吗,你就是这德性。”一个声音在他椅子后面说。原来是那个叫凯茜的女人,她悄悄地进了屋,正好听见了他自言自语。

“哈!你这个女魔鬼!你还是回来了吧?”

“是的,回来了,”她冷冷地说,“而且回来想怎么干就怎么干!”

“胡说,你这荡妇!我说话是算数的。要么你给我放规矩点,要么就住在黑奴村,跟他们一块吃喝干活。”

“我一万倍地情愿住在黑奴村最肮脏的屋子里,也不愿在你的脚底下过日子!”

“但是不管怎么说,你确实是在我的脚底下呀!”说着他转向她,脸上带着狞笑,“这件事倒让人感到舒坦。来吧,坐在我的腿上,亲爱的,好好听话。”说着他抓住了她的手腕。

“西蒙·雷格里,当心点!”女人说着眼中射出一道锐利的光,狂野又疯癫,让人惊骇。“你害怕我,西蒙,”她从容不迫地说,“你也有理由害怕我!你可得小心点,因为我有魔鬼附身!”

这最后一句话是她附在他的耳边从牙缝中冒出来的。

“滚出去!我完完全全相信你有魔鬼附身!”雷格里说着把她推开,心神不安地看着她,“凯茜,”他说,“你究竟为什么不能像过去那样跟我友好相处呢?”

“过去!”她悲愤地说。她突然说不下去了,千般情、万般恨一下子涌上了心头,哽咽得说不出话来。

凯茜一直对雷格里有一种巨大的威慑力,一个性格刚烈、充满激情的女人常常可以对最残暴的男人施加这种威慑力。可是近来,在万恶的奴隶制的枷锁下,她变得越来越容易发怒、暴躁不安;有时,她会猛烈爆发,还会胡言乱语。这种倾向使雷格里对她恐惧万分。他对疯狂之人有一种近于迷信的恐惧,这在粗野、没有受过教育的人当中是很常见的。当雷格里把爱默琳带回家时,尚未熄灭的女性情感之火又在凯茜近于破碎的心中重新燃烧起来,她站到了姑娘一边。随后在凯茜和雷格里之间爆发了可怕的争吵。雷格里盛怒之下发誓说,要是她再吵闹,就让她到地里干活去。凯茜对此不屑一顾,高傲地说她愿意到地里干活。正如我们在前面已经描述过的那样,她在地里干了一天活,为了表明她根本不把这威胁放在眼里。

雷格里一整天都暗暗感到不安,因为凯茜对他具有他无法摆脱的影响。当她递过筐子过秤时,他希望她会做出让步,于是用一种半和解半讽刺的语气跟她说话,可是她却用极端蔑视的口吻回答他。

对可怜的汤姆施加暴行更加激怒了她,她尾随着雷格里走进了屋子,没有其他目的,只是为了谴责他的暴行。

“凯茜,”雷格里说,“我希望你的行为放体面一点。”

“你还谈什么行为体面!你干了些什么?你头脑不清,在大忙季节竟然把一个最好的干活人给打坏了,仅仅是为了发你那恶魔脾气!”

“这是事实,我让这场冲突发生,真是太愚蠢了。”雷格里说,“可是那家伙也太任性了,非得把他驯服不可。”

“我看你驯服不了他!”

“驯服不了?”雷格里说着情绪激动地站起身来,“我倒想知道我能不能驯服他。我要是治不好他才怪呢!我要把他身上每一根骨头都打断,那他就会屈服了!”

正在这时门开了,山宝走了进来。他走上前来鞠了一躬,把一件用纸包着的东西递给雷格里。

“这是什么,你这家伙?”雷格里问。

“这是有魔法的东西,老爷!”

“什么东西?”

“这是黑鬼们从巫师那儿弄来的东西,这样他们在挨打的时候就不感到疼了。他用一根黑绳把它挂在脖子上。”

像大多数不敬神明的残酷的人一样,雷格里很迷信。他接过纸包,惴惴不安地把它打开。

从里面掉出一块银元和一绺长长的亮闪闪的金发,这头发好像是有生命的东西,缠绕在雷格里的手指上。

“该死!”他勃然大怒,尖声叫了起来,一面跺着脚,一面发疯般地扯那头发,好像它烧了手似的,“这是从哪儿弄来的? 快拿走! 烧掉! 烧掉!”他尖叫着,把头发从手指上扯了下来,扔进炭火里,“你把它拿给我干什么?”

山宝吓呆了,张着粗厚的嘴站在那儿,觉得莫名其妙。凯茜原来正准备离开房间,这时停住了脚步,十分惊奇地看着雷格里。

“以后再也不许把这些鬼里鬼气的东西拿给我!”说着他对山宝晃动着拳头。山宝急忙向门口退去。雷格里拾起银元,使劲砸向窗户,银元飞往外面的黑暗中。

山宝巴不得趁机溜之大吉。他走了以后,雷格里似乎为自己刚才的惊慌失态感到几分惭愧。他固执地坐在椅子上,闷闷不乐地小口喝起潘趣酒来。

凯茜趁他不注意,做好了出去的准备,然后悄悄溜出去护理可怜的汤姆。这件事我们在前面已经叙述过了。

雷格里到底是怎么回事? 小小的一绺金发,为什么能把一个谙熟一切暴行的凶残之人吓得胆战心惊呢? 要回答这个问题,我们必须把读者带回他的过去。尽管这个不敬神明的人现在看起来凶狠邪恶,但他小时候也是在母亲的怀抱里长大的,睡在摇篮里听着母亲的祈祷和虔诚的赞美诗,他现在冷酷无情的脸上也曾洒上过洗礼的圣水。在幼年时,一位金发妇人曾在安息日的钟声中,领着他做礼拜,做祈祷。在遥远的新英格兰,那位母亲曾用持久不倦的爱、用耐心的祈祷教育她唯一的儿子。雷格里的父亲生性冷酷,那温柔的女人在他身上倾注的大量的爱都白费了,没有受到珍惜。雷格里紧步其父后尘,他生性暴戾、桀骜不驯,对母亲的一切劝告都嗤之以鼻,根本听不进她的责备,并且早年就离开她到海上寻找发迹的机会。后来他只回来过一次。那时,他的母亲强烈渴望去爱,可是又没有别的东西可以爱,便把全部心血倾注在他身上,想用充满激情的祈祷和恳求,劝他摆脱罪恶的生活,使他的灵魂得救。

那是雷格里享受上帝恩惠的日子。那一次,善良的天使在召唤他,他差一点被说服了。神拉起了他的手,他的内心变温和了,产生了思想斗争。可是罪恶还是得胜了,他用自己粗野天性中的一切力量与良心中的悔意对抗。他喝酒骂人,比过去更加狂暴凶残。一天夜里,他母亲在绝望的痛苦中跪在他的脚下,雷格里飞起一脚,踢得她倒在地上失去了知觉。他恶狠狠地咒骂着,急忙跑回船上。雷格里最后一次得到他母亲的消息是在一天夜里,当时他正在跟一帮酒鬼痛饮,一封信递到他的手中。他打开信,一绺长长的鬈发从里面掉出来,缠绕在他的手指上。信上说他母亲死了,说她临死前为他祝福,宽恕了他。

邪恶有一种可怕的冒犯神明的妖术,它能把最美好、最神圣的东西变成恐怖万分的鬼影。那面色苍白的慈爱的母亲,她临终的祈祷,她宽恕的爱,在那罪恶的恶魔一般的心中变成了定罪的判决,使他意识到,最后的审判和炽烈的怒火正等着他,他感到恐惧万分。雷格里烧了头发,又烧了那封信,当他看见它们在火中发出嘶嘶声和噼啪声时,他想到了地狱之火,不由得不寒而栗。他想用痛饮狂欢、诅天咒地来忘却这件事,可是每当夜深人静之时,肃穆的夜色迫使罪恶的灵魂受到良心的谴责,他会看见面容苍白的母亲在他床边出现,感觉到那绺柔软的头发缠绕在他的手指上,直到冷汗从他脸上流下来,吓得他一下子从床上跳起来。可是,那些对同一本福音书写着"上帝是爱"①,又写着"上帝是吞噬万物的烈火"②感到奇怪的人,你们难道不明白,对于一心作恶的灵魂,最完美的爱就是最可怕的折磨,就是最绝望的印记和判决吗?

"该死!"雷格里一边喝着酒一边自言自语地说,"他是从哪儿弄来那东西的?要不是它看起来很像——嚯!我还以为把它给忘了呢。见鬼,哪有什么事能忘掉呀,该死!我真孤独!我要把爱默琳叫来。她恨我,这淘气丫头!我不在乎,我要让她来!"

雷格里走出客厅,来到宽敞的过道里,这儿有一座原来很华丽的楼梯,从这里可以上楼。可是现在通道里又脏又暗,塞满了箱子和乱七八糟的杂物。楼梯上没有铺地毯,它盘旋而上,在幽暗中似乎通向什么神秘的地方!暗淡的月光通过一扇玻璃破碎的扇形窗户射进来,照在地上。空气陈腐阴冷,就像在地窖里一样。

雷格里在楼梯脚下停住了,他听见有人在唱歌。歌声在阴森的旧宅里听起来显得特别怪异,像是从地狱里发出的——也许是由于他神经紧张而

---

① 见《圣经·新约·约翰一书》第四章第八节。

② 见《圣经·新约·希伯来书》第十二章第二十九节。

引起的。听！这是什么声音？

一个狂放、忧伤的声音在唱着一首在黑奴中流行的赞美诗：

啊，到那时会有哀伤，哀伤，哀伤；
啊，到那时会有哀伤，在基督的最后审判席上！

“该死的小丫头！”雷格里说，“我要掐死她。爱默！爱默！”他厉声叫道，可是回答他的只有四周墙壁反射过来的嘲笑的回声。那甜美的声音又继续唱道：

在那儿父母和子女将分离！
在那儿父母和子女将分离！
　　永不再相见！

歌声在空荡荡的厅堂里清晰嘹亮地回荡。

啊，到那时会有哀伤，哀伤，哀伤；
啊，到那时会有哀伤，在基督的最后审判席上！

雷格里不再叫了，他害怕让别人听见，可是此刻他的额头上冒出了大滴大滴的汗珠，心怦怦狂跳，他甚至觉得自己看见昏暗中有个白色的东西闪闪发亮地出现在他面前。他想，要是他死去的母亲突然出现在他面前，他该怎么办呢？想到这里，他不禁打了个寒战。

“有一件事我是知道了，”他跌跌撞撞地回到客厅，坐下后自言自语地说，“从今以后我不会再去惹那个家伙了！我要他该死的纸包干什么！我看我准是中了魔法了，没错！从那以后我就一直发抖流汗！他是从哪儿弄到那头发的？这不可能是那绺头发！那头发我已经烧掉了，我记得是烧掉了！要是头发能起死回生，这真是笑话了！”

啊，雷格里啊！那绺金发确实有魔力，其中的每一根头发都有一道使你恐惧和悔恨的符咒，力量非凡的神灵用它来捆住你残忍的双手，使它们无法对孤苦无助的人施暴作恶!

“喂,”雷格里说着对那几条狗跺了一下脚,吹了一声口哨,“你们谁醒一醒,给我做做伴吧!”可是它们只睡意蒙眬地睁开一只眼睛看了看他,又闭上了。

“我要把山宝和昆宝弄来唱唱歌,跳一个他们的欢闹舞,好赶走这些可怕的念头。”雷格里说着戴上了帽子,走到游廊上吹响了一只号角,他平时就是用它来召唤两个黑监工的。

雷格里心情好的时候,常常把这两位“名流”叫到客厅里来,先用威士忌灌得他们兴奋起来,然后让他们唱歌、跳舞或打架——由他的兴致而定——好让他自己取乐。

凯茜照料过可怜的汤姆回来时,已经是深夜一两点钟光景,她听见从客厅里传来狂吼乱叫声、唱歌声、夹杂其间的狗吠声和其他的喧嚣声。

她走上游廊的台阶,往客厅里看去。雷格里和两个监工都已喝得酩酊大醉,正在又唱又叫,掀翻了椅子,相互做着各种既滑稽又可怕的鬼脸。

她把小巧纤细的手放在百叶窗上,两眼定定地看着他们,黑眼睛里充满了无尽的痛苦、轻蔑和强烈的怨恨。“把这样一个恶棍从世界上除掉也算是罪孽吗?”她自言自语地说。

她匆忙转身走开,绕到后门,悄悄地上了楼,去敲爱默琳的门。

第36章

爱默琳和凯茜

凯茜进了房间，见爱默琳坐在最里面的角落里，吓得脸都白了。她进来时，那姑娘吓了一跳，但当她看清来人是谁时，马上跑上前去，抓住了凯茜的胳膊说："啊，凯茜，是你呀！你来了我真高兴！我刚才担心是——啊，你不知道，整整一夜楼下闹得多凶啊！"

"我当然知道，"凯茜冷冷地说，"这我已经听得够多了。"

"啊，凯茜！求你告诉我，我们能不能从这地方逃走呢？不管逃到哪儿去，我都不在乎——到沼泽地跟蛇作伴——不管什么地方！我们难道不能离开这地方，逃到什么地方去吗？"

"除了进坟墓，没有地方可去。"凯茜说。

"你过去试过吗？"

"我看见很多人试过，看见过他们的下场。"凯茜说。

"我宁愿住在沼泽地里，宁愿啃树皮。我不怕蛇！我宁肯让蛇靠近我，也不愿让他靠近我。"爱默琳急切地说。

"这里有很多人跟你的看法相同，"凯茜说，"但是你在沼泽地里是待不住的，他的猎狗追到你，你会被抓回来，然后——然后——"

"他会怎么样？"姑娘屏住呼吸，急切地看着凯茜的脸问。

"他什么事干不出来？你想一想。"凯茜说，"他在西印度群岛的海盗那儿把这一手都学到家了。要是我把自己见过的、他开玩笑时说的事都告诉你，你会睡不好觉的。我在这儿常常听见惨叫声，好多星期之后都没法忘掉。离这儿很远、在黑奴村附近有一个地方，在那儿你能看见一棵黑色的枯树，四周遍地是黑灰。你随便问问任何人那里发生了什么事，看他们敢不敢告诉你。”

“啊！你这是什么意思？”

“我不会告诉你的。我不愿想起这事。我告诉你，如果那个可怜人还是不肯屈服的话，只有天知道明天会发生什么事。”

“太可怕了！”爱默琳说，她吓得脸上没有一丝血色，“啊，凯茜，求你告诉我，我该怎么办呀！”

“像我一样，尽力而为吧！做你必须做的，用仇恨和诅咒来补偿。”

“他要我喝他那可恨的白兰地，”爱默琳说，“我真讨厌喝酒。”

“你最好还是喝吧。”凯茜说，“我过去也讨厌喝，可是现在没酒倒过不下去了。人必须有点儿什么东西打打岔。喝了酒，事情看起来就没那么可怕了。”

“妈妈过去常对我说，永远也不要沾这种东西。”爱默琳说。

“妈妈对你说！”凯茜用颤抖和悲愤的声音加重了“妈妈”这两个字的语气，“妈妈说话管什么用？你们都会被人花钱买去，谁买了你们，谁就拥有你们的灵魂。情况就是这样。我说，白兰地你就喝吧，能喝多少喝多少，这会让你好过一些的。”

“啊，凯茜！可怜可怜我吧！”

“可怜你！难道我不可怜你吗？难道我没有一个女儿吗？天知道她现在在哪儿，是谁家的财产了。我想，她正走着她母亲走过的老路，她的子女必定也会走她走过的路！这种苦难没有头，永远也没有头！”

“我真希望自己没有出世！”爱默琳绞着双手说。

“我过去也是这样想的，”凯茜说，“对这种愿望我已经习以为常了。如果有勇气的话，我会去死的。”说着，她用常有的那种静止不变的绝望神情望着黑暗的窗外。

“自杀是有罪的。”爱默琳说。

“我不知道为什么会有罪，这并不比我们每天活着所做的事更有罪。可是在修道院时修女们对我说的一些事让我不敢去死。如果一死百了，嘿，那——”

爱默琳转过身子，用双手捂住脸。

当这番谈话在卧室里进行的时候，雷格里喝得大醉，在楼下的房间里睡着了。雷格里平时并不常喝醉酒。他粗野强硬的天性渴望不断的刺激，他也经得起刺激，换一个天性柔弱一些的，可能就完全给弄垮了。可是他内心深处的谨慎使他没有经常过度放纵自己的嗜好，以致失去自制力。

这天晚上，由于拼命想驱除又在他心头出现的那些可怕的苦恼和悔恨，他喝得比平时多了一些，所以当他把两个黑人仆从打发走以后，便重重地倒在客厅里的一张长椅上，沉沉地睡去了。

啊！那邪恶的灵魂是怎么进入蒙胧的梦境的呢？梦境的昏暗轮廓与神秘的因果报应离得竟然如此之近！雷格里做了一个梦。在他那昏昏沉沉的睡梦中，一个蒙着面纱的人影站在他的身旁，把一只冷冰冰的、柔软的手放在他的身上。虽然那人脸上蒙着面纱，但他认为自己知道此人是谁，因而吓得毛骨悚然、浑身发抖。后来，他似乎感觉到那绺头发缠绕在他的手指上，然后它又光滑地缠上了他的脖子，越缠越紧，勒得他喘不过气来。接着，他觉得有很多声音对他低语，吓得他浑身冰凉。后来，他觉得自己好像正吊在可怕的深渊的边沿，万分恐惧地死死地抓住什么东西，可是从下面伸出几只黑手要把他拽下去。这时凯茜走到他身后，大笑着把他往下推。接着，那蒙着面纱的庄严的身影又出现了，揭开了面纱，原来是他的母亲。她转身走开了，而他则在一片混乱的尖叫声、呻吟声和魔鬼的狂笑声中不停地往下掉啊，掉啊，掉了下去。这时雷格里醒了。

黎明的玫瑰色的霞光静悄悄地照进了房间，晨星在渐渐发亮的天空中用庄严神圣的目光俯视着这个罪人。啊，每当新的一天诞生时，她是多么新鲜，多么庄严，多么美丽啊！好像是在对无情的人说，“看啊，你还有一次机会！努力争取不朽的荣光吧！”无论说何种语言的人都不会听不见这个声音，可是胆大妄为的恶人却听不见。他早晨一醒就骂人，那万紫千红的壮丽晨景对他有什么意义呢？那被圣子奉为自己神圣标志的圣洁的晨星对他有什么意义呢？他像野兽一样视而不见，他踉踉跄跄地走过去倒了一杯白兰地，喝下去半杯。

“我昨晚睡得糟透了！”他对刚刚从对门走进来的凯茜说。

“以后你这种日子还多着呢。”她冷冷地说。

“你这是什么意思，娼妇？”

"总有一天你会明白的!"凯茜用同样的语气回敬道,"喂,西蒙,我要给你一个忠告。"

"见鬼,你还有忠告!"

"我的忠告是,"凯茜一边开始收拾房间里的东西,一边坚定地说,"你不要找汤姆的麻烦了。"

"这关你什么事啊?"

"什么?说实话,我也不知道这关我什么事。如果你花一千二百块钱买一个黑奴,只是为了出气就在大忙季节把他打死,这不关我的事。能做的我都为他做了。"

"是吗?这跟你有什么相干?你为什么要插手我的事?"

"当然跟我不相干。我多次照料过你的黑奴,因此为你节省了好几千块钱了,而你竟然这样报答我。要是你的棉花上市时收成不如别人,我想你打的赌不会输吗?我能想象得出汤普金斯在你面前那副耀武扬威的样子,你会像女人一样乖乖地把赌输的钱交出来,是吧?我觉得你会这样做的!"

像别的种植园主一样,雷格里只有一种野心——棉花上市时收成比别人都好。对这一季即将在城里上市的棉花,他跟好几个人都打了赌。因此,凯茜用女人的机智,触动了雷格里唯一敏感的神经。

"好吧,我先饶了他吧,"雷格里说,"但是他必须求我宽恕,保证以后放老实一点。"

"那他不会答应的。"凯茜说。

"不答应,嗯?"

"是的,他是不会答应的。"凯茜说。

"我倒想知道为什么,太太。"雷格里用极端轻蔑的口吻说。

"因为他做得对,他明白这一点,不愿意说他做错了。"

"他明不明白关我屁事!黑鬼必须按我的意愿办,不然——"

"不然你在棉花收成上打的赌就要输——你在这么大忙的时候不让他下地。"

"可是他会屈服的,当然会的。我还不了解这些黑鬼?今天早晨他会像狗一样讨饶的。"

"他不会的,西蒙,你不了解他是什么样的人。你可以一点一点地把他折磨死,但不会从他嘴里得到一个告饶的字的。”

“我们等着瞧吧。他在哪儿?”雷格里说着往外走去。

“在轧棉机房的那间废弃屋里。”凯茜说。

虽然雷格里跟凯茜说话时嘴很硬,但从屋里出来时心里颇有几分担忧,这种情况对他来说并不多见。昨晚的梦境,加上凯茜谨慎的劝告,极大地影响了他的想法,他决定自己跟汤姆交锋时不让别人在场。他还下定决心,如果这一次压不服他,暂时不对他报复,等找到更合适的时机再跟他算账。

庄严的曙光——晨星的天使的光辉——从汤姆躺着的破屋的简陋的窗户中射了进来。庄严的话语仿佛随着星光一起降临:“我是大卫的根,又是他的后代,是明亮的晨星。”[①]凯茜玄妙难解的警告和暗示不但没有让他的内心感到沮丧,反而像天国的召唤那样让他感到精神振奋。他以为当东方出现曙色时,他的死期就来临了。他想到他常常幻想的宇宙胜景:永远绚丽的彩虹下的巨大的白色宝座、声音甜美的白衣天使,还有王冠、棕榈树和竖琴。想到这一切都将在日落前出现在他眼前时,巨大的欣喜和强烈的渴望使他的心怦怦直跳。因此,当他听见迫害者走近的脚步声和说话声时,他一点儿也没有害怕发抖。

“喂,伙计,”雷格里说着轻蔑地踢了汤姆一脚,“你感觉怎么样啊?我不是告诉你我要教训教训你吗?你觉得滋味怎么样,嗯?这一顿揍还习惯吗,汤姆?你今天没有昨晚那么神气了嘛。现在你不能给可怜的罪人讲道了,是吗?”

汤姆没有回答。

“站起来,你这畜牲!”雷格里说着又踢了他一脚。

对一个遍体鳞伤、十分虚弱的人来说,这件事实在是太难了。汤姆费劲地想站起来,雷格里在一旁残忍地笑着。

“今天早晨你怎么这么灵活啊,汤姆?大概昨晚受凉了吧。”

汤姆这时已经站了起来,面对着主人站着,脸上一副坚毅的神色。

“他妈的,你真行啊!”雷格里说着把他上下打量了一番,“我相信你还没给揍够呢。好,汤姆,还不跪下来向我赔罪,你昨晚闹得够凶的了。”

---

① 见《圣经·新约·启示录》第二十二章第十六节。

汤姆没有动。

“跪下,你这个狗东西!”雷格里说着用马鞭抽了汤姆一下。

“雷格里老爷,”汤姆说,“我不能跪,我只是做了我认为正确的事情,如果再遇到这种情况,我还会这样做的。不管发生什么事,我决不做残酷的事。”

“不错,可是你不知道接下去会发生什么事呀,汤姆老爷。你以为你挨的打够重的了,我告诉你,这根本算不了什么——简直微不足道。把你绑在一棵树上,用火在你四周慢慢烧怎么样,那该是很惬意的事吧,汤姆?”

“老爷,”汤姆说,“我知道你会做出可怕的事的,但是,”他挺直了身子,两手十指交错紧紧握在一起,“但是,你杀死了我的肉体之后,就再也无能为力了。啊,在那以后就是永生了!”

永生,这个黑人说话时,这个词像光和电一般震撼了他的灵魂,它也震撼了这罪人的灵魂。就像被蝎子咬了一口似的,雷格里气得咬牙切齿,一句话都说不出来,而汤姆则像一个获得解放的人,用清晰、愉快的声音说:

“雷格里老爷,既然你买了我,我会做你忠实的仆人的,我会用我的双手、我全部的时间和力量为你干活,但是我不会把自己的灵魂交给任何人的。我要坚信上帝,把他的命令置于一切之上,不管是死是活,都这样,这是肯定的。雷格里老爷,我一点儿也不怕死,我还愿意死呢。你可以用鞭子抽我,让我挨饿,用火烧我,这样只会早一点把我送到我想去的地方。”

“用不了多久,我会让你屈服的。”雷格里怒气冲冲地说。

“我会得到帮助的,”汤姆说,“你是不会得逞的。”

“究竟谁会帮助你呢?”雷格里轻蔑地说。

“全能的上帝。”汤姆说。

“你这该死的!”说着,雷格里一拳把汤姆打倒在地。

这时,一只冰冷、柔软的手落在了雷格里的手上,他转过身,原来是凯茜。但一接触到这冰冷、柔软的手,他就想起前一天夜里做的梦,于是,夜静更深时分、焦虑难眠之际一切可怕的图景全都在他脑海中闪现,并且伴随着当时的恐怖气氛。

“你真想做傻瓜吗?”凯茜用法语说,“随他去吧! 让我一个人来把他调理好,好让他能下地干活。我刚才对你说的没错吧?”

人们说,鳄鱼和犀牛尽管全身裹着刀枪不入的铠甲,但都有一处致命的弱点。目无上帝、无所顾忌的凶残的恶棍共同的致命弱点是因迷信而引起的恐惧感。

雷格里转过身子,他决定把这事暂时放一放。

“好吧,随你怎么办吧。”他固执地对凯茜说。

“你听着!”他对汤姆说,“我现在不跟你算账,因为活很忙,我需要所有的人去干活,可是我决不会忘记的。我先给你记下这笔账,总有一天我要用你这张老黑皮偿还的,当心点!”

雷格里转身出去了。

“又来这一套了。”凯茜看着他的背影愤愤地说,“跟你算账的日子也会到来的。可怜的朋友,你怎么样了?”

“上帝派使者来了,这次让狮子闭上了嘴。”汤姆说。

“这一次是闭上了嘴,”凯茜说,“可是现在你招了他的恨,这怨恨就会天天跟着你,像狗一样紧紧咬住你的喉咙,吸你的血,让你的血一滴一滴地流干后死去。我了解这个人。”

第37章

自由

> 不管他被用何等庄严的仪式奉献在奴隶制祭坛之上，只要他一踏上英国神圣的土地，祭坛和神都会一起堕入尘土，他就会在不可抗拒的世界范围的解放的潮流中获得拯救、新生和自由。
>
> ——寇伦[1]

我们必须暂时把汤姆放在迫害者的手中，回头去追叙乔治和他妻子的命运，当时我们把他们托付给了路边的一座农舍里的朋友们。

我们上次离开汤姆·洛克的时候，他躺在一张纤尘不染的教友会教友的床上翻来覆去地呻吟着，多加大婶像慈母般照料着他，她很清楚地看出来，汤姆这个病人简直就像生病的野牛一样很难驯服。

请想象一位有尊严、崇高纯洁的高个子女人，一双沉思的灰眼睛上是宽阔光洁的额头，银白色的鬈发分梳两旁，上面戴着一顶洁净的平纹细布帽；一块折叠得整整齐齐的雪白的纱手帕别在胸前。她在室内轻轻来回走动时，身上光滑的棕色丝绸衣服便发出窸窸窣窣的响声。

"见鬼！"汤姆·洛克说着猛地把被子掀开。

"汤姆，我必须要求你不要说这种话了。"多加大婶一边平静地把被子整理好一边说道。

"好吧，老奶奶，要是我忍得住就不说好了，"汤姆说，"可是该死的天这

① 寇伦（1750—1817），爱尔兰政治领袖，国会议员，上文引自他所著的《英国法律》一书。

么热,哪能让人忍得住啊!”

多加从床上拿走一床盖被,又把被子整理好,把四边掖得严严实实,弄得汤姆看起来像只蝶蛹似的。她一边理床一边说:

“朋友,我希望你不要再咒骂人,注意行为举止。”

“注意那鬼玩意儿干什么?”汤姆说,“我最讨厌考虑这种事,见鬼去吧!”说着他猛地一翻身,掖好的被子给掀开了,床上给弄得乱七八糟,看了真让人不舒服。

“那男的和女的都在这儿吧。”停了一会儿,他愠怒地说。

“是在这儿。”多加大婶说。

“他们最好离开这儿到湖边去,”汤姆说,“越快越好。”

“也许他们会去的。”多加大婶一边平静地织着毛衣一边说。

“你听我说,”汤姆说,“在桑达斯基我们有报信人,为我们监视船只。现在告诉你我也不在乎了。我希望他们能逃脱,故意气气玛克斯,那该死的狗崽子!见他的鬼!”

“汤姆!”多加大婶说。

“我可以肯定,老奶奶,要是你把我逼得太紧了,我可会炸的。”汤姆说,“不过说到那个女的,让他们给她化装一下,把她的外貌改变一下。桑达斯基已经有描绘她的告示了。”

“我们会注意这件事的。”多加用她特有的镇定说。

我们在此向汤姆·洛克告别的时候,最好交代一下,汤姆除了其他的病痛之外,又得了风湿热,在那教友会信徒家躺了三个星期。病好后他学乖了,他不再干追捕逃奴的事,迁往一个新开发的小村庄落了户,他的才能在捕猎熊、狼和丛林中别的野物方面得到了更好的发挥,后来在那一带居然出了名。汤姆总是用尊敬的口吻说起教友会的人。“好人,”他总是说,“想要我皈依教友会,可是没完全成功。不过你听我说,朋友,他们治起病来可真是一流的。没错,做的肉汤和小摆设好极了。”

因为汤姆已经告诉他们在桑达斯基会有人搜寻他们这一行人的行踪,所以他们认为,为谨慎起见,还是分开走为好。吉姆和他的老母亲被先送走了,过了一两天,他们乘着夜色又把乔治、伊莱扎和他们的孩子悄悄用马车送到桑达斯基,住在一户友好的人家,准备渡河,走完最后一段行程。

现在他们的黑夜即将过去，自由的晨星在他们面前升起，闪闪发亮。自由——这电一般的字眼！它是什么？它只是徒有空名——一个华丽的辞藻吗？美国的男人和女人们，听到它，为什么你们整个生命为之激动，你们的父亲们为之流血，你们更勇敢的母亲们心甘情愿地为之献出最优秀的儿女？

被一个国家视为光荣而宝贵的东西，对一个人来说难道不光荣而宝贵吗？如果没有国家中个人的自由，哪有这个国家的自由呢？那个双臂抱在宽阔的胸前坐在那儿的年轻人，脸上带着非洲人的肤色，眼中燃烧着怒火，对于他——乔治·哈里斯来说，自由意味着什么？对你们的父辈来说，自由是一个国家作为国家存在的权利，而对于他来说，自由是人作为人而不是作为兽存在的权利；是把心爱的妻子称作妻子，使她免遭不法强暴的权利；是保护和教育儿子的权利；是拥有自己的家、自己的宗教信仰、让自己的人格不受他人奴役的权利。当乔治用手支着头，沉思地看着他的妻子在纤巧的身上穿上男人衣服时——大家认为这是最安全的脱险办法——这些思绪在他胸中翻腾。

"现在该动手了。"她说。她这时站在镜子前，将她一头浓密的缎子般的黑色鬈发抖落下来。"我说啊，乔治，这真有些可惜，是吗？"说着她开玩笑似的捧起一把头发，"全都剪掉太可惜了吧？"

乔治苦笑了一下，没有回答。

伊莱扎转向镜子，剪刀闪亮着，一绺接一绺的长发从她头上掉落下来。

"好啦，行了，"说着她拿起发刷，"现在稍稍修饰一下就可以了。"

"怎么样，我像不像漂亮的小伙子？"她笑着转向丈夫说，脸上飞起两朵红云。

"你怎么打扮都好看。"乔治说。

"到底什么事让你这么一脸严肃？"伊莱扎说着跪下一条腿，把一只手放在乔治的手上，"他们说，只要再过二十四小时我们就到加拿大了。只要在湖上走一天一夜，然后——啊，然后——"

"啊，伊莱扎！"乔治说着，把她拉到身边，"正是这样！现在我的命运全都归结到一点上。离得这么近了，差不多能看见了，万一又变成一场空呢。我再也不能在奴隶制度下生活了，伊莱扎。"

"别害怕！"妻子满怀希望地说，"如果仁慈的上帝不打算让我们逃出去的话,他就不会让我们走这么远了。我似乎感觉到他和我们在一起,乔治。”

“你是个有福的女人,伊莱扎!”乔治说着,突然一把搂住她,“可是,啊,告诉我,我们真能得到这伟大的恩典吗?这么多年的苦难就要结束了吗?我们会获得自由吗?”

“对此我确信无疑,乔治。”伊莱扎说着仰望上天,希望和激动的泪珠挂在她长长的黑睫毛上,闪闪发亮,“我从内心感觉到,就在今天,上帝会使我们摆脱奴隶制的奴役。”

“我相信你的话,伊莱扎,”乔治说着突然站了起来,“我相信!来,我们走吧。嗯,确实如此。”说着,他把她从身边推到一臂远的地方,爱慕地看着她,“你真是个漂亮的小伙子。那一头短短的鬈发很相称。戴上帽子吧。行,稍稍歪一点。我从来没见过你这么漂亮。哎,马车快来了,不知道史密斯太太给哈利打扮好了没有。”

门开了,一位举止端庄的中年妇女领着小哈利走了进来,哈利穿着女孩的衣服。

“他扮得多像漂亮的女孩啊!”伊莱扎说着让哈利转了一圈,“你看,我们叫他哈利特,这名字多合适啊!”

孩子站在那儿,神情严肃地看着穿了一身新奇衣服的妈妈。他一言不发,偶尔深深吸一口气,眼睛从他的黑鬈发下面瞟他妈妈一眼。

“哈利,还认识妈妈吗?”伊莱扎说着向他伸出双手。

孩子害羞地紧紧抓着那妇人。

“得啦,伊莱扎,你知道他不能跟你待在一起,为什么还要逗引他呢?”

“我知道这很傻,”伊莱扎说,“可是让他离开我,真让我难受。算了,我的斗篷呢?在这儿,男人应该怎样穿斗篷,乔治?”

“你应该这样穿。”她丈夫说着把斗篷披在肩上。

“哦,是这样。”伊莱扎说着模仿着乔治的动作,“我还得把脚步放重,迈大步,做出粗犷的样子。”

“不要太过分,”乔治说,“也会有一些举止谦和的小伙子的。我觉得你扮那种性格的人更容易一些。”

“你瞧这副手套!天哪!”伊莱扎说,“哎呀,我的手都看不见了。”

“我劝你一直戴着别脱,”乔治说,“你纤细的小手可能会把我们都暴露了。哎,史密斯太太,请你记住,你是我们的姑姑,由我们送你去加拿大。”

“我听说,”史密斯太太说,“他们已经有人给所有的班轮船长打过招呼了,要他们注意一对带孩子的夫妇。”

“是吗!”乔治说,“好吧,要是我们看见这些船长,我们会招呼他们的。”

这时一辆出租马车在门口停下了,接待这些逃亡奴隶的热情友好的这一家人围住了他们,同他们告别。

这一行人是根据汤姆·洛克的建议化装的。史密斯太太是位居住在加拿大的体面的女人,正巧要过湖回加拿大去,而乔治他们也要逃往加拿大,她于是同意扮作小哈利的姑妈。为了让哈利对她有感情,夫妇俩让哈利最后两天由她一人照料。百般抚爱加上大量的糖果、果仁糕饼,使孩子和她的关系十分密切了。

出租马车驶到轮船码头。两个男青年——外表上如此——走过跳板上了船,伊莱扎彬彬有礼地让史密斯太太挽着她的胳膊,乔治照料着行李。

乔治站在船长室门口为他们一行人办手续,他听见了旁边两个人的谈话:

“我仔细看过了上船的每一个人,”一个人说,“我肯定他们不在这条船上。”

说话的是船上的职员,跟他说话的人是我们过去的朋友玛克斯,他以自己特有的毅力一直追到桑达斯基,搜寻他可以捕捉的对象。

“你很难把那女人跟白人妇女区分开来,”玛克斯说,“那男人是个混血儿,肤色很白,他一只手上有烙印。”

乔治接船票和找回零钱的手哆嗦了一下,可是他镇定地转过身,漫不经心地朝说话人的脸上看了一眼,然后悠闲地朝船的另一边走去。伊莱扎正在那儿等他。

史密斯太太和小哈利来到僻静的女客舱,女客们对皮肤微黑的假姑娘大加夸奖。

开船的铃声响了,看见玛克斯走过跳板上了岸,乔治稍稍平静了一些。等到船已开出很远,不会回头时,他才长长地出了一口气,宽下心来。

这一天天气晴朗,阳光下,伊利湖蓝色的浪花跳跃着,湖面水波荡漾,波光粼粼。一阵清新的风从岸边吹来,这艘气势非凡的轮船劈波斩浪,英姿飒爽地向前驶去。

啊，人的心中蕴藏着什么样的不为人知的世界啊！当乔治和他羞涩的同伴并肩在轮船甲板上镇定自若地散步时，又有谁能想到沸腾在他胸中的所有那些炽烈的情感呢？那似乎即将到来的天大的幸事太好、太美了，看起来好像不真实。那一天他每时每刻都在提心吊胆，生怕会出现意外，把他即将到手的东西夺走。

可是轮船还在飞速航行，时间一小时一小时地飞快逝去，终于，幸福的英属海岸清清楚楚、完完全全地出现在眼前。这海岸似乎具有无比强大的魔力——只要一接触便可以解除奴隶制的一切符咒，不管它是用哪一种语言宣布的，也不管它是由哪个国家的法律准许的。

当轮船靠近加拿大的小城阿默斯特堡时，乔治和他的妻子手挽着手站在甲板上。他的呼吸越来越急促，眼睛里似乎蒙上了一层迷雾，默默地紧握着在他的手臂里颤抖的那只小手。铃声响了，船靠岸了。他几乎没看清自己干了些什么，就很快拎出行李，把他那小小的一行人集合在一起，上了岸。他们静静地站在岸边，直到船上的人都走完了。这时，夫妻俩含着热泪，频频拥抱，然后抱着惊诧不已的儿子，跪倒在地，感谢上天！

就像从死亡中勃发生命，
坟墓的尸衣成了天堂的锦袍；
脱离了罪恶的领地和感情的困扰，
被赎的灵魂获得完全的自由；
这儿，死亡和地狱的一切枷锁被打碎，
慈悲之手转动了金钥匙，
慈悲的声音说：欢庆吧，你的灵魂自由了，
凡夫俗子获得了永生。

一行人由史密斯太太引着来到一位善良、好客的传教士的住所，他是被基督教慈善机构派驻在这儿，专门收留那些不断逃过来寻求避难的无家可归的人的。

谁能想象出这些获得自由的人第一天的幸福心情？自由难道不是一种

比人生其他感觉更崇高、更美好的感觉吗？行动、说话、呼吸、出去、回来都不再受到监视，不再受到威胁了！当上帝给予人的权利受到法律的保护之后，自由人可以安然入眠了，这种幸福谁能表达出来呢？那熟睡的孩子的脸庞对于母亲来说，是多么可爱、多么珍贵啊！想起过去遭受的种种危难，他们此刻备感欣慰！拥有如此的幸福和快乐，要想入眠是不可能的！这一对夫妇下无寸土，上无片瓦，他们花光了最后一元钱，除了天上的飞鸟、田野的花朵，他们一无所有，可是他们却快乐得无法入睡。“啊，剥夺了别人自由的人，你们该怎样向上帝交代？”

第38章

胜利

感谢上帝，他赐给我们胜利。[1]

在令人厌倦的人生之旅中，有时候我们许多人不是感到死要比活着容易许多吗？

殉道者即使面对死亡的痛苦和折磨，也能在对厄运的恐惧中获得强烈的鼓舞和激励。他内心有一种精神的昂奋和激情的迸发，可以使他经受任何危险和痛苦的考验，这正是不朽的荣耀和永恒的生命诞生之时。

可是活下去，日复一日在卑微、痛苦、低贱和折磨人的奴役中销蚀着生命，精神变得日益消沉、颓唐，感情因受压抑而变得麻木，这种对心灵长期的磨难和蹂躏，这种内在生命一点一滴、每时每刻、日复一日的缓慢流逝，是对人的本质真正、彻底的考验。

当汤姆面对面地站在迫害他的人的面前，听见他的威胁时，他感觉到自己的最后时辰已经到了，心中顿时勇气倍增，觉得自己能够忍受任何折磨和苦难，看得见耶稣和天堂离他只有一步之遥了。可是当迫害者离去之后，当时昂奋的激情渐渐消退了，浑身伤痛和疲倦又向他袭来，极端屈辱、无助和凄惨的感觉又回来了。这一天，他是在委靡不振中度过的。

汤姆的伤还没有痊愈，雷格里就坚持要他正常下地干活，于是他又开始了日复一日的痛苦和疲劳，加上一个卑鄙、恶毒之人能想得出来的所有令人

① 见《圣经·新约·哥林多前书》第十五章第五十七节。

感到屈辱的折磨，汤姆受的苦就更深重了。我们知道，谁要是经受过这种痛苦，即使还受到一些安抚和慰藉，也必定脾气暴躁、性格乖戾。汤姆对同伴们的坏脾气已不再觉得奇怪了，不但如此，他还发现自己一贯平静、温和、亲切的性格在痛苦的不断侵蚀下，已经很难再持续下去了。

汤姆原以为自己能有点闲暇读《圣经》，可是这儿根本没有闲暇这回事。在农忙季节，雷格里毫无顾忌地逼着奴隶们天天干活，连礼拜天也不放过。他为什么不这样干呢？这样他多收了棉花，打赌赌赢了，就是多累死几个黑奴，他还可以买更好的。开始，汤姆每日劳作回来之后，还能就着摇曳的火光读上一两节《圣经》，可是自从他挨了那顿毒打以后，收工回来后已经疲惫不堪，一看书就头晕眼花，在极度的筋疲力尽中，只能和别人一样躺下来睡觉。

迄今为止，一直支撑着他的宗教信念和宁静的心情让位于灵魂的不安和心灵的绝望，这难道有什么奇怪吗？这神秘生命中最令人沮丧的问题总是出现在他眼前——灵魂被摧残、遭毁灭，邪恶得胜，上帝沉默不语。一连好几个星期、好几个月，在黑暗和悲伤中，汤姆的内心深处都在进行着搏斗。他想起奥菲丽亚小姐给他肯塔基主人家写的那封信，热切地祈求上帝赐给他自由。然后他会一天又一天地翘首盼望，怀着渺茫的希望，盼着有人奉命来赎他。结果没有人来，他便竭力压下自己的怨恨想法：信奉上帝没有用，上帝把他给忘了。他有时看见凯茜，有时被叫到宅屋去的时候，会瞥见爱默琳垂头丧气的身影，但是他跟她们很少说话，事实上他也没有时间跟任何人说话。

一天晚上，他身心疲惫、万分沮丧地坐在一小堆快要熄灭的柴火旁烤着粗玉米饼当晚饭。他往火堆里添了几根柴，想把火烧旺一些，然后从衣袋里掏出那本用旧的《圣经》。里面所有那些做记号的段落过去总是让他的灵魂激动不已，这些都是自古以来的祖先、先知、诗人和圣贤说的话，是鼓舞人心的，是无数见证人的声音。在人生的历程中，他们永远生活在我们中间。这些话失去力量了吗？还是他日益衰退的眼力和逐渐麻木的感官不再能被那巨大的神灵感应所打动了呢？他沉重地叹了一口气，把《圣经》放回口袋里。一阵粗野的笑声让他吃了一惊，他抬起头，见雷格里正站在他面前。

“喂，老伙计，”他说，“好像你发现你的宗教不灵了吧！我早就知道最终会让你脑袋瓜子明白这一点的!"

这刻毒的奚落比饥饿、寒冷和赤身裸体更让人难以忍受,汤姆没有做声。

"你真是个傻瓜,"雷格里说,"因为我买下你的时候本想不亏待你。你本来可能会过得比山宝和昆宝都要好,日子会过得很轻松,而不是每过一两天就挨一次打;你也许可以耍耍威风,揍别的黑奴;你还可以不时地喝上两盅威士忌潘趣酒痛快痛快。得啦,汤姆,难道你不觉得自己最好放聪明一点,把你那本没用的破玩意儿扔到火里去吗?改信我的教吧!"

"上帝是不会容忍这样做的!"汤姆语气强硬地说。

"你知道上帝是不会帮助你的,要是他会的话,就不会让你落在我的手中了!这宗教全是一堆谎话连篇的破烂货,汤姆,我全知道。你最好还是依靠我,我可是个人物,是干大事的人!"

"不,老爷,"汤姆说,"我要坚持下去。上帝也许会帮助我,也许不会,但是我要依靠他,至死都会信仰他!"

"那你就更蠢了!"雷格里说着轻蔑地朝他啐了一口唾沫,又踢了他一脚,"没关系,我不会饶过你的,非得治服你不可。等着瞧吧!"说着雷格里转身走开了。

当沉重的压力把灵魂压到它所能承受的极限时,人体内的全部体力和勇气就会立刻作出拼死的努力,要掀翻这个重压,因此,最沉重的痛苦之后常常是欢乐和勇气的回归。汤姆现在的情况就是如此。他那残酷的主人目无上帝的嘲弄使他原先就十分沮丧的灵魂沉落到了最低处;虽然信仰的手仍然紧紧抓住那永恒的岩石,但是这抓握已经麻木而绝望了。汤姆正坐在火堆旁发愣,突然,他周围的一切似乎都消失了,眼前出现了头戴荆冠、被打得遍体流血的那个人。汤姆敬畏又惊奇地看着那张庄严而坚忍的脸,那双深邃而忧郁的眼睛深深地打动了汤姆的心灵。他的灵魂苏醒了,他充满激情地伸出手,跪倒在地上。渐渐地,眼前的景象改变了,尖锐的荆棘变成了金光四射的光轮,他看见在无比灿烂的光辉中,那张脸充满同情地俯视着他,一个声音说道:"获胜的将要与我一同坐在我的宝座上,就像已获胜的我与我父同坐在他的宝座上一样。”①

汤姆在地上躺了多久，他自己也不知道，当他苏醒过来的时候，火已经熄灭了，衣服已经被冰冷的露水浸湿了。但可怕的精神危机已经过去了，他心中充满了欢乐，不再感到饥饿、寒冷、屈辱、失望和痛苦。从那一刻起，他从心灵深处放弃了尘世间的一切希望，把自己的意志毫无保留地奉献给了上帝。汤姆抬起头仰望着那些沉默、永恒的星辰——一群群各种各样永远俯视人间的天使。这时寂寥的夜空中回响起一首歌颂凯旋的赞美诗的诗句，这是他在过去快乐的时光经常唱的，但从来没有像现在这样令人动情：

地球将会像雪一样融化，
太阳将不再照耀；
但从天国召唤我的上帝，
将永远和我在一起。

当尘世的生命结束，
肉体和感觉将会消失；
我将在天国之中，
拥有欢乐宁静的生活。

当我们在天国生活了一万年，
像太阳一样灿烂辉煌；
我们赞美上帝的日子依然无限，
就像刚刚开始时一样。

那些熟悉黑奴宗教历史的人都知道我们所讲述的情况在黑奴中间十分普遍，我们曾听他们亲口讲过一些非常感人的故事。心理学家对我们说过这样一种情况：当一个人的感情和想象在他内心占据了主导地位并强烈得难以控制时，就会迫使外部感官为其服务，让它们将内心的想象转换成具体

① 见《圣经·新约·启示录》第三章第二十一节。

的形态。谁能够估测出一个无所不在的圣灵会使我们凡人创造出什么样的奇迹,或者会用什么样的方式激励那些不幸的人的沮丧的灵魂呢?如果这被遗忘的可怜的黑奴相信耶稣会对他现身并说教,那又有谁会去反驳他呢?耶稣不是说过,他的使命就是世世代代使伤心的人得到抚慰,使受伤害的人获得自由吗?

当朦胧的曙光唤醒沉睡的人下地干活时,在这群衣衫褴褛、冷得浑身颤抖的可怜人当中,有一个人却步履欢快,因为他对全能的上帝和永恒的爱的坚强信念比脚下的土地更坚实。啊,雷格里,现在任你滥施淫威吧!极度的痛苦、灾难、屈辱、贫困和丧失一切只会加快他成为上帝名下的一个王和祭司的进程。

从这时候起,这受压迫者卑微的心被一个不可侵犯的宁静区域包围着,无所不在的救主将它变成了一座圣殿。现在一切都消失了,尘世的烦恼带来的痛苦消失了,在希望、恐惧和欲望之间的情绪波动消失了。那长期被压抑、扭曲的苦苦挣扎着的人的意志现在与神的意志完全融合在一起了。剩下的生命的航程现在显得那么短,永恒的幸福显得那么近、那么清晰,因此,人世间最大的灾难再也伤害不了他了。

所有的人都注意到了他外表的变化:愉快和敏捷似乎又在他身上出现了,任何侮辱和伤害都无法搅乱他内心的平静。

“汤姆到底着了什么魔了?”雷格里对山宝说,“前几天他还像只瘟头鸡一样,现在却神气得像只小公鸡似的。”

“不晓得,老爷,也许他打算逃跑吧。”

“咱们倒想看看他敢不敢试试。”雷格里狞笑着说,“对吧,山宝?”

“可不是吗!哈!哈!哈!”这黑魔谄媚地笑着说,“天哪,那才有趣呢!看他陷在烂泥里,在小树林里乱跑乱窜,一群狗死死咬住他不放!天哪,上回抓住莫莉的时候,我肚子都要笑炸了。我还以为没等我把这些狗赶开,她就会被撕烂呢。那一回闹得真热闹,现在她身上还有伤疤呢。”

“我看这些伤疤她要带进坟墓了。”雷格里说,“不过,山宝,你要多留神。要是这黑鬼真的打算逃跑了,可不能让他得逞。”

“老爷,这事交给我吧,”山宝说,“我会追得他无路可逃。哈,哈,哈!”

这番话是雷格里准备进城上马时说的。那天晚上他回来时,决定掉转马头，到奴隶村去转一转，看看是否一切平安无事。

这是个月光皎洁的夜晚，楝树的倩影清晰如画地投在下面的草地上。夜空透明而寂静，破坏它简直是一种亵渎。雷格里离黑奴村还有一小段距离时，听见有人唱歌的声音。在那地方歌声可是很稀少的，于是他停下来注意听。一个悦耳的男高音唱道：

当我能明确地预言，
自己在天国大厦拥有一席之地；
我将告别一切恐惧，
擦干流泪的双眼。

即使整个世界都对我的灵魂进攻，
向我投来阵阵狠毒的镖箭；
我能笑对撒旦的狂怒，
直面世人的白眼。

任忧虑像洪水汹涌，
悲伤的风暴阵阵袭来；
我只求平安地到家，
我的上帝，我的天国，我的永恒世界。

"嗬，是这样！"雷格里自言自语地说，"原来他有这种想法，不是吗？我真恨这些该死的美以美会的赞美诗！喂，你这黑鬼，"他突然来到汤姆面前，举起马鞭说道，"你怎么敢在睡觉的时候在这里大叫大嚷？闭上你那张黑臭嘴，给我滚进去！"

"是，老爷。"汤姆欣然地说着，站起身就往屋里走。

汤姆明显高兴的神态令雷格里大为恼火，他策马上前，抡起鞭子对汤姆的头上、肩上一顿痛打。

"哼，你这狗东西，"他说，"看你还这么舒坦不！"

可是，现在鞭子只落在他的肉体上，而不是像过去那样落在他的心上了。汤姆非常驯服地站在那儿,可是雷格里不得不承认,他对这个奴隶的控制力不知怎的已经消失了。汤姆进了小屋,雷格里猛地掉转马头,这时他心中犹如划过闪电一般豁然一亮,黑暗而邪恶的灵魂中往往也有良知的闪现。他完全明白了,站在他和他的受害者之间的正是上帝,于是他破口大骂起上帝来。那个卑顺、沉默的人,任你怎么嘲骂、威胁、鞭挞、滥施暴行,都无法扰乱他内心的平静,但这却在雷格里的心中响起了一个声音,就像从前他的救主激怒了魔鬼的灵魂,使魔鬼发出了这样的喊声:"我们和你有什么相干,拿撒勒人耶稣?那个时刻还没有到,你就要让我们受苦吗?"①

汤姆对他身边的处境悲惨的人充满了怜悯和同情,他似乎觉得自己一生的痛苦现在已经结束了,上帝赐给了他宁静和快乐这奇异的宝藏,他渴望能把这些宝藏分一些给他们,以减轻他们的痛苦。的确,这样做的机会很少,但是在下地和回来的路上,在干活的时候,他还是遇到了向那些筋疲力尽、心灰意冷、垂头丧气的人伸出援助之手的机会。开始,那些疲惫不堪、变得十分粗野的可怜人很难理解他的行为,可是他一星期又一星期、一月又一月地坚持着,他的做法开始打动他们那沉寂已久、麻木不仁的心弦。这奇怪、沉默、有耐心的人总是乐于为每一个人承担重负,却不求助于人;他对谁都谦让,甘居末位,索取最少,可是却争先把自己很少的一点东西拿出来与任何需要的人分享;他经常在寒冷的夜晚,把自己的破毯子盖在某个因病冷得发抖的女人身上,让她暖和一点;他甘冒自己分量不足的极大风险,把自己摘的棉花塞进体弱者的筐子里;他虽然受到他们共同的暴君的无情迫害,却从不和他们一起对他诅咒谩骂。渐渐地,不知不觉地,他终于对他们产生了奇异的影响力。当农忙季节过去之后,他们又有礼拜天可以自己支配的时候,许多人便会聚集在一起听他讲耶稣的故事。他们会很高兴地聚在一个地方听他讲道、祈祷、唱赞美诗,但是雷格里却不允许他们这样做,他好几次恶狠狠地咒骂着驱散了他们的聚会,所以这类福音只能一个人一个人在传递。可是,那些被抛弃的可怜人,对他们而言,生活只是通向黑暗和未知的未来,毫无欢乐的旅程,当他们听说有一个怜悯他们的救主和天堂时,谁又能体会到他们心中的快乐呢?传教士们说,在世界上所有的种族中,没有

① 见《圣经·新约·马太福音》第八章第二十九节。

哪一个能像非洲人那么热切、那么虔诚地接受福音。而这基础是信赖和毫不怀疑的信念,这是非洲人的天性,其他民族是无法与之相比的。在他们中,常常可以见到这种情况,一颗被风偶然吹进最无知的心田的真理种子,竟然结出了果实,其丰硕的收获往往令更有教养、更有知识的人汗颜。

那可怜的黑白混血女人,她淳朴的信仰几乎已被雪崩般落在她身上的残暴和不义所摧毁,但在下地干活和回家的路上常听这位卑微的传教士轻声细语地对她讲赞美诗和《圣经》片段之后,她的灵魂振奋起来。癫癫狂狂、神思恍惚的凯茜在他淳朴而潜移默化的影响下得到了安慰,变得平静了。

凯茜在一生巨大痛苦的刺激下变得疯狂而绝望,她经常在内心深处考虑对仇人进行惩罚,为自己亲眼目睹和亲身遭受的一切不义和残暴向压迫者复仇。

一天夜里,汤姆小屋里的人都沉沉地睡去之后,他忽然从充当窗户的圆木之间的洞里看见了凯茜的面孔,不觉吃了一惊。她不出声地对他做了个手势,让他出去。

汤姆走到门外,这时是深夜一两点钟,外面月光皎洁,万籁俱寂。月光照在凯茜乌黑的大眼睛上,汤姆注意到她眼中有一种狂乱而又异样的光芒,和平时呆滞、绝望的神情不一样。

"过来,汤姆老爹,"说着她把自己的小手放在他的手腕上,用力把他往前拉,手劲大得可怕,好像她的手是用钢铁铸成的,"过来,我有事要告诉你。"

"什么事啊,凯茜小姐?"汤姆急切地问。

"汤姆,你想获得自由吗?"

"我会获得自由的,小姐,上帝会为我安排的。"汤姆说。

"啊,果真如此,不过你今夜就可以获得自由了。"凯茜立即劲头十足地说,"走吧!"

汤姆犹豫着。

"来吧!"她轻声说道,乌黑的眼睛盯着汤姆,"走吧! 他睡着了——睡得很死。我在他的白兰地里放了不少麻醉药,他才睡得这么死的。要是多放一些就好了。我真不该找你,不过还是来吧,后门锁已经打开了,那儿有一把斧头,是我放在那儿的。他房间的门敞开着。我来给你带路。要不是我胳膊没劲,我就自己干了。来吧!”

“万万使不得,小姐!”汤姆坚决地说,同时停住了脚,把急急往前走的凯茜拦住了。

“可是想想所有这些可怜人吧,”凯茜说,“我们可以让他们都获得自由,到沼泽地找个小岛住下来一起生活——我听说有人这样做过。无论什么样的生活也比这儿的强啊。”

“不行!”汤姆坚决地说,“不行!邪恶决不会有好结果的,我宁可砍掉我的右手,也不会这样干!”

“那我来干吧!”凯茜说着转身就走。

“啊,凯茜小姐!”汤姆说着跪倒在她面前,“看在为你而死的亲爱的救主的分上,不要这样把你宝贵的灵魂出卖给魔鬼吧!这样做绝没有好结果的,上帝没有叫我们报复啊!我们必须忍受,等待他的时间安排。”

“等待!”凯茜说,“我难道没有等待吗?我等得头晕心烦!这个恶人让我受了什么苦?他让几百个可怜人受了什么苦?他难道不正在榨干你的生命吗?我觉得自己有责任,他们在召唤我!他的时候到了,我要向他索命了!”

“不,不,不!”汤姆握着她那双小手说,这双手因为用力过度而一阵阵痉挛着,“不,你这可怜、迷失的灵魂,千万别这样做啊。亲爱而神圣的主从来不让别人流血,他宁可自己流血,即使对他的仇敌也是如此。上帝啊,让我们以你为榜样,爱我们的敌人吧。”

“爱!”凯茜眼中闪着凶光说,“爱这种敌人,血肉之躯的人是做不到的。”

“是的,小姐,是做不到,”汤姆说着抬起头来,“但是上帝给了我们这种胸怀,这就是胜利。当我们能在任何情况下克服一切困难去爱和祈祷时,战斗就结束了,胜利就已经来临。荣耀属于上帝!”说到这儿,这个黑人热泪盈眶、声音哽咽地抬头仰望苍天。

啊,非洲!你是最后受召唤的民族,被召唤去戴荆冠、受鞭挞、流血汗、背负苦难的十字架,这是你的胜利!当天国降临人间时,你将和基督一同为王。

汤姆深沉炽烈的情感、他柔和的声音和他的眼泪像甘露一般洒落在这可怜女人的狂乱不宁的心上，她眼中可怕的怒火熄灭了，出现了温和的神色，她低下了头，当她说话的时候，汤姆可以感觉到她手上的肌肉放松了。

"我不是对你说过恶鬼缠着我吗？啊！汤姆老爹，我无法祈祷，我要是能祈祷该多好啊。自从我的孩子被卖掉以后，我就再也没有祈祷过！你的话一定是对的，这我知道；但是当我试图祈祷时，我只能痛恨和诅咒。我没法祈祷！"

"可怜人！"汤姆怜悯地说，"撒旦想要得到你，就会像筛麦子一样把你挑出来。我为你祈求上帝吧。啊！凯茜小姐，向亲爱的主耶稣求助吧！他来到世上就是要愈合受伤的心灵，抚慰所有悲痛的人。"

凯茜默不作声地站在那儿，大滴大滴的泪珠从低垂的眼睛中滴落下来。

"凯茜小姐，"汤姆默默地看了她一会儿，然后用犹豫的语气说，"要是你能从这儿逃走——要是可能的话——我劝你和爱默琳两人一起逃。也就是说，不能杀人流血，否则不行。"

"你愿意和我们一起逃走吗，汤姆老爹？"

"不，"汤姆说，"以前我倒想，可是上帝已经给了我一个使命，要我待在这些可怜人中间，我要和他们待在一起，背着我的十字架直到最后。你的情况不一样，这地方对你是个陷阱，你忍受不了，如果可能的话，你最好还是逃走。"

"我没有别的路，只有死路一条。"凯茜说，"任何走兽飞禽总能在什么地方找到自己的家，就连蛇和鳄鱼也有安静的栖身之处，可是却没有我们待的地方。即使藏身在最黑暗的沼泽地里，他们的猎狗也会追踪而至，找到我们。所有的东西都和我们作对，就连畜生都跟我们为难，我们该往哪儿去呢？"

汤姆站在那儿半晌没说话，最后说道：

"他把但以理从狮口中救了出来；[①]在烈火中救出他的儿女；他在海上行走，喝令大风止息；[②]他依然活着，我坚信他会拯救你们的。试试看吧，我

① 见《圣经·旧约·但以理书》第六章第二十七节。

② 见《圣经·新约·马太福音》第十四章。

会竭尽全力为你祈祷的。”

有时一个想法久被忽视，像一颗无用的石子被踩在脚下，而突然间它却会像一颗被人新发现的钻石，大放异彩，这是多么奇怪的精神法则啊！

凯茜过去经常会一连好几个小时考虑一切可能的逃跑计划，又都因为没有希望、不切实际而放弃了。但是这时，在她脑海里闪现出一个计划，一切细节都十分简单而又切实可行，因此立即让她产生了希望。

“汤姆老爹，我要试一试！”她突然说。

“阿门！”汤姆说，“愿上帝保佑你！”

第39章

计策

恶人的路似很黑暗,他自己不知为何物绊倒。①

雷格里住宅的阁楼像大多数阁楼一样,空旷凄清,到处是灰,蛛网密布,零乱地扔着一些废木料。在当年显赫的日子里,住在宅子里的那户富有人家从国外买进了大批豪华家具,有的他们已经带走了,有的很凄凉地留在了发霉的空房间里,或者堆在这阁楼上。一两只原来运家具来的大包装箱靠阁楼的墙放着。这里有一个小窗,透过布满灰尘的肮脏的窗玻璃,一束微弱的阳光射进来,照在几张曾经历过辉煌的高靠背椅子上和布满灰尘的桌子上。总而言之,这是个阴森可怕的地方,而且在迷信的黑奴中间还流传着许多传说,更增加了它的恐怖气氛。几年前,一个女奴惹恼了雷格里,在阁楼上关了好几个星期。那里发生了什么事,我们不得而知,黑奴们过去常神秘地窃窃私语,但有一点是清楚的,那不幸女人的尸体有一天从阁楼上抬了下来,掩埋了。据说从那以后,那阁楼上经常传来咒骂声和猛烈的打击声,中间还夹杂着绝望的号哭和呻吟声。有一次,雷格里碰巧听到了这样的传言,他气得大发雷霆,发誓说,下回再有人散布阁楼的流言,就会有机会亲眼看看阁楼上到底有什么,因为他要把他们锁在上面一个星期。这个暗示足以把人们的议论压了下去,不过,人们对传言的相信当然没有因此受到任何影响。

① 见《圣经·旧约·箴言》第四章第十九节。

由于人人都害怕提到这件事,渐渐地,通向阁楼的楼梯,就连通向楼梯的过道都没有人敢走了,传言也就渐渐平息了。凯茜突然想到,可以利用雷格里强烈的迷信心理,达到她自己和与她同患难的人获得自由的目的。

凯茜的卧室就在阁楼下。一天,凯茜事先没有跟雷格里商量,突然自作主张、大造声势地把房间里所有家具及附属物品都往相距很远的一个房间里搬。她叫来搬东西的手下人正劲头十足、乱哄哄地奔跑着、忙活着,这时雷格里骑马回来了。

"喂！凯丝[①]!"雷格里说,"发生了什么事了?"

"没什么,我只是想换个房间。"凯茜爱理不理地说。

"请问,为什么?"雷格里问。

"我想换!"凯茜说。

"见你的鬼！为什么?"

"有时我想睡会儿觉。"

"睡觉！哟,什么东西妨碍你睡觉了?"

"如果你想听,我可以告诉你。"凯茜冷冷地说。

"说吧,你这荡妇!"雷格里说。

"啊！没什么。我想你是不会受惊扰的！不过是呻吟声、扭打声、在阁楼地板上打滚的声音,从十二点到清晨闹腾了半夜!"

"有人在阁楼上!"雷格里不安地说,但是仍然干笑一声,"什么人啊,凯茜?"

凯茜抬起她那目光锐利的黑眼睛,直视着雷格里的脸,那眼神仿佛刺穿了他的骨头。她说:"是啊,西蒙,他们是什么人？我倒想请你告诉我呢,我想你也不知道吧!"

雷格里骂了一声,扬起马鞭向凯茜抽去,可是她往旁边一闪,跑进了门,回过头来说道:"要是你在那房间里睡,就全都知道了。也许你最好试一试!"说完她马上把门一关,上了锁。

雷格里暴跳如雷,破口大骂,威胁说要把门砸开,可是他忽然又改变了主意,心神不安地走进客厅去了。凯茜看出,这一箭射中了他的要害。从那

---

① 凯茜的昵称。

时候起,她便使用十分灵活、高超的技巧,持续不断地向他施加这种影响。

凯茜在阁楼木板的一个节孔内放进了一个破瓶颈,只要有一点点风,它就会发出如诉如泣的悲鸣声,风大的时候就完全变成了凄厉的尖叫声,在迷信的人听来,很容易把它当成恐怖和绝望的哀号。

仆人们不时地会听到这种声音,过去那些鬼怪的传说又活生生地出现在他们脑海里。宅屋里似乎弥漫着疑神疑鬼、令人毛骨悚然的恐怖气氛。虽然没有人敢向雷格里提起这件事,他却发现这气氛像空气一样把自己包围着。

不敬神明的人是最迷信的人。基督徒之所以平静坦然,是因为他们信仰一位睿智、英明、统治一切的天父,他的存在使虚空未知的世界充满光明和秩序。但是对于不信上帝的人来说,正如一位希伯来诗人所说,他的世界便是"黑暗和死亡的阴影之地",[①]这里没有任何秩序,如同黑暗的墓地。对他们来说,生死两界都是鬼魂出没之地,到处都是憧憧鬼影。

与汤姆的接触唤醒了雷格里身上沉睡的道德感,但却被顽固的邪恶力量抵制住了。可汤姆的每一句话、每一个祈祷或每一首赞美诗往往会引起他黑暗的内心的迷信恐惧,使他震颤和迷乱。

凯茜对他的影响力十分奇特。他是她的主人、她的暴君和折磨她的人。在他看来,她完完全全在他的掌握之中,没有任何获得帮助或拯救的可能。可是事实就是如此:即使是最残酷的男人,如果他长期与一个性格刚强的女人相处,就不能不在很大程度上被她的影响所控制。他刚买下她时,正如她自己所说,她是一个受过良好教养的女人;后来他肆无忌惮地蹂躏她,用暴力手段把她踩在脚下。但是,随着时间的推移,受到的屈辱和绝望的心情使这个女人的性格变得坚强无比,点燃了她仇恨的怒火,在某种程度上她成了他的主人。雷格里有时欺压她,有时又畏惧她。

这种影响后来变得更恼人、更明确无疑了,因为半疯癫状态给她的一言一行都蒙上了一层奇妙怪诞、变化莫测的色彩。

一两天以后的一个夜晚,雷格里坐在那间陈旧客厅里摇曳不定的炉火旁,火光闪烁不定地照在客厅里。这是一个风狂雨猛之夜,这种夜晚往往会

---

① 见《圣经·旧约·约伯记》第十章第二十一节。

使摇摇欲坠的老宅里发出阵阵难以形容的声响。窗户嘎嘎作响,百叶窗啪哒啪哒响个不停,狂风肆虐着,从烟囱里呼啸着直蹿进来,不时地喷出一团团烟雾和灰烬,就像一大群鬼魂在相互追逐。雷格里一连好几个小时一直在记账、看报纸,凯茜则坐在角落里神情阴郁地看着炉火出神。雷格里放下报纸,见桌上放着一本旧书,晚上早些时候他注意到凯茜在读它,便拿起来翻了翻。这是一本故事集,里面讲的都是血腥的凶杀、鬼怪传奇和神怪故事,装帧和插图都很粗糙,可是一看就会给迷住了。

雷格里连声"呸、啐",却一页一页地往下看,看了一段时间以后,才骂了一声把书扔下。

"你不信鬼吧,凯丝?"说着他拿起火钳拨火,"我还以为你很有头脑,不会被一些响声吓坏了呢。"

"我信不信有什么关系。"凯茜阴沉着脸说。

"过去有人老用海上的故事来吓唬我,"雷格里说,"才吓不住我呢。老实说,我胆子大,不会给这些无聊的东西吓倒的。"

凯茜坐在角落的阴影里,眼睛紧紧盯着他。她那种奇怪的眼光总让雷格里感到不自在。

"这些响声不过是老鼠和风声弄出来的。"雷格里说,"老鼠会弄出鬼怪般的声音的,我过去有时听见它们在船舱底下闹腾。说到风,天哪!你觉得风声像什么就像什么。"

凯茜知道雷格里被她盯得很不自在,因此她没有答话,而是像刚才一样用她那怪异而神秘莫测的目光继续盯着他。

"喂,说呀,女人,你觉得是这样吗?"雷格里说。

"老鼠会下楼,走过通道,打开一扇你已经上了锁而且用一张椅子抵住的门吗?"凯茜说,"接着走啊走啊,一直走到你的床前,伸出手来,像这样吗?"

凯茜一边说,一边用她那双炯炯有神的眼睛盯着他,而雷格里则像噩梦中的人那样怔怔地看着她。凯茜说完后,把她冰冷的手放在雷格里的手上,雷格里大骂一声,往后一跳。

"女人!你这是什么意思?该不会是什么人干的——"

"啊,不会——当然不会,我这样说了吗?"凯茜说,她脸上嘲弄的笑容让人不寒而栗。

"可是——你——你真的看见了？得了，凯丝，到底是什么，说啊！"

"如果你想知道，你自己可以在那里睡觉呀。"凯茜说。

"它是从阁楼上下来的吗，凯茜？"

"它——它是什么？"凯茜问。

"哎呀，是你刚才说的——"

"我什么也没有对你说过。"凯茜固执地沉着脸说。

雷格里心神不宁地在客厅里来回走着。

"我要把这事查一查，今天夜里就去。我要带上手枪——"

"去吧，"凯茜说，"睡在那房间里。我很希望你这么做。开枪吧，开吧！"

雷格里跺着脚，破口大骂起来。

"不要骂，"凯茜说，"也不知道什么人会听见呢。听！什么声音！"

"什么？"雷格里大吃一惊地问。

房间角落里的一座笨重的老式荷兰钟开始慢慢地敲响了十二点。

不知什么原因，雷格里没有说话，也没有动，他感到一阵莫名其妙的恐惧，凯茜则站在那儿一边用犀利、嘲弄的目光看着他，一边数着钟声。

"十二点了，好吧，我们等着瞧吧。"说着她转过身，打开了通往过道的门，站在那儿好像在听什么。

"听！那是什么声音？"说着她举起一根手指。

"不过是刮风的声音罢了，"雷格里说，"难道你没听见风刮得多猛吗？"

"西蒙，到这儿来。"凯茜轻声说着，拉着他的手，领他走到楼梯脚下，"你知道那是什么声音吗？听！"

一阵疯狂的尖叫声从楼梯上传来，这声音是从阁楼里发出的，雷格里吓得两腿打战，脸色刷白。

"你最好还是带上手枪吧。"凯茜用令他胆寒的嘲讽语气说，"你知道，该把这件事弄清楚了。我希望你现在上楼，他们正在闹呢。"

"我不上去！"雷格里骂了一声说。

"为什么？你知道根本就没有鬼啊！来吧！"说着凯茜轻快地跑上了盘旋而上的楼梯，笑着回过头来对他说，"来吧！"

“我看你就是那魔鬼!”雷格里说,“回来,你这女巫,回来! 凯丝! 不许上去!”

可是凯茜还是狂笑着飞跑上去了,他听见她打开了过道上通向阁楼的所有的门。一阵狂风从上面刮来,吹灭了他手中的蜡烛,随风传来了神秘可怕的尖叫声,好像就在他耳边响起。

雷格里发狂似的逃进了客厅,过了一会儿,凯茜也进来了。她像复仇的鬼魂一般,面色惨白,神色冷峻,眼中仍然射出那种可怕的光。

“你这下该满意了吧。”她说。

“该死,凯丝!”雷格里说。

“为什么?”凯茜说,“我只是上楼去,把门关上了。西蒙,你觉得这阁楼上到底是怎么回事?”她问道。

“不关你的事!”雷格里说。

“啊,是吗? 好吧,”凯茜说,“不管怎么说,很庆幸我不睡在它下面了。”

凯茜早就料到那天晚上会起风,她事先上楼打开了阁楼的窗户。自然,走道上的门一打开,风就席卷而下,吹灭了蜡烛。

这个例子说明凯茜是如何捉弄雷格里的。这样到了最后,雷格里宁可把脑袋放进狮子口中,也不愿到阁楼上探个究竟了。在此期间,每当夜深人静之时,凯茜就会悄悄地、小心翼翼地在阁楼上储备着食物——那足以维持一段时间的生活。她还一件又一件地把自己和爱默琳的大部分衣服转移到阁楼上。一切都安排好之后,她们只等合适的机会将计划付诸实施了。

凯茜等雷格里脾气好一些的时候,甜言蜜语地哄他带她进了一次附近的位于红河岸边的小城。凯茜以异乎寻常的记忆力记住了道路的每一个转弯,在心中估算出走完这段路所需要的时间。

现在行动的时机已经成熟,读者诸君也许想去幕后看一看最后的行动吧。

现在是傍晚时分,雷格里骑马到附近的农庄去了。许多天以来,凯茜一直态度亲切、性情随和,看起来雷格里和她相处得十分融洽。现在我们可以看见她和爱默琳正在房间里忙着收拾东西,拣出来的东西打了两个小包裹。

“好啦,这两个包够大的了。”凯茜说,“戴上帽子,我们出发吧,现在正是时候。”

“哎呀，现在他们还能看见我们呢！”爱默琳说。

“我就是要让他们看见，”凯茜冷冷地说，“你难道不知道他们无论如何都会追我们吗？我们的计划是这样的，我们悄悄地从后门溜出去，经过黑奴村往前跑。山宝和昆宝一定会看见我们的，他们会来追的，我们就往沼泽地里跑。这时他们便无法再往前追，就会回去报信，放出猎狗等等。遇到这种情况，他们总会跌跌撞撞，乱成一团，这时候我们只管悄悄地一直往前，走到流经宅子后门的那条小河边，蹚着河水回到后门附近，这样就会使猎狗失去目标，因为气味在水中是留不住的。所有的人都会从屋里跑出去搜寻我们，那时我们便从后门飞快地溜进屋子，跑上阁楼，在那儿我用一只大箱子铺了一张很舒适的床。我们得在阁楼上待很长一段时间，因为我敢肯定，他会翻天覆地搜寻我们的。他会召来别的种植园的有经验的监工进行大搜捕，他们会搜寻那片沼泽里的每一寸土地。他夸下海口说，从来没有人能从他手中逃脱，所以让他从从容容地搜吧。”

“凯茜，你计划得真周到啊！”爱默琳说，“除了你之外，谁还能想得出来呢？”

凯茜的眼睛里既没有得意，也没有狂喜，有的只是孤注一掷的坚定。

“走吧。”说着她向爱默琳伸出手。

两个逃亡者悄无声息地溜出了宅子，在渐浓的暮色中从村子旁边飞快地往前走去。一弯新月像银钩一般嵌在西边的天空，稍稍推迟了夜的降临。正如凯茜所预料的，当她们靠近环绕着种植园的沼泽地时，听见一个声音喝令她们站住。然而，在后面怒骂着追她们的不是山宝，而是雷格里。听到后面的声音，性格柔弱的爱默琳吓坏了，她抓着凯茜的胳膊说：“啊，凯茜，我马上要晕过去了！”

“要是你晕过去，我就杀了你！”凯茜说着抽出一把寒光闪闪的匕首，在姑娘的眼前晃了晃。

这个转移注意力的方法达到了预期的目的，爱默琳没有晕倒，而是和凯茜一起冲进迷宫般的沼泽地里去了。沼泽地又深又黑，要是没有别人帮助，雷格里根本别指望能追上她们。

“哼，”他狞笑几声说道，“不管怎么说，她们现在可是自投罗网了——这两个荡妇！她们跑不了了，她们会有苦头吃的！”

“嗨,听着! 山宝! 昆宝! 所有的人都来啊!”雷格里边喊边来到村子里,这时黑奴们刚刚收工回来,“有两个人逃到沼泽地里跑了,谁要是逮住她们,赏五块钱。把猎狗放出来! 把‘老虎’、‘复仇’和其他所有的狗统统放出来!”

这消息立即引起了轰动。许多男黑奴踊跃前来,殷勤地表示愿意效劳。他们有的是想得到奖赏,有的是出于卑顺的奴性——这是奴隶制最有害的后果之一。他们有的往这边跑,有的往那边奔,有的去取火把和松枝,有的去放开狗的套索,嘶哑凶猛的狗吠声更让这场面热闹非凡。

“老爷,要是抓不住她们,我们能朝她们开枪吗?”山宝问,他的主人刚给他拿来一枝来复枪。

“你们可以向凯丝开枪,她早该下地狱了。但是不要朝那姑娘开枪。”雷格里说,“哎,伙计们,放机敏点。抓到她们的人赏五块钱,其余的人每人赏一杯酒。”

一帮人举着熊熊的火把,人喊狗吠,闹声震天地向沼泽地进发,宅子里所有的仆人都在后面远远地跟着。结果当凯茜和爱默琳从后门悄悄溜进屋去的时候,整个宅子里竟空无一人,只听见追捕者的喧闹的叫喊声在夜空中回响。从客厅的窗户往外看去,凯茜和爱默琳可以看见打着火把的人群正沿着沼泽地的边缘散开。

“看那儿!”爱默琳说着指给凯茜看,“开始搜寻了! 看那些火把在四处飘荡! 听! 猎狗的叫声! 你没听见吗? 要是我们在那儿的话,可就在劫难逃了。啊,行行好,我们藏起来吧。快!”

“用不着这么急,”凯茜镇定地说,“他们全在外面搜寻,今晚可有热闹瞧了! 我们过一会儿再上楼。现在,”说着她不慌不忙地从雷格里刚才匆忙中扔下的上衣口袋里掏出了一把钥匙,“现在我要取些钱做路费。”

她打开了书桌的锁,从里面拿出一卷钞票,很快地数了一下。

“啊,我们不能这么做!”爱默琳说。

“不能做?”凯茜说,“为什么不能? 你要让我们饿死在沼泽地里,还是拿着这些钱做路费到自由州去? 有了钱什么事都可以办成,姑娘。”说着她把钱放进怀里。

“这可是偷窃啊。”爱默琳轻声苦恼地说。

“偷窃!”凯茜轻蔑地笑道,“那些偷走我们肉体和灵魂的人没资格对我们说这些话。这些钞票中的每一张都是偷来的——从忍饥挨饿、流血流汗的可怜人那儿偷来的。为了让他赚钱,这些人就得一直累死。他还能说别人偷窃吗!好啦,我们还是上阁楼去吧,我在上面准备了一些蜡烛,还有一些书,用来消磨时间。你可以放心,他们不会到阁楼上来找我们的。要是他们真来的话,我就装鬼。”

爱默琳上了阁楼以后,见到一只大箱子,那是曾经用来装运笨重的家具的。箱子侧放着,口朝着墙壁——实际上是屋檐。凯茜点亮了一盏小油灯,她们从屋檐下钻了进去,在里面安顿下来。箱子里铺着两张小床垫,还放着几个枕头;旁边的一只箱子里准备了充足的蜡烛、食品和她们路上需要的所有衣物,凯茜已经把它们打成了几个非常小的包。

“你瞧,”凯茜说着,把油灯固定在一个小挂钩上,她特地把它钉在箱壁上挂油灯的,“眼下这就是我们的家了。你觉得怎么样?”

“你确信他们不会回来搜查阁楼吗?”

“我倒想看看西蒙·雷格里敢不敢来。”凯茜说,“不,他不会的!他躲还躲不及呢。至于仆人,他们个个都宁肯站着给枪打死,也不愿到这儿来露一下脸的。”

爱默琳稍稍宽了一点心,又靠回到枕头上去了。

“凯茜,你刚才说要杀了我是什么意思呀?”她天真地问。

“我想防止你晕倒,”凯茜说,“而且也确实做到了。现在我告诉你,爱默琳,你必须下定决心,不管发生什么事都不能晕倒,这没有必要。要不是我阻止了你,你现在恐怕已经在那恶棍手里了。”

爱默琳打了一个寒战。

两个人好一会儿都没有说话,凯茜埋头读一本法语书,爱默琳太累了,不由得打盹睡了一会儿。后来,一阵人喊狗吠和马蹄嘚嘚的喧嚣声把她惊醒了。她轻轻尖叫一声,一跃而起。

“不过是搜寻的人回来了而已,”凯茜镇定地说,“别害怕。从这个洞孔往外看。看见他们都在下面吧?西蒙今天晚上只得收场了。看,他的马浑身是泥,那是在沼泽地里挣扎时沾上的。看那几条狗,也是垂头丧气的模样。啊,我的大人,你还得一次又一次地搜下去呢,猎物不在那里呀。”

“啊,别说话!”爱默琳说,“要是他们听见了该怎么办啊?”

“要是他们真的听见了,只会更想躲开了。”凯茜说,“没有危险的。我们尽管随意弄出声音来好了,这只会使效果更好。”

最后,宅屋里恢复了夜的宁静。雷格里诅咒着自己的背运,发誓第二天早晨要狠狠地报复,然后上床睡觉了。

第40章

殉难者

不要以为正直之人已被苍天遗忘，
尽管生活中平常的礼物也未得到；
尽管心儿破碎，鲜血流淌，
受尽欺凌，走向死亡！
因为上帝已经记下了每个伤心的日子，
每一滴眼泪也都已记下。
天国的万年幸福，
将是对他儿女在尘世受苦的报偿。

——布莱恩特①

最漫长的旅途也有终点，最凄苦的长夜也会逝去，迎来黎明。光阴的时时刻刻总是无情地不断地逝去，永远催促着恶人的白昼进入永恒的黑夜，也催促着正义者的黑夜进入永恒的白昼。我们已经和我们卑微的朋友在奴隶制的山谷里走了很远的一段路程了：起先走过了安逸舒适的鲜花盛开的田野，然后经过了与亲人、故土的伤心的别离；后来，我们陪伴他在一个阳光明媚的小岛上度过了一段时光，在这里，慷慨无私的人用鲜花掩盖了他的枷锁；最后，我们跟着他经历了这样的情景：看见人间希望的最后一线光明在黑夜里熄灭，在人世间漫漫黑夜中，天上的世界群星灿烂，放射出崭新的意

① 布莱恩特（1794—1878），美国诗人。

义深远的光芒。

晨星现在高悬在群山之巅，超越尘世的阵阵和风吹拂着，表明白昼之门正在开启。

凯茜和爱默琳的逃跑使雷格里本来就暴戾的脾气愤怒到了极点，正如所预料的那样，他的怒气便落到了孤立无助的汤姆的头上。当他匆匆向黑奴们宣布这个消息时，汤姆的眼中突然闪现出亮光，他突然举起了双手，这一切没有逃过雷格里的眼睛。他看到汤姆没有加入追捕的人群，他本想逼他参加，可是因为过去命令他干残暴的事情时领教了他宁折不弯的秉性，所以匆忙中他不想停下来和他发生冲突。

因此，汤姆留在了家里，跟几个从他这儿学会祈祷的人一起，为逃亡者的逃脱而祈祷。

当雷格里遭受挫折、垂头丧气地回来时，长期以来郁积在心中的对汤姆的仇恨达到了不共戴天、你死我活的程度。自从把他买回来以后，此人不是一直在不断地、毫无畏惧地冒犯他吗？他身上不是有一股不屈的气势吗？尽管他沉默无声，他的内心深处不是如地狱之火在熊熊燃烧吗？

"我恨他！"那天夜里雷格里坐在床上说，"我恨他！难道他不属于我吗？我难道不能任意处置他吗？我想知道谁敢阻拦我！"雷格里攥紧了拳头摇晃着，好像手里有什么东西能被他捏碎似的。

可是汤姆是个忠诚而值钱的奴仆，虽然雷格里因此而更恨他，但是这种想法对他多少有些约束。

第二天早晨，他决定暂时什么也不说，要从附近的几个种植园召集一批人，带上猎狗和枪支，把沼泽地包围起来，彻底地搜查一遍。要是搜到了，那就再好不过了；要是搜不到，他要把汤姆叫到面前，然后——他咬牙切齿、怒火中烧地发誓——要把他完全治服，否则——这时他耳边仿佛传来一阵可怕的低语，他在内心中同意了这阵低语给他出的主意。

人们说主人的利益是奴隶的充分保障，可是当一个人疯狂暴怒时，为了达到目的，他连自己的灵魂都会睁着眼睛出卖给魔鬼，他还会去关照别人的肉体吗？

"哼，"凯茜第二天从阁楼的洞孔往外观察时说，"今天的搜捕又要开始了！"

三四个骑着马的人在宅前的空地上腾跃着，三五条陌生的猎狗竭力想从牵着它们的黑人的手中挣脱，相互狺狺狂吠着。

有两个人是附近种植园的监工，其余的是雷格里在附近城里酒吧的朋友，他们来是为了凑热闹、找乐子的。恐怕没有人会比他们的长相更加可憎。雷格里正慷慨地招待他们喝白兰地，也招待着从各个种植园选派来参加搜捕的黑奴。因为在这种场合，要尽可能让黑奴感到像过节一样。

凯茜把耳朵贴在树节洞上，当晨风正对着宅子吹来时，她可以听见不少他们的谈话。她听见他们划分地段，讨论各条猎狗的优点，宣布关于开枪的命令，以及抓住她们以后应如何分别对待等等。听着听着，她阴郁而严峻的脸上露出了一丝冷冷的嘲笑。

凯茜退了下来，双手十指交错地紧握在一起，仰望上天说道："啊，伟大万能的上帝啊！我们都是罪人，我们犯了什么比世人更重的罪过，竟然要受这种对待？"

说这话时，她的表情和声音极其恳切。

"孩子啊，要不是为了你，"她看着爱默琳说，"我就会走到他们那儿去；谁要是开枪把我打死，我还会感谢他呢！因为对我来说，自由又有什么用处呢？它能还给我孩子吗？能让我恢复到过去的我吗？"

像孩子般天真的爱默琳在凯茜心情忧郁时很有些怕她。她满脸困惑，没有答话，只是温柔、爱抚地握着她的手。

"别这样！"凯茜说着想把手抽回来，"你要让我爱上你了，今生今世我再也不想爱任何人了！"

"可怜的凯茜！"爱默琳说，"不要有这种想法！如果上帝赐给我们自由，他也许会把女儿还给你的。我知道自己再也见不到我那可怜的老母亲了！不管你爱不爱我，凯茜，我都会爱你的！"

这温柔的、孩童般纯真的心灵胜利了，凯茜在她身旁坐下来，用胳膊搂住她的脖子，抚摸着她那柔软的棕色头发；而爱默琳则看着她那因为流泪而变得温柔的眼睛，对她眼睛的美感到十分惊异。

"啊，爱默琳！"凯茜说，"我一直如饥似渴地盼着见到我的孩子，盼得眼力都变弱了！这儿！这儿！"说着她捶着胸脯，"这儿一片荒凉，一片空虚！如果上帝把孩子还给我，我就能够祈祷了。"

“你应该信赖他，凯茜，”爱默琳说，“他是我们的天父啊！”

“他对我们动怒了，”凯茜说，“气得背过身子了。”

“不对，凯茜！他会对我们发慈悲的！让我们寄希望于他吧，”爱默琳说，“我一直是心怀希望的。”

搜捕进行了很长时间，完全彻底，热闹非凡，可是却徒劳无功。当雷格里精疲力竭、垂头丧气地下马时，凯茜用冷峻、幸灾乐祸的神情从阁楼上俯视着他。

“喂，昆宝，”雷格里在客厅的椅子上躺下后说道，“你马上去把汤姆那家伙押到这儿来！那老混蛋是所有这些麻烦的根源，要是我不把究竟从他那黑皮囊里探出来，我决不会善罢甘休的！”

山宝和昆宝虽然互相仇视，但是他们对汤姆都同样恨得入骨。开始时雷格里告诉他们，他买汤姆是要在自己不在时让他做总监工的，这使他们产生了嫉恨。当他们看到汤姆越来越不讨主人的喜欢时，这种嫉恨在他们奴性十足的卑鄙的天性中便日益增强了，因此，昆宝劲头十足地去执行命令了。

汤姆听到叫他，心中预感不妙，因为他知道逃亡者出逃的全部计划，知道她们目前的藏身之处。他知道他必须对付的这个人的狠毒的天性和他暴君般的权力，但是对上帝的信念使他感到坚强，他宁肯死也不出卖孤苦无助之人。

他把筐子放在垄边，仰望苍天说道：“我把灵魂交在你的手中！你已经救赎了我，啊，真理之上帝啊！”然后平静地让昆宝粗暴凶狠地抓住他。

“是啊，是啊！”那彪形大汉一边拖着他往前走一边说，“这一下你可有苦头吃了！老爷气得火冒三丈呢！这一回你可逃不了啦！告诉你，你逃不掉了，没错！看你现在像个啥样，竟敢帮那些黑鬼逃跑。看你有什么好果子吃！”

这些狠毒的话一句也没有入他的耳，一个更高的声音说：“不要害怕那些杀害肉体的人，杀了肉体以后，他们就再也无计可施了。”①这些话让那可

① 见《圣经·新约·路加福音》第十二章第四节。

怜人体内的神经和骨骼都产生了共鸣，仿佛受到了上帝手指的触动，他觉得体内有一千个人的力量。当他往前走的时候，树木、灌木、奴隶住的小屋以及他受屈辱的全部场景都飞快地从他脑中掠过，就像在飞速行驶的车中所见的景物一样。他的灵魂悸动着——他的家已经看得见了——解脱的时刻似乎就在眼前了。

“喂，汤姆！”雷格里说着走到汤姆的跟前，恶狠狠地一把抓住他的衣领，郁积已久的怒气一下子爆发出来，他咬牙切齿地说，“你知道我已经下定决心要你的命吗？”

“很有可能，老爷。”汤姆平静地说。

“我已经，”雷格里用极其可怕的平静的语气说，“下——定——决——心，汤姆，除非你把那两个娘们的事告诉我！”

汤姆站在那儿一言不发。

“你听见了吗？”雷格里跺着脚，像一头激怒的狮子似的吼叫着，“说！”

“我没有什么可说的，老爷。”汤姆缓慢、坚定、从容不迫地说。

“你这个老黑鬼基督徒，你胆敢对我说你不知道？”雷格里说。

汤姆沉默不语。

“说！”雷格里咆哮着狠狠地打了汤姆一拳，“你知道什么情况吗？”

“我知道，老爷；可是我不能说。我可以死！”

雷格里深深地吸了一口气，压下怒气，一把抓住汤姆的胳膊，他的脸几乎碰到汤姆的脸，然后用可怕的声音说：“听着，汤姆！因为我上回饶了你，你以为我说话不算数是吧？可是这一次我已经下定决心，损失也认了。你一直跟我对着干，现在我要么治服你，要么杀了你，二者必居其一。我要数清你身上的每一滴血，把它一滴一滴放干，直到你屈服为止！”

汤姆抬起头看着他的主人，回答道：“老爷，如果你有病或是有灾，或者要死了，而我能救你的话，我会把我的生命献给你；如果抽干我这老骨头身上的每一滴血能拯救你那宝贵的灵魂的话，我会自愿地献出来，就像主耶稣为我流血那样。啊，老爷！不要让你的灵魂背上这个罪孽吧！这对你的伤害比对我的伤害还要大啊！随你怎么折磨我吧，我的痛苦很快就要结束了，可是如果你不忏悔，你的痛苦就永无止境！”

就像在暴风雨的短暂平息之际突然听见一段奇妙的仙乐，这一番激情的迸发造成了片刻的寂静,雷格里目瞪口呆地站在那儿看着汤姆。屋内静得能听见那座老式钟的嘀嗒声,它在默默地数着对那颗冷酷的心的最后宽恕和察看时间。

但这只是片刻之间的事。雷格里有一瞬间的犹豫,一刹那的踌躇和悔过,接着邪恶的本性又变本加厉地回来了。雷格里勃然大怒,一下子把那受害人打倒在地。

血腥和残暴的场面骇人听闻,让人心惊。有些人敢做的事,有些人却不敢听。我们同胞和教友中的一些人所受的苦难即使在密室中都不能说出来,因为这会折磨人的灵魂!可是,啊,我的祖国!这些事都是在你的法律庇护下做出来的呀!啊,基督!你的教会看见了这一切,却几乎一直保持沉默!

可是,从前有一个人,他受的苦难把一件让人屈辱和羞耻的残酷刑具变成了荣耀、道义和永生的象征;他的精神所在之处,无论是让人羞辱的鞭挞,还是流血和凌辱,都只能使基督徒的最后斗争显得更加荣耀。

在那漫漫长夜,在那间破屋里,用勇敢和慈爱之心忍受着殴打的那个人,难道他是孤立的吗?

不!在他身旁站着一个人,只有他看得见——“好像圣子的模样”。

那诱惑者也站在他身边——狂怒和暴虐蒙蔽了他的双眼——每时每刻威逼他出卖那两个无辜的人,以免自己受苦。但是那颗勇敢虔诚的心牢牢地扎根在那永恒的岩石之上,像他的救主一样,他知道如果他要救别人,就不能救自己。无论多么极端的残酷手段都无法逼他吐出实情,他说出的只是祈祷词和对上帝的坚定信念。

“他快要死了,老爷。”山宝说,他不由得被汤姆的坚忍所打动。

“接着打,打到他屈服为止!给我打!给我打!”雷格里吼叫道,“他要是不招供,我要放干他身上的每一滴血!”

汤姆睁开眼睛看着他的主人。“你这个可怜虫!”他说,“你对我再也无可奈何了!我真心诚意地宽恕你!”说完就昏迷过去了。

“我相信这一下他真的完蛋了!”雷格里说着走上前来看着他,“不错,是完蛋了!好了,他的嘴终于闭上了,这倒是一件让人舒心的事!”

是的,雷格里,可是谁能让你灵魂中的声音沉默不语呢? 那灵魂已经无法悔改、无法祈祷、毫无希望了,那永远无法熄灭的火焰已经在里面燃烧起来了!

可是汤姆还没有完全咽气。他那奇妙的话语和虔诚的祈祷已经打动了那两个充当施暴工具的禽兽般残忍的黑人的心,因此雷格里一走,他们就把他抬下来,愚蠢地想把他救过来,好像在对他施恩似的。

"我们真的做了一件可怕的坏事啊!"山宝说,"但愿这笔账算在老爷身上,而不是算在我们身上。"

他们为他清洗了伤口,又用废棉花铺了一张简陋的床让他躺下,其中一个还悄悄地到宅屋里向雷格里讨了一杯白兰地,假称自己累了,想喝一杯。他把酒拿回来灌进汤姆的口中。

"啊,汤姆!"昆宝说,"我们对你太狠了!"

"我真心实意地宽恕你们!"汤姆用微弱的声音说。

"啊,汤姆! 请你告诉我们,耶稣是谁呀?"山宝说,"就是这一夜都一直站在你身边的耶稣,他是谁?"

这番话唤醒了那不断衰弱、奄奄一息的灵魂,他说出了几句关于那位神奇之人的很有感染力的话:他的生平,他的死,他永恒的存在和拯救世人的力量。

他们哭了,这两个残暴的人。

"为什么我过去从来没听说过这事呢?"山宝说,"不过我确实相信! 我没法不信! 救主耶稣啊,饶恕我们吧!"

"可怜人!"汤姆说,"只要能让你皈依耶稣,我情愿忍受这一切苦难! 啊,主啊,我祈求你把这两个灵魂再赐给我吧。"

上帝应允了他的祈求。

第41章

小主人

两天以后，一个年轻人驾着一辆轻便马车从两旁种着楝树的大道驶来，他匆匆把缰绳往马脖子上一扔，跳下车就打听种植园的主人。

来人是乔治·谢尔比。为了说明他怎么会到这儿来，我们还得往回叙述一番。

奥菲丽亚小姐写给谢尔比太太的信，不幸在一个偏远的邮局耽搁了一两个月之后才送到谢尔比太太手中，因此在她收到信之前，汤姆自然已经去了那遥远的红河地区的沼泽地了。

谢尔比太太从信中得知消息后万分关切，但不可能对此立即采取行动。当时她正在丈夫病榻旁侍候照料，他发着高烧，神志不清，生命垂危。这时乔治·谢尔比少爷已经从少年长成了高大的青年，成了母亲忠诚可靠的助手，是她管理一切事务的唯一的依靠。为防万一，奥菲丽亚小姐把为圣克莱尔处理事务的律师的名字也告诉了他们，因此，在当时的紧急情况下，他们所能做的也只是写信向他打听汤姆的情况。几天以后，谢尔比先生突然去世了，这自然使他们在相当长的一段时间里要处理其他更为紧迫的事情。

谢尔比先生对妻子的能力十分信任，指定她为自己的唯一遗嘱执行人，因此她手中立即有了大量复杂的事务要处理。

谢尔比太太以她特有的精力着手处理这些纷乱如麻的事务。有一段时间，她和乔治忙着收账查账、出卖产业、清偿债务，因为谢尔比太太打定主意，不论出现什么后果，都要把所有的财产清理得清清楚楚。在此期间，他们收到了奥菲丽亚小姐介绍的那位律师的回信，说他对此事一无所知，说那个人是在一场公开拍卖中给卖掉了,除了收到拍卖所得钱款之外,他对其他事全不知晓。

对这个结果,无论是乔治还是谢尔比太太都感到不安。因此,大约半年以后,乔治因为要到下游去为母亲办事,决心亲自到新奥尔良去,进一步打听消息,希望发现汤姆的下落,把他赎回来。

乔治找了几个月,结果一无所获。后来在一个非常偶然的情况下,乔治在新奥尔良遇见一个人,他恰巧知道乔治想了解的情况,于是我们这位小主人公口袋里揣着钱,乘船到红河流域去,决心找到并赎回他的老朋友。

很快他便被领到宅子里,在客厅里他见到了雷格里。

雷格里很不友好地接待了这位陌生人。

"据我了解,"年轻人说,"你在新奥尔良买了一个名叫汤姆的黑奴,他过去是我父亲庄园里的,我来看看能不能把他赎回去。"

雷格里脸色沉了下来,怒气冲冲地说:"不错,我是买了这么个家伙,这笔买卖我可上了大当了!这狗东西太难对付,放肆无礼!竟然挑唆我的黑奴逃跑,有两个女人逃掉了,每个人值八百到一千块钱呢。他承认干了这事,可是我要他告诉我她们的下落时,他站出来说他知道,但绝不会告诉我。虽然我把他狠狠地揍了一顿——这是我打黑鬼最狠的一次——可是他就是不说。我想他快死了,不过也许能挺过来,说不准。"

"他在哪儿?"乔治焦急地问,"让我去看看他。"年轻人的脸颊涨得通红,两眼冒火,可是他很谨慎,暂时什么也没说。

"他在那个棚屋里。"站在一旁给乔治牵马的一个小黑奴说。

雷格里踢了那孩子一脚,对他破口大骂。可是乔治再也没说一句话,转身往棚屋走去。

自从那不幸的夜晚之后,汤姆已经躺了两天,他并不感到疼痛,他所有感觉疼痛的神经都已遭到破坏,麻木了。他大部分时间都不省人事、一动不动地躺着,因为强壮结实的躯体有自己的规律,不会立即释放被囚禁的灵魂。沉沉夜色中,孤苦可怜的黑奴从他们很少的休息时间中抽空偷偷去看他,以便能稍稍报答一下他给予他们的出于爱心的大量帮助。是的,这些可怜的弟子们没有什么东西给他,只有一杯冷水,但这却是他们的一片深情。

眼泪曾洒落在那张忠厚的、毫无知觉的脸上,这是可怜无知的异教徒新近悔罪的眼泪,汤姆濒临死亡时的爱和坚忍唤起了他们的忏悔之情。他们还为他向最近才找到的救主伤心地祈祷,除了名字之外,他们对这位救主几乎一无所知,可是他对这些无知人们的热切恳求是不会无动于衷的。

凯茜曾从她藏身之处悄悄溜出来——她从偷听到的话中得知汤姆为她和爱默琳所作的牺牲——不顾被发现的危险,于前一天夜里去看了汤姆。这满怀深情的人用尽最后力气说出来的最后几句话打动了她。绝望的漫长的冬日、冰雪般的岁月都消逝了,这忧郁而绝望的女人哭着做了祈祷。

乔治走进小屋时,觉得头晕目眩,心里难受。

"这可能吗,这可能吗?"说着他在汤姆身旁跪了下来,"汤姆叔叔,我可怜可悲的老朋友!"

他声音里有某种东西穿透了这垂死之人的耳膜,汤姆轻轻地动了一下头,笑着说:

耶稣能使临终之床
柔软得如同羽绒枕头一样。

当年轻人向他可怜的朋友俯下身子时,眼中流下了能够引起人们敬意的男子汉的眼泪。

"啊,亲爱的汤姆叔叔,醒醒吧,再说几句话吧!抬眼看看吧!乔治少爷来了,你的小少爷乔治。你不认识我了吗?"

"乔治少爷!"汤姆说着睁开了眼睛,用微弱的声音说,"乔治少爷!"他一副茫然的表情。

眼前的景象似乎渐渐地唤醒了他的灵魂,茫然的眼神定住了,发出了亮光,整个脸上露出了笑容,僵硬的双手交握在一起,眼泪从面颊上流了下来。

"感谢上帝!这——这——这正是我盼望的啊!他们没有忘记我,这使我的灵魂感到温暖,让我苍老的心得到安慰!现在我死也心满意足了!感谢上帝吧,我的灵魂!"

"你不能死!你万万不能死!不要想到死!我来就是要赎你,带你回家去。"乔治十分急切地说。

"啊,乔治少爷,你来得太迟了,上帝已经赎下我,就要带我回家了。我盼望随他而去,天堂比肯塔基还要好哇。”

“啊,别死！这会要我的命的！一想到你受的苦——而且还躺在这么一间破屋子里——我的心都要碎了！可怜的人啊!”

“不要叫我可怜人!”汤姆庄严地说,“我过去是个可怜人,可是现在这一切都过去了。我正站在天国的门口！啊,乔治少爷！天国已经降临！我已经得胜了！是主耶稣赐给我胜利的！愿荣耀属于主的名字!”

这些断断续续说出来的话的感染力、激情和力量使乔治的敬慕之情油然而生,他坐在那儿默默地凝视着汤姆。

汤姆抓住他的手,继续说道:“你千万别告诉克洛伊,可怜的女人,别告诉她我现在这模样,她听了会很难受的。你只告诉她你看见我时我快要进天国了,说我等不了他们了。还告诉她无论何时何地上帝都和我在一起,使一切都变得轻松容易多了。啊,可怜的孩子们,还有小娃娃！每次想到他们,我这颗苍老的心都要碎了！告诉他们都跟我来,跟我来！代我问候老爷、让人尊敬的好太太和庄园里每个人！你不知道！我觉得自己爱他们所有的人,爱每个地方的每一个人！我心中只有爱！啊,乔治少爷！做一个基督徒多好啊!”

这时,雷格里踱到棚屋门口,带着一副故意装出来的满不在乎的固执神情往里望了一眼,转身走了。

“老魔王!”乔治满腔愤怒地说,“总有一天魔鬼会跟他算这笔账的,想到这我心里才痛快些!”

“啊,别说了！啊,你千万别这么说!”汤姆说着抓住了他的手,“他是个不幸的可怜虫！想想都可怕！啊,只要他肯忏悔,上帝会宽恕他的。不过,恐怕他永远也不会忏悔的!”

“我希望他不忏悔!”乔治说,“我绝不希望在天堂里看见他!”

“别说了,乔治少爷！这让我感到不安！别这么想！他并没有真正伤害我,只是为我打开了天国的大门,仅此而已!”

这时,见到少东家的喜悦使这垂死之人体内突然迸发的力量渐渐消失了,他一下子衰颓下去,闭上了双眼,那神秘而庄严的表情出现在他的脸上,这说明他已经走近另一个世界。

他开始又长又深地吸气,宽阔的胸脯沉重地起伏着,脸上浮现出征服者的喜悦。

“谁——谁——谁能使我们离开基督之爱!”他临终前挣扎着说出这句话,然后便含笑长眠了。

乔治怀着庄严和仰慕之情一动不动地坐在那儿,他觉得这地方似乎很神圣。当他合上死者双眼、从他身边站起身来的时候,心中只有一个信念,就是他那朴实的老朋友说的话:“做一个基督徒多好啊!”

他转过身,雷格里正阴沉着脸站在他背后。

汤姆临终场面的某种气氛抑制了年轻人血气方刚的火爆脾气,此人的出现只是让乔治感到厌恶,他一心要摆脱他,因此不愿和他说话。

乔治用他那双目光锐利的黑眼睛盯着雷格里,用手指着死者,直截了当地说:“你把他身上的东西都榨干了。这具尸体你要多少钱?我要把他带走,体面地下葬。”

“我不卖死黑奴,”雷格里固执地说,“你想把他埋在哪儿、什么时候埋都可以。”

“伙计们,”乔治用不容置疑的语气对两三个正在看死者的黑奴说,“帮我把他抬起来送到我的车上,给我拿把铁锹来。”

其中一个人跑去取铁锹,另外两个帮乔治把尸体抬到马车上。

乔治没有对雷格里说话,也没有看他一眼;雷格里没有制止黑奴执行乔治的命令,只是站在那儿吹口哨,故意装出一副满不在乎的神气。他绷着脸跟着他们走到门口停车的地方。

乔治把他的斗篷铺在马车里,小心翼翼地把尸体放在上面,他把座位移开一些,给尸体让出一些空间,然后他转过身,眼睛盯着雷格里,强作镇定地说:

“我还没有对你说到我对这桩万分残暴的行径的看法,现在不是时候,这也不是地方。但是,先生,这无辜者的血不能白流,我要向外界公布这桩谋杀。我要到离这儿最近的法官那儿去告发你。”

“请便吧!”雷格里轻蔑地打着响指说,“我倒想看看你怎么告我呢。你到哪儿去找证人呢?你怎样证明呢?说呀!”

乔治立即明白了这挑衅的分量:种植园里没有其他白人,在南方所有的法庭上,黑人的证明毫无效力。此刻,他觉得自己心中伸张正义的愤怒的呼唤声似乎能震撼九霄,可是却毫无用处。

"再说,为一个死黑鬼大惊小怪值得吗?"雷格里说。

这句话像火星引爆了火药库,谨慎从来就不是这个肯塔基年轻人的主要品德,乔治转过身,满腔愤怒地挥起一拳,把雷格里打趴在地上。他站在雷格里身边俯视着他,一副怒火中烧、蔑视一切的气概,活脱脱就是那位与他同名的伟大的降龙者的化身。①

不过对有些人来说,被打翻在地绝对可以改善一下他们的秉性。如果有人能把他们打翻在地,他们似乎马上就会对他肃然起敬。雷格里就是这样一种人。因此,当他从地上爬起来、掸掉衣服上的灰土之后,便明显地怀着敬意目送着渐渐远去的马车,而且在马车消失在视野中之前,他一直没有说话。

在种植园的边界之外,乔治曾注意到有一个干燥的沙丘,上面有几棵树,投洒下一片树阴,他们在那儿挖了墓穴。

"要把斗篷拿掉吗,老爷?"墓穴挖好后,那几个黑奴问。

"不,不要,把它跟他一起埋了!我现在只能给你这件东西了,可怜的汤姆,你收下它吧。"

他们把他放进墓穴,几个黑人默默地往里面填土。他们把墓堆好后,又在上面铺了一层绿草皮。

"你们可以走了,伙计们。"说着,乔治在每个人的手中塞了一个二角五分的银币,可是他们还是磨蹭着不走。

"请少爷买下我们吧。"一个人说。

"我们会忠心耿耿地为你效劳的!"另一个人说。

"这儿的日子不好过啊,少爷!"第一个人说,"求少爷买下我们吧!"

"我办不到!办不到啊!"乔治说着很为难地挥手要他们走开,"这是不可能的!"

这几个可怜人一副垂头丧气的神情,一言不发地走开了。

"替我作证吧,永恒的上帝!"乔治说着跪在他可怜的朋友的坟前说道,"啊,作证吧,从现在开始,我要尽自己全部力量把这该诅咒的奴隶制从我的

---

① 指圣·乔治,英格兰主保圣人,基督教殉教者,传说曾为救一少女杀死一条龙。

国家铲除掉!”

我们朋友的最后安息地上没有立墓碑。他不需要墓碑！他的救主知道他安息在哪里，当天国降临时，他会使他复活，获得永生——他将与上帝同在。

请勿怜悯他！面对这样的生与死，怜悯是不合适的！上帝的荣耀不在于拥有无限的威力，而在于克己无私、忍受苦难的爱！受上帝召唤，去和他共患难，跟着他坚忍地背负十字架的人是幸福的。关于这样的人《圣经》上写道:“哀伤的人有福了，因为他们必得抚慰。”①

① 见《圣经·新约·马太福音》第五章第四节。

第42章

一个真实的鬼故事

由于某种不同寻常的原因，这段时间在雷格里家的仆人中间鬼的故事特别流行。

人们窃窃私语着，语气确凿地说，在更深夜静时分，听见有脚步声走下阁楼，在屋子里四处走动。楼上过道两边的门虽然上了锁，也没有用：这个鬼要么口袋里有一把复制的钥匙，要么行使鬼魂自古以来就有的能从钥匙孔眼中穿行的特权，然后又令人可怕地像先前一样自由自在，到处漫游。

权威人士对于鬼魂的外形意见有些分歧，因为在黑人中有一种普遍的习惯——这在白人中也许也有——每当遇到这种情况，他们总是闭上眼睛，用毯子、内衣或别的可以顺手拿来遮挡的东西蒙上头。当然大家都知道，当肉眼退出竞争时，灵魂之眼就特别活跃、特别敏锐了。因此，关于这个鬼魂，有许多幅全身画像，许多人发誓，证明它们全都千真万确。实际上，正如画像的通常情形那样，这些画像之间毫无相似之处，只有一个鬼类共同的家族特征——身披白色裹尸布。这些可怜的黑人并不熟悉古代历史，不知道莎士比亚早已证实了这种服饰，他写道：

> 裹着尸衣的死人
> 曾在罗马街市啾啾哀鸣。[①]

① 见莎士比亚《哈姆雷特》第一幕第一场。

因此,他们在这一点上不谋而合,这是灵物学上的一个惊人事实,特此提醒灵学界人士予以关注。

不管怎么说,我们有理由确信,在最适合鬼魂活动的时刻,一个裹着白布单的高高的身影确实在雷格里宅屋周围游荡,它穿过门户,在屋子四周悄无声息地走动,时隐时现,走上沉寂的楼梯,进入不祥的阁楼。第二天早晨,人们发现过道两边的门像往常一样关锁得严严实实。

雷格里免不了会听见这些悄悄的传言。人们越是煞费苦心地把这件事瞒着他,就越让他感到惊心动魄。他白兰地喝得比平时更多了,白天他精神抖擞地昂着头,骂人骂得更响,但是他夜里老做噩梦,躺在床上,脑子里会出现可怕的景象。汤姆的尸体被抬走的那个晚上,他骑马到附近的城里狂欢滥饮,喝了个痛快。回到家天已经很晚,他很疲劳,于是锁上门,抽出钥匙,上床睡觉了。

对一个恶人来说,不管他怎样尽力使自己的灵魂平静下来,它仍然是他所拥有的一件十分可怕、令人不安的东西。谁知道它会去什么地方,谁知道它在想什么东西——那些可怕的让人颤抖的东西。它无法使人忘却,正如它永远也不会逝去那样!那些内心有鬼、却想锁上门把鬼拒之门外的人是多么愚蠢啊!心中那个鬼的声音尽管被压在内心深处,上面盖上了山一般的世俗之事,可是它仍然像预报末日来临的号角!

雷格里还是锁了门,用一把椅子抵住门。他在床头放了一盏夜明灯,还在那儿放了几把手枪。他检查了窗户的插销和栓子,然后发誓说他"才不在乎魔鬼和他的喽啰"呢,就上床睡觉了。

好了,他总算睡着了,因为他很疲劳,而且睡得很熟。可是后来有一个影子出现在他梦中,一种可怕的东西笼罩在他头上。他觉得这是他母亲的裹尸布,但却拿在凯茜的手里,她举起来给他看。他听见一阵混乱的尖叫和呻吟声。在整个期间,他一直明白自己在睡觉,挣扎着想使自己醒来。半睡半醒中,他确信有东西进了他的房间,他知道门打开了,但他的手脚都动弹不得,最后他惊得翻过身来,门果然开着,他看见一只手正在弄灭那盏灯。

这是一个天空多云、月色朦胧的夜晚,他看见一个白色的影子闪了进来!他听见鬼的衣服发出的窸窸窣窣声响,它一动不动地站在他的床头,一只冰冷的手触摸了他的手,一个可怕、低沉的声音轻轻地说了三遍:"来吧!

来吧！来吧！”当他躺在床上吓得冷汗直淌的时候，却不知那东西什么时候已经走了，也不知是怎么走的。他从床上跳下来去拉门，门关着，上着锁，他昏了过去，跌倒在地上。

从此以后，雷格里酒喝得比过去更多了，他喝酒不再谨慎而有节制，而是无所顾忌、不顾一切地喝。

不久之后，那一带纷纷传说他病得快要死了，酗酒无度使他得了那可怕的疾病，似乎把来世报应的可怕阴影带到现世中来了。没有人能忍受病室里的恐怖气氛，他口出呓语，尖声叫喊，说他看见了种种景象，听的人无不吓得毛骨悚然。在他临终时，床前一直站着一个冷峻无情的白影子，口里说着：“来吧！来吧！来吧！”

十分凑巧的是，就在这个幽灵出现在雷格里面前的那天夜里，几个黑奴曾看见两个白色的影子悄悄地沿着林阴道向大路方向走去。第二天早晨，人们发现宅屋的门敞开着。

凯茜和爱默琳在离城不远的小树林里停下来歇脚的时候，太阳就要升起来了。

凯茜装扮成西班牙克里奥尔[①]贵妇的模样，一身黑装。她头上戴一顶小黑帽，蒙上一块绣花的面纱，把整个脸都遮盖了。她们事先已经商量好，逃亡时她扮作一位克里奥尔贵妇，爱默琳扮作她的女仆。

因为凯茜从小就在上流社会家庭中长大，她的语言、举止和神态都与她所扮的贵妇身份很相符；此外，她还保留着一些过去的华丽衣服、几副首饰，使她能够很好地扮演这个角色。

她在城郊看见有卖箱子的，便停下来买了一只漂亮的，要求卖主跟随她们把箱子送去。因此，凯茜身边跟着推着箱子的仆役，后面有爱默琳为她提着手提包和几个零星小包，以贵妇的身份出现在一家小旅店里。

到达后第一个引起她注意的就是乔治·谢尔比，他住在那儿等下一班船。

凯茜曾在阁楼上的小孔里看见过这个年轻人，看见他运走了汤姆的尸体，当她看见他和雷格里之间的那场冲突时，心中暗暗感到一阵狂喜。后

---

① 指出生于美洲的西班牙人。

来，当她在夜幕降临后装扮成鬼悄悄地四处走动时，从黑奴的谈话中推测出了他是谁，以及他和汤姆的关系。因此，当她发现他和自己一样也在等下一班船的时候，立即产生了信任感。

凯茜的神态、风度、谈吐和阔绰的样子在旅馆里没有引起任何猜疑。对于在花钱大方这一重要方面表现出色的人，人们从不会对他们过分打探的。这一点凯茜在筹钱时就已预料到了。

靠近傍晚时，听说船来了，乔治·谢尔比以肯塔基人天生的彬彬有礼的态度扶凯茜上了船，又设法为她找了一间特等舱。

在红河上航行的整个期间，凯茜都借口有病待在舱内，躺在床上，女仆忠心耿耿地侍候着她。

他们到达密西西比河之后，乔治听说那位陌生的太太也和自己一样往上游去，便提议为她在同一条船上订一个上等舱。出于对她虚弱身体的同情，他愿意尽力帮助她。

因此，看吧，一行人又平安地搭上"辛辛那提"号轮船，在强有力的蒸汽机的推动下，往上游疾驶而去。

凯茜的身体好多了。她能到船栏边坐坐，到餐厅吃饭，船上的人议论说，她当年一定是个美人。

乔治从第一眼看见她的面孔起，就隐隐约约地觉得她像什么人，这使他心神不宁。这种经历几乎每个人都记得，都有过，有时也为此烦恼过。他总是忍不住要看她，留意她。在餐桌上或者在她的舱门口，她仍然会遇见那年轻人凝视她的目光。当她脸上的表情表明她察觉到他的注视时，年轻人便会礼貌地收回自己的目光。

凯茜开始感到不安了，她开始觉得他对自己起了疑心。最后她决定完全信任乔治的宽厚天性，把自己的经历全都告诉他。

乔治对从雷格里种植园逃出来的任何人都深表同情，一想到或提到那地方，他就气得不行。他以他那种年龄和地位的人特有的勇气和对后果的漠视，答应他会尽一切力量保护她们，帮她们脱险。

凯茜隔壁的舱里住着一位名叫德都的法国太太，身边带着女儿——一位约十二岁的小姑娘。

当这位太太从乔治的谈话中得知他来自肯塔基之后，似乎很愿意结识他,她这意图的实现得益于女儿的魅力。在半个月的航行中,没有什么比这漂亮的小东西更能让人解闷了。

乔治的椅子经常放在她的舱门口,凯茜坐在船栏杆旁边时,可以听见他们谈话。

德都夫人对肯塔基问得很细,她说她早年住在那里。乔治惊奇地发现,她过去的住处就在他家附近。她问的情况表明,她对他们那一带的人和事有相当的了解,这让他很吃惊。

一天,德都夫人问他:"你家附近有一个叫哈里斯的人吗?"

"有一个叫哈里斯的老头住在离我父亲庄园不远的地方,"乔治说,"不过我们没跟他打过多少交道。"

"我想他是个大奴隶主吧。"德都夫人说,她的神态掩饰不住她对此事的关注。

"是的。"乔治说,他对德都夫人的神态感到很惊奇。

"你是否知道他有——也许你听说过他有一个叫乔治的混血黑奴吧?"

"啊,当然知道——乔治·哈里斯——我对他很熟。他和我母亲的一个女仆结了婚,但现在已经逃到加拿大去了。"

"是吗?"德都夫人急切地问,"谢天谢地!"

乔治看起来一脸疑问,可是什么也没说。

德都夫人用手支着头,失声痛哭起来。

"他是我的弟弟。"她说。

"夫人!"乔治用十分惊奇的语气说。

"是的,"德都夫人说着骄傲地抬起头,擦去眼泪,"谢尔比先生,乔治·哈里斯是我的弟弟!"

"这真让我吃惊!"乔治说着把椅子往后推了一两步,注视着德都夫人。

"当他还是个孩子时,我就被卖到南方去了。"她说,"一位宽厚的好心人买下了我,他带着我去了西印度群岛,给了我自由,和我结了婚。他最近刚刚去世,我到肯塔基,想看看能否找到弟弟,把他赎出来。"

"我曾经听他说起有个姐姐叫艾米莉,被卖到南方去了。"乔治说。

"不错！那就是我。"德都夫人说,"告诉我他是什么样的——"

"一个很出色的小伙子,"乔治说,"尽管身受万恶的奴隶制之害,在智力和品德方面他都是一流的。我了解他,你知道,"他说,"因为他在我们家里结的婚。"

"姑娘是什么样的人?"德都夫人急切地问。

"一个很难得的姑娘。"乔治说,"她美丽、聪明、亲切,非常虔诚。我母亲把她抚养成人,差不多把她当做女儿一样培养教育。她能读书写字,绣花缝纫做得很漂亮,歌也唱得很动听。"

"她是在你们家出生的吗?"德都夫人说。

"不是。父亲有一次到新奥尔良去把她买下来,当做礼物送给母亲,那时她大约八九岁。父亲从来不愿告诉母亲他买她花了多少钱,但是前几天我们在整理他的书信文件时,发现了那张卖契。他买她确实花了一笔数目惊人的钱。我想,是因为她长得特别漂亮吧。"

乔治背对着凯茜坐着,他讲这些细节时没有看见她脸上全神贯注的表情。

讲到这儿,她碰了碰他的胳膊,因为关切,她的脸变得刷白,她问道:"你知道卖她的那些人的名字吗?"

"一个叫西蒙斯的人,我想,是这桩交易的委托人。至少我认为卖契上写的是这个名字。"

"啊,天哪!"凯茜说着倒在客舱的地板上失去了知觉。

乔治和德都夫人都惊得非同小可,虽然他们都猜不出凯茜昏倒的原因,但他们还是手忙脚乱地采取了抢救措施——乔治救人心切,打翻了一个水罐,打碎了两只平底玻璃杯;舱里的几位女士听说有人昏倒,一起拥到舱门口,把门口挡得严严实实。总之,一切能做的事他们都做了。

可怜的凯茜,当她醒过来后,便把脸对着墙,像孩子一般哭起来。也许,做母亲的,你能体会到她的心情!也许你不能体会,但是在那一刻,她确实觉得上帝怜悯她了,她能见到女儿了。几个月后,她果然见到了女儿,但是我们放在后面再说吧,现在提它还为时过早。

第43章

结局

我们这个故事剩下的部分很快便可以讲完了。乔治·谢尔比就像任何年轻人一样，一方面被这件事的传奇色彩所吸引，另一方面出于仁爱之心，费心劳神地把伊莱扎的卖契寄给了凯茜，上面的日期和名字与她所知道的事实相符，因此她女儿的身份便确定无疑了。现在她要做的只是去探寻这些逃亡者的行踪了。

德都夫人和凯茜被命运紧紧地连在了一起，她们立即动身到加拿大去，开始到那些接待了无数逃出来的黑奴的收容站寻访。在阿默斯特堡，她们遇见了乔治和伊莱扎刚到加拿大时在他家暂住过的那位传教士，通过他，她们才得以追寻到住在蒙特利尔的这一家人。

乔治和伊莱扎现在获得自由已有五年了。乔治在一位著名的机械师的工厂里找到了一份稳定的工作，他挣的钱完全可以养家。在此期间，他们又添了一个女儿。

聪明漂亮的小哈利上了一所好学校，学业长进很快。

乔治最先登岸的地方——阿默斯特堡收容站的那位可敬的牧师对德都夫人和凯茜说的事很感兴趣，于是他答应了德都夫人的请求，陪同她们到蒙特利尔寻访，由德都夫人承担一切费用。

现在场景换成了蒙特利尔郊区一套整洁的小公寓住房，时间是晚上。壁炉里的火烧得很旺，铺着雪白桌布的餐桌已经摆好，就要开晚饭了。房间的一个角落里有一张铺着绿桌布的桌子，上面放着笔和纸，上方有一个摆放着精选出来的书的书架。

这是乔治的书房。早年他在百般辛苦和种种挫折中,凭着一股自我完善的热情,偷偷学会了他十分渴望的读书写字的本领。今天同样的热情仍然引导他把全部的业余时间用在自我修养上。

此刻他正坐在桌旁,从他正在阅读的家庭丛书中的一本中做摘录。

“得了,乔治,”伊莱扎说,“你一整天都不在家,把书放下好不好? 在我准备茶的时候,让我们聊聊吧,放下吧。”

小伊莱扎也来帮忙,她蹒跚地走到父亲跟前,想把书从他手里拽下来,准备自己取而代之,坐到爸爸的膝上。

“啊,你这小精灵!”乔治说着对她让了步。在这种情况下男人总得让点步。

“这就对了。”伊莱扎说着开始切面包。她看起来比过去年长了几岁,体形也丰满了一些,神态比过去更像个主妇了。很显然,她感到满足和幸福,这是女人需要的。

“哈利,我的孩子,你今天那道算术题做得怎样啦?”乔治把手放在儿子头上问。

哈利的长鬈发已经剪掉了,但是他的眼睛、长睫毛、漂亮而轮廓分明的额头永远也不会变。当他回答父亲的问话时,小脸得意得通红:“我做出来了,完完全全是我自己做的。爸爸,没有人帮我。”

“这就对了。”父亲说,“依靠你自己,儿子。你的机会比你可怜的爸爸好多了!”

正在这时,外面有人敲门,伊莱扎走去开了门。“哟! 是你?”她高兴地叫了一声,把丈夫叫来了,他们欢迎阿默斯特堡的那位好心牧师的到来。和他一起来的还有两个女人,伊莱扎请她们坐下。

说实话,这位真诚的牧师已经有了安排。根据这个安排,做这件事情必须循序渐进。在来的路上大家还十分小心地相互嘱咐,切不可泄漏秘密,一切须按事先准备好的步骤进行。

那位好人招手示意女士们落座,然后从口袋里掏出手帕擦擦嘴,准备按原计划作开场白。德都夫人却出其不意地打乱了全盘计划,把全部秘密一下子都泄漏了。她突然一把搂住乔治的脖子,嘴里说着:“啊,乔治! 你难道不认识我了? 我是你的姐姐艾米莉啊!”因此,这位好心的牧师惊得真是非同小可。

凯茜已经比较平静地落座，本来她会很好地扮演自己的角色的，可是小伊莱扎却突然出现在她面前，她的体形、轮廓和鬈发与她最后一次见到女儿时一模一样。小家伙抬起头看着她的脸，凯茜一把把她抱起来紧紧地搂在怀里，说道："小乖乖，我是你的妈妈呀！"当时她真的以为这是她的女儿。

事实上，这件事要完全按程序去做确实很困难，不过，好心的牧师最终还是使大家安静下来，发表了他准备好的开场白。他的讲话非常成功，最后全体听众都在他身边哭了起来，这情景无论发生在哪一位古今演说家演说时，他们都会感到满意的。

大家一起跪了下来，那位好心的牧师做了祈祷。有些情感实在难以控制，只有向充满慈爱的万能的上帝倾诉，才能平息下来。祈祷后大家站了起来，重逢的一家人相互拥抱，心中对上帝充满了神圣的敬仰。是他用了这些奇妙的方法，经过种种危难，使他们团聚在一起。

加拿大逃奴中有一位传教士的笔记本里记载着比小说还要离奇的真事。当一个占统治地位的制度像秋风扫落叶一样把一个个家庭拆得妻离子散的时候，这种情况怎么会不出现呢？这些避难的海岸就像永恒的彼岸一样，常常使多年来以为相互永无相见之日的伤心的人又欢聚在一起。让人感动得难以言表的是，他们对每一个新来者的热诚欢迎，因为他也许带来了那些仍在奴隶制阴影下不得相见的母亲、姐妹、子女或妻子的消息。

这里出现的英勇事迹比传奇故事里的还要多。逃亡者不怕酷刑，冒着死亡的危险，自愿返回到那充满恐怖和危险的黑暗国度，为了接出他的姐妹、母亲或妻子。

一位传教士对我们说过这样一位年轻人，他曾两次被重新抓住，他遭受了令人耻辱的鞭挞，又一次逃了出来。我们曾听人念了一封信，在信中他告诉朋友他准备第三次回去，也许最终能把他妹妹接出来。我的好心的先生，此人是英雄，还是罪犯？你难道不也会为你妹妹这样做吗？你能责怪他吗？

不过，还是让我们回到朋友这儿来吧。他们刚才正在擦眼泪，从突然而至的巨大的喜悦中渐渐平静下来。他们围坐在桌旁，气氛十分融洽，只是凯茜将小伊莱扎抱在膝上，不时地紧紧地搂小家伙一下，这使小女孩感到大为吃惊。她固执地拒绝小家伙按自己的意愿塞进她嘴里的糕饼，说她有比糕饼更好的东西，所以不想吃糕饼，这使小家伙感到更加奇怪。

的确，在两三天的时间里，凯茜身上发生了很大的变化，我们的读者恐怕要认不出她了。她脸上绝望、憔悴的神情已经被温柔和信任所取代，她似乎立刻就投入家人的怀抱里，也深深地爱上了这两个孩子，好像他们是她渴盼已久的人。实际上，在小伊莱扎和她自己的女儿之间，她的爱似乎更自然地倾注在小伊莱扎身上，因为她无论在相貌还是体形上，都和她失去的孩子一模一样。这小家伙是母女之间的一条美丽的纽带，通过她，她们熟悉起来，产生了爱的情感。伊莱扎通过经常读《圣经》，具有了坚定不移的宗教信仰，这使她母亲那消沉的精神和破碎的心灵有了很好的向导。凯茜立刻以全部心灵接受一切良好的影响，成了一个虔诚、慈爱的基督徒。

过了一两天，德都夫人把自己的情况更详细地告诉了弟弟。丈夫死后给她留下了一大笔遗产，她慷慨地提出与弟弟一家人分享。她问乔治怎样才能使这笔钱派上用场，乔治回答说："那就让我受教育吧，艾米莉，这一直是我所渴望的。然后，我就能够做其他一切自己想做的事了。"

经过深思熟虑之后，他们决定全家到法国去待上几年，于是他们带着爱默琳启程去了法国。

爱默琳的美貌赢得了船上大副的爱情，船抵港后不久，她便成了他的妻子。

乔治在法国的大学里待了四年，他以持久的精神专心致志地学习，获得了十分完善的教育。

最后由于法国政局动荡，一家人又回到美国避难。

作为一个受过教育的人，乔治的情感和观点在一封致友人的信中表达得十分清楚。

我对自己今后的道路感到有些茫然。不错，正如你对我说过的那样，我也许能在美国的白人圈中周旋，因为我的肤色很浅，我妻子和儿女的肤色几乎看不出来她们有着非洲血统。是的，也许在别人的容忍下，我可以勉强地这么做。但是，实话对你说吧，我不想这么做。

我的同情之心不在我父亲的种族一边，而是在我母亲的种族一边。对我父亲来说，我不过是一条好狗或一匹骏马而已；而对我可怜的伤心欲绝的母亲来说,我是她的孩子。尽管从那次使我们分离的残忍的拍卖之后一直到她死去,我再也没见到她,但是我知道她一直深深地爱着我。我是用自己的心感知到她的爱的。我想到她遭受的一切苦难,想到我自己早年受的苦,想到我勇敢的妻子的痛苦和抗争,想到在新奥尔良奴隶市场被卖掉的姐姐。每当想到这些,尽管我不希望自己有任何违背基督教精神的情感,可是我还要说——也许你会原谅我这么说——我不希望自己被看做美国人,也不愿让他们认同。

我愿把自己的命运和被压迫、被奴役的非洲民族连在一起;而且,如果我有什么愿望的话,我希望自己的肤色再深两分,而不是浅一分。

我心底的愿望和渴盼就是取得一个非洲国家的国籍。我想找到一个具有实力和独立存在的民族,我应该到哪儿去寻找呢?不在海地,因为在海地他们没有基础。河流不会高出它的源头。构成海地的是一个疲惫、柔弱的民族,一个被奴役的民族自然需要许多世纪的时间才能崛起。

那么我该到哪儿寻找呢?在非洲的海岸,我看见一个共和国——一个由精英们组成的共和国,他们通过自己的努力和自我教育的能力,在许多情况下以个人特有的方式,摆脱了受奴役的境地。经过了一个非常不充分的准备阶段以后,这个共和国终于成为世界上一个受承认的国家——得到了法国和英国的承认。我希望到那儿去,找到自己的人民。

我知道,你们都会反对我,可是,在你们攻击我之前请先听我说。我在法国期间曾怀着强烈的兴趣完整地研究了我的民族在美国的历史,我留意过废奴主义者和殖民主义者之间的斗争,作为一个远距离的旁观者,我获得了一些印象,但如果我是个参与者,这些印象是绝不可能得到的。

我承认,这个利比里亚也许曾受到我们的压迫者的挑动和利用,以达到他们的种种目的。毫无疑问,他们可能采用了各种不正当的方式,利用这个阴谋来推迟我们的解放,但是对我来说,问题是,难道上帝不能凌驾于人的一切谋略之上吗?难道他不能改变他们的图谋,为我们建立一个国家吗?

在当前这个时代,一个国家一天之内便可以诞生。现在,一个国家一旦建立,有关共和国生计和文明的一切重大问题都已解决,因此它不必去摸索和寻求,只要去实践。让我们大家团结一致,全力以赴,看看我们为这个新的事业能做些什么。光辉灿烂的整个非洲大陆将展现在我们和我们的后代面前;我们的同胞将会使非洲的海岸汹涌着文明的浪潮和发扬基督教精神,在那儿建立起强大的共和国;它将会像热带植物那样快速成长,将会永远存在下去。

你会说我抛弃了我的那些受奴役的兄弟,我不这么认为,要是我生命中有一时一刻忘记了他们,愿上帝也同样忘了我!但是,我在这儿能为他们做些什么呢?我能打碎他们的锁链吗?不,作为个人我不能,但是,让我成为共和国的一员,让我的国家在世界上有发言权,这样我们就能说话了。一个国家有权辩论、抗议、恳请、为自己的民族申诉,而个人则没有这些权利。

如果有一天欧洲成为各自由国家的联合会(我坚信会有这么一天的),如果在那儿农奴制和一切非正义的、压迫人的社会不平等现象都被废除,如果他们像法国和英国已经做的那样,承认我们的地位,那我们就会在这个联合会上进行呼吁,为我们受奴役、受苦难的民族申诉,那时候,自由开明的美国就不会不愿意把她盾形徽章中左边的两条斜杠抹去①,因为这不但使她在各国面前丢脸,而且对于被奴役的人和她自己来说同样都是真正的灾难。

但是,你会对我说,我们的民族和爱尔兰人、德国人和瑞典人一样,在美国这个共和国享有平等交往的权利。就算有吧。我们应该能自由地交往,靠个人的价值提高自己的地位,而不受阶级和肤色的限制。那些拒绝给我们这个权利的人违背了他们自己公开宣称的人类自由的原则。我们特别应该被允许留在这儿,我们比一般的人拥有更多的权利——我们具有受到伤害的民族要求赔偿的权利。可是,我不要这种权利,我想要一个自己的国家、自己的民族。我认为非洲民族有不少独特之处将会在文明和基督教的背景下展现出来,如果说它与盎格鲁—

① 欧洲封建时代贵族纹章中,如左侧有杠,则是私生子等耻辱的标记。此处指奴隶制。

撒克逊民族有什么不同之处的话，那就是在精神方面它也许还要高于后者。

在世界斗争和冲突的初始时期，世界各国的命运掌握在盎格鲁—撒克逊民族的手上，它那严格、坚忍和充满活力的品质很适合完成这个使命。但是作为基督徒，我期待着另一个时代的出现，我相信我们正处在这个时代的边缘。我希望，那些震撼各国的动荡不过是世界和平、天下友爱诞生前的阵痛而已。

我相信，非洲基本上将朝基督教的精神方向发展，如果说他们不是一个占统治地位、支配他人的民族，但至少是个感情真挚、宽宏大量、宽容别人的民族。因为他们是在不公正和压迫的炉火中受到锤炼、得到解脱的，所以他们更需要牢记仁爱和宽恕的崇高原则。只有通过这个原则，他们才能得胜，他们的使命是要把这个原则传播到整个非洲大陆。

我承认，在这方面我很脆弱——我血管里足有一半的血液是暴躁的撒克逊血液，但是在我身旁总是有一位很有说服力的福音布道者，这就是我美丽的妻子。当我彷徨时，她那温柔的天性总是使我回到正道上来，使我不忘基督教精神的召唤和我们民族的使命。我要作为一个基督徒爱国者、作为一名基督教教义的宣讲者到我的国家去，到我那被上帝选中的、光荣的非洲去！在我心中，我时常把这庄严的预言用在她身上："虽然你被抛弃，被厌恶，甚至无人经过，我却要使你成为永远的荣华、世世代代的喜悦！"①

你会把我称作狂热派，你会对我说，我对自己准备干的事情缺乏认真考虑。但是，我是经过深思熟虑的，而且已经估计了将要付出的代价。我到利比里亚去，并不是到传说中的福地乐土去，而是去一个工作场所。我期待着用双手去干活——努力工作，工作中不怕任何困难和挫折，一直工作到死。这就是我到那儿去的目的，我相信在这一点上我是不会失望的。

不管你怎么看待我的决定，都不要对我失去信任。请相信，不管我

① 见《圣经·旧约·以赛亚书》第六十章第十五节。

做什么,都完全出自我对我的人民的一颗赤诚之心。

乔治·哈里斯

几个星期以后,乔治和妻子、儿女、姐姐、岳母一起动身到非洲去了。要是我们估计不错的话,人们将会听到他在那里的消息的。

关于别的人物,我们没有什么特别要说的,只是想再叙述一下奥菲丽亚小姐和托普西的情况,我们把最后一章专门留给乔治·谢尔比。

奥菲丽亚小姐带着托普西回到佛蒙特的家中,这使她的那些"咱家人"吃了一惊。新英格兰人都知道"咱家人"这个词的含义是指一帮严肃、慎重的人。"咱家人"开始时认为托普西对他们这个训练有素的家庭来说既显得古怪又是个累赘,可是奥菲丽亚小姐对她学生勤勤恳恳、尽心尽责的教育卓有成效,因而那孩子很快受到一家人和邻居的喜爱。成年后,在她自己的要求下,托普西受了洗礼,入了当地的基督教会。她表现得非常聪明,积极热情,希望在世人中行善,因此被推荐到非洲的一个地方做传教士去了。我们听说,她小时候成长过程中的使她花样翻新、片刻不宁的灵敏和聪明,现在被安全而健康地用在教育她自己祖国的孩子上。

又记:告诉一个令母亲们满意的消息:经过德都夫人多方打听,最近终于找到了凯茜的儿子。他是个精力充沛的年轻人,他已经早母亲几年逃了出来,被北方的朋友们收留,受到了教育。他不久之后就会随家人到非洲去。

第44章

解放者

乔治·谢尔比只给母亲写了寥寥数语，告诉她到家的日期，关于他老朋友死去的情景，他实在不忍心讲述。他写了好几次，结果都哽咽不已，最后只好撕碎信纸，擦干眼泪，跑到一个地方去让自己平静下来。

那一天在谢尔比家里到处是一片喜悦的忙碌景象，大家期待着乔治少爷归来。

谢尔比太太坐在舒适的客厅里，用山核桃木烧得很旺的火赶走了深秋夜晚的寒气，晚餐桌已经摆好，银质和雕花玻璃餐具闪闪发亮，我们的老朋友老克洛伊正在负责摆桌子。

她穿着一件印花布新衣，围着干净的白围裙，头上高高地包着浆得笔挺的头巾，油亮的黑脸上露出满意的笑容。她老是在餐桌四周徘徊，将已摆放好的餐具调过来调过去，这只不过想以此为借口和女主人说几句话罢了。

“天哪，在他眼里这些不是跟过去一样吗？”她说，“你看，我把他的餐具放在他喜欢放的老地方——靠着炉火。乔治少爷总是喜欢坐在暖和的地方。啊，真傻，莎莉怎么没把那把最好的茶壶拿出来呢？就是圣诞节乔治少爷给太太买的那把小小的新壶，我来把它拿出来！噢，太太收到乔治少爷的信了吗？”她探询地说。

“收到了，克洛伊，可是没写几句话，只说他尽可能今晚到家，就说这些。”

“他没说到我的老头子吗？”克洛伊一边说，一边仍然摆弄着那几只茶杯。

“没有,没说到,他什么也没说。克洛伊,他说到家后会告知一切的。”

“乔治少爷就是这脾气,什么事他总是喜欢由他自己说。我一直注意到他有这个特点。我真不明白,白人怎么一般都能耐着性子写那么多东西。写东西是件又慢又难的活啊。”

谢尔比太太笑了。

“我想我家老头子怕是认不出两个男孩和娃娃了。天哪!波莉已经长得老大了,而且又听话又活泼。她现在到宅屋来了,在看着烙玉米饼呢。我烙的是我家老头子最喜欢吃的那种饼,就是他给带走的那天早晨我给他做的那种。天哪,那天早晨我是多么难过啊!”

谢尔比太太叹了一口气。提起这件事时,她心里感到很沉重。接到儿子的信以后,她就一直感到不安,担心他保持沉默的背后另有隐情。

“太太,那些钞票还在吧?”克洛伊关切地问。

“还在,克洛伊。”

“因为我想把甜点铺老板给我的那些钞票拿给我老头子看。他对我说:‘克洛伊,我真希望你能多待一段时间。’‘谢谢你,老爷,’我说,‘我倒很想多待些时候,不过我家老头子就要回家了,而且太太现在也离不开我了。’我就是这么对他说的。真是个好人,琼斯老爷。”

克洛伊一直固执地坚持要把付给她的工钱保留着,好给她丈夫看,作为她能力的证明。谢尔比太太欣然同意,满足了她的要求。

“他不会认得波莉了,我家老头子肯定认不出她了。天哪,他们带走他已经五年了!那时她还是个小娃娃,站都站不住。记得她刚学走路的时候,老是摔跤,把老头子逗得直乐。我的天哪!”

这时外面传来了车轮声。

“乔治少爷!”克洛伊大婶说着,向窗口跑去。

谢尔比太太跑到过道门口,被儿子一下子抱住了。克洛伊大婶站在那儿,焦急地睁大眼睛往外面的黑暗中张望。

“啊,可怜的克洛伊大婶!”乔治说着同情地停住了脚步,用双手握住她那只粗硬的黑手,“要是能把他带回来,就是花掉我的全部财产也情愿啊,可是他已经到天国去了。”

谢尔比太太悲痛地叫了一声,可是克洛伊大婶一句话也没说。

大家都进了餐厅。那些使克洛伊引为自豪的钞票仍然放在桌子上。

“好了,”说着她抓起钞票,用颤抖的手拿着递给女主人,“我再也不想看见它,也不想听人提起它了。我早就知道会有这个下场的:被卖掉,然后给害死在该死的种植园里!”

克洛伊转过身,傲然走出了房间。谢尔比太太轻轻地跟着她,拉起她的一只手,拉着她在一张椅子里坐下,然后坐在她身旁。

“我可怜的好克洛伊啊!”她说。

克洛伊把头靠在女主人的肩上,抽抽噎噎地说:“啊,太太!请原谅,我太伤心了,没有别的!”

“我知道,”谢尔比太太说着泪如雨下,“我治不好你心上的伤,但耶稣能治好。他治愈人们破碎的心,医治他们的创伤。”

一时间谁也没说话,大家都在哭。最后,乔治在死者妻子身旁坐下来,握住她的手,用朴实而哀婉的语言讲述了她丈夫怀着胜利的喜悦去世的情景,以及他充满爱的遗言。

大约一个月以后,一天早晨,谢尔比家的所有仆人都被召集到贯通整个宅子的大厅里,听小主人讲话。

使大家惊奇的是,他手里拿着一大沓文书来到他们中间,里面有给庄园里每个黑奴的自由证书。在到场的人的一片哭泣和欢呼声中,他一个接一个地宣读证书,把它发给每一个人。

可是有许多人却围在他身边,恳求他不要打发他们走,并且神情焦虑地把自由证书递还给他。

“我们不想要比现在更多的自由了。我们一直要什么有什么,我们不想离开这个老地方,不想离开少爷、太太和其他人!”

“我的好朋友们,”乔治等大家一静下来立即说道,“你们不一定要离开我,庄园里需要跟过去同样多的人手,但是你们现在是自由人了,你们为我干活,我会付你们工资的,工资多少由我们商定。这样做的好处是,万一我负了债,或者死了——这些情况都有可能发生——你们就不会被带走卖掉了。我打算继续经营这个庄园,教你们怎样使用我给你们的作为自由人的权利。也许你们要花一些时间才能学会,但是我希望你们愿意学习,努力学好。我向上帝保证,我一定会遵守诺言,心甘情愿地教你们。现在,朋友们,抬起头来,为你们获得自由而感谢上帝吧。”

一位德高望重的年老的黑人站了起来,他在庄园里生活了一辈子,头发已经白了,眼睛也瞎了。他举起颤抖的手,说道:“让我们感谢上帝吧!”所有的人一齐跪下来,之后,他唱起了一首感恩赞美诗。即使是伴着琴声、钟声和礼炮升入天堂的感恩赞美诗也不会比这位老人从虔诚的心中唱出来的更加感人、更加真诚了。

大家一齐站起来,另一个黑人又唱起了一首美以美会的赞美诗,它的副歌是:

> 大赦之年来到了,
> 被救赎的罪人们,回家吧。

“还有一件事,”乔治止住了大家的欢庆声之后说道,“你们都记得我们那位好心的汤姆叔叔吧?”

乔治于是简单地讲述了他临死的情景,以及他对庄园上所有的人的充满爱的告别,然后又说道:

“朋友们,就在他的坟前我向上帝发了誓,只要有可能就让黑奴获得自由,我今后绝不再拥有一个黑奴了,绝不让任何人在我手里遭到妻离子散、像汤姆一样死在偏僻的种植园里的悲惨境遇。所以,当你们欢庆自由时,要想到你们应该因此而感谢那位好心的老人,要用善心报答他的妻子儿女。每当你们看见汤姆叔叔的小屋,就应该想到你们获得的自由,要让小屋成为一座纪念碑。你们要以他为榜样,做一个像他那样的正直、虔诚的基督徒。”

第45章

结束语

作者经常收到全国各地的来信，询问这个故事是不是真的，对此她将作一个总的答复。

故事里的具体细节大部分确有其事，其中有许多为作者本人或其亲友所见。书中介绍的人物的原型几乎都是作者和她的亲友见过的，这些人物说的话有许多就是作者亲耳听见或别人告诉她的一字不差的原话。

伊莱扎的外貌和性格都来自现实生活；汤姆叔叔矢志不渝的忠诚、虔诚和正直有好几个来源，这些都是作者本人熟知的。有些最具有悲剧性、最具有传奇色彩或者最可怕的情节也都有现实生活依据的。母亲从浮冰上渡过俄亥俄河的情节是尽人皆知的事实。第十九章中有关老蒲露的故事是作者的一个兄弟亲眼看见的事，那时他在新奥尔良的一家大商号做收账员。种植园主雷格里这个人物也来源于这位兄弟，他在一次外出收账时到过他的种植园，对他作了如下的描述："他真的让我摸了他的拳头，就像铁匠的铁锤或者铁疙瘩一样，还对我说这是'打黑鬼练硬的'。离开他的种植园之后我长长地舒了一口气，感觉自己好像逃出了魔窟似的。"

汤姆的悲惨命运在现实中也有许多类似的事例，在全国各地都有活着的证人可以作证。让我们记住，在南方各州有这样一条法律原则：具有有色人种血统的人不得在控告白人的诉讼中出庭作证。显而易见，哪里只要有残暴得不惜损失自己的奴隶的奴隶主，又遇上了有足够勇气和不愿屈服的奴隶，这样的事情就会发生。事实上，除了主人的人品，没有任何东西可以保护奴隶的生命。偶尔也会有些让人一想到就感到惊骇的事实会因为掩盖不住而传入公众的耳朵，人们常常听到的对这些事情的评价往往比事情本身更让人惊骇："很有可能这些事情偶尔会发生，但绝不能代表普遍情况。"如果新英格兰的法律有这样的规定：师傅偶尔把徒弟折磨死了而没有受到法律的追究，人们还会同样心平气和地接受这个事实吗？还会说"这些事情偶尔会发生，但绝不能代表普遍情况"吗？这种不公正是奴隶制本身所固有的，没有奴隶制它就不能存在。

"珍珠号"被截获后发生的一些事件，使公开而无耻地拍卖漂亮的具有二分之一或四分之一黑人血统的混血姑娘的行径臭名远扬。我们从该案的被告辩护律师之一霍勒斯·曼阁下的发言中摘录一段，他说："我参加了为'珍珠号'机帆船上的高级船员的辩护，在1848年有七十六个人企图乘该船从哥伦比亚出逃，其中有几个年轻健康的姑娘，她们身材和容貌的独特的美受到鉴赏家的高度评价。伊丽莎白·拉塞尔就是其中的一个。她立即落入奴隶贩子的魔爪，注定要被送到新奥尔良的奴隶市场去。看见她的人都对她的命运深感同情，他们愿意出一千八百块钱赎她——有些人甚至愿意捐出自己所有的钱，可是那魔鬼般的奴隶贩子冷酷无情地拒绝了，她被送往新奥尔良。上帝怜悯她，让她在半路上突然死去了。这些人中还有两个姓埃德蒙逊的姑娘，在她们即将被送往同一个奴隶市场前，姐姐到那人肉货栈去，向拥有她们的恶棍求情，求他看在上帝的分上饶了她们。他哄骗她说，她们会有许多漂亮衣服和家具的。'是的，'她说，'这辈子生活可能不错，可是来世呢?'她俩也被送到新奥尔良去了，可是又被人用重金赎了回来。"从这里难道不能明显地看出，爱默琳和凯茜的故事在现实中有许多原型吗?

为了公正起见，作者也必须说明，圣克莱尔的公正和慷慨的性格也不是没有现实依据的，下面的小故事将会说明这一点。几年前，辛辛那提来了一位年轻的南方绅士，带着一个最喜爱的仆人，此人从小就给他做贴身侍从。这年轻的仆人利用这个机会想获取自己的自由，他逃到一户以庇护黑奴而闻名的教友会信徒的家中寻求保护。他的主人怒不可遏。他一直对这个奴仆十分宽容，对他对自己的忠心十分自信，因此他断定一定有人利用了他，引诱他背叛自己。他怒气冲冲地来到那位教友会信徒家中，但是因为他为人十分坦诚、公正，听了对方的说理和陈述之后，火气很快就平息了。仆人的想法他从来就没听说过，也从来没有想过，于是他立即告诉这位教友会信徒,如果他的黑奴当面对他说他希望获得自由,他就解放他。随后主仆见了面,年轻的主人问他的仆人纳森,他到底有没有在哪方面受到亏待而心怀不满。

"没有,老爷,"纳森说,"你对我一直很好。"

"那你为什么想要离开我呢?"

"老爷也许会死,那时我会落到什么人的手里呢?所以我宁愿做个自由人。"

经过一番考虑,年轻的主人答道:"纳森,如果处在你的位置,我想我自己也会像你这么想的。你自由了。"

他立即为他开了自由证书,并在那位教友会信徒的手中存放了一笔钱,要他合理地使用,帮助他的仆人开始新生活。此外他还给年轻的仆人留了一封亲切友好、切合实际的忠告信,这封信在作者手中保留了一段时间。

南方有许多人品格高尚、慷慨大度、仁慈善良,作者希望在本书中已经对他们做出了公正的评价。这些事例使我们对人类不至于完全绝望,可是,作者还想问一问任何一个了解这个世界的人,无论在什么地方,这样的人很普遍吗?

作者一生中有许多年不读有关奴隶制的任何著述,也不想提这个话题,因为这个问题探究起来太让人感到痛苦了,并且认为随着知识和文明的进步,它一定会被清除掉。可是,自从1850年的法案颁布以后,作者十分震惊地听到,信仰基督教的仁慈的人们竟然称赞那些遣送逃亡的奴隶回到奴隶制中间去的行为是好公民应尽的职责。当作者从各方面听到,北方自由州的宽容、有同情心、值得敬重的人们正在考虑和讨论在这个问题上基督徒的职责究竟是什么时,她只能认为这些人和基督徒不了解奴隶制的真相,如果他们了解的话,这种问题就绝不会拿出来讨论了。因此,作者产生了要用活生生的戏剧真实把它表现出来的愿望,她尽力公正地把它最好的和最坏的方面都表现出来。在表现它最好的方面,她也许是成功的;但是,啊!谁能说得出在另外一面,在那幽深的死亡的阴影里还有什么没有被揭露出来呢?

南方的慷慨大度、品格高尚的男女读者们,你们正直、高尚和纯洁的品格经过严峻的考验变得愈加可贵,作者向你们呼吁,在你们的灵魂深处,在你们私下交谈之时,你们难道没有感觉到,这该诅咒的制度下的苦难和罪恶远远超出了这本书中浮光掠影的描述吗？难道还有比这更悲惨、更让人痛心的事实吗？人难道是可以赋予完全不需要承担责任的权力的生物吗？通过剥夺奴隶出庭作证的合法权利，奴隶制难道不是把每一个奴隶主都变成了不负任何责任的暴君吗？难道人们对这种做法实际产生的后果还推断不出来吗？我们承认，如果在你们这些正直、公正和仁慈的人中间有一种公众情绪，那么在恶劣、残暴和品格低下的人中间难道不也有另一种公众情绪吗？根据奴隶法，恶劣、残暴和品质低下之人难道不是可以跟最优秀、最纯洁的人拥有同样多的奴隶吗？而在世界上任何地方，正直、公正、高尚和富有同情心的人难道是大多数吗？

根据美国的法律，贩卖黑奴被视为海盗行为，但是奴隶买卖——就像当年在非洲海岸的奴隶贸易一样有计划有步骤地进行着——正是美国奴隶制的一个不可避免的伴随物和结果，它造成的令人断肠、骇人听闻的事哪能说得完呢？

作者仅仅是浮光掠影地描绘、简略地勾画了此刻正撕碎千万心灵、拆散千万家庭、把一个无助而敏感的种族逼到疯狂无望的边缘的那种痛苦和绝望。有一些仍然活着的人，他们就认识一些母亲，她们被这该诅咒的奴隶贸易逼得杀害自己的亲生骨肉后自杀，寻求用死来摆脱比死更可怕的痛苦。在美国法律和基督十字架的庇护下，我们的国家日复一日、每时每刻都在上演着一幕幕可怕的现实的悲剧，任何书写、讲述和想象的悲剧根本无法与之相比。

美国的男女读者们，这是一件可以等闲视之、为之辩解、置之不理的事情吗？冬天的夜晚坐在熊熊燃烧的壁炉边阅读此书的马萨诸塞、新罕布什尔、佛蒙特和康涅狄格诸州的农民们，缅因州坚强而慷慨的水手和船主们，这是一件你们应该赞同和鼓励的事情吗？勇敢而善良的纽约州的人们，富裕而快乐的俄亥俄州的农民们，还有辽阔的大草原上各州的人们，请回答：这是一件你们应该保护和支持的事情吗？还有你们，美国的母亲们——你们在儿女的摇篮边学会了爱一切人，同情一切人——我请求你们，凭你们孕育子女的神圣的爱，凭你们对他们美丽无瑕的幼年感到的喜悦，凭你们在引导他们成长的年代中母性的同情和温柔，凭你们对他们的教育而感到的焦虑，凭你们为他们灵魂永恒的幸福所作的祈祷，凭着这一切的名义，我请求你们可怜可怜那些和你们有着同样多的爱,但却没有保护、引导或教育自己怀中孩子的合法权利的母亲们!想想你们孩子生病的时刻,想想那永远难忘的临终时的眼睛,想想你们束手无策、回天乏力地听着那让你们心如刀绞的最后的啼哭,看着那空空的摇篮、沉寂的育婴室的惨淡凄凉,想想这一切,我请求你们可怜可怜那些被美国奴隶买卖不断夺去孩子的母亲们!美国的母亲们,请告诉我,这是一件应该维护、同情和置之不理的事吗?

你们说,自由州的人民与此毫无关系,对它无能为力,是吗?我希望这是实情,但这不是实情!自由州的人民维护、鼓励、参与了这一切,在上帝面前,他们比南方人更有罪,因为他们没有教育或习俗方面的借口。

如果自由州的母亲们具有她们应该有的感情的话,自由州的子孙们就不会成为奴隶主——被公认为最凶狠、最残忍的人;自由州的子孙们就不会默许奴隶制在这个国家的肌体中蔓延;自由州的子孙们就不会像现在这样,在商业交易中把人的灵与肉当做金钱的等价物进行买卖了。成千上万的黑奴在北方城市的商人手中买进卖出,奴隶制的一切罪恶和恶名难道都要落到南方人头上吗?

北方的男人、北方的母亲、北方的基督徒不应该仅仅指责南方的兄弟,他们应该留神自己中间的罪恶。

可是,任何个人能做些什么呢?对于这个问题,每个人可以自己判断。有一件事每个人都能做:保证自己具有正确的情感。每个人都处在交互影响的氛围中,在有关人类重大利益方面,具有强烈、健康和正义感的男人或女人永远对人类有益。那么,注意你们在这件事上的感情,是与基督的同情一致,还是受世俗之见的左右而误入了歧途?

北方的男女基督徒们,不仅如此,你们还有另一种力量,你们可以祈祷!你们祈祷,是因为相信它灵验,还是因为这已经成了一种传统和习惯?你们为国外的异教徒祈祷,也为国内的异教徒祈祷吧。为那些受难的基督徒祈祷吧,他们的宗教素养完全取决于买卖中的运气,要他们恪守基督教的道德标准,在许多情况下是不可能的,除非上天赐给他们殉教的勇气和美德。

还有你们能做的事。在我们自由州的土地上,正在出现许多家庭破碎、妻离子散的可怕的情景,但由于天意,有些男女黑奴们从奴隶制的汹涌波涛中逃了出来,从一个所有的基督教和道德原则被弄得混乱不堪的制度下逃了出来。他们知识贫乏，许多人在品德上也有毛病。他们是来向你们寻求庇护的，他们是来寻求教育、知识和基督教信仰的。

啊，基督徒们，你们对这些可怜不幸之人负有什么样的责任呢？每一个美国的基督徒难道不应该努力对美国给非洲种族带来的伤害进行补偿吗？教堂和学校的大门难道应该对他们关闭吗？各州难道应该把他们赶出去吗？基督教会难道应该听任别人对他们嘲笑辱骂而一言不发，从他们伸出的无助的手前躲开，并容忍那些把他们从我们的国土上驱逐出去的暴行吗？如果必定如此，这将是一个可悲的景象；如果必定如此，当这个国家想到各国的命运掌握在慈悲为怀的上帝手中时，它就有理由颤抖了。

"我们不想让他们待在这儿，让他们到非洲去。"你们会说这样的话吗？

上帝英明，已经在非洲为他们提供了一个避难所，这确实是一个值得注意的了不起的事，但是这绝不能成为基督教会推卸自己对这个被抛弃的种族应尽的责任的理由。

让这个刚刚挣脱奴隶制锁链的无知、没有经验、处于半野蛮状态的种族的人大量涌入利比里亚，只会让伴随着新事业而来的斗争和冲突延长许多年。让北方的教会用基督教的精神接纳这些可怜的受难者吧，让他们有享受共和主义教育和学校教育的机会，等到他们在道德和智力方面稍稍成熟后，再帮助他们到利比里亚去，他们可以把在美国学到的东西在那儿付诸实践。

北方有较少的一部分人，他们一直在这么做，因此，这个国家已经出现了一些杰出的人物：他们过去是奴隶，现在已经很快获得了财产、名声和教育。他们的才能得到发展，考虑到他们的实际情况，这确实是很难得的。在诚实、善良和同情等道德品格方面，在为了救出仍在奴隶制奴役下的兄弟、朋友而作出的英勇行为和自我牺牲方面，他们都表现得十分出色。考虑到出生环境对他们的影响，他们的表现简直是惊人的。

作者在各蓄奴州的交界地区住了很多年，因而有很多机会在过去做过奴隶的人当中进行观察。作者家中也曾有过黑人仆人，由于没有别的学校愿意接收他们，她常常让他们和她的孩子一起在家庭学校里学习。她从在加拿大逃亡奴隶中传教的传教士那儿得到的证据也和她自己的经历不谋而合。作者对于黑人天赋的推论是极其令人鼓舞的。

一般来说,被解放的黑奴的第一个愿望就是要受教育。为了能让他们的子女受到教育,他们什么都愿意付出,什么都愿意做。根据作者的观察,或者根据他们老师的证明,他们特别聪明,学得很快。在辛辛那提的一些慈善家创办的学校里,黑人的学习成绩也充分证明了这一点。

根据当时执教于俄亥俄州莱恩神学院的C. E. 斯托陀教授[①]提供的材料,作者现将有关住在辛辛那提的、已获得解放的奴隶的情况记录于此,以说明即使在没有什么特别的帮助和鼓励的情况下,黑人仍然显示了他们的才能。

这里只写出这些人姓氏的首写字母,他们都是辛辛那提的居民。

B——家具制造商,在城市生活已有二十年;家产一万元,都是自己所挣;浸礼会信徒。

C——纯黑人;从非洲偷抢过来,在新奥尔良被卖;获得自由十五年;付六百元将自己赎出;农场主,在印第安纳州有几处农庄;长老会信徒;财产约值一万五千元至两万元,全由自己挣得。

K——纯黑人;房地产经纪人;财产三万元;约四十岁;获自由六年;付一千八百元赎出家人;浸礼会信徒;从主人处得到一笔遗产,对此他妥善经营,使该财产有所增加。

G——纯黑人;煤炭商;约三十岁;财产一万八千元;两次付钱为自己赎身,其中一次被骗多达一千六百元;所有的钱都是他的辛勤劳动所得,其中不少是自己做奴隶时向主人租用自己的时间做生意所赚;一个温文尔雅的人。

W——四分之三黑人血统;理发师兼侍者;肯塔基人;获自由十九年;为本人和家人赎身付三千多元;财产两万元,全为自己所挣;浸礼会执事。

G. D——四分之三黑人血统;刷墙工;肯塔基人;获自由九年;付一千五百元为本人和家人赎身;最近去世,享年六十;家产六千元。

斯托教授说:“除了G之外,我和这些人相识已经有许多年了,我说的

① 作者的丈夫。

情况都是自己了解的事实。”

作者清楚地记得她父亲家里雇的一位上了年纪的黑人洗衣妇。洗衣妇的女儿嫁给了一个奴隶。她是个非常勤快能干的年轻女人，由于她的勤劳节俭和坚持不懈的自我牺牲，攒下了九百块钱为丈夫赎身。她一面攒，一面把钱交到丈夫的主人手里。当她还差一百块钱的时候，丈夫死了，她交的钱分文没有要回来。

这里只举出了许许多多事例中的少数几个，说明奴隶获得自由后表现出来的自我牺牲、苦干、坚忍和诚实的品质。

请记住，这些人是在面临种种不利和挫折的情况下，勇敢地为自己挣得一些财富和社会地位的。根据俄亥俄州的法律，黑人没有选举权；而且在前几年，在白人诉讼案中连出庭作证的权利都没有。这些事例不仅仅限于俄亥俄州，在美利坚合众国所有的州，我们都能看到，昨天刚刚挣脱了奴隶制枷锁的人，通过令人无比敬佩的自我教育的能力，已经在社会上取得受人尊敬的地位。牧师中的潘宁顿、编辑中的道格拉斯和沃德，就是众所周知的例子。

这个受迫害的民族在挫折和不利的情况下尚且取得了这么大的成就，那么，如果基督教会能以救主耶稣的精神对待他们，他们还将取得多大的成就啊！

在当前这个时代，世界上的国家正处在动荡不安之中，一种强大的影响以地震一般的力量震撼着整个世界。美国安全吗？所有那些存在着极其不公正现象而不去纠正的国家都不可避免地有着大动荡的因素。

是一种什么样的影响力，它能在所有国家、所有民族中激起人们对自由和平等的渴盼，而且时刻都会发出那深沉的吼声？

啊，基督啊，辨识时代的征兆吧！这个力量不就是上帝的精神吗？他的国度即将降临，他的旨意将行在地上，如同在天上一样。

“可是，他降临的日子谁能承受呢？因为那一日将如火炉般熊熊燃烧……他将速速作证，指控那些亏负人薪资的、欺压孤儿寡母的和依赖别人生活的人。他将使压迫者粉身碎骨。”①

---

① 见《圣经·旧约·玛拉基书》第三章第二、五节，第四章第一节。

这些话不正好针对一个存在着如此不公和非正义的国家吗？基督徒们！每一次你们祈求基督的国度降临时，你们难道忘了这个预言是把复仇之日和他的子民得救之年可怕地联系在一起的吗？

但上帝仍给了我们一天的宽限期。在上帝面前，北方和南方都是有罪的，基督教会也负有重大的责任。这个合众国要想得救，绝不能靠相互联合起来庇护不义和残暴、利用罪恶获取共同利益，而要靠忏悔、正义和慈悲。磨盘必沉海底固然是一条永恒的法则，而不义和暴行必将给国家招来全能的上帝的惩罚则是一条更确定无疑、更强有力的法则。

经典译林

Yilin Classics

书名	单价	ISBN 号
艾青诗集	35.00 元	9787544773584
爱的教育	39.00 元	9787544768580
安娜·卡列尼娜	49.00 元	9787544740883
安徒生童话选集	42.00 元	9787544775731
傲慢与偏见	36.00 元	9787544774697
八十天环游地球	32.00 元	9787544775861
巴黎圣母院	42.00 元	9787544775748
白洋淀纪事	32.00 元	9787544772617
百万英镑	35.00 元	9787544777360
包法利夫人	38.00 元	9787544777353
悲惨世界(上、下)	98.00 元	9787544777346
背影	28.00 元	9787544777483
被侮辱与被损害的人	39.00 元	9787544777261
边城	36.00 元	9787544757416
变色龙：契诃夫中短篇小说集	39.00 元	9787544777421
变形记 城堡	38.00 元	9787544777292
草叶集：惠特曼诗选	39.00 元	9787544789509
茶馆	32.00 元	9787544773539
茶花女	35.00 元	9787544777384
查拉图斯特拉如是说	38.00 元	9787544759793
沉思录	22.00 元	9787544759649
城南旧事	29.00 元	9787544768801
大卫·科波菲尔(上、下)	79.00 元	9787544769068
地心游记	32.00 元	9787544775847
飞鸟集·新月集：泰戈尔诗选	39.00 元	9787544786096
飞向太空港	39.00 元	9787544781763
福尔摩斯探案集	58.00 元	9787544775373

复活	42.00元	9787544777308
傅雷家书	49.00元	9787544771627
富兰克林自传	36.00元	9787544750691
钢铁是怎样炼成的	39.00元	9787544774635
高老头	29.80元	9787544768856
格列佛游记	35.00元	9787544774642
格林童话全集	49.00元	9787544777285
给青年的十二封信	29.00元	9787544774321
古希腊悲剧喜剧集(上、下)	69.80元	9787544711708
海底两万里	38.00元	9787544775717
红楼梦	55.00元	9787544774604
红与黑	49.00元	9787544777315
呼兰河传	35.00元	9787544783620
呼啸山庄	39.00元	9787544775779
基督山伯爵(上、下)	108.00元	9787544777490
纪伯伦散文诗经典	42.00元	9787544777438
寂静的春天	35.00元	9787544773430
假如给我三天光明	32.00元	9787544768511
简·爱	39.00元	9787544774666
金银岛	35.00元	9787544780100
荆棘鸟	45.00元	9787544768818
静静的顿河	128.00元	9787544777513
镜花缘	39.00元	9787544771603
局外人·鼠疫	38.00元	9787544781756
菊与刀	35.00元	9787544750707
宽容	32.00元	9787544760492
昆虫记	39.00元	9787544775830
老人与海	32.00元	9787544774789
理想国	45.00元	9787544785204
聊斋志异	55.00元	9787544779791
猎人笔记	38.00元	9787544775809
林肯传	28.00元	9787544759960

鲁滨逊漂流记	39.00 元	9787544783392
绿山墙的安妮	36.00 元	9787544775755
罗马神话	16.80 元	9787544711722
罗生门	39.00 元	9787544777193
骆驼祥子	32.00 元	9787544775724
麦田里的守望者	38.00 元	9787544775106
美丽新世界	35.00 元	9787544777254
名人传	39.00 元	9787544774673
拿破仑传	38.00 元	9787544759809
呐喊	23.00 元	9787544768528
牛虻	38.00 元	9787544777339
欧·亨利短篇小说选	36.00 元	9787544775823
欧也妮·葛朗台	32.00 元	9787544775854
彷徨	32.00 元	9787544786041
培根随笔全集	28.00 元	9787544768788
飘(上、下)	88.00 元	9787544777407
乞力马扎罗的雪	39.80 元	9787544790925
热爱生命·海狼	38.00 元	9787544777469
人类群星闪耀时	36.00 元	9787544766906
人性的弱点	28.00 元	9787544759977
儒林外史	42.00 元	9787544781084
三个火枪手	59.00 元	9787544777278
三国演义	59.00 元	9787544774598
沙乡年鉴	42.00 元	9787544775441
莎士比亚喜剧悲剧集	49.00 元	9787544777322
少年维特的烦恼	28.00 元	9787544777506
神秘岛	48.00 元	9787544772884
神曲(共三册)	128.00 元	9787544777414
圣经故事	35.00 元	9787544768825
十日谈	38.00 元	9787544714280
双城记	45.00 元	9787544781879
水浒传	69.00 元	9787544774581

四世同堂(上、下)	78.00元	9787544788380
苔丝	39.00元	9787544777179
谈美	26.00元	9787544772013
谈美书简	28.00元	9787544772006
汤姆叔叔的小屋	45.00元	9787544775793
汤姆·索亚历险记	32.00元	9787544774659
唐诗三百首	39.00元	9787544781916
堂吉诃德	62.00元	9787544714877
天方夜谭	42.00元	9787544775816
童年	38.00元	9787544762168
童年·在人间·我的大学	49.00元	9787544775786
瓦尔登湖	28.00元	9787544768764
我是猫	39.00元	9787544777186
物种起源	42.00元	9787544765022
雾都孤儿	44.00元	9787544768696
西顿野生动物故事集	38.00元	9787544789424
西游记	48.00元	9787544774611
希腊古典神话	49.00元	9787544777391
乡土中国	36.00元	9787544781886
小妇人	45.00元	9787544766784
小王子	29.00元	9787544774628
星星离我们有多远	35.00元	9787544782043
羊脂球	38.00元	9787544775878
一九八四	36.00元	9787544777216
伊索寓言全集	35.00元	9787544775762
尤利西斯	58.00元	9787544712736
约翰·克利斯朵夫(上、下)	98.00元	9787544777476
月亮和六便士	45.00元	9787544773805
战争与和平(上、下)	108.00元	9787544777445
朝花夕拾	22.00元	9787544768535
中国哲学简史	48.00元	9787544771580
子夜	49.00元	9787544784221
最后一课	36.00元	9787544777377